王运熙文集

汉魏六朝唐代文学论丛

图书在版编目（CIP）数据

汉魏六朝唐代文学论丛／王运熙著．—上海：上
海古籍出版社,2014.4（2021.2重印）
（王运熙文集）
ISBN 978－7－5325－7193－2

Ⅰ.①汉… Ⅱ.①王… Ⅲ.①中国文学—古典文学研
究—汉代②中国文学—古典文学研究—魏晋南北朝时代③
中国文学—古典文学研究—唐代 Ⅳ.①I206.2

中国版本图书馆 CIP 数据核字（2014）第 036283 号

王运熙文集

汉魏六朝唐代文学论丛

王运熙 著

上海世纪出版股份有限公司
上 海 古 籍 出 版 社 出版
（上海瑞金二路 272 号 邮政编码 200020）
（1）网址:www.guji.com.cn
（2）E－mail:guji1@guji.com.cn
（3）易文网网址:www.ewen.co
上海世纪出版股份有限公司发行中心发行经销
上海中华商务联合印刷有限公司印刷
开本 890×1240 1/32 印张 17.5 插页 3 字数 432,000
2014 年 4 月第 1 版 2021 年 2 月第 2 次印刷
印数:1,501—2,300
ISBN 978－7－5325－7193－2
I·2795 定价:78.00 元
如有质量问题,请与承印公司联系

汉魏六朝唐代文学论丛

目　录

自序 ··· 1

上　编

论建安文学的新面貌 ································· 3

陶渊明田园诗的内容局限及其历史原因 ·········· 23

陶渊明诗歌的语言特色和当时诗风的关系 ········ 34

鍾嵘《诗品》陶诗源出应璩解 ····················· 39

范晔《后汉书》的序和论 ·························· 47

孔稚圭的《北山移文》 ···························· 61

陈子昂和他的作品 ································· 67

释《河岳英灵集序》论盛唐诗歌 ·················· 97

王维和他的诗 ···································· 107

王昌龄的籍贯及其《失题》诗的问题 ············· 120

谈高适的《燕歌行》 ······························ 124

李白的生活理想和政治理想 ······················ 129

李白诗歌简论 ···································· 142

谈李白的《蜀道难》 ······························ 157

略谈李白《蜀道难》的思想和艺术 ··············· 162

谈二李的诗 ······································ 169

读杜甫《同元使君春陵行》·················· 175

元结《箧中集》和唐代中期诗歌的复古潮流 ·········· 183

寒山子诗歌的创作年代 ··················· 193

白居易的《新乐府》 ···················· 208

略谈《长恨歌》内容的构成 ················· 218

韩愈散文的风格特征和他的文学好尚 ············ 228

略谈韩愈的《师说》 ···················· 241

试论唐传奇与古文运动的关系 ··············· 248

《虬髯客传》的作者问题 ·················· 260

读《柳毅传》 ······················· 268

下　编

汉魏六朝诗简论 ····················· 277

汉魏六朝的四言体通俗韵文 ················ 292

读曹植《杂诗·南国有佳人》 ··············· 306

刘桢评传 ························· 311

谈前人对刘桢诗的评价 ·················· 321

应当重视对《文选》的研究 ················ 336

《文选》简论 ······················ 347

《文选》选录作品的范围和标准 ·············· 365

《文选》所选论文的文学性 ················ 378

简论唐文文体 ······················ 391

唐人的诗体分类 ····················· 395

抒情诗的深层意蕴

　　——谈唐人的几首登高诗 ·············· 420

从"故园"说到王昌龄的籍贯 ··············· 426

并庄屈以为心
　　——李白诗歌思想内容的一大特色 ················· 428
论李白的平交王侯思想 ············· 436
读李白《梦游天姥吟留别》小记 ············· 451
讽谕诗与新乐府的关系和区别 ············· 455
唐代诗歌与小说的关系 ············· 464
简论唐传奇和汉魏六朝杂传的关系 ············· 483
读《虬髯客传》札记 ············· 492

伟大的诗人屈原及其作品 ············· 500
谢庄作品简论 ············· 508
从《文选》所选碑传文看骈文的叙事方式 ············· 520
李白七言歌行的体式渊源 ············· 526
关于唐代骈文、古文的几个问题 ············· 534

初版后记 ············· 547

自　序

　　本书初版本曾于 1981 年由上海古籍出版社印行，这次是增补版。初版本原收文三十篇，一九九六年我出版《乐府诗述论》（上海古籍出版社）时，把《论丛》中论述汉魏六朝乐府诗的四篇文章抽出，收入《述论》下编。它们是《略谈乐府诗的曲名本事与思想内容的关系》、《乐府民歌和作家作品的关系》、《蔡琰与〈胡笳十八拍〉》、《吴声、西曲中的扬州》。现在作为增订版的上编，共收文二十六篇；下编共收文二十篇，则是 20 世纪八九十年代二十年来陆续写成的。

　　我于 20 世纪四十年代后期大学毕业留任为复旦中文系教师后，开始从事中国古典文学的研究工作。先是着重研究汉魏六朝文学，并以该时期乐府诗中的通俗乐曲与歌辞为重点，于 20 世纪五十年代出版了《六朝乐府与民歌》、《乐府诗论丛》两本小书，后来均收入《乐府诗述论》。20 世纪六十年代中期以来，我的研究范围又扩展到唐代文学与中国文学批评史。20 世纪八十年代，曾把 20 世纪五十年代中期以来的论文结集为三本论文集，除本书初版本外，尚有《文心雕龙探索》（上海古籍出版社版）、《中国古代文论管窥》（齐鲁书社版）两书。从 20 世纪八十年代中期到 20 世纪九十年代初，我与顾易生同志主编七卷本的《中国文学批评通史》，该书分量庞大（共有三百馀万字），我参与撰写其中的《魏晋南北朝文学批评史》、《隋唐五代文学批评史》两卷，执笔约四十多万字，十多年来的精力主要花在该书上面，因而其馀论文写得较少。这次增订本书，除去一部分篇章已收入 20

世纪九十年代出版的拙著《乐府诗述论》、《望海楼笔记》(东方出版中心版)、《当代学者自选文库·王运熙卷》(安徽教育出版社版)三书之外,二十年来我有关该时期的论文,大体上都收入本书下编了。

我一直喜欢写单篇论文,不大喜欢写有系统的教材一类的著作,因为前者便于以较精炼的文字发表自己的见解,无须为了表述得全面系统,说许多人家以至自己已经说过的话。因此数十年来,除参与一部分集体编写的教材或教材一类的著作外,大抵均以单篇形式出现。学术界的有些同志曾经指出,一篇富有创见的高质量的论文,其价值要超过一部平庸的著作。我也深深同意这一看法,但自愧未能做到篇篇精粹。当然,我并不否认,也有一部分有系统的学术著作,富有创见,达到很高水平,在古典文学研究领域,如刘师培《中国中古文学史》、王国维《宋元戏曲史》、鲁迅《中国小说史略》等均是。再说,教材或教材一类著作,如能系统准确地传授知识,也是必要的、有价值的。有的教材还是高水平的学术专著,如上面提到的刘师培、王国维、鲁迅的书便是。因此准确地说,我们应当欢迎富有创见的学术作品,不管单篇论文也好,专著也好。就我个人来说,因为精力不好(特别眼力衰弱),缺少精力和能力从事大范围的综合研究,因而更喜欢写单篇论文,并不是笼统轻视系统性的学术专著。这是需要声明的。

我写作论文,一向注意尊重事实,从材料出发,进行全面的考察分析,以期获得实事求是的论断。尽管如此,数十年来,特别在建国后的前三十年,在社会左倾思潮的影响下,少数篇章也不免存在一些立论偏颇的毛病。今一仍其旧,不加改动。好在各篇下均注明发表年月或写作年月,读者结合年代当能理解。少数学术问题,由于个人认识的深化,看法有所修正与发展。如萧统的文学思想问题,本书中的《〈文选〉选录作品的范围和标准》一文,较之过去《萧统的文学思想和〈文选〉》一文(收入拙著《中国古代文论管窥》),某些看法已有所修正。又如唐传奇文体与前代文学的继承关系问题,本书下编中《简论唐传奇和汉魏六朝杂传的关系》一文,对上编中《试论唐传奇与古文运动的关系》一文,也有所补充和发展。读者鉴之。

本书上编中《寒山子诗歌的创作年代》、下编中《唐代诗歌与小说的关系》两篇文章,是杨明同志帮我寻找整理有关材料并执笔写成的,又得归青同志帮助校读样稿,在此一并致以谢意。

王运熙

2001 年 11 月于上海寓所

上　编

论建安文学的新面貌

　　建安原是东汉献帝的年号（公元196—220年）。文学史上所谓建安文学，时间范围稍广，指曹操、曹丕、曹叡（所谓曹魏三祖）当政的一段时期，即汉末魏初。东汉末年，黄巾大起义和党锢之祸，沉重地打击了提倡儒学的豪门世族。后来曹操尚法术，曹丕慕通达，都不重儒学。曹操、曹丕、曹植、曹叡等都爱好文学，不但自己大量创作，而且手下招集了许多文士，形成了一个邺下文人集团，经常互相以诗文酬答。这段时间内，儒学相对衰落，文学兴盛。文学较多地摆脱了儒家思想的束缚，呈现出新颖的面貌。《宋书·臧焘传论》说："自魏氏膺命，主爱雕虫，家弃章句，人重异术。"这里雕虫是指诗赋，章句是指儒家经典的注释。这几句话概括地说明了曹操、曹丕当政后，儒学衰落、文学兴盛的局面。本文不拟对建安文学进行全面的分析和评价，而是从诗歌、辞赋、散文、小说等几个方面，着重论述其不同于过去时代的新面貌。

一

　　建安诗歌的显著特色，是文人五言诗的成熟与繁荣。

　　五言诗在汉代是一种新兴的诗歌样式。它最初产生于民间。现存时代较早的五言民间歌谣，有相传为秦时民谣的"生男慎莫举"篇、西汉成帝时的《尹赏歌》（"安所求子死"篇）和童谣"邪径败良田"篇等。汉武帝时代，乐府官吏开始注意搜集各地歌谣，配乐演唱，以供帝王和贵族消遣娱乐；民间的五言新体诗以及少数乐工、文人模仿民歌体所作的五言诗，从此大量进入乐府。现存收民歌较多的汉乐府"相和歌辞"，其中以五言诗为最多，也最精彩。

"相和歌辞"，汉代属于"黄门鼓吹乐"，由黄门乐人或黄门倡优演唱①。汉代的帝王和许多贵族，都很爱好这种出自民间的歌曲，因为它们新鲜活泼，悦耳动听。《汉书·礼乐志》载：成帝时"郑声尤甚，黄门名倡丙强、景武之属，富显于世"。说明演唱这类乐曲的著名演员，很有钱势。但尽管如此，统治者毕竟把这类乐曲仅供消遣娱乐之用，其地位不高。《汉书·史丹传》记载，元帝爱好俗乐，器重善于演唱俗曲的人，史丹进谏曰："若乃器人于丝竹鼓鼙之间，则是陈惠、李微，高于匡衡，可相国也？"（服虔注："二人皆黄门鼓吹也。"）意思是说陈惠、李微虽是演唱俗曲的名手，但同熟悉儒学、善说《诗经》、位至宰相的匡衡是无法比拟的。同俗乐相配合的五言诗，在汉代的命运也是如此。一方面它们新鲜活泼，受到统治阶层的爱好；一方面又被正统派目为鄙俗，加以轻视。所以终汉之世，文人写作五言诗的不多。相传为李陵、苏武作的五言诗，还有《玉台新咏》著录的枚乘的五言古诗，根据后人的研究，都不可靠。直到东汉后期，写作五言诗的文人才稍微有几个；但他们写五言诗，也只是偶一为之，不像写辞赋那样作为一种专门事业。

这种轻视通俗乐曲和五言诗的传统观念，到了建安时代，在曹操、曹丕等的倡导下，有了彻底的转变。曹操、曹丕、曹叡都非常爱好通俗的"相和歌辞"。史称曹操"好音乐，倡优在侧，常以日达夕"（《三国志·武帝纪》注引《曹瞒传》）。繁钦发现都尉薛访车子善于歌唱俗

---

① 参考拙作《说黄门鼓吹乐》，收入拙著《乐府诗论丛》（编者按：即《乐府诗述论》中编）。

曲,"潜气内转,哀音外激"(《与魏文帝笺》),马上写信报告曹丕,得到
曹丕重视。《宋书·乐志三》说:"相和,本一部,魏明帝曹叡分为二,
更递夜宿。"曹魏三祖不但酷爱通俗音乐,而且亲自制作了不少歌辞
配合音乐演唱。《宋书·乐志三》所著录的相和三调歌辞,除"汉世街
陌谣讴"的古辞外,大抵都是他们三人的作品,其中以五言诗为多。
他们还倡导手下文人共同作诗(多数为五言)。如《初学记》卷十引魏
文帝《叙诗》云:"为太子时,北园及东阁讲堂并赋诗,命王粲、刘桢、阮
瑀、应场等同作。"《文选》诗"公宴"类中,曹植、王粲、刘桢各有《公宴》
诗一首,应场有《侍五官中郎将建章台集诗》一首,都是应曹丕之命而
作的。"咏史"类中有王粲《咏史》一首、曹植《三良诗》一首,均咏三良
为秦穆公殉葬事,当亦为同时互相唱和之作(阮瑀也有咏三良的《咏
史诗》一首,《文选》未选录)。这样,围绕着曹氏父子,邺下文人纷纷
写作五言诗,文人五言诗数量大增,臻于繁荣。《文心雕龙·明诗》
说:"暨建安之初,五言腾踊。文帝陈思,纵辔以骋节;王徐应刘,望路
而争驱。"《诗品序》说:"降及建安,曹公父子,笃好斯文;平原兄弟,郁
为文栋;刘桢、王粲,为其羽翼。次有攀龙托凤、自致于属车者,盖将
百计。彬彬之盛,大备于时矣!"都论述了建安时代文人五言诗蓬勃
发展的情景。从此,五言诗成为诗歌创作的一种重要样式,在诗坛占
据了主要地位,而且在以后一千多年中一直影响深远,源远流长。这
是中国诗歌发展史上的一件大事。

汉乐府民歌中的一部分篇什,长于叙事,生动地描绘了下层人民
的痛苦生活,具有丰富的人民性和现实主义精神。建安文人诗歌继
承了这个优秀传统,一部分作品反映了社会的动乱和人民的苦难,像
曹操的《薤露》、《蒿里》,曹植的《送应氏》("步登北邙阪"篇)、《泰山梁
甫行》,王粲的《七哀诗》("西京乱无象"篇),陈琳的《饮马长城窟行》,
阮瑀的《驾出北郭门行》等都是其例。长诗《焦仲卿妻》(无名氏作)和
《悲愤诗》(蔡琰作)也产生在建安时期,由于篇幅加长,人物性格和心

理刻画更为细腻,情节更为曲折,标志着汉乐府民歌中的优秀叙事诗,到这时由于文人的努力学习和提高,有了新的发展。上述这些叙事篇章可分为两种情况。一种情况是像汉乐府民歌那样,比较纯粹地叙事,描写比较具体生动,陈琳的《饮马长城窟行》、阮瑀的《驾出北郭门行》、无名氏的《焦仲卿妻》属于这一类。其他篇章属于另一种情况,其特点是:虽以叙事为主,但结合着抒情;叙事比较简括,抒情气氛较浓。王粲、曹植过去常常被视为建安诗人的代表。王粲的《七哀诗》三首、《从军诗》五首,曹植的《箜篌引》、《野田黄雀行》、《七哀诗》等,都是叙事结合着抒情。曹植的《美女篇》、《白马篇》、《名都篇》,也是叙事诗,但骈句络绎,辞藻缤纷,与汉乐府民歌以朴素语言、白描手法叙事者,呈现出迥然不同的风格。我们今天看来,汉乐府民歌中的叙事诗以及风格逼近汉乐府民歌的文人之作(像陈琳、阮瑀的作品),不但思想内容好,艺术上也非常生动突出。但在建安以后的魏晋南北朝时代(特别是南朝时代),创作风气重视语言华美,轻视朴素的白描,所以对这类诗估价不高。对这类诗,《文选》一首也不选,《文心雕龙》、《诗品》或者评价不高,或者根本置而不论。他们重视的是王粲、曹植那种叙事不尚白描、语言华美或较为华美的篇章。

比较起来,建安诗歌中,数量更多,代表性更大的还是抒情诗。这类诗,以《文选》所选录的来说,像"公宴"类中曹植的《公宴诗》,应场的《侍五官中郎将建章台集诗》,"咏史"类中王粲的《咏史》,"游览"类中曹丕的《芙蓉池作》,"赠答"类中刘桢的《赠五官中郎将》(四首)、《赠徐干》、《赠从弟》(三首),曹植的《赠徐干》、《赠丁仪》、《赠王粲》、《赠白马王彪》,"乐府"类中曹操的《短歌行》、《苦寒行》,曹丕的《燕歌行》,"杂诗"类中曹丕的《杂诗》(二首),曹植的《杂诗》(六首)、《情诗》等等,都写得较好。《文心雕龙·明诗》评建安诗有云:"并怜风月,狎池苑,述恩荣,叙酣宴,慷慨以任气,磊落以使才。"指的正是"公宴"、"游览"、"赠答"、"杂诗"各类上述这些诗篇的重要内容,它们反映了当时曹氏兄弟和建安七子(孔融除外)等文人聚会在一起互相酬赠的风气，也反映了他们经历社会动乱，希冀乘时建功立业的慷慨情怀。此外，《文选》未选的抒情诗佳作，像孔融的《杂诗》，曹操的《步出夏门行》，曹植的《吁嗟篇》、《鰕鲔篇》，徐幹的《室思》等等，还可以举出一些。上述诗篇，除少数篇章(曹操的《短歌行》、《步出夏门行》、曹丕《燕歌行》)外，都是五言诗。建安诗人中，曹操、曹植、王粲、刘桢诸人的成就最高。他们都长于抒情。特别是曹植，不但作品数量最多，而且表现思想感情细致深入，诗人的个性最为鲜明突出，语言也最为富美，他不愧为建安诗人中的大家。

建安作家的乐府诗，固然直接学习乐府民歌；其他五言诗，亦深受乐府民歌影响，具有清新刚健的特色。黄侃《诗品讲疏》评建安诗歌说："文采缤纷，而不能离闾里歌谣之质。故其称景物则不尚雕镂，叙胸情则唯求诚恳，而又缘以雅词，振其英响。"(范文澜《文心雕龙注》引)中肯地指出了建安诗歌虽有"文采缤纷"的"雅词"，但不讲求雕镂，还保持着乐府民歌质朴的特色。曹植诗在建安作家中语言最华美，骈偶句也最多，但仍然具有这种特色。建安诗歌这种清新刚健的特色，后来被称为建安风骨。对于风骨一词的涵义，目前学术界还有不同意见。按《文心雕龙·风骨》说："练于骨者，析辞必精；深乎风者，述情必显。"又说："文明以健，则风清骨峻。"风骨是指作品的思想感情表现得鲜明爽朗、语言遒劲有力，是指作品具有明朗刚健的风格。《文心雕龙·明诗》评建安诗歌说："造怀指事，不求纤密之巧；驱辞逐貌，唯取昭晰之能。"指出了建安诗歌具有明朗刚健的特色。昭晰的反面是纤密，作品辞藻富丽纤密，容易损伤明朗刚健的风格；建安诗歌"不求纤密之巧"，所以风骨突出。有的同志认为风骨涵义首先是指作品思想内容的充实健康，这种看法不对。我另有专文详论，这里不赘。

建安诗歌一方面保持民歌清新刚健的特色，一方面又缘以雅词，颇有文采，达到文质彬彬的境界。《诗品》赞美曹植诗"体被文质"，就是说其作品文质结合得好。从西晋太康年间开始，特别到了南朝，许多文人作品竭力追求文辞富艳，丽藻满篇，结果思想感情表现得晦昧不明朗，语言柔靡不振，缺乏风骨。因此刘勰、锺嵘针对当时不良文风，提倡风骨。到盛唐时代，诗人们为了改革南朝的淫靡诗风，更大力提倡建安风骨。

二

建安时代，辞赋受到重视，地位比过去大为提高；在创作上，则表现为抒情状物小赋的发展。

汉代辞赋很发达，作者众多，但当时不少人士对辞赋的地位和作用估价一直不高。汉代帝王往往豢养一批赋家，以倡优畜之，视为弄臣。西汉的扬雄，晚年对辞赋很轻视，自悔过去写了许多辞赋，把辞赋斥为"童子雕虫篆刻"、"壮夫不为"（见《法言·吾子》）。同时他很重视学术著作，晚年专心撰述，模拟《论语》作《法言》，模拟《周易》作《太玄》，以求立言不朽。东汉的大思想家王充非常重视学术著作，认为它是鸿儒的事业（见《论衡·超奇》）；而对辞赋则颇轻视，曾批评赋颂"不能处定是非、辨然否之实，虽文如锦绣，深如河汉，民不觉知是非之分，无益于弥为崇实之化"（《论衡·定贤》）。他们都重视学术，轻视辞赋，认为辞赋是文丽用寡之物。这种见解在汉代是有代表性的。

这种轻视辞赋的观念到建安时代有了很大的转变，特别鲜明地反映在曹丕的文章中。他的《典论·论文》评论建安七子，首先赞美王粲、徐幹两人的辞赋，说："王粲长于辞赋，徐幹时有齐气，然粲之匹也。如粲之《初征》、《登楼》、《槐赋》、《征思》，幹之《玄猿》、《漏卮》、《圆扇》、《橘赋》，虽张、蔡不过也。"后面又强调指出文章是"经国之大业，不朽之盛事"，一个人的年寿有限，而文章却可传之无穷。他的所谓文章，包括辞赋、奏议、书论、铭诔等单篇文章和徐幹《中论》一类学术著作。曹丕在《与王朗书》中也说："惟立德扬名，可以不朽。其次莫如著篇籍。疫疠数起，士人雕落；余独何人，能全其寿？故论撰所著《典论》诗赋，盖百馀篇。"文意可与《典论·论文》互相发明。所谓垂之不朽的篇籍，也包括了学术著作（《典论》）和诗赋等单篇文章两类。这种把诗赋与学术著作相提并论，认为可以同样垂之不朽的观念，是一种新现象，反映了诗赋（特别是辞赋）的价值与地位是空前地提高了。当时曹植在《与杨德祖书》中说："辞赋小道，固未足以揄扬大义，彰示来世也。"并表示自己同意扬雄"壮夫不为"的看法，不愿"以翰墨为勋绩，辞赋为君子"。这些话似乎同曹丕唱反调，实际曹植只是一时说大话，并不真的轻视辞赋。曹植一生爱作辞赋，他自称"少而好赋，所著繁多，删定别撰为前录七十八篇"（《前录自序》），他的赋现存的还有四十多篇，数量为建安各家之冠。他在写《与杨德祖书》以后，并不像扬雄那样停止写赋，著名的《洛神赋》就是此后写的。曹植的辞赋写得好，但他不满足于已有的成就，而要求在政治、学术上有更大的建树，所以说"辞赋"是小道。同时，他写信给杨修时，把自己的辞赋一通寄给对方，说辞赋是小道，也带有自谦之意。在这里，诚如鲁迅先生所说，"子建大概是违心之论"（《魏晋风度及文章与药及酒之关系》）。当时杨修回信反驳说："今之赋颂，古诗之流。……修家子云，老不晓事，强著一书，悔其少作。"同曹丕一样表现了建安文人对辞赋的重视。杨修的话表面驳斥曹植，实际肯定辞赋，也就是肯定曹植积极写作辞赋的活动。所以曹植读后不但不会恼火，却会感到高兴。

像对待诗歌一样，曹丕也提倡写辞赋，自己写，并命臣僚同写。他的《寡妇赋序》云："陈留阮元瑜与余有旧，薄命早亡。每感存其遗孤，未尝不怆然伤心。故作斯赋，以叙其妻子悲苦之情。命王粲并作之。"他的《玛瑙勒赋序》云："玛瑙，玉属也。出自西域。文理交错，有似马脑，故其方人因以名之。或以系颈，或以饰勒。余有斯勒，美而赋之。命陈琳、王粲并作。"这样,邺下文人遂纷纷写作辞赋。我们读曹操、曹丕、曹植与建安七子(孔融除外)的集子,发现其中同题之作颇多,除上述《寡妇赋》、《玛瑙勒赋》外,还有《愁霖赋》、《大暑赋》、《出妇赋》、《神女赋》、《止欲赋》、《车渠碗赋》、《迷迭赋》、《槐赋》、《柳赋》、《鹦鹉赋》等等,都有两人甚至两人以上同作的现象,说明这些抒情咏物赋是邺下文人互相应和之作。当时辞赋数量繁多,同这点也有密切关系。

　　建安文人的辞赋,内容多数为抒情,也有一些咏物,篇幅一般都很短小。抒情赋的发展是这时期辞赋的一个突出现象。两汉时代,抒情赋也时时产生,以《文选》所选者而论,自贾谊的《鵩鸟赋》、司马相如的《长门赋》以至班彪的《北征赋》、张衡的《归田赋》等,抒情小赋也是绵延不断,而且不乏佳作。但两汉占主要地位的辞赋则是叙事状物的大赋,汉代著名赋家,一般称扬(雄)、马(司马相如)、班(固)、张(衡),其代表作品都是大赋,指司马相如的《子虚》、《上林》,扬雄的《甘泉》、《羽猎》、《长杨》,班固的《两都》,张衡的《两京》等作品,其题材或记帝都,或述郊祀畋猎,《文选》把这类大赋置于辞赋之首,也说明其地位的重要。其思想内容,或者对帝王歌功颂德,或者有所讽谕,都是直接为封建帝王服务的。到建安时代,情况便不同了。当时虽有步趋汉代大赋的作品,像徐幹的《齐都赋》、刘桢的《鲁都赋》、吴质的《魏都赋》等作(今均残缺,见严可均《全三国文》),看来是模仿班、张的《两都》、《两京》的,但均未著称于世。曹丕赞美的王粲、徐幹的那几篇,都是抒情咏物的小赋。《文选》所选的是祢衡《鹦鹉》、王粲《登楼》、曹植《洛神》三篇,也都是抒情咏物的小赋。从此以后,著名的大赋(像左思《三都赋》)就很少,抒情咏物小赋代替大赋占据了赋坛的主要地位,两晋南朝在这方面陆续产生了不少优美作品(大致见于《文选》和《六朝文絜》)。这也是辞赋发展史上的一个重要现象。

　　建安作家中,据现存作品看,曹植作赋最多,其次曹丕、王粲、徐幹三家,大抵都是抒情咏物的小赋。徐幹的赋残缺者较多。《文选》选录的《登楼》、《洛神》、《鹦鹉》三首,还是比较长的。这三篇赋自是此期辞赋的突出作品,此外的赋,虽不及这三篇精彩,也不乏清新可诵之作。今举两篇示例:

> 阖门兮却扫,幽处兮高堂。提孤孩兮出户,与之步兮东厢。顾左右兮相怜,意凄怆兮摧伤。观草木以敷荣,感倾叶兮落时。人皆怀兮欢豫,我独感兮不怡。日掩暧兮不昏,明月皎兮扬晖。坐幽室兮无为,登空床兮下帏。涕流连兮交颈,心惨结兮增悲。(王粲《寡妇赋》)

> 彼凡人之相亲,小离别而怀恋。况中殇之爱子,乃千秋而不见。入空室而独倚,对孤帏而切叹。痛人亡而物在,心何忍而复观。日晼晚而既没,月代照而舒光。仰列星以至晨,衣沾露而含霜。惟逝者之日远,怆伤心而绝肠。(曹植《慰子赋》)

这样的抒情小赋,在此期辞赋中占大多数,其题材风格,实际同五言抒情诗已差不多了。诚然,这类小赋有不少见于后世类书如《艺文类聚》等所引,文字已有删节;但其体制原本短小,也是事实。诗歌与辞赋,在内容、风格上这时期可说是进一步合流了,主要的区别只是句式的不同罢了。不过,此期辞赋题材较狭窄,不像诗歌那样较能反映社会动乱和人民痛苦,形式上也是承袭楚辞传统,不及五言诗的新颖动人,所以其成就和价值都不及五言诗,也较少受后人注意了。

三

建安散文,表现为文学性有所增强,其突出现象则是抒情散文的发展。

刘师培《中国中古文学史》论建安文学的特色时有云："献帝之初,诸方棋峙,乘时之士,颇慕纵横,骋词之风,肇端于此。"又说:"书檄之文,骋词以张势。"这类作品可以陈琳、阮瑀的书信、檄文等为代表。《中古文学史》引录了陈琳的《为曹洪与魏文帝书》(见《文选》),并加按语说:"孔璋之文,纯以骋词为主,故文体渐趋繁富。《文选》所载《檄豫州》、《檄吴将校部曲》二文,亦与此同。文之由简趋繁,盖自此始。"今引《为曹洪与魏文帝书》一段示例:

> 来命陈彼妖惑之罪,叙王师旷荡之德,岂不信然。是夏、殷所以丧,苗、扈所以毙,我之所以克,彼之所以败也。不然,商、周何以不敌哉！昔鬼方蠢昧,崇虎谗凶,殷辛暴虐,三者皆下科也。然高宗有三年之征,文王有退修之军,孟津有再驾之役,然后殪戎胜殷,有此武功,焉有星流景集,飙奋霆击,长驱山河,朝至暮捷,若今者也。

此外,以《文选》所选者而论。像阮瑀的《为曹公作书与孙权》,曹植的《求自试表》、《求通亲亲表》,都可以说属于这一类。曹丕《与吴质书》评陈琳云:"孔璋章表殊健,微为繁富。"《文心雕龙·章表》评曹植为"体赡而律调",所谓"繁富"、"体赡",都指出了"骋词张势"的特色。这类作品的风格,承袭了战国纵横家说辞、西汉辞赋家散文的特色。鱼豢《魏略》说:"鲁连、邹阳之徒,援譬引类,以解缔结,诚彼时文辩之俊也。今览王(粲)、繁(钦)、阮(瑀)、陈(琳)、路(粹)诸人前后文旨,亦何昔不若哉！"(《三国志·王粲传》注引)可说中肯地指出了这类文章风格接近于鲁仲连的说辞和邹阳的散文。

建安散文中更富有创造性的是一些抒情短文,大抵见于《文选》的笺、书两类。其内容多述朋友间的情谊,或叙离情别绪,或悼亡伤逝,或追述昔时游乐,或品评文艺,大致都是讲日常生活中的情景和感想。其思想内容并没有多大积极意义，但抒情气氛浓厚，文辞优美，娓娓而谈，颇能打动读者，具有抒情诗一样的风味、艺术感染力量。这方面比较突出的作品是曹丕的《与朝歌令吴质书》和《与吴质书》，今各节录一段以示例：

> 每念昔日南皮之游，诚不可忘。既妙思六经，逍遥百氏。弹棋间设，终以六博。高谈娱心，哀筝顺耳。驰骋北场，旅食南馆。浮甘瓜于清泉，沉朱李于寒水。白日既匿，继以朗月。同乘并载，以游后园。舆轮徐动，参从无声。清风夜起，悲笳微吟。乐往哀来，怆然伤怀。（《与朝歌令吴质书》）

> 昔年疾疫，亲故多离其灾。徐、陈、应、刘，一时俱逝，痛可言耶！昔日游处，行则连舆，止则接席，何曾须臾相失。每至觞酌流行，丝竹并奏，酒酣耳热，仰而赋诗。当此之时，忽然不自知乐也。谓百年已分，可长共相保。何图数年之间，零落略尽，言之伤心。顷撰其遗文，都为一集。观其姓名，已为鬼录。追思昔游，犹在心目，而此诸子，化为粪壤，可复道哉！（《与吴质书》）

其抒情写景，真挚生动，文笔也委婉动人。《三国志·王粲传》注据鱼豢《魏略》全录了这两篇文章，并按加语说："臣松之以本传虽略载太子（指曹丕）此书，美辞多被删落，今故悉取《魏略》所述，以备其文。"原来《三国志·王粲传》略引了一段《与吴质书》，自"昔年疾疫"句开始，到"自一时之俊也"句止，而把中间从"痛可言耶"到"可复道哉"一段精彩的抒情文字（见上引文）也删节了，只剩下评论徐幹、王粲六人文学成就的议论，所以裴松之认为"美辞多被删落"。

　　除曹丕这两篇外，这种抒情性的佳作，在建安散文中还可以找到一些，下面摘录若干片段：

　　而此孺子,遗声抑扬,不可胜穷;优游转化,馀弄未尽。暨其清激悲吟,杂以怨慕,咏北狄之遐征,奏胡马之长思,凄入肝脾,哀感顽艳。是时日在西隅,凉风拂衽,背山临溪,流泉东逝。同坐仰叹,观者俯听,莫不泫泣陨涕,悲怀慷慨。(繁钦《与魏文帝笺》)

　　若乃近者之观,实荡鄙心。秦筝发徽,二八迭奏。埙箫激于华屋,灵鼓动于座右,耳嘈嘈于无闻,情踊跃于鞍马。谓可北慑肃慎,使贡其楛矢,南震百越,使献其白雉,又况权备,夫何足视乎!(吴质《答东阿王书》)

　　当此之时,仲孺不辞同产之服,孟公不顾尚书之期。徒恨宴乐始酣,白日倾夕,骊驹就驾,意不宣展。追惟耿介,迄于明发。适欲遣书,会承来命,知诸君子复有漳渠之会。夫漳渠西有伯阳之馆,北有旷野之望;高树翳朝云,文禽蔽绿水;沙场夷敞,清风肃穆,是京台之乐也,得无流而不反乎?(应璩《与满公琰书》)

　　间者北游,喜欢无量。登芒济河,旷若发蒙。风伯扫途,雨师洒道。按辔清路,周望山野;亦既至止,酌彼春酒。接武茅茨,凉过大厦;扶寸肴修,味逾方丈。逍遥陂塘之上,吟咏菀柳之下;结春芳以崇佩,折若华以翳日。弋下高云之鸟,饵出深渊之鱼。蒲且赞善,便嬛称妙:何其乐哉!(应璩《与从弟君苗君胄书》)

繁钦的《与魏文帝笺》,曹丕称为"其文甚丽"(《文选》李善注引《文帝集序》)。应璩以《百一诗》著称,但因文辞质朴,《文选》仅选一首;他的书信,《文选》却选录四首,看来是由于文辞美丽。这种内容着重抒情、文辞美丽的散文,在过去是罕见的。司马迁的《报任安书》,虽有抒情成分,但以叙事、议论为主,风格与此不同。杨恽的《报孙会宗书》,其中"田家作苦"一小段,通过写家庭日常生活来抒发感慨,风格比较接近,但毕竟只是个别片段,而且文辞较朴素。从散文的历史发展看，这类抒情散文确是建安散文的新面貌。

曹丕《典论·论文》论各体文章的不同风格云："奏议宜雅，书论宜理，铭诔尚实，诗赋欲丽。"这看法大约是总结过去的大量创作现象而得出来的。现在，笺、书一类散文写得也像诗赋那样美丽，这说明诗赋的特征，移植到这类散文中来了，或者说这类散文诗歌化了。裴松之用"美辞"称赞曹丕的《与吴质书》，这使我们想到这时期人有称五言诗为"美文"的事例。《隋书·经籍志》集部总集类有云："《古今五言诗美文》五卷，荀绰撰。亡。"锺嵘《诗品序》赞美五言诗道："五言居文词之要，是众作之有滋味者也，故云会于流俗。岂不以指事造形，穷情写物，最为详切者耶！"这可以说在相当程度上说明了五言诗被称为"美文"的原因。建安时代的这类散文，具有同五言抒情诗一样的风格、艺术与感染力，所以被称为"美辞"了。

相传为李陵所作的《答苏武书》，前边部分着重抒情写景，语句整齐，文字精美，风格与上述的建安散文接近。特别"自从初降以至今日"到"陵独何心，能不悲哉"一小段，风格尤为逼近。这种文风，是从建安时代开始的，东汉还没有，遑论西汉。苏东坡说此文是齐梁小儿所为，固然不一定准确，但它比建安散文形式更精炼，应是建安以后的作品。

建安以后，在书、笺、启等文体中，这类抒情写景散文数量就更多了。像鲍照《登大雷岸与妹书》、吴均《与朱元思书》等等，仅从李兆洛《骈体文钞》下编笺牍一类选文看，就达数十篇。后来宋明的不少尺牍小品，虽然文体由骈体变为散体，但着重抒情写景，意境仍然相似。这是我国古代文学散文中的一份重要遗产。论其渊源，实滥觞于建安。

除笺、书外，建安其他散文，也偶有这样的文字，这里举两例：

　　使居有良田广宅，背山临流，沟池环匝，竹木周布。场圃筑前，果园树后。……良朋萃止，则陈酒肴以娱之；嘉时吉日，则烹羔豚以奉之。蹰蹰畦苑，游戏平林，濯清水，追凉风，钓游鲤，弋高鸿。讽于舞雩之下，咏归高堂之上。……弹《南风》之雅操，发清商之妙曲。逍遥一世之上，睥睨天地之间。（仲长统《乐志论》，见《后汉书·仲长统传》）

　　每四节之会，块然独处。左右唯仆隶，所对惟妻子。高谈无所与陈，发义无所与展，未尝不闻乐而拊心，临觞而叹息也。（曹植《求通亲亲表》）

总之，建安散文的抒情化，是特别值得我们重视的一种现象。它标志着一部分散文摆脱了过去以说理记事为主的传统，与"吟咏情性"、文辞欲丽的诗歌靠拢，文学性大大地增强了。

四

　　这时期的小说和小说一类的作品，也有所发展。

　　曹丕在这方面也起了带头作用。《隋书·经籍志》史部杂传有《列异传》三卷，题魏文帝撰。杂传类小序并云："魏文帝又作《列异》以序鬼物奇怪之事，嵇康作《高士传》以叙圣贤之风，因其事类，相继而作者甚众，名目转广。"可见此书对后来影响颇大，为魏晋南北朝志怪小说的前驱。原本已佚，鲁迅《古小说钩沉》有辑本。此书《旧唐书·经籍志》、《新唐书·艺文志》均不题魏文帝，而云晋张华撰。清代侯康《补三国艺文志》曾考辨《三国志》裴注与《太平御览》所引《列异传》三条，所记均为魏文以后之事，其中最晚者在高贵乡公甘露年间，因而推测其书"后人又有增益"。清姚振宗《隋书经籍志考证》推测可能是"张华续文帝书而后人合之"。鲁迅《中国小说史略》说："文中有甘露年间事，在文帝后，或后人有增益，或撰人是假托，皆不可知。两唐《志》皆云张华撰,亦别无佐证,殆后有悟其抵牾者,因改易之。"看来还是"后人有增益"或"张华续文帝书而后人合之"的推测比较近是,因为《隋书·经籍志》的记载比较原始,当有所据;而且曹丕还有其他小说一类作品。

《文心雕龙·谐讔》云:"魏文因俳说以著笑书。"其书今佚,当是笑话集一类的著作。按《隋书·经籍志》子部小说类有《笑林》三卷,题后汉给事中邯郸淳撰。邯郸淳是建安时著名文人之一。曹丕即帝位,以淳为博士,给事中。《笑林》原本已佚,有马国翰《玉函山房辑佚书》、鲁迅《古小说钩沉》辑本。姚振宗《隋书经籍志考证》怀疑所谓魏文笑书即邯郸淳的《笑林》,是淳奉魏文诏命而撰。这也有可能,因为魏文的笑书,除《文心雕龙·谐讔》外,他书均无称述或征引。不管笑书和《笑林》是否一书,总之可以说明曹丕对笑话是很有兴趣的。鲁迅《中国小说史略》第七篇说:"记人间事者已甚古,列御寇、韩非皆有录载。惟其所以录载者,列在用以喻道,韩在储以论政。若为赏心而作,而实萌芽于魏而盛大于晋,虽不免追随俗尚,或供揣摩,然要为远实用而近娱乐矣。"所谓"萌芽于魏",即指邯郸淳《笑林》(同篇后文对《笑林》有评价),并中肯地指出了这类作品"远实用而近娱乐"的特色。

曹植对小说也很有兴趣。《三国志·王粲传》注引鱼豢《魏略》载:"太祖(曹操)遣邯郸淳诣植。植初得淳,甚喜,延入坐,不先与谈。时天暑热,植因呼常从取水自澡讫,傅粉,遂科头拍袒,胡舞五椎锻,跳丸击剑,诵俳优小说数千言讫,谓淳曰:邯郸生何如耶?"这里俳优小说,大约不是《列异传》、《笑林》一类散体文,而是内容属于小说一类的韵文,这样始能音节铿锵,便于诵读。曹植诵毕后问邯郸淳怎么样,当是他自己的作品。按植有《鹞雀赋》一篇,或即此类作品。全文不长,录如下:

鹞欲取雀,雀自言:"微贱,身体些小,肌肉瘠瘦,所得盖少。君欲相唉,实不足饱。"鹞得雀言,初不敢语:"顷来辊轲,资粮乏旅。三日不食,略思死鼠。今日相得,宁复置汝。"雀得鹞言,意甚怔营:"性命至重,雀鼠贪生。君得一食,我命陨倾。皇天降鉴,贤者是听。"鹞得雀言,意甚沮愧:"当死弊雀,头如果蒜。不早首服,掇颈大唤。"行人闻之,莫不往观。雀得鹞言,意甚不移。依一枣树,藂茨多刺。目如擘椒,跳跃二翅:"我虽当死,略无可避。"鹞乃置雀,良久方去。二雀相逢,似是公妪。相将入草,共上一树。仍共木末,辛苦相语:"向者近出,为鹞所捕。赖我翻捷,体素便附。说我辨语,千条万句。欺恐舍长,令儿大怖。我之得免,复胜于兔。自今徙意,莫复相妒。"(据严可均《全三国文》卷十四)

其内容诙谐,语言通俗。后来唐代敦煌俗文学中的《韩朋赋》、《晏子赋》、《燕子赋》、《茶酒论》等作,体制与之相类;它自当属于俳谐小说一类。曹植又有《诰咎文》、《释愁文》,文笔虽不及《鹞雀赋》通俗,内容亦涉诙谐,或许也可算这一类文章①。这类俳谐文字,到晋代、南朝有进一步的发展。《文心雕龙·谐讔》、刘师培《中国中古文学史》均有论述。

这时期的隐语或谜语创作也有发展。《文心雕龙·谐讔》云:"谜也者,回互其辞,使昏迷也。……荀卿《蚕赋》,已兆其体。至魏文、陈思,约而密之。高贵乡公,博举品物。"可惜曹丕、曹植、曹髦(高贵乡公)三人所作的谜语几乎都失传了。《世说新语·捷悟》载:曹操在相国门上题"活"字,表示嫌门太阔;又在一杯酪上题"合"字给臣下,表示要每人饮一口。还有曹操、杨修见《曹娥碑》背上题"黄绢幼妇,

---

① 王瑶同志《中古文学史论集》中的《拟古与作伪》篇有云:"浦江清先生以为所谓俳优小说就是《洛神赋》、《七启》之类文字,诚是确见。"浦先生的具体论证如何,我未见。

外孙齑臼"八字,意为"绝妙好辞"。这些也都是谜语,但还不是文学作品。按《太平广记》卷一七三"俊辩"类"曹植"条引《世说》云:

> 魏文帝尝与陈思王植同辇出游,逢见两牛在墙间斗,一牛不如,坠井而死。诏令赋死牛诗,不得道是牛,亦不得云是井,不得言其斗,不得言其死。走马百步,令成四十言。步尽不成,加斩刑。子建策马而驰,既揽笔赋曰:"两肉齐道行,头上戴横骨。行至凵土头,峍起相唐突。二敌不俱刚,一肉卧土窟。非是力不如,盛意不得泄。"赋成,步犹未竟,重作三十言《自愍诗》云:"煮豆持作羹,漉豉取作汁。萁在釜下燃,豆向釜中泣。本自同根生,相煎何太急!"

后者即著名的《七步诗》。这两首诗可说是隐语文学作品了。小说家言,虽未可尽信,但也反映了当时隐语文学流行的风气。

建安时代的小说、笑话等一类作品,尽管现在留存的较少,但从上面的介绍,可见当时曹丕、曹植等人,对它们也是颇为重视的。这类作品,发源于民间,比较通俗,曹丕等对它们的重视和写作,正像重视乐府民歌那样,表现出思想解放的特色。这类作品,如鲁迅所说,"为赏心而作","远实用而近娱乐",实际也是文学摆脱儒学束缚,摆脱作为学术的附庸,趋向独立发展的一个重要标志。后代的小说、戏曲、讲唱文学,就是沿着这条路子发展起来的。这些通俗文学,都具有娱目赏心、远实用而近娱乐的特色。但人们在娱目赏心的过程中,也能够增长知识和智慧,获得启发和教育。建安文学在通俗文学(特别是小说)的发展上起了先驱作用,也是值得我们重视的一种现象。

由于文学创作的发展,建安时代的文学批评风气也开展起来。除曹丕《典论·论文》专篇外,在曹丕、曹植、吴质、杨修诸人的书信中都有所表现,此点过去已有人论及,这里就不去细说了。

五

《宋书·谢灵运传论》云："至于建安,曹氏基命,二祖陈王,咸蓄盛藻,甫乃以情纬文,以文被质。"这几句话可说扼要地指出了建安文学的艺术特征。

所谓"以情纬文",是说以抒情为基干来组织文章。抒情性的确是建安文学的一个显著特征。如上文所介绍,建安时代的五言诗和辞赋,抒情诗赋都占据主导地位。一部分散文(主要是书、笺一类作品),也呈现出略同诗赋的抒情特色。这说明诗赋一类抒情作品比过去有了更大的发展,而且影响到散文。《文心雕龙·宗经》提出文的六义,其中涉及内容的有三项:情深而不诡,事信而不诞,义直而不回。一般说来,对史传、诸子等叙事说理作品要着重强调事信义直,抒情散文则要强调情深。刘勰把"情深而不诡"放在六义的第一位,他的《情采》专论作品内容与形式的关系,也是标举"情"字,篇中并着重以诗赋为例,说明他把诗赋一类抒情作品放在首要地位。萧子显的《南齐书·文学传论》也说:"文章者,情性之风标,神明之律吕也。"这种强调文学表现情性的看法反映了建安时代开始贯穿魏晋南北朝的文学创作的实际情况。

所谓"以文被质",是指在形式上以富有文采的辞藻(即盛藻)修饰朴素的语言,达到文质彬彬的境界。这里的"质"指质朴的语言,不是指思想内容①。锺嵘《诗品》赞美曹植诗"体被文质",黄侃《诗品讲疏》称建安诗歌"文采缤纷,而不能离闾里歌谣之质",含义与《宋书·谢灵运传论》略同,都指出了建安文学文质彬彬的特色。建安作品,

---

① 《文心雕龙》书中"质"字也常指质素的语言。如《书记》:"或全任质素,或杂用文绮。"《通变》:"黄唐淳而质,虞夏质而辩。"《情采》:"故知君子常言,未尝质也。"《养气》:"故淳言以比浇辞,文质悬乎千载。"《时序》:"时运交移,质文代变。"均是。

一方面继承乐府民歌和西汉散文的传统，比较质朴刚健；另一方面又发展了辞赋和东汉散文追求辞藻和骈偶语句的风气，进一步讲究文采之美。这在辞赋、散文和曹植的部分诗歌中表现尤为显著。刘师培说："建安之世，七子继兴，偶有撰著，悉以排偶易单行。即非有韵之文，亦用偶文之体，而华靡之作，遂开四六之先，而文体复殊于东汉。""东汉之文，渐尚对偶。若魏代之体，则又以声色相矜，以藻绘相饰。"（均见《论文杂记》）指出了建安文学重视对偶、辞藻、声调等特色，从东汉开始的崇尚文采的骈俪文风，至此又跨进一步。

总的说来，内容着重抒情，语言讲究文采，使建安作品的文学性更加强了，使它与一般学术文、应用文的区别更明显了。中国古代文学，从此进入更为自觉和独立发展的时代。

建安文学发展的原因，除文学本身的继承创新关系以外，大体上有以下三点：

第一，社会动乱，作家的生活体验比较丰富，情怀慷慨。《文心雕龙·时序》云："观其时文，雅好慷慨。良由世积乱离，风衰俗怨，并志深而笔长，故梗概而多气也。"就概括地揭示了这一特点。从具体作家讲，如曹操，经历北方军阀混战，看到社会残破，民生凋敝，故诗歌"颇有悲凉之句"（《诗品》）。王粲经董卓之乱，从长安南奔荆州，"遭乱流寓，自伤情多"（谢灵运《拟魏太子邺中集序》），因而写出了《七哀诗》、《登楼赋》等杰出作品。曹植不但目击北方残破景象，后期更受曹丕、曹叡的疑忌压迫，悲愤满腔，尽情地抒发于诗文。建安作家不但感时伤事，而且希望乘时立业，垂名不朽，处处表现出慷慨的情怀。这些是构成建安文学抒情性强烈的重要的生活和思想基础。

第二，较能摆脱儒家传统的束缚，在文学的内容和形式上都比较大胆，有所创新。例如诗歌，重视乐府中的民间诗歌，采用其样式，大量写作五言诗。从此，《诗经》的四言体和《楚辞》的骚体在诗坛退居次要位置。又如辞赋，在汉代，根据儒家诗教的要求，其内容应当"或以抒下情而通讽谕，或以宣上德而尽忠孝"（班固《两都赋序》），直接为巩固封建统治服务；而建安时代的抒情小赋，毫不重视这种原则，而以抒发作家日常生活中的思想感情为主。刘勰对于建安文学的成就，在《文心雕龙》的不少地方作了肯定，但他因儒家观念较浓厚，对建安文学背离传统的地方也予以指摘。如《乐府》批评曹操、曹丕等的乐府诗云："志不出于淫荡，辞不离于哀思，虽三调之正声，实韶夏之郑曲。"就是不满他们的乐府诗抒发思想感情比较大胆解放，背离了温柔敦厚、哀而不伤的诗教。《谐隐》批评曹丕的笑书"虽抃推席，而无益时用"，批评曹丕、曹植、曹髦等人的谜语"虽有小巧，用乖远大"，只是"童稚之戏谑，搏髀而抃笑"。对于不能为政治教化服务的谐辞隐语加以排斥，表现了他重实用、轻娱乐的看法，反映了他对文学作品的特点和作用的认识不足。

第三，领导者（曹操、曹丕、曹植）的重视和提倡。此点《文心雕龙·时序》、《诗品序》均有具体论述。曹操召集了许多文人，并加以礼遇；自己还创作了不少乐府歌辞。曹丕、曹植，更在诗、赋、散文、小说等多方面进行创作，并鼓励臣僚共同写作。曹丕、曹植不像汉武帝那样对赋家以倡优畜之，要他们仅仅写歌功颂德或娱乐耳目的作品；而是尊重他们，把他们当朋友看待，一起宴饮游览，互相品评文艺，因而促进了直抒胸臆的抒情文学的发展。三曹重视通俗文学，提倡写乐府诗，向民歌学习；提倡俳谐小说，也促进了诗体的革新和小说的兴起。隋代李谔《上隋文帝请正文体书》说："魏之三祖，更尚文词，忽君人之大道，好雕虫之小艺。下之从上，有同影响，竞骋文华，遂成风俗。"指出了曹魏领导者重视文学、影响巨大的事实；但他站在儒学立场攻击文学的言论，却表现出很大的片面性。

1979 年 8 月

（原载《郑州大学学报》1979 年第 4 期）

陶渊明田园诗的内容局限
及其历史原因

一

陶渊明从官场返回田园,参加了一些轻微的农业劳动。在长期的生活实践中,对农村环境和农业劳动有较亲切的体验。他的田园诗,不但描绘了乡村的优美风光,而且表现了他参加农活的艰苦情景和真实感受。他还宣称:纵使生活艰苦,也要坚持下去,不愿为了富贵而奔走钻营,所谓"衣沾不足惜,但使愿无违"(《归园田居》),"斯滥岂攸志,固穷夙所归"(《有会而作》)。这些内容,反映了一个情操比较高尚的知识分子对龌龊的官场的厌恶,对朴素农村的环境和生活的爱好,无疑具有积极的思想意义。后来盛唐时代王维、孟浩然、储光羲等人的田园诗,仅仅描绘田园和平宁静的环境与美丽的景色,其思想意义就远逊陶诗。

令人感到遗憾的是,陶渊明的田园诗内容绝少谈到农民,其诗中简直没有出现过农民的形象。陶渊明后期,家中有僮仆门生,其生活与贫苦农民还有不小距离;但他毕竟长期栖息于农村,还参加一点农业劳动,同劳动农民应当经常有接触,对他们的艰难困苦应当有所认识。他做彭泽令时,"送一力(长工)给其子,书曰:汝旦夕之费,自给为难,今遣此力,助汝薪水之劳。此亦人子也,可善遇之"(萧统《陶渊明传》)。叮嘱他儿子要爱护长工,说明他对劳动农民抱着同情的态度。从陶渊明的生活状况和思想状况看,他的田园诗应当有可能反映农民的痛苦生涯,可是事实并不是这样。

据《晋书》、《资治通鉴》记载,晋安帝义熙六年(公元 410 年),卢循、徐道覆所领导的农民起义军,曾与何无忌、刘毅、刘道规、刘裕等率领的晋军,屡战于豫章、浔阳一带,有几次战役规模还是相当大的①。浔阳是陶渊明的家乡,但陶诗中对发生在家乡的这些大事却是毫不涉及。他的《庚戌岁九月中于西田获早稻》一诗就是义熙六年写的,诗中有云:"晨出肆微勤,日入负耒还。山中饶霜露,风气亦先寒。田家岂不苦,弗获辞此难。"表现了自己参加农业劳动的辛苦,也颇亲切动人,但全诗对浔阳一带的战争也只字未提。或许在这方面我们不能对陶渊明苛求,因为封建时代的文人对农民起义表示同情是罕见的。以关怀人民疾苦著称的杜甫,尚且在他的《喜雨》诗中,表现了对台州袁晁起义的忧虑和憎恨。辛弃疾更是直接参加了镇压茶商的起义。

那末,陶诗对农民日常痛苦生活是否有所反映呢?可以说没有。《劝农》诗其三云:"熙熙令德,猗猗原陆。卉木繁荣,和风清穆。纷纷士女,趋时竞逐;桑妇宵兴,农夫野宿。"这里把及时行乐的士女同"桑妇宵兴,农夫野宿"相对比,虽然触及到了农民的艰苦生涯,但是没有开展具体的描写。《饮酒》其九云:

> 清晨闻叩门,倒裳往自开。问子为谁欤,田父有好怀。壶浆远见候,疑我与时乖。"缊缕茅檐下,未足为高栖。一世皆尚同,愿君汩其泥。""深感父老言,禀气寡所谐。纡辔诚可学,违己讵非迷!且共欢此饮,吾驾不可回。"

---

① 参考夏承焘先生《陶潜与孙恩》,载《陶渊明讨论集》,中华书局 1961 年版。

诗中的"田父"，照字面讲应指农夫，但全篇构思模仿《楚辞》的《渔父》，通过假设问答来表明自己不愿再出仕的意志。《渔父》篇记载渔父规劝屈原道："圣人不凝滞于物，而能与世推移。世人皆浊，何不淈其泥而扬其波？"为陶诗"一世皆尚同，愿君汩其泥"二句所本。由此可见，《饮酒》其九中的"田父"，只是一个假设的人物。全诗主旨，也不在于写田父，而在于通过与田父的问答来表明自己对仕途进退的态度。这显然不能算是描绘农民生活的诗篇。

值得注意的还是《归园田居》其二，这诗前后都写自己的生活，中间四句云："时复墟曲中，披草共来往。相见无杂言，但道桑麻长。"这里写到的对象，是踏着田间小路披草来往的邻里，相见时又只谈庄稼之事（"桑麻长"），应该是农民了吧？也颇难肯定。细读陶集，我们看到渊明在农村经常往来、互吐衷情的对象，还是一些同他身份相近的退职小官僚、隐逸文人、乡村绅士一流人物，而不是一般的贫苦农民。他的《移居》诗二首有云：

> 昔欲居南村，非为卜其宅。闻多素心人，乐与数晨夕。……
> 邻曲时时来，抗言谈在昔。奇文共欣赏，疑义相与析。（其一）
> 　春秋多佳日，登高赋新诗。过门更相呼，有酒斟酌之。农务各自归，闲暇辄相思。相思则披衣，言笑无厌时。……（其二）

他的知己就是这种一起饮酒赋诗、共谈文艺的邻居，同他自己的身份接近、趣味相投的人物。《归园田居》其二诗中的对象，很可能也是这类人物。或许有人会反驳道：《归园田居》其二诗中的对象，是"但道桑麻长"，没有同渊明一起饮酒、赋诗、谈论文艺啊！但是谈论桑麻，不一定就是农民，农村的乡绅地主，也很关心庄稼，因为它影响到他们的收入和生活。陶渊明也很关心自己的庄稼，但不能说陶渊明就是农民。《移居》诗云"农务各自归"，说明那些一起赋诗饮酒的邻里，也都像渊明那样参加农务,他们在某种场合与渊明"但道桑麻长",是完全可能的。退一步说,即使"披草共来往"的真的是农民,也就是这么寥寥四句,在诗中作为陪衬的形象出现,主旨在于表现陶渊明对庄稼的关心,而不是刻画农民的艰苦生活。

陶诗中有个别篇章反映了农村某些地方的残破现象,如《归园田居》其四云:

> 久去山泽游,浪莽林野娱。试携子侄辈,披榛步荒墟。徘徊丘陇间,依依昔人居。井灶有遗处,桑竹残朽株。借问采薪者:此人皆焉如? 薪者向我言:死没无复馀。一世异朝市,此语真不虚! 人生似幻化,终当归空无。

"一世"是三十年,诗的主题是慨叹人生短促,时间一长,人都要死亡。诗中说"昔人",是指几十年前的人物;说"死没",是指一般的病故。"昔人"的身份也不清楚。全诗不能说是表现由于残酷的阶级剥削和压迫而形成的农村凋敝面貌。渊明还有《还旧居》诗有云:"阡陌不移旧,邑屋或时非。履历周故居,邻老罕复遗。……流幻百年中,寒暑日相推。常恐大化尽,气力不及衰。"这是慨叹由于时间推移,旧居的一些老邻居都死去了,一部分房屋也变了样,基调同《归园田居》其四相似。陶诗中抒发人生短促、终归虚无的感想是屡屡出现的,以上两诗结合邻里的具体情景,也表现了这种看法。

总之,陶渊明的田园诗中,没有出现真实具体的农民形象,它既没有描写农民的痛苦生活,也没有反映出由于阶级压迫所造成的农村凋敝荒凉的面貌。与杜甫相比,陶集中既没有像《兵车行》、《羌村》其三、"三吏"、"三别"、《岁晏行》那样描绘农民在死亡线上挣扎和农村残破面貌的诗篇,也没有像《遭田父泥饮美严中丞》、《负薪行》那样描绘农民日常和平生活的诗篇。

或许有的同志会说,陶渊明写的都是短篇抒情诗,不是杜甫新乐府一类的叙事诗,不能要求短篇抒情诗描绘农民的痛苦生活。这话不全面。第一,如果陶渊明真有用诗反映农民痛苦的要求,他也可以写一些叙事诗。第二,抒情短诗固然不能较具体充畅地描绘农民生活,但仍然可以在一定程度上反映农民的痛苦,像杜甫的《枯棕》《阁夜》等篇,不也是抒情诗而较好地反映了人民的痛苦吗?"野哭千家闻战伐,夷歌几处起渔樵"(《阁夜》),这么精炼的律句还能抒写人民痛苦,何况陶渊明写的是五言古诗。

当然,陶渊明的田园诗,描绘了乡村的优美风光,表现了他参加农活的艰苦情景和真实感受,表现了他不愿与黑暗官场同流合污的高尚情操,开创了田园诗派,提供了前辈没有的新东西,对后世影响深远,在我国诗歌发展史上无疑是重大的贡献。但他不能进一步反映农民的痛苦生活,也不能不说是一个明显的局限。

二

陶渊明田园诗内容的这种局限,有它深刻的历史原因,它受着当时一般知识分子世界观、人生观的制约,更受着当时诗坛创作风气的影响。夏承焘先生《陶潜与孙恩》一文说:

> 东晋六朝两三百年的历史,是一部规模相当大的"相斫书",可是那时文人诗篇里反映人民被战争驱役杀戮的苦痛的却非常之少;这不但陶潜一家如此,我们读东晋六朝全部文人诗,差不多十九如此。大概这些作家们,很鄙视这些黑暗龌龊的社会现实,以为不堪污其笔墨的! 杰出的大家陶渊明也不例外。建安时代曹、王的乐府遗风,到了这时,真是"陵夷殆尽"了! 于此,我们不得不惊叹陈子昂、杜甫诸家继承建安文学传统的伟大意义!

这段话讲得颇为中肯精辟。夏先生是说"反映人民被战争驱役杀戮"的诗，实际上这段时期中反映农民日常痛苦的诗也是罕见。其历史原因，夏先生讲得很简括，我这里想较为具体地分析一下。

我国古代描写农民痛苦生活的诗篇，最早的保存在《诗经·国风》里。《豳风》的《七月》，系统描述农奴一年到头的辛勤劳动和悲惨生涯，《魏风》的《伐檀》、《硕鼠》，反映了劳动者对剥削阶级的憎恨和控诉，这都是为大家所熟知的。还有《豳风》中的《东山》，写战士的忧思，也反映了农家的某些日常生活情景。至于写征夫（其中有不少人当是被征服役的农夫）苦于战争和行役的诗，还有不少。可以说，从《诗经·国风》开始，我国已经形成了反映农民痛苦生活及其怨恨情绪的诗篇的优良传统。

汉乐府中的民歌，像《东门行》、《上留田行》、《妇病行》、《孤儿行》等等，继承了《诗经·国风》的传统，相当深刻地描绘了下层人民的痛苦生活。可是因为现存的这些民间歌辞，多数产生于当时的大都市洛阳一带①，因此描写的对象大抵是下层市民，写农民的极少，只有《十五从军征》古辞，写长期服兵役的战士，垂老还乡，看到故居"兔从狗窦入，雉从梁上飞，中庭生旅谷，井上生旅葵"，总算反映了农村残破景象的一角。

建安文人诗作，在汉乐府民歌的影响下，比较注意反映下层人民的悲惨境遇。曹操、曹植、王粲、陈琳等作家在这方面都有一些较好的作品。曹植的《泰山梁甫吟》有云："剧哉边海民，寄身于草野。妻子像禽兽，行止依林阻。柴门何萧条，狐兔翔我宇。"写的当时滨海地区的贫苦农民或盐民。陈琳的《饮马长城窟行》也反映了农家子被迫戍边筑城的痛苦。

---

　　①　参考拙作《汉代的俗乐和民歌》，收入拙著《乐府诗论丛》（编者按：即《乐府诗述论》中编。）。

汉魏时代的乐府民歌和文人诗作，直接写农民的虽少，但有一定数量的篇什，较真实地刻画了下层人民的苦难，艺术描写上也很生动具体，又采用五言诗体，因此在《诗经·国风》后别开生面，开创了中国诗歌发展史上反映人民生活的新境界，建立了优秀的叙事诗的新传统。可惜这个传统在建安以后整个魏晋的诗歌中没有得到继承。在这段时期中，出现了阮籍、左思、刘琨、郭璞等杰出诗人，其诗歌在内容、形式上都各有成就与特色，但共同的缺点是没有涉及下层社会。到东晋时代，由于玄学长期流行，玄言诗大盛，风靡诗坛。檀道鸾《续晋阳秋》说：

> 至过江，佛理尤盛。故郭璞五言，始会合道家之言而韵之。(许)询及太原孙绰，转相祖尚，又加以三世之辞，而诗骚之体尽矣。询、绰并为一时文宗，自此作者悉体之。至义熙中，谢混始改。(《世说新语·文学》篇注引)

可见玄言诗风统治东晋诗坛，直至末年晋安帝义熙年间谢混的作品产生，才有一些改变。陶渊明一生大部分时间，正是生活在玄言诗弥漫诗坛的时期里。玄言诗的特点，在内容上是宣传玄理，鄙视世务，提倡超脱尘俗，根本不关心动乱的社会现实，所谓"嗤笑徇务之志，崇盛亡机之谈"(《文心雕龙·明诗》)，所谓乱世的多灾多难，"而辞意夷泰，诗必柱下(指老子)之旨归，赋乃漆园(指庄子)之义疏"(《文心雕龙·时序》)。在语言上则是"理过其辞，淡乎寡味"，"平典似《道德论》"(《诗品序》)，缺乏文学作品的形象性与感染力量。陶渊明处在这样的诗歌创作风气中，他能够冲破玄言诗的束缚，以朴素平淡的语言表现农村的优美风光和他自己的日常生活和体验，使诗歌洋溢着诗情画意，获得了新生命，这是应当充分肯定的贡献。他的少数诗篇，表现关心政治，还有"金刚怒目式"的愤激不平，并不都是"辞意夷泰"。这些都与玄言诗大异其趣。但另一方面，他毕竟不能进一步冲破束缚，用他的诗笔去描写他在隐居生活中有一定认识的农民及其痛苦，这说明不良的时代创作风气，在这一方面仍然严重束缚着一个杰出作家的手脚。

上面说的是文人诗歌创作的风气，再说乐府诗与民间歌曲。陶渊明生值东晋后期到刘宋初年，正是乐府"清商曲辞"中吴声歌曲发展的时代。吴声歌曲原是南方吴地的民间歌谣，后被贵族文人采录模仿，大量进入乐府。著名的《子夜歌》流行于东晋孝武帝太元年间。另外，《前溪歌》、《欢闻歌》、《碧玉歌》、《桃叶歌》、《团扇郎歌》、《长史变歌》、《懊侬歌》等，均产生于东晋时期①。这些歌曲的内容，热烈地歌颂了男女的爱情，反映了封建社会中爱情受到折磨的痛苦，也具有一定的进步意义；但内容不脱谈情说爱，范围狭窄，不能像汉乐府和建安诗歌的一部分篇章那样，注意反映下层人民的痛苦生活。如果说，汉代的贵族、文人除掉通过欣赏乐府中的民间歌曲以取得娱乐以外，还懂得一点"可以观风俗，知薄厚"（《汉书·艺文志》）的道理，那么，东晋的贵族、文人，在这方面就完全沉溺在女乐声色的嗜好之中，他们所欣赏的民间歌曲，也就是谈情说爱的一套，这就规定了许多吴声歌曲歌辞内容的狭窄性。因此，尽管吴声歌曲的思想内容具有一定的进步意义，其思想艺术成就在文学史上具有一定的地位，不能与枯燥乏味的玄言诗相提并论，但从不关心广大下层人民日常生活中各方面的艰难痛苦来说，则二者仍然有着共通的地方。这种现象说明，由于当时门阀制度发展，贵族掌握了政治、经济大权，也控制了文化，因而当时的大量文学作品反映了许多贵族、文人远离人民、不关心民生疾苦的生活上、思想上的局限以及由此形成的文艺上的审美偏见。吴声歌曲的情况，是陶渊明生活年代文学风气的另一个方面。对陶渊明来说，玄言诗的影响是主要的，乐府诗的影响则不会大。陶集中除《挽歌诗》三首与

①　参考拙作《吴声西曲的产生时代》，收入拙著《六朝乐府与民歌》（编者按：即《乐府诗述论》上编。）。

乐府有一些联系外,另外没有乐府诗,《宋书》、萧统的《陶渊明传》都说他"不解音声",看来他接触乐府诗较少,受其影响也小。

如上所述,不关心动乱的社会现实,不关心广大下层人民的痛苦,是建安以后特别是东晋时期文学创作的一种普遍风气。这种风气一直延续到南朝,反映在刘勰、锺嵘等杰出批评家的言论中。下面拟略作介绍,帮助说明陶诗内容局限的历史原因。

《文心雕龙·乐府》篇说:"若夫艳歌婉娈,怨志诀绝,淫辞在曲,正响焉生。"①把汉乐府中《艳歌罗敷行》、《艳歌何尝行》等一类诗篇目为淫辞,加以抨击。又说:"至于魏之三祖,气爽才丽,宰割辞调,音靡节平。观其'北上'众引,'秋风'列篇,或述酣宴,或伤羁戍,志不出于淫荡,辞不离于哀思,虽三调之正声,实韶夏之郑曲也。"虽然肯定曹操、曹丕等的乐府诗"气爽才丽",但又批评曹操《苦寒行》(首句为"北上太行山")、曹丕《燕歌行》(首句为"秋风萧瑟天气凉")一类作品是郑曲,也就是淫辞。刘勰对汉乐府民歌和建安时代的乐府诗评价都不高,《文心雕龙·乐府》篇专论乐府,篇中对汉乐府民歌和建安诗歌反映下层人民痛苦的特点丝毫未加肯定。

锺嵘《诗品》对汉代无名氏作品,只列"古诗"一项,对"古诗十九首"一类作品,评价很高,但对乐府中反映下层人民痛苦的篇什,却是只字未提。他把曹植、刘桢、王粲列入上品。他对曹植评价极高,赞美他"骨气奇高,词采华茂,情兼雅怨,体被文质",但并没有特别肯定曹植《送应氏》、《泰山梁甫吟》等反映社会动乱和民生疾苦之作。他对刘桢评价也高,认为曹植以下,"桢称独步",但刘桢的诗篇并没有这方面的题材。只有王粲的《七哀》诗,反映了"路有饥妇人,抱子弃

---

①　范文澜同志《文心雕龙注》:"怨志诀绝,唐写本作宛诗诀绝。按唐本近是。宛疑是怨之误。古辞《白头吟》:'闻君有两意,故来相决绝。'《艳歌何尝行》:'上惭沧浪之天,下顾黄口小儿。'殆即彦和所指者耶?《宋志》皆列在大曲,故云淫辞在曲。"范注大致可信。

草间"的悲剧,《诗品序》把它列入"五言（诗）之警策者",算是例外。此诗《宋书·谢灵运传论》也提及,称为"仲宣霸岸之篇"。它在当时是名篇之一,其主要原因除艺术成就较高外,思想内容上在于表现了"南登霸陵岸,回首望长安"的眷恋故国的深沉感情,而不是反映了人民的苦难。陈琳的《饮马长城窟行》,描写人民戍边筑城的苦痛,思想性、艺术性都颇突出,但《诗品》对陈琳根本不入品评之列,不用说赞美这首诗了。可以说,锺嵘对表现下层人民痛苦生活的诗篇也是不重视的。或许有人会疑问:锺嵘既然赞美建安风力（即建安风骨）,为什么不重视这类题材。实际建安风骨这个概念是指建安诗歌风清骨峻即明朗刚健的艺术风格,不是指思想内容,并没有包含反映民生疾苦的内涵（此点我另有文详论之）。

《诗品》评陶潜诗有云:"世叹其质直。至如'欢言酌春酒','日暮天无云',风华清靡,岂直为田家语耶!"田家语是指接近农家口语的浅俗语言。锺嵘的这几句话,反映了当时许多人对陶诗语言浅显通俗颇为不满。如果陶诗进一步用浅俗的语言来反映田家的日常艰难困苦的生活,恐怕更要受到非议了。

再看《昭明文选》中的诗歌选篇。汉代除选录"古诗十九首"外,乐府仅选《饮马长城窟行》（"青青河边草"篇）、《伤歌行》（"昭昭素明月"篇）、《长歌行》（"青青园中葵"篇）三首,其他不选。曹操,仅选《短歌行》（"对酒当歌"篇）、《苦寒行》（"北上太行山"篇）二首,《薤露》、《蒿里》不选。其他如《饮马长城窟行》、《驾出北郭门行》均未选。所选建安诗歌,只有王粲的《七哀诗》反映了下层人民的苦难,曹植的《送应氏》反映了时代的丧乱。蔡琰的《悲愤诗》（五言一首）,通过描写自身的不幸遭遇,反映了社会动乱和人民苦难,《文选》也不收。或许有人说可能因为《悲愤诗》是后人伪作。但是,李陵、苏武的五言诗,李陵《答苏武书》,伪作的嫌疑更大,《文选》都收了。

由上可见,南朝著名批评家、选家刘勰、锺嵘、萧统等人,对汉乐府古辞和建安作家们表现人民苦难的诗篇都是不重视的。不但不重视,而且可能还轻视。《诗经·国风》、汉乐府、建安诗歌表现广大下层人民的痛苦的优良传统,直到唐代陈子昂、杜甫等诗人手里才得到恢复。从艺术上讲,汉乐府和建安作家的这类篇什,大抵叙事比较具体,语言质朴生动,我们今天看来形象性很强,但从南朝批评家的标准看,则是缺少美丽的辞藻,缺少对偶句,缺少"综辑辞采,错比文华"(萧统《文选序》)之美,因此也不认为是好作品,这些看法,当然都出自陶渊明之后的南朝批评家,但不重视甚至轻视反映下层人民痛苦生活的这种偏见,实际是贯穿了建安以后整个魏晋南北朝时期的,因此可以用来帮助说明陶渊明田园诗内容局限的历史原因。

　　上文说过,建安以后,自阮籍、左思以至陶渊明等不少杰出诗人,诗歌内容都没有涉及下层社会。陶渊明以后,南北朝时期的诗歌,除北朝乐府"鼓角横吹曲"的部分歌辞出自民间,反映了下层人民的生活外,文人诗歌创作也极少接触下层社会。少数乐府诗篇述及弃妇、征人之苦,大抵也是沿袭旧题,陈辞多而新意少。至于表现农民的日常艰苦生活,那就更难找到了。南朝杰出诗人鲍照,出身较寒微,其诗较能反映不合理的社会现象。他的《拟古》"束薪幽篁里",表现了地主阶级中下层人士不得志的境遇,中有句云:"岁暮井赋讫,程课相追寻。田租送函谷,兽蒿输上林。河渭冰未开,关陇雪正深。答击官有罚,呵辱吏见侵。"虽然不是直接描写农民,但总算反映了一些官府向农村逼追租赋的情景;其题材在当时算是很罕见的了。

　　陶渊明在魏晋南北朝时期不愧为一位大诗人,但他的诗歌创作,包括田园诗的思想内容,明显地受到了当时统治诗坛的文人创作风气的限制。

1979 年 5 月作

（原载《山西师范学院学报》1979 年第 4 期）

陶渊明诗歌的语言特色和
当时诗风的关系

关于陶渊明诗歌的语言特色和他当时诗歌风气的关系问题,近来在不少古典文学著作中常常发生一种误会,本文打算提出来商榷一下。

高等教育出版社出版的《中国文学史教学大纲》中揭示陶诗的艺术特色时说:"在骈俪盛行的时代,陶渊明独能创作那样质朴优美的诗歌和那些优秀的散文,具有非常进步的意义。"余冠英先生在他的《汉魏六朝诗选》的前言中说:"他(指陶潜)的诗是当时形式主义风气的对立面。他不讲对仗,不琢字句,'结体散文',只重白描,——和当时正统派文人相反。"谭丕模先生在他的《中国文学史纲》(人民文学出版社 1958 年版)中说:"在陶渊明的时代,一般诗人的风尚,不是'文章殆同书钞'(鍾嵘《诗品序》),便是'情必极貌以写物,辞必穷力而追新'(刘勰《文心雕龙·明诗》)。只有陶渊明不随波逐流,傲然独往,高度地发挥他的独创精神和独创能力。"这些意见的共同点是肯定陶诗的语言特色和当时诗歌崇尚骈俪和辞藻的风气相对立,表现出独创性。

陶诗语言具有很大的创造性,那是没有疑问的;但说陶诗的语言特色和当时诗歌崇尚骈俪和辞藻的风气相对立,就须要商榷了。诚然,整个魏晋南北朝是骈俪文风盛行的时代,但这段时期很长,其中也有曲折和变化,不能一概而论。与陶渊明同时代的著名诗人谢灵运、颜延年的确崇尚骈俪,堆砌词藻,但他们两人毕竟是陶渊明的后辈,创作活动主要在刘宋初年元嘉时期。陶渊明的创作活动主要在东晋末年,入宋以后,他活得并不长久,其创作活动已是尾声了。显然,陶渊明诗歌的风格在晋代已经形成,他在创作上是不可能有意识地和颜、谢相对立的。谭丕模先生引《诗品序》、《文心雕龙·明诗》篇所说的诗风,原书也是指颜、谢以后的现象,与东晋末期无关。

陶诗风格形成的东晋末期的诗风究竟如何呢?《诗品序》说得很明白:

> 永嘉时贵黄、老,稍尚虚谈,于时篇什,理过其辞,淡乎寡味。爰及江表,微波尚传。孙绰、许询、桓、庾诸公诗,皆平典似道德论,建安风力尽矣。先是郭景纯用隽上之才,变创其体;刘越石仗清刚之气,赞成厥美。然彼众我寡,未能动俗。逮义熙中,谢益寿(谢混小字)斐然继作。元嘉中有谢灵运,才高词盛,富艳难踪,固已含跨刘、郭,凌轹潘、左。故知陈思为建安之杰,公幹、仲宣为辅;陆机为太康之英,安仁、景阳为辅;谢客为元嘉之雄,颜延年为辅。斯皆五言之冠冕,文词之命世也。

按照《诗品》的说法,自西晋末年以来,以迄东晋,玄言诗流行,它的特点是"理过其辞,淡乎寡味","平典似道德论",恰恰和崇尚骈俪辞藻的风气相反。在这段时期中,虽有郭璞、刘琨以至东晋末期安帝义熙年间(即陶渊明的主要活动时代)谢混等人的创作特出流俗,但只是少数人的现象,未能形成风气;直至谢灵运出来,风气才大变,锺嵘认为他的成就可以上接陆机、曹植(刘琨、郭璞的诗,我们现在看来并不很华美,但比当时流行的玄言诗已算是很有文采的了)。

对这一段时期诗歌历史发展作这样的评述,并不是锺嵘一人之见,当时人们大抵都有这种看法。例如:

　　沈约《宋书·谢灵运传论》："自建武（东晋元帝年号）暨乎义熙，历载将百。虽缀响联辞，波属云委，莫不寄言上德，托意玄珠。遒丽之辞，无闻焉耳。仲文（殷仲文）始革孙、许之风，叔源（谢混字）大变太元之气。"

　　萧子显《南齐书·文学传论》："江左风味，盛道家之言，郭璞举其灵变，许询极其名理，仲文玄气，犹不尽除，谢混情新，得名未盛。颜、谢并起，乃各擅奇。……"

　　《文心雕龙·时序》篇："自中朝贵玄，江左称盛，因谈馀气，流成文体。是以世极迍邅，而辞意夷泰。诗必柱下之旨归，赋乃漆园之义疏。"

　　檀道鸾《续晋阳秋》："至过江，佛理尤盛。故郭璞五言，始会合道家之言而韵之。询（许询）及太原孙绰，转相祖尚，又加以三世之辞，而诗骚之体尽矣。询、绰并为一时文宗，自此作者悉体之。至义熙中，谢混始改。"（《世说新语·文学》篇注引）

综合以上引文，可见整个东晋时代是玄言诗的时代，它的内容专谈哲理，语言枯燥，"遒丽之辞，无闻焉耳"。直至东晋末年的谢混，风气始有改变，但只是一个开头，"得名未盛"。直至谢灵运出来，玄言诗在诗坛的长期统治地位才被打倒。所以《文心雕龙·明诗》篇又说："江左篇制，溺乎玄风。嗤笑徇务之志，崇盛亡机之谈。……宋初文咏，体有因革，庄老告退，而山水方滋。"陶渊明既然是谢灵运的前辈，他的创作活动主要在东晋末期，那时还是玄言诗的时代，那时玄言诗的基础虽然已经开始动摇，但还没有失去统治力量，还没有让位于后出的山水诗。陶诗的语言风格，还是在玄言诗流行的环境中形成的。玄言诗既然并不崇尚骈俪辞藻（玄言诗的风格，看现存孙绰的诗和当时兰亭集会时诸人的诗作即可明白），因此上面所举的著作以为陶诗语言特色与当时形式主义诗风对立之说,就无法成立了。

对于当时流行的玄言诗,陶诗是受到它的影响的。在这方面,朱自清先生的意见比较中肯。他在为《陶渊明批评》一书(萧望卿著)所作的序中说:

> 陶诗显然接受了玄言诗的影响。玄言诗虽然抄袭老庄,落了套头,但用的似乎正是"比较接近说话的语言"。因为只有"比较接近说话的语言",才能比较的尽意而入玄;骈俪的词句是不能如此直截了当的。那时固然是骈俪时代,然而未尝不重"接近说话的语言"。《世说新语》那部名著便是这种语言的记录。这样看,渊明用这种语言来作诗,也就不是奇迹了。他之所以能够超过玄言诗,却在能摆脱那些老庄的套头,而将自己日常生活体验化入诗里。

所以我们只能说,陶渊明以来的一段长时期内,由于崇尚骈俪辞藻的诗歌盛行,陶诗没有受到当时人们的重视;却不能说陶诗的语言风格和当时诗风(玄言诗风)有意识地相对立。

最后要补充一点,即玄言诗中也有一部分讲对仗的,如孙绰的《兰亭》和《秋日》;但这只是部分现象,其他诸家的《兰亭》诗就大多不讲对仗。而且这种对句也很质朴,缺少文采,情况正跟陶诗中的一部分对偶句相像,跟重视藻饰的作品是大不相同的。

殷仲文、谢混生活于东晋末叶义熙年间,与陶渊明同时。殷仲文的《南州桓公九井作》诗、谢混的《游西池》诗,均见《文选》卷二十二,虽胜于玄言诗,但和陶诗的成就不能相比。丁福保《全晋诗》尚有殷仲文诗一首(残阙)、谢混诗两首,比《文选》所选者更差。平心而论,陶诗语言尽管受到玄言诗影响,但他用朴素而口语化的诗笔,"将自己日常生活体验化入诗里",诗歌形象鲜明,耐人咀嚼,全然改变了玄言诗"理过其辞,淡乎寡味"的现象,在东晋末叶,他是冲破玄言诗传统取得突出成就的大诗人。殷仲文的诗,"玄气犹不尽除";谢混诗歌,成就也不突出。但后来评论家锺嵘、沈约、萧子显、檀道鸾论及当时诗歌,都不提陶诗而推殷、谢(或只推谢混一人)。究其原因,一方面是由于南朝文人重视骈俪辞藻,陶诗语言质朴自然,"世叹其质直"(《诗品》),在南朝不为一般文人所重视,影响亦小。另一方面,殷仲文、谢混的诗,则比较讲究对仗辞藻,"义熙中,以谢益寿(混)、殷仲文为华绮之冠"(《诗品》),成为后来谢灵运的前驱,所以得到南朝许多文人的注意和肯定。轻陶诗,重殷、谢,显然反映了南朝文人在文学欣赏和评论上的偏见。

1961 年初稿,1979 年 6 月稍作修改

(原载《光明日报》1961 年 5 月 7 日《文学遗产》副刊第 362 期)

鍾嵘《诗品》陶诗源出应璩解

　　鍾嵘《诗品》谓陶渊明诗源出于曹魏应璩,后人或讥其立论不当,或为之解释,但论证不足,未能尽惬人意。本文拟就鍾嵘《诗品》全书的品评义例对此问题进行探讨,以期获得比较圆满的解释。如有谬误不当之处,请同志们批评指正。

　　《诗品》列陶渊明于中品,其评语全文云:

　　　　宋征士陶潜,其源出于应璩,又协左思风力。文体省净,殆无长语。笃意真古,辞兴婉惬。每观其文,想其人德。世叹其质直。至如"欢言酌春酒"、"日暮天无云",风华清靡,岂直为田家语耶! 古今隐逸诗人之宗也。

宋代叶梦得《石林诗话》不同意鍾嵘陶诗源出应璩的意见,其说云:

　　　　魏晋间人诗,大抵专工一体,如侍宴、从军之类,故后来相与祖习者,亦但因其所长取之耳。谢灵运拟邺中七子与江淹杂拟是也。梁鍾嵘作《诗品》,皆云某人诗出于某人,亦以此。然论陶渊明乃以为出于应璩,此语不知其所据。应璩诗不多见,惟《文选》载其《百一诗》一篇,所谓"下流不可处,君子慎厥初"者,与陶诗了不相类。五臣注引《文章录》云:"曹爽用事,多违法度。璩作此诗,以刺在位,意若百分有补于一者。"渊明正以脱略世故,

超然物外为意,顾区区在位者,何足累其心哉! 且此老何尝有意
欲以诗自名,而追取一人而模仿之,此乃当时文士与世进取竞进
而争长者所为。何期此老之浅? 盖嵘之陋也。(《历代诗话》本
卷下)

按《诗品》谓某人诗源出某人,立论虽未必尽当,自有其义例,叶氏仅
从侍宴、从军等题材着眼分析应、陶两家之诗,遽谓《诗品》之论"不知
所据",未免轻下断语。再则,陶渊明诗虽多避世绝俗之语,但也有一
部分篇章关心政治,眷念晋室,颇有愤激之语。此点过去早有不少人
指出,叶氏概谓"渊明正以脱略世故,超然物外为意",持论也失之片
面。近人古直《锺记室诗品笺》说:"璩诗以讥切时事、风规治道为长,
陶诗亦多讽刺,故昭明序云:'语时事则指而可想。'源出于璩,殆指此
耳。"其意见虽未必中肯,但指出陶诗内容"亦多讽刺"的一面,与应璩
《百一诗》有相通之处,可以帮助证明叶氏议论的片面性。

　　明代许学夷对此问题也有分析,其言云:

　　　　锺嵘谓渊明诗其源出于应璩,又协左思风力,叶少蕴(即叶
　　梦得)尝辩之矣。愚按太冲诗浑朴,与靖节略相类。又太冲常用
　　鱼、虞二韵(原注:鱼、虞古为一韵),靖节亦常用之,其声气又相
　　类。应璩《百一诗》,亦用此韵,中有云:"前者隳官去,有人适我间。
　　田家无所有,酌酒焚枯鱼。"又《三叟诗》简朴无文,中具问答,亦与
　　靖节口语相近。嵘盖得之于骊黄间耳。(《诗源辩体》卷六)

许氏于用鱼、虞韵上求陶诗与左思、应璩两家的渊源关系,未免有些支
离破碎,但他又从风格浑朴、语言简朴无文上指出陶诗与左、应两家类
似之处,则颇有见地。郭绍虞同志也说:"《诗品》之论应璩,称其'善为
古语',论陶潜,称其'笃意真古',则其所以系陶潜于应璩者或即在此。"

(《中国文学批评史》上册，1934年版)这种看法是比较中肯的。

　　讨论这一问题，我以为首先要把《诗品》所谓某人源出某人的一系列议论的义例弄清楚。《诗品》所谓某人源出某人，指出前后诗人的渊源继承关系，主要是从诗歌的体制、风格立论，而不是就内容题材而言。《诗品》一开头评古诗云："其体源出于《国风》。"其后评张协云："其源出于王粲，文体华净，少病累，又巧构形似之言。"评谢灵运云："其源出于陈思，杂有景阳(张协)之体。故尚巧似，而逸荡过之。"评魏文帝云："其源出于李陵，颇有仲宣之体。"评张华云："其源出于王粲，其体华艳，兴托不奇。"可见《诗品》所谓某人源出某人，是指诗歌的体而言。他的所谓体，指作品的体貌，相当于今天所说的风格。如张协的"华净"，张华的"华艳"，都是其例。又如张协诗"巧构形似之言"，谢灵运诗也"尚巧似"，故称谢诗"杂有景阳之体"，这就明显地从体貌上指出其渊源继承关系了。南朝文论，常用"体"字来代表一个作家或一个文学流派的风格特征。如《文心雕龙》的《体性》篇，专门探讨作家的才情学力同作品体貌风格的关系。篇中把作品分为典雅、远奥、精约、显附等八体，并指出由于作家的才性不同，作品的体貌也不一，如"贾生俊发，故文洁而体清；长卿傲诞，故理侈而辞溢"等等，逐一指明了汉魏两晋十二个著名作家的风格特征。《宋书·谢灵运传论》、《南齐书·文学传论》着重探讨文学流派，都从体貌立论。《宋书·谢灵运传论》认为自汉至魏四百馀年，文体经历三次变化："相如工为形似之言，二班长于情理之说，子建、仲宣以气质为体，并标能擅美，独映当时。"《南齐书·文学传论》把当时文章分为三体，分别指出其特色，并认为这三体是分别由谢灵运、鲍照等大家所开创。由此可见，从作品的体貌来分析探讨作家和文学流派的特征，是当时文学评论界的一种流行风气。锺嵘《诗品》正是在这种风气中产生，着重从体貌来探讨许多诗人的创作特征及其渊源继承关系的。

　　由上可知，《诗品》谓陶潜诗其源出于应璩，是说陶诗的体貌源于应璩。陶诗的体貌或风格的特征是什么呢？是"省净"、"真古"、"质直"。所谓"田家语"，指农村日常语言，其特点是质朴无文。魏明帝曹叡《诏陈王植》云："吾既薄才，至于赋诔特不闲。从儿陵上还，哀怀未散，作儿诔，为田公家语耳。"（《太平御览》卷五九六引）此处的田公家语，意同田家语。曹叡自谦"于赋诔特不闲"，"为田公家语"，是说自己的作品语言质朴，文采不足（曹叡的诔文今不传）。陶渊明的诗歌，南北朝时公认为文采不足。《诗品》说"世叹其质直"，表示当时多数人认为陶诗"质直"。《诗品》提出"欢言酌春酒"（《读山海经》）、"日暮天无云"（《拟古》）两篇风华清靡，文辞绮丽，不能算是田家语，说明陶诗大部分是田家语一类。北齐阳休之《陶集序录》也说渊明作品"辞采未优"。可见说陶诗古朴质直，文采不足，是当时人们的共同认识与评价。《诗品》评应璩云："祖袭魏文，善为古语。……至于'济济今日所'，华靡可讽味焉。"古语指语言古朴，正与陶诗的"真古"、"质直"相同。"华靡"即"风华清靡"。鍾嵘认为应璩诗体貌古朴，只有个别篇章"华靡"，其风格特征正与陶诗相同，所以说陶诗源出应璩。又鍾嵘谓应璩诗祖袭曹丕，《诗品》评魏文帝云："百许篇率皆鄙质如偶语。惟'西北有浮云'十馀首，殊美赡可玩，始见其工矣。"鍾嵘说曹丕大部分诗歌的语言风格特征是鄙质，即通俗质朴，与应、陶两家同，所以说为应璩所祖袭。偶语是指俚俗的对话。按《史记·秦始皇本纪》："有敢偶语《诗》、《书》者弃市。"《正义》："偶，对也。"偶语同田家语一样，其特点是通俗质朴。鍾嵘说陶诗源出应璩，应诗祖袭魏文，三家的诗，其体貌特征都是质朴少文，从这个角度来说明三家诗的渊源关系，从《诗品》全书的义例来说，是完全讲得通的。

　　应璩的诗歌，现存不多。丁福保《全三国诗》录存七首：《百一诗》三首（内一首残缺），《杂诗》三首（内一首残缺），《三叟》一首。此外，《全三国诗》失收，见于张溥《汉魏六朝百三名家集·应休琏集》的尚有《百一诗》五篇（似均有残缺）及遗句若干。把应璩诗与陶诗对照参读,发现两家诗歌的风格的确相当接近。总的说来是古朴质直,但还可以进一步分析其具体特色。这里指出两点。

其一是语言通俗、口语化,有时还带一些诙谐的风趣。试比较应璩的《三叟》诗与陶潜的《责子》诗:

> 古有行道人,陌上见三叟。年各百馀岁,相与锄禾莠。住车问三叟:何以得此寿?上叟前致辞,内中妪貌丑。中叟前致辞,量腹节所受。下叟前致辞,夜卧不覆首。要哉三叟言,所以能长久。(《三叟》)

> 白发被两鬓,肌肤不复实。虽有五男儿,总不好纸笔。阿舒已二八,懒惰故无匹。阿宣行志学,而不爱文术。雍端年十三,不识六与七。通子垂九龄,但觅梨与栗。天运苟如此,且进杯中物。(《责子》)

对读之下,我们不能不惊讶两诗的风格何其相像!这种情况并不是个别的,如应璩《百一诗》"下流不可处"篇通过客主问答表明自己才学空虚,陶潜《饮酒诗》"清晨闻叩门"篇亦用客主问答体表明自己不愿出仕的意愿,虽然两诗的主旨不同,但风格却非常相像。这一特点,只要细读两家诗,便可明白。

其二是喜欢用通俗的语言说理发议论。如应璩的《杂诗》云:

> 细微可不慎,堤溃自蚁穴。腠理早从事,安复劳针石。哲人睹未形,愚夫暗明白。曲突不见宾,焦烂为上客。思愿献良规,江海俜不逆。狂言虽寡善,犹有如鸡跖。鸡跖食不已,齐王为肥泽。

这诗几乎是通篇发议论。这种现象在陶集中也不乏其例。《形影神》

三首不必说了,他如《饮酒》二十首中的"积善云有报"、"道丧向千载"篇、《咏贫士》七首中的"安贫守贱者"篇,都可说属于这一类。还有则是全篇中部分语句发议论,如应璩《百一诗》开头云:"下流不可处,君子慎厥初。名高不宿著,易用受侵诬。"接下去是叙事。这种部分议论的现象在陶诗中随处可见,如《庚戌岁九月中于西田获早稻》云:"人生归有道,衣食固其端。孰是都不营,而以求自安。"类此之例尚多,不用再举了。应、陶两家诗爱发议论,但常和抒情、叙事结合在一起,辞句口语化而仍有色泽,所以读起来不使人感到枯燥乏味,是含有哲理的诗章,而不像玄言诗那样成为枯燥干瘪的说理韵文,毫无诗味。

今人陈延杰《诗品注》解释陶诗源出应璩,是由于两家诗多化用《论语》语句,其言有云:

> 沈德潜《古诗源》曰:"先生专用《论语》。……"刘熙载《艺概》曰:"渊明则大要出于《论语》。"按锺氏谓陶源于应璩,沈、刘二氏,则谓出于《论语》,其实一也。盖应璩亦学《论语》者,如《百一诗》:"下流不可处"、"是谓仁之居"二句,可证也。陶诗引《论语》者不一。若《五月旦作和戴主簿》"曲肱岂伤冲",用《论语》"子曰:饭蔬食,饮水,曲肱而枕之,乐亦在其中矣。"……《癸卯岁始春怀古田舍二首》"是以植杖翁,悠然不复返",用《论语》"植其杖而芸"。"先师有遗训,忧道不忧贫",用《论语》"君子固穷"。《庚戌岁九月中于西田获早稻》"四体诚乃疲,庶无异患干",用《论语》"四体不勤"。《咏贫士》"朝与仁义生,夕死复何求",用《论语》"子曰:朝闻道,夕死可矣"。此皆以《论语》入诗而得其化境者。

这种看法,同上引许学夷说左思、应璩、陶潜诗均喜用鱼、虞二韵一样,不免支离破碎。实际除《论语》外,陶诗用《庄子》、《列子》语句典实也很多。朱自清先生在《陶诗的深度》一文中指出:"从古笺定本(指古直《陶靖节诗笺定本》)引书切合的各条看,陶诗用事,《庄子》最多,共四十九次,《论语》第二,共三十七次,《列子》第三,共三十一次。"即从引用古书语句典实看,《论语》也不居首位,所以陈氏之说颇难成立。我以为陶诗喜用《论语》及《庄》、《列》语句典实,在内容上固然是由于他接受儒、道两家思想影响,在形式上则与他喜欢在诗中说理发议论有关。陈氏所指出的喜用《论语》一事,可以作为次要的一个具体特点,概括在我上面所说的陶诗喜欢用通俗的语言说理发议论这一项中去。

最后,想附带谈一下《诗品》谓陶诗"又协左思风力"的问题。风力即风骨,《诗品序》有"建安风力尽矣"句,建安风力即指建安风骨。关于风骨一词的涵义,现在研究者意见分歧,尚未统一。我以为根据《文心雕龙·风骨》"结言端直,则文骨成焉,意气骏爽,则文风清焉"、"练于骨者,析辞必精,深乎风者,述情必显"等话,风骨是指作品的一种优良风格,其特征是思想感情表现鲜明爽朗,语言刚健有力。六朝时代,许多作品堆砌辞藻,结果使思想感情表现得晦昧不明朗,语言柔靡不振,所以刘勰、锺嵘等提倡风力,企图矫正其病[①]。左思《咏史》等诗歌,写得爽朗刚健,富有风骨。《诗品》说左思的诗源出于刘桢,而刘桢诗则是"真骨凌霜,高风跨俗",风骨突出;左思既源出于刘桢,当然也富有风骨。刘桢、左思的诗,质朴刚健,但比起曹植、陆机来,文采稍逊。《诗品》说刘桢诗"气过其文,雕润恨少",说左思诗"野于陆机"("野"字取《论语·雍也》"质胜文则野"之意),都是这个意思。陶潜的诗,质朴而不重词藻,风格确与左思接近。他的作品,思

---

① 参考拙作《〈文心雕龙〉风骨论诠释》,载《学术月刊》1963 年第 2 期。编者按:此文后收入《文心雕龙探索》上编。

想感情表现得颇为鲜明爽朗,萧统《陶渊明集序》称赞它们"跌宕昭章,独超众类,抑扬爽朗,莫之与京",指出了它们爽朗的特色。他的《拟古》"辞家夙严驾"、《咏荆轲》诸篇通过咏史抒发怀抱,笔力雄健,风格也与左思《咏史》诗相近,但这种诗在陶集中毕竟很少。总的说来,陶诗风格的主要特征是古朴质直,与应璩诗接近,也有与左思诗风相通之处,但左思诗歌雄迈有力的特征,仅在陶诗少数篇章中见之。从风骨说,陶诗风清(即鲜明爽朗)的特征比较突出,骨峻(即刚健有力)则稍逊。比较起来,陶诗风格与应璩更为相近。《诗品》说陶诗"其源出于应璩,又协左思风力",把应璩的影响放在第一位,左思的影响放在第二位,还是符合实际情况的。

1977 年 6 月作

(原载《文学评论》1980 年第 5 期)

范晔《后汉书》的序和论

范晔《后汉书》中的一部分纪传有序和论（序在传前，论在传后），表现作者对后汉历史人物和历史事件的评价；它们是我国古代史论中杰出的篇章，具有较高的文学价值，值得文学史研究工作者的重视。

对《后汉书》中的序和论，范晔自己估价甚高，在《狱中与诸甥侄书》中说："详观古今著述及评论，殆少可意者。……吾杂传论，皆有精意深旨，既有裁味，故约其词句。至于《循吏》以下及六夷诸序论，笔势纵放，实天下之奇作。其中合者，往往不减《过秦》篇。尝共比方班氏(指班固)所作，非但不愧之而已。"（见《宋书》卷六九《范晔传》）魏晋南北朝人把贾谊《过秦论》作为史论的模范，陆机《辨亡论》竭力摹拟《过秦》，左思《咏史》诗有"著论准《过秦》"之句；范晔自称其序论为天下奇作，合者"不减《过秦》篇"，其自负可见。《宋书·范晔传》在这封信后加按语道："晔自序并实，故存之。"可见沈约同意范晔的自我评价。《昭明文选》有"史论"一类，专门选录史书中的序、赞和论，共录九篇——班固《汉书》一篇，干宝《晋纪》二篇，范晔《后汉书》四篇，沈约《宋书》二篇；范晔之作为最多。《文选》对史传作品，一般不选，仅选其中少数序、赞和论。其理由是："若其赞论之综缉辞采，序述之错比文华，事出于沉思，义归乎翰藻，故与夫篇什，杂而集之。"（《文选序》）简单地说，就是由于它们有文采。由此可见，《后汉书》序论具有较高的文学价值，不是范晔一人的自诩，而是南朝文学批评家的公论。

一

《后汉书》的一部分序论，具有比较深广的内容，使人感到充实、有见地。范晔自己特别重视《循吏传》以至六夷诸序论，这些篇章的传名是：《循吏》、《酷吏》、《宦者》、《儒林》、《文苑》(序论已佚)、《独行》、《方术》、《逸民》、《列女》、《东夷》、《南蛮、西南夷》、《西羌》、《西域》、《南匈奴》、《乌桓、鲜卑》。自《循吏》至《列女》各传，都是合同类的人于一篇的类传，自《东夷》至《乌桓、鲜卑》各传，每篇涉及一个边疆方面的外族，这些列传的题材都比较广泛，不同于一人的专传和少数人的合传。范晔在论述时又往往目光四瞩，穷源竟委，详述东汉一代(有时甚至上溯至先秦两汉)某一方面史事的沿革得失，使这些序论带有某种专门的政治史、文化史、民族史等概论的性质，再加上作者往往颇为精当的见解，因此就具有相当深广的内容。除《循吏》至六夷诸序论外，其他各篇性质略同的尚有《皇后纪序》(论外戚)、《中兴二十八将论》(在《马武传》后)、《王充传论》(论学术思想)、《党锢》诸篇，写得都颇出色。清代王鸣盛《十七史商榷》说："(《后汉书》)《党锢传》首总叙，说两汉风俗之变，上下四百年间，了如指掌。下之风俗，成于上之好尚，此可为百世之龟镜。蔚宗言之切至如此，读之能激发人。"(卷三八"《党锢传》总叙"条)话说得很中肯。我们感到除《党锢传》外，《后汉书》中还有一部分序论，如《宦者》、《儒林》、《东夷》、《西羌》、《南匈奴》等篇，论述史事，都使人有"上下数百年间，了如指掌"、"其言切至"的感觉。《狱中与诸甥侄书》中说："欲遍作诸志，《前汉》所有者悉令备。……又欲因事就卷内发论，以正一代得失，意复未果。"这部分作品没有写成是很可惜的。

东汉一代，初期如光武帝的处理开国功臣，后期如外戚、宦官擅权和党锢之祸，都是一代大事。《后汉书》的《中兴二十八将论》、《皇后纪序》、《宦者传序论》、《党锢传序》诸篇论述这些史事,显得特别精彩(其中前三篇均为《文选》采录)。不但内容条贯,上下数百年间事,使人了如指掌,而且往往发表了精辟的见解。如《中兴二十八将论》指出西汉初年刘邦屠杀功臣,是由于:"翼扶王运,皆武人屈起,亦有鬻缯屠狗轻猾之徒。或崇以连城之赏,或任以阿衡之地。故势疑则隙生,力侔则乱起。"光武帝纠正前汉之失,优待功臣而不假以权,"高秩厚礼,允答元功;峻文深宪,责成吏职。建武之世,侯者百馀;若夫数公者,则与参国议,分均休咎;其馀并优以宽科,完其封禄,莫不终以功名延庆于后"。见解相当中肯。《宦者传论》推究宦官所以获得君主信赖的因由道:

> 至于衅起宦夫,其略犹或可言。何者?刑馀之丑,理谢全生,声荣无晖于门阀,肌肤莫传于来体,推情未鉴其敝,即事易以取信,加渐染朝事,颇识典物,故少主凭谨旧之庸,女君资出内之命,顾访无猜惮之心,恩狎有可悦之色。亦有忠厚平端,怀术纠邪;或敏才给对,饰巧乱实;或借誉贞良,先时荐誉。非直苟恣凶德,止于暴横而已。然贞邪并行,情貌相越,故能回惑昏幼,迷瞀视听,盖亦有其理焉。

指出宦官身份、生理上的特点所形成的客观条件,容易取得统治者的信任,加上他们主观上的狡诈善变,就更容易迷瞀视听,分析可说很细致深刻。以后欧阳修《五代史·宦者传论》的论述,大约受到此篇的影响。《党锢传序》上半篇论述自先秦至两汉各个历史时期不同的政治形势造成了不同的社会风俗,其特色已如王鸣盛所指出。下半篇全面介绍朋党形成过程及两次党锢之祸的始末情况,以简练的笔墨把复杂的情况交代得清清楚楚,也见出作者驾驭文字的本领。

　　除掉上面类传、载记性质各传的序论外,《后汉书》中一部分个人列传的论，也写得颇为精彩，表现出作者的卓特见识。如《隗嚣传论》指出隗嚣虽然终于覆亡，但能抚养士众，得人死力，故能以一隅之地，支撑很久。最后加以评论道："夫功全则誉显，业谢则衅生；回成丧而为其议者，或未闻焉。若嚣命会符运，敌非天力，虽坐论西伯，岂多嗤乎！"能不囿于"成败论人"的成见。其他如《郑兴、贾逵传论》批评东汉君主迷信谶纬，《张衡传论》推崇张衡精于技艺，虽然文辞比较简朴，但都表现出作者的进步思想。

推崇儒学，表彰忠义节行，赞美志士仁人的杀身成仁，是《后汉书》诸序论思想内容的一个重要特色。范晔在《班固传论》中批评班固及其《汉书》道："彪（固父）、固讥迁（司马迁），以为是非颇谬于圣人，然其论议常排死节，否正直，而不叙杀身成仁之为美，则轻仁义、贱守节愈矣。"跟班彪、班固的论议相反，范晔特别强调忠义节行和杀身成仁之美，这表现于《后汉书》的传记中，也表现于它的序论中。在《李固传论》中，范晔比较全面地表现了他对于仁义和杀身成仁的看法：

> 夫称仁人者，其道弘矣。立言践行，岂徒徇名安己而已哉！将以定去就之概，正天下之风，使生以理全，死与义合也。夫专为义则伤生，专为生则骞义，专为物则害智，专为己则损仁。若义重于生，舍生可也；生重于义，全生可也。上以残暗失君道，下以笃固尽臣节。臣节尽而死之，则为杀身以成仁；去之不为求生以害仁也。顺、桓之间，国统三绝，太后称制，贼臣虎视。李固据位持重，以争大义，确乎而不可夺，岂不知守节之触祸，耻夫覆折之伤任也。观其发正辞，及所遗梁冀书，虽机失谋乖，犹恋恋而不能已，至矣哉，社稷之心乎！其顾视胡广、赵戒，犹粪土也！

范晔认为所以要重仁义、重名节，并不是为了邀取个人名位，而是为了尽臣节以报效国家，为了培养良好的社会风俗。这个前提弄对了，杀身成仁和全身远害都值得肯定。因此他对于李固的以身殉国作了高度赞美。在《陈蕃传论》中范晔评述陈蕃与宦官斗争，终于牺牲的情况道：

> 彼非不能洁情志、违埃雾也。愍夫世士以离俗为高，而人伦莫相恤也。以遁世为非义，故屡退而不去；以仁心为己任，虽道远而弥厉。及遭际会，协策窦武，自谓万世一遇也。懔懔乎伊、望之业矣！功虽不终，然其信义足以携持民心。汉世乱而不亡，百馀年间，数公之力也！

指出陈蕃等人不甘隐遁，终遭杀身之祸，也是为了国家社会，见解与《李固传论》相通。当然范晔对陈蕃等人的行为对后世的影响，也未免估计过高。在《儒林传论》中，范晔更为充畅地表达了上述的这种思想。他在正确地指出后汉儒学存在着门户之见和繁琐的缺点后接着说：

> 然所谈者仁义，所传者圣法也。故人识君臣父子之纲，家知违邪归正之路。自桓、灵之间，君道秕僻，朝纲日陵，国隙屡启，自中智以下，靡不审其崩离；而权强之臣，息其窥盗之谋，豪俊之夫，屈于鄙生之议者，人诵先王言也，下畏逆顺势也。……迹衰敝之所由致，而能多历年所者，斯岂非学之效乎？故先师垂典文，褒励学者之功，笃矣切矣。不循《春秋》，至乃比于杀逆，其将有意乎！

在范晔看来，东汉后期政治长久混乱而国不亡，一方面是由于长时期的儒家仁义名分的教化深入人心，形成一种强大的社会风气和舆论，使权臣不敢行篡夺之事；另一方面则是由于陈蕃、李膺等人维持仁义名教于上，身体力行，杀身而不悔，成为天下表率，也发生了强烈的影响。范晔的分析是符合于当时的历史事实的。

东汉最高统治者光武帝、明帝等有鉴于王莽篡位时当时士人随风而靡的史实，大力提倡儒学，提倡名节，借以改变社会风气，巩固汉王朝的统治。这种努力在东汉后期收到了很大的实效。范晔对此加以肯定和赞美，显然是被儒家"春秋大义"观念，束缚在效忠于一家一姓的正统思想的框框里。这是阶级局限的表现。但是，范晔所表彰的那些正人君子，确能公忠体国，主持正义，不畏强御，与外戚、宦官的恶势力作殊死斗争，终于以身殉国。他们的行为值得人们尊敬，范晔对他们给予热情洋溢的赞美，也是应该肯定的。这种赞美比起班固《汉书》的强调明哲保身而贬低杀身成仁之美的思想来要高明而进步得多。

范晔一方面表彰正人君子的坚持仁义节操，另一方面对那些为了个人名位、苟合取容的人，则加以批评讽刺。《胡广传》对胡广的贪恋高位、与恶势力妥协的卑鄙行为作了揭露，《胡广传论》和《李固传论》中都对他提出谴责。《马融传论》对马融的党附梁冀也加以尖锐讽刺，并且正确地指出了马融在政治上的堕落是由于贪恋舒适的物质生活。

范晔的重视和表彰节行，还明显地表现于《独行》、《逸民》两传及其序中。《独行传序》指出那些独行者不得中庸之道，是所谓狂狷之士。他们"或志刚金石，而剋扞于强御；或意严冬霜，而甘心于小谅。亦有结朋协好，幽明共心；蹈义陵险，死生等节。虽事非通圆，良其风轨有足怀者"。在范晔看来，他们的行为所以值得表彰而特为立传，是因为可以激励人心，培养良好的风气。《逸民传序》指出那些逸民们"虽硁硁有类沽名者，然而蝉蜕嚣埃之中，自致寰区之外，异夫饰智巧以逐浮利者乎！荀卿有言曰：志意修则骄富贵，道义重则轻王公也"。范晔在政治上一般地是主张用世的，他甚至赞美王允、荀爽出仕于董卓手下，因为两人还是忠于汉朝（具见王、荀两人本传）。但他也赞美任性而行、甘贫贱而轻富贵的逸民，因为他们的行为真实不虚伪，有助于培养良好的社会风气。范晔在《丁鸿传论》中说："君子立言，非苟显其理，将以启天下之方悟者；立行，非独善其身，将以训天下之方动者。言行之所开塞，可无慎哉！"这种见解和《李固传论》的"将以定去就之概，正天下之风"的议论完全相同。这就是范晔提倡仁义和节行的根源，也是他品评人物的标准。正因此，他坚决反对沽名钓誉的自私行为，《丁鸿传论》说："故泰伯称至德，伯夷称贤人。后世闻其让而慕其风，徇其名而昧其致，所以激诡行生而取与安矣。至夫邓彪、刘恺，让其弟以取义，使弟受非服而己厚其名，于义不亦薄乎！"范晔提倡仁义名节和杀身成仁之美，要求"正天下之风"，体现着儒家的积极进取和有所不为的进步思想，在封建社会中具有扶持正直勇敢、反抗黑暗强暴的进步作用。

范晔《后汉书》特别提倡儒学教化和仁义节行，是有其历史背景和家庭学术渊源的。曹魏时代，曹操尚刑名，曹丕尚通达，都不重儒学和仁义节行，于是东汉以来的士风为之一变。正始以后，老庄玄学盛行，知识分子专务清谈放诞，鄙薄仁义节行，风气更是大变（参考顾炎武《日知录》卷十三"两汉风俗"条）。其风弥漫西晋一代，促成政治社会的大混乱，国势衰弱不振，外侮频仍。干宝《晋纪总论》曾经慨乎其言之道："风俗淫僻，耻尚失所。学者以庄、老为宗而黜六经，谈者以虚薄为辩而贱名检，行身者以放浊为通而狭节信，进仕者以苟得为贵而鄙居正，当官者以望空为高而笑勤恪。"迄于东晋，其流风依然相当强大。这是一方面。另一方面，范晔的祖父范宁、父亲范泰都是重视儒学的人物。范宁是东晋有名的经学家，著有《春秋穀梁传集解》。《晋书·范宁传》说："时以浮虚相扇，儒雅日替。宁以为其源始于王弼、何晏，二人之罪，深于桀纣。乃著论曰……宁崇儒抑俗，率皆如此。（桓）温薨之后，始解褐为馀杭令。在县兴学校，养生徒，洁己修礼。志行之士,莫不宗之。期年之后,风化大行。自中兴以来,崇学敦教,未有如宁者也。"晔父范泰,亦重儒学。宋武帝(刘裕)时,"议建国学,以泰领国子祭酒"。泰在武帝、少帝、文帝三朝,屡次上疏议论政治,直言极谏,不惧得罪,表现出大臣风概(见《宋书·范泰传》)。范晔对他的祖父、父亲是很尊重的,《后汉书》中《黄宪传论》曾引范宁之说,《高凤传论》曾引范泰之说。我们可以这样说:范晔受到祖、父一贯重视儒学的影响,有鉴于曹魏以来老庄流行、士风堕落之弊,特意在《后汉书》提倡仁义节行,表彰杀身成仁之美,企图有助于社会风俗的改变。

如上所述,范晔《后汉书》的序论具有相当充实的内容,表现了作者的精辟见解和进步思想。另一方面,无可否认,在《后汉书》序论中也存在着若干思想局限和糟粕。上面提到的一家一姓的正统观念是一种。此外,范晔的定命论思想也比较显著。如《窦武、何进传论》把窦、何两人谋诛宦官的失败归之于天命,就是明证。但这些思想局限,大抵是古代史家所普遍存在的,不是范晔一人的突出问题。

二

《后汉书》的大部分序论,不仅是内容充实、见识颇高的历史著作,而且是优美的文学散文。范晔《狱中与诸甥侄书》说:"常谓情志所托,故当以意为主,以文传意。以意为主,则其旨必见;以文传意,则其词不流。然后抽其芬芳,振其金石耳。"他要求文章内容(意)、形式(文)并重,而以内容为主,形式为表达内容(传意)服务。这种见解是很正确的。《后汉书》的序论就是内容和形式、思想性和艺术性结合较好的散文,优美的艺术形式有效地表现了它的充实精当的思想内容。

《后汉书》序论常常采用夹叙夹议的写法,叙述史事简练而又生动,于叙述中表现出作者对于人物事件的评价和鲜明倾向。序论是整个传记中的一部分,作为开头和结尾,它不需琐琐复述史实,因此或综括大端，或撮举要事，着墨不多，往往能抓住人物事件的重要关节，作为论断的有力根据，真是言简而意赅。《皇后纪论》、《党锢传序》、《宦者传序》诸篇，篇幅较长，描写更为精彩。它们一方面概述上下数百年间事，头绪分明，使人一目了然，显示出高度的综合能力；另一方面又有相当细致生动的描绘，使人感到形象鲜明。如《皇后纪序》：

> 东京皇统屡绝，权归女主，外立者四帝，临朝者六后，莫不定策帷帘，委事父兄，贪孩童以久其政，抑明贤以专其威。任重道悠，利深祸速。身犯雾露于云台之上，家婴缧绁于囹圄之下。湮灭连踵，倾辀继路。而赴蹈不息，燋烂为期，终于陵夷大运，沦亡神宝。

描写东汉许多外戚专擅权位、自取灾祸、不以前车为鉴戒的贪愚情态，曲曲如绘；而作者讥讽之意，亦隐然见于言外。又如《宦者传序》：

> 其后孙程定立顺之功，曹腾参建桓之策，续以五侯合谋，梁冀受钺，迹因公正，恩固主心，故中外服从，上下屏气。或称伊、霍之勋，无谢于往载；或谓良、平之画，复兴于当今。虽时有忠公，而竟见排斥。举动回山海，呼吸变霜露。阿旨曲求，则光宠三族；直情忤意，则参夷五宗。汉之纲纪大乱矣。若夫高冠长剑，纡朱怀金者，布满宫闱；苴茅分虎，南面臣人者，盖以十数。府署第馆，棋列于都鄙；子弟支附，过半于州国。南金、和宝、冰纨、雾縠之积，盈仞珍藏；嫱媛、侍儿、歌童、舞女之玩，充备绮室。狗马饰雕文，土木被缇绣。皆剥割萌黎，竞恣奢欲，构害明贤，专树党类。其有更相援引，希附权强者，皆腐身熏子，以自衒达。同敝相济，故其徒有繁，败国蠹政之事，不可单书。

这段文章对东汉后期宦官掌握中央大权、气焰嚣张、不可一世的情况,描摹得可谓淋漓尽致,色彩缤纷。作者憎恨他们植党营私、残害忠良、剥削人民的态度,在叙述中也表现得非常鲜明。我们不能不认为这是思想性、艺术性都相当高的散文。

《后汉书》序论在对人物事件进行评述褒贬时,往往情意深长曲折,抑扬反复,跌宕多姿。作者感情充沛,长于咏叹,使篇章带有浓厚的抒情味。如入选于《文选》的《逸民传论》,先述逸民任性而行,表现各异;其次赞美他们骄富贵、轻王公;最后概述西汉末年到东汉各时期逸民的主要表现。全文篇幅并不长,但徘徊曲折,变化多端,咏叹生情。又如《孔融传论》:

> 昔谏大夫郑昌有言:"山有猛兽者,藜藿为之不采。"是以孔父正色,不容弑虐之谋;平仲立朝,有纾盗齐之望。若夫文举之高志直情,其足以动义概而忏雄心。故使移鼎之迹,事隔于人存;代终之规,启机于身后也。夫严气正性,覆折而已。岂有员园委屈,可以每其生哉!懔懔焉,皓皓焉,其与琨玉秋霜比质可也!

这篇传论确也是气势充溢,长于咏叹,跌宕多姿。但也应该指出,这里却也表露了作者有维护汉皇朝的正统观点。《后汉书》的人物短论中,文情并茂的佳构是可以发现不少的,如《窦宪传论》、《臧洪传论》、《马融传论》以及上面举过的《李固传论》、《陈蕃传论》等都是。再看《蔡邕传论》:

> 意气之感,士所不能忘也;流极之运,有生所共深悲也。当伯喈抱钳扭,徙幽裔,仰日月而不见照烛,临风尘而不得经过,其意岂及语平日幸全人哉!及解刑衣,窜欧越,潜舟江壑,不知其远;捷步深林,尚苦不密;但愿北首旧丘,归骸先垄,又可得乎!董卓一旦入

朝,辟书先下,分明枉结,信宿三迁。匡导既申,狂僭屡革。资《同人》之先号,得北叟之后福。属其庆者,夫岂无怀? ……

这里对于蔡邕一生主要遭遇的叙述,可说完全出之于抒情的笔调,叙事和抒情紧密地结合在一起。作者对于这位文学前辈的同情,洋溢在字里行间。《南史》卷三三《范晔传》说:"(晔)左迁宣城太守,不得志,乃删众家后汉书为一家之作。至于屈伸荣辱之际,未尝不致意焉。"大约指的就是这类篇章吧①。再看《耿恭传论》:

> 余初读《苏武传》,感其茹毛穷海,不为大汉羞。后览耿恭疏勒之事,喟然不觉涕之无从。嗟哉,义重于生,以至是乎! 昔曹子抗质于柯盟,相如申威于河表,盖以决一旦之负,异乎百死之地也。以为二汉当疏高爵,宥十世。而苏君恩不及嗣,恭亦终填牢户。追诵龙蛇之章,以为叹息。

这里不但对于历史人物的同情表现得非常鲜明强烈,而且连作者本人的身影都直接呈现出来了。它的风格跟《史记》的一部分论赞非常接近,它使人很容易想到《史记》中《孔子世家》、《魏公子列传》、《屈原贾生列传》等篇章的论赞。总之,强烈的抒情色彩,是《后汉书》序论具有较高的文学性的一个重要因素。

《后汉书》序论的语言特色是骈散相兼,文气疏朗,音节和谐,铿

---

① 以下例也可以说是致意于"屈伸荣辱之际"的。《窦宪传论》:"东方朔称用之则为虎,不用则为鼠,信矣。以此言之,士有怀琬琰以就煨尘者,亦何可支哉!"《桓谭、冯衍传论》:"夫贵者负势而骄人,才士负能而遗行,其大略然也,二子不其然乎! ……光武虽得之于鲍永,犹失之于冯衍。夫然,义直所以见屈于既往,守节故亦弥阻于来情。呜呼!"这些话看上去似乎有借古人之事来发泄自己胸中不平之意。抄在这里以供参考。

锵可诵。《后汉书》序论基本上使用骈文体，不论叙事议论，大量驱遣俪词偶句，富有文采。萧统对《后汉书》很重视，《文选》"史论"选其篇章独多，其故即在这里。《后汉书》的骈文特色是华美而雅洁，不刻意雕琢字句，不浮侈，不板滞，有工致之美而不伤自然。加上通篇常常奇偶相生，散文句错落其间，帮助咏叹，增加了文章疏宕之美。南朝的一部分骈文，由于过分追求辞藻的绮艳，陷于浮靡；或者属对过严，拘束弥甚，使文不流畅，"密则伤气"。这种弊病从齐梁时代开始比较显著。范晔的骈文没有这种弊病。孙德谦《六朝丽指》说得很中肯："余最爱读其(指范晔)序论，尝欲钞撮一编，以作轨范。盖蔚宗之文，叙事则简净，造句则研炼，而其行气则曲折以达，疏荡有致，未尝不证故实，肆意义，篇体散逸，足为骈文大家。"魏晋和刘宋时代骈文之佳者往往具有文辞雅洁、文气疏朗的优点，范晔的散文也具有这种特色。鲁迅先生的杂文和文言作品，也往往具有这种骈文之美，这是他接受魏晋文章影响的表现。

《后汉书》序论的另一点语言特色是音节和谐可诵。范晔很自负能懂得语言的音节。《狱中与诸甥侄书》说："性别宫商，识清浊，斯自然也。观古今文人，多不全了此处；纵有会此者，不必从根本中来。言之皆有实证，非为空谈。"魏晋以来，文学创作的音节更为获得作家们的重视，陆机《文赋》曾说："暨音声之迭代，若五色之相宣。"范晔的这段文章比起《文赋》来显示出更为自觉地重视音节，可以说是沈约声律论的前驱。我们读《后汉书》序论，感到那时由于四声说尚未形成，范晔对字的四声平仄的运用，还没有区别得很严格，但许多篇章都注意到字音的抑扬轻重，配搭得很好，因此念起来感到和谐流美，富于音韵之美。上面举过的《皇后纪论》、《宦者传论》、《蔡邕传论》、《孔融传论》等都有这种特色。刘师培曾经说："范蔚宗文甚疏朗，且解音律。其自序云：'性别宫商，识清浊。'沈约诸人，多祖述其说。故其文之音节尤可研究。例如《后汉书·六夷传序》、《党锢传序》、《逸

民传序》、《宦者传序》诸篇，几无一句音节不谐。"①刘氏的赞美不是
没有道理的。

　　我国古代史论，比较重要而又在范晔以前的有贾谊、司马迁、班
固三家。贾谊的《过秦论》以纵横家游说之辞和辞赋的描写方法来进
行论述，文章气势雄浑，文采绚烂。以后规摹《过秦论》的名作有陆机
的《辨亡论》、干宝的《晋纪总论》，文字更趋骈化。司马迁《史记》的序
赞，长于抑扬咏叹，文势曲折反复，文笔跌宕多姿，作者的感情色彩特
别鲜明强烈，富于抒情诗的风神。班固《汉书》的序赞一部分沿袭《史
记》，一部分出自创作。其优点是叙事简练核实而有条贯，文字干净。
但语言一般都很朴素，文采不足；且不长于咏叹，缺少情韵（从写得较
好而为《文选》采录的《公孙弘等传赞》来看，就可以获得证明）。因此
文学价值不及贾谊、司马迁两家。《后汉书》序论一般篇章比较短小，
字句比较简练，文气不及贾谊雄浑，但多俪词偶句，文采绚烂，撷有
《过秦》、《辨亡》诸论之长。其抑扬咏叹、跌宕多姿，则最能发挥史迁
的特色。而在叙事简括、文字雅净方面也接受了班固的影响。可以
说：范晔的序论是多方面承受了前此诸家史论之长，加以熔铸变化，
创造了新的风格和特色②。假如说，《后汉书》的人物传记比起《史
记》、《汉书》来并没有什么新发展的话，那末它的序论可说是具有了
比较显著的创造性和独特风格，它们在中国散文史上应当占有一定
的地位。过去的选本，萧统《文选》非常重视《后汉书》的序论，而不选
《史记》的序赞，那是骈文家的偏见；而姚鼐《古文辞类纂》选录《史记》
的不少序赞，不取《后汉书》，那又是古文家的偏见。这两种偏见我们

---

　　①　见罗常培编：《汉魏六朝专家文研究》第六节，该书解放前由独立出版
社出版。

　　②　此外还受到华峤《后汉书》、袁宏《后汉纪》中评论的影响，但二家之作都
不及范晔精美。参考戴蕃豫《范晔与其〈后汉书〉》一书中《与诸书之比较》章。
该书解放前由商务印书馆出版。

现在都应该打破。

　　范晔史论对后代发生的深远影响也不容我们忽视。史书中受他影响最深的当推沈约的《宋书》。看《文选》中所选《宋书》的《谢灵运传论》、《恩幸传论》两篇，可以了解它的渊源所自。刘师培说："《宋书》为《三国志》以下最古之史，叙事论断，并有可观。其纪传叙论亦能夹叙夹议，各有警策。蔚宗而后，此实称最。"①这评价还是有见地的。清代骈文名家汪中，受范晔影响特别深。近代骈文家李详评汪中之文说："容甫之文，出范蔚宗《后汉书》。……节宣于单复奇偶间，音节遒亮，意味深长。"②

　　我们现在写作历史论文和人物评述等文章时，当然不需要摹仿《后汉书》的序论，但它们的叙述简练生动、倾向性鲜明、感情洋溢、音节和谐等等优点，仍然对我们富有启发意义，可以作为今天写作上的一种借鉴。

1962 年 7 月

（原载《文学遗产增刊》第 10 辑，作家出版社 1962 年出版）

---

①　见《汉魏六朝专家文研究》第二节。
②　见钱基博《中国现代文学史》上编《李详》篇引。

孔稚圭的《北山移文》

　　孔稚圭的《北山移文》是我国古代骈文中的一篇名作,著名的选本《昭明文选》、《六朝文絜》都加以选录。《古文观止》于六朝文选录极少,于东晋只取王羲之、陶渊明两家,于宋、齐、梁、陈四代只取《北山移文》一篇,可见对它的重视。解放后我国一些古典文学史研究专著,对骈文很少齿及,但于此文特垂青睐。高等教育出版社出版的《中国文学史教学大纲》说这篇文章"对于当代的假名士伪君子,作了尖锐的讽刺与抨击,揭露了他们的丑恶面貌"。北京大学1955级同学所编《中国文学史》(修订版)说:"作品有力地斥责了周颙'身在江海之上,心系魏阙之下'的思想行为,而且有很高的艺术性。全篇行文,都很合山灵口吻,处处把自然景物人格化,使讽刺尖锐有力,而且生动活泼,趣味横生。"

　　最近重读《北山移文》,发现过去人们对这篇文章的内容和作者创作意图的解释,有可以令人怀疑之处。

　　《文选六臣注》吕向解释此文写作背景说:"钟山在都(指建康,今南京)北。其先周彦伦(周颙的字)隐于此山,后应诏出为海盐县令,欲却过此山。孔生乃假山灵之意移之,使不许得至。"这样说,好像周颙原来隐居钟山,后来方始应诏出仕,故孔稚圭作移文讽刺。吕向之说,为后来许多人们所采用,但考之事实,其说却并无根据。《南齐书》卷四一《周颙传》历载颙前后仕履非常详尽,他在宋明帝元徽初年曾为剡令,齐高帝建元初为长沙王参军、后军参军、山阴县令,却不云曾为海盐县令。《文选》李善注于《移文》"张英风于海甸,驰妙誉于浙右"句下的注释,即以山阴当"浙右",可见为海盐县令一说之不确。这还是小事。《南齐书·周颙传》记载周颙为官时,"于钟山西立隐舍,休沐日则归之"。这里问题就大了。首先是周颙在钟山立隐舍,是在他的生活后期,已在浙右为官之后。其次是他的立隐舍,并不是不做官,只是"休沐日则归之"——在假日休憩而已(《南齐书》关于周颙的记载,《南史》卷三四《周颙传》完全相同)。所以清代张云璈的《选学胶言》,就根据《南齐书》否定了吕向的说法,认为周颙"未尝有隐而复出之事"。这样看来,说《北山移文》是讽刺欺世盗名的假隐士出山,不是落空了吗? 这是可疑者一。

《北山移文》描写周颙出仕后的情况道:

> 至其纽金章,绾墨绶,跨属城之雄,冠百里之首。张英风于海甸,驰妙誉于浙右。……常绸缪于结课,每纷纶于折狱,笼张、赵于往图,架卓、鲁于前录,希踪三辅豪,驰声九州牧。

本文宗旨既然在讽刺周颙出仕,为什么对周颙的政治生活又用一种赞赏的语句去描写,称之为"张英风"、"驰妙誉",而且治绩架于汉代的张敞、赵广汉、卓茂、鲁恭等这些良吏之上呢? 这是可疑者二。

《南齐书》卷五四《杜京产传》有这样一段有关孔稚圭的记载:

> 永明十年,稚圭及光禄大夫陆澄、祠部尚书虞悰、太子右率沈约、司徒右长史张融表荐京产曰:"窃见吴郡杜京产,洁静为心,谦虚成性。……泰始之朝,挂冠辞世,遁舍家业,隐于太平。茸宇穷岩,采芝幽涧。耦耕自足,薪歌有馀,确尔不群,淡然寡欲。麻衣藿食,二十馀载,虽古之志士,何以加之! 谓宜释巾幽谷,结组登朝,则岩谷含欢,薜萝起忭矣。"不报。

这篇荐表是孔稚圭带头写的,故严可均《全齐文》即系在稚圭名下。很奇怪,这篇文章一方面赞美杜京产隐遁山林,安于贫素,一方面又要他出山而仕,最后"岩谷含欢,薜萝起忭"两句,意思恰恰和《北山移文》中"林惭无尽,涧愧不歇,秋桂遣风,春萝罢月"诸句截然相反,使人疑心不可能出于一人之手。既然孔稚圭要杜京产出山而仕,为什么对周颙的这类行动要大加讽刺呢?这是可疑者三。

以上这些疑问应该如何解释呢?细读《南齐书》中的《周颙传》和《孔稚圭传》,我觉得以下几点情况值得注意:

第一,是周颙和孔稚圭两人的生活道路和情况很接近。六朝时代知识分子有一种风气,就是一边做官,一边度度隐逸生活,周颙和孔稚圭都属于这一类人物。史载周颙自青年时解褐为官起,直至死亡,一生一直在做官。但又喜过隐士生活,除在钟山"立隐舍"外,《南齐书》又载他"清贫寡欲,终日长蔬食,虽有妻子,独处山舍。卫将军王俭谓颙曰:'卿山中何所食?'颙曰:'赤米白盐,绿葵紫蓼。'文惠太子问颙:'菜食何味最胜?'颙曰:'春初早韭,秋末晚菘。'"至于孔稚圭,《南齐书》卷四八本传也记载他从青年时解褐为官起,直至病死,也是一生不间断地做官,但又爱隐逸生活,"不乐世务,居宅盛营山水,凭几独酌,傍无杂事。门庭之内,草莱不剪,中有蛙鸣。或问之曰:'欲为陈蕃乎?'稚圭笑曰:'我以此当两部鼓吹,何必期效仲举。'"(《南史》卷四九《孔稚圭传》略同)对隐士杜京产,周、孔两人都很欣赏,《南齐书·杜京产传》说"孔稚圭、周颙、谢瀹并致书以通殷勤"。

第二,周、孔两人的知交朋友相同。《南齐书·孔稚圭传》说"稚圭风韵清疏,好文咏,饮酒七八斗。与外兄张融情趣相得。又与琅邪王思远、庐江何点、点弟胤,并款交"。《南齐书·周颙传》记载颙"兼善《老》、《易》,与张融相遇,辄以玄言相滞,弥日不解"。又曾写信给何点(《南史》及《广弘明集》作何胤),劝他吃素。何胤曾向颙要他收藏的卫恒散隶书法,他没有答应。可见两人与张融(当时著名的风流旷达文士)、何点、何胤兄弟(当时著名隐士)都颇友好。

第三,周、孔两人在生活上都富有风趣,擅长言辞。上引孔稚圭的"两部鼓吹"的故事是很著名的。至于周颙,史载他"辞韵如流,听者忘倦"。何胤向他求卫恒散隶书法时,打算以倒薤书交换,"颙笑而答曰:'天下有道,丘不与易也。'"他与何胤俱精信佛法,文惠太子问他们两人造诣谁胜,"颙曰:'三涂八难,共所未免,然各有其累。'太子曰:'所累伊何?'对曰:'周妻何肉(是说自己娶妻,何胤吃荤)。'"

《南齐书》没有直接记载周、孔两人是知交,但从以上第一、二两点,我们认为周、孔两人既然生活情况如此相似,知交朋友又相同,两人在朝廷时必定有较好的友谊,至少不至反唇相讥。再结合第三点,我们推测《北山移文》只是文人故弄笔墨、发挥风趣、对朋友开开玩笑、谑而不虐的文章。这样理解作者的创作意图,前面的三点疑问也就可以解释了。第一点,既然是开开玩笑,文章内容与周颙出处细节是否贴合,就可不必顾及;第二点,既然是谑而不虐,褒贬兼具自也无妨;至于第三点的矛盾,就更不成问题了。

假如以上的考证可以成立的话,我认为:这篇文章内容固然对南朝士大夫知识分子表面崇尚隐居,实际企羡爵禄的生活状态和精神面貌有所反映,但对它的思想性不宜作过高的、不切实际的评价。

毫无疑问,《北山移文》在南朝骈文中是一篇艺术成就很高的作品。全篇写人写景,形象鲜明,生动突出;语言优美,富有诗意。

全文可分三段,善于通过对比法和拟人法刻画人物和景象。第一段从开头到"何其谬哉",以抒情笔调发议论,把隐士分为三类,以前两类真隐士和第三类假隐士作对比,反衬出假隐士的可鄙可怜。本段中没有直接提出周颙,但已渲染出一种谴责、慨叹的气氛,为下文作张本。第二段从"呜呼!尚生不存"到"驰东皋之素谒",详细描写周颙"变节"过程,是全文重点。上半段写周颙在山中时情状,其始至时是"风情张日,霜气横秋",气概极高;等到朝廷征聘诏书一来,就

"焚芰制而裂荷衣，抗尘容而走俗状"，与过去判若两人。通过前后对比的夸张描写，深刻地揭露了假隐士的虚伪面貌。下半段写周颙出山后情状：一方面是周颙做地方官，政务繁忙，声名煊赫；另一方面是山中景象，幽寂荒凉，无人赏玩，且受附近诸山嘲弄。一方面是得意热闹；另一方面是失意落寞。生动的对比，有力地写出了周颙的负心和北山的蒙耻。本文全篇假山灵口气行文，是拟人法；本段更把山中许多具体景物人格化，如"风云凄其带愤"诸句，"使我高霞孤映"诸句，"故其林惭无尽"诸句，把它们凄怆落寞、蒙耻深重的精神状态刻画得非常细致深入，大大地增强了这篇文章的抒情气氛和感染力量。第三段从"今又促装下邑"到结尾，在第二段周颙负心、北山蒙耻的基础上提出勒移本旨。篇幅虽短，但语气坚决有力。仍用拟人法，表现了山林的果毅行为。最后以"请回俗士驾，为君谢逋客"两句作结，令人有笔力千钧之感。

　　这篇文章属对精工，文辞华美，声调和谐，它的语言形式的完整，达到了南朝骈文的高峰。孙月峰评它说："六朝虽尚雕刻，然属对尚未尽工，下字尚未尽险，至此篇则无不入髓，句必净，字必巧，真可谓精绝之甚。此唐文所祖。"(于光华《文选集评》引)许梿《六朝文絜》也说："此六朝中极雕绘之作，炼格炼词，语语精辟。……当与徐孝穆《玉台新咏序》并为唐人轨范。"都指出了这种特色。作者孔稚圭生于南齐永明时代，当时声律论已经形成(周颙就是声律论的提倡者)，骈文语言的对仗、辞藻、用典、声律诸要素，在这时已经完全具备。语言形式如此完整、为唐代骈文开路的《北山移文》在这个时候出现，不是偶然的事情。骈文形式过于完整，容易产生雕琢、呆板的缺点。本篇却没有这个毛病，用词造句，非常精致，但又注意清新自然，不堆砌辞藻，给人以生动灵活的感觉。全篇除四言句、六言句外，错综运用着三言、五言、七言等各种句法。除对偶语句外，穿插了若干单行的关连语句，如"吾方知之矣"、"固亦有焉"等等。在句与句中间，成功地运用了一些虚词来联系，孙月峰评为"精神唤应，全在虚字旋转上"，许梿评为"其妙处尤在数虚字旋转得法"。以上几方面都使这篇文章增加了灵活性，避免了骈文特别是四六文常见的呆板缺点。

本文全篇用韵，采用辞赋体裁。我国古代游戏文章常采用韵文体，有它的传统，看《文心雕龙·谐讔》篇和《骈体文钞》中的"杂文"一类，便可明白。文中使用五、七言诗歌句法，更增加诗的味道。文中深慨隐士出山，用拟人法写山中景物神态，抒情气氛已极浓厚，加上形式上的诗歌因素，使它整个成为一篇美妙的抒情诗。相传宋代王安石特别欣赏"使我高霞孤映，明月独举，青松落荫，白云谁侣"四句，它的形象鲜明，语言优美，富有诗意，令人想起丘迟《与陈伯之书》的名句："暮春三月，江南草长，杂花生树，群莺乱飞。"

《南齐书·孔稚圭传》说："太祖（齐高帝）为骠骑，以稚圭有文翰，取为记室参军，与江淹对掌辞笔。"可见其文才为当时统治者所如何重视。《北山移文》和江淹的《恨赋》、《别赋》，都可以说是骈体文的杰作，代表了当时骈文艺术的最高成就。

（原载《文汇报》1961 年 7 月 29 日）

陈子昂和他的作品

　　陈子昂是唐代诗歌发展过程上具有关键性的人物。他首先起来倡导改变六朝以迄初唐诗坛的形式主义作风，把诗歌引向朴实而具有真实生命的大路上去。他是唐诗现实主义潮流和积极浪漫主义潮流的有力的前驱者，对以后的大诗人李白、杜甫、白居易都有很大的影响。

　　陈子昂不但是一个杰出的诗人，而且是一个具有卓越见识的政治家。他的许多政治言论，往往能够从整个国家的命运和广大人民的生活出发：往往深入揭露时政的弊害，提出正确的主张。正是由于这样，他的一部分诗歌就具有相当充实的社会内容。他的人格和诗歌的风格是统一起来的。

　　现从下列两个方面来论述陈子昂和他的作品：一、介绍他的生活和思想，通过这种介绍来认识他的诗歌的具体内容；二、说明他的诗歌的成就特色以及对于李白、杜甫、白居易诸大诗人的影响。

一　政治生活与政治思想

　　陈子昂，字伯玉，唐梓州射洪县（今四川省射洪县）人。生于唐高宗龙朔元年（661）。他出身于官僚地主家庭。他的祖先有的担任地方官职，有的隐居不仕。父亲名叫元敬，乡贡明经擢第，但没有出去做官，在家过隐居生活，博览群书（见《我府君有周居士文林郎陈公墓志文》)。元敬为人慷慨，"年二十，以豪侠闻，属乡人阻饥，一朝散万钟之粟而不求报"(卢藏用《陈氏别传》)。

元敬的博学和慷慨对子昂的影响很大。《陈氏别传》说子昂"好施轻财而不求报"，又说："始以豪家子，驰侠使气，至年十七八未知书。尝从博徒入乡学，慨然立志，因谢绝门客，专精坟典。数年之间，经史百家，罔不该览。尤善属文，雅有相如、子云之风骨。"学养渊博的子昂不愿只做一个作家，他要求自己在政治上有所建树。对这点，子昂在《谏政理书》中有非常清楚的自白："窃少好三皇五帝霸王之经，历观丘坟，旁览代史，原其政理，察其兴亡。……臣每在山谷，有愿朝廷，常恐没代而不得见也。"这种欲望驱使着他以后不断在政治上争取建立功业，"少学纵横术，游楚复游燕。栖遑长委命，富贵未知天"(《赠严仓曹乞推命录》)。

青年时代的陈了昂，对于国家的政治、经济等情况已经给予很大的注意。从他以后所写的《上蜀川安危事》、《上蜀川军事》、《上益国事》等章奏中，可以看出子昂在青年时期对于自己故乡蜀地的各方面的情况是非常熟悉的。蜀地处于国家西南边陲，跟其他民族接触频繁，问题比较复杂，措施稍不妥当，即有战争，人民受害甚大。这种边陲地区的特殊情况对于年轻的子昂一定有很大的影响，所以他以后在朝廷时对边疆方面的问题论列很多。

另一方面，子昂很早时候就开始修仙学道，过隐士生活。在这方面他父亲元敬对他的影响也很大。元敬于"群书秘学，无所不览"(《我府君有周居士文林郎陈公墓志文》)；喜欢服食，"居家园以求其志，饵地骨炼云膏四十馀年"(《陈氏别传》)。子昂在《观荆玉篇序》中说："余家世好服食，昔尝饵之。"又在弘道元年(683)二十三岁时所作的《晖上人房饯齐少府使入京府序》中说："林岭吾栖，学神仙而未毕。"他很早认识了禅门的晖上人，跟他成为好友。

这时候，唐高宗和武则天经常住在东都洛阳。二十四岁那年，子昂在洛阳考中了进士。那时武则天初当政，他以"草莽臣"的身份（那时还未授官）上书朝廷，有《谏灵驾入京书》和《谏政理书》，都是洋洋洒洒的文字，充分显示出他具有不同寻常的政治见解和才能，显示出他准备以布衣取卿相的宏大气魄。他得到了武则天的重视，被拜为麟台正字。

从二十四岁开始到三十九岁这十多年中，子昂绝大部分时间在朝廷担任官职，最初是麟台正字，后来升为右拾遗。这段期间，始终是武则天掌握政治大权，开头是摄政，后来代唐自立，建立武周王朝。这时期子昂在政治上曾经对许多问题发表了自己的看法。

前人评论子昂这段时期的政治生活，往往从封建王朝的正统观点出发，纠缠在子昂是不是武则天的党羽，是不是忠于李唐王室这一问题上。我们在这方面应有与前人不同的认识。我们认为重要的问题不在于子昂忠于哪一姓，而在于他在那段时期发表了怎么样的一些政治主张，在于这些主张是否符合于整个国家和广大人民的利益。

武则天的各方面的政治措施对当时整个社会所起的作用怎样，我们应该怎样对武则天的历史地位给予正确的估价，这是一个相当复杂的问题，需要我们作全面深入的考察和分析。我们综观子昂在武后朝所发表的许多政治言论，不能不承认：他中肯地揭发了当前政治上的许多弊害，指出了广大地区人民生活的痛苦和不安定，要求迅速改变这种情况；他具有政治的远见和热烈的人道主义精神，关怀着整个国家的前途和广大人民的利益；他不畏强暴，正直不阿，他不是苟合求荣的人物。

在二十四岁所写的《谏政理书》中，子昂提出了他在政治方面的正面主张是：

> 天地之道，莫大乎阴阳；万物之灵，莫大乎黔首；王政之责，莫大乎安人。故人安则阴阳和，阴阳和则天地平，天地平则元气正矣。

怎样安人呢？同书中提出详细的具体办法：

> 陛下遂躬籍田亲蚕，以劝天下之农桑；养三老五更，以教天
> 下之孝悌；明讼恤狱，以息天下之淫刑；除害去暴，以正天下之仁
> 寿；修文尚德，以止天下之干戈；察孝兴廉，以除天下之贪
> 吏。……陛下务以至诚，躬服质素，以为天下先，愚臣以为不出
> 数年之间，将见太平之化也。

子昂在政治上的许多具体意见，都是从儒家的"安人"、"保和"这一中
心要求出发的。其中以请息兵和请措刑二者，谈得最多，是子昂政治
言论中最突出的部分，我们不妨就这两项来考察一下。

现在先略谈请息兵一项。这意见主要见于《答制问事》、《上军国
利害事》、《谏雅州讨生羌书》诸文中。《谏雅州讨生羌书》作于武后垂
拱三年。这一年，武后计划开凿蜀山，由雅州道攻击生羌，这是一种
黩武行为，子昂上书谏止，力陈其七不可。最后指出这种计划是"徇
贪夫之议，谋动兵戈，将诛无罪之戎，而遗全蜀之患"。又说明当时人
民的生活是："山东饥，关陇弊，历岁枯旱，人有流亡。"在《上军国利害
事》中，他揭发了由于战争和天灾，人民转徙于死亡线上的凄惨景象：

> 自剑以南，爰至河陇秦凉之间，山东则有青徐曹汴，河北则
> 有沧瀛恒赵，莫不或被饥荒，或遭水旱，兵役转输，疾疫死亡，流
> 离分散，十至四五，可谓不安矣。

底下他又说：

> 臣今所以为陛下更论天下之危机者，恐将相有贪夷狄之利，
> 又说陛下以广地强武为威，谋动甲兵，以事边塞，陛下或未知天

下有危机，万一听之，臣惧机失祸构，则天下有不可奈何也。

这种从整个国家和广大人民利益着眼而反对黩武战争的见解，跟《谏雅州讨生羌书》是完全一致的。必须指出，子昂所反对的只是这种黩武性的战争。契丹叛变时，他自愿作先驱讨伐（详下文），可见他并不一般地反对战争。

这样的能够洞察国家内部危机、关心人民疾苦的政治家在当时是并不多见的。当时的贤相狄仁杰也有相同的见解。《资治通鉴》卷二〇六载武后神功元年冬闰十月，仁杰为同平章事，上疏曰："近者国家频岁出师，所费滋广。西戍四镇，东戍安东，调发日加，百姓虚弊。今关东饥馑，蜀汉逃亡，江淮以南，征求不息。人不复业，相率为盗，本根一摇，忧患不浅。其所以然者，皆以争蛮貊不毛之地，乖子养苍生之道也。"两相比较，更可以看出子昂在这方面的卓越的见解。

底下再略谈子昂请措刑的见解。这主要见于《答制问事》、《谏刑书》、《谏用刑书》诸文中。武后篡唐自立，徐敬业及李唐宗室李贞、李冲等起兵反抗，武后为了维持自己的政权，加以镇压，在她是必要的。但后来她轻信酷吏，大力诛锄臣下，稍有嫌疑，即遭屠杀。又大开告密之门；株连所及，陷于刑网者极众。因此人心惶惶，处于恐怖空气中。子昂指出了这种情况，并要求予以改变。

　　顷年以来，伏见诸方告密，囚累百千辈，大抵所告皆以扬州为名（案徐敬业起兵于扬州），及其穷究，百无一实。陛下仁恕，又屈法容之，旁讦他事，亦为推劾。遂使奸恶之党，决意相仇，睚眦之嫌，即称有密。一人被讼，百人满狱。使者推捕，冠盖如云。或谓陛下爱一人而害百人，天下喁喁，莫知宁所。

　　　　　　　　　　　　　　　　　　　　——《谏用刑书》

子昂也曾经请武后安抚李唐宗室（见《答制问事》），但他更关心的是广大人士的生命和整个社会的安定。更不易的，他指出了酷吏滥用刑罚的自私自利的动机，暴露了他们的丑恶面目：

> 夫大狱一起，不能无滥。何者？刀笔之吏，寡识大方，断狱能者，名在急刻，文深网密，则共称至公，爰及人主，亦谓其奉法。于是利在杀人，害在平恕。故狱吏相诫，以杀为词，非憎于人也，而利在己。故上以希人主之旨，下以图荣身之利。徇利既多，则不能无滥；滥及良善，则淫刑逞矣。
>
> ——《谏用刑书》

《谏用刑书》写于武后垂拱二年。据《资治通鉴》，此年武后穷治徐敬业党羽，"乃盛开告密之门"，厚加赏赐，"丁是四方告密者蜂起"。又任用酷吏索元礼、周兴、来俊臣等。"俊臣与司刑评事洛阳万国俊，共撰《罗织经》数千言，教其徒网罗无辜，织成反状，构造布置，皆有支节。"子昂的言论即是针对这种情况而发的。当时酷吏气焰嚣张，朝臣有不满他们的意的，往往惨遭虐杀。子昂独能无所畏惧，好几次上疏竭力谏止酷刑，这种不畏强御的精神是值得敬佩的。

以上二者是子昂政治言论中最主要最突出的。此外，我们从子昂的文章中，常常在各方面可以看到他对于人民生活的关心，对于政治、社会上的弊病的揭发。例如在《上益国事》中，他指出"松潘军粮费过甚，太平百姓，未得安居"，而要求改变这种情况。在《上蜀川安危事》中，他说明蜀中"诸州逃走户有三万馀，在蓬、渠、果、合、遂等州山林之中"，底下指出"蜀中诸州百姓所以逃亡者，实缘官人贪暴，不奉国法，典吏游客，因此侵渔，剥夺既深，人不堪命。百姓失业，因即逃亡，凶险之徒，聚为劫贼。今国家若不清官人，虽杀获贼，终无益"。可以看出他不但熟悉下层社会的情况，而且对这种情况具有深刻而正确的理解——人民的反抗是统治阶级的无厌的剥削所造成的。王夫之《读通鉴论》卷二十一说:"陈子昂以诗名于唐,非但文士之选,使得明君以尽其才,驾马周而颉颃姚崇,以为大臣可矣。"从上面的叙述看,我认为王氏的推许是适当的。

　　在十多年的政治生活中,子昂曾经两度离开朝廷,从军边塞,参加了与外族的斗争。第一次是在武后垂拱二年(686)他二十六岁的时候,随从左补阙乔知之护左豹韬卫将军刘敬同军,北征金徽州都督仆固始,经历了居延海、张掖河、同城等地①。后来又到了现在山西省北部的边塞。这次从军使他熟悉了西北边陲地区的政治、军事、经济情况,更熟悉了边区人民的痛苦生活。他曾经写下了若干富有政治远见的论文和充满人道主义精神的诗篇。

　　第二次从军是在武后万岁通天元年(696)他三十六岁时候。那时契丹李尽忠、孙万荣叛变,武则天委任她的族人建安王武攸宜率领大军出征。子昂参谋军事,跟随到了东北边陲。《新唐书·陈子昂传》说攸宜轻易无将略,没有威严,子昂进谏,并请分麾下万人为前驱,自愿奋身效命。"攸宜以其儒者,谢不纳。居数日,复进计。攸宜怒,徙署军曹。子昂知不合,不复言。"他受到了很大的打击,写了著名的《登幽州台歌》来表白内心的悲哀。过去早就萌发的退隐志愿,这时更坚定了。旋军的下一年,他三十八岁,以父老解官回乡,结束了十多年的政治生活。

二　退　隐　与　冤　死

　　子昂具有宏大的政治抱负,希望在政治方面有所建树,但他不同

---

　　①　参考罗庸《陈子昂年谱》,载《国学季刊》第五卷第二号。本文叙述子昂生平,颇多参考罗谱之处,不一一注明。

于一般庸俗的官僚,热衷于富贵尊荣。战国时代的高士鲁仲连,具有很高的才能,又能蔑弃富贵,子昂对他非常钦佩,在《感遇诗》(第十六)中赞美他说:"鲁连让齐爵,遗组去邯郸。"他希望人君能像战国时代燕昭王那样礼贤下士,信用像他那样有才能的人。否则他就宁愿退隐不仕。《答洛阳主人》一诗清楚地表白了他的这种看法:

> 平生白云志,早爱赤松游。……方谒明天子,清宴奉良筹。再取连城璧,三涉平津侯。不然拂衣去,归从海上鸥。宁随当代子,倾侧且沉浮?

政治上的实际遭遇并不能满足子昂的理想。《陈氏别传》说子昂论政治"言多切直,书奏辄罢之",这说明他的政治主张经常是碰壁的。在这种情况下,他的退隐的心理是很早就产生了的。武后天授二年(691)他三十一岁的时候,继母死了,他回家守丧。这时又跟晖上人交游,在家园过了一段时期的清静生活。那时候他建功立业的壮志还未销磨净尽,他还有些不甘寂寞的情怀。三十三岁那年,他守丧终了,重返洛阳。在离开家乡时他用这样的诗句向亲友表白了自己矛盾的心曲:"曲直还今古,经过失是非。多歧方浩浩,征思日骓骓。寄谢千金子,江海事多违。"(《万州晓发放舟乘涨还寄蜀中亲友》)"平生亦何恨,凤昔在林丘。违此乡山别,长谣去国愁。"(《遂州南江别乡曲故人》)到了朝廷后,他由麟台正字被擢升为右拾遗。虽然升了官,但以后在政治上遭遇到的却是接连的打击。三十四岁那年,据他自己向武后说,是因"误识凶人,坐缘逆党"(《谢免罪表》),下狱论罪。究竟坐的什么逆党,现在已无法考查清楚(那时所谓逆党,一般指不忠于武周王朝的人们)。总算幸运,不久即被释出狱。

经过这次下狱,退隐的思想就进一步发展。在《喜马参军相遇醉歌序》中说:"吾无用久矣,进不能以义补国,退不能以道隐身。天子哀矜,居于侍省。且欲以芝桂为伍,麋鹿同曹。轩裳钟鼎,如梦中也。"这说明子昂这时虽然身在中央政府做官,事实上已不能有所作为,他的远大的政治理想已经破灭了。在《与韦五虚己书》中对自己有这样的表白:"仆尝窃不自量,谓以为得失在人,欲揭闻见,抗衡当代之士,不知事有大谬异于此望者。乃令人惭愧悔赧,不自知大笑颠蹶,怪其所以者尔。"这大约是指的连坐下狱的事情。下面又说:"夫道之将行也,命也;道之将废也,命也。子昂其如命何!雄笔雄笔,弃尔归吾东山。无汩我思,无乱我心,从此遁矣。"退隐的决心在这里表示得非常清楚了。卢藏用《陈氏别传》说:"子昂晚爱黄老言,尤耽味易象,往往精诣。在职默然不乐,私有挂冠之意。"这当然是事实,但子昂所以爱悦黄老易象,所以在职默然不乐,其主要原因是对于当前政治的失望,这一点,卢藏用并没有明白地指出的。

　　这是子昂在出狱以后思想上的主导倾向。另一方面,他因被释出狱,还希望有所建树来报效国家。《谢免罪表》说:"臣伏见西有未宾之虏,北有逆命之戎,尚稽天诛,未息边戍,臣请束身塞上,奋命贼庭,效一卒之力,答再生之施。"三十六、三十七岁两年,他跟武攸宜出征契丹,可说就是这种决心的表现。

　　从征契丹的情况很不好:他不但没有机会好好报效国家,而且受到降职处分。这一严重的打击使他丧尽了政治方面的任何信念。北征旋师的翌年,他即以父老解官回乡。那年是武后圣历元年(698)。再下一年(圣历二年),他父亲死了,他居丧悲伤得很厉害,身体更不好了,又受到地方酷吏的迫害,不久即冤死狱中。《陈氏别传》记其事云:

　　及军罢(案指征契丹事),以父老,表乞罢职归侍。……钟文林府君忧。……子昂性至孝,哀号柴毁,气息不逮。属本县令段简，贪暴残忍，闻其家有财，乃附会文法，将欲害之。子昂荒惧，使家人纳钱二十万，而简意未已，数舆曳就吏。子昂素羸疾，又哀毁，杖不能起。外迫苛政，自度气力，恐不能全。因命蓍自筮，卦成，仰而号曰："天命不祐，吾其死矣。"于是遂绝，年四十二。

《新唐书》本传所记相同①。于此，我们会发生疑问：一个县令如何能这样胁迫"带官取给而归"的中朝谏官呢？岑仲勉先生在《陈子昂及其文集之事迹》（《辅仁学志》第十四卷第一、二合期）一文中曾有如下的怀疑：

> 《陈氏别传》叙子昂之死，虽若甚详细，则疑问滋多。按《新书》二〇九《来俊臣传》："始王庆诜女适段简而美，俊臣矫诏强娶之。……妻亦惭，自杀。简有妾美，俊臣遣人示风旨，简惧，以妾归之。"则简直一无气骨人。以武后、周、来之淫威，子昂未之惧，何独畏夫县令段简，可疑一。子昂居朝，尝陷狱年馀（参罗谱），铁窗风味，固饱尝之，何竟对一县令而自馁若此，可疑二。子昂虽退居林下，犹是省官，唐人重内职，固足与县令对抗，何以急须纳贿，且贿纳廿万，数不为少，何以仍敢诛求无已，可疑三。

这看法是很合情理的。案唐沈亚之《上九江郑使君书》中有一段文字谈及子昂之死，极堪注意：

> 乔（知之）死于谗，陈死于枉，皆由武三思嫉怒于一时之情，

---

① 《旧唐书》卷一九〇《陈子昂传》云："子昂父在乡为县令段简所辱。子昂闻之，遽还乡里。简乃因事收系狱中，忧愤而卒。"按子昂在武后圣历元年（698）解官回乡，武后长安二年（702）遇害，中间相隔三年，《旧唐书》所记恐不确。

致力克害。一则夺其妓妾以加憾，一则疑其摈排以为累，阴令桑梓之宰拉辱之：皆死于非命。

考《旧唐书》卷一九〇《乔知之传》云："知之有侍婢曰窈娘，美丽善歌舞，为武承嗣所夺。知之怨惜，因作《绿珠篇》以寄情，密送与婢。婢感愤自杀。承嗣大怒，因讽酷吏罗织诛之。"（《新唐书》卷二〇六《武承嗣传》同）三思是承嗣的从弟，两人在武后朝同时把持政治大权，狼狈为奸。杀害乔知之一节，三思当预其谋。《旧唐书》卷一八三《武承嗣传》说："承嗣尝讽则天革命，尽诛皇室诸王及公卿中不附己者。承嗣从父弟三思，又盛赞其计。天下于今冤之。"可见两人的关系。

《新唐书》卷二〇六《武三思传》说他"忌阻正人特甚。尝曰：'我不知何等名善人，唯与我者殆是哉。'……凡构大狱，污点善良，破坏其宗，天下为荡然"（《旧唐书》卷一八三《武三思传》略同）。像子昂这样持身正直而坚决反对淫刑的人物，恐怕是早被武三思认作眼中钉的（前此子昂曾坐逆党下狱，可能即出于武三思这类人的陷害），只是到这时才有机会假手段简来致害罢了。承嗣、三思兄弟杀害乔知之和子昂，都假手于酷吏，这是他俩陷害人的一贯伎俩①。

又考沈亚之尝为秘书省正字②。而子昂在武后朝曾为麟台正字

---

① 这里再举一例作证明。案《新唐书》卷一〇三《韦方质传》说，方质"光宅初为凤阁侍郎同凤阁鸾台平章事，迁地官尚书。尝属疾，武承嗣兄弟（《通鉴》卷二〇四天授元年作承嗣、三思）往候。方质据床自若。或曰：倨见权贵，且速祸。答曰：吉凶命也，丈夫岂能折节近戚以苟免耶！俄为酷吏所陷，流死儋州，没其家"。又张鷟《朝野佥载》卷四论武三思云："三思凭藉国亲，位超衮职。貌象恭敬，心极残忍；外示公直，内结阴谋；弄王法以复仇，假朝权而害物。"（《宝颜堂秘笈》本）亦可供参考。

② 沈亚之《上李谏议书》："月日将仕郎守秘书省正字沈亚之再拜。"《上李谏议书》写作年代在《上九江郑使君书》之前（参考张全恭《唐文人沈亚之生平》一文，载《文学》第二卷第六号）。

多年,麟台即秘书省,武后时改名。亚之既与子昂职务相同,对于前代同僚的事迹,自必较为熟悉,所言子昂冤死因由一节,必定是有所根据的。

撰《陈氏别传》的卢藏用,《旧唐书》卷九十四本传称他"及登朝,越趋诡佞,专事权贵,奢靡淫纵,以此获讥于世"。子昂跟卢藏用是好友,我们推想卢藏用很可能知道子昂真正致死之因,只因他害怕权贵,所以没有将这段事情的真相写在《陈氏别传》里。

考明了子昂冤死的因由,我们对子昂的为人,可以获得进一步的了解①。

三 诗歌理论与创作

子昂的诗歌,一反初唐艳丽纤弱的倾向,而开盛唐朴素雄健的作风,是历代有定评的。刘克庄《后村诗话》说:"唐初王、杨、沈、宋擅名,然不脱齐梁之体。独陈拾遗首唱高雅冲淡之音,一扫六代纤弱,趋②于黄初、建安矣。"(《后村大全集》卷一七三)的确,子昂是唐代第一个有意识地扫除六朝以来文学纤弱的风气,而且有了显著收获的诗人。

子昂在诗歌方面的具体口号是反齐梁、复汉魏。他的《修竹篇

---

① 《郡斋读书志》(衢州本)"陈子昂集"条说:《新唐书》称子昂圣历初解官归养,父丧庐墓。县令段简贪暴,胁取其赂不厌,死狱中。沈下贤独云为武承嗣所杀,未知孰是。"明胡震亨《唐音癸签》卷二五也指出沈亚之《上九江郑使君书》记子昂死因的材料,但他作出了如下的不正确的论断:"子昂故武攸宜幕属也,衅所生,必自此始矣。游凶人门,得自免故难哉!"晚唐隐逸诗人陆龟蒙在《袭美先辈以龟蒙所献五百言,既蒙见和,复示荣唱,至于千字。提奖之重,蔑有称实,再抒鄙怀,用伸酬谢》一诗中说:"李杜气不易,孟陈节不移。"并称孟浩然、陈子昂两人的节操,其论也足供我们参考。

② "趋",有些本子引作"超",非。后村在《诗话》的另一个地方又说:"陈《感遇》三十八首、李《古风》六十六首,真可以扫齐梁之弊,而追还黄初、建安矣。"(《大全集》卷一七六)"追还"就是"趋"的意思。

序》说：

> 东方公足下，文章道弊五百年矣。汉魏风骨，晋宋莫传。然而文献有可征者。仆尝暇时观齐梁间诗，彩丽竞繁，而兴寄都绝，每以永叹，思古人常恐逶迤颓靡，风雅不作，以耿耿也。一昨于解三处见明公咏《孤桐篇》，骨气端翔，音情顿挫，光英朗练，有金石声。遂用洗心饰视，发挥幽郁。不图正始之音，复睹于兹，可使建安作者，相视而笑。解君云：张茂先、何敬祖，东方生与其比肩，仆亦以为知言也。故感叹雅制，作《修竹诗》一篇。当有知音，以传示之。

这篇短文是子昂表明他的诗歌创作态度的宣言，同时也是唐代诗界走上革命道路的檄文。这篇短文的中心要求是反齐梁、复汉魏。他赞美东方虬能朝着这个方向走，他自己更是努力朝这个方向走的。

齐梁体诗的弊病，在内容方面，是空虚的、贫乏的，如白居易所说，“率不过嘲风雪、弄花草而已”(《与元九书》)，不能很好地反映现实，抒发感情。在形式方面，齐梁体诗过分讲究辞藻和声律，结果如元稹所说，“淫艳刻饰佻巧小碎之词剧”(《杜工部墓系铭序》)，完全陷入形式主义的泥淖里。陈子昂反对齐梁体诗以及为齐梁作风所笼罩着的初唐诗坛的风气，他要求复古，要求诗歌具有汉魏风骨。这在内容方面，是要像《国风》、《小雅》那样，能抒发真实的怀抱，能关心社会现实，有“兴寄”。在形式方面，则是“骨气端翔，音情顿挫”，摆脱齐梁体的纤巧作风。不难理解，这样的复古运动，不是无聊地摹仿古人，而是以复古为旗帜，向长时期来在诗界占有很大势力的形式主义潮流，投出英勇的匕首，为诗歌的健康发展开辟康庄大道。

隋代统一南北，结束了长时期的分裂局面。继起的是唐代。唐代国势空前强大，经济、文化都有高度的发展；交通畅达，中外文化有频繁的交流。生活在这个时代的文人，胸襟扩大，精神爽朗，对于六朝以来柔靡卑弱的文风，自会逐渐感到不满意。加上唐代以科举取士，出身地主阶级中下层的知识分子，通过考试，大批地进入上流社会。他们对于为六朝贵族阶级所崇尚的内容空虚、形式华丽的作品，必然发生厌恶。他们的生活经验比较丰富，思想感情比较切实；他们需要朴素有力的艺术形式来表现这种生活、思想和情感。诗文的需要一个变革，这是当时的一种进步的要求，符合于许多人的愿望。但是初唐时期，由于六朝文风的传统势力还相当强大，以及唐初的几个帝王对于传统诗风非常喜爱，继续提倡等等原因，这种变革产生得非常缓慢。陈子昂是首先挺身出来进行变革的一个英勇的先驱者。

　　子昂的《登幽州台歌》、《蓟丘览古赠卢居士藏用》和《感遇诗》是实践他的理论的代表作品。《登幽州台歌》是在从征契丹时候的失意境遇中写下的。《陈氏别传》记载写此诗时的情况说：

> 　　子昂体弱多疾，感激忠义，常欲奋身以答国士。自以官在近侍，又参预军谋，不可见危而惜身苟容。他日，又进谏，言甚切至。建安谢绝之，乃署以军曹。子昂知不合，因箝默下列，但兼掌书记而已。因登蓟北楼，感昔乐生、燕昭之事，赋诗数首，乃泫然流涕而歌曰："前不见古人，后不见来者，念天地之悠悠，独怆然而涕下！"时人莫不知也。

这首传诵古今的名作，以慷慨悲凉的调子，充分地表现了纵目古往今来的宏伟胸襟，刻画了在失意境遇中的孤单寂寞的情绪，深刻地传达了封建社会中一个正直而富于才能之士的没有出路的悲哀。这种胸襟和悲哀在旧社会中常常是为许多困厄于不合理的境遇的有志之士所共有，因此获得了广大读者的共鸣。

　　《陈氏别传》说子昂"登蓟北楼，感昔乐生、燕昭之事，赋诗数首"，是指集中《蓟丘览古赠卢居士藏用》诗。诗共七首①，前有序言："丁酉岁，吾北征，出自蓟门，历观燕之旧都，其城池霸迹，已芜没矣。乃慨然仰叹，忆昔乐生、邹子群贤之游盛矣。因登蓟丘，作七②诗以志之，寄终南卢居士，亦有轩辕之遗迹也。"诗云：

北登蓟丘望，求古轩辕台。应龙已不见，牧马生黄埃。尚想广成子，遗迹白云隈。

——《轩辕台》

南登碣石馆，遥望黄金台。丘陵尽乔木，昭王安在哉！霸图怅已矣，驱马复归来。

——《燕昭王》

王道已沦昧，战国竞贪兵。乐生何感激，仗义下齐城。雄图竟中天，遗叹寄阿衡。

——《乐生》

秦王日无道，太子怨亦深。一闻田光义，匕首赠千金。其事虽不立，千载为伤心。

——《燕太子》

自古皆有死，徇义良独稀。奈何燕太子，尚使田光疑。伏剑诚已矣，感我涕沾衣。

——《田光先生》

大运沦三代，天人罕有窥。邹子何寥廓，谩说九瀛垂。兴亡已千载，今也则无推。

——《邹子》

---

① 《四部丛刊》本《陈伯玉文集》作六首，《郭隗》一首另署题目，次在六首之后。此据《全唐诗》。

② 《四部丛刊》本《陈伯玉文集》作"六"。

　　　　逢时独为贵，历代非无才。隗君亦何幸，遂起黄金台。
（末缺）

——《郭隗》

借咏史来发抒怀抱，本是晋代左思以来的一种传统，子昂的这些诗作
表现这种特色尤为显著。上面我们曾经指出子昂不像一般庸俗的官
僚那样热衷于荣华富贵，他希望人君尊敬和信任像他那样有才能的
人。现在他躬践"古称多慷慨悲歌之士"（韩愈《送董邵南序》）的燕
地，缅怀昔日燕昭王、燕太子丹等礼贤下士的往事，而自己却不被武
攸宜所信用，侘傺无聊，他心中会涌上无穷的感慨，是不难想象的。
唐汝询《唐诗解》卷一解释《燕昭王》一诗有云："彼其霸图既泯没而我
特为惆怅走马重游者，岂非深慕其人之丰采耶？ 意谓世有燕昭，则吾
未必不遇也。"这看法是正确的。《郭隗》篇云："逢时独为贵，历代非
无才。"子昂的自负在这里不是表述得非常清楚吗？ 翁方纲《石洲诗
话》卷一说："伯玉《蓟丘览古》诸作，郁勃淋漓，不减刘越石。"我以为
这些诗篇之所以具有较大的感染力量，是因为它们跟《登幽州台歌》
一样，充分表现了子昂的性格、思想和情感，表现了被压抑的才士的
"不平则鸣"的情绪。

　　《感遇诗》共计三十八首，分量相当多，内容也呈现得相当复杂，
不像《蓟丘览古》那样单纯。它有对于当前政治的批判和抗议，有对
于人民生活苦难的描绘和同情，有对于隐逸生活的赞美和企羡，也有
对于自己境遇的感慨和不平。《唐诗纪事》说《感遇诗》都是子昂青年
时候的作品，那是不可信的①。《感遇诗》不是一时一地之作，它是子
昂在较长时间内的作品的汇集，记录了他的复杂而又矛盾的情绪，是
了解诗人一生生活和思想的最重要的诗篇。

---

　　①　参考陈沆《诗比兴笺》和罗庸《陈子昂年谱》。

《感遇诗》中的一些篇什,以充满同情的笔触申诉了人民的灾难,并且对给人民带来灾难的战争和弊政提出了尖锐的批评。

苍苍丁零塞,今古缅荒途。亭堠何摧兀,暴骨无全躯。黄沙漠南起,白日隐西隅。汉甲三十万,曾以事匈奴,但见沙场死,谁怜塞上孤?

——第三

圣人不利己,忧济在元元。黄屋非尧意,瑶台安可论。吾闻西方化,清净道弥敦。奈何穷金玉,雕刻以为尊。云构山林尽,瑶图珠翠烦。鬼功尚未可,人力安能存?夸愚适增累,矜智道逾昏。

——第十九

丁亥岁云暮,西山事甲兵。赢粮匝邛道,荷戟争羌城。严冬岚阴劲,穷岫泄云生。昏曀无昼夜,羽檄复相惊。攀蹑竟万仞,崩危走九冥。籍籍峰壑里,哀哀冰雪行。圣人御宇宙,闻道泰阶平。肉食谋何失,藜藿缅纵横!

——第二十九

"苍苍丁零塞"篇是子昂从军西北边疆时候的作品,它描绘了边塞的荒凉和边塞人民的灾难。所谓"汉甲"、"匈奴",当然是托古指今。在"丁亥岁云暮"篇中,子昂反对黩武战争的思想是表现得更为直接和明显了。诗中"丁亥"系武后垂拱三年。此年武后准备开凿蜀山,由雅州道攻击生羌,子昂上书谏止,这首诗是同时之作。诗篇具体地描绘了这种黩武战争给人民和兵士带来的灾难,最后则向最高统治者皇帝和大臣们提出了严正的批评。"圣人不利己"篇对另一种弊政作了尖锐有力的抨击。武则天崇信佛教,浪费人力物力非常厉害。陈沆《诗比兴笺》卷三说:"武后尝削发感应寺为尼。及临朝称制,僧法明等又撰《大云经》,

称后为弥勒化身,当代唐主阎浮提天下,故敕诸州并建大云寺。为僧怀义建白马寺。又使作夹纻大像,小指尚容数十人。于明堂北为天堂以贮之。初成,为风所摧,复重修之,采木江岭,日役万人,府库为耗竭。"当时狄仁杰曾上疏极言造大像的糜费,子昂此诗也仿佛是一篇谏疏。无疑的,这些诗篇在《感遇诗》中是战斗性最强的;在它们的字里行间,震响着人民抗议统治者的洪亮的声音。这样的诗篇在《感遇诗》中虽然为数不多,并且没有受到过去的批评家的足够的重视,然而实际上乃是最可宝贵的篇什。以后李白《古风》中"羽檄如流星"、"胡关饶风沙"等篇什,杜甫、白居易等诗人辉煌的新乐府,在以充满同情的笔调描绘人民的苦难方面,在以鲜明的态度抨击统治者的黑暗腐败方面,可以说就是这些诗篇的进一步的发展。

对于武后的信用酷吏滥施刑罚,子昂在《感遇诗》中也作出了批评,但写得不像他的谏疏那样直率明显,而是采取了比较曲折隐晦的感叹方式来表现的。例如第十五首:

> 贵人难得意,赏爱在须史。莫以心如玉,探他明月珠。昔称天桃子,今为春市徒。鸱鸦悲东国,麋鹿泣姑苏。谁见鸱夷子,扁舟去五湖?

武后对待臣下,往往喜怒无常。初时被信用,后来竟遭屠杀的大臣,往往而有。子昂在《答制问事》中曾经规谏武后不可猜疑贤臣,这首诗则以感叹方式"悼将相大臣之不令终"(《诗比兴笺》)。《感遇诗》第十二"呦呦南山鹿"篇、第二十三"翡翠巢南海"篇都通过动植物的灾祸来比喻仕途的风险,其主旨跟此篇是一样的。《感遇诗》中对于滥施刑罚的批评和讽刺,常常和子昂的人生祸福无常的感叹以及他对于神仙和隐逸生活的赞美结合在一起的。关于后者,下面还要说明一下。

《感遇诗》的一部分诗篇,其思想内容跟《登幽州台歌》和《蓟丘览古》很接近,表现了子昂怀才不遇的抑郁和愤慨。第十六首"圣人去已久"篇致慨着燕昭王尊信乐毅那样的事不复可见。第十八首对自己在政治方面的碰壁情况有更明显的申诉:

> 逶迤势已久,骨鲠道斯穷。岂无感激者,时俗颓此风。灌园何其鄙,皎皎於陵中。世道不相容,嗟嗟张长公。

既然自己的政治主张屡屡不为武后所采纳,"骨鲠道穷",那末留下来的道路只能是像陈仲子、张挚那样隐居不出了。子昂结果是退隐了,但他建功立业的宏愿未能实现,他心头不能不感到沉重的抑郁和苦闷。被一般选本常常选录的《感遇诗》第二首在这方面有相当深刻的表现:

> 兰若生春夏,芊蔚何青青。幽独空林色,朱蕤冒紫茎。迟迟白日晚,袅袅秋风生。岁华尽摇落,芳意竟何成!

这首诗确实可说是一首代表作品,它比较集中地反映了子昂生平最大的苦闷和矛盾。芳华摇落,志业未成,念这首诗,我们会深深同情子昂不幸的遭遇。

《感遇诗》中有不少篇什,在思想上、情调上是显得颇为消极和悲观的。它们充满着对于人生的祸福无常的感叹和忧虑,对于神仙和隐逸生活的赞美和追求。这些诗篇反映了佛老神仙思想对于子昂所发生的消极作用,是应该加以批判的。但我们如果能够结合子昂十多年痛苦的政治生活来考察的话,就更能深入一步理会这些诗篇的内容,理会它们实际上乃是从另一角度来反映一个正直耿介的知识分子在不安定的政局中的彷徨和苦闷的。如前所述,子昂在政治上具有宏大的抱负,但事实上他在中央朝廷是屡屡碰壁,沉沦下僚;他希望武后能像燕昭王那样礼贤下士,但事实上在酷吏的罗织下,有才能之士往往有遭屠戮的危险,得意的却是贪暴的武承嗣、武三思一流人物;他发现自己的路走不通,本该及早洁身引退,但结果却因对于事业毕竟有所留恋,在朝廷总共停留了十多年。不难想象,子昂在这段时期的心情是沉重而苦闷的,他的思想是交织着进退的矛盾的。他的对于祸福无常的感叹和忧虑,表现了找不到出路的消极苦闷情绪;而他对于神仙和隐逸生活的赞美和追求,则是对于自己在当时的具体情况底下所能找到的惟一安身之所的歌颂,实际上也包蕴着不与统治者合作的消极反抗精神。

从前的评论家往往指出《感遇诗》风格非常接近于阮籍的《咏怀诗》。例如皎然《诗式》说:"子昂《感遇》,其源出于阮公《咏怀》。"子昂自己也曾经表明阮籍的《咏怀诗》是他所向往的。集中《上薛令文章启》有云:"斐然狂简,虽有劳人之歌;怅尔咏怀,曾无阮籍之思。"《修竹篇序》中提到"正始之音",阮籍是正始诗坛的代表人物。我们认为《感遇诗》中的不少作品和《咏怀诗》风格的确非常接近,二者都以隐约的词句,着重表现作者对于祸福无常的感叹和忧虑,对于神仙和隐逸生活的赞美和追求。但子昂的生活经验要比阮籍更为丰富,他对于战争和边塞生活有实际的体验和观察,他非常注意和同情人民的苦难。因此比起《咏怀诗》来,《感遇诗》所反映的生活面要更广阔一些,它的战斗性也更为强烈一些。像"苍苍丁零塞"、"丁亥岁云暮"那样的诗篇,我们是不能在《咏怀诗》中找到的。

《感遇诗》和《蓟丘览古赠卢居士藏用》、《登幽州台歌》是子昂诗歌的代表作品,它们都具有相当充实的内容,形式也非常质朴,有意识地摒弃了华丽的辞藻,这种风格在当时整个诗界是非常突出的。从李唐建国到武后时代,已经有七八十年了。但六朝以来诗歌界的卑弱作风,还没有人起来有意识地扭转过来。当时大多数的诗人的作品内容还比较空虚贫乏,注意于词句声调的琢磨。试看子昂同时代的著名诗人沈佺期、宋之问以及所谓文章四友李峤、苏味道、崔融、杜审言等人的作品，都是这样。他们的许多诗篇，都为应制、奉和而作，内容不外是歌功颂德、吟风弄月。在形式方面是讲究格律，经常采用律体。李峤、苏味道、沈佺期的应制、奉和诗作均达到各人全部诗作的一半，甚至一半以上。沈佺期、宋之问对于诗歌的贡献是律诗形式的更趋精致。他们的诗作，主要是为宫廷服务的。当然，像杜审言、宋之问等人，也曾经超出应制、奉和的范围，写出若干生动的诗篇，但从总的倾向来说，这些作家显然是远远地离开了人民的；对于整个国家社会的状况，他们是极少关心，甚至是漠不关心的。《旧唐书》卷九四《崔融传》说："时张易之兄弟颇招集文学之士，融与纳言李峤、凤阁侍郎苏味道、麟台少监王绍宗等，俱以文才降节事之。"《新唐书》卷二〇二《宋之问传》说："于是张易之等悉昵宠甚，之问与阎朝隐、沈佺期、刘允济倾心媚附。易之所赋诸篇，尽之问、朝隐所为，至为易之奉溺器。"《旧唐书》卷一八三《武崇训传》说："崇训长安中尚安乐郡主。……三思又令宰臣李峤、苏味道，词人沈佺期、宋之问、徐彦伯、张说、阎朝隐、崔融、崔湜、郑愔等赋《花烛行》以美之。其时张易之、昌宗、宗楚客兄弟贵盛，时假词于人，皆有新句。"《新唐书》卷二〇二《李适传》说："中宗景龙二年，始于修文馆置大学士四员，学士八员，直学士十二员，象四时、八节、十二月。"李峤、宋之问、沈佺期等均被选为学士。"凡天子飨会游豫，惟宰相及学士得从。……帝有所感即赋诗，学士皆属和。当时人所歆慕。然皆狎猥佻佞，忘君臣礼法，惟以文华取幸。若韦元旦、刘允济、沈佺期、宋之问、阎朝隐等无他称。"这些记载很好地叙述了这些宫廷诗人的品德和文学活动。他们的生活既如此，无怪诗歌不能摆脱齐梁的作风。两相比较，我们更感到子昂的杰出。他关心国家大事，同情人民疾苦，持身正直，不媚权贵；他是有良心、有远见、有节操的政治家和诗人，他的人格和诗风是和谐一致的。

除掉有意识地摒弃骈偶的文句和华丽的辞藻外,子昂的诗歌在艺术表现方面是具有值得我们注意的特点的。我们念《登幽州台歌》、《蓟丘览古》中"南登碣石馆"、《感遇诗》中"苍苍丁零塞"等著名的篇什,会深刻地感受到一种苍凉悲壮的气氛,出现在我们面前的是一幅幅北方原野的广阔而萧索的图景,而在这些图景面前兀立着诗人忧国忧民而又孤单寂寞的动人形象。在这些诗篇中,周围环境的气氛和诗人的精神面貌是完全统一的,它给予读者的印象是深刻而难以磨灭的。在这些诗篇里没有细腻的描绘,作者只以朴素简练的语言作了粗线条的勾勒,但由于正确地抓住了自己内心世界以及周围环境的特征,因此具有相当强大的感染力量。这,可以说是子昂抒情诗歌在艺术方面的显著特点,值得我们重视和学习的。

在肯定子昂诗歌具有一定的艺术成就的同时,我们也有必要指出它们的弱点,这样将使我们有更为全面的理解,而且可以从中吸取到一些宝贵的艺术创作方面的教训。子昂的许多诗篇(包括《感遇诗》的大部分在内)形象还不丰满,语言还不生动,往往通过赤裸裸的议论方式来发抒,因此念起来往往叫人有枯燥、单调的感觉。他所崇拜的阮籍的《咏怀诗》,也正有这样的缺点。清姚范《援鹑堂笔记》卷四十评《感遇诗》说:"风骨矫拔,而才韵犹有未充。讽诵之次,风调似未极跌荡洋溢之致。"这看法是有道理的。子昂提倡复古,他的古体诗学习取法的对象,似乎只到阮籍,没有能上溯建安,虽然他说过"可使建安作者相视而笑"的豪语。建安时代的重要诗人曹操、曹丕、曹植、王粲等,往往能够学习汉代乐府民歌的优长,以通俗的形式来反映社会现实,写得非常具体生动,富有感染读者的力量。这种成就是子昂所没有达到的。子昂集中只有五言诗,没有七言诗①。七言诗

---

① 集中除五言诗外,另有三篇骚体歌,为《春台引》、《彩树歌》、《山水粉图》,与祭文、赠序等编在一起。《登幽州台歌》见《陈氏别传》,未收入本集。

在中古时代比五言诗更要通俗些,它常被魏晋六朝时代的一些诗人所轻视①。子昂不肯写七言诗,说明他对诗歌的通俗形式是轻视的。这是子昂创作见解方面的严重的弱点,大大地妨碍了诗歌艺术的提高。以后李白、杜甫、白居易诸大诗人,就能克服这一弱点,充分发扬乐府民歌的优长,创造了无愧于建安作者甚至超过他们的作品。这种事实告诉我们:从人民群众的创作中汲取营养,对于一个作家是何等重要的事情!

上面论述的一些诗篇,其内容主要是批评政治和抒发怀才不遇的悲愤的,它们是子昂最有代表性的作品,最足以窥见他的思想和性格的特点。除此之外,子昂还写了若干其他方面的诗作,其中也有值得注意的佳作。集中一些赠送友人的诗,往往写得真挚动人。例如:

> 故人洞庭去,杨柳春风生。相送河洲晚,苍茫别思盈。白蘋已堪把,绿芷复含荣。江南多桂树,归客赠生平。
>
> ——《送客》

能够形象地描绘出离别时的环境和人物的心理,一种怅惘的情绪笼罩着全诗,深深引起读者的共鸣。语言也清新自然,跟内容非常和谐。此外,对于自然界的山川草木,子昂也作了相当动人的描绘,在他笔底下出现的有祖国壮丽的河山城郭:

> 遥遥去巫峡,望望下章台。巴国山川尽,荆门烟雾开。城分苍野外,树断白云隈。今日狂歌客,谁知入楚来!
>
> ——《度荆门望楚》

---

① 参考余冠英先生《七言诗起源新论》第七节,文载《汉魏六朝诗论丛》。

有幽静的林泉树石：

> 皎皎白林秋，微微翠山静。禅居感物变，独坐开轩屏。风泉夜声绝，月露宵光冷。多谢忘怀人，尘忧未能整。
>
> ——《酬晖上人秋夜山亭有赠》

正像许多优秀的写景诗篇一样，这些诗句不仅描绘出客观的自然景物，而且反映了诗人对于景物的深刻感受，反映了诗人的思想和情感。前一首诗呈现了子昂豪迈的气概和阔大的胸襟。这时候的诗人非常年轻，刚刚离开故乡，他的心田正充满着积极奋发的精神。后一首诗呈现了子昂性格的另一方面：对于恬静的隐逸生活的热爱。写这首诗篇时诗人正在家乡守继母之丧，这时他已在政治上遭受了挫折，更容易体会到幽静的林泉的可爱了。这些赠友写景的诗篇，在形象和语言的生动性方面来说，是超过子昂不少比较枯燥的政治讽刺诗的。

四　对唐代诗人的影响

子昂《感遇诗》的一部分表现了人民的苦难，暴露了政治的黑暗，是杰出的现实主义诗作。另外一部分诗篇，如《登幽州台歌》、《蓟丘览古》等，表现了对于理想政治的热烈追求，感情洋溢，又具有鲜明的积极浪漫主义精神。现实主义和积极浪漫主义二者在子昂诗歌中是兼而有之的。作为现实主义诗歌和积极浪漫主义先锋的陈子昂，他对唐代诗歌的影响是很巨大的。唐代最伟大的诗人李白、杜甫、白居易，都受到他的深刻的启发和感召。这种启发和感召，不但表现在诗歌方面，而且表现在整个人格方面。由于这些大诗人在创作方面的辛勤劳动，唐诗的现实主义和积极浪漫主义出现了高潮。

伟大的积极浪漫主义诗人李白生长在四川绵阳的彰明县。彰明位于陈子昂的故乡射洪的北面,跟射洪距离极近(两地在汉代均属广汉郡)。李白对于陈子昂这位乡先辈,具有很大的敬意和仰慕之情,在诗中称之为麟凤①。正像陈子昂一样,李白具有非常豪迈的性格,不愿做一位普通的文士,在政治上他有相当宏大的抱负,要有所建树和表现。李白的政治才能显然不能跟陈子昂相比,他并不是一个政治家;但对于统治阶层的傲岸态度,李白比陈子昂要更为突出,这种态度使李白能够笑傲公卿,蔑弃富贵。曾为陈子昂赞美过的鲁仲连,李白在诗篇中一再致其仰慕之情。李白在政治上也没有能够得意,对于小人当道、黑白不分的政局,怀抱了高度的愤慨,作出了尖锐的抨击,并且感叹燕昭王礼贤下士的盛况不复可见。

在文学方面,李白继陈子昂之后,坚决反对六朝以来的柔靡的诗歌,主张复古。这种主张鲜明地表现于他的《古风》的首篇:"大雅久不作,吾衰竟谁陈。……自从建安来,绮丽不足珍。圣代复元古,垂衣贵清真。……吾志在删述,垂辉映千春。希圣如有立,绝笔于获麟。"而《古风》即是深受子昂《感遇诗》的影响、风格与之相类的作品②。孟棨《本事诗·高逸》篇有一段话很好地说明了两人在文学理论和实践上的一致性:"白才逸气高,与陈拾遗齐名,先后合德。其论诗云:梁陈以来,艳薄斯极,沈休文又尚以声律,将复古道,非我而谁欤?故陈、李二集,律诗殊少。尝言寄兴深微,五言不如四言,七言又其靡也③,况使束

---

① 李白《赠僧行融》诗:"梁有汤惠休,常从鲍照游。峨眉史怀一,独映陈公出。卓绝二道人,结交凤与麟。"陈公,指陈子昂。

② 《朱子语类》:"《古风》两卷,多效陈子昂,亦有全用其句处。太白去子昂不远,其尊慕之如此。"

③ 这当然是李白一时的豪语,事实上他写了许多七言诗。但这里说明了复古运动者某一方面的偏见,即认为七言诗不如五言诗古雅。陈子昂倒真是没有写七言诗,结果艺术成就受到了限制。李白写了许多通俗流畅的七言歌行,成就很大。李白的《古风》都是五言,风格与《咏怀》、《感遇》非常接近,但艺术水平不是最高的。

于声调俳优哉！"

陈子昂首难的反齐梁的诗歌革命运动，到李白时候是彻底成功了。李阳冰《草堂集序》说："卢黄门（卢藏用）云：'陈拾遗横制颓波，天下质文，翕然一变。'至今朝诗体，尚有梁陈宫掖之风，至公大变，扫地以尽。"当然，这一革命运动的大功告成，不是李白一人的功绩。李白的活动时代后于陈子昂二三十年，当时整个诗坛的风气转变了，许多诗人参加了这一诗界的革新工作，因而彻底改变了初唐以来诗歌的面貌。但不可否认，李白在这新的潮流中是一面引导大家前进的旗帜。

伟大的现实主义诗人杜甫在精神上跟陈子昂也有非常契合之处。这种契合跟陈、李的契合在主要方面并不相同，它主要表现在对于政治局势、国家命运的关心，对于社会情况和人民生活的注意。在《陈拾遗故宅》诗中，杜甫写下了这样的诗句："位下曷足伤，所贵者圣贤。有才继《骚》、《雅》，哲匠不比肩。公生扬马后，名与日月悬。……终古立忠义，《感遇》有遗篇。"杜甫不仅重视陈子昂的才华，更重视他那鲠直的政治家的风度。杜甫也担任过拾遗这一谏职，虽然位卑官下，然而常常希望对国家有所贡献。杜甫一生对国家大事经常表现出高度的关怀，这种关怀深刻地反映在诗作里。他的为白居易在《与元九书》中所称赏的诗作"塞芦子"、"留花门"，正像子昂《感遇诗》中的"圣人不利己"、"丁亥岁云暮"篇一样，是用诗歌形式写下的政治论文。杜甫的那种作风并不为封建君主所喜爱，他到底不能在中央朝廷继续他的职务，在这方面他遭遇到跟陈子昂同样的命运。这种命运应当使他对陈子昂产生进一步的理解和同情。

安史之乱是唐代政治、社会情况转变的一个关键，也是唐代诗歌风貌转变的一个关键。安史乱前，唐诗的进步意义主要表现在对于齐梁体诗的反抗，从不合理的束缚中解放出来，用比较朴素的形式来表现诗人自身的真情实感。李白的大多数诗篇基本上还属于这样一个范畴。安史之乱以及以后的许多战乱,使优秀的诗人饱经忧患,使他们睁大了眼睛,体验到社会的动荡,注意到人民的苦难,而把它们反映到诗篇里。从杜甫开始的以新乐府体裁为主的许多社会诗,其重大的价值即在这里。没有能在《感遇诗》中占很大分量的反映人民生活的诗歌,由于社会基础的剧烈变动,在安史乱后得到了充分的发展。从这一方面看,杜甫、白居易光辉地发展了陈子昂的优秀传统。

白居易继承着杜甫的创作道路。他给予杜甫的前驱者陈子昂以很高的评价。在著名的《与元九书》中,白居易用以下的话叙述了唐诗的现实主义传统:"唐兴二百年,其间诗人不可胜数。所可举者,陈子昂有《感遇诗》二十首,鲍防有《感兴诗》十五篇(今佚)。……杜诗最多,可传者千馀首。"在这篇书信中,白居易对诗歌发表了非常完整的理论。他极端鄙薄梁陈时代的诗作,认为它们不过"嘲风雪、弄花草而已。于时六义尽去矣"。他要求诗歌发扬"风雅比兴"的传统。这种主张跟陈子昂的《修竹篇序》是完全合拍的。白居易更总结了从陈子昂到杜甫的创作经验,明确地提出了文学为社会服务的战斗口号:"文章合为时而著,歌诗合为事而作。"把唐诗的现实主义理论更推向前进。

白居易在诗歌方面的亲密战友元稹,也曾经从陈子昂那里获得启发和鼓舞。元稹在德宗贞元时代,目击当时政治的种种黑暗和混乱,无法抑止激动的感情,企图通过诗歌来予以抨击。当时"适有人以陈子昂《感遇诗》相示,吟玩激烈,即日为《寄思玄子诗》二十首(今佚)"(《叙诗寄乐天书》)。这些诗篇得到了若干前辈先生的称赏和惊异,他由此增加了写作这种诗篇的自信力。

陈子昂的影响一直继续到晚唐时代。那位自称"诗旨未能忘救物,世情奈值不容真"(《自叙诗》)的杜荀鹤,他的诗歌的现实主义精神跟陈子昂的诗作也是一脉相通的。顾云在为杜荀鹤所做的《唐风集序》中,推崇陈子昂的诗"出没二《雅》,驰骤建安","扫荡词场,廓清文裢"。接着赞美杜荀鹤的诗"有陈（子昂）体，可以润《国风》，广王泽"。这些话可以获得我们的同意。尽管杜荀鹤只写近体诗，不写古体诗，他的诗通俗而不古朴，但这种表现形式的殊异，并不妨碍两人在整个精神方面的真正接近。

以上就是子昂影响于唐代诗人的主要方面。从陈子昂，中经李白、杜甫、白居易、元稹，一直到杜荀鹤，我们清楚地看到广阔的现实主义和积极浪漫主义大道贯穿在唐代的诗国。面对着它，我们除掉向陈子昂致予很大的敬意外，更会产生如下的感想：作为一个先驱者，尽管由于时代风气和个人才能的限制，他的成就还没有达到很高的水平，但只要他的方向基本上是正确的，是表现了时代的进步要求的，那末，即使他暂时是寂寞地在呐喊，到底能够获得广泛而有力的响应，收到改变现实的大功。

五　附论陈子昂的散文

过去大家谈陈子昂往往只推崇他的诗歌，其实子昂的散文也写得很好，不但蜚声当时，而且影响后世；在转变风气这方面，他也可说是韩柳古文运动的前行者。

《陈氏别传》说子昂"尤善属文，雅有子云、相如之风骨"。又说他的《谏灵驾入京书》献上朝廷后，"时洛中传写其书，市肆间巷吟讽相属，乃至转相货鬻，飞驰远迩"。又《独异记》载子昂"以其文轴遍赠会者，一日之内，声华溢郡"。这些记载都说明子昂的文章在他生前已极为人所重视。

子昂也很重视自己的文章。《陈氏别传》说他因父老回家侍养后，"恨国史芜杂，乃自汉孝武之后，以迄于唐，为《后史记》。纲纪初立，笔削未终，钟文林府君忧，其书中废"。从规模如此宏大的《后史记》的写作，可以见出子昂对文章的自信和抱负。卢藏用在《宋主簿鸣皋梦赵六,予未及报而陈子云亡,追为此诗答宋,兼贻平昔游旧》一诗中有云:"陈生富清理,卓荦兼文史。……幽居探元化,立言见千祀。埋没经济情,良图竟云已。"所谓"埋没经济情",大约就是指没有完成《后史记》这回事。子昂在政治上有很大的抱负,结果不得志,这方面的宏愿幻灭了。我们推想,他一定准备以宏伟的著作来作为自己的不朽事业,以"立言"来补偿"立功"方面的缺陷。

子昂的文章不但写得好,更重要的是风格跟他的诗歌取得一致,变革六朝以来以迄初唐四杰的靡丽柔弱的作风,表现了很大的革命性。《新唐书》本传说:"唐兴,文章承徐、庾馀风,天下祖尚,子昂始变雅正。……子昂所论著,当世以为法。"子昂的论著(文章)为当世所取法,这可在唐人文章中找到不少证据。如李华《萧颖士文集序》:"君以为……近日陈拾遗子昂文体最正,以此而言,见君之述作矣。"(《全唐文》卷三一五)李舟《独孤常州集序》:"天后朝,广汉陈子昂独溯颓波,以趣清源,自兹作者,稍稍而出。"(同上卷四四三)梁肃《补阙李君前集序》:"唐有天下几二百载,而文章三变,初则广汉陈子昂以风雅革浮侈。"(同上卷五一八)萧颖士、独孤及、李翰都是散文作家,上面几篇文章中所讲子昂开始转变风气,应都指他的散文而言。《四库提要》也说:"唐初文章,不脱陈、隋旧习,子昂始奋发自为,追古作者。韩愈诗云:'国朝盛文章,子昂始高蹈。'(按见《荐士诗》)柳宗元亦谓张说工著述,张九龄善比兴,兼备者子昂而已(按说见《杨评事文集后序》)。马端临《文献通考》乃谓子昂惟诗语高妙,其他文则不脱偶俪卑弱之体。韩、柳之论,皆所未喻(按见《文献通考》卷二三一)。今观其集,惟诸表序犹沿排俪之习,若论事书疏之类,实疏朴近古,韩、柳之论,未为非也。"

子昂的文章还多骈偶,也是事实。不但马端临有意见,明张颐在《陈伯玉文集序》中也说他的文章"有六朝唐初气味"。事实上,子昂的诗歌除《感遇诗》、《蓟丘览古赠卢居士藏用》等外,也还多骈偶成分。许学夷《诗源辩体》卷十三说："其诗尚杂用律句,平韵者尤忌上尾。至如《鸳鸯篇》、《修竹篇》等,亦皆古律混淆,自是六朝馀弊,正如叔孙通之兴礼乐耳。"最后一句话说得很好,指明了先驱者所达到的成就及其限制。在举世崇尚骈俪文字的风气中,子昂虽然振臂一呼,竭力复古,但在某些方面毕竟不能不受时代的影响,使这种改革工作不可能做得彻底,而有待于后起者的继续努力。

1956 年作

（原载《文学遗产增刊》第 4 辑,作家出版社 1957 年出版）

释《河岳英灵集序》
论盛唐诗歌

殷璠的《河岳英灵集》在唐人选唐诗中是专选盛唐诗歌的集子。它的序言有一段话对于了解盛唐诗歌非常重要,其言云:

> 自萧氏(指南朝梁代)以还,尤增矫饰。武德初微波尚在。贞观末标格渐高。景云中颇通远调。开元十五年后,声律、风骨始备矣。实由主上(指唐玄宗)恶华好朴,去伪从真,使海内词场,翕然尊古,南风周雅,称阐今日。

这里说明了盛唐诗歌的成就是声律与风骨二者兼备,而所以能够具有这样的成就,乃是经过唐初以来长期的努力,又经唐玄宗大力提倡质朴之风而后达到的。底下试就这两点加以阐释。

一

盛唐诗歌的特点是风骨、声律二者兼备,这实际上牵涉到盛唐诗与整个汉魏六朝诗歌的继承关系问题。这就是说,盛唐诗歌一方面具有汉魏诗歌的风骨,另一方面又保持了六朝以至初唐时代的严密的声律。现在先说风骨。《文心雕龙·风骨》篇说:"结言端直,则文骨成焉。意气骏爽,则文风清焉。若丰藻克赡,风骨不飞,则振采失鲜,负声无力。是以缀虑裁篇,务盈守气,刚健既实,辉光乃新。"又说:"若能确乎正式,使文明以健,则风清骨峻,篇体光华。"有风骨的作品,必然具有刚健清新的特色。在唐代以前,建安时代的诗歌是以风骨遒劲著名的,故世称建安风骨。如李白有"蓬莱文章建安骨"(《宣州谢朓楼饯别校书叔云》)之诗句。但自晋代以后,建安时代诗歌风骨遒劲的优点,逐渐丧亡。钟嵘《诗品》说:"永嘉时贵黄老,稍尚虚谈。于时篇什,理过其辞,淡乎寡味。爰及江表,微波尚传。孙绰、许询、桓、庾诸公诗,皆平典似道德论,建安风力(即风骨)尽矣。"以后是齐梁,诗风绮艳柔靡,风骨更为不振。所以陈子昂在《修竹篇序》说:"文章道弊五百年矣。汉魏风骨,晋宋莫传。然而文献有可征者。仆尝暇观齐梁间诗,彩丽竞繁,而兴寄都绝,每以永叹。"同时称赞他的朋友东方虬的诗"骨气端翔,音情顿挫,光英朗练,有金石声","可使建安作者,相视而笑"。陈子昂所说的汉魏风骨,比建安风骨范围较大。整个汉魏时代的诗歌较之晋宋以后都显得质朴刚健,显得具有风骨;但其中最突出的则是建安时代,所以陈氏下文又提到建安作者。

　　唐诗从陈子昂开始,正式掀起了反齐梁轻艳、复汉魏风骨的运动,这一运动到盛唐时代声势浩大,获得辉煌的成绩。当时的若干著名诗人在这方面都有很大贡献。这里首先应提出伟大的诗人李白。在追复建安风骨方面,李白有很明确的自觉性。他在《古风》首篇宣布了自己的看法:"自从建安来,绮丽不足珍。圣代(指唐代)复元古,垂衣贵清真。"孟棨《本事诗·高逸》篇说:"白才逸气高,与陈拾遗齐名,先后合德。其论诗云:梁陈以来,艳薄斯极,沈休文又尚以声律,将复古道,非我而谁欤?"这段话可以说是《古风》首篇的很好注解。李白在这方面的成绩是很辉煌的。李阳冰《草堂集序》指出:"卢黄门(卢藏用)云:'陈拾遗横制颓波,天下质文,翕然一变。'至今朝诗体,尚有梁陈宫掖之风,至公大变,扫地以尽。"次如杜甫、孟浩然两人,皮日休在《郢州孟亭记》中说："明皇世章句大得建安体,论者推李翰林、杜工部为之尤。介其间能不愧者,唯吾乡之孟先生(孟浩然)也。"(《皮子文薮》卷七)又如岑参,杜确《岑嘉州诗集序》说:"自古文体变易多矣。梁简文帝及庾肩吾之属,始为轻浮绮靡之词,名曰宫体。自后沿袭,务于妖艳,谓之摛锦布绣焉。……圣唐受命,斫雕为朴。开元之际,王纲复举,浅薄之风,兹焉渐革。其时作者,凡十数辈,颇能以雅参丽,以古杂今,彬彬然,粲粲然,近建安之遗范矣。南阳岑公(岑参)声称尤著。"此外,《河岳英灵集》于所选诸家,常以具有风骨推许他们。如评陶翰云:"既多兴象,复备风骨。"评高适云:"适诗多胸臆语,兼有气骨。"评崔颢云:"晚节忽变常体,风骨凛然。"评薛据云:"据为人骨鲠有气魄,其文亦尔。"由此可见崇尚风骨是盛唐许多诗人的共通特征。

但是,崇尚风骨,力追汉魏或建安,这只是盛唐诗歌的一个方面的特征。另一方面,这时代的诗人们对于齐梁以来新体诗重视声律的风尚,不但不加摒弃,而且继承了它,创造了许多形式严密同时富有内容的优秀作品。唐代近体诗的声律是在武后、中宗时期沈佺期、宋之问等诗人手里完成的。沈、宋稍前,四杰中如王勃、卢照邻、骆宾王的律诗前后失粘的还相当多,沈、宋以及杜审言、李峤等的律诗在调声方面就没有什么不粘附的了。故《新唐书》卷二〇二《宋之问传》说:"魏建安后迄江左,诗律屡变,至沈约、庾信,以音韵相婉附,属对精密。及之问、沈佺期,又加靡丽,回忌声病,约句准篇,如锦绣成文。学者宗之,号为'沈、宋'。"又元稹《杜工部墓系铭序》说:"沈、宋之流,研练精切,稳顺声势,谓之为律诗。"接着就是盛唐时代。盛唐时代诗人们的律诗,在沈、宋等诗人的基础上发展,一般都是"研练精切,稳顺声势"的。即使像李白、孟浩然那样不愿受格律拘束的诗人,所作的五言诗律绝大部分还是形式很精密的。《本事诗·高逸》篇说:"上(玄宗)知其(李白)薄声律,谓非所长,命为宫中行乐五言律诗十首。……律度对属，无不精绝。"是一个很好的例证。皮日休《松陵集序》说："逮及吾唐开元之世，易其体为律焉，始切于俪偶，拘于声势。"皮日休说"开元之世易其体为律"，说明律诗的名称和完整形式虽在沈、宋时代已经确立，但作为一种普遍的形式，被许多诗人们所共同遵守着来创造，则当是盛唐开元时代的情况，这应当是跟开元时代始经常以律诗取士，制定为式有关的①。

《河岳英灵集·集论》说："璠今所集，颇异诸家：既闲新声，复晓古体；文质半取，风骚两挟；言气骨则建安为俦②，论宫商则太康不逮。"这段话是"声律、风骨始备"一语的最好阐释。盛唐诗歌一方面风骨力追建安，所以能与之为俦；另一方面继承了六朝以至初唐时代长期形成起来的严密的声律，所以"论宫商则太康不逮"。杜确《岑嘉州诗集序》说盛唐作者"颇能以雅参丽，以古杂今"，其实也揭示了这一特点。所谓"雅"、"古"，即指汉魏风骨；所谓"丽"、"今"，即指六朝以来的声律。以后明高棅对这些特点更有明确的阐发。《唐诗品汇·凡例》云："先辈博陵林鸿尝与余论诗，上自苏、李，下迄六代。汉魏骨气虽雄，而菁华不足。晋祖玄虚，宋尚条畅。齐梁以下，但务春华，殊欠秋实。唯李唐作者，可谓大成。然贞观尚习故陋，神龙渐变常调，开元、天宝间，神秀声律，粲然大备，故学者当以是为楷式。予以为确论。"所谓"神秀"，即指上文的"汉魏骨气"。又高棅的朋友王偁为《唐诗品汇》做的序言中说："余尝闻之漫士(棅的别号)之论诗曰：诗自三百篇以降，

---

① 唐试律诗始于何时，史无明文。徐松《登科记考》卷二说高宗永隆年间开始以杂文(箴、铭、论、表之类)试进士，"开元间始以赋居其一，或以诗居其一，亦有全用诗赋者，非定制也。杂文之专用诗赋，当在天宝之季"。考《文苑英华》所录唐人省试诗，时间较早的都在玄宗时代，如张子容的《璧池望秋月》、《长安早春》，王泠然的《古木卧平沙》，刘眘虚的《积雪为小山》，王维的《清如玉壶冰》。这些作家都在开元年间登第，我们有理由推定开元年代始经常以律诗取士。

② "俦"字，《四部丛刊》影印明刊本《河岳英灵集》作"传"，此据日本遍照金刚《文镜秘府论》南卷引文。

汉魏质过于文①,六朝华浮于实。得二者之中,备风人之体,惟唐诗为然。然以世次不同,故其所作亦异。初唐声律未纯,晚唐气习卑下,卓卓乎其可尚者,又惟盛唐为然。此具九方皋目者之论也。故是选专重于盛唐,而初唐、晚唐,特以备一代之制,充充乎去取之合于公,而不偏于一己之私见者也。"论旨相同,可以互相参照,并可知道《唐诗品汇》的特别重视盛唐作品,即由于盛唐作品具有这样的特点。

古体诗不讲平仄对偶,也就是不讲声律;近体诗则非常讲究声律。一般来说,不讲声律的古体诗容易风清骨峻,而讲究声律的近体诗则容易没有风骨。所以元稹说:"律体卑痺,格力不扬。"(《上令狐相公诗启》)又说:"律切则骨格不存。"(《杜工部墓系铭序》)但好的近体诗,可以兼备风骨与声律二者。元稹称杜甫诗为"词气豪迈而风调清深,属对律切而脱弃凡近"(《杜工部墓系铭序》),白居易称元稹"《放言》长句诗五首"为"韵高而体律,意古而词新"(《放言诗序》),就是这个意思。《河岳英灵集》虽兼收古体诗和近体诗,但它的编者殷璠于风骨、声律二者比较地更重视前者。如《集论》云:"齐、梁、陈、隋,下品实繁,专事拘忌,弥损厥道。夫能文者,匪谓四声尽要流美,八病咸须避之,纵不拈缀,未为深缺。"又如品评诸家,常以风骨为重要标准,已见上文。此书选入的古体诗多于近体诗,大约即由于这种原因。

从上面的叙述,可知盛唐诗歌一方面恢复了汉魏诗歌遒劲的风骨,加以发扬,表现了新时代的雄浑有力的精神面貌;另一方面又继承了六朝以至初唐诗歌和谐的声律,而且更趋完整,发展了近体诗。它融合了前人诗歌刚柔二者之美,在原有基础上有新的发扬和创造,形成了文质彬彬的诗歌。殷璠称为"声律、风骨始备",是很正确的。

---

①　此句与上文"汉魏骨气虽雄,而菁华不足"句意思相同。其实建安时代的文学,如《宋书·谢灵运传论》所称"以情纬文,以文被质",也是文质彬彬的,但比起六朝初盛唐时代文学,到底显得"质过于文"。

近人谈文学史,往往认为唐代上承南北朝,其诗歌能融合北方刚健、南方清丽之长。如梁启超说:"经过南北朝几百年民族的化学作用,到唐朝算是告一段落。唐朝的文学用温柔敦厚的底子,加入许多慷慨悲歌的新成分,不知不觉便产生出一种异彩来。盛唐各大家为什么能在文学史上占很重要的位置呢? 他们的价值在能洗却南朝的铅华靡曼,参以伉爽直率,却又不是北朝粗犷一路。"(《中国韵文里所表现的情感》)唐朝诗歌受北朝影响,固然是事实,但须知北朝诗歌的遗产并不丰富,除乐府"鼓角横吹曲"外,其他方面很少创造性,整个北朝几乎没有出现过很重要的诗人(庾信是由南入北的),因此北朝文学对后代的影响就不能深远。在诗风的质朴刚健方面,唐诗主要还是接受汉魏(特别是建安时代)的优良传统。这,唐人在诗文里自己说得很明白,上文已有不少例子可以证明,这里毋庸赘述了。

二

盛唐诗歌获得文质兼备的成绩,并非玄宗时代一蹴而就,而是唐初以来许多诗人已经作了不少努力,对梁陈的艳诗进行了部分改革;盛唐诗歌是在这种部分改革的基础上再向前迈进,作出了巨大的变革的。部分改革的成绩固然有限,但它毕竟为以后的大变革作了准备,打下了一定基础,因此不能忽视。

《序言》云:"武德初微波尚在,贞观末标格渐高。"说明初唐太宗时诗风已开始逐渐转变。《唐诗品汇·总叙》云:"贞观、永徽之时,虞(世南)、魏(徵)诸公,稍离旧习。"又卷一《叙目》云:"唐氏勃兴,文运丕溢。……若夫世南属和,匡君以正①。魏徵终篇,约

---

① 尤袤《全唐诗话》卷一:"帝尝作宫体诗,使虞世南赓和。世南曰:'圣作诚工,然体非雅正。上有所好,下必有甚焉。恐此诗一传,天下风靡,不敢奉诏。'帝曰:'朕试卿尔。'"

君以礼①。辞之忠厚，岂曰文为。及乎永徽以还，四杰并秀于前，四友齐名于后。刘氏庭芝古调、上官仪新体，虽未遏其微波，亦稍变乎流靡。"又卷二《叙目》云："神龙以还，品格渐高，颇通远调。前论沈、宋比肩，后称燕、许手笔。又如薛少保之《郊陕》篇、张曲江公《感遇》等作，雅正冲澹，体合《风》、《骚》，骎骎乎盛唐矣。"这些话能具体地阐明从初唐到盛唐诗风的渐变过程。

《序言》云："景云（睿宗年号）中颇通远调。"按景云前后仅二年多，是时张说等登用，文章更趋雅正。考《资治通鉴》二一〇卷记景云二年夏四月，睿宗制"凡政事皆取太子处分"。自后政治大事已由玄宗决定。徐松《登科记考》卷五称"景云三年二月，皇太子将行释奠之礼，因下令曰：夫讲谈之务，贵于名理，所以解疑辨惑。……爰自近代，此道渐微。问《礼》言《诗》，惟以篇章为主；浮词广说，多以嘲谑为能。遂使讲座作俳优之场，学堂成调弄之室。啬夫利口，可以攘首先鸣；太玄俊才，自当俯首垂翅。舍兹确实，竞彼浮华。取悦无知，见嗤有识。假令曹、张重出，马、郑再生，终亦藏锋匿锐，闭关却扫者矣"云云，可见玄宗此时即已注意改变学风。序言中特别指出"景云中颇通远调"，我推测主旨在赞美玄宗政治措施所起的良好影响。

序文说开元十五年后，唐诗声律、风骨始备，是由于玄宗"恶华好朴，去伪从真"的倡导。案《新唐书》卷二〇一《文艺传》（上）说："玄宗好经术，群臣稍厌雕琢，索理致，崇雅黜浮，气益雄浑。"看法是相同的②。崇尚经术，摒弃浮华，结果必然使诗文风格质朴刚健，语言清新自然。这种特点在盛唐诗歌中表现得很明显。李白诗说："圣代复

① 《全唐诗话》卷一："太宗在洛阳宫，幸积翠池，宴酣，各赋一事。（魏）徵赋西汉曰：'受降临轵道，争长趋鸿门。驱传渭桥上，观兵细柳屯。夜宴经柏谷，朝游出杜原。终藉叔孙礼，方知皇帝尊。'帝曰：'微言未尝不约我以礼。'"
② 《旧唐书·文苑传》卷中的《刘宪传》说："玄宗在东宫，留意经籍。"可知玄宗好经术，自为太子时已然。

元古,垂衣贵清真。"(《古风》)又说:"清水出芙蓉,天然去雕饰。"(《赠江夏韦太守良宰》)也揭示了这种风格特点。当然,这里必须指出,对盛唐诗歌发达的原因,殷璠是片面夸大了唐玄宗政治措施的作用的。我们不能完全同意他的见解。盛唐诗歌发达、风格刚健质朴的原因是多方面的:作家多出身于中下层,生活经验比较丰富,艺术爱好比较健康;对前代诗歌优良传统的重视与发扬;中外文化交流频繁,域外文艺给予刺激和影响等等,都是重要的原因。然而,政治方面的倡导也是非常重要的因素,乃是不容否认的事实。大家承认,唐代在政治上以诗取士,促进了诗歌的发达,那末统治者所提出的文学标准,会对当时全社会发生很大的影响,也是很自然的事情。底下企图汇集一些记载,对殷璠序文所称玄宗政治措施改变文学风气的作用,加以阐述。

玄宗一登位,就非常注意提倡儒学,压抑浮华。先天二年七月,他命益州长史毕构等宣抚四方。"所至之处,申谕朕心。并令屏绝浮华,敦崇仁厚。务修孝悌,勤事农桑。"(参考徐松《登科记考》卷五)这还是对一般风俗而发。开元六年二月下诏曰:"我国家敦古质,断浮艳。礼乐诗书,是弘文德;绮罗珠翠,深革弊风。必使情见于词,不用言浮于行。比来选人试判,举人对策,剖析案牍,敷陈奏议,多不切事宜,广张华饰。何大雅之不作,而小能之是衔?自今以后,不得更然。"(《登科记考》卷五)这就直接宣明文风不正,必须改革了。而开元十五年左右的一些措施,则更值得注意。

开元十三年,玄宗东至泰山,行封禅大礼,归途"幸孔子宅,亲设奠祭"(《旧唐书》卷八《玄宗记》)。更重要的是改丽正书院为集贤书院并增设学士一事。《资治通鉴》卷二一二记此事云:"夏四月丙辰,上与中书门下及礼官学士宴于集仙殿。上曰:'仙者凭虚之论,朕所不取。贤者济理之具,朕今与卿曹合宴,宜更名曰集贤殿。'其书院官五品以上为学士,六品以下为直学士。以张说知院事,右散骑常侍徐坚副之。上欲以说为大学士，说固辞而止。"又《通鉴》十一年五月"上置丽正书院，聚文学之士"条胡三省注说："开元五年，乾元殿写四部书，置乾元院使，有刊正官四人、知书官八人，分掌四库书。六年，更号丽正修书院，置使及检校官，改修书官为丽正殿学士。八年，加文学直，又加修撰、校理、判正、校勘官。十一年，置丽正院修书学士。十三年，改丽正修书院为集贤殿书院，五品以上为学士，六品以下为直学士，宰相一人为学士知院事，常侍一人为副知院事，又置判院一人，押院中使一人，又置集贤院侍讲学士、侍读直学士。其后又增修撰官、校理官、待制官、留院官、知检讨官、文学直之类。"可知前此已有书院学士的设置，但至十三年规模大为扩大，且以宰相一人总领其事（时张说为中书令），其重视程度自与前此不能相提并论。当时玄宗《集贤书院成送张说上集贤学士赐宴得珍字》诗有云："广学开书殿，崇儒引席珍。集贤招衮职，论道命台臣。礼乐沿今古，文章革旧新。"从"文章革旧新"句可以看出玄宗自觉地倡导转变文风的心理。当时群臣和玄宗此诗者颇多（见《唐诗记事》卷十四），其中萧嵩的一首有句云："帝曰简才能，旌贤在股肱。文章体一变，礼乐道逾弘。"更可与玄宗诗句及《新唐书·文艺传》"玄宗好经术，群臣稍厌雕琢"之语互相参证。

开元十四年六月敕曰："朕以厚儒林、辟书殿，讨论《易》象，研核道源，冀淳风大行，华胥非远。而承平日久，趋竞岁积。谓儒士为冗列，视之若遗；谓史职为要津，求如不及。顷亦开献书之路，观扬己之人。阙下之奏徒盈，席上之珍盖寡。岂弘奖之义，或有未孚，将敦本之人，隐而未见。天下官人百姓，有精于经史、道德可尊，工于著述、文质兼美者，宜令本司本州长官，指陈艺业，录状奏闻。"同年"七月癸巳，上御洛城南门楼，亲试岳牧举人及东封献赋颂人。命太官置食赐有差"（《登科记考》卷七引《册府元龟》）。开元十五年"九月庚辰，帝御洛城南门，亲试沉沦草泽、诣阙自举文武人等"（《登科记考》卷七引《册府元龟》）。按沈既济《词科论序》说："开元以后，四海晏清，无贤不肖，耻不以文章达。其应诏而举者，多则二千人，少犹不减千人。"(《全唐文》卷四七六)玄宗的政治措施，他的对于文风的要求，对于当时那些"耻不以文章达"的士子，当然能起很大的作用。殷序中特别指出开元十五年后文风大变，我认为跟上列的一些政治措施有极大的关系。

在这一转变文风的运动中，张说起着重要的领导作用。《新唐书》卷一二五《张说传》说："(说)善用人之长，多引天下知名士，以佐佑王化，粉泽典章，成一王法。天子(指玄宗)尊尚经术，开馆置学士，修太宗之政，皆说倡之。"《旧唐书》卷一○二《韦述传》说："张说专集贤院事……重词学之士，述与张九龄、许景先、袁晖、赵冬曦、孙逖、王翰常游其门。"均可证明。考《旧唐书》卷九七《张说传》说："玄宗在东宫，说与国子司业褚无量俱为侍读，深见亲敬。"我们有理由推测景云三年要求改变学风的命令，张说一定参加了重要的意见。以后张说以请睿宗使太子监国等行动(见两《唐书》本传)博得玄宗欢心，玄宗一即位，即征拜中书令，封燕国公。所以他的尊尚经书的主张，也迅速得到玄宗的重视而产生了一系列的实际措施。

当时要求文风"崇雅黜浮"，所以特别强调儒学与文章结合。《新唐书》卷一九六《贺知章传》说："张说为丽正殿修书使，表知章及徐坚、赵冬曦入院，撰《六典》等书，累年无功。开元十三年，迁礼部侍郎，兼集贤院学士。一日并谢。宰相源乾曜语说曰：'贺公两命之荣，足为光宠，然学士、侍郎孰为美？'说曰：'侍郎衣冠之选，然要为具员吏；学士怀先王之道，经纬之文，然后处之。此其为间也。'"先王之道与经纬之文结合，是当时要求词学之士的标准，也就是崇尚经术的具体表现。这种标准对当时诗文风格当然能起很大转变作用。

1956 年

(原载《复旦学报》1957 年第 2 期)

王维和他的诗

一

王维是盛唐时代重要诗人之一。他字摩诘,太原祁(今山西省祁县)人。生于武后长安元年(701),卒于肃宗上元二年(761)。他出身于官僚地主家庭,父亲处廉,官最后做到汾州司马;搬家到蒲(今山西永济县),遂为蒲人。

王维青少年时即富有文学才华,集中若干名篇(如《洛阳女儿行》、《桃源行》),是二十岁以前写的。开元九年,年二十一,进士擢第,做大乐丞。后因伶人舞黄狮子事受到牵累,谪为济州司仓参军。此后有一段时期他的生活情况我们不大清楚。开元二十二年(王维三十四岁),张九龄为中书令,维被擢为右拾遗。以后历任监察御史、左补阙、库部郎中、文部郎中、给事中诸职。天宝十五载(维五十六岁),安史叛军陷长安,王维扈从玄宗不及,为叛军所俘获,乃服药取痢,伪称暗疾;但仍被迫接受伪官。中心悒郁,曾作诗表示哀痛:"万户伤心生野烟,百官何日再朝天?秋槐叶落深宫里,凝碧池头奏管弦。"(《菩提寺禁,裴迪来相看,说逆贼等凝碧池上作音乐,供奉人等举声,便一时泪下,私成口号,诵示裴迪》)唐军收复两京(西京长安、东京洛阳)后,做过伪官的分等定罪。王维以上述《凝碧池》一诗得到肃宗哀怜,同时他的弟弟王缙当时官位较高,愿削官为兄赎罪,因此仅降职为太子中允。后历任太子中庶子、中书舍人、给事中,终尚书右丞,故世称王右丞。

王维青壮年时代生活在玄宗开元年间,当时政治比较开明,国家富强。正像当时的许多知识分子一样,他的心情比较积极开朗,在政治上有一定抱负。《不遇咏》说:"今人作人多自私,我心不说君应知。济人然后拂衣去,肯作徒尔一男儿!"这篇作品不一定是歌咏诗人自己,但从这些意气豪迈的语句,可以看出诗人对于高尚的政治抱负的赞美。他对当时提拔过他的贤相张九龄,非常推崇。张九龄在政治上主张任用贤能,反对植党营私,反对随便以官爵赏赐臣下。诗人在《献始兴公》诗中对此作了由衷赞美:"侧闻大君子,安问党与仇;所不卖公器,动为苍生谋。"这也反映了诗人进步的政治理想。同时,诗人具有知识分子的正义感,对当时社会的一些不合理现象感到不满;他的贬谪生涯,更加强了这方面的认识。以上种种构成了王维的进步思想的一面,使他能够写出若干具有较强的现实意义的诗作。

张九龄的开明政治受到奸臣李林甫的嫉妒。开元二十四年,在李林甫的打击下,张九龄罢相,李林甫任中书令。次年,九龄贬荆州长史。这是当时政治的转折点,从此奸臣专权,政治日趋黑暗腐败。"九龄既得罪,自是朝廷之士,皆容身保位,无复直言。"(《资治通鉴》卷二一四)王维对张九龄的被贬,很感沮丧,曾作《寄荆州张丞相》诗寄意,表示将退出官场:"方将与农圃,艺植老丘园。"对置身于李林甫专权的官场,他也感到担心:"既寡遂性欢,恐招负时累。"(《赠从弟司库员外绹》)他想学陶潜一样弃官退隐田园:"不厌尚平婚嫁早,却嫌陶令去官迟。"(《早秋山中作》)可是他并没有坚决退出官场,而继续在朝廷担任官职。他不能过清贫的生活。他说:"小妹日成长,兄弟未有娶。家贫禄既薄,储蓄非有素。几回欲奋飞,踟蹰复相顾。"(《偶然作》之三)在晚年所作的《与魏居士书》中还批评了大诗人陶潜不肯为五斗米折腰,结果穷得向人家乞食。而他自己的处世态度则是:

"孔宣父云：我则异于是，无可无不可。可者适意，不可者不适意也。君子以布仁施义、活国济人为适意；纵其道不行，亦无意为不适意也。苟身心相离，理事俱如，则何往而不适？"这可以说是对于自己后半期生涯的最清楚的自剖，带着很明显的自我辩解的意味。地主阶级知识分子的软弱性和妥协性，使王维不能像陶潜那样洁身引退，安贫乐道，和统治集团决绝，过着贫穷的生活，而采取随俗浮沉的途径。这样做，他心中也感到内疚，存在矛盾，可是又不能以坚强的实际行动来解决矛盾，于是只能援引孔子"无可无不可"的话来解嘲，作为自己妥协的处世态度的理论根据。

王维的后半生度着名为"身心相离"而"理事"却不能"俱如"的矛盾生活。一方面，他一直在中央朝廷担任官职，虽然官位到底不很高，但也逐渐升迁；另一方面，从四十岁左右开始他的长期隐居山林的生活（以前曾在嵩山隐居过），先是在终南山，以后在蓝田辋川，两处的景色都很美。他过着亦官亦隐的生活，身在朝廷，心存山野。同时对佛教的信仰也日益发展。他写了许多田园山水诗来歌颂自然界之美，歌颂自己隐逸生涯的恬适和愉快，同时表现了对仕途的厌倦，对人生的消极情绪，构成了诗歌的比较复杂的内容。尽管这时期诗人的思想感情寄托于山林和宗教，但他既然仍在朝廷作官，就不能不和腐朽的统治者们敷衍往来。他写了《和仆射晋公扈从温汤》诗赞美李林甫，写了《奉和圣制登降圣观与宰臣等同望应制》、《贺玄元皇帝见真容表》、《贺神兵助取石堡城表》等诗文来赞美唐玄宗信奉道教始祖老子及其黩武战争的胜利。这是诗人生活中的污点，也是诗人作品中的糟粕。这里也充分证明了既然生活在混浊的官场中，与腐朽的统治者周旋往来，也就没有可能保持诗人的高洁。

王维是一个非常软弱的知识分子。他有一定的理想和正义感，还懂得分辨是非善恶，对社会现实的不合理现象怀抱不满，而且作了一些抨击。然而他不能坚决地反抗黑暗，洁身引退；因为不能过清贫的生活，而与统治者敷衍妥协。这是一种深刻的矛盾。王维在后半期对人生采取很消极的态度，把思想感情寄托于大自然的观赏和佛教的信仰中，正是他的思想矛盾发展的必然结果。

二

王维最擅长描写自然风景。他在盛唐诗坛所以能够独树一帜，引人注目，在文学史上具有重要地位，对后代发生深远影响，主要是由于写景诗具有独特的成就。苏轼评王维诗说："味摩诘之诗，诗中有画；观摩诘之画，画中有诗。"这两句话所以很著名而获得大家的同意，在于揭示了王维文艺创作的最大特色。王维的写景诗，有的描绘农村风光，有的刻画山水清景，这便是田园山水诗。此外，在其他题材如边塞、纪行、赠友等篇什中，也常常出现动人的写景语句，使全篇呈现光彩，获得读者的激赏。当然，这方面最有代表性的还是田园山水诗。但它们大抵是诗人后期半官半隐时所作，掺杂了较多的消极的思想，因此，内容比较复杂。

王维写农村风光的田园诗数量并不多，共十馀首。诗人在《酬诸公见过》诗中讲到自己躬亲耕稼之事："屏居蓝田，薄地躬耕。岁晏输税，以奉粢盛。晨往东皋，草露未晞。暮看烟火，负担来归。"但这恐怕只是说说而已，事实上，他拥有颇大的庄园，过着"还持鹿皮几，日暮隐蓬蒿"（《春园即事》）、"花落家僮未扫，莺啼山客犹眠"（《田园乐》其六）的庄园主的闲适的隐逸生活。这种生活使他不可能饱尝种植的艰难、风霜草露的辛苦，从自身的经历体会到广大农民的痛苦及其思想愿望，并把它们反映到作品中间。诗人在一部分诗篇中描绘了农民。他们的形象是："杏树坛边渔父，桃花源里人家"（《田园乐》其三）、"牛羊自归村巷，童稚不识衣冠"（《田园乐》其四）、"住处名愚谷，何烦问是非"（《田家》）。这些形象的特点是心情安闲，风度潇洒，富有隐士气息，跟他们所处的和平宁静的环境相协调。这些诗中的农民及其环境形象是被歪曲了的，在他们身上被打上了诗人本身的鲜明的思想和性格的烙印，与其说是写农民，不如说是表现自己的理想生活更为恰当。

王维田园诗中写得较好的是《赠裴十迪》、《渭川田家》、《春中田园作》、《新晴晚望》、《淇上即事田园》、《田家》等篇。

　　……春风动百草，兰蕙生我篱。暧暧日暖闺，田家来致词。欣欣春还皋，澹澹水生陂。桃李虽未开，荑萼满其枝。……（《赠裴十迪》）

　　新晴原野旷，极目无氛垢。郭门临渡头，村树连溪口。白水明田外，碧峰出山后。农月无闲人，倾家事南亩。（《新晴晚望》）

这些诗篇并没有触及阶级压迫下农民生活的本质面貌，因而缺少社会意义，但它们以朴素明白的语言，勾勒了农村的平凡而又美丽的日常风光，形象鲜明，生意盎然，正像陶潜的《归园田居》诗和《归去来辞》那样使人喜爱。清代沈德潜说王维的五言古诗得陶诗的清腴（见《唐诗别裁集》凡例），这类作品是最好的例子。

王维写景诗中数量更多并且最富有特色的是他的山水诗。从这些诗篇，可以清楚地看出诗人具有卓越的艺术才能，善于用他的生花妙笔，勾绘出自然界丰富多彩的面貌，展示各种各样的画面。诗人除掉以大量诗篇描写辋川的幽静清丽的景色外，在他笔底下更出现着非常雄伟的景象：高耸入云的崇山，波浪滚滚的大河，都具有巨大的气魄。《终南山》、《汉江临泛》是这方面的名作，此外如《华岳》、《晓行巴峡》都属于这一类。同是描写幽静的景色，有的写得很浓丽，如《桃源行》、《山居秋暝》；有的写得很清淡，如《青溪》、《归嵩山作》和《辋川集》中的一些篇什。无论是什么景色,都写得形象鲜明突出,气韵生动,不但呈现出不平凡的外貌,而且每一项景物仿佛都具有灵魂和感觉。

诗人对自然现象的感受非常敏锐,观察非常仔细,他善于选择富有特征的细节来刻画山水的特色,善于表现自己细致深刻的感受。如《终南山》,抓住山的高大、云气变化、各部分气候不同的特点,突出了终南山的雄伟多姿的面貌。其中"白云回望合,青霭入看无"两句更是生动地表现了他的细致感受。又如《汉江临泛》,前面六句都通过自己的观感和体会来刻画汉江的壮阔面貌和翻腾的水势,形象显得分外生动突出。五言绝句《皇甫岳云溪杂题》五首、《辋川集》二十首等都是写景小诗,其中大部分写得很精致,如同精美的绘画小幅;自然界的各种事物,不论生物和非生物,通过诗人的妙笔,呈现出丰富多采的风姿和细枝末节的神态,动中有静,静中有动,烘托出整个环境和气氛的静谧和幽美。

王维是一个画家,又擅长音乐,他对自然景物的色彩和声音感受特别敏锐深刻,在诗篇中有突出动人的描写,如:

> 声喧乱石中,色静深松里。(《青溪》)
>
> 泉声咽危石,日色冷青松。(《过香积寺》)
>
> 空山不见人,但闻人语响。返景入深林,复照青苔上。(《鹿柴》)
>
> 秋山敛馀照,飞鸟逐前侣。彩翠时分明,夕岚无处所。(《木兰柴》)

这些诗篇已经不是一般的图画,而是色泽特别鲜明细致的水彩画和油画。诗人的彩笔深入到了自然美的奥秘,以敏捷机灵的才能,抓住了它们在特定情况下所呈现出来的异常的光彩和声响,作了耸动耳目的写照,使人不能不惊叹诗人感受的细致深入和艺术表现力的高超。

像《终南山》、《汉江临泛》那样雄伟的诗篇在王维的山水诗中毕竟只占少数。如上所述,王维的山水诗大部分是在他后期半官半隐时所写,从他当时隐遁的情趣出发,他特别欣赏和爱好幽秀的风景和宁静的环境。因此,出现在王维笔下的自然景物,常常不是生气勃勃,能够鼓舞和激发人们的生活意志,培养积极奋发的精神的;相反却常常非常静谧,甚至幽冷阒寂,深深染上了作者消极出世甚至禅学寂灭的思想情绪,如《蓝田山石门精舍》、《青溪》等篇,都是比较显著的例子。又如"寒塘映衰草,高馆落疏桐"(《奉寄韦太守陟》)、"荒城临古渡,落日满秋山"(《归嵩山作》)等句,尽管形象很鲜明,但气氛萧瑟,正像古寺寒钟一样,给人以消沉的感受。王维的一部分艺术性相当高的诗篇,如像上面提到过的《皇甫岳云溪杂题》、《辋川集》等,也往往在不同程度上掺杂着这种不健康的思想情绪,阅读时应该注意辨别。

王维在描写山水风景时,还注意描写他自己如何领受佳景的愉快。这里面诗人形象的特点是风度潇洒,心情闲逸,和幽静的环境打成一片。例如"行到水穷处,坐看云起时"(《终南别业》)、"松风吹解带,山月照弹琴"(《酬张少府》)、"倚杖柴门外,临风听暮蝉"(《辋川闲居赠裴秀才迪》)、"独坐幽篁里,弹琴复长啸。深林人不知,明月来相照"(《竹里馆》),这些诗句的艺术描写都比较生动,情景交融,语言自然,跟陶潜的名句"采菊东篱下,悠然见南山"(《饮酒》)颇为类似。但这里所刻画的诗人,对社会现实采取漠不关心的态度,超尘绝世,陶醉于自然的美景中,它也不像陶诗那样在表面的恬淡中包藏着对现实的消极反抗,表现了中下层知识分子的愤慨;这里所有的只是官僚地主赋闲生活中的优游自在,因此在思想内容上就谈不到有什么社会意义。在长期的封建社会中,许多文人和知识分子欣赏和赞美王维的诗,称之为"诗佛",尤其爱好王维诗中那种萧瑟冷寞、超尘绝世、"不食人间烟火"的境界。历代的不少批评家,从唐代的司空图到清代的王渔洋,竭力推崇王维的诗,认为最富有"神韵"。王维的《终南别业》一诗为历来所激赏,被方回认为有"一唱三叹不可穷之妙"(《瀛奎律髓》卷二三批语)。人们对于王维这类诗歌的爱好。固然是由于它们表现出较高的艺术技巧,更重要的是由于这些爱好者本身存在地主阶级知识分子的闲情逸致和消极出世思想,容易产生共鸣。

王维的其他题材的诗作中,也常常出现动人的写景片段,如"大漠孤烟直,长河落日圆"(《使至塞上》)、"山中一夜雨,树杪百重泉"(《送梓州李使君》)、"日落江湖白,潮来天地青"(《送邢桂州》),都是脍炙人口的名句,表现出作者的卓越才能。他的纪行诗《早入荥阳界》、《宿郑州》等写沿途所见城市、乡村的景况,也很真切生动,值得注意。

王维的写景诗篇,体裁常是五律和五绝,篇幅短小。五言诗比七言诗的节奏短,音节比较更安闲和平,宜于表现幽静的山水和自己恬适的心情。他的写景诗语言非常明朗自然,寥寥几笔,就描绘出自然界的动人形象,在造语遣词的精炼性和准确性上,达到惊人的成就。至如"泉声咽危石,日色冷青松"(《过香积寺》)、"远树带行客,孤城当落晖"(《送綦毋潜落第还乡》)、"漠漠水田飞白鹭,阴阴夏木啭黄鹂"(《积雨辋川庄作》),其中"咽"、"冷"、"带"、"当"、"漠漠"、"阴阴"等词语,不但刻画出景物的特征,而且表现出对语言的苦心锤炼。

盛唐时代是我国历史上诗歌创作的黄金时代,当时大家辈出,名作如林,诗坛上出现各种不同流派、不同风格的作品,形成百花齐放、光辉灿烂的局面。王维以他的写景诗在当时诗坛放射出闪耀的光芒,成为田园山水诗派的领袖。这个流派中的其他优秀诗人孟浩然、储光羲等都有他们各自的独特成就,但总的成绩都赶不上王维。伟大的诗人李白、杜甫也创作了不少写景名篇,但在展示自然界的丰富多彩和表现作家对自然的深入细致的感受上面,较王维也不免有所逊色。他不愧为诗国中首屈一指的风景画大师。盛唐诗坛的繁荣局面是由各种风格的作品组成的。李白诗歌的对黑暗现实的尖锐鞭

挞,对自由生活的强烈追求,杜甫诗歌对祖国和人民的深沉的关怀和
挚爱,使两人成为最伟大的诗人,达到封建时代诗歌创作的最高峰。
王维的许多写景诗对自然美作了精致动人的表现,也是重要的贡献。

王维山水诗的价值,还应该从山水诗的历史发展来衡量。我国
山水诗的开创者是刘宋时代的谢灵运。他打破了当时抽象说理、毫
无文学意味的玄言诗风,用他的全副精力刻画祖国东南部的锦绣山
河,描写细致工丽,改变了诗坛的风气。他的山水诗在扩大诗歌内
容、丰富诗的艺术技巧方面作出了一定的贡献,因而在文学史上占有
比较重要的地位。谢灵运的山水诗有一个很大的缺点,那就是过于
注意字句的雕琢,往往显得晦涩不自然,损伤了真正的美。谢灵运以
后六朝诗人中擅长写自然风景的还有谢朓、何逊、阴铿。他们的作品
风格要比大谢清秀一些,但数量毕竟不多,成就也不很突出。王维的
山水诗,一方面继承了大谢细致工丽的优点,一方面又扬弃他的雕琢
晦涩的缺点,语言更优美,声调更和谐,使自然和工丽完美地统一起
来,艺术表现进入一个新的境界,使山水诗的成就达到了高峰。当
然,这一优点应当归属于整个盛唐田园山水诗派,不属于王维一人;
但王维作为这个诗派的领袖,这方面的贡献无疑最为杰出。

三

王维诗歌创作的才能是多方面的。他最擅长写风景诗,但在其
他方面也有不少出色的作品。他在生活前期,人生态度比较积极,富
有进取精神,这表现在歌咏从军、边塞、豪侠的诗篇中最为明显。《从
军行》、《陇西行》、《燕支行》等写将士们奋身杀敌,报效国家,气魄雄
壮。《夷门歌》、《少年行》写富有侠义精神的人物,他们那种慷慨磊落
的风度和行为,跃然纸上。《使至塞上》、《出塞作》写自己在西陲边疆
目击的情景,雄浑真切。《陇头吟》、《老将行》除写将军的爱国热情

外,更指出有功的将军不获重赏,反映了封建帝王对待臣下的不公平,暴露了封建朝廷政治污浊的一个方面,具有较大的社会意义。这类雄壮慷慨的诗篇风格跟岑参、高适的诗歌非常接近。这种高亢的歌声是盛唐诗歌的一种特色,反映当时国力强大、社会比较安定的情况下知识分子的壮阔胸襟。

然而,即使是在盛唐时代,封建社会包含的不合理现象仍然是很多的。王维那时具有一定的进步思想和正义感,加上自己贬谪生涯的体验,对这种现象就很容易体会。上面提到的《陇头吟》、《老将行》是一种情况。出现得更多的是对权贵当道的讽刺和对才士坎坷的感慨。《寓言》两首一面对生活豪奢的贵族子弟提出责问:"问尔何功德?"一面对苦寒的布衣寄予关怀。《济上四贤咏·郑霍二山人》篇也表达了这种感慨。后期写的《偶然作》六首中的"赵女弹箜篌"篇表现这种思想更为酣畅。

> 赵女弹箜篌,复能邯郸舞。夫婿轻薄儿,斗鸡事齐主。黄金买歌笑,用钱不复数。许史相经过,高门盈四牡。客舍有儒生,昂藏出邹鲁。读书三十年,腰下无尺组。被服圣人教,一生自穷苦。

它使人想起杜甫的名句:"纨袴不饿死,儒冠多误身。"(《奉赠韦左丞丈》)玄宗后期,政治腐败,宠幸善斗鸡的小人,有才能的人没有仕进机会。《资治通鉴》卷二一五(天宝六载)说:"上欲广求天下之士,命通一艺以上皆诣京师。李林甫恐草野之士对策,斥言其奸恶。……既而至者皆试以诗赋论,遂无一人及第者。林甫乃上表贺野无遗贤。"从这件典型的黑暗史实,可以看出"赵女弹箜篌"篇的现实意义。另一方面,王维对于行为兀傲、不向权贵和世俗低头的人士作了赞美:"百人会中身不预,五侯门前心不能。"(《不遇咏》)"科头箕踞长松下，白眼看他世上人。"(《与卢员外象过崔处士兴宗林亭》)写得辞情慷慨，表现了诗人的高洁情操。

一部分以妇女生活为题材的诗篇也比较突出。《洛阳女儿行》写贵贱不同的妇女的不同遭遇，越女颜虽如玉，却无人理会，也寄托了怀才不遇之感，主旨与《寓言》、《偶然作》等互相沟通。《西施咏》通过历史题材表现某些人由于社会地位的上升所带来的思想感情的巨大变化，显得内容包蕴丰富，引人思索，诚如沈德潜所赞美："写尽炎凉人眼界，不为题缚，乃臻斯诣。"(《唐诗别裁集》卷一)其他如《羽林骑闺人》、《息夫人》、《班婕妤》写妇女由于受封建社会的束缚和压迫而产生的悲哀，都具有一定的现实意义。

以上这些诗篇在艺术描写上也比较优秀，一部分尤为杰出。如五言体的《西施咏》、《羽林骑闺人》、《息夫人》委婉含蓄，耐人寻味；七言《夷门歌》、《少年行》、《陇头吟》、《洛阳女儿行》气概豪迈，音节流荡，形式都和内容取得和谐的统一，产生相当强大的感染力。

从内容上讲，反映功高赏薄、蔑视权贵、寄托怀才不遇的这些诗篇在王维集中是最富有现实意义的作品，我们应该珍视，并可由此认识到诗人对社会现实还是相当关心（主要是前期）。但另一方面，也不能把这些诗估价太高。其原因不仅因为数量少，反映面不广，更重要的是思想感情的深度问题。诗人对丑恶现实的认识和理解，对它的揭露和鞭挞，毕竟还不深刻，不能与李白、杜甫的诗篇相比。艺术技巧尽管比较优秀，也没有创造出一种为别人不曾达到的新境界，如他的写景诗那样。这一部分诗歌，一般认为大部分是诗人生活前期的产品。集中有些诗篇注明创作年岁，如《燕支行》是"时年二十一"，《洛阳女儿行》是"时年十六，一作十八"，年纪都很轻，尽管显示出青年人的卓越才华，但毕竟阅历尚浅，限制了对现实的深入认识。这类诗多用乐府古题，可以想象其内容的一部分来自古代作品的启发，而不一定植根于对现实生活的深刻感受。在诗人生活的后半期，政治日益黑暗和腐败,他的阅历虽也更为丰富,可是他的政治热情衰退了,人生观日趋消极,退避山林,他的笔锋几乎不再接触这类题材了,因此仍然不能在这方面写出更为深刻的作品来。

王维还有一部分赠送亲友和描写日常生活的作品,写得非常真挚动人,千百年来为广大读者所爱好。像《送元二使安西》、《九月九日忆山东兄弟》、《相思》、《杂诗》等竟至家喻户晓,传诵人口。他的《送元二使安西》在唐代即播为《渭城曲》,人们在送别时经常演唱。《唐诗纪事》卷十六又载他的《相思》和"清风明月苦相思"诗为当时梨园乐人所传习,可见在唐代受人欢迎的情况。简单说来,这些诗篇具有以下两个特色。第一,是感情深厚,表现得又很委婉曲折,含蕴丰富,使人体会无穷。如《九月九日忆山东兄弟》后两句设想兄弟们在故乡登高,忆念自己,表达情意就更深入一层。《登裴迪秀才小台作》的"遥知远林际,不见此檐间"两句构思也极相似。又如《送别》"下马饮君酒"篇、《齐州送祖三》、《送黎拾遗》等篇的结尾,通过具体的形象表现丰富的情意,字面上不说尽,让读者慢慢体会,真是语短情长,有馀味不尽之妙。第二,是语言非常自然真率,洗尽雕饰,仿佛是不经苦心经营脱口而出的;但词语又是如此精炼,音节又是如此和谐,生动地表现了深厚的情意。像《送别》"山中相送罢"、《送黎拾遗》、《杂诗》、《相思》、《送元二使安西》等名作都具有这一特色,看来跟六朝乐府民歌中的许多抒情小诗,风格非常接近,都以那种淳朴深厚的美打动了读者,这是诗人善于向人民创作中吸收营养的结果。他的这些绝句跟李白、王昌龄的绝句一样,为后代千百万读者所喜爱,不是没有道理的。

王维诗歌中有一部分是应该严格批判的糟粕,它们主要是一些歌功颂德的应制诗,奉酬贵族官僚们的唱和诗,赞美佛教无生寂灭的说理诗。这些诗有的粉饰太平,庸俗无聊;有的宣扬宗教,充满毒素。在艺术上或是陈词套语,或是枯燥干瘪,也往往显得比较凡庸,没有什么可取之处。

　　总之，王维是一个多方面发展的艺术家，能诗，善画，又擅音乐。他的诗歌创作成就也是多方面的，田园、山水、边塞从军、豪侠少年、闺中妇女、怀才不遇、亲友情谊等等，都有优秀之作；而以山水诗的成就最为突出，影响也最大。他生长在经济繁荣、文化发达的盛唐时代，接受了优良的文化教养，得到同代和前辈作家的启发和影响；他又善于向遗产学习，从楚辞、乐府、陶渊明、谢灵运等古代优秀作家作品吸取了许多营养，楚辞的幽深秀雅，乐府民歌的真率自然，陶诗的朴素淳厚，谢诗的细致工丽，他都广泛吸取，可以说是兼揽其长，而又能够推陈出新，发展变化，有崭新的创造。他能够成为盛唐时代的重要诗人，绝不是偶然的。

1960 年

　　（本文系上海古籍出版社 1961 年出版《王右丞集笺注》代序，载该书卷首）

王昌龄的籍贯及其
《失题》诗的问题

    王昌龄是盛唐时代的一个著名诗人。关于他的生平事迹,我们知道得很少。他的籍贯,历来也有三种不同说法。《新唐书·文艺传》、计有功《唐诗纪事》(卷二四)、尤袤《全唐诗话》(卷一)都说他是江宁人。辛文房《唐才子传》(卷二)说他是太原人;因曾为江宁令,故当时称为"诗家夫子王江宁"。《全唐诗》说他是京兆人,曾为江宁丞。

    考订起来,《唐才子传》一说实为可靠。何以见得呢?昌龄《洛阳尉刘晏与府掾诸公茶集天宫寺岸道上人房》诗有云:"旧居太行北,远宦沧溟东。"太原正在太行山之北,诗中所谓"太行北",应当即指太原。所谓"远宦沧溟东",当指为江宁地方官事。江宁(今南京一带)东近大海,故云"沧溟东"。这是昌龄的自述,可以相信。又诗人岑参《送王大昌龄赴江宁》诗云:"明时未得用,白首徒攻文。泽国从一官,沧波几千里。"可见江宁确是昌龄为官的地方,而不是他的故乡。

    又考殷璠《河岳英灵集》王昌龄诗小序说:"元嘉以还,四百年内,曹、刘、陆、谢,风骨顿尽。顷有太原王昌龄、鲁国储光羲,颇从厥迹。"殷璠也是盛唐时人,所言自然比较可信。他说储光羲是鲁国(兖州)人也是不错的。又裴敬《翰林学士李公(李白)墓碑》(此文作于唐武宗会昌年间)说:"夫古以名德称,占其官谥者甚希。前以诗称者,若谢吏部、何水部、陶彭泽、鲍参军之类,唐朝以诗称若王江宁、宋考功、韦苏州、王右丞、杜员外之类,以文称者若陈拾遗、苏司业、元容州、萧

功曹、韩吏部之类。……翰林其以诗称之一也。"这里也认为江宁是
昌龄的官谥。

　　综上数证，我们认为昌龄应是太原人，江宁是他作官的地方；至
于《全唐诗》说他是京兆人，则本于《旧唐书·文苑传》："开元、天宝
间，文士知名者，汴州崔颢、京兆王昌龄、高适、襄阳孟浩然。"①

　　昌龄诗作中有《失题》一首，其内容曾被前人误会，拟在这里一
辨。原诗云：

　　　　奸雄乃得志，遂使群心摇。赤风荡中原，烈火无遗巢。一人
　　　　计不用，万里空萧条。

此诗初见于殷璠《河岳英灵集》王昌龄诗小序中。小序中引昌龄诗，
都是摘句，此诗的六句当亦非全篇。后人因其意义尚属完整，遂视为
全篇，并以《失题》标之。它的内容所指为何，沈德潜《唐诗别裁集》卷
一解释说："岂指张曲江（张九龄）欲诛安禄山事耶？"意思是说玄宗未
纳张九龄忠言杀安禄山，致成巨祸。陈沆《诗比兴笺》卷三于昌龄诗
只取此诗一首（题作《古意》），也认为是指玄宗不杀安禄山一事，与沈
说大同小异，言之更为凿凿：

　　　　此所谓"一人计不用"，即彼诗之"龙城飞将"也。其指王忠
　　　　嗣乎！忠嗣身佩四节，控制万里，为国长城，数上言禄山有异志。
　　　　使明皇用其言，则渔阳之祸不作。故诗叹边臣之用舍，关天下之
　　　　安危也。

_____

　　①　此文发表后，获读谭优学同志《王昌龄行年考》（载《文学遗产增刊》第十
二辑，1963 年 2 月出版）。谭文认为昌龄应为京兆人，并举其诗"故园今在灞陵
西"（《送李浦之京》）、"本家蓝田下"（《郑县宿陶太公馆中赠冯六元二》）为证。
我疑昌龄原籍太原，后因仕宦徙家长安。

按《新唐书》、《唐才子传》都说昌龄于安史叛乱发生后回乡里,为刺史闾丘晓所杀。按照年代讲,他既然看到安史之乱的起来,作诗慨叹是可能的。但问题是此诗为《河岳英灵集》所引用,而该书编集于天宝十二载,在安史乱前,它不可能收入安史乱后的作品,是可以肯定的。按此诗《诗比兴笺》题作《古意》,或许别有所据。它实是咏史之作,而非反映当前现实。歌咏对象是十六国前赵的开国君主刘渊(字元海)。考《晋书·刘元海传》说:

> 齐王攸言于帝(晋武帝)曰:"陛下不除刘元海,臣恐并州不得久宁。"王浑进曰:"元海长者,浑为君王保明之。且大晋方表信殊俗,怀远以德,如之何以无萌之疑,杀人侍子,以示晋德不弘?"帝曰:"浑言是也。"

后来刘渊首先发难,导致十六国的长期纷乱。昌龄诗中"一人计不用"之句,是指晋武帝不听齐王攸的意见而言。安史之乱起来以前,安禄山的势力已很强大,阴谋叛变,当时有识之士每为国家前途耽心。说昌龄此诗借咏史来寄托对于国事的隐忧,是可能的;但如上所述,它不可能是安史之乱起来后直接歌咏时事的作品。

《河岳英灵集》另外选有昌龄《咏史》诗一首,乍看起来,也容易被人误认为歌咏时事,与安史之乱有关。原诗云:

> 荷畚至洛阳,杖策游北门。天下尽兵甲,豺狼满中原。明夷方遘患,顾我徒崩奔。自惭菲薄才,误蒙国士恩。位重任亦重,时危志弥敦。西北未及终,东南不可吞。进则耻保躬,退乃为触藩。叹惜嵩山老,而后知其尊。

按这诗歌咏的是十六国苻秦时王猛的事迹。《晋书·王猛传》记载猛少时贫贱,靠卖畚为生。某次在洛阳卖畚,遇一人引至嵩山,见一老者,尊呼猛为"王公",并给他十倍于畚值的钱。这诗首尾即咏此事。《王猛传》又载猛临终时劝苻坚不要图谋并吞东南的晋朝,而应注意剪除北方的鲜卑和羌。诗中"西北"二句,即指此事。值得注意的是这诗和《失题》咏的都是十六国时史实,体裁又都是五言古体。我们有理由认为:二者原是姊妹篇,是昌龄同时之作;只因《河岳英灵集》只选一首,另一首仅摘录数句,且不署诗题,因此就引起后人的误会了。

(原载《光明日报》1962 年 2 月 25 日《文学遗产》副刊第 403 期)

谈高適的《燕歌行》

高適的《燕歌行》是他的著名代表诗篇，也是唐代边塞诗的杰作。它生动地描绘了当时东北边疆民族战争的剧烈，军队中上下级的苦乐悬殊，对兵士们久戍不归表示同情，对他们的英勇杀敌又表示赞美。诗的内容展示了诸般的社会矛盾，反映了广阔的生活图景，表现了诗人复杂的思想感情。

诗的前面有一篇小序，说："开元二十六年，客有从元戎出塞而还者，作《燕歌行》以示適。感征戍之事，因而和焉。"这段话可以帮助我们考察诗的写作背景，深入一步了解诗的思想内容。有的本子"开元二十六年"作"开元十六年"，"元戎"作"御史张公"。按作"开元二十六年"为是。所谓"御史张公"，是指张守珪。守珪于开元后期镇守东北幽州，打击契丹和奚，常获胜利。开元二十六年时官兼御史大夫，故诗序中称"御史张公"。诗中的胡人是指契丹和奚①。为便于了解诗的内容，抄《旧唐书》卷第一〇三列传第五十三《张守珪传》一段于下：

> （开元）二十一年，转幽州长史、兼御史中丞、营州都督、河北节度副大使，俄又加河北采访处置使。先是，契丹及奚连年为边

---

① 高適边塞诗中谈到东北边疆的胡人常指契丹和奚。他的《信安王幕府诗序》说："开元二十年，国家有事林胡。"林胡也指契丹和奚。

患,契丹衙官可突干骁勇有谋略,颇为夷人所伏。赵含章、薛楚玉等前后为幽州长史,竟不能拒。……及守珪到官,频出击之,每战皆捷。……会契丹别帅李过折与可突干争权不叶,悔(守珪的部下)潜诱之,夜斩屈刺及可突干,尽诛其党,率馀烬以降。……二十三年春,守珪诣东都献捷,会籍田礼毕酺宴,便为守珪饮至之礼,上赋诗以褒美之。廷拜守珪为辅国大将军、右羽林大将军、兼御史大夫,馀官并如故。仍赐杂彩一千匹及金银器物等,与二子官。仍诏于幽州立碑以纪功赏。(《新唐书》卷一三三《张守珪传》略同)

开元二十七年,守珪以隐瞒部下败状事发,"左迁括州刺史,到官无几,疽发背而卒"(《旧唐书》)。《燕歌行》开头有云:"汉将辞家破残贼","天子非常赐颜色",当即指守珪在开元二十三年到东都献捷,获得厚赏以及重至东北而言。

高适集中另有《宋中送族侄式颜,时张大夫贬括州,使人召式颜,遂有此作》一诗,有云:

> 大夫击东胡,胡尘不敢起。胡人山下哭,胡马海边死。……当时有勋业,末路遭谗毁。转旆燕赵间,剖符括苍里。……不改青云心,仍招布衣士。

这里"剖符括苍"的张大夫当然即指张守珪。从"不改青云心"两句看,高式颜似是守珪的旧部下。我们有理由推测《燕歌行》小序中写《燕歌行》的"客",很可能就是指高式颜。高适又有《又送族侄式颜》诗云:"惜君才未遇,爱君才若此。世上五百年,吾家一千里。"杜甫也有《赠高式颜》诗,有云:"平生飞动意,见尔不能无。"可见式颜是与诗人们颇有往还的。

以上根据《燕歌行》内容及小序,印证唐史,说明这诗的写作背景。我们读新、旧《唐书》的奚、契丹传和《资治通鉴》,知道玄宗开元年间,奚和契丹对唐有时降附,有时又叛唐侵扰边疆,因此东北边疆的民族战争长期连绵不断。唐为保障边疆安全,对奚、契丹进行抗击是必要的。张守珪镇守幽州时期,对外战争经常得胜,唐的军势强盛,士气比较昂扬。《燕歌行》对士兵的英勇杀敌和张守珪的威武和受赏,都作了赞美,正反映了诗人的爱国思想。

但另一方面,唐在边疆事务的处理上也不是没有问题的。与奚、契丹的战争,有时已不属纯粹的防御性质而是开边,有些将领为了邀功,喜欢挑衅生事。东北边疆战争连绵不断,唐方面也应负责。兵士们在长期战争中牺牲很大,或者久戍不归,夫妻隔绝。对这些,高适都是有意见的。他在诗中说:

> 一到征战处,每愁胡虏翻。岂无安边书,诸将已承恩。惆怅孙吴事,归来独闭门。

——《蓟中作》

> 北使经大寒(指到蓟北),关山饶苦辛。边兵若刍狗,战骨成埃尘。行矣勿复言,归欤伤我神。

——《答侯少府》

高适曾亲历东北边塞,两诗都是写自己的见闻和感想,表现了对唐的边疆政策的不满和对兵士的深厚同情。像这样的例子,高适集中不止一二见。《燕歌行》内容更着重地描绘了兵士们伤亡重大和久戍不归之苦,正表现了诗人这一方面的思想感情。由此可见,这篇诗歌的复杂的思想内容是基于当时唐在东北对敌战争的复杂性质和诗人对战争怀有矛盾的心情。这种矛盾心情在他的《蓟门五首》中也反映得很鲜明。一方面是反对统治者的开边和同情兵士的苦难,“汉家能用武,开拓穷异域","羌胡无尽日,征战几时归";另一方面又赞美了兵士的奋身杀敌,"胡骑虽凭陵,汉兵不顾身"。与《燕歌行》对照,可以相得益彰。

《燕歌行》在最后提到李将军。这是指战国时赵将李牧。高适在诗篇中曾不止一次地赞美李牧。如"李牧制儋蓝,遗风岂寂寥"(《睢阳酬别畅大判官》)、"惟昔李将军,按节出此都。总戎扫大漠,一战擒单于"(《塞上》)。据《史记·李牧列传》,李牧为赵将,守赵北边,常居代、雁门备匈奴,厚遇战士,不出与敌作战。养精蓄锐数岁,然后出击,"大破杀匈奴十馀万骑。灭襜褴,破东胡,降林胡,单于奔走。其后十馀岁,匈奴不敢近赵边城"。高适佩服李牧,因为他平时坚守壁垒,养精蓄锐,减少了士卒的伤亡;一旦出奇制胜,使敌人长期不敢进犯。唐代当时东北边疆的实际情况却正好相反:战争频繁,牺牲重大,却并不能解决敌人的侵扰①。

高适和岑参同以擅长边塞诗著称。从风格的雄伟、艺术描写的变化多端来说,高适的造诣不及岑参。但高适的边塞诗,更多地关心边疆的安全,同情兵士的疾苦,批判统治阶级的措施不当,其内容的现实性和人民性,却要比岑参强烈。《燕歌行》就是富有现实性和人民性的佳作。

《燕歌行》本是乐府古题。曹丕曾写了两篇,写妇女怀念行役不归的丈夫,辞情凄婉,著称于世。以后陆机、谢灵运等拟作,都缺乏创造性。到萧梁时代,梁元帝、萧子显、王褒、庾信诸人,各写一首《燕歌行》,篇幅扩大,从过去的句句押韵变成隔句押韵,形式上有了新的发展;但内容写思妇怀念征人,仍未脱窠臼,而且只注意文辞的藻饰,内

---

① 《燕歌行》和《出塞》中的李将军,解作汉代李广也通。《史记·李将军列传》:"广居右北平,匈奴闻之,号曰汉之飞将军,避之数岁,不敢入右北平。"其保障边境安全、使敌人不敢侵犯的情况与李牧相类。

容不充实,存在着当时一般诗歌共有的形式主义毛病①。高适的《燕歌行》,从它的规模较大、隔句押韵、四句一转韵、运用不少骈句等方面看,显然受到梁元帝等《燕歌行》的影响。但它打破成规,扩大表现范围,描绘了边疆战争的广阔画面,具有丰富的内容,同时抒发了自己对唐代边疆政策的意见,比前人有了很大的进步。这篇诗歌之所以能成为边塞诗的杰作,显然不是偶然的。

(原载《光明日报》1960 年 5 月 29 日《文学遗产》副刊第 315 期)

---

① 从曹丕到庾信的《燕歌行》均见《乐府诗集》卷三十二。

李白的生活理想和政治理想

李白理想中的生活道路是什么，他在政治上希望有什么建树，最终的归宿是什么，他理想中的国家和社会是什么模样，关于这些问题，李白在他的作品中常有零碎的、片段的表述。本文试图综合这些材料作比较系统的阐释。弄清楚这些问题，将有助深入理解和评价李白诗歌的思想内容，同时也可以澄清"四人帮"所谓李白是法家的谬论。

一

李白在《代寿山答孟少府移文书》一文中①，对他的生活理想，有较为详细的叙述，其文云：

> 达则兼济天下，穷则独善一身，安能餐君紫霞，映君青松，乘君鸾鹤，驾君虹龙，一朝飞腾，为方丈蓬莱之人耳，此则未可也。乃相与卷其丹书，匣其瑶瑟，申管、晏之谈，谋帝王之术，奋其智能，愿为辅弼。使寰区大定，海县清一，事君之道成，荣亲之义毕。然后与陶朱、留侯，浮五湖，戏沧州，不足为难矣。

---

① 寿山，山名，在唐安州安陆县（今湖北省安陆县）。李白离开蜀中后曾隐居于此。此文假托寿山山神回答扬州孟少府的移文，表现自己的抱负和理想，是一篇自叙传性质的文章。

李白对于终生隐遁、独善一身的生活是不甘心的。他有很大的抱负，要求做帝王的辅弼大臣，在政治上有赫赫的建树；然后再像陶朱公范蠡、留侯张良那样，舍弃卿相的荣华，隐遁山林湖海。这就是他理想的生活道路。他常以历史上的著名辅弼大臣吕尚、管仲、张良、诸葛亮、谢安等自比。如他说："风水如见资，投竿佐皇极。"（《酬坊州王司马与阎正字对雪见赠》）是以吕尚自比。如说："余亦南阳子，时为《梁甫吟》。"（《留别王司马嵩》）是以诸葛亮自比。这类例子在他的诗文中是很多的。当然，李白毕竟只是一个有政治抱负的诗人，并不是一个很有见识和才能的政治家；因此他以管仲、诸葛亮等人物自比，常常不能得到人家的同意，甚至遭到耻笑。对此，他只能慨叹，如云："自言管葛竟谁许，长吁莫错还闭关。"（《驾去温泉宫后赠杨山人》）"时人见我恒殊调，见余大言皆冷笑。"（《上李邕》）

刘全白《唐故翰林学士李君碣记》说李白"不求小官，以当世之务自负"。的确，李白不愿做小官，不愿参加科举考试，按部就班地进入仕途；他的理想是受到帝王的赏识，自布衣一跃而至于卿相。《梁甫吟》云："朝歌屠叟辞棘津，八十西来钓渭滨。宁羞白发照清水，逢时壮气思经纶。广张三千六百钓，风期暗与文王亲。大贤虎变愚不测，当年颇似寻常人。"这是讲吕尚受周文王赏识重用的故事。《冬夜醉宿龙门觉起言志》云："傅说板筑臣，李斯鹰犬人。欻起匡社稷，宁复长艰辛。"这是讲傅说、李斯受商王武丁、秦始皇赏识重用的故事。二者讲的都是历史故事，实际都是隐寓着自己的理想，他希望唐朝帝王对他也能予以特殊的赏识和任用。李白的这种理想并不全是空想，而有它一定的现实依据。唐代前期帝王，为了巩固本阶级的统治，对出身地主阶级中的下层而才能出众的士人，常能不次地加以擢用。唐太宗时的马周、张玄素，唐玄宗时的张九龄，都出身寒素而官至宰相。马周更由布衣擢升至宰辅。这些事例为出身不高的士人展示了光明的前景。李白的这一理想就是这种历史条件下的产物。

　　在没有获得统治者的赏识擢用之前，李白采取了隐居山林、培养身价的道路。这在《代寿山答孟少府移文书》中有很鲜明的表述。如说："王道无外，何英贤珍玉而能伏匿于岩穴耶？""乃知岩穴为养贤之域，林泉非秘宝之区。"都讲到这层意思。当时除李白外，不少士子采取了这条道路。从司马承桢批评卢藏用隐居终南山是"仕宦之捷径"的典型事例，可以看出当时流行的这种风气。李白在天宝元年隐居剡中（今浙江嵊县）时受到唐玄宗的征召，心里异常高兴，认为平日的愿望一朝实现了，"仰天大笑出门去，我辈岂是蓬蒿人"（《南陵别儿童入京》）。不幸他在长安遭到了挫折。离开长安后，他继续漫游和隐居，希冀再度被统治者赏识擢用。他常把这时期的隐逸生活同谢安的隐居东山相比，认为总有一朝出山，大显身手的日子。如《梁园吟》云："东山高卧时起来，欲济苍生未应晚。"

　　李白认为干戈骚扰、斗争激烈的时候是英雄志士乘时崛起、建功立业的良好机会。在《梁甫吟》中，他赞美西汉初年郦食其当群雄角逐之际，能够得到刘邦的任用，"东下齐城七十二，指挥楚汉如旋蓬"。他赞美诸葛亮云："汉道昔云季，群雄方战争。霸图各未立，割据资豪英。赤伏起颓运，卧龙得孔明。……鱼水三顾合，风云四海生。"（《读诸葛武侯传书怀赠长安崔少府叔封昆季》）称颂诸葛亮在东汉末叶扰攘的时局中建立了不平凡的功业。如果碰到这种建功立业的好机会，李白当然是不愿意放弃的。安史之乱起来后，叛军攻占洛阳、长安，唐王朝形势岌岌可危，李白认为这正是"猛士奋剑之秋，谋臣运筹之日"（《为宋中丞请都金陵表》）。当时安禄山称帝于洛阳，唐朝军队与叛军在河南一带激战，中国分裂，李白认为其形势同楚、汉在鸿沟一带划界一样。他说："大盗割鸿沟，如风扫秋叶。"（《赠王判官时余归隐居庐山屏风叠》）"宇宙初倒悬，鸿沟势将分。"（《送张秀才谒高中丞》）都是这个意思。他的《猛虎行》说得更为明白："秦人半作燕地囚，胡马翻衔洛阳草。一输一失关下兵，朝降夕叛幽蓟城。巨鳌未斩海水动,鱼龙奔走安得宁? 颇似楚汉时,翻覆无定止。朝过博浪沙,暮入淮阴市。张良未遇韩信贫,刘项存亡在两臣。暂到下邳受兵略,来投漂母作主人。贤哲栖栖古如此,今时亦弃青云士。"不但指出当时形势有如楚、汉相争,而且以张良、韩信自比,希望趁此机会效忠唐室,建功立业①。正是在这种思想指导下,李白接受了永王李璘的征聘,参加其幕府工作。他当时的理想是:"但用东山谢安石,为君谈笑静胡沙。"(《永王东巡歌》其二)再次以东晋大臣谢安自比。可惜由于唐王朝统治者的内部矛盾,李璘不久被肃宗李亨所消灭,李白的乘时建功立业的理想也告破灭。

李白要求在政治上建立赫赫的功业,但他并不重视和贪恋爵禄富贵,相反地他主张功成身退。这一主张贯穿着他的一生,在他的诗文中有着频繁的表述。如他在长安供奉翰林时说:"功成谢人间,从此一投钓。"(《翰林读书言怀呈集贤诸学士》)"待吾尽节报明主,然后相携卧白云。"(《驾去温泉宫后赠杨山人》)在参加李璘的幕府时说:"所冀旄头灭,功成追鲁连。"(《在水军宴赠幕府诸侍御》)都是这个意思。

李白在诗歌中常常提到战国时代的鲁仲连并加以歌颂。在李白心目中,鲁仲连却秦军而不受赵国赏赐的行为,正是功成身退的一种典范。《古风》(其十)一篇专咏鲁仲连,对他作了极高的评价,结尾并表示自己要走鲁仲连的道路。诗云:"齐有倜傥生,鲁连特高妙。明

---

① 范文澜同志评李白说:"李白政治见解很差。他在《猛虎行》里,把唐朝与安史叛军平等看待,说:'颇似楚汉时,翻覆无定止。'……看不出安史是叛逆。"(《中国通史简编》第三编第二册)这种看法是片面的。李白把唐朝与安史叛军相持作战比作"颇似楚汉时",只是说明当时叛军力量的强大和唐朝形势的危急,并不是把唐朝与安史叛军平等看待。在上引《赠王判官》诗里,李白明明把叛军斥为"大盗"。他的《古风》其十九云:"俯视洛阳川,茫茫走胡兵。流血涂野草,豺狼尽冠缨。"更把叛军中的官员斥为"豺狼"。他对叛军的憎恨态度是鲜明的。

月出海底,一朝开光曜。却秦振英声,后世仰末照。意轻千金赠,顾
向平原笑。吾亦澹荡人,拂衣可同调。"从思想和文学渊源关系上看,
李白歌颂鲁仲连,受到晋代左思、葛洪的影响。左思的《咏史》诗八
首,睥睨王侯,蔑视富贵,《咏史》其三赞美鲁仲连"功成耻受赏,高节
卓不群",这些都对李白的思想有很大启发。葛洪《抱朴子·自叙》篇
说:"窃慕鲁仲连不受聊城之金,包胥不纳存楚之赏,成功不处之义
焉。"李白喜读道书,《抱朴子》是他熟习的一部著作,可以肯定在这方
面受到葛洪的启发。李白还赞美汉初商山四皓在辅佐刘盈巩固太子
地位后"功成身不居,舒卷在胸臆"(《商山四皓》),因为这也符合他的
理想。

　　功成身退,可以说是李白生活理想最简要的概括。一方面要建
功立业,积极有为;另一方面要退处山林,隐居避世,二者是矛盾的,
李白用功成再退隐的办法把它们统一起来。这一对矛盾中,建功立
业是前提,是矛盾的主要方面。李白认为只有在政治上有所建树以
后,他才能甘心退隐。他宣称:"苟无济代心,独善亦何益!"(《赠韦秘
书子春》)"铭鼎倘云遂,扁舟方渺然。"(《金门答苏秀才》)都鲜明地表
示了这一主张。尽管李白思想中存在着不少消极出世的成分,但积
极入世是他一生思想的主流。李白两次舍弃隐逸生涯,入长安供奉
翰林和参加李璘幕府,也以行动实践了他的建功是前提的主张。正
是由于他思想的主流是积极入世,因此他才能始终关心政治,关心国
家命运和社会状况。

二

　　李白表示自己要"奋其智能,愿为辅弼,使寰区大定,海县清一"
(《代寿山答孟少府移文书》);他赞美谢安"暂因苍生起,谈笑安黎元"
(《书情赠蔡舍人雄》)。他的政治理想要求国家强盛,社会安定,人民

能够过和平的生活。

在李白赠送、赞美地方官吏的若干诗文中,表现了他值得重视的一些政治社会理想。首先是他要求社会安定,人民从事农桑耕作,过着和平宁静的生活:

> 心和得天真,风俗犹太古。牛羊散阡陌,夜寝不扃户。……举邑树桃李,垂阴亦流芬。河堤绕渌水,桑柘连青云。赵女不冶容,提笼昼成群。缲丝鸣机杼,百里声相闻。(《赠清漳明府侄聿》)
>
> 百里鸡犬静,千庐机杼鸣。浮人少荡析,爱客多逢迎。(《赠范金乡》其二)
>
> 耒耜就役,农无游手之夫;杼轴和鸣,机罕嚬蛾之女。物不知化,陶然自春。(《任城县厅壁记》)

李白迫切希望社会安定,人民能够过和平宁静的生活,因此,对于破坏这种生活的不义战争表现了鲜明的批判态度。在《古风》其三十四中,他描写由于杨国忠等攻打南诏,进行黩武战争,破坏了"澹然四海清"的和平局面,使大批兵士无谓牺牲。诗篇最后说:"如何舞干戚,一使有苗平?"他希望当权者能够效法虞舜,弃武修文,带来和平的局面。安史之乱起来后,对于虐杀人民的安史叛军,李白满怀愤恨,他责问道:"白骨成丘山,苍生竟何罪?"(《赠江夏韦太守良宰》)在《古风》其十九中,他更怒斥残杀人民的安史叛军将领们是带着冠缨的豺狼。

其次,李白要求地方长官对吏民注重教化,不重刑罚(甚至屏弃刑罚),做到百姓礼让,政事清闲,不用诉讼:

> 讼息鸟下阶,高卧披道帙。蒲鞭挂檐枝,示耻无扑挞。(《赠清漳明府侄聿》)

> 讼息但长啸，宾来或解颐。(《赠徐安宜》)

> 宽猛相济，弦韦适中。一之岁肃而教之，二之岁惠而安之，三之岁富而乐之。然后青衿向训，黄发履礼。……权豪锄纵暴之心，黠吏返淳和之性。行者让于道路，任者并于轻重。(《任城县厅壁记》)

李白理想中的地方长吏，大致上相同于《史记》、前后《汉书》中的循吏。《汉书·循吏传》说龚遂为渤海太守，"郡中皆有畜积，吏民皆富实，狱讼止息"。这为李白诗中"讼息"一语所本。"蒲鞭挂檐枝"二句用的是东汉刘宽的典。《后汉书·刘宽传》载：刘宽历任三郡长官，"温仁多恕"，"常以为'齐之以刑，民免而无耻'。吏人有过，但用蒲鞭罚之，示辱而已，终不加苦"。刘宽本是循吏一流人物，《后汉书·循吏传》序中提到他的名字，称为"仁信笃诚，使人不欺"，因他后来在朝廷做太尉等高官，故另立传。

对于最高统治者的帝王来说，李白主张他们应当清静无为，端拱而治。他的《大猎赋》云：

> 且夫人君以端拱为尊，玄妙为宝。暴殄天物，是谓不道。……曷若饱人以淡泊之味，醉时以淳和之觞。鼓之以雷霆，舞之以阴阳。虞乎神明，狃于道德。张无外以为罝，琢大朴以为杙。顿天网以掩之，猎贤俊以御极。若此之狩，罔有不克。使天人晏安，草木繁殖。……君王于是回霓旌，反銮舆。访广成于至道，问大隗之幽居。使罔象掇玄珠于赤水，天下不知其所如也。

这里以打猎比喻政治，用了许多老庄的语言，无非说明帝王应当无为而治，使人民安定。

李白在他的《明堂赋》中云：

> 帝躬乎天田，后亲于郊桑。弃末反本，人和时康。……遨游乎崆峒之上，汾水之阳。吸沆瀣之精英，黜滋味之馨香。贵理国其若梦，几华胥之故乡。于是元元澹然，不知所在。若群云从龙，众水奔海。此真所谓我大君登明堂之政化也。

也是提倡无为而治，主旨与《大猎赋》相同。李白作品中屡屡提及广成子，《大猎赋》有"访广成于至道"句，《明堂赋》有"遨游乎崆峒之上"句，其典出自《庄子·在宥》篇。《在宥》篇载："黄帝立为天子十九年，令行天下，闻广成子在于空同之上，故往见之。"问以"至道之精"。广成子答云："至道之精，窈窈冥冥。至道之极，昏昏默默。无视无听，抱神以静，形将自正。必静必清，无劳女形，无摇女精，乃可以长生。"《明堂赋》又是提到理想世界华胥国。《列子·黄帝》篇载：黄帝"昼寝而梦，游于华胥氏之国。……其国无师长，自然而已；其民无嗜欲，自然而已。……黄帝既寤，怡然自得……天下大治"。李白引用这些《庄》、《列》的典故，都是要说明帝王应当效法黄帝，崇尚自然，无为而治，这样人民才能宁静幸福，"天人晏安"，"元元澹然"。

三

李白的生活理想和政治理想，内容都比较复杂；从思想渊源来讲，兼受儒、道两家的影响，还接受了纵横家的一些成分。

李白一生主张积极用世，把建功立业放在首要地位来考虑。这种思想同儒家所宣扬的忠孝观念是有联系的。他明确宣称："一生欲报主，百代期荣亲。"（《赠张相镐》其一）上引《代寿山答孟少府移文书》中表示"事君之道成，荣亲之义毕"，然后才甘心退隐，也是这个意思。对于地方行政,他赞美循吏一类地方长官,主张注重教化,使民知礼让,反对多用刑罚,这也受到儒家礼乐教化思想的影响。李白对孔子基本上是很尊重的。他在诗文中常称孔子为"圣人"、"大圣"。《古风》第一篇表示自己要学习孔子作《春秋》,有志于不朽的著述事业。《临终歌》结句云:"仲尼亡兮谁为出涕?"更以孔子早已逝去、自己不遇知音为憾事。孔子仍是李白心目中的一个伟人,是他学习、效法的一个对象。

李白思想中也有反对儒家传统的一面。儒家重视封建等级制度,强调三纲五常等封建伦理道德,李白对此却比较漠视甚至蔑视。他平交王侯,鄙夷权贵,"戏万乘若僚友,视俦列如草芥"(苏轼《李太白碑阴记》借引夏侯湛赞东方朔语),表现出一定的蔑视封建秩序的反抗性。李白要求在政治上建立赫赫功业,他赞美、向往豪情满怀的侠客,因此,他对于那些死啃儒家经书的儒生表现出轻蔑的态度。他宣称:"羞作济南生(西汉儒生伏胜),九十诵古文。"(《赠何七判官昌浩》)"谁能书阁下,白首《太玄经》?"(《侠客行》)《嘲鲁儒》诗更对死守儒经章句、不懂经世济民策略的鲁地迂儒给予尽情的嘲讽。同时,李白对汉初目光远大、帮助刘邦建国立业的儒生叔孙通则加以肯定,引为同调。这说明李白不是从根本上反对儒学和儒生,但对烦琐的经学和庸俗迂腐的儒生则表现出鲜明的挑战态度。在封建社会大量崇儒尊孔的知识分子中,李白对于儒家传统表现出一定的叛逆精神,仍然是难能可贵的。

李白"功成身退"的思想源自道家。《老子》云:"持而盈之,不如其已。揣而锐之,不可常保。金玉满堂,莫之能守。富贵而骄,自遗其咎。功遂身退,天之道。"老子主张"功遂身退",从他那盈虚倚伏、祸福消长的观点出发,强调的是"身退",是要全身远害。李白在这方面固然也受到老子思想的影响,说过"吾观自古贤达人,功成不退皆殒身"(《行路难》)。但他更重视"功成",把它作为前提条件,认为功成后才能安心退隐,这里虽然引用了老子的话,但已经加以改造,赋予了新的内容,显示出他积极入世、有所作为的奋发精神。同时,由于李白在政治上所追求的是建功立业，而不是爵禄富贵，因此，当他在政治上不得意甚至遭受挫折的时候，他能够不像一般热衷于荣华富贵的人那样向统治者卑躬屈膝，摇尾乞怜；而是从道家思想中借取武器，学习庄周和庄周所赞美的许由、巢父一流人物，鄙夷权贵，蔑弃爵禄富贵，使他的诗歌焕发着对统治者的兀傲态度和反抗精神。

李白主张统治者应该无为而治，让人民能够过和平安定的生活，这种理想也明显地受到道家思想的影响。他的什么"心和得天真，风俗犹太古"（《赠清漳明府侄聿》），什么"百里独太古，陶然卧羲皇"（《赠江夏韦太守良宰》）等诗句，还带有一些道家所宣扬的"小国寡民"的原始社会的痕迹。然而到此为止，他并没有像老庄那样宣传"绝圣弃知"，也不像陶渊明《桃花源记》那样具体地歌颂"虽无纪历志，四时自成岁"、"怡然有馀乐，于何劳智慧"的愚昧落后的文化状态。李白所强调的，主要是社会安定，人民生活和平宁静，风俗淳朴，较少道家所宣扬的那套返回原始社会的思想杂质。

李白思想中还包含着一些纵横家的成分。唐代刘全白说李白"好纵横术"（《唐故翰林学士李君碣记》）。李白《南陵别儿童入京》诗云："游说万乘苦不早，著鞭跨马涉远道。"表示要以纵横家的游说手段来取得帝王的赏识。他的《别内赴征》其二云："归时倘佩黄金印，莫见苏秦不下机。"《赠崔侍御》云："笑吐张仪舌，愁为庄舄吟。"更以纵横家苏秦、张仪自比。李白非常仰慕、在诗中屡屡提及的鲁仲连，《汉书·艺文志》、《隋书·经籍志》均列入儒家，但从其行为来看，也富于纵横策士的气味。李白《奔亡道中》其三云："谈笑三军却，交游七贵疏。仍留一支箭，未射鲁连书。"表示要学习鲁仲连，通过游说来建功立业。纵横家依靠他们的辩才，常常通过游说取得统治者的信任，骤登高位，这同李白以布衣而取卿相的理想相合，这是他作品中常常提到纵横家的一个重要原因。但是，纵横家多数醉心于爵位权势，李白却是鄙弃这些，他所追求的是建立赫赫功业，因此他的思想作风显得比一般纵横家要高尚。

比较说来,李白受法家思想影响最少;相反,他的作品中反法的言论倒是相当多。上面说过,李白主张地方长官对吏民应当注重教化,不重刑罚,做到百姓礼让,政事清闲,不用诉讼,这种政治理想同法家强调以法治民的主张是对立的。李白对秦始皇和秦朝的统治也持批判否定的态度。他说:"昔祖龙(即秦始皇)灭古道,严威刑,煎熬生人,若坠大火。三坟、五典,散为寒灰。"(《奉饯十七翁二十四翁寻桃花源序》)又说:"斯高柄秦,嬴世不二。"(《金陵与诸贤送权十一序》)"嬴氏秽德,金精摧伤。"(《朱虚侯赞》)批评秦始皇、李斯、赵高等严刑峻法,以致秦祚短促,其态度是很鲜明的。李白的这种批评是否正确,那是另一个问题;但他不赞成秦朝的法治则是毋庸置疑的。

不错,李白对秦始皇、李斯也发表过一些赞美或同情之词。《古风》其三赞美秦始皇并吞六国,"雄图发英断,大略驾群才"。但其主旨在于称颂秦始皇的雄才大略和统一中国的伟业,不是称颂秦朝的法治。况且,这诗下面以更多篇幅批评秦始皇大兴土木、追求神仙,全篇重点还在于批判。《登高丘而望远海》篇纯然批评秦皇、汉武迷信神仙,毫无称颂,主旨更为鲜明。李白作品对李斯的结局表示过同情。《行路难》其三云:"陆机雄才岂自保,李斯税驾苦不早;华亭鹤唳讵可闻,上蔡苍鹰何足道。"《拟恨赋》云:"及夫李斯受戮,神气黯然。左右垂泣,精魂动天。执爱子以长别,叹黄犬之无缘。"李白同情李斯,是由于李斯辅佐秦始皇统一六国,建立大功,最后却落得个悲惨下场,而并不是推行什么法家路线。此外,李白还赞美过法家先驱人物管仲、注意以法治国的诸葛亮(不能说是法家),并以他们自比。李白赞美他们,仍然是由于他们辅佐君主建立赫赫功业,而不是由于推行法治路线。至于根据什么要求进步、反对倒退,要求统一、反对分裂,歌颂爱国、反对卖国的标准来论证李白是法家,那末,这类标准本身就是"四人帮"臆造的唯心主义模式,其荒谬是极明显的,这里更无须细驳了。

由上可见，李白思想兼受儒、道两家的影响，并杂有若干纵横家的成分。这种复杂的情况，是唐代儒、道、释三家同时流行，思想界比较活跃，帝王注意从地主阶级中下层人士中不次地选拔人才等历史条件下的产物。李白不赞成法治，他批评秦始皇等严刑峻法，使秦朝迅速灭亡。"四人帮"说李白是法家诗人，完全是胡说八道。他们使用割裂文句、断章取义等拙劣伎俩，歪曲李白的思想面貌，把李白装扮成法家，为他们制造篡党夺权的反革命舆论添砖加瓦，其用心险恶，其手段卑鄙，现在是到了彻底清算他们罪行的时候了。

从李白一生的政治活动看，从他现存的全部作品看，李白只是一个很有政治抱负的诗人，而不是有才能的政治家。魏颢《李翰林集序》载："（玄宗）令（白）制《出师诏》，不草而成。许中书舍人。以张垍谗逐，游海岱间。"刘全白《唐故翰林学士李君碣记》载："天宝初，玄宗辟翰林待诏，因为《和蕃书》，并上《宣唐鸿猷》一篇，上重之，欲以纶诰之任委之。同列者所谤，诏令归山。"看来，李白如果在天宝初年不受权贵谗毁，在政治上得意，最多只能当上中书舍人（正五品官），做皇帝的最高秘书，而不可能做他所向往的宰辅大官。李白的政治理想，兼采儒、道两家之说，也没有什么精辟独到的见解。因此，从政治家、思想家的角度看，李白是不够格的。但是，李白的生活理想和政治理想，仍然包含着不少进步内容。他一生主张积极入世，要求建功立业，对国家社会有所贡献；他把栖隐山林、独善其身放在次要的地位。因此，他始终热切地关注着国事民生。他并不企羡爵禄富贵，并为之而奔走呼号，相反地倒是采取轻蔑的态度。他要求统治者无为而治，与民休息，使社会安定，人民能够过和平宁静的生活。他不宣扬儒家那套森严的封建等级制度，相反地对它们予以蔑视。他也不称颂道家那套摒弃文化知识返归自然的开倒车办法。他不是某一学派的虔诚信徒，不管什么思想糟粕，兼收并蓄。他的宗旨是要在政治上大有作为,对国家社会作出贡献;他从儒家、道家等思想体系中吸取了若干合理成分,某些方面并予以改造,来表达他的生活理想和政治理想。这些包含着不少进步内容的主张和看法,构成了他作品进步内容的思想基础。

对于一位艺术家来说,重要的不在于他是否具有干练的政治才能,或者杰出的政治见解,而在于能否运用精美的而富有独创性的艺术形式来表现进步的政治思想倾向和深广的社会生活。李白以他卓越不凡的诗笔,深刻地反映了唐代中期的政治社会现实,表现了他进步的热情奔放的理想,在屈原以后攀登了积极浪漫主义的新高峰,他虽然不够为一个政治家或思想家,却毫无疑问地是一位伟大的诗人。

(原载《社会科学战线》1979 年第 1 期)

李白诗歌简论

一

我国古代素以诗歌发达著称,诗人辈出,佳作如林,进入唐代中期,更呈现出百花齐放、争妍竞艳的繁荣局面,其中李白和杜甫的成就尤为卓越,奇葩怒放,光辉灿烂,成为我国古代诗歌发展史上的突出现象。

李白生于唐武后长安元年(701),卒于唐代宗宝应元年(762),主要活动是在玄宗、肃宗两朝。唐玄宗前期,即开元年间,是唐朝的昌盛时期。唐王朝从建国到开元年间,已有一百年左右,在这段时间内,国家统一,社会比较安定,由于长期的积累,到开元年间,唐王朝的封建经济和文化的发展都达到了高峰。在文艺领域,不论诗歌、音乐、舞蹈、书法、绘画、雕塑等方面,都出现了若干杰出人物,创造了不少优秀的作品,在我国文化史上焕发异彩。但是好景不长,玄宗后期,政治日趋腐败,各种原来潜伏的社会矛盾逐渐激化,终于爆发了前后跨历八个年头的安史之乱。战争使广大人民纷纷死亡,社会经济受到严重破坏。强大的唐王朝从此一蹶不振,开始走上衰亡的下坡路。李白就是生活在这样一个重要的历史转折时代。他成长于开元年间,在安定的社会环境中获得了深厚的文化教养,培育了优异的艺术才能;更可贵的是他运用了他那支生花妙笔,不是专门去歌唱升平,粉饰现实,而是抱着满腔政治热情,着重地反映了安史之乱前后政治的黑暗、社会的混乱和人民的痛苦,反映了他那个时代的某些本质方面,同时表现了他对于这种不合理社会现象的憎恨和要求改变这种现象的愿望,在艺术描写上又是如此气势磅礴,笔落惊风雨,呈现出非凡的创造性,这就使他成为屈原以后伟大的积极浪漫主义诗人。

李白的祖先在隋末因故迁居西域,李白即出生于西域的碎叶城(在今中亚细亚巴尔喀什湖南,当时属于唐王朝所建置的安西都护府)。李白约五岁时,他家从西域迁回内地,住在绵州昌隆县(今四川省江油县)。父亲李客,生平事迹不详,李白青壮年时家境富裕,轻财好施,现代某些李白研究者推测李客是一位大商人,但也找不到确凿证据。李白少年时代的阅读范围就相当广泛,"五岁观六甲,十岁观百家"(《上安州裴长史书》),接受古代思想家多方面的影响。李唐王朝一开始就认老子为祖先,提倡道教,玄宗时道教更为得势,祠宇遍于全国,信徒广泛。在这种社会风气影响下,李白在蜀中少年时代即开始和道士们交游,喜欢隐居和求仙学道。他曾和隐士东严子隐居于岷山达数年之久。他登上峨眉山时,所企羡的是"倘逢骑羊子,携手凌白日"(《登峨眉山》)的神仙境界。但另一方面,他又喜爱纵横术,有参加政治活动、建功立业的志愿。在蜀中时,他同梓州的赵蕤很友好。赵蕤善为纵横学,喜谈王霸之术,著有《长短经》。李白颇受其思想影响。李白的政治抱负很大,他想当帝王的辅弼大臣,常以历史上的这类人物管仲、诸葛亮、谢安等作为自己的效法对象。

隐居学道与愿为辅弼、出世与入世是一对矛盾,李白统一这对矛盾的途径是:通过隐居和广泛的社会交际来培养自己的声誉,像初唐时马周那样,获得帝王青睐,以布衣而取卿相,一跃而登高位;而在政治上有所建树以后,则又不慕荣利,飘然远引,归隐山林。李白在作品中屡屡宣称"功成身退",这是指导他一生出处的原则,首先要功成,然后再身退;功业不成,他是不甘心于避世退隐的。因此,积极入世,关心政治,是他一生经历和诗歌思想内容的主导方面。

天宝元年(公元742年),当时李白擅长诗歌已经颇有名声了,再加上玄宗之妹玉真公主等人的推荐,他被玄宗征召到朝廷,命他供奉翰林,作为文学侍从之臣,参加起草一些文件。李白开始心情非常兴奋,以为实现抱负的机会果然来到。然而,唐王朝的政治这时已日趋腐败,玄宗陶醉于过去的成绩和表面的升平,荒淫昏聩。"口蜜腹剑"的李林甫把持着政权,任人唯亲,打击异己,比较正直和有才能的人往往受到迫害。李白对这种现象表示痛恨和愤慨,同时,他那种蔑视权贵的大胆行为又深为当权派所憎恨,遭到了他们的谗毁,不久即被迫离开长安,结束了前后不满两年的帝京生活。李白这一次政治活动是失败了,但他对唐王朝统治阶层的腐朽黑暗却获得了比较深刻的认识。

离开长安以后,他继续到许多地方游历。由于政治上的挫折,他感到悒郁愤懑,醉酒求仙的狂放行为在这时期有所发展,藉以排遣苦闷。但是,他毫不放弃原先的政治理想。他怀念长安,希望得到帝王的重新任用,"一朝复一朝,发白心不改"(《单父东楼秋夜送族弟沈之秦》)。他自比谢安,准备"东山高卧时起来,欲济苍生未应晚"(《梁园吟》)。当他一时找不到光明出路时,他也曾说过"人生在世不称意,明朝散发弄扁舟"(《宣州谢朓楼饯别校书叔云》)一类泄气的话,但他并没有放弃先功成再身退的原则,正如他自己所说,"我本不弃世,世人自弃我"(《送蔡山人》),只要统治者不抛弃他,他在功业未成之前是不甘心"弃世"的。

安史之乱爆发时,李白正在江南宣城、庐山一带隐居,后来永王李璘率师东下,他接受征聘进入李璘幕府,参加讨伐安史叛军的活动。当时心情也非常兴奋,希望实现建功立业、报效国家的宿愿。他唱道:"但用东山谢安石,为君谈笑静胡沙。"(《永王东巡歌》其二)乐观地认为做辅弼大臣的机会来临了。不料李璘企图借机扩大自己的势力,不听朝廷节制,被肃宗疑忌,派兵消灭。李白也因此获罪,受到流放夜郎(今贵州桐梓县一带)处分。幸而中途遇到大赦,才得东归。李白第二次从政活动又这样凄惨地失败了。流放回来后,李白虽已年近六十,但参加政治活动的热情迄未衰退。肃宗上元二年(公元761年),他从金陵上路,准备到临淮(今安徽泗县一带)去参加太尉李光弼的部队讨伐史朝义的叛乱,不幸途中忽然得病,只能折回。次年即病逝于当涂(在今安徽省)。他的《临终歌》有云:"大鹏飞兮振八裔,中天摧兮力不济。"对自己政治抱负的不能实现还表现了深深的遗憾。

李白一生有不少时间消耗在隐居醉酒、求仙学道的生活里,他的不少诗篇反映了这方面的消极颓废的思想情感;但是,李白生活和创作的更为主要的一面是关心政治和社会,对黑暗腐朽的封建势力进行了尖锐的揭露和批判,表现了他要求国家强大、社会安定的进步理想。这是贯穿李白一生活动和创作的一条主线,也是李白所以成为伟大诗人的决定性因素。

二

李白一生始终热切地关注着唐朝的政治和国家的命运,他憎恨黑暗和不合理的现实,希望国家强大,社会安定,希望自己通过参加政治活动对祖国有所贡献。这种充沛的政治热情在他的诗歌中有着鲜明的表现。

玄宗后期,信任权臣李林甫、杨国忠,宠幸宦官、藩镇,溺爱杨妃,在他周围形成了一个极端腐朽的统治集团。李白通过在长安短期供奉翰林的生活,对这个集团有了比较清醒的认识。他的《古风》第四六描绘那些权贵、宦官平时过着斗鸡走马的荒淫生活:"斗鸡金宫里,蹴踘瑶台边。举动摇白日,指挥回青天。"《古风》第二四更描绘了那些善于斗鸡的宦官因得到玄宗宠幸而气焰嚣张,"鼻息干虹蜺,行人皆怵惕",李白对此表示无比愤慨。他对玄宗提倡道教、追求神仙以至影响国计民生的行为也作了无情的谴责,《古风》第三("秦皇扫六合"篇)、第四三("周穆八荒意"篇)、第四八("秦皇按宝剑"篇)和《登高丘而望远海》等诗篇,都通过历史题材的歌咏讽刺了这种荒淫行为。奸臣掌握政权,专务结党营私,打击贤能之士,李白自己也遭到谗毁和排斥。他的不少诗篇对这种黑白颠倒的现象作了控诉。他的"珠玉买歌笑,糟糠养贤才"(《古风》第一五)、"梧桐巢燕雀,枳棘栖鸳鸯"(《古风》第三九)等诗句,可以说是这种现象的鲜明的艺术概括。

李白离开长安以后的天宝年间,唐朝的政治进一步趋于黑暗。李林甫凭藉权势,大肆倾陷异己,虐杀大臣。李白虽然不在长安,对中央朝廷的政治仍然非常关心,对这种现象无比痛心和愤慨。《古风》第五一("殷后乱天纪"篇)以咏史方式把唐玄宗斥为殷纣王、楚怀王一类昏暴之君,把受迫害的臣僚比作比干和屈原。《答王十二寒夜独酌有怀》诗更直接悲悼了李邕、裴敦复被李林甫所杀害。天宝后期,玄宗宠信李林甫、杨国忠和藩镇安禄山等,大权旁落,国势危殆,李白的《古风》第五三("战国何纷纷"篇)指出了这种"奸臣欲窃位,树党自相群"的现象,他的《远别离》更以"君失臣兮龙为鱼,权归臣兮鼠变虎"的形象化语句表现了对国家前途的深刻忧虑。

安史之乱起来后,李白对叛军破坏国家、虐杀人民的罪恶异常憎恨,这种感情在他的《经乱后将避地剡中留赠崔宣城》、《扶风豪士歌》、《猛虎行》、《古风》第一九("西上莲花山"篇)等诗中都有鲜明的表现。他参加永王李璘幕府,目的是为了贡献才能,荡平叛乱,使国家统一,社会安定。"过江誓流水,志在清中原"(《南奔书怀》),"浮云在一决,誓欲清幽燕"(《在水军宴赠幕府诸侍御》),这类诗句表明了他消灭叛乱、澄清北方的决心。一直到临终前夕,他还极端关怀国家的前途，并且渴望投身战斗，为最终荡平叛乱贡献力量，这种老当益壮的政治热情在他的《经乱离后天恩流夜郎忆旧游书怀赠江夏韦太守良宰》等诗篇中有着深挚的反映。

李白对人民生活也非常关注，他痛恨统治阶级虐害人民的残暴行为，这在他描写战争的诗篇中表现得最为突出。李白对正义战争是支持和拥护的，他的《塞下曲六首》，以昂扬的笔调歌颂了将士们抗击骚扰、保卫边塞的坚强意志和英勇行为，但对天宝年间唐王朝所发动的黩武战争则予以明确的谴责。《古风》第三四（"羽檄如流星"篇）控诉了杨国忠、鲜于仲通发动的攻打南诏之战，使大量兵士死亡，"千去不一回"。《北风行》从思妇悼念征夫的角度批判了安禄山在东北的黩武行为。《古风》第十四（"胡关饶风沙"篇）则致慨于边将不得其人，守卫无方，以致"边人饲豺虎"。对安史叛军屠杀人民的兽行，他更是无比愤慨，他指斥叛军"流血涂野草，豺狼尽冠缨"（《古风》第一九），并严厉地责问："白骨成丘山，苍生竟何罪？"（《经乱离后天恩流夜郎忆旧游书怀赠江夏韦太守良宰》）

对劳动人民日常的艰苦生活，在李白诗篇中也有所反映。他的《宿五松山下荀媪家》、《丁都护歌》、《秋浦歌》（其十四）分别对农民、船夫、矿工的生活作了描绘，并表现了真挚的关怀。他的不少诗篇则是表现封建社会中妇女所遭受的各种痛苦，诸如丈夫远出不归或死亡、遭受遗弃、宫女的凄凉寂寞等等，《长干行》、《北风行》、《关山月》、《白头吟》、《玉阶怨》等是这方面的代表作品。

李白的政治社会理想是"寰区大定，海县清一"（《代寿山答孟少府移文书》），是"牛羊散阡陌，夜寝不扃户"（《赠清漳明府侄聿》），就是要求国家强盛和统一，社会安定，人民能够过和平的生活。因此，对于破坏国家和虐害人民的黑暗腐朽势力，他给予无情的揭露和鞭挞。从李白一生的活动和作品看，他不像唐代其他作家如陈子昂、柳宗元、杜牧等人那样，发表过一些比较具体深刻的政治见解，或者表现出干练的办事能力,他不是一个有才能的政治家,而是一个富有政治热情和抱负的诗人。李白抱负很大,自比管、晏,愿为辅弼,但实际才能与抱负很有距离。李白的这种夸张的自负正表明了他作为浪漫主义诗人的狂放气质。李白的社会理想深受老子小国寡民的影响,什么"心和得天真,风俗犹太古"(《赠清漳明府侄聿》)、"百里独太古,陶然卧羲皇"(《经乱离后天恩流夜郎忆旧游书怀赠江夏韦太守良宰》)一类向往上古社会的诗句,在他的集子中出现的次数相当多。从政治思想家和活动家的角度看,李白实在不算高明。但是,我们评价古典作品的思想性,关键不在于作者是否具有突出的政治见解和干练的活动能力,而在于这些作品对待人民的态度如何,在历史上有无进步意义。李白的诗歌既然表现了他希望国家强盛、社会安定、人民得以过和平生活的美好理想,表现了他对破坏这种理想的反动势力的强烈憎恨,这就无疑地具有了鲜明的进步意义。

李白关心国事民生,把建功立业放在生活理想的首要方面。然而,他不能为了邀取统治者的赏识,在政治上得志,像当时多数士人那样,对当权派采取小心翼翼的恭顺态度,甚至谄媚逢迎。他要求"平交王侯",甚至以帝王师自居,要求统治者认识他的才能,以师礼相待;他是不愿意卑躬屈膝地去追求政治出路的。在长安供奉翰林时期,李白对权贵们显示了非常傲岸的态度。他把那些得势的外戚呼为"卖珠轻薄儿"(《古风》第八),对那些嚣张跋扈、路人侧目的宦官,也是厉声斥责(见《古风》第二四)。他叫高力士脱靴的故事,更为人所传诵。离开长安以后,李白并不因为政治上遭受严重挫折而改变心意,相反,对那些日益贪暴腐朽的统治者满怀着鄙夷和憎恨,以睥睨黑暗势力的昂扬气概,唱出了高亢的歌声:"安能摧眉折腰事权贵,使我不得开心颜!"(《梦游天姥吟留别》)"严陵高揖汉天子,何必长剑拄颐事玉阶。达亦不足贵,穷亦不足悲。"(《答王十二寒夜独酌有怀》)这些诗句,突出地表现了李白对于反动的当权派的兀傲不驯的态度和对于封建秩序强烈的反抗精神。对于统治阶级中一般人士所艳羡追求的荣华富贵，李白也采取了鄙弃蔑视的态度。他唱道："功名富贵若长在，汉水亦应西北流。"（《江上吟》）"钟鼓馔玉不足贵，但愿长醉不复醒。"（《将进酒》）这种态度同傲视权贵的思想行为是紧密结合着的，因为荣华富贵正是权贵们所急切追求并藉以骄人的东西。如果说，关怀国事民生，李白诗歌内容在广度和深度上还比不上杜甫；那么，在这一方面的反抗精神，李白诗歌却是远远地超过了杜甫的。

李白这方面的思想作风，除了追随古代策士鲁仲连、隐士严子陵一流人物的行踪外，明显地接受了道家庄周的思想影响。庄周轻视统治者和爵禄富贵。他把那些贪婪残暴的统治者斥为大盗。他追求个人自由，不愿受爵禄的羁绊，把权位富贵看得像腐鼠一样。所有这些，都在李白诗歌中表现出鲜明的继承关系。龚自珍说："庄、屈实二，不可以并；并之以为心，自白始。"（《最录李白集》）确实，李白诗歌把屈原和庄子两家很有距离的思想内容融合在一起：他既有屈原那种热爱祖国、憎恨黑暗势力、积极关心政治的进步思想，又有庄子那种鄙夷权要、蔑视富贵、冲击封建传统的反抗精神。这使他诗歌的思想内容既热情，又泼辣，既执著，又超脱，开辟出一个前无古人的新境界。

李白诗歌的思想内容丰富多彩，除掉直接表现政治倾向的诗歌外，他还有许多在日常生活中抒情写景的篇章，其中一部分相当优秀。

李白全集中投赠友人的作品占着很大的比重。这些作品中有一小部分表现出鲜明的政治态度，像《送裴十八图南归嵩山》、《鸣皋歌送岑征君》、《答王十二寒夜独酌有怀》、《经乱离后天恩流夜郎忆旧游书怀赠江夏韦太守良宰》等等，有的思想性、艺术性结合得较好，有的艺术上平庸一些，但也是研究李白思想的重要资料。集中还有许多日常投赠的佳篇，像《黄鹤楼送孟浩然之广陵》、《金陵酒肆留别》、《以诗代书答元丹丘》、《沙丘城下寄杜甫》、《闻王昌龄左迁龙标遥有此寄》《忆旧游寄谯郡元参军》《赠汪伦》等等，或述别时离愁，或述别后怀念，或追叙昔时交游，或称颂对方情谊，常常感情深厚真挚，具有相当强烈的感染力量。

李白还有不少描绘山水风景的佳篇。其中有些作品，像《独坐敬亭山》《清溪行》《宿清溪主人》《寻雍尊师隐居》等，风格清新隽永，接近王维、孟浩然一派。更能表现李白特色的是《蜀道难》《庐山谣寄卢侍御虚舟》《西岳云台歌送丹丘子》《横江词》一类作品，其中有高入云霄的庐山、华山和蜀道，有波浪奔腾的黄河和长江，形象雄伟，境界壮阔，产生摇撼人心的艺术效果。这类诗篇，表现了他的豪情壮志和开阔胸襟，从侧面显示出他追求不平凡事业的渴望，以及对于那种狭隘而庸俗生活的鄙弃。他讴歌壮美的高山大川，正如他的《大鹏赋》讴歌大鹏鸟一样，表现了他那要求冲破束缚，不愿"拘挛而守常"的思想性格特征。这类诗篇，在我国古代山水风景诗中也是异军突起，境界独辟，罕有伦比的。

李白诗歌中也包含着不少封建性的糟粕。他宣称人生若梦，应当及时行乐，醉酒狂欢。他描绘求仙学道，宣扬炼丹服药。封建地主阶级的消极颓废思想和宗教迷信在他的作品中常常出现。庄周的虚无主义人生观也常常对他产生不良影响。以上这些诗篇在他的集子中不占主导地位，但也有相当数量，阅读时必须注意批判对待。李白在政治上失意时，常常凭藉纵酒求仙来排遣苦闷，他的某些诗篇，如像《梁园吟》《将进酒》等，虚无颓废思想常常同对黑暗政治的批判糅合在一起，需要我们作更加细致的分析，区别其精华和糟粕。

三

李白是屈原以后最伟大的积极浪漫主义诗人，他的诗歌在艺术上显示出鲜明的积极浪漫主义特色。他感情热烈，性格豪放；他诗歌艺术的主要特征,是善于运用夸张的手法、生动的比喻、丰富的想象、自由解放的体裁和语言来表现他的思想、感情和性格。

李白经常运用夸张的手法和生动的比喻来表现自己炽热的感情。他强调对自己才能的自信,就说:"天生我材必有用,千金散尽还复来。"(《将进酒》)强调自己的才能没有受到人们的重视,就说:"吟诗作赋北窗里,万言不值一杯水!"(《答王十二寒夜独酌有怀》)突出他长安政治失败以后的悲愤,就说:"白发三千丈,缘愁似个长。"(《秋浦歌》其十五)突出他对长安朝廷的怀念,就说:"狂风吹我心,西挂咸阳树。"(《金乡送韦八之西京》)突出他扫荡安史叛军的抱负,就说:"南风一扫胡尘静,西入长安到日边。"(《永王东巡歌》其十一)这些诗句尽管异常夸张,但由于真实地表现了诗人内心世界燃烧着的炽热感情,所以读者毫不感到虚伪和浮夸,而是受到深刻的感染和激动。李白投赠朋友的诗歌,在这方面也有很好的例子。他怀念杜甫道:"思君若汶水,浩荡寄南征。"(《沙丘城下寄杜甫》)怀念王昌龄道:"我寄愁心与明月,随风直到夜郎西。"(《闻王昌龄左迁龙标遥有此寄》)《赠汪伦》道:"桃花潭水深千尺,不及汪伦送我情。"都是联系眼前景色,运用生动的比喻,发挥丰富的想象,用夸张的笔墨来表现自己对友人的真挚情谊,产生巨大的艺术效果。

由于感情洋溢,奔腾欲出,李白诗歌长于以奔放的语言来抒泄热情,而不像杜甫、白居易那样长于对客观事物作具体细致的描绘。例如同样写兵士被征发去参加玄宗后期的扩张战争,他的《古风》第三四("羽檄如流星"篇)比起杜甫的《兵车行》来描写就要简括得多,后边更是着重抒发自己的感想。他的《豫章行》写安史乱后人民应征入伍之苦,同杜甫的"三吏"、"三别"相比,也有类似上述的情况。他的《丁都护歌》写船夫痛苦也比较简括,同王建的《水夫谣》大异其趣。他的《宿五松山下荀媪家》触及农家日常艰苦劳动,但只有"田家秋作苦,邻女夜舂寒"寥寥两句,同白居易《观刈麦》一类诗作迥然不同。

这些正表现出浪漫主义诗人同现实主义诗人在表现方法上的显著差别。同是学习、继承汉乐府民歌的艺术，杜甫、白居易着重学习它叙事具体生动的特色，李白则是着重学习它那些夸张的手法和奇特的想象。

李白具有豪放的性格和坦率的胸怀，他的诗歌善于以明朗直率的笔调来表现他的这种思想性格特点，很少顾忌和掩饰，使人洞见他的肺腑。这一特点在他赠送亲友的诗篇中表现得特别鲜明。李白希望真诚的友谊建立在互相了解和帮助的基础上，他唱道："人生贵相知，何必金与钱！"(《赠友人》其二)但在现实世界中却是到处碰壁，实际情况乃是："承恩初入银台门，著书独在金銮殿。……当时笑我微贱者，却来请谒为交欢。一朝谢病游江海，畴昔相知几人在？前门长揖后门关，今日结交明日改。"(《赠从弟南平太守之遥》其一)世态炎凉，理想破灭，表述得何等直率坦露。他要朋友痛饮时，就说："岑夫子，丹丘生，进酒君莫停。与君歌一曲，请君为我倾耳听。"(《将进酒》)酒后困倦时，就说："我醉欲眠卿且去，明朝有意抱琴来。"(《山中与幽人对酌》)这里用语沿袭陶渊明，其真率处也似陶渊明。他的《上李邕》诗云："时人见我恒殊调，见余大言皆冷笑。"生动地刻画了他的自负和世人对他的奚落，一点不为自己掩饰。他描写被召入长安时的喜悦心情道："仰天大笑出门去，我辈岂是蓬蒿人。"(《南陵别儿童入京》)坦率地表白了他不甘心长期隐遁、迫切要求在政治上有所建树的心情，同时也无遮掩地流露了他急于求官的庸俗思想。坦率和夸张常会发生矛盾，不适当的夸张使人感到不真实，不坦率。但李白诗歌却把二者和谐地结合在一块，处处显示出浪漫诗人的热情和稚气，虽然有时不免有些可笑，但更多的是天真可爱。

在李白作品里，除掉直接抒发自己的思想感情以外，还出现许多其他的人物形象，其中写得较多并且值得注意的是妇女。他继承了汉魏六朝乐府民歌的优秀传统，善于表现封建社会中备受各种压迫的妇女的悲惨命运和痛苦心情。在塑造妇女的形象时，李白也善于以夸张的手法来刻画她们的思想感情，他写热烈的爱情是："十五始展眉，愿同尘与灰。""相迎不道远，直至长风沙。"（《长干行》）写浩荡的愁思是："秋风吹不尽，总是玉关情。"（《子夜吴歌》）"黄河捧土尚可塞，北风雨雪恨难裁。"（《北风行》）在这些诗句里，李白已经把自己的热烈奔放的感情倾注到这些人物身上去了。

李白的一部分咏史诗，表现了他对于一些杰出的历史人物的仰慕。他称颂鲁仲连道："明月出海底，一朝开光曜。……意轻千金赠，顾向平原笑。"（《古风》第一〇）称颂严子陵道："长揖万乘君，还归富春山。清风洒六合，邈然不可攀。"（《古风》第一二）这些诗句不仅是对历史人物的客观描绘，而且也是对自己的不爱富贵、功成身退的思想作风的生动写照。他的那些歌咏张良、诸葛亮、谢安等政治家的诗篇里，都寄托着自己的生活理想和政治理想。

李白所写的自然景物有着特殊的艺术魅力，它们不是一般的客观景物的描绘，而是染上了诗人浓厚的感情色彩。他喜欢在繁复多样的自然现象里攫取不平凡的题材，高山大河、飞瀑巨浪、长风万里等等。这些自然现象，本来已经具有雄伟惊险的面貌，经过诗人的艺术加工，更显得气势不凡。他并不注意刻画景物的各个方面，而是抓住他自己感受最深的某些方面，用夸张的笔墨加以描绘，并用丰富的想象加以渲染，塑造出鲜明突出的形象。他的某些篇幅较长的诗，如《蜀道难》、《梦游天姥吟留别》，更藉助于神话传说描绘了色彩缤纷、瑰奇壮丽的境界，再加上作者感情的昂扬激荡，热烈奔放，这些诗篇使人读后为之胸怀开阔，精神振奋，向往广阔的天地和雄伟有力的事物。尽管某些诗篇的内容描绘了山河的艰险可怖的面貌，抒发了作者的哀愁（如《蜀道难》、《横江词》），但其基调却不是阴暗的，而是豪放的，仍然具有振奋人心的艺术效果。

除七言律诗外，李白对各体诗都颇擅长。但他更喜欢写形式比较自由的古体和绝句,而不爱写格律束缚较严的律诗。

李白的五言古诗有很大成就。其中《古风》五十九首是他的代表作品。它们直接继承了阮籍《咏怀诗》、陈子昂《感遇诗》的传统,广泛地表现了他对黑暗政治的不满,他的怀才不遇的感慨和隐遁游仙的消极思想。除掉阮、陈的传统外,还多方面接受了曹植、左思、郭璞等诗人的影响,较之阮、陈之作,情调更为慷慨,表现更为显豁,文采更为丰富,语言更为明朗,具有胡震亨所说的"以才情相胜,以宣泄见长"(《李诗通》)的特色。他的乐府中的五古,继承汉魏六朝乐府民歌的优良传统,具有很强的艺术感染力。例如《丁都护歌》、《豫章行》等,以比较朴素的语句反映人民痛苦,风格与汉乐府民歌为近,《长干行》、《子夜吴歌》等,以宛转缠绵的笔调描绘妇女的愁思,风格与南朝民歌为近。但不论前者、后者,都倾注了作者洋溢的热情,具有鲜明的个性。

李白的七言古诗(包括乐府七言歌行和一般七古)较之五古具有更大的创造性。七言古诗一般篇幅较长,容量较大,除七言句外,可以兼采长短不齐的杂言句,形式最为自由,便于表现丰富复杂的思想内容,李白在这方面特多名篇,如《远别离》、《蜀道难》、《行路难》、《梁园吟》、《将进酒》、《梦游天姥吟留别》、《宣州谢朓楼饯别校书叔云》、《庐山谣寄卢侍御虚舟》等篇都是,写景则形象雄伟壮阔,色彩瑰丽,抒情则感情奔放激荡,跳脱起状,变化多端,诚如《唐宋诗醇》所赞许的那样:"往往风雨争飞,鱼龙百变;又如大江无风,波浪自涌,白云从空,随风变灭,诚可谓怪伟奇绝者矣!"(评《忆旧游寄谯郡元参军》诗语)这种雄奇俊逸的风格,继承了屈原辞赋和鲍照乐府歌行《拟行路难》等的传统,但显得更为纵横恣肆,如同奔腾跳跃、不可羁勒的骏马。

李白擅长绝句。他的五绝如《静夜思》、《玉阶怨》等,蕴藉含蓄,意味深长。他的七绝工力更深,语言明朗精炼,声调和谐优美,不论写景、抒情，都能做到深入浅出，使读者一接触就了解喜爱，但又经得起咀嚼玩味，吟诵不厌。像《黄鹤楼送孟浩然之广陵》、《望庐山瀑布》其二、《望天门山》、《早发白帝城》、《赠汪伦》等等，都是脍炙人口的名作。从文学渊源讲，李白的绝句接受了南北朝乐府民歌和南朝诗人谢朓的明显影响，但经过李白的努力创造，表现更为精炼动人，造诣是更深了。

李白不爱写束缚较多的律诗。他集子中七律最少，仅十多首，也少佳作。五律有七十多首，有的写得很好，像《渡荆门送别》、《送友人》、《送友人入蜀》、《秋登谢朓宣城北楼》，格律工整，情景交融，说明他不是不会写律诗，而是不爱写。他的《夜泊牛渚怀古》篇中间四句不用对偶，打破了五律的常规，语言流畅，声调铿锵，意境开阔，显示出浪漫主义诗人自然奔放、冲破束缚的特色。

李白诗歌语言的基本特色是明朗自然，他反对"雕虫丧天真"（《古风》第三五）的雕章琢句之风。"清水出芙蓉，天然去雕饰"（《经乱离后天恩流夜郎忆旧游书怀赠江夏韦太守良宰》），李白通过生动的比喻，提出了他自己认为优良的诗歌语言的原则，他的全部作品努力实践着这一原则，并且获得辉煌的成就。这种成就主要得力于学习汉魏六朝的乐府民歌。李白诗歌语言真率自然，音节和谐流畅，浑然天成，不假雕饰，经常散发着民歌的气息。但他不是一般地模拟民歌语言，而是把它们加以提高，使之更加精炼优美，含意深长，具有更强的表现力和感染力。在明朗自然的总前提下，李白诗歌的语言风格，又因体裁不同而显示出各别的特色，例如他的七言古诗以雄健奔放见长，其绝句则特别清新隽永，同中有异，表现出丰富多彩的艺术风貌。李白的少数诗歌，也存在着语言过于浅露、诗味不足的缺点，这是要分别看待的。

李白的出现，不但把我国古代五、七言诗歌的创作推到了高峰，而且对后代产生了深远的影响。唐代的韩愈、李贺、杜牧，宋代的欧阳修、苏轼、陆游,明代的高启,清代的黄景仁、龚自珍等著名诗人,都在不同程度上向李白学习,进一步发展了古典诗歌的浪漫主义传统。今天,批判地继承李白的优秀作品,亦将有助于认识我们古代的封建社会,培养爱国感情和民族自信心,并对社会主义新文艺的创作起有益的借鉴作用。

1978 年 3 月

（本文系上海古籍出版社 1980 年 7 月出版,《李白集校注》前言,原载该书卷首）

谈李白的《蜀道难》

关于李白《蜀道难》的创作年代和主旨,向来有好几种不同的意见,迄今尚无定论,这些分歧意见大致可分为四种。

唐孟棨《本事诗·高逸》和王定保《唐摭言》卷七都认为《蜀道难》的产生年代较早。两书记载太白入京,谒见贺知章。知章看到《蜀道难》,大加称赏。按李白于玄宗天宝元年入京,贺知章于天宝三载正月退休回乡(参考王琦《李太白年谱》),如《本事诗》、《唐摭言》之说可信,则《蜀道难》应是天宝以前的作品。

相信这一创作年代的,在谈到诗的主旨方面又分为两说。北宋沈括《梦溪笔谈》卷四、洪刍《洪驹父诗话》①、南宋洪迈《容斋续笔》卷六认为是讽剑南节度使章仇兼琼而作。其根据是"李白集中称刺章仇兼琼"(《梦溪笔谈》),"尝见李集一本于《蜀道难》题下注:讽章仇兼琼也"(《洪驹父诗话》)。这是第一说。明胡震亨《李诗通》卷四说:"愚谓《蜀道难》自是古相和歌曲,梁、陈间拟作者不乏,讵必尽有为始作。白,蜀人,自为蜀咏耳。"这是第二说。

唐范摅《云溪友议》卷二、《新唐书·严武传》都主张《蜀道难》是李白为房琯、杜甫感到危险而作。严武镇蜀,房琯、杜甫为其下属,严武很暴虐,李白害怕房、杜遇祸,故作此诗。按严武首次镇蜀(为成都

---

① 《洪驹父诗话》今佚,它关于《蜀道难》的话,见王琦《李太白文集》注引萧士赟语中提到。

尹、剑南节度使），在肃宗上元二年，次年李白卒（参考闻一多《少陵先生年谱会笺》）。如此说可信，则《蜀道难》是李白暮年之作。这是第三说。元萧士赟《分类补注李太白诗》卷三说："尝以全篇诗意与唐史参考之，盖太白初闻禄山乱华、天子幸蜀时（时为天宝十五载）作也。……太白此时盖亦深知幸蜀之非计，欲言则不在其位，不言则爱君忧国之情不能自已，故作是诗以达意也。"这是第四说。

以上四说中第四说章分句解，说得尤为动听。故沈德潜《唐诗别裁集》卷六许之"为得其解"，陈沆《诗比兴笺》卷三誉为"迥出诸家之上"。最近苏仲翔先生编选的《李杜诗选》也采用此说。其实三、四两说，均不足信。考《蜀道难》一诗被收入唐殷璠所编的《河岳英灵集》。殷璠在评李白诗时且说："至如《蜀道难》等篇，可谓奇之又奇。"又考明刊本《河岳英灵集》所载殷璠自序云："诗二百三十四首，分为上、下卷，起甲寅，终癸巳。"按序文称玄宗为主上，是其集必编集于玄宗时代，癸巳当为天宝十二载。闻一多《少陵先生年谱会笺》系此集之编成于天宝十二载，这是对的。北宋曾彦和跋《国秀集》云："殷璠所撰《河岳英灵集》，作于天宝十一载。"十一载当是十二载之误。《文苑英华》卷七一二、《全唐文》卷四三六载殷璠序文作"起甲寅，终乙酉"，乙酉为天宝四载。按日人遍照金刚（生当我国唐代后期）的《文镜秘府论》南卷引殷序作"终癸巳"，加上曾跋作十一载，当以作"终癸巳"为是①。要之，《蜀道难》的创作必在天宝十二载以前，是完全可以肯定的。第三说认为在肃宗时，第四说认为在天宝末，当然都不足信。

剩下一、二两说哪一说更可信呢？我以为是第二说。第一说何以不可信呢？首先，洪刍、沈括等说李白集中称讽章仇兼琼，这只是"一本"的注解，而且恐是后出的注解，否则范摅也当注意到。其次，

①　参考岑仲勉先生《唐集质疑》中"河岳英灵集"条，载《中央研究院历史语言研究所集刊》第九本。

考章仇兼琼在蜀的史实，没有根据得出李白作《蜀道难》讽他的结论。《旧唐书》卷一九六《吐蕃传》、《新唐书》卷二一六《吐蕃传》、《资治通鉴》均有章仇兼琼事迹的记载，《旧唐书》较明确，节录如下：

> （开元）二十七年……王昱既败之后，诏以华州刺史张宥为益州长史、剑南防御使，主客员外郎章仇兼琼为益州司马、防御副使。宥既文吏，素无攻战之策，兼琼遂专其戎事。俄而兼琼入奏，盛陈攻取安戎之策。上甚悦，徙张宥为光禄卿，拔兼琼令知益州长史事，代张宥节度，仍为之亲画取城之计。二十八年春，兼琼密与安戎城中吐蕃翟都局及维州别驾董承宴等通谋。都局等遂翻城归款，因引官军入城，尽杀吐蕃将士，使监察御使许远率兵镇守。上闻之甚悦。……其年十月，吐蕃又引众寇安戎城及维州。章仇兼琼遣裨将率众御之，仍发关中骁骑以救援焉。时属凝寒，贼久之自引退。诏改安戎城为平戎城。

以上是章仇兼琼镇蜀时在军事方面的主要事迹。章仇兼琼在蜀地有没有劣迹呢？有的。《通鉴》卷二一五天宝四载八月有这样的记载：

> 杨钊（后改名国忠），贵妃之从祖兄也。不学无行，为宗党所鄙。从军于蜀，得新都尉。考满，家贫不能自归，新政富民鲜于仲通常资给之。……剑南节度使章仇兼琼引为采访支使，委以心腹。尝从容谓仲通曰："今吾独为上所厚，苟无内援，必为李林甫所危。闻杨妃新得幸，人未敢附之。子能为我至长安与其家相结，吾无患矣。"仲通曰："仲通蜀人，未尝游上国，恐败公事。今为公更求得一人。"因言钊本末。……兼琼大喜，即辟为推官，往来浸亲密。乃使之献春绨于京师，将别，谓曰："有少物在郫，以具一日之粮，子过，可取之。"钊至郫，兼琼使亲信大赍蜀货精

美者遗之,可直万缗。钊大喜过望,昼夜兼行,至长安,历抵诸妹,以蜀货遗之,曰:"此章仇公所赠也。"……于是诸杨日夜誉兼琼。

《通鉴》同卷于天宝五载又记载说:"五月乙亥,以剑南节度使章仇兼琼为户部尚书,诸杨引之也。"又唐诗人顾况有《露青竹杖(一作鞭)歌》一首,讽刺兼琼逼迫蜀地人民采马鞭进贡京师以邀宠的行动。诗颇长,录其首段:

> 鲜于仲通正当年,章仇兼琼在蜀川。约束蜀儿采马鞭,蜀儿采鞭不敢眠。横截斜度飞鸟边,绳桥夜上层崖颠。头插白云跨飞泉,采得马鞭长且坚。浮沤丁子珠联联,灰煮蜡楷光烂然。章仇兼琼持上天,上天雨露何其偏。(双峰书屋版《全唐诗》第四函第九册)

诗篇最后以"圣人不贵难得货,金玉珊瑚谁买恩"结束,讽意很明显。这样看来,似乎李白的《蜀道难》为讽刺章仇兼琼而作的可能性很大了。然而,兼琼在蜀的劣迹,主要是驱迫人民、冀邀主宠,而不是有恃险不臣的阴谋,跟《蜀道难》的内容并不符合。胡震亨说:"兼琼在蜀,御吐蕃著绩,无据险跋扈迹可当此诗。"(《李诗通》)这见解还是中肯的。何况《本事诗》、《唐摭言》说《蜀道难》曾在天宝初年为贺知章激赏,这记载还值得重视。李白写《蜀道难》时很可能在天宝以前,那时章仇兼琼是否已镇蜀,镇蜀是否已见劣迹,都成问题。《蜀道难》讽兼琼的说法,大约即是后人看到兼琼在蜀时有劣迹,加上顾况有诗讽刺,因而所作的一种推测,而没有注意到诗篇内容是否与兼琼事迹真正符合。

因此,我们认为以上四说中,还是胡震亨的见解最为客观可信。

胡氏在《唐音癸签》卷二十一对《蜀道难》更有一段比较警辟的议论，他说："《蜀道难》自是古曲，梁、陈作者，止言其险，而不及其他。白则兼采张载《剑阁铭》'一人荷戟，万夫趑趄，形胜之地，匪亲弗居'等语用之，为恃险割据与羁留佐逆者著戒。惟其海说事理，故苞括大，而有合乐府讽世立教本旨。若第取一时一人事实之，反失之细而不足味矣。诸解者恶足语此？"这是最通达可取的议论。

　　一篇古典诗歌是否有美刺比兴；如有美刺比兴，是否有一定的具体对象，其具体对象又是什么？关于这方面的解释，都应该实事求是地建立在可靠的或比较可靠的根据上面，否则很容易成为主观的臆测。我们现在研究、注释古典诗歌，对前人在这些方面的言论，必须审慎地加以抉择。

1956 年

（原载《光明日报》1957 年 2 月 17 日《文学遗产》副刊第 144 期）

略谈李白《蜀道难》的
思想和艺术

　　李白的《蜀道难》是一篇脍炙人口的杰作,它以奔放酣畅的语言,表现蜀地雄奇险峻的山川,感情炽烈,想象丰富,全诗色泽光怪陆离,动人心魄,充分显示出伟大的积极浪漫主义诗人的特色。

　　《蜀道难》的寓意,自唐以来的说法颇为纷歧。大致讲来,可分四说:(一)认为是为杜甫、房琯担忧而作。杜甫晚年,与房琯俱在蜀地为当地地方长官严武的部下。严武为人暴虐,李白担心两人将遭危险,故作此诗希望他俩早日离蜀。(二)认为是为规劝唐明皇而作。安史乱起,明皇逃避入蜀。李白认为蜀地不可久居,故作此诗。(三)认为是讽刺章仇兼琼。章仇兼琼在玄宗开元末天宝初为蜀地军政长官,李白担心他不受中央节制,作诗以讽。(四)认为只是歌咏蜀地山川。李白是蜀人,《蜀道难》是古乐府旧题,李白运用旧题写乡国山川,别无寓意。

　　按《蜀道难》诗收入唐代殷璠所编的《河岳英灵集》,这部唐诗选本编集于玄宗天宝十二载,因此这首诗的产生,绝对在天宝十二载之前,这是无法动摇的。杜甫、房琯依靠严武,玄宗逃难入蜀,都在天宝十二载之后,因此(一)、(二)两说都不足信。章仇兼琼任蜀地长官,虽在天宝十二载之前,但考查历史记载,兼琼只有驱迫人民的劣迹,并无跋扈不受中央节制的现象,反之他倒是希望到中央去做官,结果目的也达到了,因此第(三)说缺乏事实根据,也站不住。剩下来第

(四)说比较可信,但须略加补充。我们认为这是李白在长安为送友人入蜀而作。他采用乐府旧题,描绘蜀地道途的艰险和环境的险恶,希望友人不要久留蜀地,重返长安。

胡震亨《李诗通》卷四说:"愚谓《蜀道难》自是古相和歌曲,梁、陈间拟作者不乏,讵必尽有为始作。白,蜀人,自为蜀咏耳。"这话是颇有见地的。李白喜欢以乐府旧题写新词,全集中这类作品很多,《蜀道难》只是其中的一个例子。我们看郭茂倩《乐府诗集》卷四十"相和歌辞"瑟调曲中有《蜀道难》题,在李白之前,已有梁简文帝、陈阴铿、唐张琏的诗作,不过都没有李白写得好。李白一生喜游名山大川,他胸襟开拓,气概豪迈,特别喜爱雄伟壮丽的江山。我们看他在诗作中,对"咆哮万里"的黄河、"白浪如山"的长江、"云台阁道连窈冥"的华山、"回崖沓嶂凌苍苍"的庐山,都作了生动无比的描摹和尽情的歌颂,故乡蜀地的雄奇险峻的山川,是他青少年时代所熟悉和喜爱的,当然更不会放弃表现它的机会。这是《蜀道难》产生的一个重要因素。

唐孟棨《本事诗·高逸》、五代王定保《唐摭言》卷七都记载李白入长安,贺知章看到他的《蜀道难》,大加赞赏,称为仙人。这个传说一方面反映了这篇诗歌的杰出成就,获得时人的重视;一方面从侧面告诉我们,它当是天宝初年李白在长安所作。从诗的内容看,是送一位友人到蜀地去游宦①。"问君西游何时还?"君即指这位友人。诗中写友人从秦地入蜀,蜀地方位在长安西南,所以说"西游"。封建时代的知识分子,一般总是希望在朝廷做官,以便发挥抱负;假如到离京城很远的地方去,总会因仕途失意而郁郁不乐,流露出浓厚的感伤情绪,朋友们也会为之悲伤。《蜀道难》中关心地问起对方"何时还",

---

① 詹锳先生《李白〈蜀道难〉本事说》一文(载《李白诗论丛》)认为此诗是李白送友人王炎入蜀而作,其说足供参考。

最后殷勤叮嘱："锦城虽云乐，不如早还家！"就是这种思想情感的表现。唐代诗人王勃的杰作《杜少府之任蜀川》(选入《唐诗三百首》)也写送友人从秦地长安到蜀地去做官，充满悲凉情绪，在这方面有与《蜀道难》相通之处。

《蜀道难》内容的组织，是以从秦地到蜀地沿途所经历的情景为线索来叙述的。诗篇一开始以"噫吁嚱，危乎高哉，蜀道之难难于上青天！"感情非常强烈的咏叹语气表达了诗人对蜀道艰难的总的感觉。底下具体描写，大致可以分为三部分。第一部分从"蚕丛及鱼凫"句起到"以手抚膺坐长叹"句止，写长安以西秦地道路的艰难。在这部分中，前四句说因为蜀道险峻，古代秦、蜀不相交通；中间八句说战国秦惠王时秦、蜀开始交通和太白山的高峻；后四句写青泥岭的险阻难行。这部分前面通过历史发展的叙述，指出太古时代秦、蜀在极长时间内不相往来，其后经过了很大的努力，经过"地崩山摧壮士死"的牺牲，才使得秦、蜀相通，充分表现了蜀道之艰难。那些富有神秘性的历史传说，使诗篇涂上光怪陆离的色彩，增强了诗的动人心目的艺术感染力。太白山是秦地著名的高山，经年积雪。民间谣谚有云："武功太白，去天三百。"青泥岭也是秦地突出的高山，"悬崖万仞，上多云雨，行者屡逢泥淖，故号为青泥岭"(《元和郡县志》)。这部分的后半选择这两个有代表性的地点来刻画自秦入蜀道路之险，显出诗人在处理材料上的才能。这里写山的险峻最为突出，什么"上有六龙回日之高标"、"黄鹤之飞尚不得过"、"扪参历井仰胁息"等等极其夸张的语句，发挥了无比丰富的想象，把山的高耸入天、无法通行的面貌突现在读者面前，惊心动魄。

第二部分从"问君西游何时还"句起到"嗟尔远道之人胡为乎来哉"句止，描写从青泥岭再向南、从秦进入蜀道路的艰险。前半着重写山林间鸟的悲鸣，特别是"子规啼夜月"的景象来造成一种愁惨的气氛，从侧面加深蜀道难的感受。蜀地多子规鸟，啼声哀切。古代传说子规鸟是蜀王杜宇（号望帝）的精魂所化。李白用它来描写蜀地，非常恰切。后半又竭力写山的险峻和瀑流声势之猛。"去天不盈尺"、"万壑雷"这种夸张的描摹也很突出成功。

第三部分从"剑阁峥嵘而崔嵬"句起到"不如早还家"句止，写蜀地形势的险要和环境的险恶。剑阁是蜀地北部的要隘，自古著名，西晋张载《剑阁铭》曾说："一人荷戟，万夫趦趄。形胜之地，匪亲勿居。"李白根据它加以变化，写出了"剑阁峥嵘而崔嵬"以下五句，气势更觉开阔有力①。蜀地因为边界险要，易于防守，因此历史上颇多一些政治野心家割据蜀地、自立为王的事实。当然，李白这里写剑阁，主要还是在描写它的险要本身，作为刻画蜀道艰难的一个组成部分，但多少也透露了一点对于国事的关心。"朝避猛虎"四句写蜀地环境的险恶，故底下两句接着说成都虽然繁荣，生活愉快，还不如早日回来。蜀地僻处西南，比较荒凉，山林中多猛兽食人。杜甫的《发阆中》诗云："前有毒蛇后猛虎，溪行尽日无村坞。"又《客居》诗云："人虎相半居，相伤终两存。"也是写蜀中情景。李白是蜀人，他对故乡有深厚的情感，这里把蜀地的环境写得如此可怖，一方面固然由于有客观事实作基础，另一方面则是由于这诗是送友人入蜀，他希望对方早日返归长安，因此夸张地渲染了蜀地的不可久居。

诗最后以"蜀道之难难于上青天，侧身西望长咨嗟"的语句结束，表达了对友人的深切关心，同时与开头取得很好的照应。

综观全诗，以蜀道艰难为中心，从山的高峻上干云霄、山路的险阻难行、山林环境的危险和气氛的愁苦等几个方面，充分发挥了丰富的想象，以极其夸张的语言，刻画了不平凡的自然面貌，抒发了诗人激越的感情，产生了动人心魄的感染力量。夸张手法的运用在全诗

---

　①　左思《蜀都赋》云："一人守隘，万夫莫向。公孙（指公孙述）跃马而称帝，刘宗（指刘备）下辇而自王。"李白这几句也受《蜀都赋》影响。

中是非常突出的。诗篇一开始就是"蜀道之难难于上青天",对读者形成一种惊愕的印象,以下对山川道路的具体描写,丰富的想象与高度的夸张都是紧密结合在一起,贯穿在各个片段之中。黄鹤善高飞,猿猱善攀登,现在说"黄鹤之飞尚不得过,猿猱欲度愁攀援",侧面描写更成功地突出了山峰的崇峻。民间谣谚形容这一带的高山是"武功太白,去天三百",现在是"扪参历井仰胁息"、"连峰去天不盈尺",夸张更进了一步。这种极度夸张的描写,并不符合于客观事实,但却成功地突出了蜀道的艰险,成功地抒发了诗人强烈的感情,符合于艺术的真实。李白的诗歌最善于运用夸张手法,我们不能忘记"白发三千丈"(《秋浦歌》)、"燕山雪花大如席"(《北风行》)等等名句,《蜀道难》在这方面也是突出的例子。诗的结构上有一个特色,就是除开头和结尾,都用强烈的惊叹语句互相呼应外,中间有三处当一个片段结束时,也表现了类似的咏叹:

　　扪参历井仰胁息,以手抚膺坐长叹!

　　蜀道之难难于上青天,使人听此凋朱颜!

　　其险也若此,嗟尔远道之人胡为乎来哉!

这种感情极其强烈的小结语句因为紧跟在各小段具体描写之后,在读者已经获得蜀道艰难的具体印象的基础上作出激动的咏叹,就显得分外有力。它们跟开头、结尾配合起来,由于结构上的盘旋反复,就更加强了诗的强烈的抒情气氛和节奏感,对读者发生回肠荡气的作用。

　　这首诗竭力描绘了蜀道的艰难可怖,表现了对朋友的担心,其内容是相当可悲可怖的,但我们读完以后,不但不感到害怕,情绪低沉下去,反而为诗的夸张的描写所激动,丰富的想象所感染,精神奋发。

这是什么缘故呢？我想,这应该从被描写的客观对象和诗人主观世界两个方面来说明。从描写对象说,蜀道虽然艰难万状,使人害怕,但它又具有雄壮、伟大、有力等特点,它在诗人的彩笔下,跟美丽的神话传说结合起来,更形成一种诱惑人的魅力。从诗人主观世界说,我们知道李白的胸襟开阔,气概豪迈,志向宏伟,性格豪放傲岸。他这种思想性格的特色在诗歌中除掉直接的表白外,还常常借助于对外界雄伟的不平凡的事物来寄托和表现。他歌咏高山大川,不是纯客观地复制自然面貌,而是深深打上了自己思想性格的烙印。《蜀道难》夸张的、具有强烈抒情气味的描写,不正是诗人特有的思想性格的一种特殊的反映方式吗? 主客观两方面的结合,使《蜀道难》这首诗尽管表面笼罩着一种悲愁气氛,然而具有一股浪漫主义的激情,使读者的精神状态为之鼓舞奋发,向往雄伟有力的事物和有意义的生活。李白的《横江词》六首,夸张地表现了长江风浪的险恶和旅人不能摆渡的悲哀,但艺术效果却跟《蜀道难》相像,可供我们比较研究。

这首诗在体裁上是属于七言歌行。七言歌行在五、七言诗中是一种形式最自由的诗体,它以七言为主,可以兼用长短不齐的语句,长的可以是九言或九言以上,短的三言、四言、五言等均可,不像五古、律诗、绝句那样少变化。这首诗的前面两部分用长句,语言非常奔放畅达;后一部分写剑阁和蜀地环境险恶,又使用不少四言句,显得简劲有力;长句短句的变换,使诗的语言自由活泼,句式丰富多彩。李白最善于写七言歌行,在这种诗体里,诗人充分继承并发展了楚辞、古乐府的特长,发挥了无比丰富的想象,运用了异常奔放的语言,表现了他的豪迈的胸襟和气概,热爱自由、坚强不屈的性格。这一特点,从前人已经看出来了。如唐殷璠说:"其为文章,率皆纵逸,至如《蜀道难》等篇,可谓奇之又奇,然自骚人(指屈原)以还,鲜有此体调也。"(《河岳英灵集》)明王世贞说:"太白古乐府,窈冥惝恍,纵横变幻,极才人之致。"(《艺苑卮言》卷四)明胡震亨说:"太白《蜀道难》、

《远别离》、《天姥吟》、《尧祠歌》等，无首无尾，变幻错综，窈冥昏默。"（《诗薮》内编卷三）殷璠、胡震亨都提到《蜀道难》，可见这首诗又是李白七言歌行中的代表作品。

（原载《语文教学》1960 年第 4 期）

附记：

清赵翼《陔馀丛考》卷十七"唐制内外官轻重先后不同"条指出：唐代前期（自唐初至玄宗朝）朝廷重京官轻外官，因此士人多喜为京官。其说可供参考。

谈二李的诗

李白和李贺都是唐代杰出的积极浪漫主义诗人。李白诗豪放明朗，李贺诗奇丽幽深。两人都善于以比较解放的诗体七古和七绝来表现炽热的感情和丰富的想象，才思横溢，不同凡响。本文打算着重就这方面谈一些个人学习的体会。

我国从汉代开始，五、七言诗逐步成长流行，到唐代，五、七言诗形成六种基本样式，即五古、七古、五律、七律、五绝、七绝，一直为后代诗人所沿用。这六种样式中，以七言古诗（简称七古）最为自由解放。七古一般采用乐府歌行体，又叫七言歌行。它的篇幅较长，容量较大，宜于表现丰富复杂的思想感情；除七言为主要句式外，可以兼用三言、四言以至九言、十言等杂言，形式自由变化，便于作者纵横驰骋。盛唐时其他诗人如岑参、高适、李颀、杜甫等，都以善作七古著称，其中李白的成就尤为杰出。

李白的七古，最有代表性的是他在长安（唐朝京城）供奉翰林，政治上遭受打击以后一段时期内的作品。李白有很大的政治热情，希望为帝王所赏识信任，得以建功立业。当他被召去长安时，"仰天大笑出门去"，以为实现政治抱负的良机来到了。可是当时唐王朝的政治已经趋向腐朽，他在长安不满两年，就接连受到黑暗势力的打击，终受斥逐，其心情的激动悲忿是可以想见的。他的《行路难》、《梁甫吟》、《梁园吟》、《将进酒》、《远别离》等七言歌行都是抒发这时期的悲忿感情的。他希望找到光明出路，可是，"欲渡黄河冰塞川，将登太行雪满山"(《行路难》其一),"阊阖九门不可通,以额叩关阍者怒"(《梁甫吟》),"皇穹窃恐不照余之忠诚,雷凭凭兮欲吼怒"(《远别离》),荆棘塞途,君门紧闭。可是,他仍然充满着浪漫诗人的幻想。他高声唱道:"长风破浪会有时,直挂云帆济沧海!"(《行路难》其一)"东山高卧时起来,欲济苍生未应晚!"(《梁园吟》)"天生我材必有用,千金散尽还复来。"(《将进酒》)对于唐王朝反动腐朽的当权派,他不愿同他们同流合污,而投以鄙夷和蔑视,"安能摧眉折腰事权贵,使我不得开心颜!"(《梦游天姥吟留别》)"严陵高揖汉天子,何必长剑拄颐事玉阶。达亦不足贵,穷亦不足悲"(《答王十二寒夜独酌有怀》)。有时又因自己长期找不到出路,也会陷入深深的忧愁之中,即使纵酒求欢也无法排遣,"抽刀断水水更流,举杯消愁愁更愁"(《宣州谢朓楼饯别校书叔云》)。综观李白自离开长安(公元744年)到安史之乱爆发(公元755年)前后十一年这一段时期内,他的思想感情非常复杂,充满着矛盾,既有对黑暗势力的深刻憎恨和鞭挞,又对封建帝王存在着幻想;既有长安从政失败的浩荡愁思,又有鄙夷权贵的兀傲态度;既有纵酒狂饮的消极情绪,又有东山再起的愿望。这种矛盾复杂、强烈激荡的思想感情,在他的七言古诗中得到了最深刻有力的表现。

李白七古中另一部分代表作品是描绘祖国壮丽山河的诗篇。李白特别喜爱自然界的雄伟事物,高山大河、飞瀑巨浪、长空万里等等,他笔下的蜀道是:"上有六龙回日之高标,下有冲波逆折之回川。黄鹤之飞尚不得过,猿猱欲度愁攀援。"(《蜀道难》)长江是:"登高壮观天地间,大江茫茫去不还。黄云万里动风色,白波九道流雪山。"(《庐山谣寄卢侍御虚舟》)有些诗如《蜀道难》、《梦游天姥吟留别》、《西岳云台歌送丹丘子》等,还借助于神话传说,构造出一个色彩缤纷、惊心动魄的境界。这些诗篇使人读后为之胸怀开阔,精神振奋,向往广阔的天地和雄伟有力的事物。我们知道,李白常常自比大鹏鸟,希望一飞冲天,漫游万里,建立不平凡的功业。他的那些写景诗,寄托着他的政治抱负,从另一个角度表现了他的思想性格特色。

以上两类诗篇,也可以说是他全集中富有积极浪漫主义特色的代表作品。无论是诗人热烈激荡的感情,抑是祖国宏伟壮丽的山河面貌,如果不用雄奇奔放的七言歌行来写作,那是难以表现得如同急风骤雨,摇撼人心,具有强大的艺术感染力量的。在五、七言诗体中,容量较大、形式比较自由解放的七言古诗最宜于表现浪漫主义诗人热烈奔放的感情。试想,例如盛唐边塞诗人岑参的一些七古,突出地描绘了边塞雄奇壮美的风光,表现了自己开阔的胸襟;再如宋代大诗人陆游的一些七古,深刻地反映了他杀敌报国的志愿和理想不能实现的悲忿:如果不采用七古这一样式,怎么能够写得如此酣畅淋漓,沁人心脾呢? 当然,宋代由于词体(长短句)的发展,更多的作家运用纵横变化的词体(主要是篇幅较大的中调和长调)来表现他们的激情,因而形成了以苏轼、辛弃疾为代表的豪放词派。但在李白的时代,则是除七古外,不可能找到更好的诗歌样式了。这里存在着一个文艺形式如何更好地配合内容的创作原则问题,是值得我们重视和借鉴的。

除七古外,李白擅长绝句,七绝写得尤好,这是历来所公认的。他的七绝的代表作,从题材看,主要有两类,一类是送别和怀念友人的篇章,如《黄鹤楼送孟浩然之广陵》、《闻王昌龄左迁龙标遥有此寄》、《赠汪伦》等,大抵即景生情,情景交融,抒发了深厚的友谊。另一类是写景诗,如《峨眉山月歌》、《望庐山瀑布》、《望天门山》、《早发白帝城》等,大抵形象鲜明壮丽,同时反映了作者的开阔胸襟和豪迈意兴。李白七绝的佳篇,不论抒情写景,都能做到深入浅出,使人一接触就喜爱,但是又经得起吟诵咀嚼,回味无穷。清代沈德潜说:"七言绝句,以语近情遥、含吐不露为贵;只眼前景,口头语,而有弦外音,使人神远,太白有焉。"(《唐诗别裁集》卷二〇)分析品评李白七绝的特色,见解是颇为中肯的。李白的七绝,语言朴素自然,明朗真率,音节和谐流畅,易记能唱,风格清新隽永,富于民歌风味。我们知道,南北朝乐府民歌中多绝句小诗,常常写得很天真活泼。唐代民间,又流行《杨柳枝》、《竹枝词》一类四句头的歌词。唐代诗人的许多绝句佳篇,充分吸收了民歌的营养,并进一步加以提炼,语言更为精炼,含意更为深长,使读者百读不厌,玩味无穷。李白的绝句,就是这方面的突出例子。毛主席说:"用白话写诗,几十年来,迄无成功。民歌中倒是有一些好的。将来趋势,很可能从民歌中吸引养料和形式,发展成为一套吸引广大读者的新体诗歌。"唐人绝句特别是李白绝句吸收民歌养料和形式的经验,是很值得今天的诗歌作者借鉴的。

李白集子中,律诗最少,他的全部诗作共九百多首。其中五律尚有七十多首,七律仅十多首,律诗在全部诗作中数量不到十分之一。他不是不能写律诗,他的五律像《渡荆门送别》、《送友人入蜀》、《送友人》、《秋登宣城谢朓北楼》等篇,声调和谐,对偶工稳,同擅长律诗的杜甫、王维相比,也并无愧色。只是律诗格律最严,李白才思奔放横溢,不愿受这种格律的束缚,所以律诗写得最少。

李贺的诗,也是以七言歌行最为突出。李贺现存诗作共计两百四十多首,其中七古达九十馀首,在各体中占据最大的比重。他的七古不但数量最多,质量也最高。他的不少富有代表性的杰出作品,像写将帅不辞为国捐躯、抗击藩镇叛乱的《雁门太守行》,写人民受压迫折磨的《老夫采玉歌》、《宫娃歌》,写自己坎坷不得意的《野歌》、《致酒行》,写自己离开长安、东归河南的悲哀悒郁心情的《金铜仙人辞汉歌》,驰骋想象神游天界的《梦天》,描绘高超的音乐艺术的《李凭箜篌引》等等,都是七言歌行。李贺在《申胡子觱篥歌序》中说起申胡子曾对他说:"李长吉,尔徒能长调,不能作五字歌诗。"长调这里即指七言歌行。可见李贺在当时即以擅长七古为人所知。同李白一样,李贺那种横放绝出的才思,丰富奇特的想象,只有容量较大、形式比较自由解放的七古才能很好地予以表达。

　　李白、李贺的七古，同受《楚辞》的深刻影响，表现为感情热烈，想象丰富，辞采色泽鲜明，句式较长而有变化。李白的七古，同时受汉魏六朝乐府民歌的影响较深，风格明朗豪放。李贺的七古受民歌影响较少，除《楚辞》外，他着重吸取南朝诗人的华辞丽藻来表现他的奇情遐想。他的诗以想象奇特深邃、辞采浓艳瑰丽、风格峭拔幽深著称，他的七古表现这种特色尤为显著。李贺生在中唐时代，在李白之后，他的创作受到李白积极浪漫主义精神的启发，但他不像唐代某些诗人（如任华）那样，着重从辞语风格上模拟李白；而是不肯蹈袭前人，陈言务去，蹊径独辟，在唐诗园地中开辟了一个新的境界，这种创造精神是值得重视的。

　　李贺的诗歌长于运用比兴，七古尤为突出，设想奇妙，构思深刻。即以上面提到的诗篇为例，如《雁门太守行》首句"黑云压城城欲摧"，使用比喻生动地描绘了强敌压境、形势危急的情状。《老夫采玉歌》末尾云："村寒白屋念娇婴，古台石磴悬肠草。"描写采玉工人看到悬肠草（一名思子蔓）自然联想起家中的娇婴，比兴引喻，深化了人物的思想感情，增强了诗歌的艺术感染力。《野歌》写自己的困顿失意，结句云："寒风又变为春柳，条条看即烟濛濛。"用冬尽春来、天气变化象征终有光明的前途，表现了青年诗人对将来的乐观信念。《致酒行》中的"雄鸡一声天下白"也是这一意境。《金铜仙人辞汉歌》全篇托物寓意，主旨何在，后人有各种不同解释，清代陈沆《诗比兴笺》释为"宗臣去国之思"（《诗比兴笺》卷四），比较近是。再如《李凭箜篌引》也是通篇使用奇妙的比喻，结合丰富的想象，有力地表现了李凭弹箜篌技艺的高超不凡。李贺诗歌的比兴非常丰富，几乎俯拾即是，这里只是略举一二罢了。

　　李贺诗歌不但艺术造诣卓越，而且富有进步内容。同中唐其他进步诗人一样，他反对藩镇割据，宦官擅权，讽刺帝王和贵族的荒淫腐化，同情人民疾苦。同时，他敢于蔑视封建帝王，宣称世上一切事物都在变化,表现出反对传统观念的叛逆精神。这种精神在他的七古中也是表现得最鲜明突出。像"茂陵刘郎秋风客"(《金铜仙人辞汉歌》)、"几回天上葬神仙"(《官街鼓》)、"南风吹山作平地,帝遣天吴移海水"(《浩歌》)这类大胆奇特的诗句都出自七古。唐代杜牧为李贺的诗集作序,对李贺诗歌作了颇高评价,但认为李贺诗"理虽不及,辞或过之",即理致不及辞采,思想性不及艺术性。后代文人常常沿袭这一见解。这种看法是片面的。李贺诗的思想性是很高的,他的诗达到了思想性和艺术性的高度统一。封建社会的文人,往往由于阶级偏见,不能认识李贺诗歌反传统的进步内容,甚至斥为悖理。他们所要求的理是维护封建纲常的理,这在李贺诗中的确是缺少的。此外,李贺诗歌辞采十分浓丽,一般读者容易被它的外表所吸引,不去仔细评析体会其深刻的思想内容,也是李贺诗歌的高度思想性往往被人忽视的原因。

李贺的七绝,数量不多,共二十来首,但有的写得很好。如《南园》十三首中的"男儿何不带吴钩"篇、"寻章摘句老雕虫"篇、"长卿牢落悲空舍"篇,《昌谷北园新笋四首》中的"斫取青光写楚辞"篇等,都脍炙人口,为一般选本所采录。他的绝句多数写得比较清新自然,接近民歌,语言风格同他的七古有些不同。这是由于唐人绝句从四句头民歌基础发展而来,因此绝大多数绝句在风格上都较清新自然。

李贺律诗写得最少,五律还有二十来首,七律一首也没有。他的五律中还包括几首排律,用语遣辞,颇为工致,说明他在这方面正同李白一样,不是不会写律诗,而是不爱写罢了。

1978 年

读杜甫《同元使君春陵行》

    杜甫的《同元使君春陵行》一诗在代宗大历二年（767）于夔州所作，它是理解杜甫的文学思想和他晚年政治社会思想的重要诗篇。遗憾的是：已经出版的几本《中国文学批评史》几乎都没有提到它，一般杜甫研究的著作也很少注意它。

    代宗广德二年（764），元结就任道州刺史。道州在上一年被当时称为"西原蛮"的少数民族所攻陷，人民伤亡很重，活下来的人也是贫病交迫，苟延残喘。元结目击道州人民的深重灾难，不忍遵从上级官吏的命令，向百姓勒索赋税，情愿自己受催督不力之罪，表现了一个有良心的地方官吏的热爱人民的高尚精神。这种精神深刻地反映在他当时所写的《春陵行》和《贼退示官吏》两诗中间。杜甫和元结本是好友，三年以后，他在夔州读到元结这两首诗，非常兴奋，就写下了辞情慷慨的《同元使君春陵行》。现在先把原诗抄在下面，然后再作解说。

同元使君《春陵行》并序

    览道州元使君结《春陵行》兼《贼退后示官吏作》二首，志之曰：当天子分忧之地，效汉官良吏之目。今盗贼未息，知民疾苦；得结辈十数公，落落然参错天下为邦伯，万物吐气，天下小安，可待矣。不意复见比兴体制、微婉顿挫之词。感而有诗，增诸卷轴，简知我者，不必寄元。

遭乱发尽白，转衰病相婴。沉绵盗贼际，狼狈江汉行。叹时药力薄，为客赢瘵成。吾人诗家流，博采世上名。粲粲元道州，前圣畏后生。观乎《舂陵》作，欻见俊哲情；复览《贼退》篇，结也实国桢。贾谊昔流恸，匡衡常引经。道州忧黎庶，词气浩纵横。两章对秋月，一字偕华星。致君唐虞际，纯朴忆大庭。何时降玺书，用尔为丹青？狱讼永衰息，岂唯偃甲兵。凄恻念诛求，薄敛近休明。乃知正人意，不苟飞长缨。凉飙振南岳，之子宠若惊。色阻金印大，兴含沧浪清。我多长卿病，日夕思朝廷。肺枯渴太甚，漂泊公孙城。呼儿具纸笔，隐几临轩楹。作诗呻吟内，墨淡字欹倾。感彼危苦词，庶几知者听。（《杜诗详注》卷一九）

杜甫对元结这两首诗给予了非常高的评价。说它们有"比兴体制"和"微婉顿挫"之词；誉为"两章对秋月，一字偕华星"，意思就是说它们光辉闪烁，可垂不朽。元结这两首诗是通过很朴素的语言来表现他"忧黎庶"之情的，而《舂陵行》又是运用新乐府的体制来写作的。从这里，我们可以看到杜甫对于这类诗篇明确的肯定态度。萧涤非先生在《杜甫研究》下卷中分析这首诗说："他在序中所说的'比兴体制'，实质上就是白居易所提出的'歌诗合为事而作'的同义语。他竭力表扬元结的《舂陵行》，显然是企图为当时作者指出一个方向，希望他们向元结看齐，多反映人民的疾苦。"这段话是说得很中肯的。

我们看到已经出版的几种《中国文学批评史》著作，在评述杜甫的文学思想时，都是着重介绍他的《戏为六绝句》和《偶题》，而不及此诗。《戏为六绝句》诚然是表现杜甫文学思想的比较重要的作品，它着重反映了杜甫文学思想的某些方面。诗中提出了"别裁伪体"、"转益多师"的批判接受遗产的重要原则。但另一方面，诗中进行具体分析而加以肯定的乃是庾信和初唐四杰的骈体诗赋，同时批评了轻视庾信和四杰的后生。这里表现了杜甫在创作方面"转益多师"的博大胸怀,他在艺术上善于多方面向遗产学习、吸取的特色。杜诗在各种体制和艺术表现手法上能够总揽前人之长,达到集大成的地步,跟这种文学思想是密切不可分的。所以可以说《戏为六绝句》的确表现了杜甫文学思想的某些重要方面。《偶题》不是专门谈诗,其中论及历代文学的发展,有云:"骚人嗟不见,汉道盛于斯。前辈飞腾入,馀波绮丽为。后贤兼旧制,历代各清规。"也是表示多方面向历代遗产学习的态度,意思和《戏为六绝句》接近。

杜甫诗歌创作中有一个非常重要的现象,那就是他一生写了许多热爱国家和人民的诗歌,其中尤为突出的一部分运用乐府体裁,直接描绘社会政治现实和广大人民的痛苦生活,表现了自己的爱憎;不但形象鲜明生动,而且感情饱满强烈。从他早在长安时期的《兵车行》、《丽人行》,中经安史乱后的《悲陈陶》、《悲青坂》、"三吏"、"三别",直至暮年的《岁晏行》、《蚕谷行》等等诗篇,构成了他一生创作活动中的一条鲜明红线。这些"即事名篇,无复倚旁"(元稹《乐府古题序》)的乐府诗被后来的元稹、白居易定名为"新乐府",进行大力宣传和认真学习,形成了中唐诗歌的一个创作高潮。

元稹、白居易对杜甫的这部分诗歌估价极高,杜甫自己抱如何看法呢? 从《同元使君春陵行》可以窥见此中消息。元结《春陵行》固然不及杜甫的"三吏"、"三别"等写得生动突出,但它的精神、体制和写作方法却是和杜甫的新乐府一致的。杜甫对于元结《春陵行》的竭力赞美,不正是从侧面透露了对于自己这部分诗歌的态度吗? 杜甫赞美元结说:"道州忧黎庶,词气浩纵横。"杜甫的"三吏"、"三别"等诗篇,不也正是这种崇高的、热爱人民的思想感情的流露吗? 因此,我们可以说杜甫的《同元使君春陵行》诗,反映了他对于新乐府诗的态度和评价,反映了他自己创作新乐府诗的指导思想,它是探索杜甫文学思想的重要资料。我们只有把它和《戏为六绝句》等联系起来考察,才能更全面地了解杜甫的文学思想面貌。

　　杜甫重视通过诗歌反映政治现实和社会民生的思想，除掉突出地表现于《同元使君春陵行》外，《陈拾遗故宅》中的下列几句话也相当重要："有才继骚雅，哲匠不比肩。公生扬马后，名与日月悬。……终古立忠义，《感遇》有遗篇。"陈子昂是唐代诗歌革新运动的有力的先驱者，其诗歌具有深刻的社会内容和批判性质，对以后唐诗的发展产生了巨大影响。杜甫对他的创作才能和他的代表作《感遇》诗作了崇高的评价，正体现了杜甫本人对于诗歌内容应当表现什么的态度和要求。把这段话跟《同元使君春陵行》结合起来，就可以更清楚地看出杜甫文学思想的进步倾向性。

　　白居易不但在新乐府创作上深受杜甫的影响，而且在理论上也得到杜甫的启发。他的《读张籍古乐府》诗云："为诗意如何？六义互铺陈。风雅比兴外，未尝著空文。读君《学仙》诗，可讽放佚君；读君《董公》诗，可诲贪暴臣；读君《商女》诗，可感悍妇仁；读君《勤齐》诗，可劝薄夫淳。"在列举具体作品来进行评价方面，可以看出受到杜甫《同元使君春陵行》的明显影响。"读君《学仙》诗"以下八句，其句法和杜甫的"观乎《春陵作》"四句是多么相像！白居易在《与元九书》中有一段很重要的评述唐代诗歌的话：

　　　唐兴二百年，其间诗人不可胜数。所可举者，陈子昂有《感遇》诗二十首，鲍防有《感兴》诗十五首。又诗之豪者，世称李、杜。李之作，才亦奇矣，人不逮矣；索其风、雅、比、兴，十无一焉。杜诗最多，可传者千馀首。至于贯穿今古，觑缕格律，尽工尽善，又过于李。然撮其《新安吏》、《石壕吏》、《潼关吏》、《塞芦子》、《留花门》之章，"朱门酒肉臭，路有冻死骨"之句，亦不过三四十。杜尚如此，况不逮杜者乎！

白居易在这里因为要强调讽谕诗，对李、杜的诗作评价不免偏颇：对李白否定过多,对杜甫要求过苛。但从这里也的确可以看出唐代社会内容特别充实的诗歌的一条鲜明线索,从陈子昂经杜甫到白居易,它的特点是和政治社会的紧密联系。现在再回过头来,我们可以说,假如把杜甫的《同元使君春陵行》、《陈拾遗故宅》和白居易的理论结合起来考察,就可以看出唐代这一部分进步诗歌在创作思想上的发展线索。《同元使君春陵行》这首诗应当在我国文学批评史上占有地位,其理即在于此。

杜甫《同元使君春陵行》思想内容的另一重要方面是表现了他晚年热切关怀人民日常生活痛苦的精神。杜甫在晚年"飘泊西南"的长期生涯中,所耳闻目击的人民痛苦主要是他们在日常生活中受到政府的严重剥削,挣扎在饥寒和死亡线上。杜甫这时期的涉及人民生活的诗歌,一方面为人民的饥寒交迫而感到痛苦,另一方面迫切要求统治阶级减轻剥削,使人民能够生活得好起来。

安史之乱前后延续达八年之久。叛变平定以后,藩镇继续割据,内乱很多;外族对唐的侵凌也有加无已。在杜甫晚年,战争一直绵延不断;唐皇朝的经济开支庞大,必然加重对人民的剥削和压榨。这是当时阶级矛盾的一个严重事实。杜甫早在《乾元元年华州试进士策问》第一首中提出了这个问题:"东寇(指安庆绪)犹小梗,率土未甚辟,总彼赋税之获,尽赡军旅之用,是官御之旧典阙矣,人神之攸序乖矣。欲使军旅足食,则赋税未能充备矣。欲将诛求不时,则黎元转罹于疾苦矣。"他要求考进士的士子提出妥善的解决办法来。以后,他在大历四年春自潭州上衡州时所作的《咏怀》其一中指出庞大的军费开支促使各级政府想法敛钱:"本朝(指代宗朝)再树立,未及贞观时。日给在军储,上官督有司。"(《杜诗详注》卷二二)这种情况跟元结在道州所遇到的正相类似。

早在《自京赴奉先咏怀五百字》、《羌村》诗中,杜甫已经描绘了统治阶级的严重剥削和战争带来了人民日常生活的贫困。杜甫后期由

于接触这方面的现象更为频繁,在诗歌中反映的也就更为经常和突出。让我们举一些例子看看:

《枯棕》:"伤时苦军乏,一物官尽取。嗟尔江汉人,生成复何有? 有同枯棕木,使我沉叹久。死者即已休,生者何自守?"(《杜诗详注》卷一〇)

《白帝》:"戎马不如归马逸,千家今有百家存。哀哀寡妇诛求尽,恸哭秋原何处村?"(同上卷一五)

《驱竖子摘苍耳》:"乱世诛求急,黎民糠粃窄。"(同上卷一九)

《又呈吴郎》:"已诉征求贫到骨,正思戎马泪盈巾。"(同上卷二〇)

《遣遇》:"闻见事略同,刻剥及锥刀。"(同上卷二二)

他的《客从》一诗则是通过巧妙的寓言故事来表达这一历史现象:

客从南溟来,遗我泉客珠。珠中有隐字,欲辨不成书。缄之箧笥久,以俟公家须。开视化为血,哀今征敛无。(《杜诗详注》卷二三)

《杜诗详注》解释它说:"此诗为当时民困征敛而作。通首寓言,末句露意。"这说法是正确的。

杜甫对于人民的痛苦怀抱满腔同情,他希望人民能够摆脱这种残酷无理的剥削,度和平幸福的生活:"安得务农息战斗,普天无吏横索钱!"(《昼梦》,《杜诗详注》卷一八)他大声诘问着:"谁能叩君门,下令减征赋?"(《宿花石戍》,《杜诗详注》卷二二)

由于历史条件的限制，杜甫只能把减轻对人民剥削的希望寄托在统治阶级身上。他希望皇帝发善心下令减轻赋税。各级地方官吏是直接管理着广大人民的人员，因此他更常常把希望寄托在他们身上。在赠送一些担任地方官吏的朋友的诗篇中，杜甫常常表述着这种善良的心愿：

《送陵州路使君之任》："战伐乾坤破，疮痍府库贫。众寮宜洁白，万役但平均。"（《杜诗详注》卷一二）

《送顾八分文学适洪吉州》："邦以民为本，鱼饥费香饵。请哀疮痍深，告诉皇华使。使臣精所择，进德知历试。恻隐诛求情，固应贤愚异。"（同上卷二二）

《湘江宴饯裴二端公赴道州》："上请减兵甲，下请安井田。"（同上卷二二）

最后一首诗送裴虬赴道州刺史任，黄鹤考订它当作于大历四年夏，正是在元结担任道州刺史以后不久的时候。

由上所述，可见杜甫后半生非常关心安史乱后广大人民的困苦生活及其所受严重剥削，同时迫切希望地方官吏能够救民于水火之中。这是杜甫晚年政治社会理想的一个重要方面。元结在道州做刺史时的具体表现，正符合于杜甫的理想，所以要大力予以表扬。序中说："今盗贼未息，知民疾苦，得结辈十数公，落落然参错天下为邦伯，万物吐气，天下小安，可待矣。"诗中说："凄恻念诛求，薄敛近休明。"这和以上所引其他诗篇中流露的热爱人民的思想感情是完全一致的。

杜甫生平喜欢赞美朋友们的一些优点，常常在诗歌中表现出来，但像《同元使君春陵行》那样对一个朋友的为人和创作推崇到如此地步,却是仅见的。杜甫为什么对元结如此推崇呢?因为元结的政治活动正好体现了杜甫的政治理想,元结的诗歌又符合于杜甫的进步创作原则:二者统一在一个人身上。

杜甫和元结两人的交往诗文和资料,现存的只有这一首《同元使君春陵行》。但此外旁面的一些记载,也可以帮助证明两人的关系还是相当好的。仇兆鳌《杜甫年谱》于天宝六载云:"元结《谕友》文云:'天宝六载,诏天下有一艺,诣毂下。李林甫命尚书省试,皆下之。遂贺野无遗贤。'时公与结,皆应诏而退。"可以推想杜甫当在此时认识元结。《新唐书》卷二○二《苏源明传》说:"源明雅善杜甫、郑虔。其最称者元结、梁肃。"源明在天宝年间曾为国子司业,是当时学界的一位领袖人物。苏源明又是一位古文家,韩愈很推重他,《送孟东野序》说:"唐之有天下,陈子昂、苏源明、元结、李白、杜甫、李观,皆以其所能鸣。"根据以上几条简略的记录,我们不但可以推测杜甫、元结两人早在安史乱前居长安时期已经建立比较良好的友谊,而且可以推测杜甫的散文和一部分诗歌风格相当古质,大约还是因为和当代古文家苏源明、元结等人来往,彼此受到启发和影响。

(原载《山东文学》1962 年第 6 期)

元结《箧中集》和唐代中期
诗歌的复古潮流

  唐肃宗乾元三年（760），元结编集他的朋友沈千运、王季友、于
逖、孟云卿、张彪、赵微明和他从弟元季川七人的诗歌共二十四首为
《箧中集》。虽然全书分量很轻，但在唐人选唐诗中，却是一本具有鲜
明特色、受人重视的选集。元结为此集写了序，说明了编选宗旨，它
是一篇了解《箧中集》特色和元结文学思想的重要文章。

  《箧中集》录沈千运诗四首、王季友诗二首、于逖诗二首、孟云卿
诗五首、张彪诗四首、赵微明诗三首、元季川诗四首，共二十四首。这
些作者在仕途上都不得意，生活比较贫苦。元结《箧中集序》说："自
沈公及二三子，皆以正直而无禄位，皆以忠信而久贫贱，皆以仁让而
至丧亡。"指出了他们坎坷失意的遭际。由于这种生活特点，他们的
诗篇内容，多悲苦之词，伤悼自身的困顿不遇，如沈千运《赠史修文》
云："曩游尽骞翥，与君仍布衣。岂曰无其才，命理应有时。"于逖《野
外行》云："老病无乐事，岁秋悲更长。穷郊日萧索，生意已苍黄。"张
彪《北游还酬孟云卿》云："衣马久羸弊，谁信文与才。善道居贫贱，洁
服蒙尘埃。行行无定心，壈坎难归来。"此外，或咏田园清寒生活，或
伤离别，或悲悼年命短促、亲友丧亡，情调都比较凄恻，故毛晋称为
"皆欢寡愁杀之语"（《汲古阁本〈箧中集〉跋》）。其中赵微明的《回军
跛者》一首，描写一个一脚残废的兵士回乡途中的哀怨情绪，触及到
下层人民的痛苦，视野特为广阔，值得我们重视。其诗云：

既老又不全，始得离边城。一枝假枯木，步步向南行。去时日一百，来时一月程。常恐道路旁，掩弃孤兔茔。所愿死乡里，到日不愿生。闻此哀怨词，念念不忍听。惜无异人术，倏忽具尔形。

《箧中集》所选诗作，在体裁上都是五言古诗，语言风格都比较质朴古雅，诚如《四库提要》卷一八六所说："淳古淡泊，绝去雕饰，与当时作者，门径迥殊。"让我们再考察一下七位诗人其他诗篇的体裁。《全唐诗》第二五九卷录沈千运、张彪、王季友、于逖、赵微明、元季川六人诗作共一卷。沈千运诗五首，较《箧中集》增出五绝一首，但不调平仄。王季友诗十一首，增出九首，除去两首实际不是他的作品外，为五古三首、七古四首。此外于逖、张彪、赵微明、元季川四人作品与《箧中集》全同。又《全唐诗》卷八八二补遗录张彪诗一首，也是五古；卷八八三补遗录王季友诗两首，一为五律，一为五言排律，实际当是贞元间另一名王季友者所作①。孟云卿作品较多，《全唐诗》第一五七卷著录一卷，共十七首，内五古十三首、七古一首、五律二首、七绝一首。由上统计，可知除孟云卿外，其他五人均无近体诗。沈千运的一首五绝是古绝句，不算近体诗。孟云卿的两首五律中，有一首失粘。可见重视写古体诗，特别是风格高古的五古，不爱写平仄调协的近体诗，是《箧中集》七位诗人的共同特色。

沈千运在《箧中集》诗人中是一位领袖。《箧中集序》说："吴兴沈千运独挺于流俗之中，强攘于已溺之后，穷老不惑，五十馀年，凡所为文，皆与时异。故朋友后生，稍见师效，能似类者有五六人。"可见其他几位诗人是沈千运的追随者。他长于古体诗，《唐才子传》卷二称沈千运"工旧体诗，气格高古，当时士流皆敬慕之，号为沈四山人"。

① 参考孙望先生《〈箧中集〉作者事辑》，载《金陵学报》第八卷第一二期。

可惜他的诗流传下来的仅五首,高仲武《中兴间气集》提到他有《贼中》诗十首,为孟云卿所师法,也失传了。

　　沈千运以下,《箧中集》诗人中最重要的是孟云卿,他的诗歌不但留存分量较多,而且名声也大。元结《送孟校书往南海诗序》有云:"材业,次山不如云卿;辞赋,次山不如云卿;通和,次山不如云卿。……云卿声名满天下。"可见他推重孟云卿程度之深。韦应物《广陵遇孟九云卿》诗有云:"高文激颓波,四海靡不传。西施且一笑,众女安得妍。"对孟云卿的文学成就和声誉,也给予很高估价。《唐诗纪事》卷二五引高仲武《中兴间气集》评孟诗云:

　　　　孟君诗祖述沈千运《贼中》十首,又渔猎陈拾遗,词气伤苦,怨者之流。如"虎豹不相食,哀者人食人",方于《七哀》"路有饥妇人,抱子弃草间",则云卿深矣。虽效之于陈、沈,才能升堂,犹未入室;然当今古调,无出其右者,一时之英也。余感孟君平生好古,著《格律(异)门论》及《谱》二篇以摄其体统(焉)①。

这是一条了解孟云卿及其一派诗歌风格的重要材料。唐人所谓格诗,指古体诗;所谓古调,指五言古诗。从《白氏长庆集》的诗歌分类可以看得很明白②。高仲武所著的《格律异门论》及《谱》二篇,今不传,他发挥孟云卿的主张,认为写作古体诗和律体诗门径不同,是两条不同的道路,又赞美孟云卿的五古写得很好,独步当时,可以明显看出此派诗人重视写作五言诗的特点。杜甫《解闷》诗第五首是怀念孟云卿的,其诗云:"李陵苏武是吾师,孟子论文更不疑。一饭未曾留

---

　　①　此条《四部丛刊》本《中兴间气集》脱去。"异"、"焉"两字《唐诗纪事》原脱,据孙毓修《四部丛刊》本《中兴间气集》校文补出。孙校的依据是江安傅氏所藏清代何焯据述古堂影宋抄本《中兴间气集》的校记。

　　②　参考汪立名《白香山诗集》后集卷一。

俗客，数篇今见古人诗。"仇兆鳌《杜诗详注》卷十七说："苏、李吾师，此述其论诗；今见古人，此称其作诗：便知云卿诗格，独能力追西汉。"苏、李诗作的真伪问题，这里姑置不论，其诗体均为五言古体，孟云卿推崇苏、李的诗正表现了他提倡古调诗的主张。又晚唐张为的《诗人主客图》，以孟云卿为"高古奥逸主"，其上入室一人为擅长五古的韦应物，也可帮助说明孟云卿的诗歌风格特色。

《箧中集》其他诗人的诗作留存都很少，名声也不及孟云卿籍甚，诗歌作风则大致相近。《唐才子传》卷三称张彪"与孟云卿为中表，俱工古调诗"，可见一斑。

元结《箧中集序》批评当时诗歌的不良风气道："近世作者，更相沿袭，拘限声病，喜尚形似。且以流易为词，不知丧于雅正，然哉！彼则指咏时物，会谐丝竹，与歌儿舞女生污惑之声于私室可矣。若令方直之士、大雅君子听而诵之，则未见其可矣。"所谓"拘限声病"，指喜欢写讲究声律的近体诗。考唐人入乐歌辞，大多数为五、七言近体诗。如李白的《清平调》三首为七绝，《宫中行乐词》八首为五律；王维《渭城曲》为七绝；《集异记》载高适、王昌龄、王之涣三人在旗亭饮酒，歌妓们唱他们的诗作，都是绝句。元结序文中所谓"会谐丝竹，与歌儿舞女生污惑之声于私室"，正是指近体诗配合音乐用于筵席的情况。元结对当时许多近体诗很不满，认为是"丧于雅正"的"污惑之声"，他推重专力写作古调诗的沈千运、孟云卿等人，并把他们的五言古诗编为一集，这就鲜明地表明了他的创作主张和编集《箧中集》的宗旨。元结在《刘侍御月夜宴会诗序》中说："於戏，文章道丧盖久矣。时之作者，烦杂过多，歌儿舞女，且相喜爱。系之风雅，谁道是邪？"其意思同上引《箧中集序》一段内容是息息相通、互相呼应的。

元结不但在理论上提倡古体诗，反对近体诗，而且见之于自己的创作实践。元结的诗，《全唐诗》著录两卷，约近百首，绝大部分是古体诗，有四言、五言、楚辞体歌行，五言最多。其中有少数五、七言绝句,也往往平仄不调。仅有《橘井》一首为调声律的七律,但实际不是他的作品①。他的诗语言风格,也是质朴古雅,同《箧中集》诗人一致。元结虽然没有把自己的作品收入《箧中集》,但从他的诗歌风格看,同《箧中集》诗人应当算是一派。刘熙载《艺概》卷二说:"独挺于流俗之中,强攘于已溺之后,元次山以此序沈千运诗,亦以自寓也。"孙望先生说:"《箧中集》作者的创作道路,实际上就是他(指元结)自己的道路。"(《元次山集·前言》)评论都颇中肯。我想补充一点,就是从思想内容方面看,元结的诗歌较之《箧中集》七位作者的作品更为广阔和深入。上文提到《箧中集》二十四首诗作中,只有赵微明的《回军跛者》一首描写下层人民的痛苦,其馀诗作内容都较狭窄,徘徊于个人困顿失意与亲友生离死别的哀伤的范围内。元结的作品则密切联系当前政治社会,视野远为广阔。除掉为杜甫所激赏的《舂陵行》、《贼退示官吏》两诗反映道州人民的痛苦外,还有《闵荒诗》、《系乐府》十二首中的《贫妇词》、《去乡悲》、《农臣怨》诸篇,都触及到下层人民的痛苦。他的《二风诗》十首,表面虽是咏史,实际针对唐玄宗后期的黑暗政治进行讽刺和劝戒。总之,元结诗歌的思想内容,比起《箧中集》七位作者来的确要深刻得多,这是元结一贯具有关心国事民生的进步思想所形成的,也是同他具有丰富的政治生活体验分不开的。

从文学渊源关系看,元结的文学思想和作品风格,受到元德秀的影响。元德秀是元结的从兄,在唐代中期文人中,官位不高,但以品行高尚著名,受到人们的重视②。元结少时曾接受元德秀的教育,对

---

①　孙望先生校订《元次山集》卷三《橘井》题注:"明本原缺此诗,惟于卷末拾遗中见之。《全唐诗》亦收之。按北京图书馆藏王国维校《元次山文集》谓此决非次山诗。"

②　《旧唐书·李华传》载:"华尝为《鲁山令元德秀墓碑》,颜真卿书,李阳冰篆额,后人争模写之,号为四绝碑。"把元德秀的德行同李华文章、颜真卿楷书、李阳冰篆书合称"四绝",可见元德秀当时声誉之高。

德秀非常推重。德秀死后,元结有《元鲁县墓表》文备致称颂。德秀擅长文学,提倡复古。《新唐书·卓行传》载:

> 家苦贫,乃求为鲁山令。……玄宗在东都,酺五凤楼下,命三百里县令、刺史各以声乐集。是时颇言帝且第胜负,加赏黜。河内太守辇优伎数百,被锦绣,或作犀象,瑰谲光丽。德秀惟乐工数十人(《资治通鉴》卷二一四作"数人"),联袂歌《于蒍于》。《于蒍于》者,德秀所为歌也。帝闻,异之,叹曰:"贤人之言哉!"谓宰相曰:"河内人其涂炭乎?"乃黜太守。德秀益知名。

元德秀的全部诗作包括《于蒍于》歌在内今均不传,但从《新唐书》的记载看,《于蒍于》歌有两个特点:一是它反映了民生疾苦,所以唐玄宗听了后有"河内人其涂炭乎"的感想;二是从"德秀惟乐工数十人,联袂歌《于蒍于》"等语句看,其歌辞一定相当古朴,当与元结《补乐歌》、《二风诗》等篇的风格接近。元德秀诗歌的这种注意反映民生疾苦、风格古朴的特点,对于亲承其教诲的从弟元结来说,当然产生很大的影响。

　　稍后于元结,唐中叶贞元、元和时代的诗人孟郊,可说是《箧中集》一派的继承者。孟郊的诗,内容多数写个人的穷愁潦倒和悲欢离合,也有反映人民痛苦、批判统治阶级荒淫生活之作,如《织妇辞》、《长安早春》,但数量很少。总的说,思想内容比较狭窄,这点同《箧中集》七位作者的诗风近似。他的诗现存四百多首,绝大部分是五言古体诗,也有少数近体诗,但常常不讲究对偶,不调平仄,接近古体。诗歌语言大抵古朴平淡,不重文采。他的五言古诗不但数量最多,在全集中也最有代表性。韩愈评他说:"孟郊东野始以其诗鸣,其高出魏晋,不懈而及于古,其他浸淫乎汉氏矣。"(《送孟东野序》)李观评他说:"五言高处在古无上,平处下顾二谢。"(《与梁肃补阙书》)李翱评他说："郊为五言诗，自前汉李都尉、苏属国及建安诸子、南朝二谢，郊能兼其体而有之。"（《荐所知于徐州张仆射书》）都指出了他的五言诗风格古朴、上追汉魏的特色。李肇《国史补》说孟郊的诗"矫激"，也是指的他那种刻意写得古朴、力反流俗的作风。这也是同元结和《箧中集》一派诗人的作风一致的。

值得注意的是孟郊对元德秀的态度。他有《吊元鲁山》诗十首，对元德秀的道德文章给予高度评价，并以德秀的遭遇、行为自况，通过对德秀的歌颂，表现了自己的生活理想。他又有《哀孟云卿嵩阳荒居》诗一首，结尾云："残芳亦可饵，遗秀谁忍除。徘徊未能去，为尔涕涟如。"表现了对孟云卿的悼念和追慕。孟郊集中"哀伤"类诗共一卷，于同时作者中主要是悼念李观、卢殷、刘言史等几个创作上的知己；于前辈作者中就只有悼念元鲁山、孟云卿两人，如果不是文学创作上的声气相通，是不可能解释这种现象的。翁方纲《石洲诗话》卷一说："观《箧中集》所录，其意以枯淡为高，如以孟东野诗投之，想必惬意也。"指出孟郊诗风同《箧中集》作者近似，这是对的；但他未能进一步阐明这种近似不是出于偶合，而是有着明显的渊源继承关系。

由上面的介绍可以看出，从元德秀、元结、《箧中集》作者到孟郊，形成了唐代中期的一个复古诗派，他们都鄙视当时流行的近体诗，提倡五言诗（即古调诗），以恢复汉魏作者质朴古雅的风格为指归。他们的诗作，绝大部分是五言古诗，语言比较古朴，实践了他们的主张。

这派诗人的诗作，思想内容除元结的部分作品关心国家治乱和人民痛苦外，其他诗人的作品，绝大多数吟咏个人的清贫生活和悲欢离合，内容比较狭窄，思想价值不高。这派诗人，虽以追踪汉魏古诗为职志，但并不重视学习汉乐府民歌，注意反映下层人民的生活；也不重视学习建安诗人反映社会动乱、人民苦难；他们重视的是学习苏武、李陵一类文人五言诗，叙述个人的悲欢离合，因此境界就比较狭窄，缺乏广阔的社会内容。

　　这派诗人作品的艺术形式,也存在着很大的局限性。首先,他们片面强调五古,轻视甚至排斥其他诗体。诚然,古体诗篇幅较长,容量较大,便于表现丰富复杂的社会生活,如像汉魏乐府古诗那样。但如上所说,他们并不重视学习、继承这一优良传统。七言古诗,较五古发展晚,南朝时期只有鲍照等少数诗人成就较为突出,到了唐代趋于繁荣,李白、杜甫、岑参等在这方面都有不少杰出作品。七古较五古句式加长,又可以容纳杂言句,形式较五古更为自由活泼,便于表现热烈奔放的思想感情。可是《箧中集》派作者对较后起的七古取轻视态度,大概认为不及五古高雅,很少写作。这派中的王季友能写七言古诗,殷璠《河岳英灵集》曾选其七古三首,可是《箧中集》却一首也不选。至于近体诗(律诗和绝句),当时绝大多数作品内容是日常的抒情写景,思想性固然不强,但其中也有不少境界开朗,情调健康,比起《箧中集》作者的叹老嗟卑、伤逝痛别来,反要高出一筹。至于杜甫的近体诗,有不少用以反映国事民生,思想内容就更为深广了。由于近体诗“拘限声病”,《箧中集》一派诗人对它采取笼统否定的态度,这无疑是一种偏见。

　　其次,他们反对文学描写的具体细致,反对语言的通俗流利,这就削弱了诗歌形象的生动性。元结批评近世作者的诗歌“喜尚形似”,“以流易为辞”。“形似”就是指描写具体细致,形象逼肖。沈约《宋书·谢灵运传论》评司马相如的赋“巧为形似之言”,锺嵘《诗品》评鲍照诗“善制形状写物之词”,“贵尚巧似”,都是指描写的具体细致讲的。“流易为辞”,是指语言的流畅通俗。《箧中集》一派诗人的作品,文辞的确简练古朴,但是常常语言枯槁,形象不鲜明不生动,流于概念化,缺乏扣人心弦的艺术感染力。他们不能写出像杜甫《自京赴奉先咏怀五百字》、《北征》、“三吏”、“三别”那样描写具体细致、形象饱满深刻的作品,也不能写出像白居易《新乐府》那样语言通俗流畅、形象鲜明生动的作品,是同他们那种片面的不正确的创作主张密切相关的。事实上,元结《系乐府》中的部分作品,孟郊《织妇辞》、《长安早春》等诗篇,其题材就同杜甫、白居易的乐府诗非常接近,但文学成就远逊于杜、白,其重要原因在于语言枯槁平淡,形象不鲜明突出。

总之,《箧中集》一派诗人的作品,在唐代中期独树一帜,具有不同流俗的特色。但他们除个别人(元结)外,缺乏关怀国事民生的思想,生活圈子狭窄,作品内容大抵局限于个人的悲欢得失,很少触及广阔的社会和下层民众。在艺术上,他们片面提倡"高雅"的五言古体,轻视甚至排斥其他诗体,语言摒弃藻饰,流于枯槁,缺乏形象的鲜明性和生动性。孟郊的少数抒情诗,刻画形象相当突出,有其独到之处。但从总体讲,他的诗作也存在着这种缺点。因此总的说来,这派诗人的作品文学成就不高,在文学史上不占重要地位。

《文心雕龙·通变》篇说:"名理有常,体必资于故实;通变无方,数必酌于新声:故能骋无穷之路,饮不竭之源。"指出对故实和新声须同时参酌采用,文学创作在继承时还须有革新。《通变·赞》又说:"文律运周,日新其业。变则其久,通则不乏。"指出文学创作因时变化的必要性。这些话讲得是相当通达合理的。《箧中集》一派作者,其创作主张力求复古,缺乏创新精神。其代表人物孟云卿,奉苏武、李陵诗为极轨,他们的绝大部分诗作,束缚在简练"高古"的五言古体里,在艺术上缺乏创新和变化。唐代中期诗坛,同样提倡复古,有的诗人以复古为手段来进行革新,取得很大成绩。李白提倡风雅传统,但他不是机械模仿《诗经》,而是充分吸取《楚辞》、汉魏六朝乐府民歌和文人诗的优长,熔为一炉,自铸伟辞,攀登了诗歌创作的新高峰。白居易也提倡风雅比兴和六义的传统,但也不机械模仿《诗经》,其代表作《新乐府》、《琵琶行》、《长恨歌》等不但注意吸收汉乐府叙事民歌的长处,而且还接受了唐代新兴的民间文学变文的影响,在民间文学基础上进一步加工提炼,形成形象鲜明突出、语言和谐流利的新诗体。他们不愧为懂得通变的大诗人。

元结不但提倡诗歌复古,同时也是古文运动的先驱者之一。他的散文,语言古奥峭拔,"辞义幽约,譬古钟磬不谐于俚耳"(晁公武《郡斋读书志》卷四),很有特色;但也往往存在语言枯瘠,形象不大鲜明生动的缺点。这一缺点,在古文运动其他先驱人物独孤及、梁肃、柳冕等的作品中,都不同程度地存在着。到了韩愈、柳宗元,才创作了许多艺术描写具体生动、富有文学特色的文章,把古文运动推进到成熟的境界。

唐代中期诗文复古潮流中的一些成败得失的史实,与文学创作的继承与革新问题紧密地联系在一起,其历史经验和教训,是值得我们注意和探讨的。

(原载《复旦学报》1978 年第 2 期)

寒山子诗歌的创作年代

寒山子是颇为著名的唐代诗僧。他那些通俗浅显的诗歌,得到"五四"以来一些研究者的重视,在国外也颇有影响。但是关于他的身世,目前所知甚少;就连他所处的时代,也至今还有不同的说法。《寒山子诗集》有相传为唐台州刺史闾丘胤所作序,云:"寒山子者,不知何许人也。……隐居天台唐兴县西七十里,号为寒岩。"且自述初到台州刺史任,即寻访寒山子,而寒山子退入岩穴中,"其穴自合,莫可追之",于是乃哀集其诗,凡三百馀首。《寒山子诗集》后又有南宋沙门志南淳熙十六年所作《三隐集记》("三隐"指寒山、拾得、丰干)。云寒山子于贞观间隐于寒岩。按闾丘胤为台州刺史在贞观十六年至二十年①,正与志南所述时代相合。而《太平广记》卷五五又载有唐末、五代时道士杜光庭所作《仙传拾遗》云:"寒山子者,不知其名氏,大历中隐居天台翠屏山。其山深邃,当暑有雪,亦名寒岩,因自号寒山子。好为诗,每得一篇一句,辄题于树间石上,有好事者随而录之,凡三百馀首。……桐柏征君徐灵府序而集之,分为三卷,行于人间。十馀年,忽不复见。"则寒山子似又是中唐时人。《四库总目提要》并载二说,云"无从深考",而仍置《寒山子诗集》于初唐王绩、王勃二集之间。

关于这个问题,余嘉锡在其所著《四库提要辨证》中有过详细的

---

① 据陈耆卿《嘉定赤城志》卷八《秩官表》,陈《表》系根据宋真宗咸平间知州事曾会所作壁记。见余嘉锡《四库提要辨证》卷二〇。

考订。他根据《元和郡县志》和徐灵府《天台山记》，考知唐兴县原名始丰县，至肃宗上元二年方才更名，而闾丘胤序中屡称"唐兴县"，可见该序极不可信，当是后人伪托。又根据陈耆卿《嘉定赤城志》，知徐灵府于懿宗咸通间尚在天台山中，其时杜光庭已十馀岁。故杜光庭"入天台修道，去灵府时不远，灵府所序之《寒山子集》，光庭自得见之；其书既行于人间，则传世者非一本，光庭之言，绝非意造，较之闾丘伪序，可信多矣"。《辨证》且从《寒山子诗集》中求得内证，断定寒山子决不是唐初人，其言云：

> 及读其诗（按：指寒山子诗），有曰："自闻梁朝日，四依诸贤士。宝志万回师，四仙傅大士。显扬一代教，作持如来使。"案《宋高僧传》卷十八《释万回传》，所叙之事，皆在武后、中宗朝。《太平广记》卷九十二"万回"条引《两京记》云："太平公主为造宅于己宅之右，景云中，卒于此宅。"寒山果为贞观时人，安得以万回与古之宝志、傅大士并称乎？又有七言一首云："余见僧繇性希奇，巧妙间生梁朝时。道子飘然为殊特，二公善绘手毫挥。"吴道子为玄宗开元时人，《历代名画记》卷九纪之甚详。寒山既于贞观中自瘗山穴死，安知天下有吴道子者哉？然则寒山子虽实有其人，亦必不生于唐初，可断言也。

《辨证》的考订，内容丰富翔实。本文拟略作补充，并着重对寒山子诗的体制加以分析，与初唐诗歌的体制进行比较，以进一步证明寒山子诗决非初唐所作。

寒山子诗云："回心即是佛，莫向外头看"，"不如归去来，识取心王好"；又云："但且自省躬，莫觅他替代"，"我见利智人，观者便知意。不假寻文字，直入如来地"，等等。这些话头，都是宣扬禅宗思想的。他还有一首诗道：

蒸沙拟作饭,临渴始掘井。用力磨碌砖,那堪将作镜? 佛说元平等,总有真如性。但自审思量,不用闲争竞。

"用力磨碌砖,那堪将作镜",用的是禅宗大师怀让和道一的故事:

马祖道一,师(按:指怀让)之弟子也。初居南岳传法院,独处一庵,唯习坐禅,凡有来访者都不顾。师往,彼亦不顾。师观其神宇有异,遂忆六祖(按:即慧能)谶,乃多方而诱导之。一日,将砖于庵前磨。马祖亦不顾。时既久,乃问曰:"作什么?"师云:"磨作镜。"马祖云:"磨砖岂得成镜?"师云:"磨砖既不成镜,坐禅岂能成佛?"(《景德传灯录》卷六)

按怀让青年时曾从六祖慧能修行,后来居于衡岳。据张正甫《衡州般若寺观音大师碑铭序》(见《唐文粹》卷六二),他生于高宗仪凤二年(677),卒于玄宗天宝三载(744)。道一又是怀让的弟子,权德舆曾亲自听他说法。他死后,权德舆承其门弟子之请,作《洪州开元寺石门道一禅师塔碑铭》(《唐文粹》卷六四)。其《序》云:"大师讳道一,代居德阳。……初落发于资中,进具于巴西。后闻衡岳有让禅师者,传教于曹溪六祖,真心超诣,是谓顿门。跂履造请,一言悬解。"又云:"(道一)化缘既周,趺坐报尽,时贞元四年二月庚辰,春秋八十,夏腊六十。"可知道一生于中宗景龙三年(709),其出家则在玄宗开元十七年(729),他在衡岳受到怀让启迪,必在开元十七年之后。寒山子诗若果真作于初唐,怎么可能把发生在盛唐时的事实当作典故运用呢?

寒山子诗今存三百十一首(据《全唐诗》卷八〇六),内五言诗二百八十四首,其中五言八句者二百四十六首,约占五言诗总数的百分之八十七。这些五言八句的诗歌,从体制上说,可分为两大类:

第一大类：全诗无对偶句或对偶很不工整，同时至少有一个诗句平仄严重不调；或者虽有对偶句，但平仄严重不调的诗句较多（所谓平仄不调，是以近体诗诗句的标准而言）。此类诗凡一百七十七首，其中一百十五首押仄声韵；又"手笔太纵横"一首第一、二联押仄声韵，第三、四联押平声韵；馀下的六十一首押平声韵。现举押平声韵的两首为例：

> 白云高嵯峨，渌水荡潭波。此处闻渔父，时时鼓棹歌。声声不可听，令我愁思多。谁谓崔无角，其如穿屋何。

此首通篇没有对偶句，第一句平仄严重不调①。

> 偃息深林下，从生是农夫。立身既质直，出语无谄谀。保我不鉴璧，信君方得珠。焉能同泛滟，极目波上凫。

此首中间两联对偶，但第二、四、八句都是平仄严重不调。

第二大类：均押平声韵；单个诗句的平仄基本协调②；对偶工整（中间两联对偶或前三联对偶；也有少数后三联对偶，或仅有第三联对偶，或四联均对偶）。或者虽有一至二句平仄严重不调，但中间两联对偶工整。此类凡六十一首。举例如下：

---

① 所谓平仄严重不调，指一句之中第二、四字同平或同仄以及"三平调"（以平平平收尾）。但所谓"拗救"者除外，如此首"声声不可听，令我愁思多"，对句收尾于平平平，算是对出句收尾于仄仄仄的"救"；又如下一首"偃息深林下"中"保我不鉴璧，信君方得珠"一联，出句五字全仄，则对句第三字本该用仄声字，现改用平声字以救之，这都不算严重不调。又平平仄平仄式为唐、宋律诗中所常见，也不算严重不调。又诗的第三、五、七句若有平声脚者，则算严重不调。

② 所谓平仄基本协调，指没有前注所说的严重不调情况。仄仄仄平仄或平平仄仄仄的句式，只算变例，不算严重不调。

可笑寒山道,而无车马踪。联溪难记曲,叠嶂不知重。泣露千般草,吟风一样松。此时迷径处,形问影何从。

欲向东岩去,于今无量年。昨来攀葛上,半路困风烟。径窄衣难进,苔粘履不前。住兹丹桂下,且枕白云眠。

以上两首诗句的平仄全都协调;第一首中间两联对偶,第二首仅第三联对偶。

山中何太冷,自古非今年。沓嶂恒凝雪,幽林每吐烟。草生芒种后,叶落立秋前。此有沉迷客,窥窥不见天。

对偶工整,仅第二句为"三平调"。

城中蛾眉女,珠珮珂珊珊。鹦鹉花前弄,琵琶月下弹。长歌三月响,短舞万人看。未必长如此,芙蓉不耐寒。

此首第一、二句平仄严重不调,但中间两联对偶工整,仍归入此类。在六十一首诗中,这种情形很少。

此外尚有八首,每个诗句都平仄协调,但通篇没有对偶,姑且也置于此类中。这样,第二大类凡得诗六十九首。两大类诗的基本倾向是:第一大类不讲究平仄和对偶,第二大类则讲究平仄、对偶;如果按古、近体的概念划分,第一大类可归入古体,第二大类大致可算近体①。

---

① 此处所谓"近体",包括失粘、失对者在内,故其范围大于严格意义上的律诗。方回《瀛奎律髓》所收陈子昂诗有失粘者;而许学夷称子昂此类诗为"仅入律者",谓之"近体"(见《诗源辩体》卷十三),今借用其语。

此处须作一点说明：我们分类时把单个诗句的平仄是否协调作为重要依据之一，但不考虑诗句之间的粘对关系；因为分类的目的是将第二大类诗与初唐诗进行比较，而初唐诗的特点正是讲究平仄、对偶，却不讲究粘附（详见下文）。

下面我们进一步分析第二大类诗中诗句相互之间的粘对关系和对偶方面的特点：

在六十九首诗中，完全合乎粘对规则的有五十四首（内六首通篇无对偶），约占百分之七十八；失粘（包括失粘兼失对）的有十三首（内两首通篇无对偶），失对而不失粘的两首，总共约占百分之二十二。因此，我们得出如下的结论：在寒山子的这部分诗中，相当大的部分是合乎粘对规则的律诗。

再看对偶方面的情况：六十一首有对偶句的诗中，当中两联对偶的凡三十七首，前三联对偶的凡九首，全篇四联都对偶的有两首。这就是说，在寒山子的这一类诗中，当中两联对偶的诗的数量，大大超过首联即已对偶的诗的数量。如果我们再看一下第一大类即不合律的那些诗歌中有对偶句的部分，就可知同样是中间两联对偶的远比前三联对偶的为多。

寒山子五言诗体制上的这两个特点——在讲究平仄和对偶的诗中，合乎粘对者占大部分、当中两联对偶者占大部分，都是唐初贞观间五言诗歌所不具备的。

明人许学夷曾概括地指出初唐五言诗体制上的特点。他说："武德、贞观间，太宗及虞世南、魏徵诸公五言声尽入律，语多绮靡，即梁、陈旧习也。"（《诗源辩体》卷十二）所谓"声尽入律"，就是指单个诗句大部分都已平仄协调。这是从南齐时沈约、谢朓、王融等讲究声律，形成所谓"永明体"之后诗歌发展的结果。当时诗歌对于对偶的讲究也日益精切。因此，诗歌离开汉、魏时那种不拘平仄、不讲究对偶的古诗，距离越来越远。胡应麟说，五言古诗"盛于汉，畅于魏，衰于晋、

宋,亡于齐、梁"(《诗薮·内编》卷二)。许学夷也说:"五言至梁简文
而古声尽亡。"(《诗源辩体》卷九)清人沈德潜进一步指出:"五言古体
发源于西京,流衍于魏、晋,颓靡于梁、陈,至唐显庆、龙朔间,不振极
矣。"(《唐诗别裁集凡例》)沈氏所云,当指高宗显庆、龙朔间的"上官
体"而言。《旧唐书·上官仪传》云:"高宗嗣位,迁秘书少监。龙朔二
年,加银青光禄大夫、西台侍郎、同东西台三品,兼弘文馆学士如故。
本以词采自达,工于五言诗,好以绮错婉媚为本。仪既贵显,故当时
多有效其体者,时人谓为上官体。"所谓"上官体",是指一种婉转柔
媚、注重雕绘藻饰的风格,同时也包含着特别注重声律、对偶这些体
制上的特点。上官仪本人就提出了"六对"、"八对"之说,并且很讲究
避免声病①。这些材料表明了唐初武德、贞观以至高宗前期,五言诗
讲究声律、对偶的普遍状况。

　　但这只是问题的一个方面。另一方面,后世所谓的"律体",尚未
正式形成。许学夷在评论梁简文帝、庾肩吾等人的诗"声尽入律"时
曾特意说明:"句虽入律而体犹未成。"(《诗源辩体》卷九)初唐诗歌的
"声尽入律"同样也是"体犹未成"。《诗源辩体》卷十二云:"初唐五言
平韵者古、律混淆";卷十四云:当时诗"既不可谓古,亦不可谓律
也"。因为"声尽入律",单个诗句的平仄多调,而且对偶精切,所以
"不可谓古";又因为"体犹未成",所以也"不可谓律"。总之,当时五言
诗还处于律体将成而未成的过渡状态。而所谓"体犹未成",应当主要
就是指粘附规则尚未建立、大多数作品都失粘这一情况而言的②。

---

①　"六对"、"八对"之说,见《诗人玉屑》卷七引《诗苑类格》及《文镜秘府论》
西卷"二十八种病"之十三为"龃龉病"(即五言一句之第二、三、四三字中有相连
两字同用上声字,或同用去声字,或同用入声字),引上官仪云:"犯上声是斩刑,
去、入亦绞刑。"

②　这并非说当时就没有完全合乎粘对规则的诗。胡应麟曾举六朝阴铿以
下诸人合乎唐律之作若干首(见《诗薮·内编》卷四),可知早在南朝末期已有完
全合律之作。问题是此类作品所占比例还很小,所以说律体尚未正式形成。

下面我们以《全唐诗》所载唐初五言八句平声韵诗为材料,分析其粘对情况。列表如下:

作　者	平声韵五言八句诗总数	其中合于粘对诗数	失粘诗数（包括兼失对者）	失对而不失粘诗数
唐太宗	40	8	31	1
褚　亮	6	0	6	0
杨师道	4	1	2	1
刘孝孙	4	0	2	2
虞世南	9	0	6	3
王　绩	8	3	5	0
许敬宗	7	1	5	1
陈子良	6	0	5	1
张文琮	5	2	3	0
上官仪	6	0	5	1
李百药	11	2	7	2
凡十一人	106	17	77	12

此外尚有唐高宗、陈叔达等二十一人,因每人所存平声韵五言八句诗均在三首以下,故未列入表。此二十一人所存平声韵五言八句诗凡三十二首,其中合乎粘对规则者仅有三首。据此,我们可下一结论:唐初武德、贞观以至高宗前期的平声韵五言八句诗,虽然"声尽入律"而且对偶工整,但失粘者占大部分。以上所举诸人,有不少是所谓"宫廷诗人",其中如杨师道,史称其"雅善篇什";虞世南则"文为辞宗";上官仪"工于五言";李百药"尤长五言诗,虽樵童牧子,亦皆吟讽"(俱见《旧唐书》本传)。他们的诗作尚且大量失粘,一般诗人更可想而知,可见当时诗人对于粘附规则还很少注意。

在对偶方面,当时五言八句诗的特点是:前三联对偶者占大多数,中间两联对偶者只占少数,还有一部分是全篇四联都对偶的。如唐太宗,前三联对偶者有二十二首,全篇对偶者十首,中间两联对偶者六首;虞世南,前三联对偶者六首,中间两联对偶者三首;上官仪,前三联对偶者四首,全篇对偶者四首,中间两联对偶者一首;李百药,前三联对偶者八首,全篇对偶者两首,另一首为第二、三、四联对偶,没有中间两联对偶者。这是就平声韵诗统计所得结果,仄韵诗情况也一样。其他诗人情况不尽同,但总的倾向是前三联对偶者占大多数。胡应麟说:"(五律)唐初多于首二句言景对起,止结二句言情,虽丰硕,往往失之繁杂。"(《诗薮·内编》卷四)虽然意在指出其繁杂之病,但也涉及唐初五律首二句多对偶的特点。这个特点,也是承袭梁、陈馀风;应与当时人极力讲求声律、骈俪、辞藻,而对五言八句诗的结构尚未深加研究有关。

综上所述,可知寒山子五言八句近体诗的两个特点,即大部分合乎粘对规则、大部分是中间两联对偶,与贞观以至高宗前期诗歌的特点——虽极力讲求声律、对偶,却还大量失粘,且前三联对偶者占大部分,恰恰相反。这可以证明寒山子诗不是贞观至高宗前期的作品。(寒山子古体诗中有对偶句者也是中间两联对偶者为多,这也从侧面反映了当时人写作五律习惯于中间两联对偶的风气。)至于寒山子有大量不讲究平仄和对偶的五言诗,而且其中押仄声韵者占大部分,这也与唐初的一般倾向相反。但因他的诗也受佛家偈子、民间谣谚影响,而那些通俗作品即使是产生于唐初者也很少讲究平仄、对偶,所以我们不把寒山子诗的这一特点作为它们产生于初唐以后的证据。不过,寒山子的这类诗也多为每首八句,在他的三百馀首诗中五言八句者占大多数,这与五言八句的律诗成为一种独立的体裁,被人们大量创作,应该还是有一定关系的。

到了王、杨、卢、骆"四杰"时期(主要是高宗后期),五言诗在粘附和对偶方面的情况仍没有太大的变化。现存的杨炯的五言八句诗已

全部合乎粘对规则,但王、卢、骆三人则还是失粘者占大部分。列表如下:

作　者	平声韵五言八句诗总数	其中合于粘对诗数	失粘诗数（包括兼失对者）	失对而不失粘诗数
卢照邻	33	6	26	1
骆宾王	70	24	40	6
王　勃	31	8	22	1
杨　炯	14	14	0	0

在对偶方面,杨炯前三联对偶者与中间两联对偶者数量正好相等;卢照邻前者为后者的一倍半以上,若再加上全篇对偶者,则是中间两联对偶者的两倍;骆宾王前三联对偶者为中间两联对偶者的九倍;王勃则前者为后者的十倍以上。

从武则天时期至中宗神龙、景龙间,五言诗的体制发生了显著的变化:一方面,陈子昂举起复古的旗帜,创作不拘平仄、不讲究对偶的古体诗;另一方面,对偶工整、平仄协调、合乎粘对规则的五言诗在杜审言、沈佺期、宋之问、李峤等人的笔下大量涌现,标志着五言律体的正式形成。元稹《唐故工部员外郎杜君墓系铭》云:"沈、宋之流,研练精切,稳顺声势,谓之为律诗。由是而后,文变之体极焉。"《新唐书·文艺传》也说:"魏建安后迄江左,诗律屡变。至沈约、庾信,以音韵相婉附,属对精密。及之问、沈佺期,又加靡丽,回忌声病,约句准篇,如锦绣成文。学者宗之,号为'沈、宋'。语曰:'苏、李居前,沈、宋比肩。'谓苏武、李陵也。"许学夷则说:"五言律体实成于杜、沈、宋。……审言较沈、宋复称俊逸,而体自整栗,语自雄丽,其气象风格自在,亦是律诗正宗。"(《诗源辩体》卷十三)杜、沈、宋集中大量合乎粘对规则的五言诗中,有一部分是作于武则天时期的,其中包括五言排律,例如杜审言《和李大夫嗣真奉使存抚河东》,作于则天天授初①，长达四十韵，完全合乎粘对规则。可见当武则天时，已有一些诗人把合乎粘对规则作为追求的目标，而且运用此种技巧已相当熟练。但我们若全面观察，就可知武则天时避免失粘尚未成为普遍风气。如陈子昂集中五言八句平韵诗，失粘者要占三分之二以上。又如《全唐诗》所收当时的应制唱和之作《奉和别越王》、《晦日宴高氏林亭》、《晦日重宴》、《上元夜效小庾体》等，诸人所作仍是失粘者占大部分。要到中宗神龙以后，方有较多的人注意避免失粘。所以胡应麟说："五言律体兆自梁、陈，唐初四子靡缛相矜，时或拗涩，未堪正始。神龙以还，卓然成调。"（《诗薮·内编》卷四）这当与中宗时君臣唱和蔚为风气有关。《新唐书·上官昭容传》云："帝（按指中宗）即位，大被信任，进拜昭容。……婉儿劝帝侈大书馆，增学士员，引大臣名儒充选。数赐宴赋诗，君臣赓和，婉儿常代帝及后、长宁、安乐二主，众篇并作，而采丽益新。又差第群臣所赋，赐金爵，故朝廷靡然成风。"《资治通鉴》卷二〇九亦云：中宗景龙二年四月，"置修文馆大学士四员，直学士八员，学士十二员，选公卿以下善为文者李峤等为之。每游幸禁苑，或宗戚宴集，学士无不毕从，赋诗属和，使上官昭容第其甲乙，优者赐金帛。……于是天下靡然争以文华相尚"。计有功《唐诗纪事》卷三还具体记叙了当时"众篇并作"、上官婉儿"第其甲乙"的盛况。不难设想，在那样的气氛之中，诗人们会更加集中注意于诗的形式，将它琢磨得越发精巧。诸人同赋一题，互争雄长，被品第为佳作的，必然引起众人的仿效。于是避免失粘，便渐渐成为许多人追逐的目标，这是自然之事。我们看《全唐诗》中所载当时应制诸题，如《九月九日幸临渭亭登高》、《九月九日登慈恩寺浮图》、《登骊山高顶

---

① 《唐会要》卷七七："天授二年，发十道存抚使，以右肃政御史中丞知大夫事李嗣真等为之。阖朝有诗送之，名曰《存抚集》，十卷，行于世，杜审言、崔融、苏味道等诗尤著焉。"《资治通鉴》卷二〇四：天授元年九月，"命史务滋等十人巡抚诸道"（《旧唐书·则天皇后本纪》同）。当即同一事，惟在元年抑或二年，当有一误。

寓目》、《送金城公主适西蕃》等等,作者几乎全是修文馆中人,所作或者不失粘者占大部分,或者全部合乎粘对规则。律诗的名称和完整形式,到这时才算正式确立了。

　　现将则天、中宗朝代表人物陈子昂、"文章四友"、沈、宋的五律粘对情况列表如下:

作　　者	五律总数	其中合于粘对诗数	失粘诗数（包括兼失对者）	失对而不失粘诗数
李　峤	161	149	8	4
杜审言	28	28	0	0
苏味道	9	4	5	0
崔　融	8	6	0	2
陈子昂	31	9	21	1
宋之问	82	78	3	1
沈佺期	64	62	1	1

　　至于这一时期五言律诗的对偶情况,大体上仍是前三联对偶者多于中间两联对偶者,但有少数诗人则中间两联对偶者等于或多于前三联对偶者。上表所列诸人,李峤的前三联对偶诗数为中间两联对偶诗数的三倍以上,杜审言为十倍以上,苏、崔二人都只有一首是中间两联对偶的,沈佺期二者相等,陈子昂二者近乎相等而中间两联对者略多,宋之问则前者比后者少十首左右。

　　从以上的分析,可知寒山子第二大类的那些五言八句诗,不但不可能产生于贞观年间,也不可能产生于整个初唐时期。事实上,即使中宗时的应制诗,其中也还有少数是失粘。可以设想,粘附的规则要从那些宫廷诗人的圈子里普及于一般士人和民间,总还需要一段时间。大约到盛唐开元时代,五言律诗的粘对规则才为许多诗人共同遵守。考《文苑英华》所录玄宗时省试诗如张子容、王泠然、刘眘虚、王维诸作(其中王泠然《古木卧平沙》一首为五言八句,其他诸作均为五言六韵排律),全部合乎粘对规则。以律诗取士的制度无疑会推动这一规则的普及。在五律的对偶方面,则盛唐时也还没有形成中间两联对偶为主的状况。由初唐入盛唐的张说、苏颋,仍然是前三联对偶者占大部分。盛唐时王维、高适,都是前三联对偶诗数与中间两联对偶诗数大致相当而前者略多。岑参、孟浩然则前者少于后者:岑参前者约为后者的十分之六、七,孟浩然前者为后者的十分之七、八。至于杜甫,仍然前三联对偶者为多,约为中间两联对偶者的一点二倍。直至进入中唐,情况才发生较大变化。如刘长卿,前三联对偶诗数为中间两联对偶诗数的一半,钱起前者为后者的一半稍多,戴叔伦前者为后者的三分之二,韩翃前者约为后者的三分之一,卢纶则前者仅有后者的八分之一稍多。也还有前者多于后者的,如皇甫冉,前者约为后者的一倍半略多。郎士元则二者约略相当。

寒山子曾自述其创作态度道:

> 有个王秀才,笑我诗多失:云不识蜂腰,仍不会鹤膝;平侧不解压,凡言取次出。我笑你作诗,如盲徒咏日。

又说:

> 霜露入茅檐,月华明瓮牖。此时吸两瓯,吟诗三两首。

显然,他的作诗,是为了宣扬佛理,同时为了追求心灵的解脱,所以往往信手拈弄,不愿受严格格律的束缚。但是即使如此,他也总还是不可能脱离时代风气。他读过不少书;他的诗虽然通俗,也还是用了《庄子》、《韩非子》、《列子》、《世说新语》等书中的典故,引用《诗经》、《古诗十九首》中的成语,王应麟就说他"涉猎广博,非但释子语也"

（《困学纪闻》卷十八）。他有一些诗，用词造句颇为精细。例如：

> 驱马度荒城，荒城动客情。高低旧雉堞，大小古坟茔。自振
> 孤蓬影，长凝拱木声。所嗟皆俗骨，仙史更无名。

> 登陟寒山道，寒山路不穷。溪长石磊磊，涧阔草濛濛。苔滑
> 非关雨，松鸣不假风。谁能超世累，共坐白云中。

前一首用了鲍照《芜城赋》"孤蓬自振"和《左传》僖公三十二年"尔墓之木拱矣"的典故，用得很自然。后一首"苔滑"二句体物入微，造语精致，何焯赞曰："真佳句也。"（见《翁注困学纪闻》卷十八）寒山子自述经历道："出生三十年，常游千万里。行江青草合，入塞红尘起。炼药空求仙，读书兼咏史。今日归寒山，枕流兼洗耳。"虽不知他是否走过一般士人求取功名的道路，但至少对失意的举子相当关注，不然不会写出好几首对他们讥讽之中夹杂着同情的诗来。总之，他是有相当的文化修养的，他的诗除深受佛家偈子一类作品影响外，也不可能不受一般文人诗的影响。这就是他的诗既有"率语"，又有"工语"的原因①。因此，我们把他那些属于"工语"之列的诗歌，同一般文人的创作风气相对照，是可以对他的诗歌的创作年代得出一个大致结论来的。结论就是：他的作品不可能产生于初唐，因为他决不可能在醉心于形式的宫廷诗人们还没有正式建立起律诗体制的时候，就写出许多合乎粘对规则的五言律诗来。正因他是一个不愿斤斤计较形式、无意于以诗自鸣的隐者，所以他的诗之格律严整，不是出于刻意

---

① 《四库总目提要》卷一四九《寒山子诗集》提要："其诗有工语，有率语，有庄语，有谐语。至云：'不烦郑氏笺，岂待毛公解。'又似儒生语。大抵佛语、菩萨语也。今观所作，皆信手拈弄，全作禅门偈语，不可复以诗格绳之。"按"全作禅门偈语，不可复以诗格绳之"的只是集中的一部分。

追求,而是由于历时已久的风气的熏染。他的诗必定产生在律诗体制已经相当普及之后。

　　由此也就进一步证明:所谓闾丘胤序确系伪作;而杜光庭《仙传拾遗》关于寒山子大历间隐居天台寒岩之说,则是相当可信的。

　　　　　　　　　　（原载《中华文史论丛》1980 年第 4 辑）

白居易的《新乐府》

一

白居易是中唐时代的一个伟大的现实主义诗人。他一生写了一百七十多首讽谕诗,专门揭露当时政治社会的种种黑暗和腐败,反映人民的灾难和痛苦,来讽谕统治者设法改良政治。这些诗篇,具有强烈的人民性和现实主义精神,《新乐府》五十首是其中最为杰出的一组诗篇。

唐帝国经过安史之乱,元气大伤,一蹶不振,国势由强大变为衰弱,一直走下坡路。国内许多地方被藩镇割据,不服从中央命令,经常与中央发生战争,战祸绵延。对外由于军事力量削弱,边防不巩固,引起外族经常入侵。西北方的吐蕃、回纥,西南方的南诏,侵扰更是频繁,使人民生命财产遭受重大损失。由于藩镇割据,收不到地方的赋税,战争频繁,军费开支浩大,中央财政非常困难。唐帝国的统治者在这种情况下,没有能够奋发图强,改变局面。中央大权常常操在贪婪残暴的宦官和自私无能的官僚手里,政治黑暗腐败。统治阶级一方面过着荒淫无耻的生活,一方面加紧对人民的经济剥削,造成土地愈益集中,阶级矛盾愈来愈尖锐。

白居易的《新乐府》五十首写作于唐宪宗(李纯)元和四年(809),其内容大多数是反映宪宗元和初年和德宗(李适)时代的时事的。德宗时代,藩镇非常跋扈。当时成德、魏博、淄青、山南东道四节度使联合起来反抗王朝,史称"四镇之乱"。不久淮西节度使也参加叛乱。叛军势力很强,军锋西指,长安告急。泾原节度使率兵赴援,兵士因军饷太差,发生叛变,德宗逃到奉天(今陕西乾县)避难。叛军推朱泚为首领,围攻奉天。泚自号大秦皇帝。后来唐将李晟等击灭朱泚,收复长安,才初步转危为安。同时四镇、淮西等藩镇内部分裂,互相搏斗,才解除了对中央的威胁。此后藩镇叛乱仍此起彼伏。叛军所至之处,虐杀人民,劫掠财产,造成深重灾难。

德宗时代中央政府的政治非常黑暗腐败。德宗信用宦官和奸臣。叫宦官窦文场、霍仙鸣担任神策军护军中尉(禁军主帅)官职,将神策兵扩充到十五万人。宦官掌握禁军大权,愈益专横,仗势欺压百姓。又信用卢杞、裴延龄等奸臣,结果政治腐败,言路不通。"朝廷大臣,以谨慎不言为朴雅,以时进见者不过一二亲信。直臣义士,往往抑塞。"(元稹《叙诗寄乐天书》)德宗为人,性贪喜财,刻意聚敛。在奉天设琼林、大盈两库,专藏地方进贡的物品。地方官吏为了巴结皇帝,加重剥削人民,进贡物品超过规定赋税,名为"羡馀物"。对善于剥削的官吏,更是非常信任,往往提拔官位。统治阶级的生活非常奢侈,人民血汗的结晶品,被他们任意糟蹋。物品享用不完,腐烂在仓库中。

德宗死,顺宗(李诵)立。因病在位不到一年即传位于宪宗。宪宗初年,即白居易写作《新乐府》的时期,继承的是德宗时代形成的残破局面。据元和二年官方统计,当时除割据的藩镇不计,全国输税的户口只及玄宗天宝年间的四分之一。财政困难情况可以想见(见《旧唐书·宪宗纪》)。

白居易在青少年时代,因为北方藩镇叛乱,战乱绵延,家庭离散。他跟着父亲到过现在江苏、浙江、湖北等地。后来父亲死了,又到江西依靠哥哥。这种不安定的生活使他容易体会到社会的动荡和人民的苦难。贞元十六年(800)他廿九岁时,考中了进士,之后开始在中央政府担任官职。这时他的生活经验愈益丰富,文学修养愈益提高。他深深感到政治社会的弊病,文学作品必须发挥积极战斗作用,促进政治社会的改变;君主必须重视反映人民生活、思想情感的歌谣,加以搜采,作改革政治的参考;诗人必须以叙写时事、讽谕君主改革政治为自己的任务。在元和初年所写的《策林》中明显地表现了这种主张:

> 古之为文者,上以纫王教,系国风;下以存炯戒,通讽谕。故惩劝善恶之柄,执于文士褒贬之际焉;补察得失之端,操于诗人美刺之间焉。(第六八目《议文章》)

> 臣闻圣王酌人之言,补己之过,所以立理本、导化源也。将在乎选观风之使,建采诗之官,俾乎歌咏之声,讽刺之兴,日采于下,岁献于上者也。所谓言之者无罪,闻之者足以自诫。(第六九目《采诗》)

元和三年(808),白居易在中央担任左拾遗官职。当时宪宗颇注意刷新政治,提拔了一批贤臣担任重要职务。左拾遗的职务是"掌供奉讽谏。凡发令举事有不便于时、不合于道者,小则上封,大则廷诤"(《唐六典》)。白居易在这一阶段行动非常积极,努力履行谏官职务,在不少问题上向宪宗谏诤,同时以诗歌为武器,写下了一百多首光辉的讽谕诗。在《新乐府序》中,他说明自己的创作目的是"为君为臣为民为物为事而作,不为文而作也",这和《与元九书》中所提出的"文章合为时而著,歌诗合为事而作",都是表明他的创作主张的最精警的语句。

白居易的耿直作风,触怒了宪宗和旧官僚,更为宦官所切齿痛恨,元和十年(815),他遭受贬谪,被逐出中央朝廷,从此结束了写作讽谕诗的生活。白居易出身官僚地主家庭,受的是儒家正统的教育,他虽然非常不满当时的黑暗现实,但时代和阶级的限制,使他不可能根本怀疑封建制度本身和最高封建统治者皇帝的地位;他只能把希望寄托在贤君贤臣的统治上面。现实是残酷的,他的希望落了空,遭遇了斥逐的命运。但必须指出,在当时的历史条件下,白居易的文学主张与其实践是非常进步的,在古代现实主义的文学理论中更具有很重要的地位,实践这种主张的讽谕诗,也永垂着不朽的光辉。

二

《新乐府》五十首内容大抵反映贞元、元和时期的政治社会情况,内容很广泛丰富,本文不能作很全面细致的分析,只能扼要地介绍一下。诗的内容着重揭露当时政治社会的弊病,反映了尖锐的阶级对立:一方面是统治阶级的荒淫无耻,一方面是广大人民的深重苦难。这些诗篇的现实主义精神最为强烈,这是首先值得注意的。

贵族的奢侈腐败的生活,在诗中有多方面的反映。《红线毯》、《缭绫》写人民花费无数人力物力,制成珍贵织品,献给宫廷享用,甚至被任意糟蹋。《驯犀》、《骠国乐》讽刺帝王赏爱外国的贡物。《杏为梁》写大官僚的居宅穷极奢侈。《两朱阁》写贵族迷信佛教,长安城内佛寺众多,侵占广大民地。《牡丹芳》写贵族赏玩牡丹花,如醉如狂,糜费厉害。《胡旋女》讽刺玄宗迷恋杨妃,宠幸禄山,招致祸乱。《李夫人》、《隋堤柳》、《八骏图》、《草茫茫》诸篇,以前代史事为题材,讽刺帝皇的沉溺女色、游幸和厚葬。白居易不但广泛地揭露了统治阶级的种种荒淫无耻的丑相,而且表现出强烈的憎恨,在《红线毯》结尾,他愤怒地喊着:"宣城太守知不知,一丈毯,千两丝?地不知寒人要暖,少夺人衣作地衣!"在《两朱阁》结尾,他尖锐抨击佛寺侵占民地说:"帝子升仙作梵宫,渐恐人家尽为寺。"这类诗篇,和《秦中吟》十首中的《伤宅》、《轻肥》、《歌舞》、《买花》诸篇合看,可收相得益彰的效果。

着重描写人民痛苦的也有好多篇。《杜陵叟》写天时大旱,庄稼不收,官吏还是强迫人民照纳租税。《卖炭翁》写宫廷宦官以很少的织品,强迫换取卖炭翁千馀斤的炭,揭露"宫市"对人民的强盗式的掠夺。《折臂翁》写人民为了避免丧身于黩武战争,断臂求生。《缚戎人》写沦陷吐蕃的人民,热爱祖国,冒死逃回,边疆官吏不问情由,缚起来当外国俘虏,以邀功赏。这类诗篇中有一部分专门反映妇女的痛苦。如《上阳白发人》、《陵园妾》写宫女幽闭宫中、青春寂寞的苦闷。《母别子》写将军喜新厌旧,遗弃故妻,造成母子生离的悲剧。《井底引银瓶》写少女为男子诱骗的悲剧。这类诗篇中充满了人民的辛酸血泪,贯注了作者的丰富同情,艺术描写也最为生动精警。《杜陵叟》说:"剥我身上帛,夺我口中粟,虐人害物即豺狼,何必钩爪锯牙食人肉!"这么赤裸裸的严厉责骂官吏们的语句,在古代诗人的作品中是极少见的。诗人的态度如此激切,无怪乎要招致统治者的愤怒和打击了。

《新乐府》中有一部分诗篇反映了唐皇朝和外族的关系,也有深刻的思想内容。如《西凉伎》写安史乱后,西鄙凉州长期为吐蕃侵占,边疆将吏不能收复失地,却贪看凉州来的杂戏,毫不想到自己的责任,诗人对这种现象是很愤慨的。《城盐州》篇结尾指出一些边疆将吏为了自己的地位和利益,养寇纵敌,无视国家、人民的安全,语意也很痛切。安史乱中,回纥因助唐平乱有功,之后非常骄横,经常向唐朝无理勒索财物。每年送来数万匹马跟唐朝交换丝织品,一匹马易绢或缣数十匹。马多了毫无用处,但唐朝为了和回纥妥协,只能加紧剥削人民,用丝织品换下来。诗中《阴山道》一篇,即描写这一史实。这类诗篇都反映了唐代中叶国势衰弱遭受外族侵略的现象,同时表现了作者感时伤事的爱国主义精神。

白居易在《新乐府》中不但对种种黑暗腐败的现象作了尖锐的讽刺和抨击,同时也对一些美好的现象作了赞美和讴歌。在《七德舞》中,赞美了唐太宗的爱护人民、信用贤臣等种种善政。《昆明春》赞美德宗开放长安昆明池,让人民捕鱼采薪的开明措施。《城盐州》赞美德宗在盐州筑边城,有力地防御了吐蕃的侵扰。《骊宫高》赞美宪宗爱惜人力物力,不去骊山行宫游幸。《牡丹芳》除讽刺贵族们的奢侈风尚外,还赞美了宪宗关心农桑。除此以外,对贤臣也作了歌颂。《道州民》歌颂道州刺史阳城废除当地进贡矮民的旧制,使百姓不致有骨肉生离之苦。《青石》歌颂了对国家忠心耿耿、刚直不屈,为军阀朱泚、李希烈害死的两位贤臣段秀实和颜真卿。从这些诗篇,可以看出白居易所赞美讴歌的是爱人民、爱国家的人,或者是对人民、国家有实际利益的举动,尽管他的尺度,还不能完全超越儒家的伦理准则。这种赞美,说明了诗人赞美什么,同时也就是反对什么;对这一方面的赞美,就是对另一方面的讽谕:这是可以体会到的。

封建君主要治理好国家,必须依靠贤臣的合作。白居易对这一点是非常重视的。在《七德舞》中,他赞美太宗尊信贤臣。在《太行路》中,他用丈夫遗弃妻子的事实来讽谕近代君主不能信用忠臣,慨叹着"左纳言、右纳史,朝承恩、暮赐死"的悲剧。他不但要求君主信用贤臣,而且要求臣子忠于君国。在《司天台》、《紫毫笔》、《采诗官》诸篇中,他有力地抨击了居官者不能恪尽职责,特别是像太史、御史等有谏诤责任的官吏。《秦吉了》更以舌端很巧的能言鸟秦吉了不能发挥作用来借讽言事之官的失职。白居易认为官吏们把政治社会的种种弊病告诉皇帝是推动政治改革的一个非常重要的因素,他不但以此严格要求言事之官,而且自己以许多实际行动(包括写作讽谕诗在内)实践着这种主张。

在《新乐府》中,有若干篇专门谈音乐的诗作:《法曲》、《立部伎》、《华原磬》、《五弦弹》。内容大抵慨叹雅乐不被重视,通俗音乐和外国音乐盛行。古代儒家认为音乐与政治相通,和平的雅乐为颖异的俗乐、外乐势力所压倒,是政治混乱的一种象征。白居易在这些诗篇中表现的对音乐的看法,没有能摆脱这种传统思想的束缚。

从上面粗略的叙述,可以看出伟大诗人白居易在《新乐府》中表现了他热爱人民、热爱祖国的崇高思想。他尖锐地暴露、抨击了统治阶级荒淫无耻的生活,他们对人民的残酷剥削,他们对祖国命运的漠不关心。他以充满同情的文笔,反映了广大人民挣扎在水深火热中的苦难。他一方面对黑暗现实作了有力的讽刺,一方面也对正直的人士和善政作了适当的歌颂,有“美”有“刺”,并且力图以是否符合于人民和国家的利益,作为美刺的标准。这种思想无疑是非常进步的。由于时代和阶级所形成的思想限制,白居易在其积极的政治主张方面,只能把理想寄托在圣主和贤臣的合作上面;在暴露、抨击黑暗政治方面,诗人的矛头常常指向奸邪、贪暴或者不称职的官吏,较少直接指斥居于最高统治地位的君主,当然,他更不可能把这些丑恶的现象作为封建统治阶级、封建剥削制度的本质问题来加以抨击。在《井底引银瓶》中,诗人对那位被损害的弱女子寄予很大的同情,但小序中却说了“止淫奔也”那样迂腐的话。所有这些,都表明地主阶级立场和儒家正统思想在诗人身上留下了显明的烙印。

三

《新乐府》五十首的结构很严密,艺术描写非常优秀,富有独创性和感染力量。

五十首有一篇总序,阐明创作意图,每篇题名下有小序,分别说明各篇的主旨。这种体例是摹仿《毛诗》全书有大序、各篇有小序的写法。白居易非常推崇《诗经》通过美刺比兴密切联系现实的精神,自觉地以《诗经》为学习对象，这种学习不但表现在美刺的内容上，而且表现在体例上。

五十首的次序，大致是按照时代排列的。据陈寅恪先生《元白诗笺证稿》的考证，自《七德舞》至《海漫漫》四篇写唐开国到玄宗时事，自《立部伎》至《折臂翁》五篇写玄宗时事，自《太行路》至《缚戎人》十一篇写德宗时事，自《骊宫高》以下三十篇大抵写宪宗时事。全诗以《七德舞》为首，叙述唐代开国君主太宗的功德，表现了儒家陈述祖宗功业垂诫子孙的正统思想；其中强调指出太宗热爱人民、尊信贤臣的优点，实际就是诗人所追求的进步政治的标本，为全诗树立了正面的典范，恰好与后面的荒淫无耻、虐害人民的作为讽刺对象的政治成为鲜明的对照。最后一篇《采诗官》明确指出君主应该搜采歌谣，了解民情，改良政治，讽刺了当时官吏缄口不敢谏诤的现象。《采诗官》前面两篇是《秦吉了》和《鸦九剑》，前者讽谕言官失职，后者表明自己在政治上要像"鸦九利剑"一般，决开浮云，使君主的恩泽能够普照万物，二诗在内容上跟《采诗官》互相补充，清楚地说明了自己的创作主张和写作《新乐府》的目的。由此可见，全篇在开头和结尾的安排上是具有深意的。

《新乐府》五十首跟《秦中吟》十首一样都是叙事诗，对各种社会现象进行客观的具体的描绘。叙事体是古代乐府歌诗的一个优良传统，汉乐府中的许多优秀民歌，汉末建安诗人的不少乐府诗作，都用叙事体来深刻地反映时代面貌和人民的苦难。到唐代，伟大诗人杜甫继承了这种优秀传统，更打破了过去作家沿袭乐府旧题写作的束缚，根据诗的新内容命题，做到"即事名篇，无复依傍"（元稹《乐府古题序》）。《兵车行》、《丽人行》、《哀江头》、《悲陈陶》、"三吏"、"三别"等就是这方面的杰出作品。白居易和他的诗友元稹、李绅等学习了杜甫的这种写作方法，把这种诗唤作新乐府或乐府新题，取得了辉煌的成就。

　　汉乐府民歌和建安作家的叙事诗篇，常常能以朴素的语言、白描的手法来描写人物和故事，通过对于人物的行动、言语、心理的具体深刻的刻画，创造了鲜明的人物形象，对读者产生强大的感染力量。白居易的《新乐府》也继承了这个优点，像《上阳人》、《折臂翁》、《缚戎人》、《杜陵叟》、《卖炭翁》、《母别子》等最脍炙人口的篇什，都以具体细腻的描绘，把血淋淋的事实像图画一样展示在读者眼前，获得震撼人心的艺术效果。《新乐府》五十篇中所描写的社会现实，大抵都有具体史实为依据，所以白居易自称"其事核而实"（《新乐府序》）。由于诗人往往能够选择生活中具有代表性的、深刻的社会意义的题材，而在描写时又能不受个别史实细节的束缚，而以植根于丰富生活体验基础上的想象来加以补充和概括，因此许多篇什并不仅是个别生活现象的记录，而具有非常深刻的典型意义。跟元稹的《乐府新题》相较，白居易的《新乐府》在叙事上更有一个优秀特点。那就是每篇集中写一件事，主题单纯，内容明白，不似元稹诗作一题多事，使读者感到头绪纷繁，主旨不明。

　　《新乐府》主要是对社会现实作客观描绘，但其中也包含不少主观议论的成分。这时候，作者不是通过具体事实来表现自己对生活的态度，而是直接站出来说话了。这时候作者的感情往往更激动，禁不住要大声疾呼，"其言直而切，欲闻之者深诫"（《新乐府序》），这种议论成分常常出现在各篇的结尾，所谓"卒章显其志"（《新乐府序》），企图通过它来点明全篇的主旨。这种议论性的结尾有时很精警，如《海漫漫》、《两朱阁》、《西凉伎》、《红线毯》、《母别子》等，都能做到使内容更丰富、讽谕更深刻，更有力地鞭挞了黑暗腐败的现实。但也有一部分结尾，如《胡旋女》、《折臂翁》、《杏为梁》、《隋堤柳》等，则显得僵硬枯燥而流于概念化，使人感到索然寡味，不能获得反复玩味的愉快。还有一部分诗作，如《法曲》、《二王后》、《华原磬》、《紫毫笔》、《天可度》等，几乎是全篇直接抒发议论，缺少具体生动的形象。这种诗篇一般都比较概念化,艺术价值就要低得多。

　　白居易诗歌的语言以通俗浅显著称,故世有"老妪都解"的传说。这种特点在新乐府也表现得很明显,无论叙事议论,都是这样。《新乐府序》说:"其辞质而径,欲见之者易谕也。"可见他有意识地要写得通俗浅显,使读者容易了解他所反映的种种问题,达到他的宣传教育的目的。他所采用通俗浅显的形式是完全为内容服务的。这种语言使白诗具有很优越的明朗性,在描写的具体生动以及激动人心方面起着很大的积极作用。当然有一小部分缺乏精炼概括而过于浅露,使人不能反复玩味,也不能不说是缺点。在句式方面,《新乐府》显得更多活泼、更多变化,他常采用三言、七言间错起来的方式,有时还有五言、九言等句式,充分发挥了乐府长歌纵横开合的优点。三、七言间错的体式,在古乐府舞曲歌辞和唐代变文俗曲中是比较多见的,白居易吸收了它们的优点,自由大胆地运用,获得优异的成绩。在用韵方面,各篇常不是一韵到底,而是屡次换韵,这使得声韵不呆板而多变化,增强了诗歌的音乐性。它跟通俗流利的词句相结合,构成了"其体顺而肆"(《新乐府序》)的特点。

　　总上所说,白居易创作《新乐府》,能够选择生活中具有代表性的事件来予以真实地反映。在体制、表现手法和语言运用等方面,又吸收了《诗经》、古乐府以至杜甫、唐代民间歌曲的经验,融会众长,并且有新的创造和发展。《新乐府》五十首所以能取得结构谨严、形象鲜明生动、语言和谐流畅的巨大成就,跟诗人多方面的学习以及艰苦的劳动是分不开的。

1958 年

（原载中华书局上海编辑所 1958 年出版《白氏讽谏》卷首）

略谈《长恨歌》内容的构成

一

　　白居易的名作《长恨歌》描绘了唐明皇、杨贵妃两人的爱情故事及其悲剧。它在思想内容上具有两个方面：一方面指出唐明皇溺于女色，不顾国家大事，结果带来了安史之乱；另一方面表现了由于安史之乱，杨贵妃悲惨地死去，明皇日夜萦思，感情非常诚笃，杨贵妃死后变为仙人，也念念不忘明皇，彼此眷恋对方，但不能相会，形成长恨。诗篇一方面对李、杨两人的生活荒淫、招致祸乱作了明显的讽刺，另一方面对杨贵妃的死和两人诚笃的相思赋予很大的同情。

　　《长恨歌》在思想内容上具有这两个方面，是明显的无法否认的事实。念"汉皇重色思倾国"、"从此君王不早朝"、"可怜光彩生门户"等诗句，谁能否认它的明显的讽刺意味？念"九重城阙烟尘生"以下的文字，特别是"君王掩面救不得，回看血泪相和流"、"夕殿萤飞思悄然，孤灯挑尽未成眠"、"临别殷勤重寄词，词中有誓两心知"等诗句，又有谁能否认诗人对杨妃的死以及两人诚笃的相思赋予很大的同情？

　　《长恨歌》思想内容具有这两个方面，不但从诗篇本身清楚地看出，而且可以从与《长恨歌》同时写作而且配在一起的陈鸿的《长恨传》的内容获得印证。《长恨传》末尾还有这样清楚的告白："乐天因为《长恨歌》,意者不但感其事,方欲惩尤物,窒乱阶,垂于将来者也。"
"感其事",就是为两人的悲剧所感动,因而赋予同情。"惩尤物,窒乱
阶",就是指出明皇因溺于女色而招致祸乱,必须加以讽刺,并从中吸
取教训。

如上所述,《长恨歌》的思想内容固然具有两个方面,但二者更为
偏重的是对于李、杨两人悲剧遭遇的同情。理由是:第一,从诗歌本
身看,诗中从"九重城阙烟尘生"句以下,描写杨妃悲惨死去以及以后
两人相思情切的部分,不但分量在全篇中占主要的地位,而且诗中描
写感情最深挚,语言最优美,对读者具有最大感染力的也是这个部
分。第二,从作者本人对诗篇的态度看,他把《长恨歌》编入感伤诗一
类而不是讽谕诗一类,又在《与元九书》中说过"今仆之诗,人所爱者,
悉不过杂律诗与《长恨歌》已下耳。时之所重,仆之所轻"的话。显而
易见,假如《长恨歌》的主旨在于讽刺,诗人对它的看法和编集子时的
处理是决不会如此的。

二

《长恨歌》是一个文学作品,我们不能把它里面的故事跟历史事
实完全等同起来。但它毕竟又是一篇历史题材的诗作,它的内容是
在历史事实的基础上加工创造的,因此,我们不能割断它跟历史事实
的联系。

《长恨歌》对李、杨两人的爱情及其悲剧赋予很大的同情,同时对
酿成悲剧的原因即两人的荒淫生活作了批判,诗篇的思想内容具有
这样两个方面,是为诗人对于历史人物唐明皇的复杂态度和感情所
决定的。诗人对历史人物唐明皇,一方面怀抱很大的不满,不满他荒
废国政,带来安史之乱,使整个国家社会大伤元气,一蹶不振。这一
点大家熟悉,毋庸细说。另一方面对明皇在安史叛乱起来后不能保

全杨妃以至朝夕萦思的悲剧，又给予极大的同情。这一点我们拟就历史事实具体说明一下。

第一，是对于明皇的整个历史评价问题。明皇因宠幸杨妃荒废国政而带来大乱，固然令人痛恨。但明皇前期毕竟是一个英明的皇帝，对国家人民有很大的贡献，开元、天宝的盛世是为大家所向往和赞美的。人们不能由于他后期的罪恶而忘掉他前期的功绩，特别是封建君臣观念强烈的人们（包括白居易在内）更会如此。

第二，是对马嵬之变的态度问题。理智地说，人们对马嵬坡的悲剧是不应有所同情的，因为正是在这儿李、杨两人受到正当的惩罚，它使愤怒的六军平复了情绪，对当时整个形势来说是有利的。杜甫在《北征》中说："忆昔狼狈初，事与古先别。奸臣竟菹醢，同恶随荡析。不闻夏殷衰，中自诛褒妲。周汉获再兴，宣光果明哲。桓桓陈将军，仗钺奋忠烈。"就是这种理智态度的表白。但从另一方面看，在残暴的安史叛军的威胁下，贵为天子而且曾经威震四海、功业赫赫的明皇竟至狼狈出奔，在道路上连一个平日宠爱的女子也不能庇护，陷入"君王掩面救不得，回看血泪相和流"的悲惨境地，人们对此又会自然地露出很大的同情。所以杜甫还会有"人生有情泪沾臆，江草江花岂终极"（《哀江头》）的诗句。《唐诗纪事》卷五六说："马嵬太真缢所，题诗者多凄感。"可见当时一般诗人对马嵬事变的感情。《长恨歌》中对于马嵬事件的描写，浓重地流露出哀伤怜悯的气氛，也是在这种感情的支配下写出来的。

第三，是杨妃死后明皇的想念问题。杨妃死后明皇痛切悼念的深情，是历史事实。这种事实为唐代许多人士所知悉，而且获得他们的同情。这里举明皇制作《雨霖铃》曲一事来说明。郑处海《明皇别录》说：

　　帝（明皇）幸蜀，南入斜谷，属霖雨弥旬，于栈道雨中闻铃声，与山相应。帝既悼念贵妃，因采其声为《雨霖铃》曲以寄恨焉。
时独梨园善觱篥乐工张徽从至蜀，帝以其曲授之。洎至德中，复
幸华清宫，从官嫔御，皆非旧人。帝于望京楼命张徽奏《雨霖铃》
曲，不觉凄怆流涕。其曲后入法部。（《乐府诗集》卷八十引）

明皇的《雨霖铃》曲，当时播于乐府，非常著名，不但为当时许多人士
所熟悉，而且获得他们的同情。杜牧、张祜、罗隐等诗人都有诗篇歌
咏它（见王灼《碧鸡漫志》卷五，知不足斋丛书本）。爱好乐府诗的白
居易，对《雨霖铃》曲当然也是非常熟悉的。

　　明皇自蜀地回京后，被尊为太上皇，居于深宫，对杨妃还是念念
不忘。《长恨传》说："尊玄宗为太上皇，就养南宫。自南宫迁于西内，
时移事去，乐尽悲来。"这里说的也是事实。唐郑嵎《津阳门诗》于"宫
中亲呼高骠骑，潜令改葬杨真妃。花肤雪艳不复见，空有香囊和泪
滋"等诗句下自注云：

　　　　时肃宗诏令改葬太真，唯高力士知其所瘗，在马嵬坡驿西北
　　十余步。当时乘舆卒遽，无复备周身之具，但以紫褥裹而窆之。
　　及改葬之时，皆已朽坏。惟有胸前紫绣香囊中尚得冰麝香。持
　　以进上皇，上皇泣而佩之。

郑嵎记的是历史事实。即此一例，可见明皇晚年念念不忘杨妃的真
情。这时肃宗受到李辅国谗言的影响，对父亲不大体贴，致使明皇晚
年的心境很不愉快。《唐书》卷九《玄宗本纪》说："乾元三年七月丁
未，移幸西内之甘露殿。时阉宦李辅国离间肃宗，故移居西内。高力
士、陈玄礼等迁谪，上皇寖不自怿。"当时人们对李辅国的弄权非常痛
恨，对明皇凄凉的晚境则非常同情。我们看唐郭湜的小说《高力士外
传》，便可清楚地知道。明皇在这种凄凉的晚境中还是念念不忘杨

妃,当然更易引起人们的同情了。

根据上面的叙述,可知明皇在马嵬事变后哀悼杨妃的感情是相当真挚的。明皇以天子之尊而不能保全一所爱的女子,以致晚年长期悼念杨妃,始终不释于怀,引起许多人的同情,这些是历史事实。正像其他诗人一样,白居易在这方面对明皇也是具有很大的同情的。《长恨歌》中马嵬之变、蜀地闻铃、深宫忆念这几个动人的片段,就是在这种感情的支配下写出来的。在这些片段中,诗人以丰富的想象和富有才华的文笔更美化了这些情节,但它们基本上并没有超越历史事实的范围,而诗人在这些片段中对于唐明皇这一艺术形象的塑造,跟他对于作为历史人物的唐明皇的态度也是一致的。由于作者在诗篇中用很大力量突出描写了明皇忆念杨妃的几个生活片段,另一方面由于不像陈鸿《长恨传》那样,用较多篇幅暴露了明皇同杨妃的荒淫腐化的生活,因此出现在作品中的明皇形象就更容易获得读者的同情,而且跟历史人物明皇仿佛有了一定的距离。

白居易对于明皇的同情,纵令在讽谕意味非常鲜明的《新乐府》的《李夫人》篇中也流露出来。《李夫人》篇题目下小序说:"鉴嬖惑也。"其主旨非常明显,但最后讲到明皇时却有这样的诗句:

> 伤心不独汉武帝,自古及今皆若斯。……又不见泰陵(指明皇)一搊泪,马嵬坡下念杨妃。纵令妍姿艳质化为土,此恨长在无销期。生亦惑,死亦惑,尤物惑人忘不得。人非木石皆有情,不如不遇倾城色!

在诗的末尾,诗人不是严厉责备明皇的溺于女色,反而肯定他这种感情出于人的本性,因而无可奈何地以"不如不遇倾城色"作结,其同情明皇的态度不是很明显吗? 当然,这种同情在全诗中处在很不重要的地位,不能与《长恨歌》相比,但在对明皇一人同时具有不满和同情这点上,二者却是相同的。

三

对于另一历史人物杨贵妃,白居易是只有讽刺而没有什么同情的。这种态度明显地表现在他的《新乐府》中,除上引的《李夫人》外,还有:

> 天宝季年时欲变,臣妾人人学圆转。中有太真外禄山,二人最道能胡旋。梨花园中册作妃,金鸡障下养为儿。禄山胡旋迷君眼,兵过黄河疑未反;贵妃胡旋惑君心,死弃马嵬念更深。从兹地轴天维转,五十年来制不禁。(《胡旋女》)

> 狐假妖女害犹浅,一朝一夕迷人眼;女为狐媚害即深,日长月长溺人心。何况褒妲之色善蛊惑,能丧人家覆人国。君看为害浅深间,岂将假色同真色。(《古冢狐》)

《古冢狐》篇虽然没有直接提出明皇宠幸杨妃之事,但我们把它跟《李夫人》、《胡旋女》篇合看,可以肯定也暗暗讽刺了李、杨两人。从这些诗篇,可以看出白居易不但对历史人物杨贵妃没有什么同情,而且没有摆脱当时一般人共同具有的"女人祸水"的观念。有些讨论《长恨歌》的人们,根据白居易《陵园妾》、《上阳白发人》、《母别子》、《井底引银瓶》、《妇人苦》等诗篇,说明他对妇女们具有很大的同情,他在妇女问题上具有进步观点;因而认为他对杨妃的死也具有很大同情,这种同情使他创造出《长恨歌》中杨妃的优美形象。这种论点是错误的。封建社会中有各式各样的妇女,白居易不可能对这些妇女采取一致的态度。诗人在《上阳白发人》等诗篇中赋予最大同情的妇女,是备受封建制度折磨和男子欺凌的妇女,她们的悲剧命运跟杨贵妃的生涯不能相提并论。没有理由根据诗人在《上阳白发人》等诗篇中对于那些妇女的同情,得出他也必然会同情杨妃的结论。诗人对历史人物杨妃的态度,如上所述,在《新乐府》中是表示得非常鲜明的。

问题的复杂性在于:既然白居易对于历史人物杨贵妃没有什么同情,而且并未摆脱"女人祸水"的观念,那么他在《长恨歌》中又怎么会创造出杨妃的那种对爱情很诚笃的优美形象,使这个文学形象跟历史人物有了很大的距离,且使读者对她付出很大的同情呢? 这是值得探索的秘密。

《长恨歌》描写杨妃引起读者同情的有两个地方。其一是马嵬之死;其二是方士会见杨妃,杨妃表示殷切想念明皇。关于马嵬之死的描写,比较简单,其实不在同情杨妃的被杀,而在同情明皇以天子之尊,不能保全一所爱的女子,实际还是同情明皇。此点上面已经详论,这里不赘。杨妃出见方士一段,描写细致,杨妃的姿态写得很动人,感情写得很真挚,我们不能怀疑诗人抱着丰富的同情来刻画杨妃的形象,因而跟他对于历史人物杨妃的态度中间,发生了很大的距离。

《长恨歌》中方士会见杨妃幽灵这一段描写,是没有什么历史事实为依据的,它的传说除《长恨传》外也不见于其他方面的记载。陈寅恪先生认为这"一段故事之作者即是白、陈诸人"(见《元白诗笺证稿》中的"长恨歌"章)。赵翼则以为是"时俗讹传,本非实事","香山竟为诗以实之"(《瓯北诗话》卷四)。细读陈鸿的《长恨传》,我认为这确是当时的一个民间传说,赵翼的话是正确的。

《长恨传》在描写方士会见杨妃幽灵以后,这样叙述:

> 使者(指方士)还奏太上皇,皇心震悼,日日不豫。其年夏四月,南宫晏驾。元和元年冬十二月,太原白乐天自校书郎尉于盩

屋。鸿与琅琊王质夫家于是邑,暇日相携游仙游寺①,话及此事,相与感叹。……乐天因为《长恨歌》。……《歌》既成,使鸿传焉。世所不闻者,予非开元遗民,不得知。世所知者,有《玄宗本纪》在。今但传《长恨歌》云尔。

明刻本《文苑英华》卷七九四《长恨传》后附载该文别本一篇,云出《丽情集》(北宋张君房撰)及《京本大曲》,文字稍有异同,值得注意,云:

> 元和元年冬十二月,太原白居易尉于盩厔,予与琅琊王质夫家仙游谷。因暇日携手入山。质夫于道中语及于是。……世所隐者,鸿非史官,不知。所知者有《玄宗内传》今在。予所据,王质夫说之尔。

根据上面的两段引文,可知《长恨歌》与《传》所写的长恨之事,是王质夫讲出来的。我认为王质夫所讲的令人"相与感叹"的事,即是明皇令方士访求杨妃幽灵一事,而不是其他。理由是:一,《长恨传》中在描写方士会见杨妃幽灵回复明皇的情事后,接着就写三人同游,"话及此事",二者紧相连接,那末所谓"此事",当指方士探杨一节。二,《长恨歌》与《传》中方士探杨故事前面的一些情节,为马嵬之变、蜀地闻铃、深宫忆念诸事,这些事情如上所述为当时许多人士所熟悉,不是新鲜事情,无须特别声明是王质夫说的。

唐明皇的一些故事,为当时民间所津津乐道,成为广泛流播的传说。以明皇入月宫闻仙乐回来制作《霓裳羽衣曲》一事而论,《异人

---

① 宋敏求《长安志》卷十八:"仙游寺在盩厔县东三十五里,唐咸通七年置。"按咸通为懿宗年号,在元和后。如《长安志》的记载可靠的话,则此句或为后人所改,原文当从《丽情集》本《长恨传》作"予与琅琊王质夫家仙游谷,因暇日携手入山"云云。

录》、《逸史》、《明皇杂录》、《幽怪录》等书即载有种种不同的传说。《碧鸡漫志》对此有详尽的叙述,并有按语说:"唐人喜言开元、天宝事,而荒诞相陵夺如此。"据史传,唐明皇是非常相信神仙和道士的方术的。他尊老子为玄元皇帝,亲注《老子》一书,颁行天下。招致方术之士张果、叶法善、罗公远等,备加礼遇。事迹具见新、旧《唐书·玄宗纪》和《方伎传》。这样看来,民间产生他令方士访求杨妃幽灵的传说,也是很自然的事情。王质夫、陈鸿寓居的盩厔,就在杨妃死地马嵬坡附近,在那个地方流传关于明皇、杨妃的传说,更非出自偶然。

　　假如上面的论证可靠的话,那么我们可以肯定《长恨歌》及《传》中明皇叫方士访求杨妃幽灵的故事是一个民间传说,而不是历史事实,也不是白居易、陈鸿两人的创造。在这个传说中,人民以自己的丰富的想象,通过美丽的艺术形象的描绘,表现了对于坚贞不渝的爱情的赞美,对于爱情得不到满足而形成的刻骨相思的同情。在这个传说中的杨妃形象,已经超出了历史事实的范围,而具有普通男女的不幸的恋爱故事的性质了。这个美丽的民间传说,对诗人白居易发生了很大的影响,使他以优美的富有感情的语言并且运用当时通俗小说的描写方法把它写下来,使读者也产生很大的感动,像同情一个普通的不幸女子那样同情了杨妃。诗人由于受到民间传说和民间艺术描写方法的影响,在这个片段中对于杨妃的刻画,不自觉地跟自己平日对待历史人物的态度发生了很大的距离。

　　这里我们还要趁便谈一个问题。就是平时强调作诗讽谕的白居易[①],为什么在《长恨歌》中不着重对明皇、杨妃两人作深刻尖锐的批判,反而带着深度同情用力表现两人的诚笃的相思及其悲惨遭遇呢?这,我想除掉白居易在思想上本来有同情明皇的一面外,主要应当从

---

　　①　《长恨歌》作于元和元年,《新乐府》、《秦中吟》的写作年代在其后。但白居易在元和初年所作的《策林》中已宣布作诗讽谕的主张。

当时的写作环境和写作动机去理解。白居易写《长恨歌》，是在马嵬坡附近跟他的友人陈鸿、王质夫一同游玩，在听了王质夫所讲的民间传说以后受了感动才写作的。诗篇题名"长恨"，表现它的主旨在于表现李、杨两人的刻骨相思以及不能团聚的悲恨。这种写作环境和写作动机，跟诗人在中央朝廷作讽谕的情况是大不相同的。《长恨传》末尾说：

> 鸿与琅琊王质夫家于是邑，暇日相携游仙游寺，话及此事，相与感叹。质夫举酒于乐天前曰："夫希代之事，非遇出世之才润色之，则与时消没，不闻于世。乐天深于诗，多于情者也。试为歌之，如何？"乐天因为《长恨歌》，意者不但感其事，亦欲惩尤物，窒乱阶，垂于将来者也。

从"乐天多于情者也"、"意者不但感其事"的文句，可以明显看出白居易首先是为李、杨两人相思之情所感动，因而写作《长恨歌》；其次才想到"亦欲惩尤物，窒乱阶"。诗人写作《长恨歌》时的思想情况既然如此，表现在作品中的同情和讽刺的内容，自不能没有轻重之分了。

（原载《复旦》1959 年第 7 期）

韩愈散文的风格特征和
他的文学好尚

一

研习唐代文学和韩愈作品的人，往往容易有一种错觉，即认为韩愈的散文和诗歌风格不同：韩文解散骈体，比较平易流畅；韩诗力矫大历以来中唐诗歌庸弱之风，务求奇崛，韩文、韩诗，走着两条不同的道路。如元代吾丘衍《闲居录》说："韩昌黎文与《语》、《孟》出入，而喜玉川、刘叉、东野等诗，至于自作，亦效其语，何诗、文不同也？"（《全唐文纪事》卷六九引）近人黄云眉先生说："从韩诗的基本特征里，可以看出韩诗和韩文的要求恰恰相反。韩文的要求，是化难为易，是在群众易于表现的形式上，也就是在'通衢广陌'上来表现它的技巧；而韩诗的要求，是化易为难，是在群众难于表现的形式上，也就是在'水曲蚁封'上来表现它的技巧。一个人的两种文学作品，为什么会走上这样相反的道路？"①

其实，韩文、韩诗的基本风格是一致的，其特征都是力避庸弱，务求奇崛。韩诗的奇崛是大家公认的，因此本文专说韩文的奇崛。唐李肇《国史补》卷上说："元和以后，为文笔则学奇诡于韩愈，学苦涩于

---

① 见所著《韩愈柳宗元文学评价》一书中的《读陈寅恪先生〈论韩愈〉》篇。

樊宗师[①]。歌行则学流荡于张籍，诗章则学矫激于孟郊，学浅切于白居易，学淫靡于元稹。俱名为元和体。"（《学津讨源》本）这里所谓"文笔"，与"歌行"、"诗章"对举，是指散文。李肇认为韩愈散文的风格特征是"奇诡"，即奇崛不凡。柳宗元《答韦珩书》说："若（扬）雄者，如《太玄》、《法言》及四赋，退之独未作耳。决作之加恢奇。至他文过扬雄远甚。"也以"恢奇"称道韩文。这是韩愈当代人对韩文风格的认识和评论，值得我们重视。

　　韩文的语言，有小部分由尚奇而流于怪僻晦涩。这方面最突出的例子是他喜欢使用生僻怪异的字。如《曹成王碑》，用了剟、鞣、铍、掀、撖、掇、笑、跐等字，前人指出这是故意学扬雄的（见东雅堂本《韩昌黎集》）。明方以智《通雅》说："如退之文：苗薅发栉（《韩宏碑》），目擩耳染（《房启铭》），剡目讨心、刃迎缕解、钩章棘句、间见层出（《贞曜铭》），曹诛五界（《曹成王碑》），变索、噎喑（《张彻墓铭》）……此类甚多，皆对《广韵》钞撮而又颠倒用之，故意聱牙，鹿门以为生割，甚为退之不取也。"（《全唐文纪事》卷五八引）除用词外，韩文在造句方面为了力避平弱而求雄奇，力避圆熟而求生硬，形成"横空盘硬语"（韩愈《荐士诗》）的作风。这类句子不但跟讲究声韵和谐的骈文不同。也跟一般平易的散文有别。当时裴度对此现象曾表示不满。他在《寄李翱书》中，指出古代儒家经典之文，"至易至直"，"奇言怪语，未之或有"；认为汉代贾谊、司马迁、董仲舒、刘向之文，"皆不诡其词而词自丽，不异其理而理自新"。又批评李翱、韩愈的古文说："观弟（指李翱）近日制作，大旨常以时世之文，多偶对俪句，属缀风云，羁束声韵，为文之病甚矣，故以雄词远致，一以矫之，则是以文字为意也。且文者，圣人假之以达其心，达则已，理穷则已，非故高

----

　　① 《唐语林》卷二引作"文笔学奇于韩愈，学涩于樊宗师"，"奇"字下无"诡"字，"涩"字上无"苦"字。但《国史补》下文均以两字形容作家风格，疑《唐语林》此两句引文有脱漏。

之、下之、详之、略之也。……故文之异,在气格之高下,思致之浅深,不在其磔裂章句,隳废声韵也。……昌黎韩愈,仆识之旧矣。……近或闻诸侪类云:恃其绝足,往往奔放,不以文立制,而以文为戏。可矣乎,可矣乎?"裴度的意见,从文章内容、形式两方面立论。内容这里姑置不论。形式方面,他批评韩愈、李翱的古文,故意造作一些参差错落的奇特语句,"高之、下之、详之、略之",结果"磔裂章句,隳废声韵",破坏了语言声韵的和谐之美。这种现象,韩愈文较李翱文要更显著突出一些。

当然,上面所说的韩文在用词造句方面的怪僻艰险,毕竟还是韩文的次要现象,韩文基本上是明白流畅的,它的基本特征是奇而不是涩,不能同樊宗师的散文相提并论。否则,韩愈就不可能成为古文运动的杰出领袖而对后世发生巨大的影响。但这里必须阐明这样一种事实,就是韩文尽管基本上是明白流畅的,但同当时流行的文章相比,却是比较古奥并不通俗的文章。当时政治上、社会上日常应用的一般文章,即古文运动所反对的所谓"时文",一般都是比韩文通俗浅显的骈文或骈句较多的散文。提到骈文,我们大概很容易想到《昭明文选》和李商隐《樊南文集》中的许多深奥作品,事实上唐代流行的骈文并非如此,它们多数语言浅显通俗,用典不多,比韩、柳等人的古文反而明白浅切,容易为一般人所接受。如陆贽(宣公)的许多文章,就是明白浅切的骈文。他在奉天时为唐德宗所写的不少书诏,"虽武夫悍卒,无不挥涕感激"(《旧唐书》卷一三九《陆贽传》),就是一个有代表性的例子。

让我们再举一些例子来说明。唐代礼部以诗赋考进士,吏部试人用判①,因此,诗(律诗)、赋(律赋)和判,是当时"时文"的主要样式。我们就举这方面的例子。《旧唐书》卷一四九《张荐传》说:"祖鷟,下笔敏速,著述尤多。言颇诙谐。是时天下知名,无贤不肖,皆记诵其文。……新罗、日本、东夷诸蕃,尤重其文。每遣使入朝,必重出

---

① 《旧唐书》卷四三《职官志》:"吏部择人以四才:谓身、言、书、判。"

金贝以购其文。其才名远播如此。"张鷟的《龙筋凤髓判》和传奇文《游仙窟》，我们现在尚能见到，都是通俗的骈体文。《游仙窟》中还有不少通俗的近体诗。再以中唐时代文名最盛的白居易来说，元稹《白氏长庆集序》说他的诗"二十年间，禁省、观寺、邮候墙壁之上无不书，王公、妾妇、牛童、马走之口无不道。至于缮写模勒、衒卖于市井，或持之以交酒茗者，处处皆是。……又鸡林贾人，求市颇切。自云本国宰相，每以百金换一篇，其甚伪者，宰相辄能辨别之。自篇章以来，未有如是流传之广者"。无怪李肇《国史补》说当时人作诗，"学浅切于白居易"。白居易流传最广的诗篇，乃是讲究对偶声律的近体诗①。白居易集子中还有不少散文，也较平易浅显，风格与诗歌接近。白氏也长于判，他的判也都是平易的骈文②。

至于律赋，可举唐末五代徐寅、黄滔两人的作品为例。清吴任臣《十国春秋》说："寅赋脍炙人口。渤海高元固来，言本国得《斩蛇剑赋》、《御水沟赋》及《人生几何赋》，家家皆以金书，列为屏障。其珍重如此。"（《全唐文纪事》卷五九引）又说："黄滔文赡蔚典则，《马嵬》、《馆娃》、《景阳》、《水殿》诸赋，雄新隽永，称一时绝调。"（《全唐文纪事》卷五五引）试举徐、黄两人辞赋的片段看看：

> 重轮而瑞醮红日，五色而光摇彩霞。时时而翡翠随波，飞穿禁柳；往往而鸳鸯逐浪，衔出宫花。（徐寅《御沟水赋》）

> 日惨风悲，到玉颜之死处；花愁雾泣，认朱脸之啼痕。襄云万叠，断肠新出于啼猿；秦树千层，比翼不如于飞鸟。（黄滔《明皇回驾经马嵬赋》）

---

① 参考陈寅恪《元白诗笺证稿》附论(丁)《元和体诗》节。
② 白居易所写的制诏公文文辞比较古雅，但文风仍颇平易，与韩愈古文风格不同。

其语言的通俗流美,很像白居易的《长恨歌》。

张鷟、白居易、徐寅等都是唐代著名文人,其作品远播海外,应当说是有代表性的。当时著名的高等文人的作品,尚且如此浅近通俗,至于当时一般人士所写的文章,就更不用说了。从敦煌发现的许多变文俗曲,我们可以认识到当时社会上流行文辞的通俗情况。当然,有些骈文不免用典较多,今天看来不够通俗;但在当时,一个念过一些书的人总读过一点简单的类书,有许多常用的典故在他们看来只是常识,因此文中运用这类常见的典故,并不影响它的通俗性。从张鷟、白居易、徐寅、黄滔等人的作品,我们可以认识到唐代社会上流行的骈体文("时文")的通俗性,韩愈、柳宗元等人的古文,比起这类骈体文来,不是更为明白晓畅,而是反而显得古奥。试举韩愈名篇中的若干语句为例:

> 尝试语于众曰:"某良士,某良士。"其应者,必其人之与也。不然,则其所疏远,不与同其利者也。不然,则其畏也。不若是,强者必怒于言,懦者必怒于色矣。(《原毁》)

> 云,龙之所能使为灵也。若龙之灵,则非云之所能使为灵也。然龙弗得云,无以神其灵矣。(《杂说一》)

> 当二公之初守也,宁能知人之卒不救,弃城而逆遁。苟此不能守,虽避之他处何益？及其无救而且穷也,将其创残饿羸之馀,虽欲去,必不达。二公之贤,其讲之精矣！(《张中丞传后叙》)

> 今夫平居里巷相慕悦,酒食游戏相征逐,诩诩强笑语以相取下,握手出肺肝相示,指天日涕泣,誓生死不相背负,真若可信;一旦临小利害,仅如毛发比,反眼若不相识,落陷阱不一引手救,反挤之又下石焉者,皆是也。(《柳子厚墓志铭》)

像这类语句,在韩文中是大量存在的;它们造语不凡,句式错落,比起一般语言明晓、句式整齐的骈俪文章,不是反而不好懂吗?

整个唐代,骈体文一直占优势。除判、律诗、律赋等骈体文字外,某些记叙、论说文章,虽然不纯用骈体,但也受骈体影响,较多俪词偶句,语言一般也较通俗。韩、柳倡导的古文运动,在当时影响并不很大,没有能够改变这种流行的文风。直到北宋欧阳修等人出来,进一步开展了古文运动,并且结合考试制度的改变(北宋后期常不再考诗赋,改试经义策论),才打倒了长时期来骈文的统治地位,使古文取得了优势。宋代董逌(北宋末叶人)《广川书跋》卷八中有一段话很值得我们注意:

> 尝闻八代文敝,至唐极矣。以文皇之英睿,房、杜之才贤,不能革此。岂习俗已久,非改心易虑,尽去旧染,不能扶而正也?其留于今者,碑刻书疏,读之令人羞汗,浮浅如俳优诨语,鄙俗如村野讼谍,无所校者也。当时如韩退之毅然以古学为诸儒倡,然其得意而人非笑之者,不胜众也。盖流俗所移,非能自立者,其能终不废耶!(《跋樊绍述绛守居园池记别本》)

董逌讥唐文"浮浅"、"鄙俗",正见出唐代通行文章的风格是浅易通俗的。董逌的见解反映了宋代古文运动取得胜利后对唐代骈俪文风的不满和鄙视。

韩愈和白居易同时,但两人诗文风格很不相同,韩尚奇崛,白尚浅切,走的是两条不同道路。《旧唐书》、《新唐书》对韩、白两人文学成就的不同评价,很值得我们重视。《旧唐书》是后晋时在唐人史书的基础上编纂的。当时流行文风崇尚骈俪声律,《旧唐书》的论赞都用骈文写作。白居易、元稹的诗文与当时流行文风吻合,《旧唐书》给予极高的评价,卷一六六《白居易传论》说:"若品调律度,扬榷古今,贤不肖皆赏其文,未如元、白之盛也。昔建安才子,始定霸于曹、刘。永明辞宗,先让功于沈、谢。元和主盟,微之、乐天而已。"又赞曰:"文章新体,建安、永明。沈、谢既往,元、白挺生。"它肯定沈约、谢朓,肯定永明文章新体,认为元、白是元和文坛的盟主,可以看出崇尚骈偶声律的品评标准。《旧唐书》卷一六〇《韩愈传》说:"愈所为文,务反近体,抒意立言,自成一家新语。后学之士,取为师法。当时作者甚众,无以过之,故世称韩文焉。"评价远逊于白居易,而且下面还批评韩文有"恃才肆意"、"讥戏不近人情"等弊病。《新唐书》出于北宋古文家欧阳修、宋祁之手,崇尚古文。《新唐书》编者对《旧唐书》的文风很不满意,认为其编者是"衰世之士,气力卑弱,言浅意陋,不足以起其文"(曾公亮《进〈唐书〉表》)。《新唐书》卷一七六对韩文给予极高评价,说:"愈深探本元,卓然树立,成一家言。其《原道》、《原性》、《师说》等数十篇,皆奥衍闳深,与孟轲、扬雄相表里而佐佑六经云。至它文造端置辞,要为不袭蹈前人者。"《新唐书》卷一一九《白居易传》说:"居易于文章精切,然最工诗。初,颇以规讽得失,及其多,更下偶俗好,至数千篇,当时士人争传。"评价远逊于韩愈,还批评白居易诗"下偶俗好",意即与当时流行的诗风同流合污。当然新、旧《唐书》对韩、白两人文学的评价,涉及内容、形式两个方面,这里仅就文辞风格进行分析。白居易的作品比韩愈浅易,颂扬白居易文学成就的《旧唐书》文章比《新唐书》浅易,这些都足以说明韩愈的古文,比当时流行的文章要古奥。

宋代朱弁的《曲洧纪闻》卷四记载了一则很有趣的故事:"穆修伯长,在本朝为初好学古文者。始得韩、柳善本,为大喜。……欲二家文集行于世,乃自镂板,鬻于相国寺。性抗直不容物。有士人来,酬价不相当,辄语之曰:'但读得成句,便以一部相赠。'或怪之,即正色曰:'诚如此,修岂欺人者!'"(《全唐文纪事》卷七六引)古文文句参差错落,本不如骈四俪六的骈文容易断句,加上韩文喜用生词硬句,柳文有一部分也较艰深,习惯于诵习骈文的士人,要把韩、柳读得成句而不出差错,确非易事。穆修对士人的傲慢态度,也反映了韩、柳古文要比当时流行的时文难读。

　　有些文学史研究者,往往不适当地强调韩、柳古文运动与唐传奇关系。一种流行的意见,认为中唐时代古文运动的开展,为唐传奇提供了自由流畅的文体,因而促进了唐传奇的发达。这种意见是不符合历史事实的。唐传奇是叙事之文,继承魏晋南北朝志怪小说传统,从早期的《古镜记》、《白猿传》等,一直用散体文写作,无须借助于古文运动的开展。唐传奇因受当时流行的骈文影响,句法常较整齐,且杂有不少骈句。这种倾向到唐代中期,在当时通俗文艺说话、变文、俗曲等影响下,更为显著,即骈词俪句增加,描写更细致,文采更艳丽。这种现象在《柳毅传》、《霍小玉传》、《南柯太守传》等著名作品中,都表现得颇为鲜明。这种文风,与当时韩、柳的古文风格,不但不相一致,而且大相径庭。韩愈、柳宗元在当时传奇盛行风气影响下,也写了少数接近小说的文章,像韩愈的《毛颖传》、柳宗元的《河间传》,但这类文章,主旨在垂示教训,发表感想,语言务求雅洁;一般传奇,主旨在讲述富有趣味的故事,通过故事来感动读者,语言往往华艳生动:二者思想、艺术特色都很不相同①。这里不妨再把韩、柳与元、白相比。韩、柳的《毛颖传》等,特色如上所述,严格说来,不能称为小说,只能说是接近小说的文章,鲁迅先生的《中国小说史略》没有介绍韩、柳的这类作品,是很有见地的。元稹的《莺莺传》、白居易同陈鸿合作的《长恨歌》及《传》,则是故事生动,文笔华艳宛转,同《柳毅传》、《霍小玉传》等传奇风格一致,在唐传奇中占有重要地位,并对后代的戏曲发生深远影响。这方面韩、柳文风和元、白文风的差异,也是足以说明韩文风格特征是奇崛古奥而不是平易通俗的一个例证。

　　综上所述,可见韩文和韩诗的风格基本上是一致的。如果说,跟大历至贞元、元和时期通行的平易软熟的近体诗相比,韩诗显得很奇

---

　　①　参考拙作《试论唐传奇与古文运动的关系》一文。编者按:此文收入《汉魏六朝唐代文学论丛》上编。

崛;那末,跟当时流行的一般骈文和骈句较多的散文相比,韩文也同样显得奇崛。我们只能说在数量上和程度上,韩诗的奇崛甚至流于怪僻艰涩,比韩文更甚而已。我们所以会产生韩文和韩诗风格不同的错觉,其主要原因,大约有两点。一是如上所述,对当时流行文章的语言特征不甚注意。二是韩文尽管奇崛,毕竟还是前有古人(例如扬雄),而且一般看法,认为散文可以运用纵横恣肆、兀傲不驯的语句,以见其雄健不凡;至于以这种语句入诗,则可说是韩愈的前无古人的独创,它又跟我们一般对诗的语言的要求不合,因此容易感到奇崛了。

必须说明,指出韩愈散文的语言风格特征是奇崛古奥,并不因此否定韩文在文学史上的进步意义。唐代骈文尽管有许多写得很通俗,比古文要更浅显些,但毕竟讲究对偶声律,追求华辞丽藻,偏重形式,在许多地方违背语言的自然原则,显得矫揉造作。韩愈继古文运动前驱者之后,以自己的巨大努力和突出成就,有力地打击了骈文,动摇了骈文长时期来在文坛的统治地位,使古文运动能够深入开展,到了宋代,终于使比较自然的古文取代了骈文的统治地位,这无疑是中国散文发展史上的重大成绩。

二

韩愈在文学爱好上的一个特点是尚奇。他在《上兵部李侍郎书》中说:"凡自唐虞以来,编简所存,大之为河海,高之为山岳,明之为日月,幽之为鬼神,纤之为珠玑华实,变之为雷霆风雨,奇辞奥旨,靡不通达。"这里"奥旨"指渊深的内容,"奇辞"即指奇特不凡的语言。韩愈的这种尚奇倾向,不但表现于自己的诗文创作,还表现在他对别人作品的评价上。

在诗歌方面,韩愈重视孟郊、卢仝、李贺等诗风奇崛的作家。他对孟郊尤为推重,在不少作品中备加赞扬,还同孟郊一起写了许多联句。

韩愈推重孟郊的诗具有古意,"古貌又古心"(《孟生诗》);更推重孟诗的奇辞硬句,所谓"钩章棘句,挦擢胃肾"(《贞曜先生墓志铭》),"横空盘硬语,妥帖力排奡"(《荐士》)。这为大家所了解,这里不再多说。

对前代和唐代的散文作家作品,韩愈也同样尚奇。对前代作家,他很推重扬雄的艰深之作。一则说:"汉朝人莫不能为文,独司马相如、太史公、刘向、扬雄为之最。"(《答刘正夫书》)再则说:"汉之时,司马迁、相如、扬雄,最其善鸣者也。"(《送孟东野序》)三则说:"子云、相如,同工异曲。"(《进学解》)又在《答崔立之书》中称"屈原、孟轲、司马迁、相如、扬雄之徒"为"古之豪杰之士"。这些都说明他对扬雄文章(包括辞赋、散文)的爱好。所以柳宗元也说:"退之所敬者,司马迁、扬雄。"(《答韦珩书》)

对唐代前辈散文家,除陈子昂外,韩愈推重苏源明、元结、李观等人。《送孟东野序》说:"唐之有天下,陈子昂、苏源明、元结、李白、杜甫、李观,皆以其所能鸣。"这是很重要的表白。他把苏源明、元结、李观三人同大名鼎鼎的陈、李、杜三人并列,表现了对苏、元等三人的偏爱。苏源明的散文,现存很少,《全唐文》卷三七三仅存五篇,其风格比较古朴。按杜甫《八哀诗·故秘书少监苏公源明》有云:"前后百卷文,枕藉皆禁脔。制作扬雄流,溟涨本末浅。"杜甫把苏源明的作品同扬雄相比,可能因为源明著有《易元包传》①,其书性质与扬雄摹仿《易经》的《太玄》相类;也可能兼指两人的文章风格相近。杜甫非常推重苏源明,在诗中屡屡提及;杜甫自己的散文风格也颇古奥。苏源明最推重元结。《新唐书》卷二〇二《苏源明传》说源明"其最称者元结、梁肃";又卷一四三《元结传》载"国子司业苏源明见肃宗问天下士,荐结可用"。源明推重元结,当然首先在于看到元结的学问思想好,但也当包括元结古奥的文

---

① 《新唐书·艺文志》经部易类:"卫元嵩《元包》十卷,苏源明传,李江注。"《全唐文》卷三七三存《元包首传》、《元包五行传》、《元包说源》三篇。

风。这些资料都可作为旁证,推论苏源明的文风当属于古奥一流。元结的散文偏于古奥艰深,后人多有评论。宋晁公武《郡斋读书志》卷四评为"辞义幽约,譬古钟磬不谐于俚耳"。明胡应麟《少室山房笔丛》说:"萧(颖士)、李(华)文尚平典,元(结)独矫峻艰涩,近于怪且迂矣。一变而樊宗师诸人,皆结之倡也。"(《全唐文纪事》卷五八引)韩愈在《送孟东野序》中不提当时名声很大的古文运动前驱者萧颖士、李华而独提元结,在很大程度上是基于他的文学好尚,决非出诸偶然。李观的散文也属于艰深一派,《四库提要》有这样的评语:"大抵雕琢艰深,或格格不能自达其意,殆与刘蜕、孙樵同为一格。"

这里,我们得谈谈韩愈对樊宗师的赞美。韩愈在《南阳樊绍述墓志铭》中,前面说:"然而必出于己,不袭蹈前人一言一句,又何其难也!"赞美樊文的独创性。后面说:"神徂圣伏道绝塞,既极乃通发绍述。文从字顺各识职,有欲求之此其躅。"赞美樊文的重大成就,并要别人向樊文学习。在《与袁相公书》中,又赞美宗师"善为文章,词句刻深,独追古作者为徒,不顾世俗轻重",推挹可谓备至。宗师的文章艰涩到了极点,韩愈如此推许,当然也是他的偏爱。有些评论者尝疑韩愈对樊文的推许不是真心话,如元代刘埙说:《樊绍述墓志铭》"其意已寓抑扬","似以樊为不然者"(《隐居通义》卷十五)。近人钱基博说:《樊志》"文从字顺"二句"所以讽绍述之故为僻涩","而告求者之勿以此为躅耳"(《韩愈文读》)。这种解释都不确。韩愈对于他一向推重的樊宗师,不会在他死后加以讥讽;何况韩愈推重文风怪僻艰涩的作家,是他的一贯主张,不仅表现于对樊宗师一人。

樊宗师的散文如此艰涩,韩愈为什么称之为"文从字顺"呢?须知在酷爱奇崛的人看来,奇崛过甚而流于艰涩,也仍然是通畅自然的。韩愈《荐士诗》称孟郊的诗为"妥帖力排奡"。皇甫湜《答李生第一书》论文章之奇说:"虎豹之文,不得不炳于犬羊;鸾凤之音,不得不锵于乌鹊;金玉之光,不得不炫于瓦石:非有意先之也,乃自然也。

必崔嵬然后为岳，必滔天然后为海。明堂之栋，必挠云霓；骊龙之珠，必固深泉。"认为既有不平凡的鸟、兽、山、海、珠宝、建筑等等，也必然有不平凡的文章，这些都是合于自然的。皇甫湜是韩愈的嫡传弟子，其文"得愈之奇崛"（《四库提要》），他对于奇的解说很可能出自韩愈，至少同韩愈的主张相符合。再说，韩愈又喜欢扬雄，喜欢古文字，他在《科斗书后记》中说："凡为文辞，宜略识字。"从古文字的角度看来，许多艰深的用字都是于古有据，不算过分。近人谢无量说："退之为文，不以奇字为嫌，故于宗师之文，称其文从字顺。今观世传宗师《绛守居园池记》，虽经训释，犹多不可读，其艰深过扬雄远矣。退之称之，殆以为犹愈于雷同剿说也。"（《中国六大文豪》第六编第四章）这解释是中肯的。韩愈为了提倡古文，竭力反对董迣所说的当时浮浅鄙俗的文章，反对雷同剿说。尽管他自己的作品基本上是奇而不涩，但在议论、主张方面，某些地方是不免矫枉过正的。

韩愈同白居易同时，在长安时还有来往，但韩集中没有一处称道白居易的作品，这说明韩愈对于白居易的浅切通俗、"下偶俗好"的文风是不满的。高彦休《唐阙史》卷上载："裴度再修福先佛寺，危楼飞阁，琼砌璇题，就有日矣。将致书于秘监白乐天，请为刻珉之词。值正郎（皇甫湜）在座，忽发怒曰：'近舍某而远征白，信获戾于门下矣。且某之文，方白之作，自谓瑶琴宝瑟而比之桑间濮上之音也。然何门不可以曳长裾，某自此请长揖而退。'座客旁观，靡不股栗。"皇甫湜斥白居易作品为"桑间濮上之音"，是同当时古文家鄙夷通俗时文的态度息息相通的。韩门弟子皇甫湜对白居易文风的鄙视，实际也反映了韩愈对白居易文风的不满。

韩愈在散文创作和理论上的尚奇倾向，对后来古文家发生很大影响。中晚唐著名的受他影响的古文家中，只有李翱的文章比较平易，其馀皇甫湜、孙樵、刘蜕的作品都相当艰深。韩愈的儿子韩昶拜樊绍述为师，所写文章连樊绍述也读不通（见韩昶自为墓志铭）。这些显然不是偶然的现象。这种风气一直持续到北宋初年。元代吴师道《绛守居园池记注》说："后来有学韩愈氏为文者,往往失其旨。尝有人以文投陈尧佐(北宋前期人)。陈得之,竟月不能读。即召之,俾篇篇口说,然后识其句读。陈以书谢,且戏曰:'子之道半在文,半在身。'以为其人在则其文行,盖谓既成之而须口说之也。"(《全唐文纪事》卷五八引)所谓"往往失其旨",说明当时学韩文者常常流于艰涩。柳开《应责》说:"古文者,非在辞涩言苦,使人难读诵之。在于古其理,高其意,随言短长,应变作制,同古人之行事,是谓古文也。"(《河东集》卷一)这说明当时有一部分人认为古文必须"辞涩言苦",才算古雅。《新唐书》的编者宋祁,喜用怪僻的字,也是当时这种风气的表现。

这种风气到欧、曾、苏、王等六家出来,是完全被扭转过来了。他们不但在创作上表现得较韩文平易流畅;而且在议论上也鲜明地反对艰深,过去韩愈所推重赞扬的一些作家都遭到他们的非难。欧阳修《集古录》卷七"唐元结浯罇铭"条批评元结说:"次山,喜名之士也。其所有为,惟恐不异于人;所以自传于后世者,亦惟恐不奇,而无以动人之耳目也。视其辞翰,可以知矣。古之君子,诚耻于无闻,然不如是之汲汲也。"对于樊宗师,他在《集古录》卷九"唐樊宗师绛守居园记"条和《绛守居园池诗》中也深致不满。苏轼在《答谢民师书》中批评扬雄说:"扬雄好为艰深之辞,文浅易之言。若正言之,则人人皆知之矣。此正所谓雕虫篆刻者。其《太玄》、《法言》,皆是类也,而独悔于赋,何哉?终身雕篆而独变其音节,便谓之经,可乎?"宋文的趋于明白晓畅,应当说跟欧、苏等作家有意识地发展韩文平易流畅的一面,同时纠正他的艰深偏向及其不良影响是分不开的。

1958 年初稿,1980 年改写。

(原载《复旦学报》增刊《古典文学论丛》,

上海人民出版社 1980 年 8 月出版)

略谈韩愈的《师说》

一

　　韩愈是我国古典散文的一位卓越的作家，是善于使用语言的巨匠。在司马迁之后，我国古典散文，到了韩愈，又获得了新的巨大的成就。韩愈散文创作所表现的才能是多方面的，他的说理文、记事文、抒情文都写得很好，有不少佳篇脍炙人口。《师说》是说理文中的一篇杰作。

　　《师说》一文的主旨是：说明师的作用、从师的必要性和途径，批判当时人们不重视师道的不良风气。全文可分四段。从开头到"道之所存，师之所存也"为第一段；从"嗟乎，师道之不传也久矣"到"其可怪也欤"为第二段；从"圣人无常师"到"如是而已"为第三段；从"李氏子蟠"到结束为第四段。现在先逐段作简单解说，然后再在思想艺术方面作一些综合分析。

　　第一段内容说明师的作用和从师的必要性和途径。开头"古之学者必有师"一句点明古人重视师道，跟下面第二段批判当时人们不重视师道形成鲜明的对照。师的作用是：传道，授业，解惑。道，相当于现在的政治思想；业，相当于现在的业务知识；解惑，就是解答这两方面的疑惑。人非生而知之者，在学习过程中必然有疑惑，必须请教老师解决：这就指出了从师的必要性。底下再指明从师的途径。

只要别人有道,就可向他学习,而不应该计较年龄、贵贱等条件。这里仅从传道方面说,因为韩愈特别重视传道(这点下面要谈),事实上在授业方面也是如此。我们也可以说:"业之所存,师之所存也。"第三段结尾云:"闻道有先后,术业有专攻,如是而已。"道、业二者并提,正是此意。

第二段着重批判当时人们不重视师道的不良风气。开头两句以感叹语气惋惜古人优良的从师风气不传于今,带起全段。底下又分三小段。从"古之圣人"到"其皆出于此乎"为一小段,以"古之圣人"与"今之众人"作对比;从"爱其子"到"吾未见其明也"为一小段,以为子择师与己不从师作对比;从"巫医乐师百工之人"到"其可怪也欤"为一小段,以巫医乐师百工之人与士大夫作对比:三个小段都通过对比说明了当时上层阶级人士不重视从师的愚蠢,并致以很深的感叹,和段首的总提形成谐和的气氛。"句读之不知"以下六句是说童子不知句读,则为之择师学习,自身在道方面有疑惑,却不从师请教,这是学了小的(指句读)而丢掉大的(指道)了。"彼与彼,年相若也,道相似也"描写当时上层人士在从师方面计较年龄。底下指出他们在从师这个问题上,羞于拜位置卑下的人为师,对官位显盛的人则又近于谄媚,这是计较贵贱。这种作风跟第一段末尾提出的"无贵无贱,无长无少"的标准正相对立,对当时人们不良风气的批判显得很有力。

第三段通过孔子的实际例子,进一步指明从师的途径。人们应该多方面地向别人学习,学习他们的道和业。郯子等人在总的方面都不及孔子,但他们都有专门之长,所以孔子就虚心请教,而不计较其他。第二段中曾提出:"古之圣人,其出人也远矣,犹且从师而问焉。"这段文字对这几句话可说是一种具体的阐发。

第四段叙明写作这篇文章的原因。李蟠重视学习古文和表现在古代经籍中的古道,能不受当时不良风气的拘束,所以写这篇《师说》

送给他。

二

这篇文章一方面强调指出师的传道作用，指出古人重视师道，另一方面着重批判当时人们不重视师道的不良风气，这跟韩愈的整个学术思想有密切的关系。我们知道，韩愈是唐代古文运动的领导人，他提倡古文，又提倡古道，他要以古文为工具来宣传古道。所谓古道，就是古圣先王尧、舜、禹、汤、文、武、周公以至孔子、孟子修身、齐家、治国、平天下之道。这种古道表现在古代儒家的经典中间，内容很深奥，特别需要老师的传授。所以儒家一向很重视师法。汉代学习经书的儒生，特别重视从师受业；韩愈要复兴古道和古文，因此大力提倡师道。李蟠能够认真学习古道和古文，所以韩愈写了《师说》送给他。再看韩愈的另一篇重要作品《答李翊书》，他对另一个重视学习古道和古文的青年人李翊，给予谆谆的教诲。可见韩愈不但提倡师道，而且在培养后辈方面身体力行。从各种记载，我们知道韩愈在培养后辈方面作了许多工作；唐代古文运动的克奏大功，跟韩愈这方面的努力有密切关系。

另一方面，当时的一般上层阶级人士，所谓士大夫之族，他们不重视古学，不注意钻研儒家经典中修身、齐家、治国、平天下的道理；他们也不重视古文，而喜欢写华靡不切实际的骈文。他们所追求的常是个人的名位和利禄。他们不但不重视从师，而且要讥笑、打击提倡师道的人。韩愈在古文运动方面的亲密战友柳宗元曾经描写这种情况道：

　　今之世，不闻有师；有，辄哗笑之，以为狂人。独韩愈奋不顾流俗，犯笑侮，收召后学，作《师说》，因抗颜而为师。世果群怪聚

骂，指目牵引，而增与为言辞。愈以是得狂名，居长安，炊不暇
熟，又挈挈而东，如是者数矣。（《答韦中立论师道书》）

这种情况跟《师说》第二段所写的可以互相发明。时人轻视师道如
此，无怪乎韩愈要大声慨叹了。

　　道是一个抽象的概念，它可以指各式各样具体的内容。韩愈所
提倡的道，是儒家的古圣先王之道。他提倡儒家之道，要求君君、臣
臣、父父、子子（见《原道》），要求巩固封建秩序，有其反动性；但从当
时具体历史条件看，他以儒家思想为根据、为武器，来反对佛老流行，
反对藩镇割据，又有其进步作用。正确地评价韩愈这方面的思想，是
一个比较复杂的问题；这里不可能作出详尽的分析。总之，不能简单
地肯定或否定，应该有批判、有分析地对待。在《师说》第二段中，韩
愈说："巫医乐师百工之人，君子不齿。"这也反映了封建时代士大夫
知识分子对下层人民的轻视，反映了阶级的局限。

　　尽管《师说》在内容方面有其封建性的糟粕，应该剔除，韩愈所提
倡的道不是我们现在所要提倡的；但韩愈在这篇文章中指出师的作
用在于解决道和业两方面的疑惑，人们必须从师请教才能进步，人们
必须不计较年龄、地位等等条件虚心地多方面地向别人学习，这些见
解都是正确的，对我们现在还有积极的教育意义。

　　我们正在把我们伟大的祖国建设成为一个社会主义国家，我们
做着前人从未做过的事业。要完成这个光荣而又艰巨的任务，我们
必须不断提高政治觉悟和工作热情，接受前人积累起来的一切有用
知识并加以发展。我们要在改造客观世界的同时，不断改造自己和
提高自己。要提高政治水平和业务水平，都需要付出艰苦的劳动，要
像马克思所说，使自己成为"在崎岖小路的攀登上不畏劳苦的人"。
在前进的道路上，拜人为师，向人学习，犹如找到了熟悉路径的向导，
使我们能更快地到达目的地，避免误入歧途。

毛泽东同志一向是非常重视学习的,他屡屡谆谆教导我们要虚心地不倦地学习,向别人请教:

> 学习的敌人是自己的满足,要认真学习一点东西,必须从不自满开始。对自己,"学而不厌",对人家,"诲人不倦",我们应取这种态度。(《中国共产党在民族战争中的地位》,《毛泽东选集》第二卷)

> 没有满腔的热忱,没有眼睛向下的决心,没有求知的渴望,没有放下臭架子、甘当小学生的精神,是一定不能做,也一定做不好的。必须明白:群众是真正的英雄,而我们自己则往往是幼稚可笑的,不了解这一点,就不能得到起码的知识。(《农村调查的序言和跋》,《毛泽东选集》第三卷)

在这种教导的光辉照耀下,读韩愈的《师说》,一定可以体会更深。毛泽东同志要我们不自满,放下臭架子,甘当小学生,虚心向群众学习;这种教导跟《师说》的主旨"是故无贵无贱,无长无少,道之所存,师之所存也"在精神上不是互相沟通的吗?

三

韩愈散文以气势雄壮著称。皇甫湜评他的文章如"长江大注,千里一道,冲飚激浪,污流不滞"(《谕业》),苏洵评他的文章如"长江大河,浑浩流转"(《上欧阳内翰书》),都形象地指明了这一特色。这种风格的形成,从语言因素讲,善于运用排偶是一个重要原因。排偶把同范围、同性质的事物,以结构相同或相类的语句接连在一起讲,就使文章有如长江大河,前浪接后浪,形成滔滔不绝的壮观。《师说》第一段"生乎吾前"句以下到段末,第二段中"古之圣人"一小段,都运用不少排偶语句,使人念起来感到虎虎有生气。此外第二段"句读之不知"以下四句、"位卑则足羞"以下二句,第三段"是故弟子不必不如师"以下四句,也都是排偶句。这种排偶在语气上是很自然的,跟雕琢堆砌的骈文不同,故常为古文家所运用。

《师说》中以第二段为最长,写得也最精彩。全段在开头的感叹以后,下面三小段都用对比法来进行讽刺。对比的对象是历史上的圣人、家庭中的儿童、社会上的巫医乐师百工之人。这些人的情况是大家所熟悉的,因此通过对比,就生动有力地讽刺了时人的愚蠢。这段文章在语言运用上的一个特色是错综多变化,给人以毫不平滞呆板的感觉。例如"古之圣人"句以下三小段都用对比法进行讽刺,其结尾都慨叹时人的愚蠢,但语气各不相同:

> 圣人之所以为圣,愚人之所以为愚,其皆出于此乎?(疑问语气)

> 小学而大遗,吾未见其明也。(判断语气)

> 巫医乐师百工之人,君子不齿,今其智乃反不能及,其可怪也欤!(感叹语气)

又如"爱其子"小段中"句读之不知"以下四句,按照一般的造句习惯,应当是:"句读之不知,则师焉;惑之不解,则不焉。"现在这样安排,就显得奇崛而不平凡。再如"巫医乐师百工之人"小段中以"彼与彼,年相若也,道相似也"的直接口吻来描绘士大夫之族在从师问题上计较年岁,底下"位卑"两句则用作者口吻来叙述他们计较贵贱,也是善于变化的一例。这段文章在语言运用上的又一特色是强劲有力。用对比的三小段,在彼此承接的地方,都是直接,没有运用过渡的语句或连接词。所以清刘大櫆评云:"爱子、百工、圣人,陡起三峰插天。"清吴汝纶评此文也说:"句句硬接逆转,而气体浑灏自然。"(均见马通伯《韩昌黎文集校注》)这么一段不算很长的文章,在语言运用上就已具有这些特色和变化,真叫人不能不佩服作者驾驭文字的卓越才能。

(原载《语文教学》1959年第9期)

试论唐传奇与古文运动的关系

唐传奇发达于中唐时代，韩、柳古文运动也兴起于中唐；传奇与古文的文体又相类似，都是散体文而非骈体文。这种现象使许多文学史研究者都肯定传奇与古文运动有密切的关系，传奇是在古文运动开展的背景下发达起来的。对此问题我有一些不同的看法，愿在这里提出来跟大家商榷。

一

郑振铎先生在《插图本中国文学史》第二十九章《传奇文的兴起》中称："传奇文是古文运动的一支附庸，由附庸而蔚成大国。"其理由如下：

> 传奇文的开始，当推原于隋、唐之际，但其生命的长成则允当在大历、元和之时无疑。在隋、唐之际的传奇文，只是萌芽而已；大历、元和之间才是开花结果的时代。而促成其生长者，则古文运动"与有大力焉"。盖古文运动开始打倒不便于叙事状物的骈俪文，同时，更使朴质无华的古文，增加了一种文学的姿态，俾得尽量的向美的标的走去。传奇文便这样的产生于古文运动的鼎盛的时代，其间的消息当然很明白的可知的，传奇文的著名作者沈既济乃是受萧颖士的影响的；又沈亚之也

是韩愈的门徒①；韩愈他自己也写着游戏文章《毛颖传》之类。其他元稹、陈鸿、白行简、李公佐诸人，皆是与古文运动有直接间接之关系的。故传奇文的运动，我们自当视为古文运动的一个别支。

郑先生的《插图本中国文学史》在解放前的中国文学史著作中是很有分量的作品；这里对于唐传奇与古文运动关系的看法，也具有很大的代表性②。郑先生确定唐传奇与古文运动的关系，主要根据有二：其一，传奇与古文文体的类同；其二，不少传奇的作者与古文运动有关系，古文运动的主将也写了游戏文章。底下就试从文体与作者这两个角度来谈谈我的看法。

先谈文体。首先必须指出，唐传奇的文体跟汉魏六朝的志怪小说是有密切的继承关系的。魏晋南北朝骈文昌盛，但当时小说仍用散文体写作。干宝的《晋纪总论》（见《昭明文选》），是骈俪语句很多的论文，但他的《搜神记》却是用散文写的。吴均的《与宋元思书》（见《六朝文絜》），是脍炙人口的写景骈文，但他的《续齐谐记》也是用散文写的。按《汉书·艺文志》、《隋书·经籍志》、《旧唐书·经籍志》、《新唐书·艺文志》等史志，可知我们现在的所谓汉魏六朝小说，有的属于子部小说家类，而更大多数则属于史部杂史、杂传记等类。这种记事之文，一般不讲究文辞之藻饰，故当时人习惯以散体文写小说，即使善写骈体的作家如吴均也不例外。唐传奇自初期的《古镜记》、《白猿传》以至后来的作品，其语言基本上跟汉魏六朝的志怪小说还

---

① 熙案《新唐书》卷二〇二《萧颖士传》："颖士子存，能文辞，与韩会、沈既济、梁肃、徐岱等善。"沈亚之"尝游韩愈门"，见《郡斋读书志》与《唐才子传》。

② 刘大杰先生《中国文学发展史》上册第十二章第四节的看法跟郑先生相同。两书都是解放前出版的，郑、刘两先生现在的看法或许已有所不同，但这种看法至少迄今还代表了不少文学史研究者的意见。

是很相类似的。它们的语句都比较简短凝练，多四字句，风格与骈文比较相近，而与《战国策》、《史记》及唐宋八大家的语句，参差错落，往往故意避免复笔者，距离反远。由此可见，唐传奇使用的文体，自有它的直系祖先，无待借助于古文运动。而且自六朝志怪中经唐初的《古镜记》、《白猿传》而至中唐以后的传奇，源流分明，未曾中断。

这里必须提一下《游仙窟》，它是初唐武后时代张鷟的作品。《游仙窟》是用骈体文写的，人们可能会有这样一种错觉：《游仙窟》的文体是初唐小说的通行文体，后来在中唐古文运动蓬勃开展的影响下，唐传奇文辞才趋向散文化。但这种看法是无法成立的，因为唐初产生了像《古镜记》、《白猿传》那样的散文体小说，而《燕山外史》式的《游仙窟》，无从证明是当时文坛上小说的通行文体。

我们说唐传奇的语言基本上与汉魏六朝小说很相类似，它当然还有发展，就是更为细腻生动、通俗化。鲁迅先生《中国小说史略》第八篇说："小说亦如诗，至唐代而一变，虽尚不离于搜奇记逸，然叙述宛转，文辞华艳，与六朝之粗陈梗概者较，演进之迹甚明。"就是这个意思。"文辞华艳"是唐中期及以后传奇的一大特色，"文辞华艳"的表现之一是使用了不少骈俪文句。像《枕中记》中的骈句，还可说是主要见于卢生的奏疏，系受当时应用文体的影响。若《柳毅传》、《霍小玉传》、《南柯太守传》、《长恨传》中的不少骈句，就见于作者的叙述文字中。试举例如下：

> 语未毕，而大声忽发，天拆地裂，宫殿摆簸，云烟沸涌。俄有赤龙长千馀尺，电目血舌，朱鳞火鬣，项掣金锁，锁牵玉柱。千雷万霆，激绕其身；霰雪雨雹，一时皆下。（《柳毅传》）

> 虽生之书题竟绝，而玉之想望不移。赂遗亲知，使通消息。寻求既切，资用屡空。……风流之士，共感玉之多情；豪侠之伦，

皆怒生之薄行。(《霍小玉传》)

> 复问生亲戚存亡,闾里兴废。复言路道乖远,风烟阻绝。词意悲苦,言语哀伤。……见家之僮仆拥篲于庭,二客濯足于榻,斜日未隐于西垣,馀樽尚湛于东牖。(《南柯太守传》)

上面这些传奇中的骈语虽不少,比重还不多,若郭湜的《高力士外传》、袁郊的《红线传》,骈语的分量就几乎超过散体了。《霍小玉传》、《南柯太守传》、《高力士外传》都是中唐时代的产品,前二者又是传奇的代表作品。由此可见,与古文运动同时发展的中唐传奇,文辞不但不向古朴的方向发展,反而向华艳的骈俪方向发展。这种华艳的骈句,不但与古文的风格相对立,而且是汉魏六朝志怪小说以至唐初的《古镜记》、《白猿传》所没有的。中晚唐传奇骈俪文句的增多,是受到了当时变文、俗曲等民间文学的影响,变文、俗曲中的骈句是极多的。中晚唐的传奇,较之过去的小说更为通俗,与市民文学的关系更为密切;骈句的增多,正是它的通俗性的一个标志。我们认为:《游仙窟》是刻意摹仿变文、俗曲的作品,所以通体是骈文;《霍小玉传》等则深受变文、俗曲等民间文学的影响,所以基本上是散文体,但骈句相当多。

不错,唐代与古文运动有关的作家也写了小说,古文运动领袖韩愈和柳宗元自己也写了近于小说的作品(姑且也称为小说)。韩愈写了《毛颖传》、《石鼎联句诗序》,有人把他的《圬者王承福传》也给算上了。柳宗元写了《河间传》,有人把他的《种树郭橐驼传》也给算上了。这些文章当然跟传奇是比较接近的。但仔细考察起来,古文作家所写的小说,毕竟与一般传奇作品有所不同。这种不同主要表现为:古文家的小说主旨在垂示教训、发表感想,语言务求雅洁;一般传奇主旨在讲述富有趣味的故事,通过故事来感动读者,语言注意华艳生动。鲁迅先生《中国小说史略》第八篇对此有很好的说明:

幻设为文,晋世固已盛,如阮籍之《大人先生传》、刘伶之《酒德颂》、陶潜之《桃花源记》、《五柳先生传》皆是矣,然咸以寓言为本,文词为末,故其流可衍为王绩《醉乡记》、韩愈《圬者王承福传》、柳宗元《种树郭橐驼传》等,而无涉于传奇。传奇者流,源盖出于志怪,然施之藻绘,扩其波澜,故所成就乃特异。

根据这种区别来看,《圬者王承福传》、《种树郭橐驼传》固然不能算小说,《毛颖传》、《河间传》毕竟也以寓意为主,不能与一般传奇等量齐观。

底下让我再引用一些例子来证明传奇与古文的这种区别,李肇《国史补》卷下"韩沈良史才"条说:

> 沈既济撰《枕中记》,庄子寓言之类。韩愈撰《毛颖传》,其文尤高,不下史迁。二篇真良史才也。

《枕中记》在中唐传奇中着重寓意,文字亦比较朴素简洁,风格与韩、柳古文比较接近,所以得到李肇的推许。李公佐的《南柯太守传》主题与《枕中记》相同,但写得更宛曲华艳,更能显示传奇的特色。《国史补》也提到《南柯太守传》,但于其文辞并未推许。沈既济的另一传奇作品《任氏传》,描写离奇的故事,文笔也宛曲华艳,也不如《枕中记》获得重视。

上文说过中唐传奇颇多骈句,这种体制是与古文的要求相违背的。《陈后山诗话》说:

> 范文正公为《岳阳楼记》,用对语说时景,世以为奇。尹师鲁读之曰:传奇体耳。传奇,唐裴铏所著小说也。

这里的传奇当泛指唐人小说，而不是裴铏的专书。范仲淹的《岳阳楼记》中间一段写景文字，多用骈对，且大抵为四字句，体制确与唐传奇非常接近，所以遭到古文家尹洙的藐视。古文要求雅洁，像《岳阳楼记》这样铺张的描写景物，是他们所反对的。柳宗元的山水游记就没有这样铺张的写法。中唐传奇中，沈亚之的《湘中怨辞》、《异梦录》、《秦梦记》，文字比较简约而少铺叙，或许正因他是韩愈的门徒，受到古文影响的缘故。

二

对于传奇与古文运动的关系，陈寅恪先生有一些独特的看法。他不像郑先生那样强调古文运动对于传奇的影响，而是强调了传奇在古文运动中所起的作用。陈先生的意见散见于他的《韩愈与唐代小说》、《长恨歌笺证》、《读莺莺传》、《新乐府笺证》、《论韩愈》等文章①中，现在撮录其中的重要论点如下：

1. "当时叙写人生之文，衰弊至极。""近年所发现唐代小说如敦煌之俗文学，及日本遗存之《游仙窟》等，与洛阳出土之唐代非士族之墓志等，其著者大致非当时高才文士（张文成例外），而其所用以著述之文体，骈文固已腐化，即散文亦极端公式化，实不胜叙写表达人情物态世法人事之职任。"（《长恨歌笺证》）

2. 对此种衰弊至极的叙事文，"欲事改进，一应革去不适描写人生之已僵腐化之骈文，二当改用便于创造之非公式化之古文，则其初必须尝试为之。然碑志传记为叙述真实人事之文，其体尊严，实不合

---

　　①　《韩愈与唐代小说》原载《哈佛大学亚细亚学报》第一卷第一期。有程会昌先生译文，载《国文月刊》第五十七期。《论韩愈》载《历史研究》1954年第二期。其他各篇均见《元白诗笺证稿》。

于尝试之条件。而小说则可为驳杂无实之说,既能以俳谐出之,又可资雅俗共赏,实深合尝试且兼备宣传之条件"(《长恨歌笺证》)。韩愈之古文,"乃用先秦两汉之文体,改作唐代当时民间流传之小说,欲借之一扫腐化僵化不适用于人生之骈体文,作此尝试而能成功者。故名虽复古,实则通今,在当时为最便宣传甚合实际之文体也"(《论韩愈》)。"古文之兴起,乃其时古文家以古文试作小说而能成功之所致,而古文乃最宜于作小说也。"(《长恨歌笺证》)

3. 当时此种新兴的小说,如赵彦卫《云麓漫钞》所云,往往"文备众体,可以见史才、诗笔、议论"(《云麓漫钞》卷八)。"韩集中颇多类似小说之作。《石鼎联句诗并叙》及《毛颖传》皆其最佳例证。前者尤可云文备众体,盖同时史才、诗笔、议论俱见也。"(《韩愈与唐代小说》)

4. 当时与韩愈共同尝试以古文体作小说者,尚有元稹、白居易等。"元稹、李绅撰《莺莺传》及《歌》于贞元时,白居易与陈鸿撰《长恨歌》及《传》于元和时,虽非如赵氏所言是举人投献主司之作品,但实为贞元、元和间新兴之文体。此种文体之兴起与古文运动有密切关系,其优点在便于创造,而其特征则尤在备具众体也。"(《长恨歌笺证》)"当时致力古文而思有所变革者,并不限于昌黎一派,元、白二公亦当日主张复古之健者,不过宗尚稍不同,影响亦因之有别,后来遂湮没不显耳。"(《读莺莺传》)"乐天之作新乐府,乃用《毛诗》、乐府古诗及杜少陵诗之体制,改进当时民间流行之歌谣,实与贞元、元和时代古文运动巨子如韩昌黎、元微之之流,以《太史公书》、《左氏春秋》之文体试作《毛颖传》、《石鼎联句诗》、《莺莺传》等小说传奇者,其所持之旨意及所用之方法适相符同。其差异之点仅为一在文备众体小说之范围,一在纯粹诗歌之领域耳。"(《新乐府笺证》)

陈先生的《元白诗笺证稿》等论著,是工力很深的著作,中间有不少精彩的见解,对文学史研究工作极有裨益。他说白居易"作新乐府乃用《毛诗》、乐府古诗及杜少陵诗之体制,改进当时民间流行之歌谣"，也能揭示白居易新乐府融会古今的创作特色。但这里对于古文运动与传奇关系的看法，是我所无法赞同的。黄云眉先生对这种看法，曾经提出中肯的批评①，这里拟略述我个人的不同意见：

陈先生最重要的论点是认为"古文之兴起，乃其时古文家以古文试作小说而能成功之所致"。事实上这一论点是不能成立的。首先，从古文运动的主要理论和记叙文在古文运动中的地位来看，韩愈固然擅长写碑志，集中碑志文章也很多，但古文运动的中心思想在建立道统，排斥佛老，因此，他的《原道》、《原毁》、《原性》、《谏迎佛骨表》等论说文，对于古文运动来说，毋宁是更为重要的宣传文字。《新唐书》卷一七六《韩愈传》说："愈深探本元，卓然树立，成一家言。其《原道》、《原性》、《师说》等数十篇，皆奥衍闳深，与孟轲、扬雄相表里，而佐佑六经云。至它文造端置辞，要为不袭蹈前人者。"着重提出《原道》等论说文是正确的。显然，这种论说文是无法以试作小说来做准备工作的。又《旧唐书》卷一六〇《韩愈传》说："大历、贞元之间，文士多尚古学，效扬雄、董仲舒之述作，而独孤及、梁肃最称渊奥，儒林推重。愈从其徒游。"可见注重以论文宣扬理道，乃是古文运动的先驱者的传统。韩愈领导的古文运动所以波澜壮阔，获得许多人的拥护，其重要原因之一就在于他提出了文以明道的写作理论，因而对许多儒家思想浓厚的人士具有很大的号召力。张籍在《遗韩愈第一书》中说："愿执事绝博塞之好，弃无实之谈，弘广以接天下士，嗣孟轲、扬雄之作，辩杨、墨、老、释之说，使圣人之道，复见于唐，岂不尚哉！"这种意见代表了古文运动的拥护者对于他们的领袖在这方面的期望的恳切。张籍要韩愈抛弃的"驳杂无实之说"，我们没有足够证据肯定它即是指小说，但韩愈想以试作小说来兴起古文运动，那他一定会遭到许多人的反对，乃是可以肯定的。事实上柳宗元的《读韩愈所著〈毛

---

①　见《读陈寅恪先生〈论韩愈〉》，载《文史哲》1955 年第八期。

颖传〉后题》中就说到有人提到《毛颖传》就"大笑以为怪"的。

其次,从韩愈所作小说的写作年代看。陈先生仅举出《石鼎联句诗并序》和《毛颖传》两文,前者据陈先生说是文备众体的佳作(其实《石鼎联句诗并序》只有叙事、诗歌,并无议论)。但《石鼎联句诗序》作于元和七年(本文载明写作年月),这时韩愈已有四十多岁,他已是一个古文大师,而不是一个新文体的尝试者了。举例说,他的重要文章如《答李翊书》作于贞元十七年,《祭十二郎文》作于贞元十九年,《张中丞传后序》作于元和二年,均在其前(参考东雅堂本《韩昌黎集》),《毛颖传》没有载明写作年月。案柳宗元《读韩愈所著〈毛颖传〉后题》一文中说:"自吾居夷,不与中州人通书。有来南者时言韩愈为《毛颖传》,不能举其辞,而独大笑以为怪,而吾久不克见,杨子海之来,始持其书,索而读之。"又《与杨海之书》云:"足下所持韩生《毛颖传》来,仆甚奇其书。"《与杨海之书》作于元和五年。案柳宗元于永贞元年九月由礼部员外郎贬谪南荒,他在朝时尚未获睹《毛颖传》,则《毛颖传》之作,当在永贞元年至元和五年中间这几年内,即元和开头的几年内,其时间也不早了(参考吕大防《韩文类谱》)。很显然,从时间上讲,韩愈是不可能以这两篇文章为试验来兴起古文运动的。陈先生在《韩愈与唐代小说》中说:"愈于小说,先有深嗜。"只是一种推测,没有坚强有力的证据。我认为韩愈早年如有《毛颖传》一类的足以兴起古文运动的作品,它们一定不会不被编入他的集子中去的。

唐中叶以后传奇因受变文影响,往往有散文与诗歌配合在一起的体制,但也并不是经常这样,赵彦卫之说其概括性是不大的。此点黄云眉先生谈得很多,这里不赘。陈先生根据韩愈的《石鼎联句诗并序》与《长恨歌》及《传》、《莺莺歌》及《传》在韵散配合方面类同,遂谓元、白与韩愈同时以试作小说兴起古文运动,甚至称元稹为"古文运动巨子",这是很不妥当的。元、白的制诰公文,文辞古雅是事实,但与韩愈的提倡"文以明道"的古文,根本是两回事。故《新唐书》竭力推崇韩文。而评白居易却说："居易在元和、长庆时与元稹俱有名，最长于诗，它文未能称是也。"（卷一一九《白居易传赞》）陈先生也不得不承认元、白主张与韩愈"宗尚稍不同"。但重要的还不在于此，而在于元、白与韩愈虽都作韵散合体的小说，但其风格迥不相同。韩愈的《毛颖传》，文辞确很简古，有些像《史记》笔法。《长恨歌》及《传》、《莺莺传》就不同，铺叙细腻，文辞浓艳。《长恨歌》及《传》中均有不少骈句，《莺莺传》中的"会真诗三十韵"全部是律体。韩愈的《毛颖传》真是以古文作小说，元、白的《歌》、《传》却是与当时一般传奇风格相类的通俗化的作品。陈先生认为元稹以《左氏春秋》的文体写《莺莺传》，诚然，《莺莺传》的少许语句特别是莺莺责备张生的一段话很像《左传》（《左传》文体本与骈文较接近）。但这只是一小部分的现象，从整个来说，《莺莺传》是很通俗化的传奇，不能与《毛颖传》相提并论。文辞写得细腻、通俗化，内容多述情爱，是元、白诗文（包括《长恨歌》、《莺莺传》在内）的特色，这种特色是为韩、柳古文派所反对的。高彦休《唐阙史》卷上有这样一段记载："裴度再修福先佛寺，危楼飞阁，琼砌璇题，就有日矣。将致书于秘监白乐天，请为刻珉之词。值正郎（皇甫湜）在座，忽发怒曰：'近舍某而远征白，信获戾于门下矣。且某之文，方白之作，自谓瑶琴宝瑟而比之桑间濮上之音也。然何门不可以曳长裾，某自此请长揖而退。'座客旁观，靡不股栗。"韩门高弟子对白居易的文章评价如是。陈先生认为元、白与韩愈同时以试作小说兴起古文运动，把两种很不相同的文派牵合在一起，是不符合历史的真实情况的。

唐代的民间文学变文、俗曲等骈偶文句固极多，有些地方念起来使人感到不自然，妨碍了表现能力，但也不至于如陈先生所说那样"僵腐化"，它毕竟与贵族文人所写的雕琢堆砌的骈文不同，还是富有生气的作品。如前所述，中唐的传奇，虽然承袭六朝志怪小说的传统，基本上还是散文，但因受到民间文学的深厚影响，骈偶成分加多，文辞更趋通俗化,《长恨歌》及《传》、《莺莺传》就是这样的作品,而并不是如陈先生所说,"乃用先秦两汉之文体,改作唐代当时民间流传的小说"。真正以先秦两汉之文体作小说的只有韩愈,但他的这类作品不重故事情节,着重寓意和表现文才,在中唐的小说中,显然不能算代表作品。陈先生在考察中唐传奇的文体时,显然也是忽略了唐传奇与汉魏六朝志怪小说的继承关系,因而不可能获得正确的结论。

刘开荣先生的《唐代小说研究》一书,受陈寅恪先生见解的影响很深。书中有专节论述唐传奇与古文运动的关系。刘先生除在不少地方采用了陈先生的见解,还有一些奇怪的议论。如说韩愈与柳宗元是"传奇小说早期的大作家"(一章三节);"骈文词简而抽象,散文词繁而具体,二者相较,当然后者是最宜于描写现实生活的文体了"(二章一节)。事实并不如此,事实是韩、柳的小说并非传奇的代表作品;变文、俗曲多骈句,辞繁而具体,韩、柳的散文辞简而抽象。刘先生又说韩愈的小说也有载道功用。"所载的道,是反映时代的、有教育意义的现实生活'大道'。在中国小说刚刚萌芽的时候,便走上现实主义的路径,使始具雏形的短篇小说,负起了艺术的真正使命。"(二章一节)把韩愈所提倡的尧、舜、禹、汤、文、武、周公、孔子、孟轲的道统跟现实主义混淆起来,是极大胆而毫无根据的议论。这些都是显而易见的错误,用不着在这里仔细辩驳了。

三

本文的结论是:

唐传奇的文体是在汉魏六朝志怪小说的基础上发展起来的。它基本上是散文,但到中唐时代,由于接受了民间变文、俗曲的影响,骈偶成分增多,文辞更趋通俗化。

中唐时代古文运动的兴起,并不成为促进传奇发展的一种动力,传奇不是古文运动的支流。古文运动也不可能依靠试作传奇成功而兴起。

　　中唐时代古文运动领袖韩愈、柳宗元和少数跟古文运动有关的人士也作小说，只是说明这时代写小说成为一种风尚，韩、柳在此风尚影响下，也不免染指一番。一般说来，他们的小说着重寓意，文辞简古，不能成为传奇的代表作品。因为传奇重故事情节，文辞细腻浓艳，它与古文的风格是对立的。

　　（原载《光明日报》1957 年 11 月 10 日《文学遗产》副刊第 182 期）

《虬髯客传》的作者问题

一 它不是杜光庭所作

《虬髯客传》是唐传奇中的重要作品之一。它的作者,近来研究古典文学的人都认为是唐末的杜光庭,实际上这是有问题的。

认为《虬髯客传》是杜光庭所作的记载并不很早。《旧唐书·经籍志》、《新唐书·艺文志》没有著录这篇传奇。《太平广记》卷一九三采录了这篇传奇,文末注云:"出《虬髯传》。"不言作者。《崇文总目》史部传记类云:"《虬须客传》一卷。"郑樵《通志·艺文略》史类冥异项云:"《虬须客传》一卷,记李卫公事。"都没有说明作者。洪迈《容斋随笔》卷一二"王珪李靖"条,始称"杜光庭《虬须客传》"云云。《宋史·艺文志》子部小说类:"杜光庭《虬须客传》一卷。"我们有理由推测单行的《虬须客传》,原来不署作者姓名,《容斋随笔》和《宋史·艺文志》因为看到杜光庭《神仙感遇传》(见《云笈七签》卷一一二)中收有此传,遂径认为杜光庭所作了。

更重要的,唐代苏鹗《苏氏演义》卷下有这样一条记载:

> 近代学者著《张虬须传》,颇行于世。乃云隋末丧乱,李靖与张虬须同诣太原寻天子气。及谒见太宗,知是真主。(《艺海珠尘》本)

《苏氏演义》的作者苏鹗，《郡斋读书志》在著录他的《杜阳杂编》时有介绍，云：“《杜阳杂编》三卷。右唐苏鹗字德祥，光启（唐僖宗年号）中进士。家武功杜阳川，杂录广德以至咸通时事。”（《万有文库》二集影印袁州本卷三下小说类）他跟杜光庭是同时代人。杜光庭的生平，《四库全书总目提要》子部医家类存目“杜天师了证歌”条有概括介绍，云：“光庭，字圣宾，晚自号东瀛子。括苍人。应百篇举不第，入天台山为道士。僖宗幸蜀召见，赐紫衣。充麟德殿文章应制。王建据蜀，赐号广成先生，除谏议大夫，进户部侍郎。后归老于青城山。”又《提要》道家类存目“道教灵验记”条引《五代史补》、《青城山志》、《通鉴纲目》等书对光庭生平有所考证，这里从略。从表面上看，苏鹗似乎有可能看到他同时代人杜光庭的作品。但问题在于“近代学者著《张虬髯传》”这一句上面。唐宋人称“近代”，常指时间上比较接近的前代，而非当代。试举数例如下：

> 《新唐书》卷二〇一《骆宾王传》：“开元中张说与徐坚论近代文章（《旧唐书》卷一百九十《杨炯传》作“近世文士”）。说曰：李峤、崔融、薛稷、宋之问之文，如良金美玉，无施不可。富嘉谟如孤峰绝岸，壁立万仞，浓云郁兴，震雷俱发，诚可畏也；若施于廊庙，骇矣。阎朝隐如丽服靓妆，燕歌赵舞，观者忘疲；若类之风雅，则罪人矣。坚问今世（《旧唐书》作“后进词人”）奈何。说曰：韩休之文如大羹玄酒，有典则，薄滋味。许景先如丰肌腻理，虽秾华可爱，而乏风骨。张九龄如轻缣素练，实济时用，而窘边幅。王翰如琼杯玉斝，虽烂然可珍，而多玷缺。时谓笃论云。”（案自李峤至阎朝隐皆高宗、武后时文士；韩休之等则为玄宗时文士，与张说同时。）

> 杜甫《寄高适岑参三十韵》：“举天悲富骆（指富嘉谟、骆宾王），近代惜卢王（指卢照邻、王勃）。”

> 李翰《通典序》：“近代学士，多有撰集，其最著者《御览》、《艺

文》、《玉烛》之类，网罗古今。"（按《修文殿御览》，北齐祖珽等撰；
《艺文类聚》，唐初欧阳询等撰；《玉烛宝典》，隋杜台卿撰。）

《苏氏演义》卷上："汉朝又悬四科取士：一曰德行高妙，二
曰通经学，三曰法令，四曰刚毅多略。近代以诸科取士者甚多。
武德（唐高祖年号）四年，复置秀才、进士两科。"

以上四例都证明唐、宋人所谓"近代"，均指比较接近的前代而非当
代。第一例的"今世"，才是当代。很显然，苏鹗所谓"近代学者"，不
会是指与他同时的杜光庭①。

杜光庭生平著作很多，他的不少神仙传记作品，大概都是编纂而
成，非出自己的创作。如《通志·艺文略》子类道家传记项云："《墉城
集仙录》十卷，杜光庭集古今女子成仙者百九人。"《郡斋读书志》神仙
类云："《王氏神仙传》，右伪蜀杜光庭纂集王氏男真女仙五十五人以
谄王建。"都是。收入《虬髯客传》的《神仙感遇传》，大约也是出于纂
集而非创作。洪兴祖《韩子年谱》卷六说《仙传拾遗》（杜光庭编）有
《弥明传》，祖述韩愈"石鼎联句诗序"之语。可见杜氏喜采唐人小说
入其书。《神仙感遇传》中的"虬须客"条，文字较《太平广记》本简略。
汪辟疆先生《唐人小说》说："《道藏》恭八，收杜光庭《神仙感遇传》，有
《虬须客》一条，叙述与今所传本不同。且简略朴僿，文彩殊逊。而虬
髯作虬须，标题与《宋史》正同。颇疑《道藏》为今传之祖本；流传宋

---

① 按李肇《国史补》卷下云："近代有造谤而著书，《鸡眼》、《苗登》二文。有
传蚁穴而称李公佐《南柯太守》。有乐妓而工篇什者，成都薛涛。有家童而善章
句者，郭氏奴（不记名）。皆文之妖也。"李肇与李公佐、薛涛同时，肇曾为公佐
《南柯太守传》作赞。似唐人于同时人亦有用"近代"字样的。但此仅为个别例
子。且《鸡眼》、《苗登》二文作者及郭氏奴为谁，已不能知，其时代可能在前，肇
在记述他们时，连类而及同时代人，亦属可能。（苏鹗《苏氏演义》书中用"近代"
字样的仅本文所举两条。）

初，又经文士之润饰（原注：《太平广记》卷一百九十三所载之《虬髯客传》，已属改本），故详略互异如此。"上面我们证明了《虬髯客传》并非杜光庭所作，汪先生的这一推测当然站不住。何况唐人传奇以文采见长，宋传奇远逊之，说《虬髯客传》原本简朴，经宋人润饰而详赡，也难令人置信。我以为最初单行的《虬须客传》，必是详本，因此能"颇行于世"（《苏氏演义》），简本倒是后出的。考《四库提要》子部道家类张君房"云笈七签"条说此书"八十七至一百二十二卷，则前人文字及诗歌传记之属，凡有涉于道家者，悉编入焉。大都摘录原文，不加论说。其引用《集仙录》、《灵验记》（按指《墉城集仙录》、《道教灵验记》，均杜光庭编）等，亦多有所删削"云云，杜氏的《神仙感遇传》也收入《云笈七签》卷一一二，《虬髯客传》简本，如不出杜氏之手，必是张君房所为①。

二　张说与唐代小说

《虬髯客传》的作者，除无名氏与杜光庭两说外，尚有张说作一说。根据现存资料，此说始见明初陶宗仪《说郛》，时间很晚，故现在一般人都不相信。如汪辟疆先生《唐人小说》说："清陶珽刊本《说郛》卷一百十二，载《虬髯客传》，下题唐张说撰。明、清间通行《五朝小

---

①　按北宋范公偁（仲淹次子纯仁之曾孙）《过庭录》云："旧家多藏异书，兵火之后，无复片纸。尚记有一《黄须传》云：李靖微时甚穷，寓于北郡一富家。一日，靖窃其家女而遁。行至暮，投一旅舍。饭罢，濯足于门，见一黄须老翁坐于侧，且熟视，神色非常。靖恐富家捕己者，欲避之。顷于身皮篋中取一人头切食，甚闲暇。靖异之，乃亲就问焉。翁曰：'今天下大乱，汝当平天下。然有一人在汝上，若其人亡，则汝当为王。汝可从我寻之。'靖随翁数程，至汴州，见一大第中数人奕。翁同仵立，云不见其人矣。顷有一披衣从中出视奕者，盖太宗也。翁惊曰：'即此人当之，汝善佐其事。'遂别钱，留连久之。语靖云：'此去四十五年，东夷有一黄须翁杀其君而自立者，即我也。'靖既佐唐平乱，贞观中，东夷果奏有黄须翁杀其君而自立。异哉异哉！"（《稗海》本）所记情节与《虬髯客传》略有出入，当是凭记忆所记而误，例如李渊留守太原，决不会在汴州的。

说》及《说荟》并同,不知何据。"但我以为这乃是值得注意的记录,因为考之典籍,张说确有写作小说的事实。《宋史·艺文志》子部小说家类有:"张说《五代新说》二卷。又《鉴龙图记》一卷。"二书均不传,前者当是笔记体,后者很可能是传奇一类了。五代王仁裕《开元天宝遗事》有两条很重要的记载,兹据《顾氏文房小说》本抄录如下:

"鹦鹉告事"条:"长安城中有豪民杨崇义者,家富数世,服玩之属,僭于王公。崇义妻刘氏有国色,与邻舍儿李弇私通,情甚于夫,遂有意欲害崇义。忽一日醉归,寝于室中,刘氏与李弇同谋而害之,埋于枯井中。其时仆妾辈并无所觉,惟有鹦鹉一只在堂前架上。洎杀崇义之后,其妻却令童仆四散寻觅其夫。遂经府陈词,言其夫不归,窃虑为人所害。府县官吏,日夜捕贼,涉疑之人及童仆辈,经拷捶者百数人,莫究其弊。后来县官等再诣崇义家检校。其架上鹦鹉,忽然声屈。县官遂取于臂上,因问其故。鹦鹉曰:杀家主者刘氏、李弇也。官吏等遂执缚刘氏及李弇下狱,备招情款。府尹具事案奏闻,明皇叹讶久之。其刘氏、李弇,依刑处死,封鹦鹉为绿衣使者,付后宫养喂。张说后为《绿衣使者传》,好事者传之。"(卷上)

"传书燕"条:"长安豪民郭行先有女子绍兰,适巨商任宗,为贾于湘中,数年不归,复音信不达。绍兰目睹堂中有双燕戏于梁间,兰长吁而语于燕曰:我闻燕子自海东来,往复必经由于湘中。我婿离家不归,数岁蔑有音耗,生死存亡,弗可知也。欲凭尔附书,投于我婿。言讫泪下。燕子飞鸣上下,似有所诺。兰复问曰:尔若相允,当泊我怀中。燕遂飞于膝上。兰遂吟诗一首云:我婿去重湖,临窗泣血书;殷勤凭燕翼,寄与薄情夫。兰遂小书其字,系于足上。燕遂飞鸣而去。任宗时在荆州,忽见一燕飞鸣

于头上。宗讶视之，燕遂泊于肩上。见有一小封书系在足上，宗解
而视之，乃妻所寄之诗。宗感而泣下。燕复飞鸣而去。宗次年归，
首出诗示兰。后文士张说传其事，而好事者写之。"（卷下）

很可惜，张说所作的这两篇小说原文没有流传至今。《开元天宝遗
事》的每条文字一般都很简短，这两条却特别长，想来就是根据张说
原文摘要而成的。这两段摘要文字已相当生动，原文当更为委曲动
人了。唐郭湜《高力士外传》也有关于张说的一段足供参考的记载：

　　高公（高力士）所生母麦氏，即隋将铁杖曾孙。始与母别时
年十岁，母抚其首泣曰："与汝分别，再见无时。然汝胸上七黑
子，他人云必贵；吾若不死得重见，记取此言。汝常弄吾臂上双
金环，吾亦留看，待见汝伺之。慎勿忘却。"即与诀别。向三十
年，后知母在泷州，虽使人迎候，终不敢望见。及到，子母并不相
识。母问曰："与汝别时语记否？""胸前有黑子。"母曰："在否？"
即解衣视之。母亦出金环示之。一时号泣，累日不止。上闻，登
时召见，封越国夫人，便于养父母家安置。十馀年后卒，葬东京
原。燕公（张说）志墓曰："验七黑于子心，辨双环于母臂。"（按张
说墓志全文今佚。）即此事也。

又张说的《兵部尚书代国公赠少保郭公行状》写了一段奇闻，两《唐
书·郭元振传》均未载，录如下：

　　初安西南有毒河，源远在葱岭西北。河岸百步，人畜蹋之者
辄死。公威振西域，所向无不从者。因验图经知其源，率兵三万
人历于阗、康居、大食等十馀国。……北至葱岭。牙帐前十二国
王兵百馀万。其河源上有大树，高千馀尺，垂荫数顷。大军至

日,有黄龙绕树,以口吐毒气而拒官军。三军悉睹焉。公手书掺橄文,令左拾遗张宣抗声读之毕,黄龙解树而下,公率诸军诛之,数日方倒,聚而焚焉。河源且绝,数十里内,悉为良田。(见《张说之文集补遗》,结一庐朱氏《剩馀丛书》本)

这些记载告诉我们张说喜欢记述异闻轶事,就是这种趣味驱使他写了小说。

《旧唐书》卷九七《张说传》说:"说为文俊丽,用思精密,朝廷大手笔,皆特承中旨撰述。天下词人,咸讽诵之。尤长于碑文墓志,当代无能及者。"张说在当时的文名极盛,与许国公苏颋齐名,世号"燕许大手笔"。他擅长写碑志等记叙文,又喜写传奇。因此后来就有托名于他的小说出现。《直斋书录解题》卷七传记类说:

> 《梁四公记》一卷,唐张说撰。按《馆阁书目》称梁载言纂。《唐志》(按指《新唐书·艺文志》)作卢诜,注云:"一作梁载言。"《邯郸书目》云:"载言得之临淄田通。"又云:"别本题张说,或为卢诜。"今按此书卷末所云田通事迹信然,而首题张说,不可晓也。其所记多诞妄,而四公名姓尤怪异无稽,不足深辨。载言,上元(肃宗年号)二年进士也。

根据陈振孙的考订,可知《梁四公记》大约不是张说的作品。别本托名张说,我以为当是由于说有盛名而又喜写小说的缘故。陶珽本《说郛》卷一一三有《梁四公传》,题张说撰。《说郛》卷一一二把《虬髯客传》的作者署作张说,虽不一定正确,但一定也像《梁四公传》那样有别本作依据的。《说郛》的编者陶宗仪所见的古籍是很多的,《四库提要》子部杂家类对《说郛》有这样的好评:"古书之不传于今者,断简残编,往往而在,佚文琐事,时有征焉,固亦考证之渊海也。"汪辟疆先生在他的《目录学研究》一书中也说《说郛》"书虽掇拾，尚有依据，非由臆改"（《丛书之源流类别及其编索引法》篇）。因此，我以为我们不能因为张说撰一说见于晚出的《说郛》而不予重视。也许有人要怀疑说陶珽本《说郛》经过陶珽重编，已非宗仪原本，不一定可靠。但涵芬楼印明抄原本《说郛》卷三四《豪异秘纂》一书中有"扶馀国主"一则，即《虬髯客传》，亦署名张说。所以这种怀疑是无法成立的。

　　根据上面的考证，关于《虬髯客传》的作者，可以作出如下的结论：《虬髯客传》的作者不是杜光庭，张说有可能作了这篇小说，但更可能是中唐时代的一位作者所写，托名于张说的。因为《虬髯客传》的艺术技巧比较圆熟，盛唐时代或许还不可能产生。

　　我们虽然不能肯定张说作了《虬髯客传》，但张说曾经写了传奇乃是无可否认的事实。明确这一点，对于唐传奇的研究很重要。因为自初唐传奇《古镜记》、《补江总白猿传》之后，大家只看到中唐时代传奇方始大大繁荣，中间盛唐时代是一段空白。张说写作传奇的史实，恰巧填补了这段空白，至少是这段空白的一部分。它使我们明了自初唐到晚唐，唐传奇有它自己的连绵不断的发展过程。再有，大家知道：中晚唐时代的传奇受市民文学的影响很深，它们往往叙述了市民的生活，反映了他们的思想感情愿望，这在我国小说发展史上是一种新兴的现象。现在我们知道这种现象盛唐时代已经开始了，张说所写的《绿衣使者传》和《传书燕》故事，描写的就是长安城市市民的生活故事。考《高力士外传》说："太上皇移仗西内安置。每日上皇与高公亲看扫除庭院，艺薙草木。或讲经论议，转变说话，虽不近文律，终冀悦圣情。"由此可见转变说话等民间艺术，在盛唐时代已经流于贵族上层阶级，成为他们文娱生活的一个部分。生活在这时代的张说，留下了以市民生活为题材的传奇故事，是不难理解的。

（原载《光明日报》1958年3月2日《文学遗产》副刊第198期）

读《柳毅传》

　　中国古典小说发展到了唐代,不论在内容或形式方面都有很大的进步,在小说史上形成一个新的阶段,发出灿烂的光辉。

　　唐代的小说在习惯上称为传奇或传奇文。唐以前,汉魏六朝的志怪小说,还处在古典小说发展的初期,它们的篇幅一般很短小,描写很粗略,缺少引人入胜的艺术魅力。唐传奇克服了这种缺点。传奇作者非常重视小说的写作,有意识地把它当做一种文学创造事业,对小说的内容、结构、文辞,都付出很大的气力。因此,唐传奇的篇幅都比较长,成为像样的短篇小说(这时候还没有产生长篇小说)。在较大的容量里,出现了个性鲜明的人物形象、曲折生动的故事情节。它的语言虽然还是文言,但相当通俗流畅,跟白话接近,表现力较过去大大提高。在内容方面,唐传奇除掉像过去那样描写神怪故事外,更多地反映了现实社会的生活,特别是下层人民(例如娼妓、侠客)的生活。它的反映面较过去为广阔,现实性也较过去大为增强。唐传奇在各方面的成就,标志着我国古典小说向前迈进了一大步。

　　《柳毅传》是唐传奇的杰出作品之一。由小说末尾的说明,我们知道它的作者是李朝威。这位作者的生平事迹,我们迄今没有找到其他材料。小说末尾记载柳毅表弟薛嘏在玄宗开元末年碰见柳毅,隔了四纪(一纪为十二年),薛嘏亦不知所在。从开元末年再下推四十八年,已是中唐德宗时代。中唐是唐传奇最繁荣滋长的时期,《柳毅传》大约也产生在这个时期。到了晚唐,有一位叫做陈翰的,编了一部《异闻集》，专门搜罗唐传奇，《柳毅传》也被编入①。晚唐时更有一篇神怪小说《灵应传》②，里面提到柳毅故事，可以想见《柳毅传》在那时已是流传得相当广泛了。

《柳毅传》写的是一个人和龙女结婚的神怪故事。书生柳毅为洞庭龙王的小女带信，使她得以从悲惨的处境中解脱出来。龙女非常感激，设法嫁给柳毅，使他过着幸福的生活。小说中的重要人物有柳毅、龙女、龙女的父亲洞庭君、洞庭君的弟弟钱塘君四位，写得都各有个性，在读者脑中留下鲜明印象。这里试分别对四人的性格、事迹作一简单的分析。

柳毅是小说中的主角，是作者所肯定的人物形象。柳毅落第还乡，在路上遇见素不相识的龙女，满脸愁容，就主动向她了解情况。等到知道她的悲惨境遇，就宣称不辞艰险，决心为她带信。以后果然实践了自己的诺言。小说表明柳毅具有同情弱者、见义勇为、遵守信用等优美品德。以后钱塘君以蛮横手段想强迫柳毅跟龙女结为夫妻，柳毅严辞拒绝，并且痛斥钱塘君的无礼，充分显示了威武不能屈的大丈夫气概。钱塘君的威力是柳毅所熟悉的，当他以长达千馀尺的赤龙姿态怒吼着飞出洞庭水宫为侄女报仇时，柳毅曾经"恐蹶仆地"。以后，柳毅知道钱塘君在这次行动中杀敌六十万。钱塘君在强迫柳毅时态度表现得很决绝，他威吓柳毅说："如可，则俱在云霄；如不可，则皆夷粪壤。足下以为何如哉？"可是柳毅并没有屈服。通过这些细节，小说成功地表现了柳毅的大丈夫气概。柳毅虽然拒绝了婚事，但当辞别龙宫时对龙女又不免眷恋，但又不好意思启口，在离席上"殊有叹恨之色"。这里，小说很真实地刻画了柳毅的矛盾的思

---

① 《异闻集》被收入宋曾慥编的《类说》，但经过删节。《类说》本《异闻集》把《柳毅传》题作《洞庭灵姻传》。

② 鲁迅先生《唐宋传奇集》、汪辟疆先生《唐人小说》都收有此文。

想感情。

故事表明这位善良的男主角终于获得幸福的生活。他跟龙女结了婚,生活富裕,"虽侯伯之室,无以加也";而且"春秋积序,容状不衰"。世俗所艳羡的功名、富贵、年寿三者,他已经具有其二。他虽然没有功名,可是他的年寿却为帝王所不及。

龙女最初嫁给泾川次子,为丈夫所厌薄,告诉公婆,公婆爱自己的儿子,反而虐待她。龙女这种孤苦伶仃的境遇反映了旧社会中广大妇女的悲惨命运。在旧社会中,媳妇因为是别人家过来的人,常常会受到各式各样的磨折。柳毅帮助她脱离苦海,她非常感激,决心嫁给柳毅。钱塘君的建议没有被柳毅接受,她一直追随至人世间,化为范阳卢氏之女,最后终于与柳毅成婚。这期间,她还拒绝了"父母欲配嫁于濯锦小儿某"的主意。龙女经过曲折的道路和长时期的等待和努力,终于实现自己的理想。在这里,龙女在追求爱情和美满婚姻方面所表现出来的执著和坚持,充分反映了妇女为自身争取美好生活的热烈愿望和精神。这种精神跟其他几篇著名唐传奇中的女主角(例如《离魂记》中的张倩娘、《李娃传》中的李娃)的斗争性是互相沟通的。

龙女的这一追求幸福生活的过程,小说没有在前面作正面叙述,直到龙女结婚产子以后,方始通过夫妇娓娓谈心的方式补叙出来。这在结构和描写方面显得紧凑集中。龙女向柳毅说清了自己的情况和心情后,就追问柳毅这一边的心情。小说在这里的描写很生动,节录一段:

> 既产,逾月,乃秾饰换服,召亲戚。相会之间,笑谓毅曰:"君不忘余之于昔也?"毅曰:"凤为洞庭君女传书,至今为忆。"妻曰:"余即洞庭君之女也。……今日获奉君子,咸善终世,死无恨矣。"因呜咽,泣涕交下。对毅曰:"始不言者,知君无重色之心。

今乃言者,知君有感余之意。妇人匪薄,不足以确厚永心。故因
君爱子,以托相生。未知君意如何?愁惧兼心,不能自解。君附
书之日,笑谓妾曰:'他日归洞庭,慎无相避。'诚不知当此之际,
君岂有意于今日之事乎?其后季父请于君,君固不许。君乃诚
将不可耶,抑愆然耶?君其话之。"

这段描写以非常生动活泼的语言,通过龙女的神情和话语,深刻地展
示了她的内心世界的复杂微妙的活动。她最初秾饰换服,笑着对柳
毅说话,显得很高兴,高兴自己达到理想而没有被识破为龙精化人。
等到自己揭露真相后,又害怕得哭起来,害怕自己因非人类而将被丈
夫遗弃。小说非常真实地描绘了这种喜惧交织的心情。从她下面追
问柳毅的话语,更可看出当初泾水之滨柳毅的一句随便说的话,已经
深深打动她的心灵,激发了爱情的火苗,因此对以后柳毅拒婚的行
动,表示不能理解。这里小说成功地表现了女子的一往情深的细腻
心理,她们对于所爱的人的一言一动,是多么注意,而且始终萦绕于
怀。在旧社会中,儿子常常是妇女借以使丈夫与自己维持夫妻关系
的纽带,龙女在生育儿子后始敢吐露真情,也反映了过去妇女悲惨生
活的一个方面。

　　小说对钱塘君的描写是很出色的。他的突出的性格是英勇刚
直,不能忍受无理的侵犯,但又粗暴,行动不免卤莽。他是钱塘江的
水神,显然,作者按照钱塘怒潮的特点塑造了他的性格。在他出场
前,小说通过洞庭君等对他的态度,从侧面显示了他的性格特征,接
着他正式出场了:

语未毕,而大声忽发,天拆地裂,宫殿摆簸,云烟沸涌。俄有
赤龙长千馀尺,电目血舌,朱鳞火鬣,项掣金锁,锁牵玉柱,千雷
万霆,激绕其身,霰雪雨雹,一时皆下。乃擘青天而飞去。

把他那怒火燃烧时的姿态和行动,描绘得真是有声有色。以后是杀敌六十万,伤稼八百里,强迫柳毅允婚,虽然刚勇,却也卤莽。可贵的是钱塘君在这些行动之后,能认识自己的错误。他第一次因为惊动了柳毅,表示歉意。后来强迫柳毅允婚,受到对方严厉的斥责后,不但不生气,而且"逡巡致谢"。这些地方使人觉得淳朴可爱。钱塘君的性格很容易使人想起古典小说中的某些性格鲜明的人物,例如《三国演义》中的张飞。

洞庭君在小说中被描写成为一位慈祥的老人。在听到女儿的苦难后,"以袖掩面而泣","哀咤良久"。在钱塘君杀敌致胜后,他轻轻指责弟弟的行为太卤莽,叮嘱他以后不能那样。这些地方都显示出善良父兄的和蔼持重的特征,这种性格特征跟钱塘君的性格恰好形成鲜明的对照。

以上就是我对于小说中四位主要人物的性格和事迹的一些粗浅的理解。从上面我们可以看到,小说在描绘人物及其事迹时,使用的语言是相当活泼生动的。它虽然还是文言,但不像韩愈、柳宗元等古文家文章的古雅,而显得很通俗,接近白话。唐传奇中常多骈偶的文句,《柳毅传》也是这样。这种骈偶文句正是通俗化的一种标志,因为唐代的民间文学变文、俗曲等,大量地使用了骈偶文句。唐传奇作者虽然是文人,但深受当时民间文学的影响。这种骈偶文句有时候虽然显得迁就形式、不很自然,但大体说来是明白晓畅、活泼生动的。我们不能把这种文字跟一些骈文作家的专门讲求典故、堆砌奥僻辞汇的作品(例如《昭明文选》中的一些骈文)相提并论。

小说中的若干比较枝节的问题,底下拟简单说明一下。

泾河龙王在小说中被作为反面形象。谭正璧先生说:"泾河龙王在唐人小说中尝被写为罪恶的代表。如敦煌发现的唐末俗文中,有太宗入冥故事,全同后世《西游记》所叙,那么原文入冥的原因一段虽已佚失,可决其必为因魏徵梦斩了泾河龙王无疑,亦其一例。"①这意见颇足重视。

小说写柳毅以带击洞庭社橘,有武夫出于水间,柳毅跟随武夫,闭目数息,遂达龙宫。这在古代小说中是一种描写世人到达水神灵居的习惯手法。唐李复言《续玄怪录》中有一篇题名《刘贯词》的小说,有这样的描写可以比较参看:

> 唐洛阳刘贯词,大历中求丐于苏州。逢蔡霞秀才者,精彩俊爽。……霞于是遗钱十万,授书一缄,白曰:"逆旅中遽蒙周念,既无形迹,辄露心诚。霞家长鳞虫,宅渭桥下。合眼叩桥柱,当有应者。……"贯词遂归,到渭桥下,一潭泓澄,何计自达? 久之,以为龙神不当我欺。试合眼叩之,忽有一人应,因视之,则失桥及潭矣。有朱门甲第,楼阁参差。有紫衣使拱立于前,而问其意。(《太平广记》卷四二一)

龙宫中灵虚殿、玄珠阁、凝光殿、凝碧宫、清光阁、潜景殿等名字值得注意,它们都显示了水府的幽深、清冷的特色。龙宫宴客时演奏的"钱塘破阵乐",其名称模仿"秦王破阵乐"。唐宫廷有"秦王破阵乐",歌颂太宗李世民的武功,《旧唐书·音乐志》等均有记载。这种模仿使人感到很有趣,对封建王朝却有些不大恭敬。唐代统治者对文字的统制不像后世那样严厉,所以"唐人歌诗,其于先世及当时事,直辞咏寄,略无避隐。至宫禁嬖昵,非外间所应知者,皆反复极言,而上之人亦不以为罪"②。小说作者这种有趣的模仿,同样不会有危险。唐

---

① 见《唐代传奇给予后代文学的影响》,载《话本与古剧》一书(上海古典文学出版社出版)。
② 见宋代洪迈《容斋续笔》卷二"唐诗无讳避"条。

代李德裕的门客写了一篇小说《周秦行纪》来诬蔑政敌牛僧孺，文中呼德宗为沈婆儿，文宗看到这篇小说，一笑置之，不追究它的作者为谁①，也是一个明证。

小说中叙述龙女在人间化为范阳卢氏之女。范阳卢氏是唐代高门之一。《新唐书·高俭传》记载当时最著称的高门有七姓：陇西李、太原王、荥阳郑、范阳卢、清河崔、博陵崔、赵郡李。这七姓非常重视自己的门第，在选择婚姻对象方面严格要求门当户对。范阳卢是七姓之一。媒人在说亲时说龙女的母亲姓郑，大约表示也是高门。唐传奇中人物常用当时高门的姓，是写小说的人的一种习惯，但龙女的假托范阳卢氏，更在于抬高自己的社会地位，以便顺利达到与已经是富翁的柳毅结婚的目的。

唐传奇中描写龙女与人结为夫妇故事的，不止《柳毅传》一篇。沈亚之的《湘中怨》②、《太平广记》卷四二四中的《柳子华》，讲的都是这类故事，但写得都很简略，远不及《柳毅传》的生动。

正像其他许多著名的唐传奇一样，《柳毅传》故事对后世的戏曲发生很大影响。元代尚仲贤的《柳毅传书》杂剧，明代许自昌的《橘浦记》传奇、黄说仲的《龙箫记》传奇、清代李渔的《蜃中楼》等，都利用了这个故事。黄文旸《曲海总目提要》（卷二一）更认为元曲中的《张生煮海》（李好古作）是根据柳毅故事翻案而成的。由此可见《柳毅传》影响的深广。

（原载《语文教学》1957 年第 3 期）

---

①　见宋代张洎《贾氏谈录》。
②　见《唐宋传奇集》和《唐人小说》。

下　编

汉魏六朝诗简论

　　汉、三国、两晋、南北朝、隋，前后经历共八百多年。这时期的诗歌，比起先秦时期来有许多变化发展，对唐代诗歌产生重大影响，是中国诗歌发展史上的一个重要时期。

　　学习和研究这段时期文学的人们，往往把汉、三国、两晋、南北朝简称为汉魏六朝。三国时曹魏文学昌盛，吴、蜀则颇冷落，因此以魏代称三国。六朝是指东吴（三国之一）、东晋、宋、齐、梁、陈六个建立于南方、以建康（今南京）为京城的朝代。从东晋到梁、陈，中国长期南北分裂，南朝的学术文化一直处于领先地位，文学也是这样，北朝很少杰出的作家。因此，人们往往以六朝即文化发达的南方来代表南北朝。隋代时间短促，文风基本上沿袭南朝，被人们作为这时期的尾声看待。

　　这时期的诗歌，在体裁样式上较之先秦时代有明显的更新。《诗经》的四言体、楚辞的骚体，这时不但写的人不多，佳作也少见。而五言诗则从产生走向繁荣，风靡社会。南朝梁代锺嵘撰《诗品》，品评一百多位诗人，其对象均为五言诗。七言诗也在这时产生并取得初步发展。南朝后期，由于作家们进一步重视声韵，注意区别四声，使五、七言古体诗向新的方向发展，产生了新体诗，为唐代近体诗的完成准备了条件。从汉迄清，五、七言古体诗、近体诗是诗歌史上历时最长、作家作品最多、成就最突出的诗体。五、七言古体诗的形成发展和近体诗的萌芽，足以见出这时期诗歌在诗史中的重要地位。

这时期的诗歌,大致上又可以分为三个阶段:一、两汉时代;二、曹魏、西晋时代;三、东晋、南北朝时代。下面分别对各阶段诗歌的发展、特色和主要作家作品作一点简略的介绍。

一

第一阶段是两汉时代,约四百馀年,其主要标志是五言诗的产生和初步发展。

两汉诗歌,现存数量不多,可以分为乐府诗和文人诗两个部分。乐府诗是乐府机关配制音乐演唱的诗歌(后人也简称为乐府)。汉魏六朝时,历代乐府机关都采集诗歌演唱,数量相当多。还有不少文人,仿照乐府诗的题目、体制写诗,并不配乐,也叫乐府诗。汉代设立乐府,除令文人写诗外,还广泛采集各地歌谣,在乐府诗史上有首创意义,因此特别受到后人的重视和效法。汉代的乐府诗有郊庙歌辞、鼓吹曲辞、相和歌辞、杂曲歌辞等。其中郊庙歌辞用以祭祀天地,鼓吹曲辞用于朝廷集会和帝王贵族的仪仗队,其内容大抵反映封建帝王的意愿和宫廷情状,价值不大(鼓吹曲辞中采用了少数生动的民歌)。相和歌辞、杂曲歌辞中则保存了不少民歌和文人学习模仿民歌的作品,最值得重视。

西汉时武帝设立乐府机关,负责采集全国各地歌谣配乐演唱。据《汉书·艺文志》记载,西汉末年保存在中央的各地歌诗,计有一百三十八篇,可惜它们绝大部分已经亡佚了。现存汉乐府民歌约五六十首,根据现代学者的研究,从诗歌涉及的名物和五言诗艺术的成熟程度等情况判断,大多数当产生于东汉后期。这几十首诗歌,有的来自民间,所谓"汉世街陌谣讴"(《宋书·乐志》);有的则是文人(不能确知其名姓)模仿民歌之作,实际是民歌体的文人诗。后代把这几十首汉代无名氏作品,统称为"古辞",现代一般称为汉乐府民歌。

汉乐府古辞在思想内容和艺术形式两方面都富有民歌特色。在思想内容方面，它们反映的社会生活面相当广阔，尤多反映下层人民生活和情绪的作品。它们有的写人民的贫困，如《东门行》、《妇病行》；有的写战争和兵役带给人民的苦难，如《战城南》、《十五从军征》；有的写封建家长对家庭中弱小者的迫害，如《焦仲卿妻》、《孤儿行》；有的写妇女被遗弃的痛苦，如《白头吟》、《上山采蘼芜》。这些篇章从各个角度展示了封建社会中被压迫、被损害的中下层人民的辛酸血泪的图景。某些篇章歌咏男女间诚挚坚贞的爱情，如《有所思》、《上邪》、《公无渡河》和《焦仲卿妻》；有的则着重赞美妇女的机智和能干，如《陌上桑》、《陇西行》（《陌上桑》还讽刺了荒淫无耻的官僚）。还有一部分作品，以动植物为描写对象，如《江南》、《乌生》、《豫章行》、《艳歌何尝行》、《枯鱼过河泣》等等，常常采用拟人手法，有的实是借动植物写人事，比喻人的灾祸苦难和好景不常，间接表现了被损害、被践踏者的思想情绪。反映人民的各种苦难，同情被迫害的弱小者，鞭挞那些迫害弱小者的当权人物，歌颂人民的美好品德，构成了汉乐府民歌的主要方面，使它们上承《诗经·国风》，放出耀眼的光芒。《汉书·艺文志》说汉乐府所采集的各地歌谣，"皆感于哀乐，缘事而发"，指出了汉乐府民歌从群众生活中来、有真情实感的特色。

汉乐府民歌语言朴素自然，活泼生动，有的地方显得真率稚气，有如天真的孩子一样逗人喜爱。不少篇章具有丰富的想象，运用生动的比喻、夸张的手法。它们的语言和表现手法处处显示出浓厚的民歌风味。它们的句式是多样化的，有五言的，有杂言的，也有少数四言的。其中五言诗占有相当比重，艺术造诣也高，特别值得注意。五言诗起源于西汉民间，开始不受文人重视。五言乐府诗的流行，对文人产生了广泛的影响，推动了文人创作五言诗。这是中国诗歌史上民歌影响文人创作的一件彰明显著的大事。汉乐府古辞在描写方式上，有叙事的，有抒情的，也有说理的；叙事的分量较多，也最有特色和成就。与《诗经·国风》相比,汉乐府民歌同样反映了广阔的社会生活和人民的思想情绪,但它们在艺术上有较大的创新和发展。它们多数是五言体、杂言体,句式和节奏加长,容量较大,比起《诗经》的四言体来增强了表现力。《国风》大抵是抒情诗,汉乐府民歌则多叙事诗,它们描写具体生动,善于通过人物的话语行动来开展情节,不但富有故事性、戏剧性,而且塑造出鲜明的人物形象。汉乐府民歌的出现,标志着我国叙事诗趋向成熟。而长诗《焦仲卿妻》更是达到了高峰。以后历代文人在汉乐府民歌影响下,往往采用五言或杂言歌行的乐府体,反映各种社会生活和下层人民的痛苦,从汉末建安到明清时代,作者络绎不绝,形成了一个源远流长的传统。这在中国诗史上是很突出的现象。

汉诗的另一部分是不入乐府的文人诗。汉代文人致力于写辞赋,写诗的相对要少。在体式上,西汉时人们还喜欢写句式与楚辞相仿的楚歌,如汉高帝刘邦的《大风歌》、乌孙公主刘细君的《悲愁歌》都是其例。也有写四言诗的。到东汉时代,一部分文人在五言乐府诗影响下写作五言诗,著名文人班固、张衡、蔡邕、赵壹等都写了五言诗,逐步形成了文人写作五言新体的风尚。这其中,《古诗十九首》是艺术造诣很高的杰作。

汉代无名氏的古诗,原来数量颇多,南朝时代尚存约六十首。萧统编《文选》,选录了十九首,遂有《古诗十九首》之称。古诗不出自一人之手,也不出于一时一地,据现代学者研究,按照它们的思想倾向、表现内容、艺术造诣来看,其中大部分当出于东汉后期。《古诗十九首》在内容上较多地表现了夫妇、友朋间离别相思之情,士人失意飘零之感,感情深沉曲折,带有较浓厚的感伤色彩,有的篇章甚至表现了人生短促,应当及时行乐的消极情绪。凡此种种,在不同程度上反映出东汉后期政治混浊、社会不安定环境中知识分子的心理状态。《古诗十九首》不论抒情、状物,都显得真切生动,语言洗练明白,表现

出深入浅出的艺术水平。南朝文人对古诗给予很高评价，刘勰誉为
"五言之冠冕"（《文心雕龙·明诗》），锺嵘誉为"惊心动魄，可谓几乎
一字千金"（《诗品》）。以后历代文人，经常把《古诗十九首》奉为五言
抒情诗的典范。除《十九首》外，古诗尚存少数篇章，风格与《十九首》
近似。还有相传为西汉苏武、李陵所作的五言诗七首，表现朋友、夫
妇间离别之情，风格也与《十九首》接近。多数学者认为，这七首诗不
可能是苏武、李陵的作品，而是出自后人的假托；其产生年代当与《十
九首》相近。

二

　　第二阶段是曹魏、西晋时代，约一百年，其主要标志是文人五言
诗趋于昌盛，确立了在诗坛的统治地位。

　　汉末建安（东汉献帝年号）年间，曹操柄政，许多文人都归附曹氏
门下，因此文学史研究者习惯上把建安文学归入曹魏文学来论述。
建安文学和曹魏后期的正始文学，是曹魏文学的两个重点。

　　建安时代，文人五言诗繁兴。曹操及其子曹丕、曹植都爱好写
诗，此外，建安七子中的王粲、刘桢、徐幹、陈琳、阮瑀等人，都擅长写
诗，样式多数是五言诗。锺嵘《诗品》说当时曹氏门下能写诗的文士
有百来人，带来了文人五言诗的繁荣。

　　东汉末年，战乱频繁，社会各方面遭到严重破坏，人民大量死亡。
建安文人通过亲身体验，能学习乐府民歌体来反映国家的丧乱和人
民的苦难，具有强烈的现实性。他们的不少诗篇，还表现了企求乘时
建功立业、有所作为的奋发精神。建安文人聚集在曹氏门下时，写了
许多互相酬答的诗，这类诗篇的内容，除掉欢庆宴会、恭维曹氏以外，
也往往流露出互相劝勉的积极情绪。他们的诗，大多情怀慷慨，意气
风发，才调纵横，反映出动乱时代知识分子昂扬奋发的情绪。他们的

诗,深受民歌影响,语言疏朗明白,不尚雕琢,具有清新刚健的特色。建安诗歌这种建筑在情怀慷慨基础上的爽朗刚健的风貌,深受后人重视,称为建安风骨,或者扩大一些称为汉魏风骨。唐代诗人曾经把追求建安风骨当作革新诗风的一个有力口号。

曹植在建安文人中年龄较小,成就却最为突出。曹操死后,他备受曹丕、曹叡的防范、迫害,不但政治上的雄心无法实现,而且屡徙封地,生活不安定,还经常担心遭杀身之祸,陷入苦闷与惶恐。他的诗除表现了建功立业的慷慨情怀外,更多地表现他后期那种苦闷矛盾的心情。他才华横溢,写诗颇多(现存八十多首),通过各种题材,采用直写、比喻、象征等各种手法,多方面来抒发其内心世界的彷徨悒郁。他的五言诗歌,在内容的深邃和个性化方面,在艺术手法的丰富多彩方面,在五言诗领域内都是前无古人的。他的诗,一方面吸取了乐府民歌明朗刚健的特色;同时又很注意文采,重视对偶,重视字句的华美和警辟。后一方面的特色,在其一部分诗篇中表现得更为明显,开了后代诗人雕琢词句的风气。曹植在两晋南北朝时代评价极高,锺嵘《诗品》誉为诗中之圣,这固然由于他五言诗的杰出成就,同时也由于当时骈体文学盛行,重视对偶、辞藻等骈体文学语言之美,成为人们衡量作品的主要标准。

建安时代还产生了著名的女诗人蔡琰。蔡琰在战乱中为胡兵所掳掠,在南匈奴滞留了十馀年,嫁于胡人,生了两个孩子,后被曹操赎回。相传她写有五言和骚体的《悲愤诗》各一首,其中五言的一首比较可信,也写得好。五言《悲愤诗》是一首叙事长诗,它虽不及产生于同时代的乐府民歌《焦仲卿妻》来得细腻活泼,但艺术描写也相当具体动人。其中写胡兵虐待俘虏、蔡琰归汉时与孩子泣别两个片段,尤为深刻。

曹魏后期文学,以阮籍、嵇康为代表作家,人们往往把这时代的文学称为正始文学(正始为魏齐王芳的年号)。嵇康更擅长写散文,诗歌成就不及阮籍。

曹魏后期，司马懿父子当权，图谋篡魏自立，大力诛锄异己，统治阶级内部斗争激烈残酷，嵇康也因反对司马氏被杀。阮籍在政治上有雄心壮志，但他不满司马氏的所作所为，不愿依附司马氏；又怕遇祸而不敢公然反对。他崇尚老庄的自然无为，蔑弃礼法；对司马氏提倡儒家礼教的一套虚伪行径，深为反感。他有才能、有志向，但无法施展，所看见的是恐怖的屠杀和虚伪的礼法。哀伤、苦闷、恐惧、绝望包围了他。他写下了五言《咏怀诗》八十二首，充分表现了他那孤独苦闷的心情，同时隐隐约约地对时政和上流社会的丑恶现象进行了讽刺，忧生和愤世构成了他诗作的主题。他的诗语言比较质朴，不假雕饰；但因对许多丑恶现象不敢明言，隐约其辞，因此不少篇章的内容显得深晦难晓。他的诗在展示内心世界的丰富复杂性方面，在深入表现诗人的个性方面，堪与曹植的诗比美；虽然在语言风格方面颇不相同。曹魏历时不长，但产生了曹植、阮籍两位大诗人，先后辉映，这是很难得的。

三国时代，文学在北方的曹魏发达，南方的吴、蜀两国，没有产生比较像样的诗人。

司马氏统一中国，结束了三国鼎峙的局面，建立了西晋王朝。西晋前期太康（晋武帝年号）年间，文人辈出，文学昌盛，文学史上称为太康文学。当时著名诗人有陆机、潘岳、张协、张华、左思等。陆机的诗长于铺叙和拟古，他发展了曹植诗辞藻富丽、对偶工整的一面，使诗歌进一步骈体化，因此深得南朝文人的赞赏。但其诗显得繁冗板滞，不及曹植清新明朗，真挚动人。潘岳与陆机齐名，其诗富有文采，但较为清新。他长于表现哀怨之情，《悼亡诗》尤为著名。张协、张华诗都长于抒情状物，张协诗在描摹景物上尤为逼真细腻。左思诗风格与上述诸家异趣。其《咏史诗》八首，批判门阀制度的不合理，倾吐有才能的寒士的愤懑不平，富有社会意义，辞情慷慨，风格遒劲，在当时显示出独立不群的姿态。除左思外,太康时代的大多数诗人,大抵追求诗歌文采之美,使诗歌朝绮丽方向发展,缺少建安诗歌那种爽朗刚健的风骨。但其时诗歌在表现日常生活的情景方面,题材有所开拓,语言和手法更趋细致,为此后的抒情写景诗积累了有益的经验。

鍾嵘《诗品》分三品品第五言诗人,列入上品的共十二家,其中曹魏四家,为曹植、刘桢、王粲、阮籍,西晋也是四家,为陆机、潘岳、张协、左思。这说明文人五言诗在曹魏、西晋时代,已经达到了繁荣昌盛、大家辈出的阶段。

三

第三阶段是东晋、南北朝、隋时代,约三百年,其主要标志是五言诗进一步发展,有不少更新变化,七言诗也有了初步发展。

西晋因少数民族的骚扰而覆灭。司马氏在南方重建了东晋王朝,北方则是所谓"五胡十六国",政权纷立,并从此开始了长期南北分裂的局面。在南方,东晋之后有宋、齐(南齐)、梁、陈四个朝代。在北方,十六国后由北魏统一北方,之后又分裂为北齐、北周两个政权。最后由隋朝统一南北,建立新的大帝国。在这段时间内,文化学术的重点在南方。

先说一下乐府诗。西晋时文人写作乐府诗,大抵模仿汉魏,较少新意。这阶段由于乐府吸收了不少民间歌谣,面貌又焕然一新。南方乐府民歌保存在清商曲辞中,主要有吴声歌曲、西曲歌两大类。吴声歌曲大多产生于今江苏南部、浙江北部一带,以南朝京城建康(今南京)为中心,主要产生于东晋、刘宋两代。西曲歌产生于长江中游和汉水流域,以今湖北襄樊市、宜昌市、江陵市为中心地带,主要产生于刘宋、南齐两代。吴声、西曲的一部分原是民歌,后被采入乐府,谱为乐曲;另一部分则是贵族、文人仿效民歌之作。歌词现存数量颇多，约近五百首，但篇幅短小，绝大部分是五言四句体，是后代五言绝句的前驱。其内容绝大多数歌唱男女情爱，表现热烈大胆，有冲决封建礼教的气概，但夹杂了市民和文人的庸俗情趣。南方乐府民歌内容显得狭隘，其原因除产生于城市的市民歌谣本身多情歌外，也由于南朝的统治阶级生活荒淫，竭力追求声色享受，因而专门采集表现男女之情的歌谣，并仿制这种内容的作品。南方民歌语言天真活泼，风格婉转缠绵，多以女子口吻叙写，充分表现出南方少女的柔情。南朝民歌强烈的抒情成分和明朗自然的语言，对南朝和唐代文人的不少抒情小诗产生了明显影响。

这时北方也产生了一批优秀的乐府民歌。它们大致产生于十六国和北魏时代，后来传到南方，被梁朝采入军乐，保存在梁鼓角横吹曲中。现存歌辞虽不多，约六十馀首，但反映了广阔的社会生活。它们有的写紧张的战争，有的写征人行役的辛苦，有的写下层人民的贫寒，有的表现北方人民豪迈爽朗的性格和尚武精神。也有部分诗篇描写爱情、婚姻生活，也流露出直率粗犷的气息，不似南方民歌的婉转缠绵。它们篇幅大抵短小，多数为每首四句（短小的每首只有两句），因此不能像汉乐府民歌那样作出具体的描绘，而出之以概括性的抒写。其语言坦率自然，质朴刚健，充分表现出北方人民的性格特征。《木兰诗》是其中惟一的长篇，它塑造了一个光辉的女性形象，艺术性也很强，长期来获得广大读者的喜爱，与《焦仲卿妻》同为乐府民歌中的长篇叙事杰作。北方乐府民歌多出鲜卑族人之手，有一部分原用鲜卑语写成，后经汉译，它们是中国文学史上值得珍视的少数民族作品。

下面再说南朝文人诗。东晋约一百年的时间中，玄言诗长期在诗坛占据着统治地位。当时玄学流行，士人们喜欢高谈老庄的本体论和人生哲学，这种风气影响到诗坛，便是经常以诗歌形式来表现老庄哲理，形成许多人写作玄言诗的风尚。其代表作家是孙绰、许询。

玄言诗成了老庄思想的传声筒，徒具诗歌形式，却缺乏诗的意趣；语言也枯燥平板，缺少文采。玄言诗在南朝即已受到不少文人的批评。由于大家不爱读，其作品流传下来的极少。在东晋时代，能超越玄言诗牢笼的杰出诗人，在初期有刘琨、郭璞两人。刘琨身历西晋末年丧乱，关心国家命运，诗作辞情慷慨，颇有建安诗的豪迈气概，可惜作品仅有三首。郭璞有《游仙诗》十四首，通过歌咏神仙题材来表现他不满现实、追求隐逸的情怀，富于文采，对后世颇有影响。到东晋末年，又产生了大诗人陶渊明。

陶渊明从事创作的年代，玄言诗仍然弥漫诗坛。陶渊明在思想上深受儒、道两家影响，其诗篇中往往流露出委运乘化、知足保和等道家的人生观；其诗语言朴素平淡，也与玄言诗风接近。但陶诗不像玄言诗那样赤裸裸地宣扬老庄哲学，而是着重表现诗人长期隐居农村的各种生活体验。陶诗中经常出现的题材是：农村、田园的风光，诗人饮酒、读书、友朋来往、参加农业劳动等日常生活和他在这种生活中产生的情绪，主要是悠闲自得，有时也有愤激和忧虑。陶渊明年轻时也有政治雄心，但未能实现，他对政治也颇关心。他的一部分诗篇表现出政治热情，对晋宋易代之际的时局表示不满，说明他并不因隐居而超脱政治。陶诗的最大特色是善于运用朴素平淡的语言，表现日常生活及其感受，不但描写外界景物十分真切，而且把他那真率的性格、他内心世界的种种活动，和盘托出，非常真实坦白，毫无矫揉做作之态，从而打动了千千万万的读者。他的诗朴素自然，没有浓郁的文采，但经得起咀嚼和回味。陶诗因为缺少骈体文采，在骈体文学昌盛的南朝，评价不高，锺嵘《诗品》列入中品。唐宋时古文运动开展，到北宋古文代替骈文占据文坛统治地位，古文家重视朴素自然之美，反对华辞丽采，从此陶诗声价陡增，被认为是汉魏六朝时期最杰出的大诗人。他的田园诗在唐宋元明清各代产生了深远的影响。

南朝宋代前期，出现了谢灵运、颜延之、鲍照等著名诗人。他们主要活动在宋文帝元嘉年间,所以被称为元嘉文学。谢灵运出身大贵族,生平爱好游山玩水,写了许多山水诗。它们刻画山水景色十分细致逼真,词句精工富丽,发展了曹植、陆机诗的传统。陶渊明诗在南朝影响不大,谢灵运山水诗的出现,满足了南朝许多贵族、文人赏玩自然风景、爱好雕琢辞采的需要,很快风靡于上流社会,从而取代了玄言诗在诗坛的统治地位,在诗歌发展史上起了进步作用。但其诗着重写景,夹杂一些说理,缺少真实生动的感情,形式上也存在过于讲求对偶、辞藻而流于堆砌、晦涩的弊病。颜延之在当时和谢灵运齐名,也注意雕章琢句,但好诗不多,成就不及谢灵运。他写诗特别喜用典故,南朝文人仿效者很多,产生不少流弊。

鲍照出身比较低微,在仕途上也不得意。他的诗重视向通俗的民间歌曲吸取营养,不像谢灵运、颜延之那样崇尚典雅。他深受乐府民歌影响,写了不少乐府诗。他的诗题材较为广泛,除结合自身体验,着重表现坎坷失意和对门阀制度的不满外,还涉及边塞战争、将士生涯和妇女的悲惨命运等等。他的诗往往意气豪迈,笔力劲健,但也富有文采。其《拟行路难》十八首,学习民间《行路难》歌曲(已失传),运用七言和杂言样式,写得尤为流转奔放。他的七言诗隔句用韵,改变了过去七言诗每句用韵的形式,而且常常换韵,加强了七言诗的节奏和变化,增进了表现力,因而对南朝后期和唐代的七言诗发生很大影响。

南朝齐代诗人,谢朓最为杰出。谢朓深受谢灵运影响,喜欢写山水风景诗。其诗在刻画景物、遣词造句上也颇为精细,但写得清新流丽,不像谢灵运诗那样繁冗板重,抒情成分也有所增强。他的若干五言小诗,语言精炼而又自然,情味隽永,成为唐代五绝的前驱。

南齐永明(齐武帝年号)年间,文士周颙、沈约、王融等提倡四声八病(后称永明声病说),主张作诗应区别平、上、去、入四声,避免平头、上尾等八种弊病。沈约、谢朓、王融等以这种理论写作一部分篇章,近世研究者称为新体诗。新体诗除保持西晋、刘宋诗对仗工整、辞藻美丽的特点外,进一步注意平仄协调、音韵和谐,追求诗的音律美。新体诗是中国格律诗的萌芽,它为以后梁、陈诗人所继承,到唐代进一步发展变化,便形成了近体诗(律诗和绝句)。

梁、陈两代,诗人众多,但缺少很杰出的高手。当时,抒情写景诗有进一步的发展,佳作颇多。江淹、沈约、吴均、何逊、阴铿等作者在这方面都留下好作品。谢朓以后,南朝的抒情写景诗进一步向清新流丽方向发展,不少篇章更用永明新体来写作,风格婉丽,声调和谐,何逊、阴铿的篇章表现尤为突出,成为唐代抒情写景近体诗的有力的前驱者。

梁、陈时代,宫体诗流行。所谓宫体诗,是梁代萧纲(简文帝)在东宫做太子时和他周围的一群文人所提倡写作的新变诗体,风格轻浅绮艳,内容常常写男女之情,着重描绘妇女的体态、容貌、装饰和日常生活。它接受了南朝民歌表现男女情爱、语言明朗自然的影响,但重点转移到刻画女性的外貌,语言也趋向浓艳。宫体诗在表现女性体态外貌之美方面颇为细腻,但少数篇章流露出不健康的色情成分。宫体诗流行时间颇长,一直到隋和初唐。梁代后期遭侯景之乱,萧纲被杀。陈后主、隋炀帝也都写宫体诗,后以荒淫亡国。后人往往把这三个朝代的覆灭和宫体诗联系起来,对宫体诗进行了过多的指责。

梁、陈时代,七言诗有了明显的发展。七言诗产生的时间颇早。汉代民间的七言谣谚相当多,文人们也写七言诗,但流传下来的很少。现存文人七言诗,以张衡《四愁诗》、曹丕《燕歌行》为最早。汉、魏、两晋时代,文人们大量写作五言诗,认为七言诗体通俗不雅,写得较少。直到鲍照写《拟行路难》后,文人们才打破这种偏见,较多地写作七言诗。梁代沈约、吴均、萧衍、萧纲、萧绎,陈代徐陵、陈叔宝(陈后主)、江总等都写七言诗,蔚成风气。他们不但运用《燕歌行》、《白纻歌》、《行路难》等旧题写七言或杂言诗,还创制了不少新题,像《乌栖曲》《春别》《玉树后庭花》等。在体式上则大抵继承了鲍照的传统,多隔句用韵。可以说,在这时候由于不少诗人的努力,七言诗、杂言诗在诗坛开始占据重要的地位,为唐代五言诗、七言诗并驾齐驱的局面奠定了基础。

在长期南北分裂时期,北方在经济、文化各方面一直落后于南方,文学也是如此。北朝后期,文化有所发展,出现了一些著名文人,如温子昇、邢劭、魏收等,但他们的作品大抵模仿南方文人,无甚特色。北朝文人中最有建树的是庾信。庾信原是梁代著名文人,遭侯景之乱,出使北朝不返,出仕北周。他早期的诗篇,多属宫体一类,后期由于生活环境的剧烈变化,诗风也大变。其诗以《拟咏怀》二十七首为代表作,着重表现自己羁留北方、怀念故国的哀怨,悔恨自身的失节,追悼梁朝的覆亡,情绪深沉曲折,风格苍凉沉郁,语言又锻炼得很精致,显示出把南方的工细技巧和北方的慷慨悲歌结合起来的倾向。但他喜欢大量用典,因此不免堆砌晦涩之病。他的一些短诗,写得更为清新自然,同时又讲究格律,成为唐代近体诗的先驱。同时由南入北的作家还有王褒,也写过若干好诗,但成就不及庾信。北朝乐府民歌虽然存诗不多,但颇有特色和成就,已见上述。

隋代统一南北,国祚短促(只有三十多年),较著名的诗人有卢思道、薛道衡、杨素等。隋代文学基本上沿袭南朝传统,宫体诗风也依然弥漫诗坛。但也有少数作品(特别是有关边塞题材的)写得较为刚健,与庾信的诗共同透露出诗风转变的端倪。

东晋南北朝诗歌,以南方诗歌为中心,在内容题材、体制风格上经历了玄言诗、田园诗、山水诗、永明新体诗、宫体诗等多种变化,除田园诗在当时影响不大外,其他各种诗体都一度在诗坛占有重要地位,产生不少诗人和诗作。这段时期,的确可说是五言古体诗由成熟趋向变化多姿的时代;同时,七言古体诗也由完成而获得初步发展,由于新体诗的产生,宣告了五、七言格律诗的萌芽。它是五、七言诗发展过程中的一个重要阶段。

汉魏六朝诗的主要样式特征是五、七言古体诗的产生和发展，五、七言近体诗的萌芽。它为此后一千多年五、七言诗的昌盛和流行奠定了坚实的基础。

除样式外，汉魏六朝诗在内容题材、语言风格、描写技巧等方面都卓有建树，对后代产生深远影响。这里不可能进行全面的论述，仅举一二显著的例子。如乐府诗中的部分曲调，像《从军行》、《燕歌行》、《行路难》、《长相思》、《子夜歌》、《读曲歌》等等，后代有许多诗人用这些题目写诗，在题材内容、语言风格等方面从此时期同题作品吸取营养。在不入乐的文人诗中，诸如咏怀、咏史、游仙、游览、赠答、宴集、送别、哀悼等等，提供了从多方面反映生活和情绪的好作品，积累了丰富的创作经验，为后代作者作出了榜样，使后人在学习、借鉴的基础上得以进一步深入发展。在中国诗歌史上，先秦时代的《诗经》、楚辞是两位老祖宗，对后代产生深远的影响。但《诗经》、楚辞的题材内容，毕竟不及汉魏六朝诗来得广泛，表现技巧也不及汉魏六朝诗更为丰富多彩；而且《诗经》为四言体，楚辞为骚体，都不是五、七言体。因此，对于唐宋以来长期流行的五、七言诗来说，不论在内容题材和样式技巧方面，汉魏六朝诗的影响，都是更为广泛和直接。可以毫不夸张地说，没有汉魏六朝诗的长期积累，就不会带来唐诗的繁荣。唐代殷璠编了一部《河岳英灵集》，专选盛唐诗人的篇章，他指出盛唐诗的艺术特色是风骨、声律兼备，即既有爽朗刚健的风骨，又有和谐流美的声律。他又分析了盛唐诗歌所以能具有这种艺术特色，除继承《诗经》、楚辞的传统外，特别得力于建安诗歌的风骨和六朝诗歌的语言美，因而能够做到"言气骨（即风骨）则建安为俦，论宫商则太康不逮"。殷璠的意见颇为中肯，由此也可以看出汉魏六朝诗对于唐诗的重大影响。

汉魏六朝诗在思想内容、艺术形式上都是丰富多彩,有多方面的创造和成就,同时又长期哺育、滋润了后代数量庞大的诗人,因此,它是中国诗歌发展史上的一个重要时期。

（本文原为上海辞书出版社 1992 年 9 月出版
《汉魏六朝诗鉴赏辞典》的序,载该书卷首）

汉魏六朝的四言体通俗韵文

在敦煌文学作品中,有一类通俗的赋,像《韩朋赋》、《晏子赋》、《燕子赋》、《茶酒论》等,它们大抵运用四言句式,不但语言通俗,而且具有故事情节。程毅中同志在《关于变文的几点探索》一文中曾经指出,《韩朋赋》等俗赋,与汉魏时代的杂赋与杂文像王褒《僮约》、黄香《责髯奴辞》、曹植《鹞雀赋》等作品,有着继承发展的关系①。这一看法是很中肯的。除程文所举作品外,汉魏六朝时代还有一部分四言体通俗韵文,包括赋、文、歌诗等,其内容也具有一定的故事性。对这些四言体通俗韵文,进行一番综合性的考察,对研究我国古代民间文学和通俗文学的发展历史,不是没有益处的。

一

汉魏六朝的四言体通俗韵文,其内容多数比较诙谐,《文心雕龙·谐讔》篇称为谐辞,六朝人亦称为俳谐文。这类文辞,先秦时已肇其端,明显的例子是淳于髡谏齐威王不要沉湎于饮酒,《史记·滑稽列传》详述其辞,节录于下:

---

① 程文原载《文学遗产增刊》第十辑,后收入周绍良、白化文所编的《敦煌变文论文录》。

"……若乃州闾之会,男女杂坐。行酒稽留,六博投壶,相引为曹,握手无罚,目眙不禁。前有堕珥,后有遗簪。髡窃乐此,饮可八斗,而醉二参。日暮酒阑,合尊促坐,男女同席。履舄交错,杯盘狼藉,堂上烛灭。主人留髡而送客,罗襦襟解,微闻芗泽。当此之时,髡心最欢,能饮一石。故曰:酒极则乱,乐极则悲。万事尽然。言不可极,极之而衰。"以讽谏焉。齐王曰:"善。"乃罢长夜之饮。

淳于髡的这篇说辞用四言体,又押韵,实际已是辞赋一类作品了。又楚辞中的《天问》、《招魂》、《大招》,荀卿的《赋篇》,也多用四言句,只是语言稍高雅,不是通俗的俳谐韵文。我们可以推想,像淳于髡那样的四言体通俗韵文,先秦时代当还有其他篇章,只是没有流传下来罢了。

西汉王褒的《僮约》,是一篇著名的俳谐韵文,文中详细记载了王褒对髯奴便了的多种劳动要求,表现了封建家长对奴仆的沉重压迫和剥削。它基本上是四言体,节录一小段如下:

四月当披,九月当获。十月收豆,抢麦窖芋。南安拾栗采橘,持车载辕。多取蒲苇,益作绳索。雨堕无所为,当编蒋织簿。种植桃李,梨柿柘桑。三丈一树,八尺为行。果类相从,纵横相当。果熟收敛,不得吮尝。犬吠当起,惊告邻里。枨门柱户,上楼击鼓。荷盾曳矛,还落三周。勤心疾作,不得遨游。

还有扬雄的《逐贫赋》,用四言体叙述自己与贫神的问答,富有诙谐风趣,但文辞稍为渊雅:

身服百役,手足胼胝。或耘或耔,露体沾肌。朋友道绝,进

官凌迟。厥咎安在，职汝为之。舍汝远窜，昆仑之颠。尔复我
随，翰飞戾天。舍尔登山，岩穴隐藏。尔复我随，陟彼高冈。舍
尔入海，泛彼柏舟。尔复我随，载沉载浮。我行尔动，我静尔休。
岂无他人，从我何求？今汝去矣，勿复久留。（节录）

东汉前期，黄香有《责髯奴文》，内容也是跟奴仆开玩笑，当是受
到王褒《僮约》的影响。句式以四言为主。东汉中期，张衡有《髑髅
赋》，假托自己与庄子髑髅的问答，表现了道家旷达的生死观，文句以
四言为主，颇有风趣：

顾见髑髅，委于路旁，下居淤壤，上负玄霜。平子怅然而问
之曰：子将并粮推命、以天逝乎？本丧此土、流迁来乎？为是上
智？为是下愚？为是女人？为是丈夫？于是肃然有灵，但闻神
响，不见其形。答曰：吾宋人也，姓庄名周。游心方外，不能自
修。寿命终极，来此玄幽。（节录）

后来曹植作《髑髅说》，吕安作《髑髅赋》，也以四言为主，都是张衡此
文影响下的产品。
汉末蔡邕的《短人赋》，也是一篇四言体的诙谐文章：

侏儒短人，僬侥之后。出自外域，戎狄别种。去俗归义，慕
化企踵。遂在中国，形貌有部。名之侏儒，生则象父。……唈
怒语，与人相拒。曚昧嗜酒，喜索罚举。醉则扬声，骂詈恣口。
众人患忌，难与并侣。……

此文末尾更有带"兮"字的七言诗一首，竭力描摹短人奇诡丑陋的形
状。蔡邕还有一篇《青衣赋》，用四言体描写一位年轻的歌舞女妓，体

制与《短人赋》相近,但文字较为渊雅。

曹植的《鹞雀赋》描写鹞欲捕雀为食,雀求饶不得,乃隐避枣树刺丛,以死相拒,乃得脱身,归与家雀叙语。这篇赋运用四言体,语言通俗,有较生动的对话与故事情节,在这类作品中颇为特出:

> 鹞欲取雀,雀自言微贱,"身体些小,肌肉瘠瘦,所得盖少。君欲相啖,实不足饱"。鹞得雀言,初不敢语。"顷来辘轲,资粮乏旅。三日不食,略思死鼠。今日相得,宁复置汝。"雀得鹞言,意甚怔营。"性命至重,雀鼠贪生。君得一食,我命陨倾。皇天降鉴,贤者是听。"……

曹植又有《髑髅说》、《诰咎文》、《释愁文》,虽不及《鹞雀赋》通俗生动,但按其体制,也属于这一类型。《三国志·王粲传》注引鱼豢《魏略》载:"太祖(曹操)遣邯郸淳诣植。植初得淳,甚喜,延入坐,不先与谈。时天暑热,植因呼常从取水自澡讫,傅粉,遂科头拍袒,胡舞五椎锻,跳丸击剑,诵俳优小说数千言讫,谓淳曰:邯郸生何如耶?"这里的俳优小说,当即指《鹞雀赋》、《髑髅说》一类作品,因为它们不但内容诙谐,有似俳优表演;而且文辞协韵,便于诵读。曹植朗读后问邯郸淳怎么样,所诵的当是他自己的文章。

魏时有位糜元,撰有《讥许由》一文,对历代相传的高士许由,作了一番讥嘲和揶揄,风格亦颇诙谐,句式基本上是四言体:

> 人生于世,贵能立功。何得逃位,矫世绝踪。丹朱不肖,朝有四凶。尧放求贤,逊位于子。度才处分,不能则已。何所感激,临河洗耳。山居巢处,执心不倾。辞君之禄,忘君之荣。居君之地,避君之庭。立身若此,非子之贞。欲言子智,则不仕圣君。欲言子高,则鸟兽同群。无功可纪,无事可论。(节录)

糜元又有《吊夷齐文》一篇，对伯夷、叔齐进行讥责，风格与《讥许由》相类似，文中也多四言句：

> 所行谁路，而子涉之？首阳谁山，而子匿之？彼薇谁菜，而子食之？行周之道，藏周之林。读周之书，弹周之琴。饮周之水，食周之芩。而谤周之主，谓周之淫。是诵圣之文，听圣之音，居圣之世，而异圣之心。嗟乎二子，何痛之深。（节录）

糜元还有一篇风格近似的《吊比干文》，惜《太平御览》卷五九六仅引其序，不录本文，因而看不到它的诙谐风格。糜元的这两篇文章，把历来赞美肯定的人物作为讥嘲对象，风味与敦煌文学中讥嘲孔子的《孔子项托相问书》比较接近，显示出通俗文体的反传统的批判锋芒。

《三国志·吴志·薛综传》载：

> 西使张奉于权前列尚书阚泽姓名以嘲泽，泽不能答。综下行酒，因劝酒曰："蜀者何也？有犬为獨，无犬为蜀。横目句身，虫入其腹。"奉曰："不当复列君吴耶？"综应声曰："无口为天，有口为吴。君临万邦，天子之都。"于是众坐喜笑，而奉无以对。

由此可见当时上层社会中以四言韵语进行嘲弄的风气。

四言体通俗韵文，晋代继续有所发展。《文心雕龙·谐讔》提到"潘岳丑妇之属，束皙卖饼之类"等作品。潘岳的《丑妇赋》已不传，束皙的《饼赋》今存，基本上是四言体，对汤饼的制造与美味作了细致的描绘：

> 于是火盛汤涌，猛气蒸作。攘衣振掌，握搦拊搏。面弥离于指端，手萦回而交错。纷纷驳驳，星分霅落。笼无逆肉，饼无流面。姝媮咧敕，薄而不绽。巂巂和和，膜色外见。弱如春绵，白

如秋练。气勃郁以扬布,香飞散而远遍。(节录)

晋代鲁褒的《钱神论》是一篇别开生面的文章,它以诙谐泼辣的笔调,描写钱的神通广大以及人们对它的追求,于突梯滑稽中显示出作者愤世嫉俗的精神。其文也以四言为主,节录两段如下:

钱之为言泉也。百姓日用,其源不匮。无远不往,无深不至。京邑衣冠,疲劳讲肆。厌闻清淡,对之睡寐。见我家兄,莫不惊视。钱之所祐,吉无不利。何必读书,然后富贵。

钱之所在,危可使安,死可使活。钱之所去,贵可使贱,生可使杀。是故忿争辩讼,非钱不胜;孤弱幽滞,非钱不拔;怨仇嫌恨,非钱不解;令问笑谈,非钱不发。洛中朱衣,当途之士,爱我家兄,皆无已已。执我之手,抱我终始,不计优劣,不论年纪。宾客辐辏,门常如市。

另外还有石崇的《奴券》,规定许多繁重事务作为对奴仆的要求,以奴仆为戏弄对象,其篇名内容和文体,都明显地受到王褒《僮约》的影响。

刘宋时代,袁淑是一位写这类文章的名家。据《隋书·经籍志》,他撰有《诽谐文》十卷。据严可均《全宋文》(卷四四)所辑,今尚有《鸡九锡文》、《劝进笺》、《驴山公九锡文》、《大兰王九锡文》、《常山王九命文》诸篇(其中有些已残缺),今节录《驴山公九锡文》首段于下:

若乃三军陆迈,粮运艰难。谋臣停算,武夫吟叹。尔乃长鸣上党,慷慨应邢。崎岖千里,荷囊致餐。用捷大勋,历世不刊。斯实尔之功也。

魏晋南北朝时代,王朝更迭频繁。易代之际,形同傀儡的帝王对权臣常赐以九锡文(参考赵翼《廿二史劄记》卷七"九锡文"条)。臣下亦多作劝进文劝登帝位(参考李兆洛《骈体文钞》卷十七"劝进类")。这在禅代频繁之际成为一时风气,从一个侧面反映了封建时代攘夺帝位的丑剧。袁淑把这种庄严的公文滑稽化,施之于鸡、驴等动物,确是别开生面,其中可能也包含了作者对这类丑剧的讽刺意味。

南北朝时代,这类诙谐韵文继续发展。据《隋书·经籍志》记载,除袁淑的《诽谐文》十卷外,宋代尚有《诽谐文》三卷,梁代有《续诽谐文》十卷,又有《诽谐文》一卷(沈宗之撰)。可惜这类作品,绝大部分已亡佚,留传下来的很少了。梁代韦琳的《鲍表》风格与袁淑的《鸡九锡文》、《驴山公九锡文》相近,均以公文形式写动物,不同的是袁淑用上级赏赐下级的口吻写,韦琳则以下级向上级陈述的口吻写:

> 臣鲍言:伏见除书,以臣为粽熬将军、油蒸校尉、瞳州刺史、脯腊如故。肃承将命,含灰屏息。凭笼临鼎,载兢载惕。臣美愧夏鳣,味惭冬鲤。常怀鲐服之诮,每惧鳖岩之讥。是以漱流湖底,枕石泥中。不意高赏殊私,曲蒙钓拔。遂得超升绮席,忝预玉盘。远厕玟筵,猥颁象箸。泽潭紫膳,恩加黄腹。……

北魏卢元明的《剧鼠赋》,内容斥责猖獗的老鼠,也很有风趣。文句也以四言为主:

> 亦有闲居之士,倦游之客,绝庆吊以养真素,屏左右而寻诗易。庭院肃清,房栊虚寂。尔乃群鼠乘间,东西撺掷。或床上将毲,或户间出额。貌甚舒暇,情无畏惕。又领其党与,欣欣奕奕。敧覆箱奁,腾践茵席。共相侮慢,特无宜适。讶天壤之含弘,产此物其何益。(节录)

此外如齐代孔稚圭的《北山移文》(多其他句式)、梁代沈约的《修竹弹甘蕉文》、吴均的《檄江神责周穆王璧》,文辞都比较渊雅,这里就不再引录了。

从上面的介绍可以看出,汉魏六朝时代,这类诙谐文章是相当风行的,今天虽然已流传不多,但仍可看到它们相承发展的线索。这类作品除一部分叫赋外,还用了文、券、笺、表、论、说等其他名称,但性质上大抵还是赋体,内容多叙事,喜铺陈,句式比较整齐,多四言句,常常协韵。汉魏六朝时代的韵文,除赋以外,其他颂、赞、铭、箴、诔、碑等体也多用四言。就诗而言,这时期五言诗已占据主要地位,但韵文则仍以四言为主。这类诙谐文章的大多数句式或为四言,或以四言为主,也是很自然的现象。这类文章大抵出于著名文人之手,但由于受当时民间文学影响,语言一般比较通俗,多数篇章并具有不同程度的故事性。我们推想,当时下层社会中当有相当多的通俗的杂赋一类作品流行,但由于文辞过于俚俗,被上层文人轻视,不被记载登录,所以湮没无闻了。唐代的许多通俗作品,如果不是敦煌石窟的发现,不是也不传于世了吗?

二

《文心雕龙·谐隐》篇还论述一种隐语(即谜语),性质与谐辞接近,它一般语言比较通俗,多四字句,常常协韵。据史籍记载,它也滥觞于先秦。《史记·楚世家》载楚庄王初期不理政治,沉湎声色,伍举以隐语进谏曰:"有鸟在于阜,三年不飞不鸣,是何鸟也?"庄王回答说:"三年不飞,飞将冲天;三年不鸣,鸣将惊人。"又《史记·滑稽列传》载淳于髡与齐威王之间也有类似的问答,大约是传闻之异。荀卿的《赋篇》实际也是用隐语问答的方式写的,多四言句,有些地方语言比较通俗,如:

　　有物于此,生于山阜,处于室堂。无知无巧,善治衣裳。不盗不窃,穿窬而行。日夜合离,以成文章。以能合从,又善连衡。下覆百姓,上饰帝王。功业甚博,不见贤良。时用则存,不用则亡。臣愚不识,敢请之王。(《赋篇·箴》)

　　隐语至汉代继续发展。《汉书·艺文志·诗赋略》在"杂赋"类中载有《隐书》十八篇(可见此类隐语属赋体),惜已失传。东方朔是西汉时擅长滑稽辞令的赋家,他善于射覆猜谜,《汉书·东方朔传》载他与倡优郭舍人的一段故事道:

　　舍人不服,因曰:"臣愿复问朔隐语,不知,亦当榜。"即妄为谐语曰:"令壶龃,老柏涂,伊优亚,狋吽牙,何谓也?"朔曰:"令者,命也。壶者,所以盛也。龃者,齿不正也。老者,人所敬也。柏者,鬼之廷也。涂者,渐洳径也。伊优亚者,辞未定也。狋吽牙者,两犬争也。"舍人所问,朔应声辄对,变诈锋出,莫能穷者。左右大惊。

由此可以窥见当时隐语问答的一斑。

　　西汉末年焦延寿的《易林》,其书性质与隐书相近。费直《易林序》说它"其射存亡吉凶,遇其事类则多中",而东方朔正是自赞"臣尝受《易》,请射之(指射覆猜谜)"的(见《汉书·东方朔传》)。《易林》每条大抵均以四言句组成,大多数为四言四句,今录两条:

　　龙马上山,绝无水泉。喉焦唇干,舌不能言。(《讼》)

　　南山大獲,盗我媚妾。怯不敢逐,退然独宿。(《剥》)

后来三国时代管辂擅长射覆卜筮,其筮辞多为四言韵语,风格与《易

林》很接近,兹据《三国志·魏书·方伎传》录两则:

> 　　馆陶令诸葛原迁新兴太守,辂往祖饯之,宾客并会。原自起
> 取燕卵、蜂窠、蜘蛛著器中,使射覆。卦成,辂曰:"第一物,含气
> 须变,依乎宇堂,雄雌以形,翅翼舒张,此燕卵也。第二物,家室
> 倒悬,门户众多,藏精育毒,得秋乃化,此蜂窠也。第三物,觳觫
> 长足,吐丝成罗,寻网求食,利在昏夜,此蜘蛛也。"举坐惊喜。

> 　　平原太守刘邠取印囊及山鸡毛著器中,使筮。辂曰:"内方
> 外圆,五色成文,含宝守信,出则有章,此印囊也。高岳岩岩,有
> 鸟朱身,羽翼玄黄,鸣不失晨,此山鸡毛也。"

《三国志》裴松之注引管辂弟管辰说,管辂经常阅读《易林》,可见其筮
辞必受《易林》影响。

　　《文心雕龙·谐谳》说魏代谜语很盛行,曹丕、曹植、曹髦等都喜
欢写作,所谓"魏文陈思,约而密之,高贵乡公,博举品物"。可惜这类
作品几乎全部没有流传下来。相传曹植有《七步诗》("煮豆持作羹"
篇),为五言隐语。但此诗本集不载,出自小说家言(见《世说新语》),
真伪不能肯定。孔融的《离合作郡姓名氏诗》,以四言二十二句,运用
离析、合成字体之法,隐寓"鲁国孔融文举"六字,实际也是隐语一类。
后代文人作离合诗的不少,但多数为五七言体,这里就不去详述了。

三

　　在现存汉魏六朝的乐府诗中,也有少数四言体或以四言句为主
的诗篇,体制与上述杂赋一类作品接近,内容以叙事为主,具有一定
的故事情节,语言比较通俗。汉乐府古辞《孤儿行》写孤儿备受兄嫂

虐待,操劳种种家务,内容与王褒《僮约》颇为接近。该诗为杂言体,但多四言句,例如:

> 春气动,草萌芽。三月蚕桑,六月收瓜。将是瓜车,来到还家。瓜车反覆,助我者少,啖瓜者多。愿还我蒂,兄与嫂严,独且急归,当与校计。(节录)

又有《雁门太守行》,歌颂洛阳县令王涣的德政,也以四言句为主:

> 从温补洛阳令,治行致贤。拥护百姓,子养万民。外行猛政,内怀慈仁。文武备具,料民富贫。移恶子姓,篇著里端。(节录)

《太平御览》卷九三七录载的古乐府《罩辞》,是一首颇有风趣的四言体叙事小诗:

> 罩初何得?端来得鲋。小者如手,大者如屦。孝子持归,遗我公姬。安得此鱼,适与罩连。从今以后,但当求鲋。

《太平御览》卷八二六又引《古艳歌》云:

> 孔雀东飞,苦寒无衣。为君作妻,中心恻悲。夜夜织作,不得下机。三日载匹,尚言吾迟。

其内容与乐府五言长篇《焦仲卿妻》相同,写的显然是焦仲卿、刘兰芝的爱情与婚姻悲剧故事。《太平御览》卷六八九又引《古艳歌》云:

> 茕茕白兔,东走西顾。衣不如新,人不如故。

这四句诗题名也叫《古艳歌》,也是四言句,"人不如故"句内容又与焦、刘故事有联系,大约与上引《古艳歌》是一篇。这首四言体《古艳歌》,从"孔雀东飞"以下八句看,必是具体地描绘了焦、刘故事,全篇规模应是相当大的,可惜今天留存的只有这么一点残片,无法窥其全貌。这首诗与五言体的《焦仲卿妻》,产生年代孰先孰后,也无从判定;但由此诗可以知道,在汉魏乐府古辞中,除有五言叙事长篇外,还有四言叙事长篇。

《孤儿行》和《雁门太守行》,都属于乐府相和歌辞。《焦仲卿妻》属杂曲歌辞,审其体制风格,亦是相和一类。《罩辞》风格也是这一类。相和歌是汉魏时代主要的通俗乐曲,它来自民间,现存歌辞也有不少采自民间。相和歌在汉代宫廷中属于黄门鼓吹乐,由黄门倡优演唱①。汉代某些善于滑稽辞令的赋家如东方朔、枚皋等,以文艺侍奉帝王,其地位与倡优接近,被帝王"以倡优畜之"。不论是杂赋还是乐府相和歌辞,在宫廷中都是为了供帝王娱乐和消遣,所以都采取通俗的体制,或直接采取民间歌谣,或仿效民间文艺。

曹魏时代,曹操非常喜爱乐府相和歌辞。史载:"太祖(指曹操)好音乐,倡优在侧,常以日达夕。"(《三国志·武帝纪》注引《曹瞒传》)他现存的二十多首诗,都是相和歌辞。他的乐府诗多四言体,除著名的《短歌行》("对酒当歌"篇)、《步出夏门行》外,其他如《度关山》、《对酒》、《短歌行》("周西伯昌"篇)、《善哉行》等,或通篇四言,或以四言为主,语言都比较质朴通俗,内容则多叙述历史事件,风格与上述《雁门太守行》较为接近。今举《善哉行》为例:

　　古公亶甫,积德垂仁,思弘一道,哲王于豳。太伯仲雍,王德之仁,行施百世,断发文身。伯夷叔齐,古之遗贤,让国不用,饿

---

　　①　参考拙作《说黄门鼓吹乐》,载拙著《乐府诗论丛》(编者按:即《乐府诗述论》中编。)。

　俎首山。……

曹操的这类诗篇,在体制风格上显然蒙受了乐府古辞中上述那种四言体的影响。后来曹丕、曹叡也有四言乐府,但偏重抒情,语言也较渊雅,风格就不同了。

　　乐府舞曲歌辞所附散乐中尚有四言体的古辞《俳歌辞》一篇,又名《侏儒导》,是倡优中的矮子所唱歌辞,大约也产生于汉魏。据《南齐书·乐志》说,古辞有“《俳歌》八曲,前一篇二十二句”,齐梁时摘取其中一部分演唱。《乐府诗集》卷五六所载《俳歌辞》,仅存十二句,辞云:

　　　俳不言不语,呼俳嚧所。俳适一起,狼率不止。生拔牛角,摩断肤耳。马无悬蹄,牛无上齿。骆驼无角,奋迅两耳。

南朝梁周捨的《上云乐》一篇,写西域老胡文康的情况,内容颇为诙谐,风格与《俳歌辞》接近。为杂言体,但四言句最多。歌辞颇长,摘录如下:

　　　西方老胡,厥名文康。遨游六合,傲诞三皇。西观濛汜,东戏扶桑。南泛大蒙之海,北至无通之乡。……青眼眢眢,白发长长。峨眉临毙,高鼻垂口。能直能俳,又善饮酒。箫管鸣前,门徒从后。济济翼翼,各有分部。凤皇是老胡家鸡,师子是老胡家狗。(《乐府诗集》卷五一)

《俳歌辞》、《上云乐·老胡文康辞》都是滑稽的歌舞,由演唱通俗音乐的倡优歌唱表演。这种歌辞,性质与诙谐的杂赋也颇为接近,例如上引蔡邕的《短人赋》,就与这两篇歌辞内容风格都非常相像。这又一次证明通俗的杂赋与乐府中的一部分篇章是息息相通的。

　　此外,梁鼓角横吹曲中有北方传入的《地驱乐歌》、《陇头流水歌辞》、《陇头歌辞》等四言诗,但篇幅短小,侧重抒情,这里就不去详述了。

《玉台新咏》卷一载有东汉徐淑《答诗》(答其夫秦嘉)一首,共二十句,每句中有"兮"字,颇足注意:

> 妾身兮不令,婴疾兮来归。沉滞兮家门,历时兮不差。旷废兮侍觐,情敬兮有违。君今兮奉命,远适兮京师。悠悠兮离别,无因兮叙怀。……

这首诗锺嵘《诗品》和《玉台新咏》都视作五言诗,但抽掉句中"兮"字,实为四言诗。我颇疑心当时吟诵四言体的歌赋诗,在句中常可加进"兮"字,以便于曼声吟唱。

综上所述,可见在汉魏六朝时代,流行着一种四言体通俗韵文。它们多数是杂赋或接近赋体的韵文,还有隐语及少量乐府歌诗。其特点是:内容多叙事,具有一定的故事性,多数比较诙谐,富有风趣,语言比较通俗。这种体制来自民间,现存作品虽大多数是文人之作,但仍不同程度地保存着民间通俗文学的特色。在汉魏六朝时代,抒情诗以五言为主,叙事韵文则以四言为主(这时期乐府中有不少五言叙事诗,但总的说篇章不及四言韵文众多。而且除《焦仲卿妻》、《木兰诗》外,篇幅都短,容量小,因而不及杂赋一类韵文描摹具体细致)。这种四言体通俗韵文,实际可说是后代通俗唱本的前驱。如果说,唐代以来,由于七言诗日益发达,唱词(变文、弹词等)的体制以七言为主;那末唐以前却以四言为主。汉魏六朝时代叙事体通俗韵文以四言为主,正是该时代赋体发达的表现和影响。

1983 年 4 月

(原载《古典文学论丛》第四辑,齐鲁书社 1986 年 2 月版)

读曹植《杂诗·南国有佳人》

　　南国有佳人，容华若桃李。朝游江北岸，夕宿潇湘沚（一作"日夕宿湘沚"）。时俗薄朱颜，谁为发皓齿？俯仰岁将暮，荣耀难久恃。

　　这是曹植《杂诗》六首中的第四首。《杂诗》六首是曹植诗歌中的著名篇章，被选录于萧统《文选》，获得历代评论家的赞赏和肯定。

　　这首诗是曹植后期所作，采用比喻手法，表现了他怀才不遇的苦闷。曹植不但文才很高，而且具有政治抱负，希求建功立业，垂名青史。曹操一度想立曹植为太子，结果没有实现。曹操死后，他因此备受他哥哥曹丕（魏文帝）、侄子曹叡（魏明帝）的猜忌和压抑，屡徙封地，连生活都很不安定，根本谈不上实现政治抱负。这首诗以佳人自比：佳人的容貌艳若桃李之花，比喻自己才能的杰出；"时俗"二句，说佳人的美貌和歌唱才能都不为时人所赏识，比喻自己怀才不遇；"俯仰"二句，说时光流逝，佳人的容华难以久恃，寄寓了自己盛年时无法施展抱负的深沉慨叹。

　　在我国古典文学作品中，从屈原的辞赋开始，就形成了以美人香草比喻贤能之士的传统。曹植这首诗，在构思和写法上明显地学习屈赋。屈原《九歌》中的湘君、湘夫人二神，其游踪大致在沅、湘、长江一带，《湘夫人》篇中有"闻佳人兮召予"句，以佳人指湘夫人。曹植这首诗中的前四句，其构思用语，大约即从《湘君》、《湘夫人》篇生发而来。《离骚》云:"汨余若将不及兮,恐年岁之不吾与。""惟草木之零落兮,恐美人之迟暮。"曹诗末二句又是从它们脱胎而出。这种继承发展关系,可以帮助说明这首诗的主题是抒发怀才不遇的苦闷。元代刘履《文选诗补注》(卷二)释此篇题旨说:"此亦自言才美足以有用,今但游息闲散之地,不见顾重于当世,将恐时移岁改,功业未建,遂湮没而无闻焉。故借佳人为喻以自伤也。"清代张玉毂《古诗赏析》(卷九)也说:"此首伤己之徒抱奇才,仆仆移藩,无人调护君侧,而年将老也。通体以佳人作比,首二自矜,中四自惜,末二自慨,音促韵长。"刘、张两人的解释都是颇为中肯的。曹植在《求自试表》一文中,强烈地表现了他要求在政治上建功立业的愿望,文中后面部分有云:"臣窃感先帝早崩,威王弃世,臣独何人,以堪长久! 常恐先朝露填沟壑,坟土未干,而身名并灭。"这段话的意思与本篇"俯仰岁将暮,荣耀难久恃"二句的内容也是息息相通的。

有一种说法,认为这首诗的主题不是作者自伤,而是为曹彪鸣不平。"佳人盖指彪,时为吴王也。《魏志》:彪于黄初三年,徙封吴王,五年改封寿春县,七年徙封白马。朝游、夕宿,喻迁徙无定也。"(见黄节《曹子建诗注》卷一)曹彪是曹植的异母弟,曹植与曹彪同受朝廷猜忌压抑,有同病相怜之感,黄节的看法可备一说,但证据毕竟不足。徐公持同志说:"按曹彪虽膺过吴王的封爵,其封域却并不真在吴地。当时自江以南,全在孙氏控制之下,曹彪无由得至江南。他这个吴王封在寿春附近,此点曹植不会不知。所以诗写'南国''佳人','朝游江北岸,日夕宿湘沚'等等,不可能是指曹彪,而是借用楚辞的意境和成语,来抒发自己对'时俗薄朱颜'的感慨,其主旨是怀才不遇。"①这样讲比较合乎情理。

这首诗与曹植的另一首名作《美女篇》主题相同,在艺术描写上

---

① 见《曹植诗歌的写作年代问题》,载《文史》第六辑。

却有丰腴与简约的区别,我们不妨进行一下比较。《美女篇》全诗较长,节录如下:

> 美女妖且闲,采桑歧路间。柔条纷冉冉,落叶何翩翩。攘袖见素手,皓腕约金环。……借问女何居,乃在城南端,青楼临大路,高门结重关。容华耀朝日,谁不希令颜? 媒氏何所营,玉帛不时安? 佳人慕高义,求贤良独难。众人徒嗷嗷,安知彼所观。盛年处房室,中夜独长叹。

《美女篇》的主题,过去不少评论者都指出它是曹植以美女自比,比喻他怀抱才能而不得施展。如清王尧衢《古唐诗合解》(卷三)说:"子建求自试而不见用,如美女之不见售,故以为比。"《美女篇》与《杂诗》"南国"篇的主题相同,又同用比喻手法,城南美女与南国佳人,都是曹植自比。《美女篇》"佳人慕高义"以下四句,说城南美女不为众人所理解,意思与"南国"篇的"时俗"二句相通,点明了"怀才不遇"的主旨。"盛年处房室"二句,也与"南国"篇的"俯仰"二句一样,在结尾表现了深沉的慨叹。上面《美女篇》的引文,在"攘袖"二句下省略了十句,这十句连同"攘袖"二句都是写城南女的姿态和装束,从各个方面来刻画她的美丽;而"南国"篇写佳人之美,仅用了"容华若桃李"一句,非常简括。《美女篇》在其他方面的描写也较"南国"篇丰腴,但写美女姿态装束的一段尤为突出。这两首诗同用比喻法写同一个主题,但使用了详略不同的写法,"南国"篇简练爽朗,《美女篇》华赡生动,在艺术上各擅胜场,用词造句毫无雷同之感,这里表现了曹植高超的写作才能。

鍾嵘《诗品》评曹植诗云:"骨气奇高,词采华茂,情兼雅怨,体被文质。"这是对曹植诗歌很深刻的评语。"情兼雅怨"是论思想内容,指出曹植诗具有"小雅怨诽而不乱"的特色,曹植后期的不少诗作,倾吐牢愁,的确多近似"小雅"的怨诽之词,《杂诗》"南国"篇、《美女篇》都是其例。"骨气"即气骨,也就是风骨。"骨气奇高",是赞美曹植诗富有风骨,即富有爽朗刚健的风貌。"词采华茂",是赞美曹植诗语言华美丰富。锺嵘主张诗歌应当"干之以风力(即风骨),润之以丹采"(《诗品序》),即以爽朗刚健的风骨为骨干,再用华美的辞采加以润饰,二者结合起来,达到优美的艺术境界。曹植的诗"骨气奇高,词采华茂",符合于他的艺术标准,所以获得极高评价。明胡应麟在评曹植《五游》、《升天行》诸诗时云:"词藻宏富,而气骨苍然。"(《诗薮》内编卷一)也是承袭了锺嵘的批评标准。

曹植的诗,总的说来是风骨、词采二者兼备,但仔细分析,不同的诗篇在某一方面往往有所侧重,有的风骨更遒劲一些,有的词采更宏富一些。他的部分诗篇,像《箜篌引》、《美女篇》、《白马篇》、《名都篇》等,大抵篇幅稍长,对偶句与铺陈语较多,其"词采华茂"的特色就显得更为突出,但也仍然具有风骨。另外有一部分诗,像《野田黄雀行》、《泰山梁甫行》、《杂诗》六首等,大抵篇幅稍短,描写较简练,对偶句与铺陈语较少,这类诗篇更鲜明地显示出"骨气奇高"的特色,但也仍然具有词采。王世贞评曹植诗说:"子建天才流丽,虽誉冠千古,而实逊父兄。何以故?材太高,辞太华。"(《艺苑卮言》卷三)王世贞认为曹植诗成就低于曹操、曹丕,意见未必公允,但曹植诗在"词采华茂"这方面的确大大超过其父兄,特别如《箜篌引》、《美女篇》一类诗表现尤为突出。王世贞又说:"子桓之《杂诗》二首,子建之《杂诗》六首,可入《十九首》,不能辨也。"(同上)又从风格的质朴刚健方面对曹植的《杂诗》六首给予很高评价,认为可与汉代无名氏的《古诗十九首》并驾齐驱。王世贞不喜华丽文风,所以对曹植作出这样评价,但我们由此也可以看出,曹植的不同诗篇,在风骨和词采二者的某一方面的确有所侧重。

《杂诗》"南国"篇这首诗,其中"时俗薄朱颜"二句,也是文采斐然;但大体说来,其艺术上的主要特色是简练峭直,语短情长,含蕴丰富,意境深邃,它虽然不像《美女篇》铺陈细致,词藻华美,但也自具一种爽朗自然之美,经得起吟咏咀嚼。

1983 年 7 月

(原载人民文学出版社 1985 年出版《汉魏六朝诗歌鉴赏集》)

刘 桢 评 传

东汉末叶献帝建安年间,在曹操、曹丕、曹植父子政治上当权人物的提倡和推动下,文学颇为发达,涌现出一批有才能的文人。在这批文人中,"建安七子"尤为著名。刘桢是"建安七子"中的一位重要作家。他的诗歌写得很好,后人常把他和曹植相比,并称"曹刘"。

一 生 平 梗 概

刘桢的生平事迹,史籍记载很少。我们钩稽史乘,结合他的作品,只能了解一个大概的情况。

刘桢,字公幹,东平宁阳(今山东省宁阳县南)人。他家和东汉王朝是本家,但到他父祖时家庭已并不富裕。刘桢的父亲刘梁①,少时孤贫,靠在市场上卖书自给。后来在地方、朝廷做过几任官。他在做北新城地方长官时,提倡教育,劝导县里的人读书,发展了该地的文化。刘梁擅长文学,《后汉书·文苑传》列有他的传记。他目睹当时人们多以势利相交往,风气不正,写了《破群论》、《辩和同论》两篇文章加以抨击,同时提倡以儒家思想为准绳的道义。《破群论》惜已失传,今仅存《辩和同论》。

---

① 《后汉书·刘梁传》说刘桢是刘梁的孙子。此据《三国志·王粲传》注引《文士传》。刘桢是刘梁子抑孙,不能肯定。

刘桢的生年不能确知。现在有的书上标为公元 170 年,只是一种假定,没有确凿的根据。据《太平御览》(卷三八五)引《文士传》记载:刘桢少年时就以才学闻名。他八九岁时,就能诵读《论语》、诗、赋等数万字。为人聪颖敏捷,人家提出问题,他应声便答,没有能难住他的。刘桢这种才学,除掉天赋好以外,看来主要是由于家庭的优良的文化条件。

建安元年(196),曹操挟持汉献帝从洛阳迁都于许(今河南许昌县东),自己担任司空(三公之一)。曹操从此掌握中央大权,献帝成了傀儡。九年(204),曹操从袁尚手中夺得邺(今河北临漳县西),领冀州牧,把邺作为自己的根据地。以后即在此建立魏都。建安十年前后,曹操北攻袁绍、袁尚父子等,南攻刘表,刘桢曾随军同行。谢灵运《拟魏太子邺中集诗》咏刘桢有云:"北渡黎阳津,南登纪郢城。"就是说的刘桢随曹军南征北战。黎阳津故址在今河南浚县东南,曹操曾与袁氏部队在此作战。纪郢,在今湖北江陵市,即荆州州治,是刘表的中心根据地。建安十三年(208),曹操担任丞相,罢三公官职,他的地位更崇高,权力更集中了。曹操雄心勃勃,企图统一中国,建立新王朝。他招纳了许多有才干、学识之士,帮他办事。就在建安年间,刘桢来到许都,先是在曹操手下做司空军谋祭酒①;曹操升任丞相后,刘桢也改做丞相掾属。做掾属一类官,公务是相当繁忙的。刘桢有《杂诗》一首,中有云:"职事相填委,文墨纷消散。驰翰未暇食,日昃不知晏。沉迷簿领书,回回自昏乱。"说他沉溺忙乱于纷繁的文书工作之中,大约就是反映了当时的日常事务。

建安十四年(209),曹操南征孙权。这年春天到达其家乡谯郡(今安徽亳县),整治水军,经过涡水、淮河、肥水,驻军合肥。到冬天又回军谯郡。这次南征,曹丕、刘桢、王粲、陈琳、徐幹、应场等人都随

---

① 按建安三年,曹操置军谋祭酒官,则刘桢任此职必在该年以后。

行。刘桢后来在《赠五官中郎将》诗第一首中对当时的军中生活加以追叙：

> 昔我从元后，整驾至南乡。过彼丰沛都，与君共翱翔。四节相推斥，季冬风且凉。众宾会广坐，明灯熺炎光。清歌制妙声，万舞在中堂。金罍含甘醴，羽觞行无方。长夜忘归来，聊且为大康。四牡向路驰，欢悦诚未央。

诗中"元后"指曹操，"丰沛"是汉高祖刘邦的故乡，此处借指曹操的故乡谯郡。"君"指曹丕（刘桢写此诗时曹丕为五官中郎将）。这诗着重描绘了这年冬天曹操回师谯郡时曹丕和一批文人们在军中深夜饮酒聆歌的欢快情景，表现了军中生活的一个侧面。

建安十六年（211），曹操要他长子曹丕担任五官中郎将，作为丞相的副手，初步安排了接班人。五官中郎将手下设置官属，帮助办事。于是，刘桢、徐幹等都被任为五官中郎将文学，做了曹丕手下的文学侍从之臣。

曹丕爱好文学，优待文人。他常常和他手下那些文人一同游览风景，饮酒赋诗，有时还出一个题目，叫大家一齐写诗作赋。曹丕后来在文章中对当时这种诗酒留连的生活作过具体生动的描绘："昔日游处，行则连舆，止则接席。……每至觞酌流行，丝竹并奏，酒酣耳热，仰而赋诗。"（《与吴质书》）"白日既匿，继以朗月，同乘并载，以游后园。"（《与朝歌令吴质书》）刘桢的《公宴诗》描写的也正是这种情景：

> 永日行游戏，欢乐犹未央。遗思在玄夜，相与复翱翔。辇车飞素盖，从者盈路傍。月出照园中，珍木郁苍苍。……生平未始闻，歌之安能详。投翰长叹息，绮丽不可忘。

两相比照对读,可以看出他们平时的创作生涯是相当愉快的。这种诗文,为围绕在曹丕周围的邺下文人集团的日常活动,留下了具体的剪影。

刘桢和曹丕的交情相当好。他有《赠五官中郎将》诗四首赠给曹丕,表达了两人间互相关怀的情谊和对曹丕文才的称颂。其中第二首写到自己某次得了重病,在漳河旁家中休息了一百多天。曹丕亲自来他家探望,长谈至夜,临别时还相约明春再见。全诗写得感情委婉动人。曹丕还喜欢和手下的文士们开开玩笑。他曾把一条珍贵的廓落带赐给刘桢,后因需要向刘桢暂借,写信给刘桢开玩笑道:"夫物因人为贵,故在贱者之手,不御至尊之侧。今虽取之,勿嫌其不反也。"虽然是开玩笑,毕竟显示出他那以富贵骄人的面目来。刘桢顺着他的心意写了一封回信,指出像荆山宝玉、随侯明珠那些著称于史的珍品,都是先经过卑贱者之手然后贡献给至尊的。"夫尊者所服,卑者所修也;贵者所御,贱者所先也。故夏屋初成,而大匠先立其下;嘉禾始熟,而农夫先尝其粒。"比喻生动,措辞巧妙,深得曹丕的欣赏。

在曹丕手下时,刘桢曾遭遇到一次不幸事件。某次,曹丕和手下文士一同宴饮,大家都很高兴。曹丕叫他夫人甄氏出来会见宾客。甄夫人出来时,酒席上众宾都俯伏表示敬意,惟独刘桢平身望着甄夫人。曹操得知此事,大怒,罚他到尚方(专管制作刀剑等御用物品的官署)作苦工。后来曹操到尚方视察,看到刘桢正在认真磨石块,曹操问石块质量怎样,刘桢抓住机会,跪着回答道:"石出自荆山悬岩之巅,外有五色之章,内含卞氏之珍(指卞和宝玉)。磨之不加莹,雕之不增文。禀气坚贞,受之自然,顾其理(石的纹理)枉屈纡绕而不得申!"曹操听了大笑,当日就释放了刘桢(见《世说新语·言语》注引《文士传》)。刘桢的答辞非常巧妙,他表面上是讲石块,实际用以自喻,说自己秉性坚贞,这次受罚,理不得申;在形式上运用韵语,富有文采,表现出他敏捷的文才。不过这段记载有些像小说,在细节上或许不一定完全真实可靠。这事发生在曹丕任五官中郎将后不久，大约即在建安十六年（211）或下一年。刘桢在尚方磨石的时间大约也不长，但毕竟是他生活道路上的一次重大挫折。

在担任五官中郎将文学一段时间后，刘桢还在曹植手下做过平原侯庶子①。当时应场也任过平原侯庶子，邢颙为平原侯家丞。曹植平时行为比较放荡，不拘礼法。邢颙常加谏阻，招致曹植的不快。刘桢为此上书规谏曹植。信中赞美邢颙是秉持高节的雅士，非自己可比，"而桢礼遇殊特，颙反疏简。私惧观者将谓君侯习近不肖，礼贤不足，采庶子之春华，忘家丞之秋实"。他不愿曹植只亲近自己而疏慢方正的邢颙，表现出他那尊重别人，不图一己私利的高尚品格。《文心雕龙·书记》称赞此书为"丽而规益"。

建安二十二年（217），邺都一带疫疬（急性传染病）流行，刘桢得病逝世。同年得病去世的还有徐幹、陈琳、应场诸人。

综观刘桢一生，他为人比较正直，性格比较刚强，生活上有时不拘礼法。谢灵运《拟魏太子邺中集诗》小序中称刘桢为"卓荦偏人"，意为奇特不寻常之士，重在褒赞。魏王昶在《诫子书》中说刘桢"博学有高才，诚节有大意，然性行不均，少所拘忌"（《三国志》卷二七《王昶传》），则兼寓褒贬。不管是褒是贬，都显示出了刘桢不同寻常的性格特色。

二　诗歌特色及其评价

刘桢的作品，据《隋书·经籍志》记载，原有《魏太子文学刘桢集》四卷，早已亡佚。今存《刘公幹集》是后人所辑，作品已亡佚不少，今

---

① 曹植于建安十六年封平原侯，十九年改封临菑侯。刘桢做平原侯庶子，当在此数年间。

存者也有部分是残章断句。除赋、诗、文外,刘桢还著有《毛诗义问》十卷,着重训释《诗经》中的名物。原书亦失传,清马国翰《玉函山房辑佚书》有辑本,所存寥寥无几。

刘桢擅长写五言诗。曹丕在《与吴质书》中评论建安诸子文学,指出刘桢"五言诗之善者,妙绝时人"。他的诗完整的现存十二首,其中《公宴诗》、《赠五官中郎将》(四首)、《赠徐干》、《赠从弟》(三首)、《杂诗》共十首,被萧统选入《文选》。此外尚有《斗鸡》、《射鸢》两首。其他的便都是残章断句了。他的存诗虽然不多,但在建安七子中,数量仅次于王粲(完整的约近二十首),比起徐干、阮瑀诸人均不到十首来,还算是较多的了。《文选》选七子诗,也是王粲、刘桢的篇章为多,说明两人的诗歌成就最高。

刘桢的《赠从弟》诗三首最受人们的重视。三诗分别以蘋藻、松柏、凤凰作比,勉励其堂弟要砥砺德行,坚持节操,不贪求名利,不随俗浮沉,既赞美了从弟的德操,更反映出刘桢自己刚正不阿的品格和他对于人格美的追求。其第二首写得尤为鲜明生动,刚健有力:

> 亭亭山上松,瑟瑟谷中风。风声一何盛,松枝一何劲! 冰霜正惨凄,终岁常端正。岂不罹凝寒,松柏有本性。

刘桢的《公宴诗》、《赠五官中郎将》四首、《赠徐干》等诗篇,表现他和曹丕、徐干等人间的交往和友谊,其内容主要是"怜风月,狎池苑,述恩荣,叙酣宴"(《文心雕龙·明诗》),展示了邺下文人集团间日常生活的某些侧面。刘桢没有写出像王粲《七哀诗》、陈琳《饮马长城窟行》那样反映社会动乱、人民苦难的作品,这是他的不足之处。但这些篇章也与后世那些庸俗无聊的应制诗、应酬诗有所不同,它反映了作者和曹丕、徐干间的深挚情谊,显示出"慷慨以任气,磊落以使才"(《文心雕龙·明诗》)的特色,表现了建安文人所共有的豪情壮志,因而能够扣动读者的心扉。

刘桢尚有《斗鸡》、《射鸢》两诗。《斗鸡》描写斗鸡游戏的场景,应场、曹植也各有《斗鸡》诗,或许是刘、应两人在做平原侯庶子时同时唱和之作。《射鸢》描写曹操射杀飞翔高空的鸣鸢,当是在曹操手下任属官时所作。这两首诗写得都较为平庸。

刘桢诗歌的艺术特色是不论写即目所见景物,或抒发胸怀,都是非常自然的流露,不事雕琢。笔致疏宕流畅,语言刚健有力。这一特色贯穿在他全部作品中,上引《公宴诗》、《赠从弟》(其二)都是其例,此外如《赠五官中郎将》四首、《赠徐幹》等篇也颇为突出:

　　余婴沉痼疾,窜身清漳滨。自夏涉玄冬,弥旷十馀旬。常恐游岱宗,不复见故人。所亲一何笃,步趾慰我身。清谈同日夕,情盼叙忧勤。……(《赠五官中郎将》其二)

　　谁谓相去远,隔此西掖垣。拘限清切禁,中情无由宣。思子沉心曲,长叹不能言。起坐失次第,一日三四迁。步出北寺门,遥望西苑园。细柳夹道生,方塘含清源。轻叶随风转,飞鸟何翻翻。乖人易感动,涕下与衿连。仰视白日光,皦皦高且悬。兼烛八纮内,物类无颇偏。我独抱深感,不得与比焉。①(《赠徐幹》)

这种诗因为写得朴素自然,没有突出的形象和美艳的词句,因此乍读起来不容易发现其佳处,要慢慢咀嚼才能体会其艺术造诣。清代吴淇说:"公幹诗质直如其人,譬之乔松,挺然独立。……其体盖以骨

---

　　①　关于此诗的写作背景,《文选五臣注》吕延济说:"是时徐在西掖,刘在禁省,故有此诗。"末尾六句,《五臣注》李周翰释为:"言日光照烛天下,无所偏颇,而我独抱此深感,失志不得与比于众物也。"清何焯《义门读书记》、方东树《昭昧詹言》推测当为刘桢以不敬甄夫人罚作苦工时作。未详孰是。

胜。"(《六朝选诗定论》卷六)评价颇为中肯。锺嵘《诗品序》末尾列举名家警策之作,于建安诗云:"陈思赠弟,仲宣《七哀》,公幹思友。""思友"即指《赠徐幹》诗。锺嵘把《赠徐幹》诗与曹植《赠白马王彪》、王粲《七哀》相提并论,可见对此诗评价之高。

建安诗歌以富有风骨著称,后世称为建安风骨或建安风力。刘桢诗的风骨是很突出的。《诗品》评刘桢诗云:"仗气爱奇,动多振绝。贞骨凌霜①,高风跨俗。但气过其文,雕润恨少。""贞骨"二句即是赞美刘桢诗的风骨不凡。据《文心雕龙·风骨》的阐释,风的特点是清、显、明,指作者思想感情等在作品中表现得鲜明爽朗而不晦昧;骨的特点是精、健、峻,指作品语言精要刚健而不繁冗软弱。总起来说,风骨是指鲜明生动、精要刚健的文风。刘桢作品富有风骨,不但锺嵘这样看,曹丕、刘勰也是这样看。曹丕说"刘桢壮而不密"(《典论·论文》),认为刘桢作品壮健而不细密。不细密,实际即是爽朗精要之意。刘勰也说刘桢"言壮而情骇"(《文心雕龙·体性》)。情骇,指其作品感情激荡,也与鲜明刚健之意接近。《文心雕龙·明诗》还指出建安诗歌的艺术特色是:"造怀指事,不求纤密之巧;驱辞逐貌,唯取昭晰之能。"所谓"不求纤密"、"唯取昭晰",也点明了建安诗歌爽朗精要的特色②。魏晋南北朝人的流行看法,认为人的禀赋气质有清浊之分,禀气清的人,其作品容易产生鲜明爽朗的风貌,《文心雕龙·风骨》所谓"意气骏爽,则文风清焉",就是这个意思。《诗品》说刘桢"仗气爱奇","仗气",意思和《诗品序》赞美刘琨"仗清刚之气"相同。当时人认为禀受清气者多阳刚之气,为人豪迈爽直,表现于作品,则富有爽朗刚健的风骨,很有气势。《文心雕龙·风骨》把有风骨的作品

---

　　①　"贞骨"之"贞",一作"真",恐是形近而误。此据宋何汶《竹庄诗话》卷二、魏庆之《诗人玉屑》卷十三引文。
　　②　参考拙作《从〈文心雕龙·风骨〉谈到建安风骨》一文,收入拙著《文心雕龙探索》。

比喻为翱翔高空的鹰隼，即是此意。这种看法过于强调先天禀赋的决定作用，有其片面性；但注意到人的气质、性格对文风的重大影响，也包含着合理成分。就刘桢来说，他性格比较刚直豪迈，所以形成了鲜明爽朗、刚健有力的文风。刘桢本人也很重视文章刚健的气势。南齐陆厥《与沈约书》曾说："刘桢奏书，大明体势之致。""体势"是指作品的体貌风格。刘桢此书全文已失传，但据《文心雕龙》所引，刘桢曾赞美孔融云："孔氏卓卓，信含异气，笔墨之性，殆不可胜。"（见《风骨》篇）又说文章应写得"辞已尽而势有馀"（见《定势》篇）。这些话大约即出自那篇奏书。

刘桢的诗富有风骨，但文采稍嫌不足，《诗品》所谓"气过其文，雕润恨少"，即指其诗气骨（即风骨）胜过文采。刘勰、钟嵘都认为，文章应当写得文质彬彬，即辞章的文采藻饰和质朴有力互相结合起来。《文心雕龙·风骨》提出风骨与采应当兼具，《诗品序》主张"干之以风力，润之以丹采"，风骨偏于质朴，犹如《风骨》篇所说的缺乏羽毛鲜美的鹰隼；因此主张风骨与采兼备，实际就是要求文质结合得好。《诗品》于建安诗人，对曹植评价最高，称他"骨气奇高，词采华茂，情兼雅怨，体被文质"，就是气骨、词采兼长，达到文质彬彬的高标准。刘桢、王粲则各有偏胜。刘桢是质胜于文，王粲则是"文秀而质羸"，文胜于质，所以两人总的成就不及曹植。现在有的研究者把《诗品》所谓"质"理解为思想内容，这很难讲通。就思想内容讲，特别就关心国事民生讲，王粲诗比刘桢诗要强。但王粲诗的文辞风格，确比刘桢诗要美丽而柔弱。《诗品》还指出，晋代诗风刚健的诗人左思源出刘桢；而诗风绮丽的潘岳、张协、张华诸人则源出王粲。当然，建安诗歌总的说来都有风骨，但比较说来，刘桢诗的风骨尤为突出，王粲诗则相对显得柔弱一些。

三曹以外，建安文人中王粲、刘桢两人的成就最高。江淹《杂体诗序》有云："及公幹、仲宣之论，家有曲直。"说明王、刘两人的高下，南朝即有不同看法。《宋书·谢灵运传论》举曹植、王粲为建安文学的代表,《文心雕龙·才略》更认为王粲诗赋是"七子之冠冕"。《诗品》则更推尊刘桢,排建安诗人的次序为:首曹植,次刘桢,次王粲,并声称"曹、刘殆文章之圣"。平心而论,王粲兼长诗赋,其部分作品现实性相当强烈,总体上的确不愧为七子的魁首。但就五言诗的艺术成就说,刘桢诗风貌特别爽朗刚健,具有王粲不及的特长,在标志建安风骨方面,刘桢诗更具有代表性。因此,后世评论者在肯定、赞美建安诗的风骨时,常常以曹、刘并称。如梁代裴子野《雕虫论》云:"曹刘伟其风力。"杜甫《奉寄高常侍》赞美高适诗云:"方驾曹刘不啻过。"元稹《唐故工部员外郎杜君墓系铭序》赞美杜甫诗云:"气夺曹刘。"元好问《论诗绝句》云:"曹刘坐啸虎生风,四海无人角两雄。"可说都是继承了《诗品》的评价。这种评价不是偶然的,表明了长时期来人们对于以曹植、刘桢为代表的建安风骨的赞美。

除诗歌外,刘桢还留有若干辞赋、散文。他的《大暑赋》、《黎阳山赋》、《瓜赋》等都是小赋,写得较为清新,表现了建安时代小赋盛行的特色。但其中大多数经过后代类书删节,已非全篇。其《鲁都赋》是学习班固《西都赋》、张衡《二京赋》的巨制,残缺更甚。他的散文除上文称引过的《谏曹植书》、《答魏太子丕借廓落带书》外,完整的尚有《处士国文甫碑》。他的辞赋、散文较多骈偶句,显示出东汉以来骈文日趋发展的倾向,但仍有一股疏宕之气流贯其间,表现出与诗歌相似的"壮而不密"的特色。

1986 年 7 月

(原载山东教育出版社 1989 年 12 月版
《中国历代著名文学家评传》续编第一卷)

谈前人对刘桢诗的评价

刘桢是建安时代的一位杰出诗人。在"建安七子"中,他与王粲两人的文学成就最高。他的诗歌写得尤好,后世常常把他与曹植相提并论,并称"曹刘",作为建安诗人的代表。但也有个别人对他评价颇低。考察一下前人对刘桢诗的评价,可以帮助我们了解刘桢诗歌的特色,了解建安风骨的涵义。

一 曹魏南朝人的评价

首先对刘桢进行评论的是曹丕。他在《与吴质书》中说:"公幹(刘桢字)有逸气,但未遒耳。其五言诗之善者,妙绝时人。"指出刘桢的作品具有一股俊逸之气,他的五言诗写得特别好,超过当时一般人。曹丕在《典论·论文》中又说:"刘桢壮而不密。"认为刘桢作品雄壮而不细密(即后世所谓偏于阳刚之美)。刘桢文风雄壮,或者说气势雄壮,显然和具有俊逸之气意思相通。

刘宋著名诗人颜延之、谢灵运两人对刘桢都有所评论。颜延之《庭诰》论诗云:"至于五言流靡,则刘桢、张华;四言侧密,则张衡、王粲。若夫陈思王,可谓兼之矣。"(《太平御览》卷五八六引)这里"流靡"意为流美,是肯定之辞,并无贬义。颜延之论汉魏诗人,只举出刘桢等五人,可见他对刘桢五言诗评价甚高。这和曹丕"妙绝时人"的看法也是很接近的。谢灵运有《拟魏太子邺中集诗》八首,分别歌咏曹丕、王粲等邺下文人，其"刘桢"篇小序云："桢卓荦偏人，而文最有气，所得颇经奇。""卓荦偏人"，是说刘桢为人奇特不凡，"卓荦"，《文选五臣注》李周翰释为"高绝貌"。"偏"是偏颇不平正、反乎寻常之意。"偏人"，指性格作风不同寻常、有所偏至的人。史载曹丕与文学侍从之臣宴饮，令甄夫人出见，于时众人见甄氏，皆俯伏为礼，惟独刘桢平身而视，因此获罪（见《三国志·王粲传》注引《典略》）。即此可见刘桢为人倜傥不羁，不同寻常。魏时王昶在《诫子书》中曾批评刘桢说："东平刘公幹，博学有高才，诚节有大意，然性行不均，少所拘忌，得失足以相补。吾爱之重之，不愿儿子慕之。"（见《三国志》卷二七《王昶传》）"性行不均"可说正是对"偏人"的确切注脚。不过王昶说刘桢"性行不均"，意在贬其失；谢灵运说"卓荦偏人"，却是肯定其奇特不凡。"偏人"在当时不作为否定性词语。《文选》李善注引潘勗《玄达赋》云："匪偏人之自詤，诉诸衷于来哲。"潘勗自称为"偏人"，兼有自谦自赞之意。"偏人"是从人的性格作风而言，《文选》李周翰释为"文才偏美于人"，从文学才能讲，恐不确。谢灵运认为刘桢为人卓荦不同寻常，文章富有气（即气骨，也就是曹丕所谓逸气），表现出一种奇壮不凡的风貌。这种看法与曹丕的评价相通，但曹丕仅论刘桢作品，谢灵运则兼及刘桢的性格和文风，议论有所发展。刘宋时代与颜、谢齐名的诗人鲍照，虽然没有对刘桢发表评论，但他写有《学刘公幹体》诗五首，鲍照集子中仿效古人诗体的为汉无名氏（《古诗》）、刘桢、阮籍、陶潜四家，于此可见他对刘桢诗的重视。稍后南齐江淹写《杂体诗》三十首，仿效历代名家诗作，其中建安时代仿了曹丕、曹植、刘桢、王粲四家，同样表现了对刘桢的重视。

下面再谈谈刘勰《文心雕龙》对刘桢的评价。《文心·明诗》篇评述建安诗歌总的特色，没有对各家作个别评论。《体性》篇评述作家性格和作品风格的关系，认为作家的性格给予其文风以重大影响。篇中举了两汉魏晋的十二位名家作例子来说明体与性之关系，于建

安时代举了王粲、刘桢两家，文云："仲宣躁竞，故颖出而才果；公幹气
褊，故言壮而情骇。"其中"褊"恐是误文。褊用以形容人，指心地狭
小、褊急。刘桢为人，倜傥不羁、不拘常格是有的，但未见狭小、褊急
的记载。他在曹植手下做平原侯庶子时，曹植亲近刘桢，不敬重家丞
邢颙。刘桢为此写信给曹植规劝，赞美邢颙是"雅士"，自己比不上，
劝曹植不要"采庶子之春华，忘家丞之秋实"。这事表明刘桢心胸宽
广，而不是狭窄。再说，既然性格影响文风，如果刘桢心胸褊窄，其文
风怎能表现为文辞雄壮、感情激荡呢？明代徐𤊹于其《文心雕龙》批
校本中曾指出："'气褊'二字恐误。"（据王利器《文心雕龙校证》转引）
这看法是有道理的。我认为刘勰此论系受谢灵运启发，"气褊"当作
"气偏"，"褊"与"偏"形近而误；气质偏颇，也就是"偏人"之意。《体
性》论刘桢，实系综合继承了曹丕、谢灵运两家之说。清代宋长白《柳
亭诗话》（卷二六）说："谢灵运拟古，于刘桢曰：'卓荦褊人，而文最有
气。''褊'字下得好，盖得气之偏者也。"（据《三曹资料汇编·附录》转
引）这里把谢灵运小序中的"偏人"引作"褊人"，又解释为"得气之
偏"，说明古人有时认为"褊"、"偏"二字是相通的。此外，《文心·才
略》篇还说："刘桢情高以会采，应场学优以得文。"是赞美刘桢才情很
高，表现于文章。

　　锺嵘《诗品》专评汉魏至南朝的五言诗，它对刘桢评价很高，认为
其成就在建安诗人中仅次于曹植。《诗品序》称曹植、刘桢两人"殆文
章之圣"。《诗品》上品列建安诗人三人：首曹植，次刘桢，次王粲，刘
桢位置在王粲之上。《诗品》评刘桢云：

　　　　其源出于《古诗》。仗气爱奇，动多振绝。贞骨凌霜，高风跨
　　俗。但气过其文，雕润恨少。然自陈思以下，桢称独步。

这段话虽然不长，但内涵相当丰富，需要作一些疏解。

　　为说明方便,先解说"贞骨"二句。"贞骨"之"贞",一作"真",恐是形近而误。此据宋何汶《竹庄诗话》卷二、魏庆之《诗人玉屑》卷十三引文。此两句是赞美刘桢诗的风骨非常高爽刚健,有凌霜跨俗之美。"风"和"骨"原是两个名词,但关系密切,南朝文艺理论中常常连用,《诗品序》说"建安风力(即风骨)尽矣",《诗品》评曹植"骨气(即气骨、风骨)奇高",也是两词连用;此处因运用对偶句,分言贞骨、高风。风骨涵义是什么? 据《文心雕龙·风骨》篇的阐释,风的特点是清、显、明,指作者思想感情等在作品中表现得鲜明爽朗而不晦昧;骨的特点是精、健、峻,指作品语言精要刚健而不繁冗软弱。总起来说,风骨是指鲜明生动、精要刚健的文风。《风骨》篇还指出,富有风骨的作品,犹如翱翔高空的猛鸟鹰隼。《诗品》用"高"字、"贞"字形容风骨,和《风骨》篇的解释是相合的。曹丕说"公幹有逸气",谢灵运说刘桢"文最有气",实际也是指刘桢诗富有气骨或风骨。《文心雕龙·明诗》描述建安诗歌的艺术特色有云:"造怀指事,不求纤密之巧;驱辞逐貌,唯取昭晰之能。"昭晰而不纤密,风貌清朗,语言精要,也揭示了风骨的特色①。这种特色在曹植、刘桢、曹操等的诗歌中表现得尤为鲜明突出。又曹丕说"刘桢壮而不密",刘勰说刘桢"言壮而情骇",指出刘桢作品风格壮健而不细密,也都和风骨有关。

　　再说"仗气"二句。这里的"气"指作者的气质、个性。两句是说刘桢凭藉他的气质,爱好奇特的文辞风格,作品常常表现得卓绝不凡。刘桢的"气",其特色如何呢?《诗品序》论两晋诗有云:"先是郭景纯用俊上之才,变创其体;刘越石仗清刚之气,赞成厥美。"刘桢所仗之气,实际也是清刚之气。魏晋南北朝人认为:人禀天地之气而生,形成其气质。气有清浊之分,禀受清气多的人其气质清朗刚强,

————————

　　① 　参考我的《从〈文心雕龙·风骨〉谈到建安风骨》一文,收入拙著《文心雕龙探索》。

表现于作品，形成爽朗刚健的气貌（即有风骨）；禀受浊气多的人其气质重浊缓弱，表现于作品，形成晦昧柔弱的气貌，作者的禀气、气质和作品的气貌、风貌是一致的。曹丕《典论·论文》云："文以气为主，气之清浊有体，不可力强而致。"已经指出禀气清浊不同对文章的重大影响。葛洪《抱朴子·尚博》云："清浊参差，所禀有主，朗昧不同科，强弱各殊气。"具体指出清气的特点为朗、强（即清刚）；浊气的特点为昧、弱。《文心雕龙·风骨》对此也有论述，有云："意气骏爽，则文风清焉。"骏爽的意气，也即是清刚之气。篇中又引曹丕、刘桢之说，指出孔融"体气高妙"、"信含异气"，引曹丕说谓刘桢"有逸气"；意思是说孔融、刘桢两人的气质好，具有清刚俊逸之气，因此文章气势很盛，饶有风骨。又当时人习惯上单言有气者，即指有清刚俊逸之气，谢灵运称刘桢"文最有气"，此处言"仗气"，都是其例。刘琨因有清刚之气，故其作品"雅壮而多风"（《文心雕龙·才略》），以风骨见长。"爱奇"之"奇"，与《诗品》评曹植"骨气奇高"之"奇"相通，指奇特不凡的风格，实即指爽朗不群的风骨。

　　再说"但气过"二句。"雕润"指文采。两句说刘桢的诗气势雄壮，富有风骨，但文采稍嫌不足。钟嵘主张作诗应当"干之以风力，润之以丹采"，即以风力为骨干，再以文采润色雕饰，这方是理想的艺术风格。刘桢诗气盛而文采不足，毕竟是缺点。刘勰在《风骨》篇中也提出风骨与采应当二者兼备。如果有风骨而缺之采，犹如壮健的鹰隼，虽能高飞，毕竟缺乏羽毛之美，不及凤鸟的"藻耀而高翔"。其看法与钟嵘一致。汉魏以来文论者常常主张文章应质文并重，即兼顾文章的质朴有力和文采华美。风骨偏于质朴刚健。主张风骨与文采兼备，实际即是要求质文并重[①]。《诗品》于建安诗人，对曹植评价最

---

①　参考我和杨明合写的《魏晋南北朝和唐代文学批评中的文质论》一文，收入拙著《文心雕龙探索》。编者按：此文后收入《中国古代文论管窥》下编。

高,称他"骨气奇高,词采华茂,情兼雅怨,体被文质",意为气骨、词采兼长,文质兼备。刘桢、王粲则各有偏胜。刘桢是质胜于文,王粲则是"文秀而质羸",文胜于质,所以两人成就不及曹植。在锺嵘看来,刘、王两人虽各有偏胜,但不过甚,故仍列于上品。至于张华诗则"华艳"、"妍冶"、"风云气少",气太弱,曹操"古直",文太少,因此只能列于中、下品了。建安诗歌以风骨著称,其中名家在不同程度上都具有风骨,但程度有高低之分,刘桢诗的风骨非常突出,王粲在这方面显得逊色。这里要区别建安诗歌总的艺术特色和各诗人间的个别差异现象。

再说"其源出于《古诗》"。锺嵘所谓某家源出某某,是就诗歌的体制风格而言。《诗品》评《古诗》云:"其体源出于《国风》。"评谢灵运云:"其源出于陈思,杂有景阳之体。"可证。《诗品》论述诗人间的源流继承关系,主要看风骨与文采、质与文的表现如何。刘桢诗的主要特色是质朴刚健,汉代无名氏《古诗》风格接近民歌,虽然"文温以丽",毕竟比较质朴爽朗,所以《诗品》认为刘桢诗源出《古诗》,而《古诗》又源出雅正的《国风》。其后晋代左思诗也以质朴刚健见长,故《诗品》认为其诗源出刘桢。王粲诗的特色是文采秀美,风骨稍弱,《诗品》认为他源出李陵,而李陵又源出艳丽的楚辞。其后西晋诗风华美的张华、潘岳、张协等诗人,《诗品》都认为源出王粲。《诗品》这样区分诗人流派,不免有些简单化,不完全恰当,但自成一家之言。按《文心雕龙·定势》云:"是以模经(写诗者主要模拟《诗经》)为式者,自入典雅之懿;效骚命篇者,必归艳逸之华。"指出学习经书与学习楚辞者形成不同的文风。其议论与《诗品》这方面的看法相通。

再说"然自陈思以下,桢称独步"。二句说曹植以下,刘桢诗歌成就最高,与《诗品序》"昔曹、刘殆文章之圣"之论相吻合。《诗品》认为刘桢诗成就更高于王粲。刘、王两人成就哪个更高,看来南朝人有不同看法。江淹《杂体诗序》有云:"及公幹、仲宣之论,家有曲直;安仁、士衡之评,人立矫抗。"可证。沈约《宋书·谢灵运传论》举曹植、王粲为建安文学的代表,《文心雕龙·才略》更认为王粲辞赋是"七子之冠冕"。锺嵘则更推重刘桢。江淹《杂体诗》效建安诗人,刘桢在王粲之前,或亦寓有优劣之意。平心而论,王粲兼长诗赋,他的一部分作品现实性很强,总的成就的确不愧为建安七子的魁首。但就五言诗的艺术成就说,刘桢诗的风貌特别爽朗刚健,具有王粲不及的特长,在标志建安风骨方面,刘桢诗更具有代表性。梁代裴子野《雕虫论》也称"曹、刘伟其风力",说明在代表建安风骨方面,曹植、刘桢两人最为杰出。锺嵘大力推重刘桢,更有其文学历史背景。宋齐以来,诗风日趋绮丽,缺乏明朗刚健的风貌。他对当时"轻薄之徒,笑曹、刘为古拙"的现象深表不满(见《诗品序》),他正是企图藉提倡曹、刘刚健的诗风来矫正时弊。

综上所述,可见锺嵘继承并发展了曹丕、谢灵运的看法,认为刘桢禀受良好的清刚之气,爱好奇特不凡的文风;其诗高爽刚健,富有风骨,但文采稍嫌不足;在汉魏六朝诗人中,曹植以下,他的诗成就最高。

二 唐宋元明清人的评价

唐代以后人士,大致沿袭南朝人的评论,于建安诗人常常曹、刘并提,并往往赞美其气骨。

殷璠《河岳英灵集叙》云:"至如曹、刘诗多直语,少切对,或五字并侧,或十字俱平,而逸驾终存。"此处所谓"逸驾",与"逸气"意思相近。殷璠评王昌龄诗时有云:"元嘉以还,曹、刘、陆、谢,风骨顿尽。"赞美曹、刘诗的风骨。杜甫《奉寄高常侍》诗云:"方驾曹刘不啻过。"以高适比曹、刘,意在赞美其诗有风骨。高适诗的确以风骨见长,殷璠评云:"多胸臆语,兼有气骨。"高适自己也以刘桢诗比方友人:"逸气刘公幹,玄言向子期。"(《奉酬路太守见赠之作》)杜甫《解闷》诗赞美薛据诗云:"曹刘不待薛郎中。"薛据诗也以风骨见长,殷璠评云:"据为人骨鲠有气魄,其文亦尔。"后来元稹又以曹、刘比杜甫:"古傍苏、李,气夺曹、刘。"(《唐故工部员外郎杜君墓系铭序》)此外,皎然《诗式》有"魏有曹、刘、三傅"、"上掩曹、刘"等语(《论卢藏用陈子昂集序》条)。皎然还赞美刘桢诗"不拘对属,偶或有之,语与兴驱,势逐情起,不由作意,气格自高,与《十九首》其流一也"。指出刘桢诗清新自然的特色,可与《古诗十九首》比美,意思与《诗品》谓刘桢诗源出《古诗》相通。(《邺中集》条)顾陶《唐诗类选序》有"苏、李、刘、谢(谢灵运)之风骨"之语。唐人特别盛唐人注意学习建安诗歌,提倡风骨,因此常常提到并赞美风骨特出的刘桢诗。

北宋秦观《韩愈论》云:"曹植、刘公幹之诗,长于豪逸。"继承了曹丕"公幹有逸气"之说。南宋张戒《岁寒堂诗话》对南朝诗歌雕章琢句之风颇为不满,他于唐以前最推重《古诗》、苏李、曹刘、陶(潜)、阮(籍)诸家,认为他们的作品"卓然天成","其情真,其味长,其气胜",于建安诗人也是突出曹、刘。严羽《沧浪诗话》中的《诗体》一章,列举历代诗歌体制最为详备,其中提到以时分体的有"建安体",以人分体的有"曹刘体",说明也以曹植、刘桢诗为建安诗歌的代表。金代元好问也很推重曹、刘。其《论诗绝句》有云:"曹刘坐啸虎生风,四海无人角两雄。可惜并州刘越石,不教横槊建安中。"又《自题〈中州集〉后》诗有"邺下曹刘气尽豪"之句。元好问论诗,提倡豪迈自然的风格,因此非常推重曹、刘爽朗刚健的诗风。他还连带赞美刘琨(越石),也是此意。

明清评论者对刘桢诗大多数评价也颇高。徐祯卿《谈艺录》云:"刘桢锥角重峭,割曳缀悬。"这是赞美刘桢诗写得峭劲精要,割弃浮词,实际即是说其诗有风骨。王世贞《艺苑卮言》(卷三)认为:"刘桢、王粲,诗胜于文。"位置刘桢于王粲之上。胡应麟《诗薮》(内编卷二)

云："建安首称曹、刘。陈王才藻宏富，骨气雄高，八斗之称，良非溢美。公幹才偏，气过词；仲宣才弱，肉胜骨。"这里的"肉"借指富丽的文采。胡应麟认为曹植诗气骨、词采俱佳，刘桢气骨胜而词采不足，王粲词采盛而气骨不足，这完全是承袭锺嵘的议论。许学夷《诗源辩体》（卷四）云："公幹气胜于才，仲宣才优于气。锺嵘谓陈思以下，桢称独步。元美谓二曹龙奋，公幹角立，是也。"也是同意并发挥锺嵘的看法。这些评论者属于前后七子及其一派，他们论诗推重汉魏盛唐，重视诗的气骨、气格、格调，因此对刘桢诗评论都颇高。直至清代，如陈祚明说"公幹诗笔气隽逸"（《采菽堂古诗选》卷七），刘熙载说"公幹气胜"（《艺概·诗概》），也仍然是赞美刘桢诗富有气骨。

从上面的介绍可以看到，从曹丕、谢灵运、锺嵘一直到明清时代的评论者，一致肯定刘桢诗具有俊逸之气，爽朗刚健，以风骨见长。明清时代的一些诗话等论著和古诗评选本，常常结合作品来论述，对刘桢诗的成就和特色，有时讲得更为具体细致。下面拟在这方面作一些介绍和分析。

《隋书·经籍志》记载，刘桢原有集四卷，已亡佚，今存《刘公幹集》是后人所辑，作品已亡佚不少。他的诗完整的现存十二首，其中《公宴诗》、《赠五官中郎将》四首、《赠徐幹》、《赠从弟》三首、《杂诗》共十首，被萧统选入《文选》，都可说是他的代表作品。此外尚有《斗鸡》、《射鸢》两首，其他见于《刘公幹集》和逯钦立《先秦汉魏晋南北朝诗》所辑录的，就都是断章残句了。他的存诗虽不多，但在建安七子中，数量仅次于王粲（完整的约为十九首，其中四首为四言诗），比起徐幹、阮瑀诸人均不到十首来，还算是较多的了。《文选》选建安七子诗，也是王粲、刘桢篇章为多，说明两人的诗歌成就最高。

刘桢的《赠从弟》三首最受人们的重视。三诗运用比兴手法，既赞美、勉励其从弟砥砺德操，同时反映了诗人自己刚正不阿的品格和他对于人格美的追求。其第二首写得尤为杰出：

> 亭亭山上松，瑟瑟谷中风。风声一何盛，松枝一何劲！冰霜
> 正惨凄，终岁常端正。岂不罹凝寒，松柏有本性。

表现鲜明生动,刚健有力,的确富有风骨。清代何焯评此三诗云:"此
教以修身俟时。首章致其法也,次章厉其节也,三章择其几也。峻骨
凌霜,高风跨俗,要惟此等足当之。"(《义门读书记·文选》卷二)按锺
嵘《诗品》称刘桢诗"贞骨凌霜"云云,是赞美刘诗爽朗刚健的风貌,是
从刘的大部分诗歌立论。何焯的评语,着重从三诗修身厉节的思想
内容来解释《诗品》的评语,并不确切。当然,刘桢风清骨健的诗风和
他刚直的性格有关,但不一定直接表现出这种性格来。事实上除《赠
从弟》三首外,刘桢其他的诗并没有直接表现这种性格,但仍然富有
风骨。而且,锺嵘等认为风骨渊源于作者禀受逸气或俊爽清刚之气,
逸气的内涵,并不包含品德高尚的因素,它和性格刚直有联系,但不
是一回事,和品格的好不好就更没有必然的联系。

　　《赠徐幹》也是刘桢的代表作品。《诗品序》末尾列举各家警策之
作,于建安诗云:"陈思赠弟,仲宣《七哀》,公幹思友。"各家《诗品注》
均谓"赠弟"指《赠白马王彪》,"思友"指《赠徐幹》,是。《诗品》把《赠
徐幹》与《赠白马王彪》、《七哀诗》相提并论,可见对此诗评价之高。
《诗品》在评徐幹时,还把此诗比为洪钟。《竹庄诗话》除录评论外,还
选录各家少数代表作品。它选的王粲、刘桢诗,即是《七哀》和《赠徐
幹》。《赠徐幹》诗云:

> 谁谓相去远,隔此西掖垣。拘限清切禁,中情无由宣。思子
> 沉心曲,长叹不能言。起坐失次第,一日三四迁。步出北寺门,
> 遥望西苑园。细柳夹道生,方塘含清源。轻叶随风转,飞鸟何翻

翻。乖人易感动,涕下与衿连。仰视白日光,皦皦高且悬。兼烛八纮内,物类无颇偏。我独抱深感,不得与比焉。①

清方东树《昭昧詹言》(卷二)对此诗有很具体精当的分析,有云:"直书胸臆,一往清警,缠绵悱恻,此自是一体。"又云:"大约此体但用叙事,羌无故实,而所下句字,必朴质沉顿,感慨深至,不雕琢字法,所谓至宝不雕琢,而非老生常谈,陈言习熟,愦愦凡近琐冗之比。"诗中"细柳夹道生"以下四句,写景清新自然,王夫之认为可与谢灵运"池塘生春草"的佳句比美(见《古诗评选》卷四)。直书胸臆,朴质自然,清朗警拔,不雕琢字句,这些正是《赠徐幹》乃至刘桢大部分诗作的艺术特色,也可以说是建安风骨的主要特色。《赠五官中郎将》四首也是刘桢的佳作。五官中郎将指曹丕,刘桢曾任五官中郎将文学,做曹丕的下属。诗中虽有少数恭维曹丕的话,但不像后世许多应制、应酬诗那样无聊庸俗,而是叙述和曹丕间的深厚友谊,倾吐心曲,抒情真挚动人,风格爽朗刚健。其中第二首"余婴沉痼疾"一首尤为深至,方东树誉为"摆脱一切,直抒胸臆","而一切清警,情词斐然,亦所谓文雅纵横飞者也"。其艺术成就不在《赠徐幹》一诗之下。看来"直抒胸臆"的表现方法与风清骨健的诗风关系很密切。盛唐诗人中高适的诗以气骨著称,《河岳英灵集》评为"多胸臆语,兼有气骨"。仔细对读,不难发现高适诗风的确近似刘桢,无怪杜甫称誉他"方驾曹刘"。

许学夷《诗源辩体》(卷四)有一段话指出刘桢诗声调劲健,并与王粲诗作对比,值得注意:

---

①　关于此诗的写作背景,《文选五臣注》吕延济云:"是时徐在西掖,刘在禁省,故有此诗。"何焯《义门读书记》、方东树《昭昧詹言》据诗末尾六句,推测当为刘桢以不敬甄夫人罚作苦工时作。未详孰是。

公幹诗声咏常劲,仲宣诗声韵常缓,子建正得其中。锺嵘称公幹气过其文,仲宣文秀而质羸,是也。五言,公幹如"灵鸟宿水裔,仁兽游飞梁。华馆寄流波,豁达来风凉"(《公讌诗》)、"步出北寺门……方塘含清源"(《赠徐幹》)、"凉风吹沙砾,霜风何皑皑。明月照缇幕,华灯散炎辉"(《赠五官中郎将》其四)等句,声韵为劲。仲宣如"常闻诗人语,不醉且无归。今日不极欢,含情欲待谁"(《公讌诗》)、"军中多饶饶,人马皆溢肥。徒行兼乘还,空出有馀资"(《从军诗》其一)、"征夫怀亲戚,谁能无恋情?抚衿倚舟樯,眷眷思邺城"等句,声韵为缓。然要是气质不同,非有意创别也。

这段话讲得很有意思。诗歌是通过有节奏的语言表现出来的,故许学夷所谓"声咏"、"声韵",实即指语言风格的主要特征。刘桢诗语言风格较王粲诗为劲健,所以更富有风骨。这一点,只要仔细比较两人的诗篇,是不难体会到的。

刘桢的代表作品,大致就是被选于《文选》的十来篇,如上所述,其中尤以《赠从弟》、《赠徐幹》、《赠五官中郎将》等诸题尤见精采。他诗歌的思想内容,主要表现他和曹丕、徐幹等人间的交往和友谊,正如《文心雕龙·明诗》所说的,是"怜风月,狎池苑,述恩荣,叙酣宴",展示了邺下文人集团间日常生活的某些侧面。他没有写出像王粲《七哀诗》、陈琳《饮马长城窟行》那样反映社会动乱、人民苦难的作品,这是他的不足之处。但他的诗反映了人际间的深挚情谊,显示出"慷慨以任气,磊落以使才"(《文心雕龙·明诗》)的特色,表现了建安文人所共有的豪情壮志,因而仍然能激动读者。清吴淇说得好:"公幹诗质直如其人,譬之乔松,挺然独立。……其体盖以骨胜。"(《六朝选诗定论》卷六)他的诗歌的最大特色与成就,在于以劲直精要的语言,描写他的豪迈情怀并勾勒外界景物,透露出一股俊逸之气,使诗篇呈现出鲜明爽朗、刚健有力的风貌;虽稍偏质直,但也有一定文采。

因而长期来与曹植并称,被认为是建安诗人的代表人物。风骨属于艺术风格范畴,风是作者气质性格、思想感情呈现出来的外部风貌,骨是精要刚健的语言,都不是指思想内容的内在性质(进步、美好等等)。现在有的古文论研究者把风骨解释为指思想内容的进步、美好等等,这就难以讲通。就思想内容讲,特别就关心国事民生讲,刘桢诗实在比不上王粲。

最后,拟介绍一下清代王士禛对刘桢的评价。王士禛对刘桢评价很低,认为不能与曹植并称,还批评锺嵘《诗品》位置刘桢过高,其说云:

> 锺嵘《诗品》,余少时深喜之,今始知其蹖谬不少。……乃以刘桢与陈思并称,以为"文章之圣"。夫桢之视植,岂但斥鷃之与鲲鹏耶?又置曹孟德下品,而桢与王粲反居上品。……建安诸子,伟长(徐幹字)实胜公幹,而嵘讥其"以莛扣钟",乖反弥甚。(《带经堂诗话》卷二引《渔洋诗话》)

> 古人同调齐名,大抵不甚相远。独刘桢与思王并称,予所不解。建安七子,自孔文举不当与诸人同流,此外如陈琳之《饮马长城窟行》,阮瑀之《定情诗》(按《定情诗》系繁钦所作,此处误记),徐幹之《室思》,皆有汉人风矩。唯桢诗无一语可采。而自古在昔,并称曹、刘,未有驳正其非者。锺嵘又谓其"仗气爱奇,动多振绝,思王而下,桢为独步",殊似呓语。岂佳处今不传耶?乃秦少游亦云:"五字一何工,妙绝冠侪匹。"殆亦耳食之习。(同上引《香祖笔记》)

刘桢诗的成就,固然比不上曹植,但王士禛认为两人相较,"岂但斥鷃之与鲲鹏",又说"桢诗无一语可采",则明显的是贬抑过甚。他认为古来曹、刘并称非是，实际上表现出他自己对刘桢诗的成就不能理解。王士禛对《诗品》指摘颇多，虽也有合理处，但总的说来缺乏知人论世的历史眼光。从上面的介绍，我们看到，自曹丕以来，人们对刘桢五言诗的评价一直很高，《文选》选刘诗也多。锺嵘、刘勰都主张作品应风骨与文采结合，风格要雅正，刘桢诗文采虽稍不足，但风骨特为清峻，风格亦雅，故评价高。后代许多人主要也是从风骨矫矫这一角度肯定刘桢诗。像曹操、陶渊明诗，南朝人从骈体文学艺术美的标准看，觉得太质朴而缺乏文采，故评价低。唐宋以来，古文压倒骈文，重视朴素自然之美，审美标准起了变化，故评诗者对曹操、陶渊明评价高了，两人的地位超过了刘桢、王粲。王士禛推重的陈琳《饮马长城窟行》、繁钦《定情诗》、徐幹《室思》三作，风格都接近民歌，从南朝正统眼光看，它们缺乏骈体文采，俚俗不雅，评价不高。《诗品》根本不品第汉乐府民歌、陈琳、繁钦；徐幹列在下品，也没提《室思》诗。《文心雕龙》对陈、徐这类作品也不予齿及，《文选》也不选录。只有品格较低的选本《玉台新咏》才选录了这三篇诗作。明清时代的古诗选本，这类作品就选得多了。这也是审美标准发生了变化的缘故①。除掉时代因素外，还有个人的因素。王士禛论诗提倡神韵，强调诗歌要有风神韵味，刘桢诗以风骨见长，却少风神韵味，这大约也是他贬低刘桢的一个原因。

　　王士禛怀疑刘桢诗"佳处今不传"，即最好的作品没有传下来。这看法难以成立。刘桢作品固然亡佚不少，但他的诗在南朝已有定评，《文选》选其诗十首，不可谓少。当时人公认的刘桢的最佳作品，按理应当选入《文选》。我们看《文选》未选的《斗鸡》、《射鸢》两篇，质量确较逊色。此其一。鲍照《学刘公幹体》五首，主要学《赠从弟》、

---

① 参考拙作《从文论看南朝人心目中的文学正宗》一文，载《文学遗产》1984 年第 4 期，后收入拙著《中国古代文论管窥》。

《赠徐幹》(参考钱仲联《鲍参军集注》)。江淹《杂体诗》中的学刘桢一首,学《赠从弟》(参考《文选》李善注)。他们学刘桢诗,当然选择最有代表性的学。此其二。《诗品序》末尾列举各家代表诗作,举的是《赠徐幹》。此其三。唐宋以来的评论者绝大多数肯定刘桢,并同意曹、刘并称;他们大抵也未看到刘桢原集,主要是根据《文选》选篇立论。此其四。应当说,《赠从弟》、《赠徐幹》、《赠五官中郎将》等就是刘桢最好、最有代表性的诗篇。

（原载上海古籍出版社 1989 年版

《古代文学理论研究》第 14 辑）

应当重视对《文选》的研究

萧统的《文选》，所选作品，除屈原、宋玉等少数作家外，绝大多数是汉、魏、两晋以至南朝宋、齐、梁朝的作家作品。入选作品七百馀篇，选录面相当宽广，大致包括辞赋、诗歌、骈散文三个方面，是研究汉魏六朝文学最重要的一个选本。《文选》纂成后不久，即受到文坛的重视，奉为学习汉魏六朝文学的范本。隋唐之际，出现了不少专门研究《文选》的学者和注释本，其中以李善的《文选注》最为著名。北宋第二次古文运动开展以后，骈文势力趋衰，《文选》也相对不受重视。清代骈文复兴，《文选》学又告昌盛。"五四"之后，在"桐城谬种、选学妖孽"的口号中，人们把辞赋（特别是汉大赋）和骈文视为雕琢章句的贵族文学。从此，一方面是对民歌、戏曲、小说等古代通俗文学的研究日趋旺盛；另一方面则是对辞赋、骈文的贬抑和轻视，同时伴随着对《文选》的冷漠态度。建国以后，这种情况并没有多大变化。近年来情况稍有转变，出版了标校本《文选》李善注和高步瀛的《文选李注义疏》，但上比《诗经》、《楚辞》的研究，下比唐诗、宋词的研究，仍显得瞠乎其后。

我并不认为骈体诗文、辞赋具有很高的文学价值，但仍应给予恰当的评价。我国古代文学，在内容和形式上都是丰富多彩的。骈体诗文和辞赋，是构成丰富多彩现象的一个重要方面，应当对它们作出客观的实事求是的分析和估价，而不应当笼统地加以贬抑。历代骈体诗文和辞赋，的确存在着许多庸俗的、片面追求形式美的作品，但也包含着一定数量的优秀或比较优秀的作品。《文选》所选的骈体诗文和辞赋，就有不少是优秀或比较优秀的；有的即使不那么好，但在当时创作界具有代表性，对后代发生影响，也应作为值得注意的文学史现象来加以探讨。

一

《文选》所选汉魏六朝作品，是该时期文人文学的主要成果，具有很大的代表性。

从辞赋看，汉晋著名的大赋，几乎全部入选了。此外还选了许多抒情状物的小赋，从贾谊《鵩鸟赋》、司马相如《长门赋》，中经建安、太康等时期，直至南朝鲍照的《芜城赋》、江淹的《恨赋》、《别赋》等，名篇佳作，络绎不绝。从诗歌看，这时期主要是五言诗发展时期。从汉代《古诗》开始，《文选》对各阶段名家的五言诗，都选了不少，其中包括曹植、王粲、刘桢、阮籍、陆机、潘岳、左思、张协、郭璞、陶潜、谢灵运、颜延之、鲍照、江淹、谢朓、沈约等人，从中可以比较完整地看出此时期文人五言诗的发展过程。有的作家，尽管所选篇章不多，但也选了他们的代表作品，如刘琨、谢混、殷仲文等。《文选》所选文章，兼有骈、散文，但以语言华美的骈文为主。选文大抵是抒情文、议论文两类，都选录了历代不少富有代表性的作品。如果拿《文心雕龙》、《诗品》两书的评论来和《文选》的选篇相比较，我们看到，《文心雕龙》所评述的诗赋和各体文章中富有代表性的名篇佳作，《文选》大部分都入选了；《诗品》评价较高的诗人，《文选》大抵选录其篇什较多。通过这种比较，也可以看出《文选》所选作品具有很大的代表性。范文澜同志在《中国通史简编》中评述《文选》时曾说："《文选》取文，上起周代，下迄梁朝。七八百年间各种重要文体和它们的变化，大致具备，固然好的文章未必全得入选，但入选的文章却都经过严格的衡量，可以说,萧统以前,文章的英华,基本上总结在《文选》一书里。"这一估价是相当有理的。

当然,也应当指出《文选》在选篇上的不足之处,有的甚至是严重的缺点。萧统身处骈文昌盛的南朝,他强调文章应沉思翰藻,实际即是把骈体诗文、辞赋所讲求的辞藻、对偶、声韵等语言艺术,当作衡量作品的主要标准,因而忽视甚至轻视一部分有价值的作品。举其要者:一是民间诗歌。对汉乐府民歌和六朝民歌基本上没有入选。二是少选或不选文采不足的文人作品。如曹操的诗仅选两首,陈琳、徐幹、傅玄的诗都不选,即因他们的诗作风格接近乐府民歌。陶潜的诗也选得不够多(数量远逊于曹植、陆机、谢灵运等人),同样是受当时风气影响。三是不选优秀的叙事写人的篇章,如《史记》《汉书》中的杰出人物传记。这虽然部分地格于不选经、史、子等专书的体例,但同时却选了若干史书中的赞、论、序、述。也是从文采之美出发作选录标准的。此外,由于《文选》编集于梁代,南北朝末期尚有少数重要作家作品,如庾信的辞赋、骈文和徐陵的骈文等,还来不及收入。尽管《文选》存在着上述缺点,但它仍然是选录汉魏六朝文学作品最重要的一部总集,是我们研究该时期文学创作的一部要籍。

二

《文选》所选作品,大多数在思想内容和艺术形式上具有价值和特色,标志着该时期文学创作新的发展和创造。

《文选》中有部分作品,涉及并批评了当时较重大的政治、社会现象,具有较强的现实意义。诗歌如王粲《七哀诗》歌咏了汉末的大动乱和人民的苦难,阮籍的《咏怀诗》讥刺了魏晋之际上层社会的虚伪腐败,左思《咏史诗》抨击了贵族门阀制度的不合理。这些诗篇还都表现了有才能之士在不良环境中的失意和悲哀。散文如潘岳《马汧督谋》对抗敌将领的歌颂，干宝《晋纪总论》对于西晋时代政治、社会腐败现象的评述，范晔《后汉书·宦者传论》对危害东汉政治的宦官的批判等，都是其例。但这类内容在《文选》选篇中毕竟只占少数。《文选》中还有相当数量的作品，涉及当时的政治现实，如一部分大赋，文章中的诏、册、令、教、文、表、弹事、檄、颂、符命等各类选篇，虽然在不同程度上具有文采，但内容大抵直接为封建统治者歌功颂德或传达政治要求，今天看来较少积极的思想意义。

《文选》中的大多数作品，是人们在日常生活中的抒情、写景、状物之作，表现了更加广泛的生活情景。例如辞赋部分的纪行、游览、物色、鸟兽、志、哀伤、音乐、情等类中的篇章，其中小赋的绝大多数都属于这类作品。它们抒情委婉深挚，写景状物细微巧妙，在艺术表现上达到很高的境界，与诗歌共同构成该时期文学创作的重要业绩。诗歌部分更为大家所熟悉。其中如祖饯、赠答两类篇章，着重表现亲戚朋友间真挚深厚的感情；游览、行旅两类篇章，着重描绘山水风景和旅途感受；咏史、咏怀两类篇章，着重表现对现实生活的感慨和对历史人物的评述；杂诗一类，则是抒情、写景兼重。这几类诗歌，构成了汉魏六朝文人五言诗的主要部分。各体骈散文中也有不少抒情述怀的佳作。特别值得重视的是"书"这一类。通过书信这一体裁，作者很好地倾吐了自己的情怀，加上动人的文采，使文章带上浓厚的抒情诗味道。这类作品较早的有司马迁《报任少卿书》、杨恽《报孙会宗书》，至曹魏而盛，曹丕、曹植、吴质、应璩、嵇康等都有佳篇，它的发展与文人五言诗的发展可说同一步调。以后佳作历代不绝，丘迟《与陈伯之书》、孔稚圭《北山移文》则是其中的佼佼者。此外，在表、笺、诔、祭文等类中，也有少数抒情佳作。总的说来，这种以抒情、写景、状物为重点的作品，在辞赋、诗歌中数量均达一半以上，在骈散文中也有一定数量。它们是文学性很强、富有艺术感染力的作品，可以说是魏晋南北朝时期文学的主流。我们知道，在魏晋南北朝时代，儒家传统思想较汉代大为衰落，对文学的约束力也明显削弱。当时许多文人不再强调文学要为封建政治和教化服务，而重视表现个人日常生活中的见闻和情志，因而涌现出大量抒情、写景、状物的作品。它标志着文学不再依附于政治和儒学，走上了独立发展的道路，标志着文学创作进入自觉的时代。对于构成中国文学发展史上这一重要现象的具体作品，自应给予充分的注意和估价。

自东汉以来，骈体文学逐步发展，中经魏、晋、宋、齐、梁、陈以迄隋朝，后世称为八代文学，即骈体文学盛行的时代。骈体文学除要求文句的对偶外，还重视藻采、音韵、用典等语言因素之美。一般说来，骈体文学所追求的艺术形式美，主要即表现在对偶、藻采（或辞藻）、音韵、用典等方面。由于中国语言单音节的特征，作品中很早就出现了对偶句，至八代而极盛。恰当地运用骈偶，能够加强作品的艺术对称美；唐宋以来大量律诗受人喜爱，就是明证。我们肯定律诗，为什么不能肯定骈赋、骈文呢？文学批评巨著《文心雕龙》全书是用骈文写成的，这说明骈文这一形式也能表现丰富、进步的内容。诚然，对偶句的大量运用，容易造成单板、凝滞的缺点，后世的许多四六文、五言排律就是这样。但是，不少优秀的骈文、骈赋能避免这一缺点，它们除多用四言、六言句外，还参错以三言、五言、七言等句式，并在文章头尾和中间承接关合处，穿插少数奇句，这样就使作品于整齐中见变化，于匀称中见流动，取得动人的艺术效果。此外对辞藻、音韵、用典等因素，都应当作具体分析，而不宜笼统否定。当然，骈体文毕竟不及散体文流畅自然，优秀作品数量远逊于散体文，但骈体文学中也有不少好作品。而《文选》所选佳作颇多，它们代表着魏晋南北朝文人文学的最高成就，更应加以重视和研究。

考察《文选》中所选作品的艺术形式美，要充分注意对偶、辞藻等语言因素以及通过这种语言表现的细致的抒情写景技巧，不能简单套用形象性、典型性的理论框架。固然，《文选》中不少史论、史述赞、论等类中的篇章,缺乏或很少具有感情强烈、形象鲜明的特征,但它们在运用对偶、辞藻、音韵等方面却是很见功力,具有"事出于沉思,义归乎翰藻"之美。我们今天对这类篇章的评价,当然不会与萧统相同,但不能不承认它们也具有不同程度的文学性。我以为,对于中国古代的许多骈文和散文,都要从实际情况出发,着重从语言运用这方面来考察和分析它们的艺术美。

三

《文选》所选作品,对后代产生了深远影响。

汉魏六朝文学对唐代文人的影响尤为直接和巨大。李善在《上文选注表》中说:"后进英髦,咸资准的。"反映了唐代文人重视学习《文选》的实际情况。唐代以后,由于骈文势力趋衰,更由于唐代在诗文方面产生了李、杜、韩、柳等巨匠,成为后人学习的典范,因此《文选》的影响不及唐代直接和巨大,但人们仍然把它当作学习汉魏六朝文学的最重要的读物,《文选》对宋元明清文学仍然发生了不同程度的影响。鲁迅先生在《选本》一文中认为,在历代选本中,"至今尚存,影响也最广大者","一部是《世说新语》,一部是《文选》",说的也是实际情况。

汉魏六朝辞赋对唐代辞赋发生直接的影响,这时期的一些著名赋家,是唐代文人崇拜和学习的对象。《酉阳杂俎》有"李白前后三拟《文选》,不如意,悉焚之,惟留《恨》、《别》赋"的记载。杜甫自称"赋料扬雄敌,诗看子建亲"(《奉赠韦左丞丈二十二韵》)。韩愈列举历代文学名著名家时,也总是忘不了司马相如和扬雄,有"子云、相如,同工异曲"(《进学解》)之语。他们学习汉赋,主要通过《文选》。唐代沿着南朝骈赋发展的道路,产生了格律更为严整的律赋,犹如南朝新体诗发展成唐代律诗一样。要了解律赋,必须了解它的前身骈赋。从唐代开始，宋代又有所发展的文赋，在文句上变骈体为散体，表面看来与汉魏六朝赋是两个路子，但在某些方面仍然蒙受着前人的启发和影响。拿鲍照《芜城赋》与苏轼《赤壁赋》相比较，拿谢惠连《雪赋》、谢庄《月赋》与欧阳修《秋声赋》相比较，不难看出彼此间在立意谋篇、布局设色方面的相似之处。文学发展上的继承革新现象，有时是颇为微妙的。

《文选》所选诗歌，对后世影响尤为巨大和明显。从唐代开始，诗歌形成了五古、七古、五律、七律、五绝、七绝六种基本样式。其中五古、七古从汉魏六朝承袭而又有新的发展，五律、七律、五绝、七绝则从南朝新体诗和乐府民歌变化而来。唐诗在体制风貌上融合了建安风骨、六朝骈偶声律、汉魏六朝乐府民歌清新自然等三方面长处，兼收并蓄，推陈出新。这三者中对于前两方面的学习，主要也是通过《文选》。从表现题材看，则《义选》中的不少类别诗对唐诗分别产生明显影响。如咏史、咏怀、游仙等类，为陈子昂《感遇》、张九龄《感遇》、李白《古风》等诗作了前驱者；招隐、游览、行旅等类，是唐代许多山水写景诗的学习对象；祖饯、赠答等类，更为唐人大量的亲朋间酬赠之作提供了广泛的启发和借鉴。《文选》所选五言古诗，风格大致较为雅致，宋代文人往往把这类风格的古诗称为"选诗"或"选体"。宋代以来爱好古雅风格的人们，常常喜欢写作选诗。

《文选》选录的骈文，对后世影响也颇深远。唐宋以来的四六文，是直接从骈文发展而来的。唐宋古文运动兴起，骈文在文坛失去了过去的统治地位；但人们在日常应用文章中，仍然大量使用骈体以显示文采，加上科举考试要考律赋、试帖诗、八股文一类，注重对偶和排比，所以骈文在社会上仍然保持势力，《文选》也一直成为人们学习骈文的主要读本。到清代，骈文和《文选》学复兴，出现了一批著名的骈文家和选学家，《文选》的影响就更大了。唐宋以来的古文家，尽管以反对六朝骈文甚至八代文学相标榜，但他们的一部分作品，仍然在不同程度上受到八代骈文的影响。柳宗元、欧阳修、苏轼、王安石诸家，都擅长写四六文。即以古文而论，韩愈的有些论说文（如《原道》、《争臣论》），多用排比句，富有气势，也明显受到贾谊《过秦论》、陆机《辩亡论》的影响。欧阳修的《新五代史》人物传论，感情洋溢，评价与咏叹相结合，文笔跌宕，则又上承范晔《后汉书》传论的端绪。再说抒情文，唐宋以来不少古文家的书札，往往写得饶有情韵，妙趣横生，虽然其语句尚散避偶，但在情趣格局上却是继承了八代抒情书信的传统。至于祭文、哀诔等，因为多用四字句，格局与八代的哀祭文就更接近了。汉代作品除诗赋以外，逐步出现了各体文章，至魏晋南北朝而盛，故《文选》选录这方面篇章颇多。具有文采的各体文章（以骈文为主）的发展，是八代文学的一个重要现象。可以说，各体文章的体制规格和写作特色，是在八代逐步建立起来的，《文心雕龙》上半部《颂赞》以下诸篇曾加以总结。对于这种长期积累起来的写作原则和方法，后世古文家不能不有所继承。对于唐宋以来古文与八代骈体文学的关系，我们既要看到它们批判变革的一面，也要看到其因袭继承的一面。

四

　　结合《文选》的选篇来研究南朝文学理论批评，可以帮助我们对其获得更深入的认识。

　　南朝文学理论批评非常发达，产生了《文心雕龙》、《诗品》两部卓越的专著，还有不少重要的专篇。文学理论批评，常常是总结历史上和当代的文学创作经验，又回过来指导创作实践。因此，把文论和有关创作联系起来研究，就能更好地认识文论产生的背景、针对性、理论实质、思想倾向等等，对文论获得较为准确深入的理解。南朝文论和《文选》产生于同一历史时期，《文心雕龙》、《诗品》所推崇的重要作品,大多数见于《文选》。因此,结合《文选》的选篇来研究南朝文论,是非常必要的。在过去有关《文心雕龙》的研究著作中,黄侃《文心雕龙札记》、范文澜《文心雕龙注》、刘永济《文心雕龙校释》几部著作所以比较深入,为人称道,一个重要的原因,就是因为它们的著者对汉魏六朝文学创作熟悉,对《文选》熟悉。

　　上面提到,《文选》所选作品,日常的抒情写景咏物的篇章,占有很大比重,它们成为自魏晋以迄南朝文学创作的主流。重视抒情写景,在南朝文论中有着广泛鲜明的反映。《文心雕龙》有《物色》一篇,专门阐述创作与自然风景的关系。刘勰评论历代诗赋,对其抒情写景成就,往往颇为注意。如赞美屈宋辞赋,有"叙情怨则郁伊而易感"、"论山水则循声而得貌"(《辨骚》)等语。评诗歌,对汉代《古诗》、建安诗、宋初山水诗的抒情写景的特色和成就,分析都较为具体,把它们当作诗歌发展过程中的重点对象。钟嵘对抒情写景也非常重视。《诗品序》中"若乃春风春鸟、秋月秋蝉"一小段文字,就是专门论述节候景物与诗歌创作的关系。《诗品》对擅长抒情写景的诗人曹植、刘桢、潘岳、张协、谢灵运等人,评价都很高,置于上品。重视抒情写景的言论,在萧统《答湘东王求文集及〈诗苑英华〉书》、萧纲《答张缵谢示集书》、萧子显《自序》等文中都有表现,成为梁代文论中经常涉及的一个重要问题。

　　以骈体辞赋和诗文为主的艺术形式注重语言之美,其中声韵是语言的声音美,诉诸听觉;骈偶、辞藻、用典是语言的色彩美,诉诸视觉。《文选序》所揭示的"辞采"、"文华"、"翰藻"等等,就是指这种语言之美。这种把骈体文学语言作为衡量作品艺术性的重要标准甚至是首要标准的现象,在南朝文论中也有着鲜明的表现。《文心雕龙》下半部《声律》以下诸篇专门研讨用词造句,其中《声律》专论声韵,《丽辞》专论骈偶,《事类》专论用典,《比兴》、《夸饰》、《练字》、《隐秀》诸篇则分别从不同角度论辞藻。这些论述骈体文学语言美的篇章,在《文心雕龙》全书中占了相当大的比重。鍾嵘也很重视这种语言美。他认为诗歌应当"润之以丹采",赞美张协诗"词采葱蒨,音韵铿锵",都表明他重视语言的辞藻、对偶、声韵之美。萧绎《金楼子·立言》强调文学作品应当"绮縠纷披,宫徵靡曼",上句指语言色彩之美,下句指语言声韵之美。他并把这种语言美作为文笔之分的一个重要标志。

内容上着重抒情写景,形式上注意骈体文章的语言美,成为南朝大多数文人衡量文学作品(诗赋和一部分骈文)的主要尺度。由于尺度相同,南朝文论家对作家作品的评价也显得比较一致和接近。《诗品序》曾指出,在建安、太康、元嘉三个诗歌发达的时代中,杰出的代表人物是曹植、刘桢、王粲、陆机、潘岳、张协、谢灵运、颜延之。这些诗人在《文选》中所选诗作,其数量为:曹植十六题二十五篇,刘桢五题十篇,王粲八题十三篇;陆机十九题五十二篇,潘岳六题九篇,张协二题十一篇;谢灵运三十二题三十九篇,颜延之十五题二十篇。数量在该时期诗人中均占突出地位。这些作家,在沈约《宋书·谢灵运传论》、刘勰《文心雕龙》等著作中都是评价很高,被作为一时代的代表人物。另外,对有的成就很高但骈体文采不足的作家则评价偏低,如曹操,《诗品》列于下品,评为"古直",《文心雕龙》评价也不高。《文选》仅选曹操乐府两篇。又如陶渊明,《诗品》列入中品,称"世叹其质直"。《文心雕龙》书中竟只字不提陶诗。萧统比较重视陶渊明,曾为陶集作序加以赞扬,《文选》选陶诗七题八篇,稍多,但数量比起曹植、陆机、谢灵运诸家,仍难相比。

《文选》不重视汉魏六朝的乐府民歌。《文选》选汉乐府无名氏古辞三篇,为《饮马长城窟行》("青青河边草"篇)、《伤歌行》("昭昭素明月"篇)、《长歌行》("青青园中葵"篇)。其中第一首《玉台新咏》署蔡邕作,第二首《玉台》署魏明帝作。第三首文辞也较为雅致,恐怕也是文人仿民歌体的作品。此外六臣注本《文选》多《君子行》("君子防未然”篇)一首,又见于《曹子建集》。对南朝乐府民歌,《文选》均不选。此外,对受汉乐府民歌影响较深的作品,如曹操的《薤露》、《蒿里》,徐幹的《室思》,陈琳的《饮马长城窟行》,傅玄的《豫章行·苦相篇》,都没有入选。刘勰、锺嵘也轻视这类乐府民歌。《文心雕龙·乐府》把那些着重表现男女情爱的乐府民歌斥为“淫辞”。《诗品》对无名氏作品,仅品列汉代《古诗》,乐府民歌概不品第。曹操、徐幹、傅玄三人,《诗品》均列入下品,陈琳甚至不入品。从萧统等人看来,乐府民歌语言质朴俚俗,缺乏骈文文采之美,其内容又多表现下层人民的生活和爱情,不高雅,因此不予重视。只有徐陵的《玉台新咏》,因为专录有关男女之情的诗歌,才选录了若干汉魏六朝的乐府民歌。

《文选》选篇与南朝文论在评价标准上有不少共同之处,如互相印证,可收相得益彰之效。上面举的只是少数几个比较突出的例子,我另外写有《从文论看南朝人心目中的文学正宗》(载《文学遗产》1984年第4期)、《刘勰论文学作品的范围、艺术特征和艺术标准》(载拙著《文心雕龙探索》)两文,较多地涉及这方面的问题,请读者参照。

以上就是我认为应当重视研究《文选》的理由。建国以来,学术界对汉魏六朝文学不大重视,除《史记》、《焦仲卿妻》、《陶渊明集》、《文赋》、《文心雕龙》、《诗品》等少数作品和文论外,许多作家作品缺少深入研究,甚至尚未涉及。近年来情况略有改变,但尚待进一步努力改进。重视对《文选》的研究,必将有利于整个汉魏六朝文学研究工作的开展与深入。

1987 年 8 月

(原载《江海学刊》1988 年第 4 期)

《文选》简论

梁代萧统编纂的《文选》，是我国现存最早、影响最深广的一部总集。《文选》所选作品，上起周代，下迄南朝梁代，约八百年，时间跨度颇长；共选作品七百馀篇，有辞赋、诗歌、各体文章等，体裁样式众多。其中除屈原、宋玉、李斯等少数作家外，绝大多数是汉、魏、晋以及南朝宋、齐、梁各代的作家作品。自东汉到南北朝，骈体文学盛行，《文选》所选作品，大多数属于骈体。《文选》编成以后，由于其内容丰富，选录精审，长期来受到人们的重视，流行广泛，成为人们学习汉魏六朝文学、学习骈文的主要读物。注释、研究《文选》的人也不少，产生了若干有分量的注释本。人们把关于《文选》的研究称为"选学"。在中国古典文学领域，关于一个作家、一部书的研究，被称为某某学，这在过去是不多见的。

一 编者和体例

《文选》是由萧统和他门下的文士共同编纂的。

萧统(501—531)，字德施，南兰陵(今江苏常州市)人。梁武帝萧衍长子。被立为皇太子，不及继帝位而卒，谥曰"昭明"，后世称为昭明太子。《梁书》(卷八)、《南史》(卷五三)均立有萧统传。据史书记载，萧统为太子时，生活较为俭朴，较能关心人民疾苦。普通年间，梁军北伐，京城米价昂贵时，自己损衣减膳。"每霖雨积雪，遣腹心左右,周行闾巷,视贫困家,有流离道路,密加赈赐。"(《梁书》本传)大通二年春,他上疏谏止征发吴郡、吴兴、义兴三郡民丁开凿河道的工役。他帮助武帝断狱,也相当宽厚。萧统早年通习儒家经典,在《七契》末段,他通过文中人物的话,主张君人应该尊用儒学之士,躬行节俭,"行仁义之明明",可见他接受了儒家仁政爱民的思想。

萧统喜欢文学,重视有文学才能的人士。史称他"引纳才学之士,赏爱无倦。恒自讨论篇籍,或与学士商榷古今,闲则继以文章著述,率以为常。于时东宫有书几三万卷,名才并集,文学之盛,晋宋以来,未之有也"(《梁书》本传)。在萧统门下的知名文学之士,有王锡、张缵、陆倕、张率、谢举、王规、王筠、刘孝绰、到洽、张缅、殷芸、徐勉等人。《文心雕龙》作者刘勰,亦曾为东宫通事舍人,受到萧统的礼遇。

当时一般贵族和上层阶级人士,很爱好女伎声乐的享受(主要是听乐府清商曲中的"吴声歌曲"和"西曲歌"),萧统却不爱。《梁书》本传记载,他"性爱山水,于玄圃穿筑,更立亭馆,与朝士名素者游其中。尝泛舟后池,番禺侯轨盛称此中宜奏女乐,太子不答,咏左思《招隐诗》曰:'何必丝与竹,山水有清音。'侯惭而止。出宫二十余年,不畜声乐。少时敕赐太乐女妓一部,略非所好"。这种比较高雅的生活情趣,在他的《与何胤书》、《答晋安王书》、《七契》等文中都有所流露。这种情趣使他在文学上爱好典雅的文章而不喜欢浮艳的作品。

萧统著述颇多,除今存《昭明太子文集》(已非原本,有残缺)和《文选》三十卷外,尚编有《正序》十卷、《古今诗苑英华》二十卷,今均不传。《文选》的编纂,多得力于萧统门下的文人学士。日本僧人空海《文镜秘府论·南卷·集论》引唐元兢《古今诗人秀句序》有曰:"梁昭明太子萧统与刘孝绰等撰集《文选》。"刘孝绰是萧统很器重、亲信的文人，当是参与编纂《文选》的一位主要人物①。《文选》不录存者之文，书中录有陆倕文二篇，陆倕卒于普通七年（526）。故一般研究者认为，《文选》的纂成，当在普通七年到萧统死前的四年左右的时间内。

《文选》所选周至梁代的作品，共分三十八类，它们是：赋、诗、骚、七、诏、册、令、教、文（策文）、表、上书、启、弹事、笺、奏记、书、移、檄、对问、设论、辞、序、颂、赞、符命、史论、史述赞、论、连珠、箴、铭、诔、哀、碑文、墓志、行状、吊文、祭文。分类颇为繁多，大致可以归纳为辞赋、诗歌、各体骈散文（绝大多数是骈文）三大部分。辞赋部分包括赋、骚、七、辞等类，其他除诗外，都属各体骈散文。各体骈散文所以类别很多，是由于它们用途各不相同。魏晋南北朝时代，文学发展，文体日趋繁富，故在总集、诗文评中的分类也往往繁密。《文心雕龙》上半部论述各种文体，在篇目中提到的文体即有三十三类，大多数和《文选》相同。《文选》所选赋、诗两类作品特别多，又按题材分设项目，如赋分为京都、郊祀、耕藉、畋猎、纪行等十五项，诗分为补亡、述德、劝励、献诗、公宴、祖饯等二十三项，作者共一百三十人（无名氏不计）。从数量讲，计辞赋九十馀篇，诗歌四百馀篇，骈散文二百馀篇，共七百馀篇。诗歌中一题数篇的较多，如果以篇数计，则为五百馀篇。同一类或同一项中的作品，则按作者的时代先后排列。

汉魏以后，文学日趋发展，作家作品繁富，出现了大量个别作家的别集。为了读者学习的方便，编选各家精粹的作品成选本（古时称为总集），已成为迫切的需要，于是总集应运而兴。西晋时有挚虞编集各体文章，成《文章流别集》四十一卷，被后世认为是总集的滥觞，惜已亡佚。其后编总集者颇多，有汇编各体文章的，也有专收一体的

---

①　参考曹道衡、沈玉成：《有关〈文选〉编纂中几个问题的拟测》一文，收入《昭明文选研究论文集》，吉林文史出版社1988年6月出版。

（如赋或诗）。这类总集据《隋书·经籍志》记载,数量颇多,今存者只有萧统《文选》和徐陵的《玉台新咏》。《文选》以其内容之丰富,选录之精审,经历了时间的磨炼而流传至今,不是偶然的。萧统本人知识广博,具有良好的文学修养;他门下有一批优秀文人帮助选择纂辑;东宫藏书丰富,有大量可资取材的对象:这些是《文选》取得成功的主要条件。挚虞的《文章流别集》已经亡佚,但据配合《文章流别集》的《文章流别论》残存的片段,可知其书也是分体编选的。我国古代的各体文章,各自有其体制风格特征和写作方面的基本规格要求。《文心雕龙》书中自《明诗》至《书记》二十篇,就是分别论述各体文章的特征、源流和写作要求的,受到《文章流别论》的影响。按体裁编选作品,把同一体裁的作品集中在一起,对于读者进行比较欣赏、学习规仿,都是很方便和有裨益的。《文选》在后代广泛流行,成为人们学习写作辞赋、诗歌、骈文的重要范本,分体编选也是一个原因。《文选》以后,一些编选各体文章的重要总集,大抵也是分体编选,如《文苑英华》、《唐文粹》以至《古文辞类纂》,都是如此。

南朝人所谓文,广义的泛指诗、赋和各体文章,狭义的仅指有韵之文。《文选》所谓文,取的是广义。南朝目录书把集部或称为"文翰"（王俭《七志》）,或称为"文集"（阮孝绪《七录》）,可见广义之文,大抵是指集部书中收录的诗、赋和各体文章。

《文选》是一部总集。按照当时的总集体例,是编录各家别集（个人文集）中的单篇文章。这就是《文选》选录作品的范围。《隋书·经籍志》解释总集的特点说:

> 总集者,以建安之后,辞赋转繁,众家之集,日以滋广。晋代挚虞,苦览者之劳倦,于是采摘孔翠,芟剪繁芜,自诗赋下各为条贯,合而编之,谓为《流别》。是后文集总钞,作者继轨,属辞之士,以为覃奥而取则焉。

它指出汉末以来,文学日趋发展,作家作品众多,别集繁富,读者难以通读。挚虞从各家别集中采择英华,分体编纂,合成《文章流别集》。此后仿效《文章流别集》的总集遂纷纷出现,为学习写作文章的人们当作范本。《文选》就是两晋到南北朝时期总集中最为优秀并被保存流传至今的一部。

把图书分为经、史、子、集四大部类的分类法,在南朝已经形成。一般说来,经、史、子三部的图书都是专门性的著作,自成体系,与集部书的由单篇合成者不同。经、史、子部当然也分篇章,具有相对的独立性,但毕竟与集部中文章各自独立、不相联系者不同。《文选》继承《文章流别集》的体例,选录别集中的作品,即萧统《文选序》所谓篇章、篇翰、篇什,不选经、史、子三部之文。对此,《文选序》分别作了一些说明。

《文选序》解释不选经部之文的理由道:"若夫姬公之籍,孔父之书,与日月俱悬,鬼神争奥,孝敬之准式,人伦之师友,岂可重以芟夷,加之剪截。"意思是经书经过圣人周公、孔子的编订,地位崇高,不可随便剪截选取。从实际情况看,经书固然大部分都是学术著作,缺少文学性,但其中也不乏文采斐然的作品。《诗经》是古代的诗歌集子,不用说是文学作品。南朝文人大抵认为《诗经》、楚辞是诗、赋的两大源头。沈约《宋书·谢灵运传论》指出后代许多诗赋,"莫不同祖风骚"。刘勰《文心雕龙》的《辨骚》、《定势》篇,钟嵘《诗品》均有类似看法。《易传》中的《文言》、《系辞》,颇多骈偶语句,《文心雕龙·丽辞》加以赞美,认为是俪偶文之祖。再如《左传》一书中,也不乏《文选序》所赞美的贤人、谋夫的美辞辩说,像《烛之武退秦师》、《王孙满对楚子》、《吕相绝秦》等节都是其例。因为格于体例,上述《诗经》、《易传》、《左传》的富于文采的篇章,《文选》都没有收。萧统对经书是很尊重的。《文选》选诗,一开始就选了晋代束皙《补亡诗》六首,相传《诗经》中《南陔》、《白华》等六诗,有其义而亡其辞,束皙为此作了六首《补亡诗》。各体文章的"序"一类中,《文选》还选了相传为卜商所作的《毛诗序》、孔安国作的《尚书序》和杜预的《春秋左氏传序》。三篇序文文辞都较质朴,不尚藻采,《文选》都加收录,可能是为了弥补不录经书文章的缺憾吧。

《文选序》接着说明不选子书的理由是:"老、庄之作,管、孟之流,盖以立意为宗,不以能文为本。"说《老子》《庄子》等子书以发表主张为宗旨,不注重文采。但不能因此说萧统认为子书一概缺乏文采。实际上《文选》也选了个别子书中的篇章。贾谊《过秦论》,原为贾谊《新书》中的一篇,曹丕《典论·论文》是其所著《典论》中的一篇,二者都属子书。《过秦论》辞藻富丽,排偶句多,开了八代论说文重文采的先河,成为后代文人学习的范本。陆机《辨亡论》、干宝《晋纪总论》都是学《过秦论》的。左思《咏史诗》有"著论准《过秦》"之句。范晔在《狱中与诸甥侄书》中自诩其所著《后汉书》的序、论,"笔势纵放","其中合者往往不减《过秦》篇"。看来晋代、南朝文人已把《过秦论》当做模范的单篇论文学习规仿,它影响深远,《文选》自不能不选。

《文选序》接着又指出,典籍中还载有不少贤人、忠臣的献纳谏诤之辞,谋夫、辩士的策划辩论之说,如田巴、鲁仲连、郦食其、张良、陈平等的言论,"语流千载",往往富有文采。它们多数见于史部(如《战国策》、《史记》、《汉书》),也有见于经部的(如上举《左传》的《烛之武退秦师》等),也有见于子部的(如《汉书·艺文志》记有苏秦《苏子》、张仪《张子》)。这些言辞虽有文采,但毕竟不是单篇之文,所以没有采录。今考《文选》的"上书"类,所选李斯《上书秦始皇》、邹阳《上书吴王》、司马相如《上书谏猎》、枚乘《上书谏吴王》等篇,其性质亦属贤人、谋夫等的辩说,因它们不仅见于史乘,而且还以单篇文章流传,故被《文选》收录。

《文选序》还指出,记事、系年的史书,重在"褒贬是非,纪别同异",和重视文采的篇翰不同,所以不选。但史书中的一部分赞、论、序、述，富有辞采、文华，"事出于沉思，义归乎翰藻"，故特别破例收入。这就是收在《文选》"史论"、"史述赞"两类中的《汉书》、《晋纪》、《后汉书》、《宋书》中的十多篇文章。南朝文人对这类史文十分重视。如《宋书》由沈约领衔，出于众手，但《谢灵运传论》则由沈约本人精心撰写。考《隋书·经籍志》史部正史类，有范晔《后汉书赞论》四卷，把赞、论从《后汉书》全书中摘录出来单独成书，目的当是便于读者的学习揣摩。《隋志》又载有范晔《汉书赞》十八卷，今已佚。范晔对其《后汉书》的序、论十分自负，已见上文。

上面分析说明《文选》选录文章的范围是集部中的单篇文章，萧统也承认经、史、子部书中有具有文采的部分，或因出自圣人之手不能选，或因不是单篇文章，不予选录。破例收录的只有子部的个别篇章，史部的少数议论文字；它们大抵富有文采，为当时文人所普遍重视，有的已被摘出单行，所以作为特例加以选录。后代总集有多选经、史、子部的章节的，如清曾国藩的《经史百家杂钞》，那是后来总集的内容体例有所发展变化了。

二　选录标准

本节谈《文选》的选录标准。关于这个问题，除掉看《文选序》和《文选》选文情况外，还宜注意萧统其他文章中的有关言论。

萧统受儒家思想影响颇深，因此在作品的思想内容方面，他颇重视政治教化内容及其功能作用。《文选序》论《诗三百篇》有曰："《诗序》云：'诗有六义焉，一曰风，二曰赋，三曰比，四曰兴，五曰雅，六曰颂。'"又曰："诗者，盖志之所之也，情动于中而形于言。关雎麟趾，正始之道著；桑间濮上，亡国之音表。故风雅之道，粲然可观。"由此可见他接受了先秦、汉代儒者从政教立场对《诗三百篇》的解释。论屈原，赞美他"含忠履洁"，"深思远虑"，能向楚王进逆耳之言。论汉赋，赞美扬雄《长杨赋》、《羽猎赋》含有"戒畋游"的规讽寓意。可见《文选序》对文学的政治教化功能特别是讽谕内容相当重视。萧统在《答晋安王书》中说:"况观六籍,杂玩文史,见孝友忠贞之迹,睹治乱骄奢之事,足以自慰,足以自言。人师益友,森然在目。嘉言诚至,无俟旁求。"说明他在阅读文史时最关心的是孝友忠贞的封建伦常道德和国家的治乱兴亡,这种思想和上述《文选序》的内容是相通的。

从《文选》选文看,《文选》选赋,前面列京都、郊祀、耕藉、畋猎诸项题材,都与帝皇活动及其环境有关,这些作品歌颂了皇朝的声威和最高统治者的功业、气派,篇末往往规劝帝王注意节约,修明政治,其内容有歌颂也有讽谕。班固《两都赋序》称汉赋"或以抒下情而通讽谕,或以宣上德而尽忠孝","抑亦雅颂之亚也"。此种特色在上列诸项赋中最为突出。看来萧统是同意班固对汉赋的评价的。于楚骚,《文选》选了屈原《离骚》、《九章·涉江》、《卜居》、《渔父》,宋玉《招魂》等系念君国的篇章。诗歌部分前面补亡、述德、劝励、献诗诸项题材,所选束晳《补亡诗》、谢灵运《述祖德诗》、韦孟《讽谏诗》、曹植《责躬诗》、《应诏诗》、潘岳《关中诗》等篇,其内容都与忠君孝亲有关。在各体骈散文中,前面的诏、册、令、教、策文等类,都是统治者发布意旨的公文。在接着的表、上书两类中,也有一些篇章,如诸葛亮《出师表》、刘琨《劝进表》、李斯《上书秦始皇》等和国家大事密切相关。再看论说文。史论、史述赞两类选文,大抵与国家大事、高级臣僚相关。论中的《过秦论》、《四子讲德论》、《王命论》、《六代论》、《辨亡论》、《五等诸侯论》等,均与政治教化、皇朝命运攸关。由此可见,《文选》选文,注意政治教化内容的篇章,不但数量相当多,而且在排列方面往往放在显要的位置上。

另一方面,萧统也重视日常生活中写景抒情之作。他在《答湘东王求文集及〈诗苑英华〉书》中,说到自己从小爱好文学,碰到四时气候变化,感物兴怀,常有吟咏,"或夏条可结,倦于邑而属词;冬云千里,睹纷霏而兴咏"。又遇亲人朋友分离聚会,也常命笔写作,"手为心使,墨以亲露","并命连篇"。说明他对于这类抒写日常情景、用以陶冶性灵的作品也颇为喜爱,并在这方面多有创作。此类作品,体裁大致为诗、小赋、书信,魏晋以来逐渐发展,南朝更盛,成为文人们吟咏情性的主要方式。《毛诗序》说:"吟咏情性,以风其上。"要求把抒情和政治结合起来;南朝文人谈及吟咏情性,则常指抒写个人日常生活中的感受和情趣,大抵和政治教化无关。这是当时文学趋向独立、自觉的一个重要标志。

这类作品,《文选》的确选得颇多,如赋类中的游览、物色、哀伤、音乐等项,诗类中的招隐、游览、赠答、行旅、杂诗等项,以及各体文的笺、书、诔、哀、吊文、祭文等类中,都有不少。此类作品,《文心雕龙》、《诗品》也往往给予好评。如《文心雕龙》赞美曹丕、曹植、王粲、徐幹等人的诗歌云:"并怜风月,狎池苑,述恩荣,叙酣宴,慷慨以任气,磊落以使才。"(《明诗》)又分别赞美汉司马迁、杨恽、扬雄、孔融、魏阮瑀、应璩,晋嵇康、赵至等人的书札,如曰:"杨恽之酬会宗,子云之答刘歆,志气盘桓,各含殊采。"(《书记》)《诗品》所评论的一些著名诗人,大多数篇章属于此类。原来,用诗赋来抒写个人的日常情怀,已是魏晋以后文学创作的普遍风气。

由上可见,在思想内容的选录标准方面,萧统既承袭传统的儒家标准,重视政治教化内容及其功能;又吸取魏晋以来文学发展的新的现象和成果,重视选录抒写个人日常情怀的作品,其选录面还是相当宽广的。

在艺术上,萧统主张文质兼顾,要求文质彬彬。他在《答湘东王求文集及〈诗苑英华〉书》中说:"夫文典则累野,丽亦伤浮。能丽而不浮,典而不野,文质彬彬,有君子之致。吾尝欲为之,但恨未逮耳。"刘孝绰《昭明太子文集序》称赞萧统的文章"典而不野,远而不放,丽而不淫,约而不俭",可见这确是萧统在创作上所追求的。文质彬彬,本是孔子提出来的（见《论语·雍也》），后代论文者常常予以承袭发挥。南朝文论中文和质在大多数场合指作品的语言风貌，文指藻饰，质指质朴（重质的作品一般也重内容）。太文则伤于淫丽，太质则伤于朴野。文质彬彬，则不偏于淫丽或朴野。《文心雕龙》论文风，主张"斟酌乎质文之间"（《通变》篇），主张风骨（与质相通）与采相结合（见《风骨》篇），《诗品》也主张"干之以风力（即风骨），润之以丹采"，并赞美曹植诗"骨气奇高，词采华茂，情兼雅怨，体被文质"，都体现了主张文质彬彬的意思。

　　南朝文人非常重视文采，它主要表现在作品语言的辞藻、骈偶、音韵、用典诸方面，也就是语言的形态色泽和声律音节之美。辞藻、骈偶、用典为形态色泽之美，诉诸视觉；音韵为声律音节之美，诉诸听觉。它们都是骈体文学的语言要素。《文选》选文也很重视文采。以诗歌为例，南朝文人往往最推重曹植、陆机、谢灵运三位诗人，因为其作品辞藻富美，骈偶句多，音调较和谐，用典也不少。《诗品序》认为曹植、陆机、谢灵运三人是建安、太康、元嘉三个时代最杰出的诗人。《文选》选三人的诗也最多，计曹植二十五首，陆机五十二首，谢灵运四十首，在其他诸家之上（只有江淹选三十一首是例外）。反过来看，曹操诗风古直，《诗品》列在下品，《文选》选其诗仅二首。应璩《百一诗》颇为著名，但质朴少文，《文选》仅选一首。晋代玄言诗缺乏文采，淡乎寡味，故不入选。陶潜诗在当时一般文人看来，也嫌质直，《诗品》列在中品。萧统对陶诗颇为欣赏，所作《陶渊明集序》对陶诗评价甚高。《文选》选陶诗八首，算是不少了，但比起上面曹、陆、谢诸人来，数量还是瞠乎其后。这里明显表现出南朝文人以骈体文学语言美作标尺来衡量作品艺术性的严重局限。

　　上文提到，《文选》不选史部之书，但破例选录了若干史书中的议论篇章。其理由是："若其赞论之综缉辞采，序述之错比文华，事出于沉思，义归乎翰藻，故与夫篇什，杂而集之。"认为史书中的一部分赞、论、序、述,具有辞采、文华,能沉思、翰藻,故把它们选入《文选》。辞采、文华、翰藻,意思差不多,均指骈体文学语言的文采,即辞藻、对偶、音韵、用典等要素。事指史实事例,义指评论观点。史书中的赞、论、序、述篇章,往往约举史事,发表评论。"事出"二句互文见义,意为这类篇章不论叙事、评议,都通过作者深沉的思考(构思),用美丽的骈文语言表现出来①。这段话也鲜明地反映了萧统选文的艺术标准。"事出"二句,虽然说的是选取史书中赞、论、序、述的根据和艺术标准,但对《文选》全书选篇标准,具有普遍意义。我们不妨说,不论叙事、议论、抒情、写景、状物等内容,都要通过深沉的思考,用美丽的语言表现出来,这就是《文选》选文的主要艺术标准。按照我们今天的看法。史书中的一些人物传记,人物形象鲜明,事件情节曲折,富有文学价值;但在南朝文人看来,这类传记篇章,乃是记事之笔,缺乏沉思、翰藻即骈文文采之美,因而不具有多大文学价值,不能与某些赞、论、序、述相比。这里又一次表现了他们艺术标准的局限。

　　萧统很重视文采,还表现在他对近现代即齐梁文学的重视上。刘勰、钟嵘两人对近代文学颇有不满之辞。《文心雕龙》对宋齐文学较少具体评论,说刘宋文风"讹而新"(《通变》篇),对山水文学有褒有贬(见《物色》、《明诗》)。《诗品》反对永明声病说,把谢朓、沈约均列入中品。萧统对近现代文学比较重视,谢灵运、颜延之、谢朓、沈约、江淹等人的作品均选得较多。南朝作品在文采、技巧方面更趋华美、细致,刘勰、钟嵘不赞成新变太甚,故多批评;萧统则认为踵事增华,变本加厉,是文学发展的必然现象(见《文选序》),所以于近现代选篇颇多。

---

　　①　参考拙作《〈文选〉选录作品的范围和标准》一文,载《复旦学报》(社会科学版)1988年第6期(编者按:此文收入《汉魏六朝唐代文学论丛》下编。);日本清水凯夫《昭明太子〈文选序〉考》一文,译文收入其所著《六朝文学论文集》,1989年10月重庆出版社出版。

　　萧统一方面重视文采,另一方面又反对华艳。他主张文风应"丽而不浮,典而不野",要求典雅而不浮艳。当时,为宫体诗先导的追求轻绮的诗风已经初露端倪,沈约、谢朓均有咏美人、咏物的诗,《文选》一篇也未入选。浮艳与俚俗二者往往伴随在一起。六朝乐府清商曲辞中的"吴声歌曲"、"西曲歌",多咏男女之情,浮艳、俚俗兼而有之,《文选》均未选录。南朝七言诗有颇大发展,鲍照的《拟行路难》等作尤为杰出。从正统观点看来,七言诗显得俚俗,傅玄《拟四愁诗序》曾说七言诗"体小而俗"。《文选》选七言诗甚少,仅取张衡《四愁诗》、曹丕《燕歌行》,不选以后的七言诗;鲍照诗仅取五言,不取七言。刘宋诗人汤惠休,在当时颇为著名。江淹《杂体诗》曾有拟惠休的诗,可见其地位。其诗受"吴声歌曲"影响,诗风比较浮艳俚俗,《诗品》评为"淫靡",《文选》也未加选录。反之,颜延之、任昉的作品(任昉尤长骈文),典雅庄重,又富文采,《文选》选篇颇多。由此可见,《文选》固然重视近现代文学,但也有鉴别取舍,所取者为雅丽之作,所舍者为浮艳俚俗之篇,泾渭还是很分明的。如果拿《玉台新咏》来比较,《文选》崇尚典雅的标准就显得更加清楚。《玉台》收录了大量宫体诗及其先导之作,风格大多数属浮艳。《玉台》卷九专收七言歌行一类;卷十专收五言古体绝句,包括"吴声歌曲"、"西曲歌"和不少文人受"吴声"、"西曲"影响的小诗。这些作品都比较浮艳俚俗,《文选》均未入选。这是很能说明问题的。《玉台》选萧纲诗甚多,还选了萧衍、萧纶、萧绎、萧纪诗各若干首,萧统诗一首不选,这也是发人深思的。今人骆鸿凯有曰:

　　　　昭明芟次七代,荟萃群言,择其文之尤典雅者勒为一书,用以切劘时趋,标指先正。迹其所录,高文典册十之七,清辞秀句十之五,纤靡之音,百不得一。以故班、张、潘、陆、颜、谢之文,班班在列,而齐梁有名文士若吴均、柳恽之流,概从刊落。崇雅黜

浮,昭然可见。(《文选学》第二章《义例》)

这一评价基本上是中肯的。

三　选　文　价　值

《文选》所选作品,以汉、魏、晋、宋、齐、梁各朝作品为主,它集中了这一段时期文人文学的主要成果,具有很大的代表性。

从辞赋看,汉晋著名的大赋,从枚乘的《七发》、司马相如的《子虚赋》、《上林赋》以至左思的《三都赋》,都入选了。这些大赋的文学价值,人们可以有不同的评价,但它们代表了辞赋创作(特别是汉赋)的一个重要方面,则是无庸置疑的。《文选》还选了许多抒情状物的小赋,从贾谊《鹏鸟赋》、司马相如的《长门赋》,中经建安、太康等时期,直至南朝鲍照的《芜城赋》,江淹的《恨赋》、《别赋》等,名篇佳作,络绎不绝。还值得一提的是,宋玉的一些赋作,如《风赋》、《高唐赋》、《神女赋》等,《楚辞章句》均未收录,也赖《文选》得以保存和流传。从诗歌看,这时期主要是五言诗发展时期。从汉代无名氏《古诗》开始,《文选》对各阶段名家的五言诗,都选了不少,包括曹植、王粲、刘桢、阮籍、陆机、潘岳、左思、张协、郭璞、陶潜、谢灵运、颜延之、鲍照、江淹、谢朓、沈约等人,从中可以比较完整地看出此时期文人五言诗的发展历程和主要成果。有的作家,尽管所选篇章很少,但也选了他们的代表作品,如刘琨、谢混、殷仲文等。《文选》还选了若干四言诗和少量七言诗,大抵也是比较优秀之作。再看各体文章,虽兼有骈、散文,但以语言华美的骈文为主。选文大抵是抒情文、论说文,均选录了历代富有代表性的作品。如果拿《文心雕龙》、《诗品》两书的评论来和《文选》的选篇相比较,可以看到《文心雕龙》所评述的诗赋和各体文章中富有代表性的名篇佳作,《文选》大部分都入选了;《诗品》评价高和较高的诗人,《文选》选录其篇什也较多。通过这种比较,也可以看出《文选》所选作品具有很大的代表性。范文澜在其《中国通史简编》中评述《文选》时曾说:"《文选》取文,上起周代,下迄梁朝,七八百年间各种重要文体和它们的变化,大致具备,固然好的文章未必全得入选,但入选的文章却都经过严格的衡量。可以说,萧统以前,文章的英华,基本上总结在《文选》一书里。"这一估价是相当有理的。

《文选》对汉魏以迄齐梁文学,的确有一部分有价值的篇章未予入选。比较突出的例子是,汉乐府中有不少优秀的民间诗歌,其中如《陌上桑》、《孤儿行》、《焦仲卿妻》等,形象鲜明,语言生动,但《文选》均未入选。在萧统看来,这类诗篇俚俗不雅,缺乏骈体文学的语言之美。"吴声"、"西曲"歌词,在他看来就更是等而下之了。不少文人如陈琳、徐幹、傅玄等若干受民歌影响显著的优秀篇章,因此也未获入选。此外,由于《文选》编集于梁代,南北朝末期尚有少数重要作家作品,如庾信的诗、赋、骈文,徐陵的骈文,还来不及收录。尽管如此,《文选》仍然是选录汉魏六朝时期文学作品最重要的一部总集,是我们今天阅读、研究该时期文学的一部要籍。

《文选》所选作品,大多数在思想内容和艺术形式上具有价值和特色,标志着该时期文学创作新的发展和创造。

《文选》中所选部分作品,涉及并批评了当时较重要的政治、社会现象,具有较强的现实意义。诗歌如王粲《七哀诗》歌咏了汉末的大动乱和人民的苦难,阮籍《咏怀诗》讥刺了魏晋之际上层社会的虚伪腐败,左思《咏史诗》抨击了贵族门阀制度的不合理。这些诗篇还都表现了有才能之士在不良环境中的失意和悲哀。骈散文如潘岳《马汧督诔》对抗敌将领的歌颂,干宝《晋纪总论》对于西晋时代政治、社会腐败现象的评述,范晔《后汉书·宦者传论》对危害东汉政治的宦官的批判等,都是其例。但这类内容在《文选》选篇中毕竟只占少数。

《文选》中还有相当数量的作品，涉及当时的政治现实，如一部分大赋，各体文章中的诏、册、令、教、文、表、弹事、檄、颂、符命等各类选篇，虽然在不同程度上具有文采，但内容大抵直接为封建统治者歌功颂德或传达政治意图，今天看来较少积极的思想意义。

　　《文选》中的大多数作品，是人们在日常生活中的抒情、写景、状物之作，表现了广泛的生活情景。例如辞赋部分的纪行、游览、物色、鸟兽、志、哀伤、音乐、情等项中的篇章，其中绝大多数属于此种篇章。它们抒情委婉深挚，写景状物细致巧妙，在艺术表现上达到很高的境界，与五言诗均属该时期文学创作的重要业绩。诗歌部分更为大家所熟悉。其中如祖饯、赠答两项篇章，着重表现亲戚朋友间的深挚情谊；游览、行旅两项篇章，着重描绘山水风景和旅途感受；咏史、咏怀两项篇章，着重表现对现实生活的感慨和对历史人物的评述；杂诗一项，则是抒情、写景兼重。这几项诗歌，构成了汉魏六朝文人五言诗的主要部分。各体骈散文部分也有不少抒情写景的佳作。特别值得重视的是"书"类。通过书信这一样式，作者痛快地倾吐了自己的情怀，加上动人的文采，使文章具有浓厚的抒情诗味道，这类作品，较早的有司马迁《报任少卿书》、杨恽《报孙会宗书》。至曹魏而盛，曹丕、曹植、应璩、嵇康等都有佳篇，其发展与文人五言诗的发展可说同一步调。以后佳作历代不绝，丘迟《与陈伯之书》就是其中的佼佼者（南朝此类佳作，《文选》未选或不及选者尚有不少，可参看许梿《六朝文絜》）。此外，在表、笺、诔、祭文等类中，也有少数抒情佳作。

　　总的说来，上述以抒情、写景、状物为重点的作品，在辞赋、诗歌中数量均达一半以上，在骈散文中也有相当数量。它们是文学性很强、富有艺术感染力的作品，可以说是魏晋南北朝时期文学的主流。我们知道，在魏晋南北朝时代，儒家传统思想较汉代大为衰落，对文学的约束力也明显削弱。当时许多文人不再强调文学要为封建政治和教化服务，而重视表现个人日常生活中的见闻、感受和情意，因而涌现出大量抒情、写景、状物的作品。它们显示了文学不再像过去时代那样常常依附于政治和儒学,走上了独立发展的道路,标志着文学创造进入自觉的时代。对于形成中国文学发展史上这一重要现象的许多作品,自应给予充分的注意和估价。

自东汉以来,骈体文学逐步发展,中经魏、晋、宋、齐、梁、陈、隋,后世称为八代文学,即骈体文学盛行的时代。在这段时期内,除各体文章外,辞赋、诗歌也重视骈偶。辞赋由古赋发展为骈赋;诗歌也大量运用骈句,曹植、陆机、谢灵运诸人之诗所以评价特高,骈偶成分多是一个重要因素。骈体文学除要求文句的对偶外,还重视辞藻华美、音韵和谐,有一部分文人还很重视用典精密。一般说来,骈体文学的艺术美,从其覆盖面之广来说,首先表现在骈偶、辞藻、音韵、用典等语言因素方面,也就是《文选序》所说的"翰藻"。它对于各种体裁、样式的诗、赋、文章都是适用的。对于以抒情、写景或状物为主的作品,则还要看感情表现的深挚和外界风景、事物描写的具体生动等,其覆盖面就比较小。至于人物形象的描写,在当时大抵不受文人的重视,所以像《史记》、《汉书》、汉乐府民歌中的不少优秀叙事篇章,就没有得到应有的肯定。

对于骈体文学,过去有很不相同的评价。骈文家认为骈文讲究对偶、音韵等文采,才具有文学美,朴实的古文不具有文学美。古文家则讥讽骈文矫揉造作,好像俳优唱戏,违反自然。这都是一偏之论。由于中国语言单音节的特征,作品中很早就出现了对偶句,至八代而极盛;字音的轻重抑扬(四声区别),也很早受到注意,至齐梁就形成永明声律论。文学创作是语言的艺术,恰当地运用骈偶,能够加强作品的对称美;注意音韵和谐、辞藻富丽,能够加强语言的声、色之美。用典是一种重要修辞手段,它可说大抵是一种特殊的比喻方式,适当运用,也能增强作品的表现能力。因此,对于大量运用这些语言因素,我们应当进行具体的分析和估价,不应当笼统地加以否定或盲目抬高。中国古代文学，在内容和形式上都是丰富多彩的。骈体诗文和辞赋，是构成丰富多彩现象的一个重要方面，应当对它们作出客观的实事求是的分析和估价。历代骈体诗文和辞赋，的确存在着许多庸俗的、片面追求形式美的作品，但也包含着一定数量的优秀或比较优秀的作品。《文选》所选的骈体诗文，就有许多是优秀或比较优秀的；有的即使不那么好，但在当时创作界具有代表性，对后代发生影响，也应作为值得注意的文学史现象来加以探讨。

　　南朝两大文学批评著作《文心雕龙》和《诗品》，均产生于齐梁之际，和《文选》基本上属于同一时代。三书所评论或采录的文学作品，均以汉魏下迄南朝为重点。刘勰、锺嵘和萧统的文学观点也比较接近。他们都主张文质并重，既重视骈体文学的语言文采，又重视文风的典雅，反对浮靡。由于批评标准的接近，他们所赞美、肯定的作家作品，颇多相同或相通之处。把《文心雕龙》、《诗品》两书和《文选》参照起来阅读，可以收相得益彰之效。

　　《文选》对后代产生了深远的影响。由于它收录了汉魏以迄南朝文人文学的大量富有代表性的作品，因此一直成为后人学习这段时期作家作品特别是骈体文学的范本。唐宋古文运动兴起后，骈文在文坛失去了过去的统治地位；但人们在日常应用文章中仍然大量使用骈体，以显示才学和文采，加上科举考试要考律赋、试帖诗、八股文一类，注重对偶、排比，所以骈文在社会上仍然保持相当势力，《文选》也长期为文人所重视和研读。清代骈文复兴，更出现了不少著名的骈文家和《文选》学家。"五四"运动时期，有的提倡新文学的人，提出打倒"桐城谬种、选学妖孽"的口号，意思是当时旧文学的代表，一是宗奉桐城派的古文派，一是学习《文选》的骈文派。从此也可以看出《文选》影响的深远。"五四"时期提出的打倒旧文学的任务已经成为历史，今天，我们需要运用批判继承的原则来对待《文选》。

　　《文选》历代注本很多。唐高宗时李善所完成的《文选注》是现存最早也是最重要的注本。李善注吸收了前此《文选》注释的研究成果，着重注明词语来源和典故出处，引书近一千七百种，内容赡博，考核审慎。《文选》原为三十卷，李善注由于分量很大，析为六十卷。稍后唐玄宗时代，李延济、刘良、张铣、吕向、李周翰五人又作新注，世称《五臣注文选》。五臣注内容简陋且多谬误，不及李善注远甚；但在疏通文义方面，也有可补李善注不足之处。宋代有人把李善注、五臣注合刻为一书，称《六臣注文选》。清代，写作骈文和研究《文选》的人都不少。清代学者重视钻研文字、音韵、训诂之学，用以治《文选》，收获不小，比较重要的著作有朱珔《文选集释》、梁章钜《文选旁证》、胡绍煐《文选笺证》等。现代学者高步瀛有《文选李注义疏》，内容最为详博，可惜全书只完成了小部分。《文选》所选辞赋和骈体诗文，使用的词汇异常丰富，有许多生僻字，运用典故又多，对今天读者来说，显得难度尤大。为了适应今日广大读者的需要，择要吸收旧注作新注，同时加上白话翻译，是十分必要和有益的。

1992 年 8 月

（本文原为贵州人民出版社 1994 年版《文选全译》前言，载该书卷首）

《文选》选录作品的范围和标准

萧统《文选》选录先秦至南朝齐梁时期的文学作品,是《诗经》、楚辞以后我国现存最早的一部文学选本,后世流传广泛,成为人们学习汉魏六朝文学的主要读本。它的选录范围,是专选集部之文,不选经、史、子三部的篇章。它的选录标准,则主要注意作品是否富有或较有文采。这选录范围和选录标准二者,虽有一定的联系,但毕竟不能等同起来。本文试图就这二者分别作一些具体的分析。

一 篇章、篇翰、篇什

《文选》关于选录范围和标准的意见,见于萧统《文选序》,文云:

> 若夫姬公之籍,孔父之书,与日月俱悬,鬼神争奥,孝敬之准式,人伦之师友,岂可重以芟夷,加之剪截。老庄之作,管孟之流,盖以立意为宗,不以能文为本,今之所选,又亦略诸。
>
> 若贤人之美辞,忠臣之抗直,谋夫之话,辩士之端,冰释泉涌,金相玉振。所谓坐狙丘,议稷下,仲连之却秦军,食其之下齐国,留侯之发八难,曲逆之吐六奇。盖乃事美一时,语流千载,概见坟籍,旁出子史。若斯之流,又亦繁博,虽传之简牍,而事异篇章。今之所集,亦所不取。
>
> 至于记事之史,系年之书,所以褒贬是非,纪别异同,方之篇

翰,亦已不同。若其赞论之综辑辞采,序述之错比文华,事出于沉思,义归乎翰藻,故与夫篇什,杂而集之。

以上第一小段说明经书因经过圣人周公、孔子创作编订,至高无上,不能随便摘选。老、庄、管、孟等子书,主旨在发表见解,不重在文辞,所以不选。第二小段说明有一些贤人、忠臣陈述谏诤之辞,谋夫、辩士的游说,它们分别见于经部(如《左传》)、史部(如《战国策》、《史记》)、子部(如《汉书·艺文志》有《苏子》、《张子》),虽颇有文采,但分量繁博,又非单篇文章,故亦不选。第三小段说明不选史书的记事褒贬之文,但其中某些赞、论、序、述,富有文采,故酌加采录。

《文选》是一部总集,总集的体例是编录别集中的文章。《隋书·经籍志》说:"总集者,以建安之后,辞赋转繁,众家之集,日以滋广;晋代挚虞,苦览者之劳倦,于是采摘孔翠,芟剪繁芜,自诗赋下各为条贯,合而编之,谓为《流别》。是后文集总钞,作者继轨,属辞之士,以为覃奥而取则焉。"《文选》正是大致继承挚虞《文章流别集》体例而编选的一部总集,只选别集中的作品,即所谓篇章、篇翰、篇什,基本上不选经、史、子三部之文。《文章流别集》今已失传,但从残存的《文章流别论》片段看,《文选》的作品分类,也大致与《文章流别集》近似。

能不能这样说,萧统编《文选》,因为重视文采或文学性,因而不选文风比较质朴、偏于实用的经、史、子三部的作品呢? 不能。从大体上看,经、史、子三部中的篇章,的确有很大分量偏于实用,文风质朴而缺少文采;但其中也有相当一部分具有文采,是文学作品或具有文学价值的历史、哲学等作品。

就经部而论,《诗经》当然是文学作品。在南朝,《诗经》具有崇高的文学地位。沈约《宋书·谢灵运传论》指出后代许多诗赋,"莫不同祖风骚",把《诗经》、楚辞尊为诗赋的两大源头。刘勰《文心雕龙》提出作文应当"倚《雅》《颂》,驭楚篇"(《辨骚》),锺嵘《诗品》认为汉魏六朝五言远源于"国风"、"小雅"、楚辞三者,都非常推尊《诗经》,其地位还在楚辞之上。萧纲《与湘东王书》有云:"未闻吟咏情性,反拟《内则》之篇。……迟迟春日(《诗经·豳风·七月》句),翻学《归藏》。"也指出《诗经》中的篇章是吟咏情性的文学作品,与哲学作品不同。《文选》选楚辞而不选《诗经》,正是由于楚辞在集部而《诗经》在经部。经部中的其他经书,文学性虽不及《诗经》浓厚,但其中一部分也具有不同程度的文学性。如《易经》中乾、坤两卦的《文言》,语言较有文采,且多偶句,在崇尚骈偶的南朝文人看来,正是富有文学性的。

《文心雕龙·丽辞》有云:"《易》之《文》(《文言》)、《系》(《系辞》),圣人之妙思也。序乾四德,则句句相衔;龙虎类感,则字字相俪;乾坤易简,则宛转相承;日月往来,则隔行悬合:虽句字或殊,而偶意一也。"即是明证(清代阮元提倡骈文,也盛赞《文言》)。再如《左传》一书中,也不乏《文选序》所赞美的贤人、谋夫的美辞辩说,像《烛之武退秦师》、《王孙满对楚子》、《吕相绝秦》等节都是其例。因为格于体例,《易经》、《左传》都不入选。

次说史部。史部《战国策》、《史记》、《汉书》中包括了不少贤人、谋夫等的辩说,《文选序》所举诸例,大抵也出自这些史书。对这类说辞,序文肯定它们"金相玉质"、"语流千载",显然赞美其有文采。但它们不是篇章,即原来是单篇、后来收入别集中的作品,所以也不予选录。今考《文选》所选作品的"上书"类(见《文选》卷三九),像李斯《上书秦始皇》、邹阳《上书吴王》、司马相如《上书谏猎》、枚乘《上书谏吴王》等篇,其性质与贤人、谋夫的辩说相同,只因当时不但见于史籍,而且还以单篇文章流传,故遂被《文选》收录。《文选》"史论"、"史述赞"两小类(见卷四九、五十)中,还选录了《汉书》、《晋纪》、《后汉书》、《宋书》中的十多篇赞、论、序、述,那是因为文采特别好,破例收入,序文中已作了交代。

再说子部。《文选序》认为老、庄、管、孟等诸子之书,"盖以立意为宗,不以能文为本",意谓它们重在发表见解,不重文采。但不能由此就说萧统认为子书一概缺乏文采。实际上前人已经指出,《文选》所选贾谊的《过秦论》,原为贾谊《新书》中的一篇,曹丕的《典论·论文》则是其所著《典论》中的一篇,二者都属子书。又如《文选》"连珠"类选有陆机《演连珠》五十首,连珠体实肇始于《韩非子》的《外储说》,章学诚《文史通义·诗教上》曾加指出,《文心雕龙·诸子》称"韩非著博喻之富"。可见《韩非子》至少一部分篇章在南朝文人看来,应当是具有文采的。

由上可见,经、史、子三部书中,都有一部分具有文采或文学性的篇章,史、子两部书中的少数篇章,《文选》还破格予以选录。文选大抵选录集部的篇章,基本上不选经、史、子三部,是由于当时总集的体例和传统所决定。章太炎《文学总略》云:"总集者,括囊别集为书,故不取六艺、史传、诸子,非曰别集为文,其他非文也。"这样解释还是中肯的。过去有的同志在评论萧统时,认为《文选》不选经、史、子三部的篇章,是说明编者有意识地把文学作品和学术著作区别开来,表明了当时人们文学观念的明确和进步。我过去也有这种看法。现在看来,这种说法并不确切。尽管在萧统眼中,经、史、子三部书中的许多篇章缺乏文采,但也有相当一部分是具有文采甚至富有文采的,情况已见上文的分析。《文选》基本上不选经、史、子,主要还是由于总集的体例使然。

二 综辑辞采,错比文华

《文选序》指出史书中的部分赞、论、序、述富有辞采、文华,并能沉思、翰藻,不同于一般记事之史文,因此酌加选录。所谓辞采、文华、翰藻,都是指富有文采的语言。而在骈体文学昌盛发达的魏晋南北朝时代,这种文采是指骈体诗文语言之美,具体地说,是指对偶、声韵、辞藻、用典等修辞手段。《文选序》没有说明辞采、文华等概念的具体内容,但我们参照时代略早于《文选》,见解多相通的《文心雕龙》,对此不难获得理解。《文心雕龙·风骨》把采又称为丰藻,即富丽的辞藻。该篇又把采喻为羽毛鲜艳的雉鸟。潘岳《射雉赋》云:"敷藻翰之陪鳃。"李善注:"藻翰,翰有华藻也。"藻翰与翰藻意思相通,前者指美丽的羽毛,后者指美如鸟羽的辞藻。后来二者通用,均指文采。《文心雕龙》有《情采》篇,把采作为表现感情的主要手段。书中《情采》篇后的若干篇章,即分别论述各种采。其中《声律》篇论声韵,《丽辞》篇论对偶,《事类》篇论用典,其他《比兴》、《夸饰》、《练字》、《隐秀》诸篇,分别论述譬喻、夸张、字形、含蓄与警句等修辞手段,均属辞藻范围(从广义讲,对偶等也是辞藻之美)。大体说来,这些修辞手段可分为两大类:一是对偶、辞藻、用典等辞句的形态色泽之美,诉诸视觉;二是音韵声律之美,诉诸听觉。《文选序》赞美各体文章之美云:"譬陶匏异器,并为入耳之娱;黼黻不同,俱为悦目之玩。"以音乐和刺绣作比,也是从声音美和色彩美两方面来说明文学作品的艺术美。而这种艺术美,正是汉魏六朝骈体文学的主要艺术特征。

我们回过头来看看《文选》所选的赞、论、序、述诸文,便不难发现这些作品具有这种骈文的艺术美。《汉书》撰成于骈文初兴的东汉,还不甚讲究对偶,声调,但骈句、排比句已相当多,且多数句式比较整齐,多四六句,如《公孙弘传赞》云:

> 是时汉兴六十馀载,海内乂安,府库充实,而四夷未宾,制度多阙。上方欲用文武,求之如弗及。始以蒲轮迎枚生,见主父而叹息。群士慕响,异人并出。卜式拔于刍牧,弘羊擢于贾竖,卫青奋于奴仆,日磾出于降虏,斯亦曩时板筑饭牛之明已。

到干宝《晋纪》,骈文文采有很大的发展,如《总论》论述西晋后期的乱亡云：

> 　　寻以二公楚王之变，宗子无维城之助，而阏伯实沈之郤岁构；师尹无具瞻之贵，而颠坠戮辱之祸日有。至乃易天子以太上之号，而有免官之谣。民不见德，唯乱是闻。朝为伊周，夕为桀跖，善恶陷于成败，毁誉胁于势利。于是轻薄干纪之士，役奸智以投之，如夜虫之赴火。内外混淆，庶官失才；名实反错，天网解纽。国政迭移于乱人，禁兵外散于四方。方岳无钧石之镇，关门无结草之固。李辰、石冰，倾之于荆扬；刘渊、王弥，挠之于青冀。二十馀年而河洛为墟，戎羯称制；二帝失尊，山陵无所。何哉？树立失权，托付非才，四维不张，而苟且之政多也。夫作法于治，其弊犹乱；作法于乱，谁能救之？

它较之《汉书》的赞，骈偶句不但增多，而且对偶更为严格；在声调和谐、注意用典方面也有所发展。这种现象说明骈文经过建安、太康两个时期，文采有很大的发展。此后范晔《后汉书》、沈约《宋书》的传论，即是沿着这一轨迹继续向前发展，兹各节录一段：

> 　　《易》称"《遯》之时义大矣哉"。又曰："不事王侯，高尚其事。"是以尧称则天，而不屈颍阳之高；武尽美矣，终全孤竹之洁。自兹以降，风流弥繁。长往之轨未殊，而感致之数匪一。或隐居以求其志，或回避以全其道，或静己以镇其躁，或去危以图其安，或垢俗以动其概，或疵物以激其清。然观其甘心畎亩之中，憔悴江海之上，岂必亲鱼鸟乐林草哉，亦云介性所至而已。（《后汉书·逸民传论》）

> 　　降及元康，潘、陆特秀，律异班、贾，体变曹、王，缛旨星稠，繁

文绮合,缀平台之逸响,采南皮之高韵,遗风馀烈,事极江右。在晋中兴,玄风独扇,为学穷于柱下,博物止乎七篇,驰骋文辞,义殚乎此。自建武暨于义熙,历载将百,虽比响联辞,波属云委,莫不寄言上德,托意玄珠,遒丽之辞,无闻焉尔。仲文始革孙、许之风,叔源大变太元之气。(《宋书·谢灵运传论》)

与《晋纪》相比较,可以看到《后汉书》、《宋书》传论的翰藻又有新的发展:对偶更工致,注意平仄声间隔运用以求音韵和谐。后者在《宋书》中表现更为鲜明,说明了永明声律论对骈文写作也发生巨大的影响。

上面说的是史论。《文选》还选了《汉书》、《后汉书》的史述赞四篇。赞是韵文的一体,当时的史述赞不但讲究押韵脚的音韵美,同时也重视对偶、辞藻之美,例如:

信惟饿隶,布实黥徒。越亦狗盗,芮尹江湖。云起龙骧,化为侯王。割有齐楚,跨制淮梁。(《汉书·述韩英彭卢吴传赞》节录)

炎政中微,大盗移国。九县飙回,三精雾塞。民厌淫诈,神思反德。世祖诞命,灵贶自甄。沈机先物,深略纬文。寻邑百万,貔虎为群。长毂雷野,高旗彗云。英威既振,新都自焚。(《后汉书·光武纪赞》节录)

这类史书的论、赞篇章,因为富有骈文语言之美,深受当时文人重视。范晔在其《狱中与诸甥侄书》中,对《后汉书》的论赞非常自负。称其一部分传记的序论"笔势纵放,实天下之奇作,其中合者往往不减《过秦》篇"。又称其传赞"自是吾文杰思,殆无一字空设,奇变不穷,同合异体,乃自不知所以称之"。《宋书》由沈约领衔,出于众手,但《谢灵运传论》则是沈约本人精心撰写的一篇史论。考《隋书·经籍志》史部正史类,有范晔《后汉书赞论》四卷,把赞论从《后汉书》全书中分离出来单独成书,便于读者学习揣摩。《隋志》又有范晔《汉书赞》十八卷,今已佚。这些都说明当时文人对史书中论、赞篇章因富有文采而予以重视的情况。

在骈体文学高度发达的南朝,大多数文人认为,文章之美就表现在语言的对偶、音韵、辞藻以至用典诸方面。《文选序》所谓辞采、文华、翰藻,也就是指的这些。《汉书》、《后汉书》等史书的不少论、赞,富有这种语言之美,所以被《文选》破例选录了一部分。除史论外,《文选》还选录了十多篇论文,大致上也是从这个角度采择进去的。居论文之首的贾谊《过秦论》,辞藻富丽,排偶句多,开了八代论文重文采的先河,成为后代文人学习的范本。陆机《辨亡论》、干宝《晋纪总论》都是学《过秦论》的。左思《咏史诗》已有"著论准《过秦》"之句,范晔也极为推崇(见上文),看来它早已从《新书》中摘出单行,便于人们诵习,故《文选》把它作为单行篇章而加以选录。其他诸论文,各自具有不同程度的文采。反之,像《文心雕龙·论说》篇提到的夏侯湛、王弼、何晏等人的一些玄学论文,因为缺少文采,就都没有入选。诗歌方面的情况也是这样。曹植、陆机、谢灵运三家的诗,文采最为富艳,多数南朝文人评价最高,锺嵘《诗品》认为他们三人分别代表了建安、太康、元嘉三个时代的高峰,《文选》选录他们的诗也最多。曹操、陶潜的诗,尽管成就很高,但南朝人认为文采不足,《诗品》置曹操于下品,陶潜中品,《文选》于两人选篇也不多。

我们现在谈到叙事文学作品,总是首先想到人物形象是否描绘得真实生动。但在魏晋南北朝文人看来,叙述人物事迹,用单笔不用复笔,不讲究音韵声调,它们缺乏对偶、音韵、辞藻等骈体文学的语言之美,因而缺少文章的艺术性。因此,《文选》可以破例选录史书中的若干论、赞,但不可能破例选录史书中的一些优秀的人物传记。实际上除史书外,魏晋南北朝还有许多杂传记(包括志怪小说),其中也有不少优秀的描绘人物形象的作品，当时文人都把它们当作史部之支流而不认为是文学作品。

"综辑辞采"、"错比文华"，《文选序》用它来形容史书中一部分赞、论、序、述的艺术美。这种艺术美作为一种标准指导着编者选录了史书的一些片段，它还作为一个普遍的艺术标准，指导编者选录其他方面的文章。须要补充的是，对抒情性文学作品（主要是诗赋），则还要求抒情的真切生动。《文心雕龙》要求文章"情深而不诡"（《宗经》），赞美屈宋辞赋"叙情怨则郁伊而易感，述离居则怆怏而难怀"（《辨骚》），指出了抒情文学的思想艺术标准。萧绎《金楼子·立言》篇认为文章应当"咏吟风谣，流连哀思"，也很重视抒情性。《金楼子·立言》还认为文章应当"绮縠纷披，宫徵靡曼"，则是指的作品语言的形态色泽和音韵声调之美。萧绎的言论，较为全面地反映了南朝后期文人对文学作品的艺术要求。

三 事出于沉思，义归乎翰藻

"事出于沉思"二句也是《文选序》赞美史书中赞、论、序、述的话，与上文"综辑辞采"二句相结合，表明编者所以选录史书中这部分篇章的根据。翰藻即美丽的辞采，已见上文解释。这两句意思说：史家所写的一部分赞、论、序、述，能通过深沉的构思，运用美丽的语言把事义表达出来。关于事义的内涵，目前学术界尚没有一致的看法。朱自清先生曾撰有《〈文选序〉事出于沉思义归乎翰藻说》一文（收入《朱自清古典文学论文集》），认为事义指事类，即典故成语，翰藻则以运用比喻为主；因此，"事出"二句"不外善于用事，善于用比之意"。朱文引证丰富，见解独到，但《文选》中所选的这部分篇章，用典用比的比重并不很多，这样理解二句的意义，不免过于狭窄，不能全面概括这些篇章的艺术美。我以为，翰藻仍当指广泛的语言美，即上文所说的对偶、辞藻(包括比喻)、音韵、用典等因素;事义则指文中所述之事实和义理。前一点上文已有解说,此处仅就事义再作一些辨析。

按事义实有两种意思,一指典故成语,二指事实和义理(此点朱自清先生文也有涉及),当分别观之。《文选序》中的事义当指后一种意思。

先说前一种典故成语这种意思。从这方面看,事义即事类、用事之意。《文心雕龙·事类》云:"事类者,盖文章之外,据事以类义,援古以证今者也。……明理引乎成辞,征义举乎人事。"事类、用事,因为通过运用古事来表现看法,所谓"据事以类义"、"征义举乎人事",所以又称事义。因为即事见义,事和义二者关系紧密,所以二字大抵连属在一起运用。这在《文心雕龙》书中即有若干例子。《事类》又云:"学贫者迍邅于事义。"因为运用典故成语,须仗平时多读书多积累,所以说学问贫浅者于运用事义即感艰难。《体性》云:"事义浅深,未闻乖其学。"这是说运用典故的高明与否,取决于平时学问的积累,与上《事类》引文意思沟通。《知音》云:"是以将阅文情,先标六观:一观位体,二观置辞,三观通变,四观奇正,五观事义,六观宫商。"这里事义位列第五,介乎奇正与宫商之间,当也是指具体的作文技巧,即运用典故成语。

事义的另一种意思是指事实和义理,在文章中分别指作品反映的外界事实和作者的思想观点(或事物的道理)。它不是因事见义,事和义二者关系不甚紧密,所以两字常常分开使用,但也有连属在一起的。先看《文心雕龙》的例子。《宗经》云:"故文能宗经,则体有六义:一则情深而不诡,二则风清而不杂,三则事信而不诞,四则义贞而不回,五则体约而不芜,六则文丽而不淫。"在这六义中,情深、事信、义贞三者都属思想内容。当时诗赋和各体骈散文作品,其内容不外乎抒情、写景、记事、述义(即论说)四者。关于写景,大抵托物兴情,和抒情紧密结合,故从大范围看,可以包括在抒情之内;而描状京城、宫殿等内容,则大体可以归入记事范围。因此,刘勰所提情深、事信、义贞三者,大致上可以体现对各类作品思想内容的要求。其中诗赋类作品侧重于抒情、记事,史传类作品则侧重于记事、述义(史家的评论)。这里的前一点在《文心雕龙》的《明诗》、《诠赋》、《物色》等篇中颇多说明,后一点则在《史传》篇中有鲜明的表现。《附会》云:"夫才童学文,宜正体制:必以情志为神明,事义为骨髓,辞采为肌肤,宫商为声气。"这里的事义应指事实和义理。上两句情志、事义均指作品的思想内容,下两句辞采、宫商则指作品语言形式的色彩美和音韵美。即事见义的典故,则包括在辞采之内。

事义作事实、义理解释,在魏晋南北朝的作品中还是并不少见的,这里再举若干例子。杜预《春秋经传集解序》云:"故传或先经以始事,或后经以终义。"这里事指史事,义指史家之义旨。挚虞《文章流别论》论赋云:"逸辞过壮,则与事相违;辩言过理,则与义相失。"这里的事、义分别指事实和义理。晋嵇含《怀香赋序》云:"华丽则珠采婀娜,芳实则可以藏书。又感其弃本高崖,委身阶庭,似傅说显殷,四叟归汉,故因义赋之。"(《艺文类聚》卷八一)这里的事指怀香的美好的色彩、芳香和弃高崖而来阶庭,义则指好像"傅说显殷,四叟归汉"那样的美好品德。这里的义虽也通过"弃本高崖,委身阶庭"的事表现出来,即事见义,但不是用典。《梁书·文学·刘杳传》载:沈约新构郊居阁斋,刘杳为赞二首呈约(赞文今不存)。沈约复信称其文"辞采妍富,事义毕举。句韵之间,光影相照"。这里的事、义也指事实和道理。沈约《光宅寺刹下铭序》云:"圣心留爱闲素,迁负南郭,义等去丰,事均徙镐。"义、事也指义理、事实。《陈书·后主纪》载后主诏书有云:"躬推为劝,义显前经;力农见赏,事昭往诰。"这里的义和事指封建统治者劝农的主张和行为。同篇另一诏书有云:"若已预仕宦及别有事义不欲去者,亦随其意。"这里的事义则分别指事状和理由。以上诸例,或指称人、物,或说文章,事、义二字或连用,或分用,但均指事实、义理二者，而不是指典故成语一类。

史书中的纪、志、列传，大抵为记事，但其中的赞、论、序、述部分，则除叙事外，多发表史家的评论，正是事、义二者兼而有之。即以上面第二节的引文而论，《汉书·公孙弘传赞》一段为叙事；干宝《晋纪·总论》一段前面部分为叙事，"何哉树立失权"句以下为评论；《后汉书·逸民传论》一段为夹叙夹议；《宋书·谢灵运传论》一段为叙事；《汉书·述韩英彭卢吴传赞》一段，《后汉书·光武纪赞》一段均为叙事。总之，这类篇章的内容不出叙事、评论（即义）二者；在写法上则或叙事或评论，或夹叙夹议；其叙事部分由于运用词语颇为精炼讲究，有时也寓有褒贬。《文选序》"事出于沉思"二句，正是说史书的赞、论、序、述篇章，不论叙事、评论，都能以深沉的构思、运用华美的骈文语言表现出来。史书中的不少人物传记，尽管写得形象鲜明生动，但从当时文人看来，它们用散文写作，缺乏骈文语言的色彩、声韵之美，也就不是沉思翰藻之作，故其文学性不能与赞、论、序、述这部分篇章相提并论。这里反映了骈文高度发达时期人们的审美偏见。

"综辑辞采"等四句，《文选序》原来用以形容史书中的一部分赞、论、序、述，现在文学史研究者往往把它当作《文选》全书的选文标准来看待。这种看法有其道理，但又不够精确。说它有理，因为《文选》选录各体作品，的确都颇重视辞采、翰藻。说它不够精确，因为诗赋类作品内容以抒情写景、叙事状物为主，议论较少，有时甚至没有。这四句于作品的内容仅举事、义，不提情，显然不能覆盖《文选》所选的全部作品。《文选》全书的选文标准应当是：在抒情、叙事、述义诸方面都重视辞采、文华、翰藻。

注意辞采、翰藻，是《文选》选录作品的一个重要标准，但还不能说是惟一的标准。《文选》选文的另一个重要标准是注意风格的雅正。萧统在《答湘东王求文集及〈诗苑英华〉书》中指出，文章应当做到"丽而不浮，典而不野，文质彬彬"，就是说明他不但要求文章美丽有辞采，不失之野；同时又反对过度追求华美，失之浮艳。因之，他对南朝文人鲍照、汤惠休、谢朓、沈约等人的一部分诗作，内容着重咏物和描写男女之情、风格比较轻艳的作品，一概不入选。对六朝乐府中歌咏爱情之作，也一概不选。另外，《文选》对汉魏六朝的不少俚俗的作品也不入选。如辞赋中的通俗杂赋，像潘岳《丑妇赋》、束皙《卖饼赋》见于《文心雕龙·谐隐》所论述的，均不入选。对乐府民歌，不但一概不选六朝的吴声、西曲，连汉乐府的相和、杂曲，也基本上不选，其原因部分地由于浮艳外，也因其俚俗。对七言诗，仅选张衡《四愁诗》、曹丕《燕歌行》，晋宋以来不少优秀的七言诗均不入选，反映了"体小而俗，七言类也"（傅玄《拟四愁诗序》）的偏见。在萧统看来，这类俚俗的作品，不但风格不雅正，而且大部分又是缺少沉思、翰藻之美的。我们如果把《文选》所选诗篇与《玉台新咏》的选篇相比照，就会清楚地看到《文选》崇尚雅正、摒弃浮靡、俚俗的标准了。后世所谓选体、玉台体的名称，实际上也反映了这两部书所选诗歌的不同风格。这个问题可以另作专文细加剖析，本文对此不再详论了。

1988 年作

（原载《复旦学报》1988 年第 6 期）

《文选》所选论文的文学性

一

《文选》选录了数量相当多的论文。在目下通行的六十卷本《文选李善注》中,第四九、五十两卷选了"史论"九篇、"史述赞"四篇,第五一至第五五卷(前半)四卷半中,选了"论"十四篇(其中《辨亡论》分上、下,作两篇计算),论文在全书中占六卷半,共二十七篇,比例颇大。《文选》所谓史论、史述赞,是指从《汉书》、《晋纪》等史书中选录的议论节段,而不是泛指评论历史人物和事件的论文。若从后一种角度看,那史论后面的《过秦论》、《王命论》、《六代论》、《辨亡论》、《五等诸侯论》等论文,也均可归入史论范围。

读者或许会感到奇怪,史书中的一部分人物传记,像《汉书》中的《苏武传》、《东方朔传》、《霍光传》,写人栩栩如生,叙事生动曲折,富有文学性;而《文选》对这类篇章一概不选,却选了《汉书》的四篇赞和述赞。对其他史书的选录,也是如此。原来《文选》选录文章,有它的艺术标准,具体说来,就是当时流行的骈体文学的语言美。《文选序》中有一小段话,说明一般不收史书,接着说:"若其赞论之综辑辞采,序述之错比文华,事出于沉思,义归乎翰藻,故与夫篇什,杂而集之。"表明了选录一部分史论、史述赞节段的理由。

这一选录标准,实际上可以概括其所选论文甚至其他篇章。所谓"辞采"、"文华"、"翰藻",均指富有文采的语言;"事出于沉思",则是指作者临文时深沉的构思,主要也就是考虑如何选择有文采的语言来进行表达。富有文采或美丽的语言,大致是指和谐的音韵、工致的对偶、美丽的辞藻、精巧的典故诸项。音韵属声音之美,诉诸听觉;对偶、辞藻、典故属色泽之美,诉诸视觉。这种语言美,不但突出地表现在史书的一部分议论节段中,还广泛表现在汉、魏六朝其他骈体作品中间。《文心雕龙》下半部《情采》篇以下的若干篇章,分别论述各种辞采或修辞手段。其中《声律》篇论声韵,《丽辞》篇论对偶,《事类》篇论用典,其他《比兴》、《夸饰》、《练字》、《隐秀》诸篇,分别论述比喻、夸张、字形、含蓄与警句等修辞手段,均属辞藻范围(从辞藻的广义言,对偶、用典等亦属辞藻)。《文心雕龙》著者刘勰和《文选》编者萧统同时,都崇尚骈体文学,其艺术标准亦颇接近。《文心雕龙》在主张"为情而造文"的前提下,列置不少篇章为论述声韵、对偶、用典等多种修辞手段,可见他对骈体作品语言美的重视,他认为作家在进行各种文体的写作时,都应当注意动用这些修辞手段。史书中的人物传记篇章,运用散体写成,缺乏声韵、对偶、辞藻、用典等骈文语言美,在当时文人看来,其艺术价值不高,因而不受重视。我们看《文心雕龙》的《谐谶》篇,专门论述了通俗的谐辞(多为滑稽小赋)、谜语,而对魏晋南北朝数量颇多的志怪志人小说,如《搜神记》、《世说新语》等,全书却只字不提。为什么呢? 因为谐辞、谜语是韵文,具有骈文文采,志怪志人小说是散体作品,当时人认为缺乏文采。

重视、赞美具有骈文文采的史书中的一部分议论节段,可说是南朝文人的共识。范晔在其《狱中与诸甥侄书》中,自诩其《后汉书》的"杂传论皆有精意深旨","至于《循吏》以下及六夷诸序论,笔势纵放,实天下之奇作"。又称"赞自是吾文之杰思,殆无一字虚设,奇变不穷,同合异体"。书中却无一句说他的人物传记写得如何好(范晔自诩其《后汉书》的论赞节段,兼从思想、文采两方面立论)。《文心雕龙·史传》篇称道《汉书》"赞序弘丽,儒雅彬彬",而不提其人物传记,也是认为《汉书》的论赞部分有文采。其实在《汉书》之前,《史记》的议论节段写得很好,笔势跌宕,有时还饱含感情,但由于运用奇笔写成,故不为南朝文论家所重,《文选》亦未选录。唐宋以来,古文复兴,代替骈文在文坛占统治地位,作者选家就大力称道、选录《史记》的议论节段,而不重视为《文选》所注意、赞美的那些史书节段,其抑扬去取,可说泾渭分明。认清了骈文家、古文家的艺术标准不同,不少现象就容易说清楚。

在魏晋南北朝时代,人们对议论文是相当重视的。不但论文作品繁多,而且在理论批评方面也有所反映。曹丕《典论·论文》提到八种重要文体,有云:"书论宜理。"他所谓"书论",指子书和论文①,二者都以说理为宗旨,故曰"书论宜理"。陆机《文赋》提到十种文体,论、说占其二,有云:"论精微而朗畅……说炜晔而谲诳。"曹、陆二文提到的文体数量不多,但都提到"论",《文赋》还提到"说",可见他们对议论文的重视。《文选》选有曹、陆两家之论文,曹即为《典论·论文》,陆则有《辨亡论》、《五等诸侯论》,均富有文采。《文心雕龙》上半部分论各种文体,第十六至第二十五篇,论述无韵之各种文体(共十多种),首史传,次诸子,次论说。前二者均为专书,单篇文章则以论说居首,也可见对议论文的重视。《文选》不选"说",《文选序》曾指出,对于先秦以至汉初的贤人美辞、辩士游说一类,见于坟籍、子史,因"事异篇章"(不属集部),不暇收采。但《文选》"上书"一类中,选有李斯《上书秦始皇》、邹阳《上书吴王》、《狱中上书自明》,这三篇文章,《文心雕龙·论说》篇作"说"体的例子而加以赞美。盖李、邹三文,从题目言是上书,从性质言则可归入说辞。此三文已收入集子,且有文采,故《文选》取之。《文选》"上书"类中还选有司马相如《上书谏猎》、

---

① 参考王运熙、杨明《魏晋南北朝文学批评史》第一编第二章第一节。

枚乘《上书谏吴王》、《上书重谏吴王》三篇，实际也是说辞一类。本文仅论述论体，对说辞不拟详述。

<h1 style="text-align:center">二</h1>

下面，我们拟就《文选》所选的论文。按时代先后，举一些例子来说明它们在音韵、对偶、辞藻、用典等方面所表现的语言美，由此认识其艺术特色和文学性。

（一）汉代　先说汉代的论文。西汉初期，贾谊著有《过秦论》三篇，《文选》选了最有文采的上篇。《过秦论》的特点是运用许多对偶、排比的句子，丰富的辞藻、夸张的笔调来叙述秦朝的兴亡史。例如叙述秦始皇统一中国的过程和措施曰：

> 及至始皇，奋六世之馀烈，振长策而御宇内，吞二周而亡诸侯，履至尊而制六合，执敲扑以鞭笞天下，威振四海。南取百越之地，以为桂林、象郡。百越之君，俯首系颈，委命下吏。乃使蒙恬北筑长城，而守藩篱，却匈奴七百馀里。胡人不敢南下而牧马，士不敢弯弓而报怨。……然后践华为城，因河为池，据亿丈之城，临不测之溪以为固。良将劲弩，守要害之处；信臣精卒，陈利兵而谁何。

对偶、排比句络绎不绝，但不甚整齐，间以散体句，显得错落有致，表明它还不是严格意义上的骈文。对始皇不可一世的威武气概的夸张描写，具有颇强的艺术感染力。由于具有突出的语言美和艺术魅力，《过秦论》在以后长时期被奉为论文的典范。陆机《辨亡论》、干宝《晋纪总论》均受其深刻影响。左思《咏史》诗有"著论准《过秦》"之句，范晔《狱中与诸甥侄书》自诩其《后汉书》一部分序论"笔势纵放"，"其中合者往往不减《过秦》篇"。

东方朔的《非有先生论》、王褒的《四子讲德论》都采用辞赋常用的问答体写法,《四子讲德论》的文采尤为富美。兹节录《四子讲德论》为例:

> 故美玉蕴于碔砆,凡人视之怢焉,良工砥之然后知其和宝也;精炼藏于矿朴,庸人视之忽焉,巧冶铸之然后知其干也;况乎圣德巍巍荡荡,民氓所不能命哉!

> 行潦暴集,江海不以为多;鳏鲟并逃,九罭不以为虚。是以许由匿尧而深隐,唐氏不以衰;夷齐耻周而远饿,文武不以卑。夫青蝇不能秽垂棘,邪论不能惑孔墨。

这里两段运用了对偶句和生动的比喻来说明事理,使文辞显得艳丽。上例"美玉"、"精炼"一联,运用了复合句,使对偶更见变化多姿。下例"许由"以下数句,又运用了若干古事古语,增强了语言的色彩和感染力。《四子讲德论》在若干场合还在句末押韵,字句音韵更为和谐动听。如:

> 鸣声相应,仇偶相从。人由意合,物以类同。是以圣主不遍窥望而视以明,不殚倾耳而听以聪。

要之,西汉的论文,多用对偶、排比,多用比喻、典故,进行铺张的陈说,为后来富有文采的论文起了先导作用。这种艺术描写特色,在一部分上书(如上文提到的邹阳、枚乘的上书)中表现得也相当鲜明。这种艺术特色,渊源于战国时代游谈文士铺张扬厉的说辞,同时也受辞赋铺陈写法的影响。

东汉时，班彪的《王命论》，文辞渊雅，也多骈对词句，如赞美汉高祖刘邦有曰：

> 加之信诚好谋，达于听受。见善如不及，用人如由己。从谏如顺流，趣时如响起。当食吐哺，纳子房之策；拔足挥洗，揖郦生之说。悟戍卒之言，断怀土之情；高四皓之名，割肌肤之爱。举韩信于行阵，收陈平于亡命。英雄陈力，群策毕举。此高祖之大略，所以成帝业也。

对偶句更趋整齐繁富，句首句尾虚字用得少，标志着东汉骈文的进一步发展。班固撰《汉书》，多用整齐的骈句写评论，开了八代史书以骈体写史论的先河。《文选》还选了《汉书》的三篇述赞，严格讲，它们属于韵文范围的赞，而不是散体的论文，这里就不多说了。

（二）魏晋　魏晋论文，《文选》选得颇多，魏有曹丕、曹冏、韦曜（吴国）、嵇康、李康五家，晋有陆机、干宝两家。魏代论文，以曹冏的《六代论》、李康的《运命论》篇幅较长，文采也最富美。《六代论》有曰：

> 至于桓、灵，奄竖执衡。朝无死难之臣，外无同忧之国。君孤立于上，臣弄权于下。本末不能相御，身手不能相使。由是天下鼎沸，奸凶并争。宗庙焚为灰烬，宫室变为榛薮。居九州之地，而身无所安处，悲夫！

> 且墉基不可仓卒而成，威名不可一朝而立。皆为之有渐，建之有素。譬之种树，久则深固其根本，茂盛其枝叶。若造次徙于山林之中，植于宫阙之下，虽雍之以黑坟，暖之以春日，犹不救于枯槁，何暇繁育哉！

此处上例句子多用四字、六字句,句法整齐,实为后来骈文多用四、六字句的先导。内容写汉末朝纲不振以至社稷覆亡,亦颇具体生动。下例谓国家政治体制,须从长远做起,以种树为例,反复譬比,文辞富美,说理透彻。

再看李康的《运命论》:

> 凡希世苟合之士,蘧蒢戚施之人,俯仰尊贵之颜,逶迤势利之间。意无是非,赞之如流;言无可否,应之如响。以窥看为精神,以向背为变通。势之所集,从之如归市;势之所去,弃之如脱遗。
>
> 故夫达者之算也,亦各有尽矣。曰:凡人之所以奔竞于富贵,何为者哉?若夫立德必须贵乎,遇幽厉之为天子,不如仲尼之为陪臣也;必须势乎,则王莽、董贤之为三公,不如扬雄、仲舒之阒其门也;必须富乎,则齐景之千驷,不如颜回、原宪之约其身也。

此处上例写不择手段迎合势利之徒的行径,鲜明具体;文句也多用四字、六字句,和上引《六代论》相似。下例通过一串排比句,征引故实,阐明高洁之士不希求没有价值的富贵权势。这种排比句,上承《过秦论》,句式不甚整齐,多用虚字(连接词、感叹词),于排比、对偶中具错综之美,文气亦较为流荡,因而唐宋以来古文家也喜欢运用。

陆机是晋代骈文大家,其《辨亡论》、《五等诸侯论》分别规仿《过秦论》、《六代论》,文辞工致。兹录《五等诸侯论》论封建制之利曰:

> 夫然,则南面之君各务其治,九服之民知有定主,上之子爱于是乎生,下之体信于是乎结,世治足以敦风,道衰足以御暴。故强毅之国,不能擅一时之势;雄俊之士,无所寄霸王之志。然后国安由万邦之思治,主尊赖群后之图身。譬犹众目营方,则天网自昶;

> 四体辞难,而心膂获义。三代所以直道,四王所以垂业也。

可以看出,陆机的骈文,特为整齐工致,显出他苦心锤炼的工力,但也容易流于板滞。

干宝《晋纪总论》论述西晋之兴亡及其原因,铺陈详细而富有文采,其描述西晋末年社会风俗之弊曰:

> 又加之以朝寡纯德之士,乡乏不二之老。风俗淫僻,耻尚失所。学者以庄老为宗,而黜六经;谈者以虚薄为辩,而贱名检。行身者以放浊为通而狭节信,进仕者以苟得为贵而鄙居正,当官者以望空为高而笑勤恪。是以目三公以萧杌之称,标上议以虚谈之名。刘颂屡言治道,傅咸每纠邪正,皆谓之俗吏;其倚仗虚旷、依阿无心者,皆名重海内。

对当时上层人士不务实事、崇尚虚无的风气和行为,作了淋漓尽致的描写,骈句络绎,虎虎有生气。这段文字,深刻地批判了当时清谈误国的情状,故常为后人所称引。

从总体上看,魏晋的论文,语言较之汉代更趋富美,铺写更详尽,属对更繁多工致。像王褒《四子讲德论》那样文采富美的论文,在汉代毕竟属少数,在魏晋时代则属常见了。

(三)南朝　《文选》选了刘宋范晔,梁代沈约、刘峻(孝标)三家的作品。南朝论文,上承魏晋,除注意骈对整齐、文采富美外,更注意声韵之和谐。兹录范晔《后汉书·宦者传论》述后汉宦官之权势喧赫、沈约《宋书·恩幸传论》述九品中正制弊端各一小段以示例。

> 故中外服从,上下屏气。或称伊、霍之勋,无谢于往载;或谓良、平之画,复兴于当今。虽时有忠公,而竟见排斥。举动回山

海,呼吸变霜露。阿旨曲求,则宠光三族;直情忤意,则参夷五宗。汉之纲纪大乱矣。

汉末丧乱,魏武始基,军中仓卒,权立九品,盖以论人才优劣,非谓世族高卑。因此相沿,遂为成法。自魏至晋,莫之能改。州都郡正,以才品人,而举世人才,升降盖寡。徒以凭籍世资,用相陵驾。都正俗士,斟酌时宜,品目少多,随事俯仰。刘毅所云"下品无高门,上品无贱族"者也。

以上两例,不但语句工整,多四言句,而且注意用字平仄间隔,句末和句中第二、第四字,都注意平仄间隔运用,因而声韵更觉谐美动听。这是南朝声律论逐步发展的具体表现。范晔自称"性别宫商,识清浊","特能济难,适轻重"(《狱中与诸甥侄书》),沈约更是永明声律论的倡导者;他们的骈文更重声律之美,是无怪其然的。(上举《宋书》一例,因概括叙述史事,对偶不甚严格,但句式声韵,则出锤炼。)

刘峻的《辨命论》、《广绝交论》两文,篇幅较长,文采丰赡。《辨命论》有曰:

空桑之里,变成洪川;历阳之都,化为鱼鳖。楚师屠汉卒,睢河鲠其流;秦人坑赵士,沸声若雷震。火炎昆岳,砾石与琬琰俱焚;声霜夜零,萧艾与芝兰共尽。虽游、夏之英才,伊、颜之殆庶,焉能抗之哉!其蔽三也。

此段文字不但声律和谐,而且接连运用不少典故,又反映了南朝刘宋以来文人喜欢多用典故、炫示才学的风气。当时大多数文人认为,大量用典,是增加骈文文采的一个重要手段。《辨命论》后半篇指出,许多人事遭遇,都由于命运,而常人不识,强为解说,因而产生六蔽。上面引的是第三蔽，指出某些天灾之祸，遭逢者同归劫难，虽圣贤也不能抗拒。《广绝交论》纵论交友之道，指出众人奔竞的势利之交共有五术，即势交、贿交、谈交、穷交、量交，各为铺写。其写贿交曰：

> 富埒陶、白，赀巨程、罗。山擅铜陵，家藏金穴。出平原而联骑，居里闬而鸣钟。则有穷巷之宾，绳枢之士，冀宵烛之末光，邀润屋之微泽。鱼贯凫跃，飒沓鳞萃。分雁鹜之稻粱，沾玉斝之馀沥。衔恩遇，进款诚，授青松以示心，指白水而旌信。是曰贿交，其流二也。

文字亦声韵和谐。六蔽写六种命，五术写五种势利之交，都分段铺写，文采纷呈。这种写法，使人想起江淹的《恨赋》、《别赋》，分段铺写各种悲恨和离别。这是汉代《非有先生论》、《四子讲德论》之后，论体文受辞赋描写方法明显影响的又一例子。《广绝交论》写任昉之赏爱人才有曰：

> 近世有乐安任昉，海内髦杰。早绾银黄，夙昭民誉。道文丽藻，方驾曹、王；英跱俊迈，联横许、郭。类田文之爱客，同郑庄之好贤。见一善则盱衡扼腕，遇一才则扬眉抵掌。雌黄出其唇吻，朱紫由其月旦。

除对偶工致、声律和谐外，又多用四字句、六字句，为后来的四六文先导。

由上可见，南朝的论文，语句更趋整齐，多用四字、六字句，骈对大抵更为精致。辞采富丽，此外则注意声律之和谐，用典之富美。骈体文发展至齐梁时代，声韵、对偶、辞藻、用典诸种语言美，都推敲运用得十分精细成熟，这在论文中也有鲜明的表现。

三

从上面的介绍分析,可见《文选》所选的论文,自汉至齐梁,往往富有文采,具有音韵、对偶、排比、用典、辞藻(比喻、夸张等)等各种语言美。上面所举的例子,摘自一部分论文;其他没有举例的论文,均或多或少地具有这类语言美。这类语言美,符合于《文选》"事出于沉思,义归乎翰藻"的选文标准,也适应于当时骈体文学盛行时代人们的审美要求,因此《文选》选录颇多。这类论文,实际真正说理的文句不多,倒是叙述铺陈的文辞很多。作者在说明某种事理时,往往采用大量对偶排比的词句、丰富的比喻,通过夸张的笔调、和谐的音韵来进行表述和铺叙,因而富有文采,体制和辞赋、辩士的说辞相似,而和那些质朴的论文异趣。

魏晋南北朝时期,论辩文发达,作品繁多。除《文选》所选文采富美的篇章外,还有许多着重说理、文辞比较质朴的作品。《文心雕龙·论说》篇叙述汉魏晋时期突出的论文有曰:

> 至石渠论艺,白虎讲聚,述圣通经,论家之正体也。及班彪《王命》、严尤《三将》,敷述昭情,善入史体。魏之初霸,术兼名法;傅嘏、王粲,校练名理。迄至正始,务欲守文;何晏之徒,始盛玄论,于是聃、周当路,与尼父争途矣。详观兰石之才性,仲宣之《去伐》,叔夜之辨声,太初之《本玄》,辅嗣之两例,平叔之二论,并师心独见,锋颖精密,盖论之英也。至如李康《运命》,同《论衡》而过之;陆机《辨亡》,效《过秦》而不及,然亦其美矣。次及宋岱、郭象,锐思于几神之区;夷甫、裴颜,交辨于有无之域:并独步当时,流声后代。

此处于《文选》所选论文,仅提到《王命论》、《运命论》、《辨亡论》,其他均未言及。这里有体例方面的客观原因,一是《文选》选自史书中的史论,刘勰不认为是单篇的论,故此处不提(《文心雕龙·史传》篇曾提及《汉书》的赞序,已见上文)。《文心雕龙》评论作家作品,到宋初为止,所以不及评论萧梁作者(如刘峻)。这里还须注意,即《文心雕龙·论说》篇述魏晋论文,着重在思想内容的新颖精密。当时玄学盛行,玄学论文多创见,故举例独多。这些论文,的确具有"师心独见,锋颖精密"的特长,但词句比较质朴,文学性不强,因此《文选》都不加采录。《文选》选录论文,重在文采。这类论文,内容不是辨析抽象的名理,而是谈论历史人物事件、世事(如运命、交友之道)等,论历史人物事件者特多(这是受《过秦论》的影响),对象本身具体,因而论述时可以征引大量古人古事,展开铺张的描写。这类论文的指导思想,不是刑名家言,也不是老庄玄理,而是儒家的仁义道德,是从汉代论文传统沿袭下来的。刘永济《文心雕龙校释》释《论说》篇时指出,魏晋论著之风兴起发展,"论题弥广","核其大较,则不出两宗:一则据刑名以为骨干,一则托老庄以为营魄。据刑名者以校练为家,托老庄者用玄远取胜"。这两派的论文,均以思想内容取胜,在思想史上具有价值和地位。若从文学角度言,当时论文还应增列词华一派,在魏晋以曹冏、李康、陆机、干宝诸家为代表,上承两汉贾谊、王褒、班彪的传统,下开南朝范晔、沈约、刘峻的支派。《文选》所选论文,其着眼点即在于此。

　　对于《文选》所选的论文,如《过秦论》个别篇章外,过去古代文学研究者大抵不予注意。其实如上所述,这部分论文富有骈文的语言美,具有一定的文学性,作为文学散文的一体,在文学史上应占有一席之地。中国古代散文中有许多作品,不像诗歌那样长于抒情,也不像小说、戏曲那样长于描写人物、景物和故事情节,其文学性主要表现在语言美方面。即便是诗歌,也有不少作品抒情性、形象性并不强,其文学性主要也表现在语言美方面。我们考察、衡量古代诗文的艺术价值,应当实事求是地结合许多作品的实际情况,结合它们在艺术表现上的民族特色和历史传统,而不是套用从国外引进的某些条条框框(如形象性、典型性),这样才能取得比较客观中肯的评价。再说,这类论文,除掉具有一定文学性和艺术价值外,在思想内容方面也有不少可取之处。例如一部分论文,陈述了封建时代政治、社会的种种黑暗、腐败现象,即具有深刻的认识意义。又如《典论·论文》、《宋书·谢灵运传论》,评论文学发展和作家作品,有很精辟的见解。这些思想内容方面的长处,不属本文讨论范围,因此不予详述了。

1994 年

(原载《古籍研究》1997 年第 7 期)

简论唐文文体

　　唐代以前，从东汉开始，骈文抬头，至魏晋南北朝而盛行，骈文文体长期占主导地位，后人称为八代文学（八代是指东汉、魏、晋、宋、齐、梁、陈、隋）。到唐代，一批文人陆续出来，反对华艳的骈文，提倡学习写作先秦西汉朴实的散体，称为古文，形成了古文与骈文的对峙状态。但在整个唐五代，骈文一直更为流行，处于优势地位。唐代前期的史书如《北周书》《隋书》等，尽管严厉批判了前朝的浮靡文风，但其史臣论赞仍用骈文体写作。刘知幾的《史通》抨击前代史书多用华而不实的骈词俪句，但《史通》本身仍为工整的骈体。杰出的古文运动先驱者陈子昂，其一部分文章骈偶句仍然很多。初唐四杰的文章，则是当时骈俪文风的代表。盛唐时，张说、苏颋的文章（世称"燕许大手笔"）最负盛名，也多属骈文体。李白在诗歌创作方面倡言复古，但其文章大抵仍为骈体。中唐时，常衮、杨炎以擅长制诏著名，也为骈体。陆贽的制诏、奏议等更常是工致的骈文，为后来所仿效。白居易不但其元和律体诗风行遐迩，而且所写的律赋、百节判等也被人竞相传诵（见元稹《白氏长庆集序》）。到晚唐五代，古文势力衰落，骈文更是风靡社会。唐五代骈文一直占据优势，除掉八代文学本身传统势力强大，影响深远（唐人把萧统《文选》作为学习诗文辞赋的范本）外，还有其深刻的政治原因。唐代科举制度最重进士科，考进士要考律赋、五言律诗，吏部选人要考判①，都用骈

---

① 《旧唐书·职官志》："吏部择人以四才，谓身、言、书、判。"

体。文人和知识分子为了谋取好的出路，就得从年轻时起学习写作骈文，因而养成普遍的社会风气。再则，朝廷诏令、臣僚奏议等也大都使用骈体，也是促成此种社会风气的一个重要原因。在中国历史上，政治制度和措施对文学的影响，往往是直接和强大的。

　　唐五代骈文，从体制上看，大致有严格和宽松两类。严格的不但重对偶，而且讲究声律，要求平仄调谐，上下粘附，其格律实际与律赋、律诗相同。王勃《滕王阁序》、骆宾王《为徐敬业讨武曌檄》就是其例。此类骈文，大抵运用四言、六言句，后来就称为四六文。宽松的骈文，虽大量运用骈句，也重视音调流美，但不严格要求平仄调谐，上下粘附。陆贽的骈文就属于这一类。还有一类文章，骈偶句运用不多，但句式比较整齐（四言句最多），少用虚字，其通篇体式气格，仍属骈文一路，或许可称为接近骈体的散文。许多叙事文以及史书中的叙事部分因为不宜多用骈句，往往属于此体。这后两类宽松的骈文和接近骈体的散文，数量最多。唐五代骈文的语言，多数趋向明白晓畅，有的甚至流于通俗化。例如陆贽的奏议，张鷟、白居易的判，徐寅的律赋等等，都写得通俗易懂，为远近所传诵①。宋代古文运动进一步开展以后，宋人对唐代流行的骈文文体深表不满。董逌《广川书跋》卷八有曰："尝闻八代文敝，至唐极矣。……其留于今者，碑刻书疏，读之令人羞汗，浮浅如俳优诨语，鄙俗如村野讼谍，无所校者也"。从崇尚古文者看来，唐代大量流行的骈文，其文风特点是浮浅鄙俗。北宋《新唐书》编者对成书于后晋的《旧唐书》文风大加指责，评曰："衰世之士，气力卑弱，言浅意陋，不足以起其文。"（曾公亮《进〈唐书〉表》）反映了宋代古文家对五代骈俪文风的不满。《旧唐书》史臣论赞均采用骈文，其叙述文字语句也多整齐，气格接近骈体而与古文不

――――――――――

类。"气力卑弱"一类话，常是古文家用来贬斥骈文的辞语。据赵翼《二十二史劄记》卷十六，《旧唐书》前半文字，"多钞（唐）实录、国史原文"，因此宋人对《旧唐书》的指责，实际也是对唐代文章的批评。赵翼《二十二史劄记》卷十八指出，《旧唐书》纪传中所引用的诏诰章疏等四六文章，《新唐书》相应传记中尽行删去，也可见唐代骈文的流行和宋代古文家对它们的厌恶。

　　唐代前期的文人，多数对南朝过于靡丽柔弱的文风表示不满，要求文章写得雅正刚健一些，并不反对运用骈偶语句。一些古文运动的前驱者，大抵也是注意文辞的朴实雅正，并不强调反对骈俪。只有个别人像元结，语言古奥，戛戛独造。到韩愈出来，才大力提倡"古文"（姚铉《唐文粹序》称其"首唱古文"），反对当时流行的骈体"时文"。韩文故意多用奇句，句式错落多变，显示出与时文大不相同的语句特色。当时裴度对此表示不满，他在《寄李翱书》中，批评韩愈、李翱的古文，为了反对"偶对俪句"、"羁束声韵"，矫枉过正，结果形成"磔裂章句，隳废声韵"的弊病。裴度之论，代表了当时一般文人对古文的意见。韩愈以后，皇甫湜、孙樵一派古文家刻意追求奇崛深奥，与时文风气大相径庭，不为多数文人所接受，故晚唐五代，古文不振。直至北宋柳开、穆修、欧阳修等人出来，注意搜集、刊刻；提倡韩愈、柳宗元的文章，古文势力复振①，由此形成第二次古文运动。宋代中叶，进士科考试罢诗、赋，改用散体的经义、策、论。这一政治措施加上欧阳修、苏轼等不少古文家的创作业绩，终于使古文推倒了长期占优势的骈文，在各方面取得了主导地位。骈文多用华辞丽藻，唐代一部分古文家追求奇特不凡，词句古奥。宋代文章家大多注意矫正这类弊病，因而大部分宋文，显得更为平易清畅。宋代公文还多用四六

---

　　① 参考罗根泽《中国文学批评史》第三册第六篇第二—三章，上海古籍出版社1984年版。

体,但大抵承袭陆贽文风,写得也明白晓畅。

《新唐书·文艺传序》首段,指出唐代文章发展,经历三次变化。第一变在初唐,以王勃、杨炯为代表,注意辞藻声韵,沿袭南朝文风,声律更趋严密。第二变在玄宗朝,以张说、苏颋为代表,改变了过去骈文浮华的习尚,文风趋向雅正雄浑。第三变在中唐,以韩愈、柳宗元、李翱、皇甫湜为代表,文章贯通儒学,法度森严,上追周汉,达到极盛。第一变是华美的骈文;第二变仍是骈文,但风格有所变化;第三变才是古文。此文作者宋祁是古文家,故对韩、柳等文极度推崇。从文章的实际成就和对后来的影响看,韩、柳文的确达到了唐文的高峰,但如上所述,整个唐五代时期,骈文却一直占据着优势。韩、柳文受到普遍推崇,并确立其不可动摇的地位,则是北宋时期形成的。这是需要加以辨明的。

以上关于唐代文章体式的区别和发展变化,既表现于许多具有文学性的文章,也表现于大量实用性、学术性文章。这里略述我对唐五代文体的粗浅认识,或许可供读者作一点参考罢。

1992 年

唐人的诗体分类

　　中国诗歌自诗三百篇、楚辞以后，自两汉迄清代，是五言诗、七言诗的时代。五、七言诗肇始于汉，发展于魏晋南北朝，大盛于唐。五、七言诗的几种基本样式，到唐代也臻于完成和齐备。对五、七言诗，长期以来人们大致分为五言古诗、七言古诗、五言律诗、七言律诗、五言绝句、七言绝句六种基本样式，简称五古、七古、五律、七律、五绝、七绝。但这种区分，流行于明、清时代，主要是受明初高棅所编《唐诗品汇》一书的影响。这种分类法固然比较简明扼要，但也存在着不尽合理之处。唐人对五、七言诗的分类有所不同。他们把五、七言诗分为古体、今体(后代多称近体)两大类，他们所谓古体诗，指不受永明声律论影响的古体诗，较后代所谓古体诗范围要窄一些；他们所谓今体诗，则包括后代的律诗和绝句。于古体、今体两大类外，又往往别出歌行一类，不像后代那样把它归入七古；又有所谓齐梁体的名目，也不能笼统归入五古。本文钩稽有关材料，拟分古体诗、齐梁体、歌行、今体诗、乐府等项，对唐人的主要诗歌体裁样式，其名称涵义和特点，作比较具体的分析介绍，以期对研治唐诗者有所帮助。清人钱良择有《唐音审体》①，对唐人的诗

---

　　① 《唐音审体》成书于清康熙年间，我所见者为道光二十二年(壬寅)海虞顾氏家刻本。该书为一唐诗选本，全书二十卷，分古题乐府诗、新乐府辞、古诗、律诗诸大类(古诗、律诗类中又分若干小类)选录唐诗。每大类、小类前常有叙说，于体制辨析颇精，赵执信《谈龙录》誉为"原委颇具，可观采"。后雪北山樵采其叙说为一卷(仍名《唐音审体》)，编入《花薰阁诗述》，丁福保即据以编入《清诗话》。

歌分类辨别颇精，惜该书偏重分体选诗，论述比较简略，个别地方也有失误或可商榷，本文于钱著多所参照，着重具体论证。

一　古体诗、古诗

古体诗又简称古诗。汉魏六朝诗歌，发展至沈约提倡四声八病，讲求声律，为一大转变关键。唐人所谓古体诗、古诗，大抵是指不讲究声律、音调比较自然的汉魏至刘宋时期诗歌和与该阶段诗体近似的诗歌。因为沈约是一个关键人物，故唐五代人崇尚古体者贬沈约，反之，崇尚今体者则尊沈约。如李白崇尚古体，批评"沈休文又尚以声律"，丧失诗歌古雅之道（见孟棨《本事诗·高逸》）。而五代后晋时《旧唐书》编者则崇尚今体，认为"是古非今，未为通论"，赞美沈约提倡声律论，使诗歌"律吕和谐，宫商辑洽"，在诗歌发展史上作出巨大成就（见《旧唐书·文苑传序》）。

古体诗，唐人又有古风、古调诗、格诗等名称，下面分别作一些介绍、分析。

古风，李白有《古风》五十九首，都是五言古体。《古风》第一首"大雅久不作"篇推崇《诗经》风雅正声，鄙薄建安以来诗"绮丽不足珍"，表明了李白重视古体诗、以复古为手段来进行诗歌革新的精神。传世的《李太白集》虽非出自李白的原意，但把《古风》列在诗歌各卷之首，把"大雅久不作"篇列在《古风》五十九篇之首，大约符合李白的原意。唐末皮日休自编《皮子文薮》十卷，前九卷为散文，最后一卷为诗。其自序有曰："古风诗，编之文末，俾观之粗俊于口也。"今考《文薮》卷十共存诗三十二首，前面二十四首均为五言古体；后面则有五言绝句两首，五、七言八句律诗六首，这八首不是古体，大约属于附录性质。卷中后十六首诗，总题为"杂古诗十六首"，"杂"字当含有其他诗体的意思。其自序中仅称"古风诗"，盖指其主要者而言。皮日休于诗文创作重视古雅。他大力推崇韩愈,还重视向提倡古朴之风的元结学习,所以他重视古风。诗僧贯休《禅月集》(《四部丛刊》景宋写本)中,有四卷"古风杂言"诗,古风大抵也指五言古体(还有少数四言诗)。李白、皮日休等的古风诗,均为五言古体,但古风有时也可指七言古体。南唐张洎《张司业诗集序》有曰:

> 公(指张籍)为古风最善。自李、杜之后,风雅道丧,继其业者,唯公一人。……又姚秘监尝读公诗云:"妙绝《江南曲》,凄凉怨女词。古风无手敌,新语是人知。"其为当时文士推服也如此。……又长于今体律诗。

这里张洎把古风和今体律诗对举,认为张籍兼长两者。按张籍的古体诗,特别是其乐府诗,以七言古体居多,因知张洎所谓古风,当包含七言古体。又张洎序中所举姚合诗四句,出自姚合《赠张籍太祝》(五言长律)一诗。《江南曲》见《张司业诗集》,一作《江南行》,为七言十四句的古体。姚诗所谓"怨女词",不能确指为何篇,但张籍描写怨女的乐府诗,如《征妇怨》、《别离曲》、《白头吟》、《妾薄命》等篇,亦均为七言或以七言为主的杂言体。姚合盛称张籍"古风无手敌",其所谓古风,自当包括张籍以《江南曲》为代表的不少七言古体在内。

再说古调诗。古调诗即指声调比较古朴自然、不讲究声律的古体诗。《唐会要》卷七六"制科举"项有曰:"天宝六载,风雅古调科,薛据及第。"(参考徐松《登科记考》卷九)薛据擅长古体诗(殷璠《河岳英灵集》选其诗十首,其中八首均为五言古体),因此应试风雅古调科及第。在唐中期,元结所编《箧中集》以沈千运、孟云卿为首的几位作者,都擅长古调诗。元结《箧中集序》文中没有提出古调诗名目,但该集二十多首诗作则均为五言古体。高仲武《中兴间气集》评孟云卿诗有曰:

孟君诗祖述沈千运《贼中》十首,又渔猎陈拾遗(陈子昂)。……虽效之于陈、沈,才能升堂,犹未入室;然当今古调,无出其右者,一时之英也。①

高仲武赞美孟云卿继承陈子昂、沈千运的传统,为当时最擅长写作古调诗的作者。其所谓古调诗,是指五言古体。杜甫《解闷》诗其五怀念孟云卿,诗云:"李陵苏武是吾师,孟子论文更不疑。一饭未曾留俗客,数篇今见古人诗。"指出孟云卿论诗以西汉苏武、李陵诗为宗师,可见他作诗竭力追摹汉代的五言古诗(苏、李诗的真伪这里姑置不论)。杜甫《别崔异因寄薛据孟云卿》诗有云:"荆州过薛孟,为报欲论诗。"推想起来,杜甫与薛据、孟云卿一起论诗,两人均崇尚古调诗是一个重要原因。至白居易和元稹共编《白氏长庆集》,就径用古调诗标名。律诗以外,其他除讽谕诗中有二卷"新乐府"(以七言为主)、感伤诗中有一卷标为"歌行、曲引、杂言"外,其馀八卷均标称古调诗(或简称古调)五言,仅一卷标为"古体五言"。从高仲武评论、《白氏长庆集》标目看,古调均指五言古体。北宋初期姚铉编《唐文粹》一百卷,精选唐代诗文。姚铉于诗文均崇尚古体,其书自第十四至十八共五卷所选诗,均题为"古调歌篇",则除收大量五言古体外,还采入不少七言诗,如第十四卷即选有李峤《汾阴行》、元稹《连昌宫词》。而《白氏长庆集》则把体式相类的《长恨歌》、《琵琶行》归入"歌行、曲引、杂言"一卷中。姚铉把所选署名为"古调歌篇",用"歌"字,或许即因所选诗包括歌行。古调诗可兼指七言古体,推想起来,当亦始于唐人。

再说格诗。格诗是指气格高古的古体诗。上文引高仲武《中兴间气集》评孟云卿诗条,在"一时之英也"句下接着说:"余感孟君平生

---

① 此条《四部丛刊》影印明翻宋刻本《中兴间气集》脱去,此据孙毓修《四部丛刊》本《中兴间气集》校文、《唐诗纪事》卷二五引文。

好古,著《格律异门论》及《谱》二篇以摄其体统焉。"高仲武的这两篇文章,可惜没有传世。所谓"格律异门",是说格诗、律诗创作门径不同,走的是不同的路子。格诗和律诗对举,指古体诗。可见高仲武编选《中兴间气集》时,人们已用格诗称古体诗。《白氏长庆集》所收白居易后期诗,为白氏晚年所自定,那时他已不再用古调诗名称,而用格诗称古体诗。《白氏长庆集》卷二一、二二两卷①,均题为"格诗、歌行、杂体",尚把格诗和七言歌行区别,格诗似仅指五言古体,而第二十九卷格诗中,则收入《秋日与张宾客舒著作同游龙门醉中狂歌》等七言、杂言诗数首,又卷三六(题作"半格诗、律诗附")中也收有七言诗。陈寅恪《元白诗笺证稿》附论(丙)《论元白诗之分类》有曰:

> 盖乐天所谓格诗,实又有广狭二义。就广义言之,格与律对言,格诗即今所谓古体诗,律诗即今所谓近体诗,此即汪氏(指汪立名)所论者也。就狭义之言,格者,格力骨格之谓,则格诗依乐天之意,唯其前集之古调诗始足以当之。然则《白氏长庆集》五一格诗下复系歌行杂体者,即谓歌行杂体就广义言之固可视为格诗,若严格论之,尚与格诗微有别也。

陈氏指出从严格意义讲,格诗仅指富有格力骨格之五言古体,其说诚是。按元稹《上令狐相公诗启》有曰:"律体卑痹,格力不扬。"又《唐故工部员外郎杜君墓系铭序》有曰:"律切则骨格不存。"都指出律诗容易缺少格力、骨格。陈寅恪说:"格者,格力骨格之谓。"即据元稹之言立论。又白居易《故京兆元少尹文集序》曰:"著格诗一百八十五,律

---

① 本文所言《白氏长庆集》卷帙次第,均据中华书局校点本《白居易集》(该书以文学古籍刊行社影宋本《白氏长庆集》为底本)。该书卷帙次第,和《四部丛刊》影印日本那波道圆活字本《白氏文集》有所不同。本文中所引陈寅恪论元白诗分类节中所言白集卷次,则据《四部丛刊》本。

诗五百九,赋述铭记书碣赞序七十五。"格诗与律诗对举,也是泛称古体为格诗。

　　古体诗的篇幅可长可短,句数没有规定。长的有数十韵以至百韵以上,如白居易有《游悟真寺诗》一百三十韵。短的只有两韵四句,如刘禹锡有《古调》二首云:

　　　　轩后初冠冕,前旒为蔽明。安知从复道,然后见人情。

　　　　薄领乃俗士,清谈信古风。吾观苏令绰,朱墨一何工。(据《四部丛刊》影宋本《刘梦得文集》卷二)

这实际上是古体绝句。绝句之名,南朝已有,徐陵《玉台新咏》卷十即收有《古绝句》四首。但唐人不大使用"古绝句"这一名称。《唐文粹》"古调歌篇"中也选录部分古体绝句,如卷十四贾岛的《口号》、《绝句》,卷十五张说《蜀道后期》、权德舆《江行四首》等均是。但《唐文粹》这部分也偶收平仄调协的近体绝句,如卷十六收入李白《望庐山瀑布》"日照香炉生紫烟"篇,体例不甚严格。

　　如上所述,唐人的古体诗不讲求声律,它有古风、古调诗、格诗诸名称。它主要指五言古体,有时也兼指七言古体。

二　齐梁体

　　齐梁体又名齐梁格,它是南朝齐梁时代声病说兴起后产生的新诗体,它注意到语言的声病,但运用得未臻成熟合律,因而是古体诗到律体诗中间的过渡样式。王闿运《八代诗选》把它称为新体诗,选录诗三卷,今人所编文学史有的也沿用这一名称。严羽《沧浪诗话·诗体》有"永明体",自注曰:"齐年号,齐诸公之诗。"接着又有"齐梁

体",注曰:"通两朝而言之。"没有说明永明、齐梁两体的关系。《唐音审体》则明确认为齐梁体承永明体而来,其言曰:

> 齐永明中,沈约、谢朓、王融创为声病,一时文体骤变。谢玄晖、王元长皆没于当代,沈休文与是时作手何仲言、吴叔庠、刘孝绰等并入梁朝,故通谓之齐梁体。

这种解说是对的。简言之,齐梁体就是在永明声病说指导下齐梁时代流行的新体诗。齐梁体通齐梁两朝而言,其涵盖面较永明体为广。

赵执信《声调谱》认为上下联失粘是齐梁体的特点,这确是齐梁体的主要特征。除此之外,尚有上下句不调(即失对)以至本句平仄不调的现象。唐代白居易、李商隐、陆龟蒙、皮日休等诗人,其诗题中有直接标明齐梁格者,下面试把这少数几篇作品略加分析。

九日代罗樊二妓招舒著作 齐梁格

白居易

罗敷敛双袂,樊姬献一杯。不见舒著作(失粘),秋菊为谁开?

此诗不但上下联失粘,即上下句亦失对。

洛阳春赠刘李二宾客 齐梁格

白居易

水南冠盖地,城东桃李园(失粘)。雪销洛阳堰,春入永通门。淑景方霭霭,游人稍喧喧。年丰酒浆贱,日晏歌咏繁。中有老朝客,华发映朱轩。(失对)从容三两人(失粘),藉草开一樽。樽前春可惜(失粘),身外事勿论。明日期何处? 杏花游赵村。

此诗除上下句失对、上下联失粘外,本句中也有不少平仄不调之处,如"雪销洛阳堰"、"淑景方霭霭"、"游人稍喧喧"等句均是,通篇在声调上已接近古体诗。

齐梁晴云

李商隐

缓逐烟波起,如妒柳绵飘。(失对)故临飞阁度(失粘),欲入回陂销。萦歌怜画扇(失粘),敞景弄柔条。更奈天南位,牛渚宿残宵。(失对)

边笳曲 (《全唐诗》卷五七七题下注"一作齐梁体")

温庭筠

朔管迎秋动,雕阴雁来早。上郡隐黄云(失粘),天山吹白草。嘶马渡寒碛(失粘),朝阳照霜堡。江南戍客心,门外芙蓉老。

以上两篇,上篇兼有失对和失粘,下篇则仅有失粘。白居易、李、温诸篇均为五言,至陆龟蒙、皮日休后复有七言的齐梁体。

齐梁怨别

陆龟蒙

寥寥缺月看将落,檐外霜华染罗幕。不知兰櫂到何山(失粘），应倚相思树边泊。

奉和鲁望齐梁怨别次韵

皮日休

芙蓉泣恨红铅落，一朵别时烟似幕。鸳鸯刚解恼离心（失粘），夜夜飞来櫂边泊。

这两首七言和温庭筠的《边筛曲》，都只有失粘现象。此外，唐末诗僧贯休有《拟齐梁酬所知见赠二首》、《闲居拟齐梁四首》、《拟齐梁体寄冯使君三首》，都是五言。其诗中除失粘、失对外，还有本句平仄不调的，声调接近古体。因篇幅较多，这里不再列举。从上面所举诗例看，唐人所谓齐梁体诗，以上下联失粘、上下句失对为主要特征，也有若干连本句平仄也不调的。齐梁诗处在从古体到律体的发展阶段，对声律运用还在摸索探寻，产生这种现象是颇自然的。

由于当时人往往只注意一句、一联中的平仄调协，所调者在"一简（指一句）之内，音韵尽殊；两句之中，轻重悉异"（沈约《宋书.谢灵运传论》），因此，常常出现上下句失对、上下联失粘的现象。清代有的学者认为齐梁体诗除声律问题外，还有浮艳特色。如冯浩《玉谿生诗集笺注》卷三指出齐梁体诗"采色浓而淡语鲜"。姚范《援鹑堂笔记》卷四四也说："称永明体者，以其拘于声病也；称齐梁体者，以绮艳及咏物之纤丽也。"这种说法不无道理，因为齐梁人的新体诗的确大多数显得比较绮艳。但唐人效齐梁体，恐怕主要是从声律角度考虑。上引温庭筠的《边筛曲》并不绮艳，特别是上面提到的贯休的九首效齐梁体诗，更觉清淡古朴。唐人诗题中有标齐梁格的，没有标永明体的，说明唐人认为齐梁体即承永明体而来。

上面提到的贯休的九首拟齐梁体，分别见于贯休《禅月集》卷二、卷三,据《四部丛刊》影印宋写本《禅月集》,卷二、卷三都署有"古风杂言"若干首,那九首齐梁体诗,在排列次序上都不放在五言古体诗一起,而放在七言诗一起,这说明从严格意义讲,齐梁体是不能称为古风的。又引上白居易的《九日代罗樊二妓招舒著作》一诗,见《白氏长庆集》卷二一,该卷总题为"格诗、歌行、杂体",《招舒著作》诗编次在杂体部分,不在格诗部分。白氏《洛阳春赠刘李二宾客》一诗,见《白氏长庆集》卷二九,该卷前总署为"格诗"(原误作"律诗"),可能是由于该诗一句中平仄不调者颇多,体制已近古体的缘故。

唐人诗题中标明齐梁体的并不多,实际这类作品不在少数。赵执信《声调谱》、翟翚《声调谱拾遗》等书都举录了若干例子。在初唐齐梁诗风弥漫诗坛时,齐梁体诗更是繁多。《唐音审体》曰:"自永明以迄唐之神龙、景云,有齐梁体,无古诗也。虽其气格近古者,其文皆有声病。陈子昂崛起,始创辟为古诗,至李、杜益张而大之,于是永明之格渐微。"又曰:"陈子昂拾遗与沈、宋、王、杨、卢、骆时代相同。诸家皆有律诗,盖沈、宋倡之。古诗止拾遗独擅,馀皆齐梁格也。"指出了初唐时齐梁体诗的普遍和风行。从作品实际情况看,从唐初到沈、宋律诗完成时代,约近百年的时间内,除掉少数作品属古体外,大多数作品都是沿袭了齐梁诗重视声律的传统,其中少数合格者即为律诗,而大多数则为齐梁体诗。因为此时期齐梁体既占大多数,是一种占主导地位的诗体,因此没有必要在题名中标明是齐梁体。唐诗在武后、中宗时代,律体诗在沈佺期、宋之问、杜审言等一些作家的努力下定型化,臻于完成。稍后玄宗时代,一批诗人注意学习汉魏古诗,古体诗又复兴。此后直至唐末,一直是古体诗、律体诗同时发展,作为过渡样式的齐梁体,写的人就很少了。白居易、李商隐以至陆龟蒙、皮日休等人,是抱着一种好奇乃至游戏的心态来写齐梁体的,因而在诗题中标明齐梁格。齐梁体在诗坛占主导地位的时间尽管不长,好作品也较少,但作为一种历史现象,却仍然值得重视。

三　歌　行

唐人所谓歌行,是指七言、杂言(往往以七言为主)体,篇幅一般较长的诗歌。这类诗,后人大抵归入七言古体类,但唐人往往把它们从古、今体诗中区分出来。其例子如:(1)《白氏长庆集》卷九至卷十二,为四卷"感伤诗",前三卷标为"古调"或"古体",都是五言诗,后一卷标为"歌行、曲引、杂言",则为七言、杂言诗,其中包括《长恨歌》、《琵琶引》等篇。又卷二一标为"格诗、歌行、杂体",则兼有五言古体和七言、杂言诗。(2)《四部丛刊》影宋本《李群玉诗集》卷首有李群玉《进诗表》一篇,有曰:"谨捧所业歌行、古体、今体七言、今体五言四通等合三百首,谨诣光顺门,昧死上进。"其诗集共三卷,卷上为"歌行、古体",卷中、下分别为"今体七言"、"今体五言"。(3)五代后蜀韦縠所编《才调集》十卷,每卷前均署称"古、律、杂歌诗一百首"。其所谓杂歌诗,大致即是歌行之意。

唐人为什么不把歌行放入古体诗而往往另列一类呢?原来唐人的歌行,有大量篇章受到齐梁诗的影响,注意声律,这类歌行是不能归入古体的。冯班《钝吟杂录·古今乐府论》说:"唐初卢、骆诸篇有声病者,自是齐梁体;若李、杜歌行不用声病者,自是古调。"指出唐人歌行有齐梁体和古调之分,这是很中肯的。刘熙载《艺概·诗概》也说:"七古可分为古、近两体。近体曰骈、曰谐、曰丽、曰绵,古体曰单、曰拗、曰瘦、曰劲。一尚风容,一尚筋骨。此齐梁、汉魏之分,即初、盛唐之所以别也。"也指出后代所谓七古,有古、近体之分,近体具有讲求骈偶、声律和谐、辞采艳丽等特色,古体则不然。

为了说明问题,让我们简略地回顾一下七言歌行的发展史。后汉张衡《四愁诗》、魏曹丕《燕歌行》早期文人七言诗,后来晋乐府七言《白纻歌》,都是每句用韵。到刘宋鲍照作《拟行路难》十八首等七言、杂言诗,变为两句用韵,扩大了七言歌行的表现力。以上这些诗都不注意讲究声律,是古体歌行。齐代永明声律论兴起后,七言诗也跟着重视声律,出现了七言的齐梁体。梁代不少文人重视写作七言诗、杂言诗,《玉台新咏》卷九即选录不少,其中多数重视声律。当时在萧绎带领之下,萧子显、王褒、庾信等人一起写作《燕歌行》,都是隔句用韵(还篇中转韵),重声律,与曹丕《燕歌行》体制不同。下面举一例:

燕歌行

萧　绎

　　燕赵佳人本自多,辽东少妇学春歌;黄龙戍北花如锦,玄菟城前月似蛾。如何此时别夫婿,金羁翠眊往交河。还闻入汉去燕营,怨妾愁心百恨生。漫漫悠悠天未晓,遥遥夜夜听寒更。……

此处前六句一韵,次四句转韵。其间除五、六两句上下失对并和上文失粘外,前四句和后四句都平仄协调,宛似律体。这就是齐梁体。初唐卢照邻、骆宾王、刘希夷人的歌行,就是继承了梁代这类歌行的传统。可以说,初唐时代的歌行,齐梁体占主导地位,正与五言诗的情况相似。

长安古意

卢照邻

　　长安大道连狭邪,青牛白马七香车。玉辇纵横过主第,金鞭络绎向侯家。龙衔宝盖承朝日,凤吐流苏带晚霞。百丈游丝争绕树,一群娇鸟共啼花。……

此处第一、二两句上下失对,第二、三句失粘,第五至第八句则全部合律。

盛唐时代,古体诗复兴。李白、杜甫七言多用古体,但王维、高适等人歌行,仍多用齐梁体。

桃源行

王 维

渔舟逐水爱山春,两岸桃花夹去津。坐看红树不知远,行尽青溪不见人。山口潜行始隈隩,山开旷望旋平陆。遥看一处攒云树,近入千家散花竹。樵客初传汉姓名,居人未改秦衣服。……

此处除第二、三句失粘外,以下各句全部合律。此后歌行虽以古体为多,但古体中也往往夹杂律句,而以律调为主者也绵延不绝。白居易、元稹的不少歌行即是如此。

长恨歌

白居易

西宫南内多秋草,落叶满阶红不扫。梨园弟子白发新,椒房阿监青娥老。夕殿萤飞思悄然,孤灯挑尽未成眠。迟迟钟鼓初长夜,耿耿星河欲曙天。……

此处第二、三句失粘,四、五句失粘,三、四句失对(失对、失粘各句句中平仄大抵调协),其馀各句入律。唐代中后期的七言、杂言歌诗,比起五言体来受齐梁体影响更大,律句更多。这大约因为:在汉、魏、晋、宋时代，五言古体发达，传统悠久，有章可循；七言、杂言则不大发达，梁代七言诗较为发达，隔句用韵的七言开始普遍，又篇中多转韵，这为唐人七言诗树立了样板。唐人歌行既然有大量篇章为齐梁体或参杂律句，自不能笼统归入古体了。

白居易的《新乐府》五十首，有些篇章也多用律句，《上阳白发人》、《新丰折臂翁》、《缭绫》、《井底引银瓶》等篇尤为明显。

新丰折臂翁

白居易

……骨碎筋伤非不苦，且图拣退归乡土。此臂折来六十年，一肢虽废一身全。至今风雨阴寒夜，直到天明痛不眠。痛不眠，终不悔，且喜老身今独在。不然当时泸水头，身死魂飞骨不收；应作云南望乡鬼，万人冢上哭呦呦。

此处仅第二、三句失粘，第七（"痛不眠，终不悔"以一句计）、八句失对，第八、九句失粘（失粘、失对各句句中平仄大抵调协），其馀都合律。《白氏长庆集》前四卷为讽谕诗，前面两卷都题作"古调诗"，为五言古体；后面两卷题作"新乐府"，不作"古调诗"，当即因《新乐府》采用歌行，不宜笼统称为"古调"的缘故。上文提到，姚合、张洎把张籍的七言新乐府称为"古风"，那大约是因为张籍新乐府都采用古风，和白居易《新乐府》体制有所不同。

歌行之名，本自乐府诗而来。乐府诗有名为歌行的，如汉魏"相和歌"有《长歌行》、《短歌行》、《燕歌行》等；有名为歌的，如六朝"清商曲"有《子夜歌》、《读曲歌》等，"梁鼓角横吹曲"有《隔谷歌》、《捉搦歌》；有名为行的，如"相和歌"有《猛虎行》、《从军行》、《苦寒行》等。实际上，乐府中隔句用韵的七言诗，如《行路难》、梁代文人的《燕歌行》等，和唐人歌行在语言形式上是一致的,如上文所述,唐人歌行受到梁代乐府《燕歌行》的明显影响。但在唐人集子中,往往把乐府和歌行区别开来。如《白氏长庆集》,有"新乐府",又有"歌行"。影宋本《李太白文集》,有"新乐府",又有"歌吟"。这李白集本子虽出宋代,大约还是保存着唐人分类的面目。北宋初年所编《文苑英华》,乐府和歌行也分为两类,各有二十卷。这样区分大约也是沿袭唐人的做法。

乐府和歌行区别何在呢?大致说来,可从以下四个方面看。(1)从题目看。古题乐府题目沿自古乐府,有固定名称;新题乐府虽出自唐人自创,但受古题乐府影响,题目大抵简短,二字、三字者居多,长至五字者很少;歌行题目则有长有短。(2)从语言形式看。乐府有五言,也有七言、杂言;歌行则都是七言、杂言。(3)从内容题材看。乐府多叙事,多反映各种社会情况;歌行则内容更为广泛,叙事、抒情、议论均可,不以叙事为主。这方面和五言古体诗相类似。(4)从表现角度看。乐府大抵通过第三人称叙述,作者自己不露面;歌行则多用第一人称,作者直接进行倾吐,其个性表现更为鲜明。这也和五言古体诗相类似。以上区别,只是就大体而言,不可拘泥。特别第三、第四点,例外情况也复不少。唐人有时候于乐府和歌行亦不甚区别,例如《李太白文集》歌吟类中列有《横江词》、《江夏行》,而《乐府诗集》则把该两篇列入新乐府辞。又如《白氏长庆集》卷十二署作"歌行、曲引、杂言",该卷中前面的《短歌行》、《生离别》、《浩歌行》等篇,均属乐府题,句式上则为七言、杂言,说明白氏此处没有把乐府、歌行二者区别。

七言诗中错杂三言、四言、五言以至九言等句式,这在唐以前已是如此。王闿运《八代诗选》有"杂言"三卷,所录即包括七言诗、杂言诗。《玉台新咏》卷九,所录多数为七言诗,也有少数杂言诗。七言、杂言这两个名称可以通用,唐以后所谓七言古诗,包括杂言诗。唐人所谓歌行,也包括七言、杂言。"杂言"这一名称,盛唐时已经出现。

韦庄编《又玄集》,收有任华《杂言寄李白》、《杂言寄杜拾遗》两诗,都是杂言体歌行。

四　律诗、今体诗

律诗在唐代又名今体诗。它和古体诗相对待,重视声律,要求平仄调协、粘缀贴切。南朝后期梁、陈时代,已有少数篇章符合律诗标准。初唐时期,诗人们进一步推敲声律,不但注意一句一联中的平仄相间,而且注意句与句间、联与联间的上下粘合,至中宗时沈佺期、宋之问、杜审言等诗人手中,终于使律诗定型化而趋于完成。唐人律诗,有各种样式,篇幅有长有短,长者达百韵以上,短者仅二韵,即今体绝句。律诗大多数除注意声律外,也重对偶,但绝句则多数不用对偶,所以对偶不是全部律诗的必备条件。现存出自唐人之手的别集,其标明律诗、今体诗者,均包括了长短不等的律诗,包括了绝句。如《白氏长庆集》有“律诗”达二十卷,杜牧《樊川文集》有“律诗”三卷,都是如此。韦庄《浣花集》十卷,均标为“今体诗”,也是如此。律诗有几种主要样式,即四韵律诗、省试诗、长律、绝句,下面分别作一些说明。

1. 四韵律诗　唐人长律,往往在题目中标明若干韵,十二韵以下的律诗,则大抵不标若干韵。五、七言四韵诗和绝句唐人均称律诗。南朝后期人所作新体诗,十句以上的还占多数。至初唐时代,四韵八句诗逐渐多起来。至沈、宋以后的盛唐时代,则律诗中四韵、二韵(绝句)的已占绝对优势。此点在唐人选唐诗《国秀集》、《河岳英灵集》两书中已表现得颇为清楚。此后四韵律诗遂成为律诗中最普遍的样式。四韵律诗为什么成为律诗中最普遍的样式呢?推想起来,古代诗歌以两句为一联,一联常是一个意思单位,也是一个声律单位,四韵诗共四联,符合诗歌内容、形式两方面起、承、转、合的基本要求,因而在发展过程中被人们所普遍运用。《唐音审体》引冯班曰:

"律诗多是四韵,古无明说。尝推而论之,联绝粘缀,至于八句,首尾胸腹,俱已具足。"也是从声律结构上形成为一个完整体裁来说明四韵律诗的流行的。四韵律诗之外,二韵律诗(绝句)也很流行。四韵律诗中间四句讲对偶,因此必须以一联为一个小单位;二韵律诗不要求对偶,因此变为以一句为一个意思小单位,全篇四句,也符合内容上起、承、转、合的要求(当然,所谓起、承、转、合的结构,是就多数作品而言,不能绳之于全部四韵、二韵律诗)。

2. 省试诗　唐代进士科考试,自唐玄宗开元年间开始,规定考诗、赋。诗规定为五言十二句的律诗。因为考试由尚书省礼部主持,所以叫省试诗。《唐音审体》曰:"唐以律赋、律诗取士。赋必八韵(指轮流用八个韵部的字押韵脚),诗必五言六韵。命题或用古事,或用时事,或用三字、四字成语,或用五言古诗(指在五言古体中取其一句为题),皆取题中一字为韵。此定格也。"①如邵偃的《春风扇微和》诗题取自陶潜诗,用"春"字所在韵部押韵;薛能《天际识归舟》诗题取自谢朓诗,用"舟"字所在韵部押韵;钱起《湘灵鼓瑟》诗题取自古代传说,用"灵"字所在韵部押韵。唐人省试诗传下来的颇不少,《文苑英华》所录即有十卷,但很少佳作。

3. 长律　唐人有时称为长韵,指其用韵之多。《唐音审体》据杜牧集谓:"六韵以上,谓之长韵。"钱氏所谓"六韵以上",包括六韵诗在内。明初高棅《唐诗品汇》,也把达到六韵的诗归入排律一类。这一界线是否符合唐人原意,还可商榷。按《樊川文集》卷四,卷首总目录中署"长韵四首、律诗七十一首",卷中长韵诗,有《往年随故府吴兴公夜泊芜湖口今赴官西去再宿芜湖感旧伤怀因成十六韵》一首,《和野人殷潜之题筹笔驿十四韵》一首,《寄内兄和州崔员外十二韵》一首,

---

①　见《唐音审体》卷十一。此处引文《花薰阁诗述》本《唐音审体》失收,故根据花薰阁本的《清诗话》本亦不载。

以上均于题目中标明用韵数量。另有《为人题赠》二首,均为十韵。从《樊川文集》看,似乎达到十韵的始能称为长韵。元稹《白氏长庆集序》称道白居易诗有曰:"五字律诗,百言而上长于赡;五字七字,百言而下长于情。"所谓五字百言(五言百字)即五言十韵律诗。元稹这里也以百字十韵为界线,指出白居易的长律文辞富赡,其五、七言短篇律诗则长于情致。再考文学古籍刊行社影印宋抄本《元氏长庆集》(中华书局标校本《元稹集》即据此为底本)卷十至卷十四所收律诗,均为长律,共四卷三十馀首,最长者达百韵,最短者为十韵。卷十四以下各卷所收律诗,则除个别篇章外均为十韵以下短篇。如卷十四除大多数为四韵、二韵诗外,还收有六韵诗数首。《元氏长庆集》虽已非唐代原本,但出自宋代传抄,恐怕还是多少保存着唐时的面目。从上引元稹的《白氏长庆集序》和宋抄本《元氏长庆集》的编排看,元稹也把达到百字十韵的篇章视为长律。

　　杜甫是擅长长律巨制的作家。杜甫以前,长律长者一般二十馀韵,个别长至四十韵(杜审言《和李大夫嗣真奉使存抚河东》)。杜甫则写了四十韵甚至百韵巨篇,这对唐代中后期影响颇大。元稹、白居易都写了不止一篇的百韵长律,并以此互相酬答。元稹对此颇沾沾自喜,自诩这类诗篇"驱驾文字,穷极声韵"(《上令狐相公诗启》)。他还竭力称道杜甫的长律曰:"铺陈终始,排比声韵,大或千言,次犹数百,词气豪迈而风调清深,属对律切而脱弃凡近。"(《杜工部墓系铭序》)并从这方面认为李白不逮杜甫远甚。中唐不少诗人喜欢写长律,连古文家柳宗元、刘禹锡都写有五十韵以上的长律。其风至晚唐不绝,李商隐、温庭筠都是长律能手。

　　唐人长律一般都是五言,七言长律很少,少数七言长律,篇幅也不大。韦縠《才调集》喜选长律,选了白居易、元稹的百韵五言长律,七言仅选杜牧《题桐叶》(十二韵)一首,诗中还有部分不讲对偶的句子。《唐音审体》卷十三、十四选五言长律共六十首,其中有杜甫、白居易、元稹的百韵长律;卷十六选七言长律仅两首,一为杜甫的《题郑十八著作虔》(八韵),一为李商隐《七月二十八日夜与王郑二秀才听雨梦后作》(八韵)。两篇都是八韵,可能唐人并不认为是长律。

明高棅编《唐诗品汇》,把长律称为排律,此后论诗者多沿用这一名称。《唐音审体》认为这名称不合理,批评道:

> 棅又创排律之名,益为不典。古人所谓排比声律者(按上引元稹《杜工部墓系铭序》称道杜甫长律"排比声韵"),排偶栉比、声和律整也。乃于四字中摘取二字(实际元稹原文没有"律"字,是"韵"字),于义何居? 古人初无此名,今人竟以为定格,而不知怪,可叹也。

按题目名称宜简,唐人集子中用"长韵"者仅见于《樊川文集》,高棅据元稹"排比声韵"语省称排律,似也未可厚非。

4. 绝句 绝句之名,南朝已有。《南史·文学·檀超传》载,时有吴迈远者,好为篇章,宋明帝闻而召之,及见曰:"此人连、绝之外,无所复有。"连,通"联",连、绝,指联句、绝句。南朝文人间好为联句,常以四句为一个单位(即每人各作四句)。五言四句短诗,犹如从联句中割截出来的一个单元,因此呼为绝句或断句①。《玉台新咏》卷十有《古绝句四首》,即用以称前此五言短诗。

唐以前的绝句,大抵不调平仄,是古体绝句。《唐文粹》把一部分不讲究平仄的唐人绝句编入古调诗类,已具前述。今体绝句由于篇幅短小,唐人有时称为小律诗。《唐音审体》曰:"绝句之体,五言、七言略同。唐人谓之小律诗。"按白居易《与元九书》有曰:"如今年春游

---

① 参考罗根泽《绝句三源》一文,收入《罗根泽古典文学论文集》,上海古籍出版社 1985 年出版。

城南时,与足下马上相戏,因各诵新艳小律,不杂他篇。"小律即指绝句。许文雨《文论讲疏》释曰:"按新艳小律,当指绝句。"是。

唐人在诗题中运用"绝句"字样者并不很多。用得较多者,有杜甫、白居易、杜牧、陆龟蒙等人。

五　乐　府

乐府是乐府诗的省称。乐府诗原是乐府机关配合音乐演唱的诗歌,但从东汉后期到唐代,文人们纷纷摹仿乐府诗体制写作歌辞,一部分还沿用旧题,它们虽并不入乐,也称为乐府。唐人写作的乐府诗数量颇多,有的写乐府诗数量多的作者,其乐府诗在集子中自成卷帙,如李白、白居易、元稹等。从体裁上看,唐代的乐府诗,有五言古体和齐梁体,有七言、杂言歌行,也有律体。唐代的乐府诗,可分为古题乐府、新题乐府、乐府新曲三类。

1. 古题乐府　乐府诗盛于汉魏六朝,唐人把汉魏六朝的乐府诗称为古乐府。唐吴兢所编《乐府古题要解》一书,所介绍的即是汉魏六朝的古乐府题旨。具体说来,汉魏六朝的鼓吹曲、横吹曲、相和歌、清商曲、杂舞曲、琴曲、杂曲等,唐人都有沿用旧题的拟古乐府,也就是古题乐府。

自晋代以至唐代前期,文人们写了许多拟古乐府,它们往往沿袭古题题旨、古辞题材,内容陈陈相因,缺乏新意。元稹《乐府古题序》批评这种现象道:"沿袭古题,唱和重复,于文或有短长,于义咸为赘剩。"元稹在该文中还指出,汉魏乐府古辞,注意"讽兴当时之事",因而他主张写作古题乐府,应当"寓意古题,刺美见事",即利用古题反映现实,进行美刺。他的十馀首《乐府古题》组诗,就是本着这一主张写作的。实际上,元稹以前,唐人的古题乐府,特别是盛唐时期的古题乐府,已经注意到表现当代之事,如李白的《将进酒》、《行路难》、

《梁甫吟》等篇，都是表现他长安仕途失意后悲愤的心情，而不是重复古辞的内容；高適的《燕歌行》更是表现张守珪镇守幽燕时的战争情况。元稹的《乐府古题》组诗，其中一部分实际已是新题，如《梦上天》、《忆远曲》、《田家词》等，所以《乐府诗集》把这部分篇章归入新乐府辞。

　　唐人的古题乐府，采用各种样式。如李白的《长干行》为五言古体，其《蜀道难》、《将进酒》为杂言古体。卢照邻的《折杨柳》（横吹曲古题）为齐梁体，隋薛道衡名作《昔昔盐》也是齐梁体。杨炯《从军行》为五言律体。崔颢《长干行》二首为五言古体绝句，李白《玉阶怨》、王昌龄《出塞》"秦时明月汉时关"篇则为五言、七言今体绝句。大体说来，用汉魏鼓吹、横吹、相和等曲古题者，多用古体；用六朝清商曲题者，则多绝句小诗。

　　2. 新题乐府　也叫新乐府。它不受古题约束，自创新题。上文说过，唐人有些古题乐府，也能表现新意，例如上文提及的李白、高適、元稹的若干作品。但这种古题乐府毕竟在题材内容方面受到古题的一定限制，如《将进酒》要讲饮酒，《行路难》要讲世路艰难，《燕歌行》要讲燕地征夫思妇等等。新乐府则可以完全不受古题约束，根据所要表现的内容来创立新题。

　　新乐府在唐代中期大盛，白居易、元稹、李绅等互相呼应，写作不少新乐府，以反映国事民生。白居易有《新乐府》组诗五十首，元稹有《和李校书新题乐府》组诗十二首（李绅《新题乐府》今不传），正式在题目中标明为新乐府或新题乐府。元稹在《乐府古题序》中，更指出新乐府的特点是"即事名篇，无复倚傍"，即根据诗歌所叙事实来取题目，不再依傍古题。元稹还认为杜甫的《悲陈陶》、《哀江头》、《兵车行》、《丽人行》等是他们所作新乐府的前驱。元、白同时，还有张籍、王建，也写了不少声气相通的新题乐府。元、白之前，这类作品还有元结的《系乐府》十二首、《春陵行》等，作者尚有戴叔伦、戎昱、顾况等。这类注意反映国事民生的新乐府诗,成为唐代新题乐府的一个重要部分。

考《乐府诗集》卷九十至卷一百,录新乐府辞共十一卷,除上述这类作品外,尚有不少其他题材的作品,而且贯穿于初、盛、中、晚各时期。如刘希夷的《公子行》、李白的《江夏行》,着重写男女之情;王维的《桃源行》写桃花源故事;刘禹锡的《淮阴行》、《堤上行》、《渡曲》、《沓潮歌》等,都写各地的风俗民情;元稹的《琵琶歌》、《小胡笳引》,着重描写音乐技艺。元稹在《叙诗寄乐天书》中,把自己诗歌分为十体,其中新题乐府、古题乐府具有讽谕内容者,合为"乐讽"一体;另立"新题乐府"一体,专收"模象物色",无关讽谕之作。同时李贺也写了不少新乐府诗,其内容偏重写妇女生活和神仙幻境。李贺新乐府诗在晚唐影响很大,李商隐、温庭筠都学习他。温庭筠把他的三十多首新乐府题为《乐府倚曲》,内容也偏重写妇女生活。吴融《禅月集序》批评晚唐李贺此种诗风盛行,"有下笔不在洞房蛾眉、神仙诡怪之间,则掷之不顾"。总之,这类非讽谕性内容的新题乐府,数量很不少,不容忽视。

在体裁上,新题乐府绝大多数运用古体,尤以七言、杂言歌行体为多。白居易、元稹、张籍、王建、李贺、李商隐等的新题乐府,都是以七言体为主。唐代七言诗进一步发展,七言诗在叙述人情世态方面,较五言诗更富有表现力,因此,唐代的新乐府和变文等通俗文学作品,多数采用七言体。

新乐府的少数篇章,和古题乐府的界线不大清楚,因而前人对这些篇章的归类,也出现了分歧现象。例如杜甫的《丽人行》,元稹把它和《兵车行》、《哀江头》等都视为新乐府,而《乐府诗集》卷六八却把它列入古题杂曲歌辞,其根据是《乐府广题》引刘向《别录》记载,古时有《丽人曲》之名。又如元稹《乐府古题》中的《田野狐兔行》、《捉捕歌》,题目似是从古题乐府《野田黄雀行》、《捉搦歌》变化而来。元稹把两篇视作古题乐府，当是由于它们从古题而来；但题目毕竟已有变化，所以《乐府诗集》卷九五把它们列入新乐府。但这类分歧现象究属少数。

3. 乐府新曲　它们是唐代配合音乐演唱的新歌曲。唐人的古题乐府，是沿用古题的案头之作，概不入乐；新乐府虽创新题，也不入乐。乐府新曲则是配合当时音乐（主要是燕乐）演唱的。《乐府诗集》把它称为近代曲，因为《乐府诗集》编者郭茂倩是宋代人，故呼产生于隋唐时代的新曲为近代曲，这里改称为新曲。《唐音审体》把它们归入古题乐府一类，理由是古乐府原本入乐，和新曲一样。这是不对的，因为二者的音乐系统不同，古乐府主要是清乐，新曲主要是燕乐。

从句式看，新曲可分为齐言、杂言两类。齐言大抵为今体诗，绝句尤多。如李白的《清平调》，刘禹锡、白居易的《竹枝》、《杨柳枝》、《浪淘沙》等都是七绝。杂言如白居易、刘禹锡的《忆江南》，韦应物、王建的《宫中调笑》，这种杂言已是有规则的杂言，即每首的长短句式基本上固定了，所以是词（长短句）的前驱者。不论齐言、杂言，七言句都占优势，这和新乐府多用七言句一样，说明七言句比五言句表现力更强，在唐代更为流行。从内容看，新曲大多是当时歌筵酒席歌儿舞女所唱的歌曲，篇幅又多短小，所以多言情之作，表现男女之情的作品较多，不像古题乐府、新题乐府那样多古体和歌行体，篇幅较长，多注意反映民生疾苦和社会问题。

以上古题乐府、新题乐府、乐府新曲三类，在《乐府诗集》中是区分得很清楚的。《乐府诗集》共分十二类，其中新乐府、近代曲（即乐府新曲）各列一类，古题乐府则分属于鼓吹、横吹、相和、清商、舞曲、琴曲、杂曲等类。唐代文人写作乐府新曲数量尚不多，他们还没有把它们另立一类，但在编排上把它们和古题乐府区别开来，却仍有迹象可寻。如白居易的《竹枝》、《杨柳枝》、《浪淘沙》、《忆江南》等曲调，分别置在律诗各卷中（因其词句平仄调协，属律体），和他的《新乐府》五十首不在一块(白居易不写古题乐府)。刘禹锡文集有乐府二卷(《四部丛刊》影宋本、朱氏结一庐《剩馀丛书》本同),其中古题、新题乐府列在前面,而《竹枝》、《杨柳枝》、《浪淘沙》等新曲则置于最后。刘禹锡的《杨柳枝词》有云:"请君莫奏前朝曲,听唱新翻《杨柳枝》。"说明作者认识到这是配合音乐的本朝新曲,而不是入乐的古题、新题乐府。

六 结 论

和后代把五七言诗区分为五古、七古、五律、七律、五绝、七绝不同,唐人把五七言诗大致分为古体诗、齐梁体、歌行、律诗、乐府等五类。

古体诗简称古诗,又有古风、古调诗、格诗诸名称。它的特点是不受永明声律论束缚,声调比较古朴自然,规仿汉魏晋宋的古诗。它主要用以指五言古体诗,有时也兼指七言古体。

齐梁体是在永明声病说指导下齐梁时代产生并流行的一种新体诗。其特点是重视声病,但未臻成熟合律,存在着失粘、失对以至本句平仄不调的现象,因而是古体诗发展到律体诗中间的过渡样式。从南齐永明年间直到唐中宗时律诗定型之前,齐梁体盛行,它在南朝后期诗坛占据主导地位。

歌行是指七言体、杂言体(大抵以七言为主)、篇幅一般较长的诗歌。从声调上看,唐人的歌行有古体、齐梁体、古律夹杂三种情况。大抵初唐时期盛行齐梁体,盛唐和中晚唐时期则以古体和古律夹杂体为多。齐梁体、古律夹杂体都不宜笼统称为古体,所以唐人往往于古体、律体诗之外,另列歌行一体。

律诗又名今体诗,是讲求声律、在唐代定型并流行的新诗体。除二韵律诗外,律诗还注重对偶。唐人律诗的主要样式,有四韵、六韵

（多为省试诗）、长律（长韵）、二韵（绝句）等四种。长律韵数没有规定，长者达百韵，短者十韵。二韵短篇，有时称为小律诗。

唐人乐府诗可分为古题乐府、新题乐府、乐府新曲三类。古题乐府沿袭汉魏六朝古乐府旧题，在题旨、内容题材上不同程度地受到六朝古乐府的制约。新题乐府摆脱古题约束，注意表现时事等新内容，并根据内容创立新题。古题、新题乐府均不入乐。乐府新曲则是配合新音乐（燕乐）演唱的新歌曲。乐府诗的体裁多种多样，可用五言古体、齐梁体和歌行体，也可用律体。

1994 年作

（原载《中国文化》第 12 期，1995 年 12 月）

抒情诗的深层意蕴

——谈唐人的几首登高诗

中国古代诗歌创作十分发达，其中又以短篇抒情诗数量最为繁富。这类抒情短篇，往往写得语言精练而情意深长，除表现作者的生活感受外，有的还寓有个人身世之感，有的则更进一步与当时政治、社会现象发生联系，表现了作者对国事民生的感想。一首抒情诗是否具有深层次的思想内容，即作者的身世之感与家国之感，有时乍看起来难以肯定，需要作具体分析和论证。这大致上有三种情况。第一种是诗的内部或外部，具有明确的直接证据可以断定其含有深层次的意义；第二种是虽然没有明确的直接证据，但可依据作者其他作品与有关材料推定其含有深层次的意义；第三种情况是以上两种证据均缺乏，因而不能推定其含有深层次的意义。下面试举唐人的几首登高诗作分析说明。

先说具有明确的直接证据一类。杜甫《登楼》云：

> 花近高楼伤客心，万方多难此登临。锦江春色来天地，玉垒浮云变古今。北极朝廷终不改，西山寇盗莫相侵。可怜后主还祠庙，日暮聊为《梁甫吟》。

这首诗的政治内容，诗本身说得很具体明确。此诗是杜甫晚年寓居成都时所作。锦江流经成都；玉垒，山名，在四川灌县南。北极朝廷，指在成都北方长安城的唐王朝朝廷;西山寇盗,指唐朝西部境外的吐蕃国。代宗广德元年(公元763年),吐蕃军攻入长安,同年即被郭子仪统率的唐军击退。"北极"句即指其事。此诗前四句写登楼所见,触目伤心。此时安史之乱刚结束,西部又常受吐蕃、回纥侵扰,故云"万方多难"。第五、六句说唐王朝并不因吐蕃一度攻入长安而变易,并劝告吐蕃不要再骚扰。第七句以在成都所见蜀后主刘禅祠庙,隐讽唐代宗也像后主那样信用宦官,引起国家危难。第八句则以诸葛亮出佐刘备前隐居陇亩吟咏《梁甫吟》歌曲事,比喻诗人自己仕途失意,不能为国效劳。总之,杜甫《登楼》一诗含有深刻的政治内容,表现了作者关心唐朝国事与自伤仕途失意的思想感情,从诗歌本身即可获得明确的证据。

再看陈子昂《登幽州台歌》,歌词云:

前不见古人,后不见来者,念天地之悠悠,独怆然而涕下!

幽州台,即蓟北楼,故址在今北京市。此诗从题目与歌词本身看,仅知作者登楼远眺,俯仰古今,感到天地悠悠,悲从中来,怆然涕下。作者为何深深悲伤而落泪呢?诗歌本身没有说。过去一些注释者因为未能结合旁证来推论,因而所见往往显得肤廓。如清代沈德潜《唐诗别裁集》卷五曰:"余于登高时,每有今古茫茫之感,古人先已言之。"就是一例。实际陈子昂好友卢藏用所作《陈氏别传》于此诗写作背景有很具体明白的记载。原来此诗是武后神功元年(公元697年)陈子昂从征契丹时所作。上一年,契丹首领李尽忠、孙万荣叛唐,攻陷营州。武后委派建安王武攸宜率军征讨,陈子昂在武攸宜幕下任参谋。武攸宜缺少将略,兵败。陈子昂请求率万人作前驱以击敌,武不允。稍后他又向武陈述意见,武不听,反把他降职为军曹。陈子昂胸怀韬略,报国无门,心情悒郁,因而慷慨悲吟作此歌。《陈氏别传》曰：

> 子昂知不合，因箝默下列，但兼掌书记而已。因登蓟北楼，感昔乐生、燕昭之事，赋诗数首，乃泫然流涕而歌曰："前不见古人……"时人莫不知也。

此处引文中除引录《登幽州台歌》外，还说到赋诗数首，那是指陈子昂《蓟丘览古赠卢居士藏用》诗七首，内容均咏幽州一带古迹及其故事，七首分题目是：《轩辕台》、《燕昭王》、《乐生》、《燕太子》、《田光先生》、《邹子》、《郭隗》。战国时燕昭王为了向齐国报仇，筑黄金台礼聘贤士郭隗、乐毅等，后赖乐毅率燕军攻下齐国许多城堡。其后燕太子丹又礼遇田光先生、荆轲等。《燕昭王》篇有云："丘陵尽乔木，昭王安在哉？"这是慨叹礼贤下士的明君燕昭王已不复可见。《乐生》篇云："乐生何感激，仗义下齐城。"这是赞美乐毅感激知遇之恩，为燕国立功，也寄寓着自己未能获得这样的立功机会的失望心情。《郭隗》篇云："逢时独为贵，历代非无才。"更是分明借咏史来发泄自己生不逢时的感慨。由此可见，《登幽州台歌》中的"前不见古人"，是感叹自己未能遭逢像燕昭王、乐毅那样君臣际会的良机。结合卢藏用《陈氏别传》的记载与陈子昂赠卢藏用诗来看，《登幽州台歌》所表达的怀才不遇的身世之感，就显示得十分清楚了。

可是不少诗篇，就缺少像上述《登楼》、《登幽州台歌》那样明确直接的内证或外证。但有的诗作深一层的含意，仍可依据较间接的材料予以推定。这里举李白的《宣州谢朓楼饯别校书叔云》一诗为例。全诗稍长，节录如下：

> 弃我去者，昨日之日不可留；乱我心者，今日之日多烦忧。……抽刀断水水更流，举杯销愁愁更愁。人生在世不称意，

明朝散发弄扁舟。

此诗开头即说"多烦忧"，后面又说"愁更愁"，究竟为何如此愁情浓重呢？诗篇本身没有说，但依据间接材料大致可以推定。我们知道，李白此诗作于他离开长安后、安史之乱爆发前一段时间内，此时他因在长安遭受谗言被放出京，失去施展政治抱负机会，因而心情一直烦忧不快，并对唐王朝朝廷仍然怀着恋恋不舍之情。如其《单父东楼秋夜送族弟沈之秦》诗有云：

> 遥望长安日，不见长安人。长安宫阙九天上，此地曾经为近臣。一朝复一朝，发白心不改。

即是一例。李白对自己的立身处世，一贯主张功成身退，即建立赫赫功业后再隐身告退。他的《金门答苏秀才》诗云：

> 铭鼎傥云遂，扁舟方渺然。

意思说达到功业铭刻钟鼎的目的后，方能乘扁舟隐退。可是他在离开长安多年后，仍然未能获得新的政治机遇，因此心烦意乱，上述《宣州谢朓楼》诗末尾宣称"明朝散发弄扁舟"，表明他在十分烦乱忧愁的心情下，功不成也只能隐退了。这样推论李白此诗忧愁的意蕴，我想还是比较可靠的。

　　还有一类诗作，连上述李白《宣州谢朓楼》诗那样间接的可靠证据都缺少，那就很难肯定它们在字面以外具有深层次的意蕴。例如李商隐的《登乐游原》：

> 向晚意不适，驱车登古原。夕阳无限好，只是近黄昏。

乐游原是唐代长安城的一处名胜地点，当时人们常常去那里游赏，并作诗歌咏，李商隐也写过若干首。本篇是一首短小的五绝，语句简单，只说意有不适，但未说明不适的具体情况与原因。清代一些李商隐诗笺评，都认为此诗有深层次的寄托。如朱彝尊说："言值唐家哀晚也。"纪昀说："谓之悲身世可，谓之忧时事亦可。"冯浩《玉谿生诗集笺注》引杨氏曰："迟暮之感，沉沦之痛，触绪纷来。"（以上据刘学锴、余恕诚两先生《李商隐诗歌集解》转引）这种看法为现代不少注释本与文学史著作所承袭。但稍加推究，这种说法实在缺乏有力的证据。从诗本身看，它是一首写日常生活感受的小诗。傍晚，作者意有不适，就驱车登上乐游原散散心。傍晚的阳光，不似中午那样灼热，温和适度，使人感到舒服；可惜时近黄昏，夕阳即要下山了。这种感受恐怕是一般人所常有的。作者用简练自然的语言写出了这种感受，尽管它不具有深层次的意蕴，也应当说是一首好诗。当然，它的后二句可能含有好景不常的意思。作者另一首《乐游原》诗（七绝）后二句云："羲和自趁虞泉宿，不放斜阳更向东。"意思相近。但即使是这一好景不常的寓意，也不能推论它与唐室衰颓、诗人身世沉沦有联系。前人有的也曾指出此种说法未必合理。如吴昌祺说："宋人谓喻唐祚，亦不必也。"（据《李商隐诗歌集解》转引）我以为对这种抒写日常生活感受的抒情小诗，在缺乏明确证据的情况下，硬要说它具有深层次的内容，是牵强附会的。

中国古代自《毛诗序》以来，有一种比兴说诗的传统。持此种看法者认为，诗歌利用比喻、起兴手法，表面歌咏外界事物（多数是自然景物），实际比喻与当时政治有关的情事。他们认为诗歌内容与政治有关，表现了诗人眷恋君国之情与个人仕途失意，诗的意义就高；如仅写眼前景物，无所寄托，意义就低。这种受封建伦理道德约束的思想，使不少说诗者作出了许多牵强附会的解说，《毛诗序》以下，历代均有。清代陈沆《诗比兴笺》，专以美刺比兴说汉魏六朝唐代诗；张惠言《词选》以比兴说词，也常有牵强附会之论。事实上，一个诗人的生活和思想感情是多方面的，他作品的思想内容也是多方面的，不可能总是与政治相联系。即使经常关注唐王朝命运的杜甫也是如此。我们看他晚年在蜀地写的不少漫兴、遣兴一类绝句，大抵都是写眼前景物与日常生活感受，并无深意。李商隐固然也关心国事，其诗又长于象征隐喻，但也不会经常与政治相联系。我们今天解说古诗，应当解除古人专事比兴说诗的桎梏，区别情况，对它们作出实事求是的分析。

1998 年作

从"故园"说到王昌龄的籍贯

中国古时人们的家宅周围，常有一块园地，因此家宅又叫家园。故园是原先居住的旧家园。故园往往就在一个人的故乡，因此故园又往往指故乡。唐诗中常见故园一名，其含义也有旧家园、故乡两种意思，须注意区分。

先说故乡意义的例子。李白《春夜洛城闻笛》有云："此夜曲中闻《折柳》，何人不起故园情？"这里意思说在客地闻《折杨柳》曲调，想到春天来到杨柳发青与清明祭祖一类的事，所以每人都要怀念故乡。李商隐《蝉》有云："薄宦梗犹泛，故园芜已平。"下句化用陶渊明《归去来辞》"田园将芜胡不归"句，因此故园也当指故乡。

再举旧家园意义的例。岑参《逢入京使》："故园东望路漫漫，双袖龙钟泪不干。"这是岑参于玄宗天宝年间离开长安的家园远赴西陲任职时所作。诗的下两句还说到请托东去京城（长安）的使者带个口信，说自己路上平安。岑参籍贯在荆州江陵，此诗的故园在长安，是岑参仕宦京城时的旧家园。杜甫《秋兴》其一有云："孤舟一系故园心。"《秋兴》八首组诗，主旨是怀念长安，因此此处故园也指在长安的故居。又杜甫《寄高适》有云："南星落故园。"《将赴草堂寄严郑公》有云："故园犹得见残春。"两处故园均指诗人在成都的旧居。杜甫的籍贯是河南巩县（今巩义市）。

王昌龄《别李浦之京》有云："故园今在灞陵西。"又《独游》云："时从灞陵下，垂钓在南涧。"可见王昌龄确有家园在长安郊区灞陵附近

（参考傅璇琮先生主编《唐才子传校笺》卷二《王昌龄传》)。但该处是否即是昌龄的籍贯所在,则还待推敲。

王昌龄的籍贯,旧有三种说法。(1)《新唐书》说是江宁(今属江苏南京市)人。经现代学人考证,王昌龄做过江宁县丞,江宁非其籍贯,故此说已被否定。(2)《旧唐书》说是京兆(属长安)人。(3)唐殷璠《河岳英灵集》、元辛文房《唐才子传》说是太原人。王昌龄的籍贯是长安还是太原?按昌龄《洛阳尉刘晏与府掾诸公茶集天宫寺岸道上人房》诗有云:"旧居太行北,远宦沧溟东。"太原正在太行山之北,故此处"太行北"似可理解为太原。又上引昌龄诗"故园今在灞陵西",云"今在"说明故居原不在灞陵一带,而是后来搬到那里的。合起来看,可以说昌龄籍贯为太原,后来移居长安。唐代士人因游宦京城而迁居长安者颇多,岑参、杜甫是其例,王昌龄大约也是如此。《河岳英灵集》除提到"太原王昌龄"外,还提到"鲁国储光羲",储光羲籍贯实是润州(今江苏镇江),鲁国(山东兖州)是其郡望或族望。傅璇琮先生因此推测太原也只是王昌龄的族望。但我觉得,族望、籍贯,在某些人也可合而为一。

王昌龄是唐代的一位重要诗人,希望通过研讨,对其籍贯能够肯定下来。

1998 年

（原载《新民晚报》1998 年 4 月 25 日《夜光杯》副刊）

并庄屈以为心

——李白诗歌思想内容的一大特色

清代龚自珍在评论李白诗歌时曾说:"庄、屈实二,不可以并;并之以为心,自白始。"(《最录李白集》)这句话指出李白诗歌思想内容方面一个很鲜明的特色,对我们很有启发意义。

屈原和庄周都生活在战国中期,差不多是同时代人(屈原比庄周约小二十岁)。两人的作品虽然一为韵文,一为散文,但都具有感情洋溢、想象丰富、语言自由奔放的浪漫主义艺术特色。屈赋大量采用神话传说,《庄子》大量运用寓言重言,方法也颇为接近。可以说,两人分别在诗歌和散文领域表现了南方文化瑰玮奇丽的特色。但是,在思想内容特别是生活理想和政治态度方面,两人作品则表现出极大的分歧。屈原有很大的政治抱负,迫切希望辅佐楚王实现"美政",促使祖国富强,虽经流放,毫不变心,终于投身汨罗,以身殉国。热爱祖国,积极要求参加政治活动,为国效劳,像一根红线贯穿着他的一生。而庄周则把做卿相、辅帝王看作是一种灾难,避之惟恐不远。他企求过虽然清贫但却逍遥自在的生活,他把遗世独立、物我两忘的"至人"、"真人"等作为自己追求的理想,要求超脱世俗而进入一种神秘的境界。在这方面,庄、屈两人,犹如胡马之与越鸟,各安其所,不可以合并。也正是在这方面,李白却是对庄、屈思想兼采并容,并把它们巧妙地结合起来,在诗歌的思想内容方面开辟出一个新境界。

李白与屈原在精神上的共同处是很多的,其基本共同点是热爱祖国,憎恨黑暗腐朽势力,积极要求参与政治活动,贡献才能。像屈原一样,李白也有很大的政治抱负,他希望做帝王的辅弼大臣,展其才能,"使寰区大定,海县清一"(《代寿山答孟少府移文书》),为国家统一和安定作出贡献。天宝元年,唐玄宗下诏征李白入长安,他极为欣喜,"仰天大笑出门去"(《南陵别儿童入京》),满以为实现理想的机会到来了。可是他在朝廷不久,即遭受权佞的谗毁,被玄宗赐金还山,遭遇到类似屈原的放逐命运。在之后十多年间,李白漫游各地,纵酒学道,但始终关心国事,他写下的不少诗篇,在思想内容和表现手法上都可以看出受到屈原的深刻影响。例如他描写自己上游天庭、吃闭门羹来比喻政治上的挫折和理想的破灭:

> 我欲攀龙见明主,雷公砰訇震天鼓,帝旁投壶多玉女。三时大笑开电光,倏烁晦冥起风雨。阊阖九门不可通,以额叩关阍者怒。(《梁甫吟》)

使我们想起《离骚》中的句子:

> 吾令帝阍开关兮,倚阊阖而望予。

描写自己遭受权贵的嫉妒和谗毁:

> 由来紫宫女,共妒青蛾眉。(《古风》第四九)
> 君王虽爱蛾眉好,无奈宫中妒杀人。(《玉壶吟》)

也使我们想起《离骚》:

> 众女嫉余之蛾眉兮,谣诼谓余以善淫。

又如他描写当时朝廷中政治腐败、奸臣当道的情景道：

> 梧桐巢燕雀，枳棘栖鸳鸾。（《古风》第三九）
>
> 鸡聚族以争食，凤孤飞而无邻。蝘蜓嘲龙，鱼目混珍。嫫母衣锦，西施负薪。（《鸣皋歌送岑征君》）

使我们想起《九章·涉江》末尾的乱辞：

> 鸾鸟凤凰，日以远兮。燕雀乌鹊，巢堂坛兮。露申辛夷，死林薄兮。腥臊并御，芳不得薄兮。阴阳易位，时不当兮。

在《单父东楼秋夜送族弟沈之秦》诗中，李白描写自己虽遭放逐，但心系念朝廷，他甚至用屈原自比：

> 遥望长安日，不见长安人。长安宫阙九天上，此地曾经为近臣。一朝复一朝，发白心不改。屈平憔悴滞江潭，亭伯流离放辽海。

此时此际，李白和屈原的遭遇和心情，的确是何其相似啊！

安史之乱爆发后，李白放弃了在庐山一带的隐居生活，参与永王李璘的幕府工作，希图对荡平叛乱、安定唐朝有所贡献，不幸以此获罪。流放回来后，他已进入垂暮之年，但仍然非常关心国事，渴望叛乱早日平息：

> 桀犬尚吠尧，匈奴笑千秋。中夜四五叹，常为大国忧。……安得羿善射，一箭落旄头！（《赠江夏韦太守良宰》）

肃宗上元二年(公元761年),唐朝太尉李光弼率大军出镇临淮,追击史朝义。李白还准备从军,半路因病折回,有诗记其事。次年,他就因病逝世。李白热爱祖国,要求为国家贡献才能的心情,是多么深沉和执着,以至于至死不渝啊! 正是在这点上,李白可说是继承了屈原爱国精神的优良传统。

李白对屈原的作品给予极高的评价:"屈平词赋悬日月,楚王台榭空山丘。"(《江上吟》)屈原的辞赋,具有高度的思想性和艺术性,的确可与日月争光,永垂不朽。李白的诗歌,洋溢爱国的激情,继承并发展了屈赋的积极浪漫主义传统,也可与日月争光,永垂不朽。

李白作品的思想内容,接受了庄周许多影响。庄周是一个唯心主义哲学家,他的思想中包含着许多消极落后的成分。李白诗歌中有时表现出来的人生若梦的虚无思想,即是受到庄周的影响,他的神仙邀游太空观念,也与《庄子》有关。这些都是消极的、应该批判的方面。但同时李白也接受了庄周鄙夷爵禄富贵、藐视权豪势要的思想和态度,构成了他作品积极内容的一个重要方面。

庄周对爵禄富贵是很鄙视的。《史记·老子韩非列传》记载:楚威王听说庄周贤能,派人迎他做卿相,庄子不肯接受,他认为做大官犹如被屠宰了供祭祀的牺牛,是一种灾难,自己宁愿像游戏于小河中的动物那么逍遥自在,不愿受爵禄的羁绊。《庄子·秋水》中也有类似的记载。《秋水》篇更有一个故事,说庄周到梁国去见朋友惠施。惠施担心庄周抢夺他的相位。庄周讲了一个寓言,自比鹓雏(凤鸟一类),认为梁国的相位犹如一只腐臭的死鼠,鹓雏是不屑一顾的。庄周不但鄙视卿相,连天子之尊都不放在眼里。《逍遥游》载尧让天下于许由,许由不受,他对自己清贫而自由的隐居生活很满足,不客气地回答尧:"归休乎君,予无所用天下为!"《让王》篇载舜让天下于善卷,善卷回答说自己"日出而作,日入而息,逍遥于天地之间,而心意自得,吾何以天下为哉! 悲夫,子之不知余也"。拒绝了舜的邀请。

在这些故事中,庄周在鄙夷爵禄富贵的同时,还表现出了对身居高位的统治者的揶揄。庄周对那些依靠权术手段窃取高位者更是非常轻蔑。在《胠箧》篇中,他把"一旦杀齐君而盗其国"的田成子称为盗贼,并揭穿了统治阶级法律的虚伪性,"窃钩者诛,窃国者为诸侯"。

李白虽然渴望建功立业,但他主张功成身退,他不但不贪恋爵禄富贵,而且时常对它表现出轻蔑的态度。他也像庄周那样,企求过逍遥自在的生活,而不愿接受爵禄富贵的羁绊:

> 绿萝笑簪绂,丹壑贱岩廊。(《闻丹丘子营石门幽居》)

> 钟鼓馔玉不足贵,但愿长醉不用醒。(《将进酒》)

> 乍向草中耿介死,不求黄金笼下生。(《设辟邪伎鼓吹雉子班曲辞》)

他指出功名富贵只是瞬息荣华,短暂而不可靠:

> 功名富贵若长在,汉水亦应西北流。(《江上吟》)

他对权贵们抱着兀傲不驯的态度,自称"不屈己,不干人","平交王侯",他决不能为了功名富贵而向权贵们卑躬屈膝:

> 松柏本孤直,难为桃李颜。(《古风》第十二)

> 黄金白璧买歌笑,一醉累月轻王侯。(《忆旧游寄谯郡元参军》)

> 安能摧眉折腰事权贵,使我不得开心颜!(《梦游天姥吟留别》)

李白醉酒时要玄宗权臣高力士脱靴的故事，是为大家所熟知的。杜甫《八仙歌》描写李白云：“天子呼来不上船，自称臣是酒中仙。”表现了他对帝皇的兀傲，对爵禄富贵的鄙夷不屑，对权豪势要的兀傲不驯。从思想渊源说，除庄周外，李白接受了其他一些历史人物的影响，如鲁仲连、严光、嵇康、阮籍、陶渊明等等。但时间最早、思想言论表现得最深刻的还数庄周；而且嵇康、阮籍、陶渊明等人的这类思想和行为，也是蒙受了庄周的影响。

李白在《古风》第二四“大车扬飞尘”篇中，揭露了玄宗时那些斗鸡徒的声势显赫的丑态，最后说：“世无洗耳翁，谁知尧与跖！”直斥统治者为盗跖，其气概更为逼近《庄子·胠箧》篇。

庄周在《逍遥游》中，描写了雄伟的大鹏鸟形象：“鹏之背不知其几千里也。怒而飞，其翼若垂天之云。……鹏之徙于南冥也，水击三千里。抟扶摇而上者九万里。”还写到大鹏鸟的行动，不能为渺小的虫、鸟所理解而受到嘲笑。这同《秋水》篇所写河伯与北海若的对话一样，都表现了庄周豪迈的胸怀和开阔的眼界。李白非常喜爱大鹏鸟的雄伟形象，他写的《大鹏赋》、《上李邕》、《临路歌》等作品中，都以大鹏鸟自比，抒写其壮阔胸怀和宏伟抱负。在《大鹏赋》中，李白更是淋漓尽致地描绘了大鹏“旷荡而纵适”的非凡行动，同时对黄鹄、玄凤等鸟类“拘挛而守常”的现象表示不满，认为它们不及大鹏的逍遥。我们读李白藐视爵禄权贵的诗句时，常常感到其字里行间洋溢着一种豪迈得无与伦比的气概，诗人仿佛站在高山之巅，带着轻蔑的目光，睥睨着世间的权贵及其藉以骄人的爵禄富贵。这种气概，苏轼曾借用西晋夏侯湛的话，誉之为“雄节迈伦，高气盖世”（《李太白碑阴记》）。应当指出，李白正是在这方面从《庄子》一书中汲取了精神力量，他正是在以大鹏鸟自比，把那些权贵和庸俗之徒视为渺小的学鸠、斥鷃的思想状态中，才产生了这种傲岸不凡的气概。

李白在《大鹏赋》中赞美庄周及其《逍遥游》篇云：“南华老仙，发天机于漆园。吐峥嵘之高论,开浩荡之奇言。"又在《赠宇文太守兼呈崔侍御》诗中云:"过此无一事,静谈《秋水》篇。"都说明李白对庄周及作品,表现了高度的钦佩与爱好。李白诗歌继承并发展了庄周鄙夷爵禄富贵、藐视权贵的传统,表现了对统治阶层的兀傲不驯态度和鲜明的反抗精神,构成了他诗歌进步内容的一个重要方面,值得我们珍视。

李白把屈原的积极入世精神和庄周的消极避世态度,用"功成身退"的口号统一起来,即一方面要建功立业,有所成就;同时又要不贪爵禄,见机隐退。在这对矛盾中,功成是前提,是矛盾的主要方面;即首先要建功立业,然后才能甘心隐退。他宣称:"苟无济代心,独善亦何益!"(《赠韦秘书子春》)"铭鼎傥云遂,扁舟方渺然。"(《金门答苏秀才》)都鲜明地表现了这种主张。因此,屈原式的关心国家命运,积极要求参加政治活动,是李白一生思想的主流。他前后两次舍弃隐逸生涯,入长安供奉翰林和参加永王李璘幕府,也以行动实践了首先要建功立业的主张。李白之所以成为伟大诗人,这种积极入世精神是其主要的思想基础。过去有的评论者,把李白说成是一位不食人间烟火的"诗仙",这是片面的、不正确的。

为了达到建功立业的机会,李白不但应征入长安,而且广泛游历,结交了一些达官贵人和地方长吏,希图获得他们的赏识和荐引。在这过程中,他还写了若干投赠他们的作品,其中还不免说了些奉承对方的话。这种情况,在唐代知识分子追求仕宦的过程中,本是很平常的现象。这说明李白为了要建功立业,并没有也不可能完全做到他自己所宣称的"不屈己,不干人"。但大体说来,李白的确对达官贵人经常保持着傲岸的态度。他并没有为了要做官而向权贵卑躬屈膝,摇尾乞怜。他的《与韩荆州书》,在毛遂自荐时仍然表现出昂首阔步的姿态。在政治上遭受严重挫折以后,他也不是纯粹沮丧哀伤,而是唱出了"安能摧眉折腰事权贵"的高昂歌声。这种昂扬姿态和开朗胸怀,在很大程度上得力于道家特别是庄周的思想影响。李白从小就爱读道书,信仰道教,因此,除掉进入仕途、建功立业的理想外,他找到了另外一个安身立命之所,那便是隐遁山林,求仙学道。他的最高理想是功成再身退,但如果功业不成,或者根本没有建功立业的机会,他也不会像屈原那样感到别无出路,哀痛欲绝,而是有着他可以逍遥自在的广阔天地。这里面虽然包含着不少虚无出世、宗教迷信等思想糟粕,但也支持了他藐视爵禄权贵的反抗精神。

我国古代文人,受儒家积极入世思想影响深的,往往表现为关心国事民生,要求在政治上有所作为,但对统治阶层人士大抵比较恭顺,缺少反抗精神。受道家消极出世思想影响深的,往往表现为蔑弃功名富贵,要求隐身远害,但对国事民生大抵漠不关心,只是追求个人的逍遥自在。李白在很大程度上兼取两家之长,而去其短。他既像屈原那样热爱祖国,积极要求有所建树;又像庄周那样鄙夷富贵,藐视权豪,把两种大相径庭的生活理想和政治态度融合在一起,因而使他诗歌的思想内容和政治倾向,表现得既热情,又泼辣,既执着,又超脱,在诗坛上开辟出一个独树一帜、前无古人的新境界,赢得许多人的瞩目和惊叹。

以上阐发龚自珍的一句话,论述李白诗歌与屈原、庄周作品的继承发展关系,主要是从思想内容方面说的。至于李白诗歌的浪漫主义艺术特色,与屈原、庄周作品也有密切的继承发展关系,但不属于本文论述范围,这里就不去讨论了。

1982 年 8 月作

(原载《苏州大学学报》1983 年第 3 期)

论李白的平交王侯思想

李白诗歌思想内容方面的一个显著特色,便是他对于统治阶级中那些有地位、有权势的人物,表现得不像是一般人那样恭恭敬敬,而是兀傲不驯。他曾自称:"出则以平交王侯,遁则以俯视巢许。"(《冬夜于随州紫阳先生餐霞楼送烟子元演隐仙城山序》)就是说,当他出来在官场和那些王公大人们交往时,他不因对方有权有势而卑躬屈膝,而是以平等态度相待。他又自称"不屈己,不干人"(《代寿山答孟少府移文书》),就是不肯屈己求荣。这种平交王侯的思想,经常和他不贪爵禄富贵、傲视权贵的思想结合在一起,表现在他的行动中,也明显地流露在他的诗歌间。本文拟对这种思想的具体表现及其思想渊源、历史背景、思想意义等作一些阐述和分析。

一　行　为　表　现

李白平交王侯,傲视权贵的思想意识,在其作品中的反映是相当多的,下面这些诗句表现得尤为鲜明突出:

　　出山揖牧伯,长啸轻衣簪。(《送韩准裴政孔巢父还山》)

　　手持一枝菊,调笑二千石。(《宣城九日闻崔四侍御与宇文太守游敬亭,余时登响山,不同此赏,醉后寄崔侍御》其一)

揄扬九重万乘主，谑浪赤墀青琐贤。(《玉壶吟》)

昔在长安醉花柳，五侯七贵同杯酒。气岸遥凌豪士前，风流肯落他人后。(《流夜郎赠辛判官》)

黄金白璧买歌笑，一醉累月轻王侯。(《忆旧游寄谯郡元参军》)

且放白鹿青崖间，须行即骑访名山。安能摧眉折腰事权贵，使我不得开心颜！(《梦游天姥吟留别》)

上面第一、二两例，说明李白对地方大吏的兀傲态度。他不但对郡太守(二千石)抱调笑态度，而且赞美韩准、孔巢父等对牧伯(此处泛指地方高级长官)长揖不拜。古代有些士人，为了表示对官僚的兀傲不屈，在见面时行长揖不拜之礼。《汉书·高帝纪》："郦生不拜长揖。"颜师古注："长揖者，手自上而极下。"李白对郦食其见刘邦时长揖不拜的行动是很欣赏的，在《梁甫吟》中赞美云："高阳酒徒(郦食其自称)起草中，长揖山东隆准公。入门不拜骋雄辩，两女辍洗来趋风。东下齐城七十二，指挥楚汉如旋蓬。"在《古风》第十二中还称颂严子陵"长揖万乘君，还归富春山"，对东汉光武帝兀傲不屈。李白在《与韩荆州书》中希望荆州刺史韩朝宗对自己"不以富贵而骄之，寒贱而忽之"，"开张心颜，不以长揖见拒，必若接之以高宴，纵之以清谈"，也完全是平交地方长官的口吻。可以说，主张、赞美对官僚乃至君王长揖不拜，是李白平交王侯思想的一种相当突出的表现。

因为是平交，不是下级对上级的卑躬屈膝，谄媚逢迎，所以李白对那些权豪势要视如同列，戏谑玩笑，无所顾忌。上文第三、四两例，即是表现他在长安供奉翰林时的兀傲不驯。"昔在长安"四句，生动地描绘了他平交王侯、意气傲岸的活动和性格。李白那种谑浪朝贤的作风，与汉代东方朔有些相像。《玉壶吟》"谑浪赤墀"句下即以东方朔自喻，"世人不识东方朔，大隐金门是谪仙"。东方朔在朝廷中喜欢嘲弄公卿,《汉书·东方朔传》称:"自公卿在位,朔皆敖弄,无所为屈。"正是李白"谑浪赤墀青琐贤"的先驱。李白《书怀赠南陵常赞府》诗云:"岁星入汉年,方朔见明主。调笑当时人,中天谢云雨。"也以东方朔自比,并突出了调笑时人的性格和作风。李白引足要高力士脱靴,固然是他醉后的失检行为;但这一失检,正是他平时谑浪朝贤的必然发展。

上文第五、六两例,说明李白平时生活放诞,纵酒求仙。他固然希望自己能够登高位而建功立业,但不能为了达到这一目标而向权贵们摧眉折腰,俯首贴耳,小心翼翼地伺候和巴结他们,而是要尽情痛快地过自由放诞的生活。杜甫《八仙歌》写李白云:"李白斗酒诗百篇,长安市上酒家眠。天子呼来不上船,自称臣是酒中仙。"栩栩如生地描绘了李白纵酒任诞的风貌。他对皇帝尚且如此随便,就不用说对王侯、权贵了。如众所知,《梦游天姥吟留别》中"安能摧眉折腰"两句,唱出了蔑视权贵的高昂歌声,是诗人这方面心态的集中体现。

由上面这些例子可见,李白平交王侯思想,表现为:对统治阶级中的上层人物,他主张长揖不拜,以平等之礼相待;对他们态度行为随便,出以戏谑,而不是谨慎小心,唯恐失礼;不愿为了求取禄位,向他们卑躬屈膝,谄媚逢迎,而是宁愿尽情地过饮酒求仙的放诞生活。李白直接间接地表现平交王侯思想的诗篇或诗句还有不少,他常常通过对历史人物的歌咏来表达这种思想。这类诗篇,上文已提到一些,下面结合分析这种思想的渊源,将作较为具体的介绍。

二　历　史　渊　源

李白的平交王侯思想,从思想渊源方面看,深受不少著名历史人物的启迪和影响。这些历史人物中,按照他们的身份,大致可以分为宰辅大臣、隐士和隐逸文人、傲世不恭的文人、侠义之士几个类型。

先说宰辅大臣这个类型。首先要提到周初的吕尚。吕尚（姜太公）未遇时，垂钓磻溪，后被周文王赏识重用。吕尚由布衣骤登卿相，深为李白所企慕，《梁甫吟》云："朝歌屠叟辞棘津，八十西来钓渭滨。宁羞白发照清水，逢时壮气思经纶。广张三千六百钓，风期暗与文王亲。大贤虎变愚不测，当年颇似寻常人。"热情地描绘了吕尚从贫困到发迹的传说。《赠从弟冽》云："他年尔相访，知我在磻溪。"更是明显地以吕尚自况。李白渴望自己也能像吕尚那样由布衣而为宰辅大臣。吕尚深受周文王敬重，不以一般臣僚视之，"立为师"，后来又为周武王师（见《史记·齐太公世家》）。李白对吕尚为帝王师这事也非常歆羡。他的《赠钱征君少阳》诗有云："秉烛惟须饮，投竿也未迟。如逢渭水猎，犹可帝王师。"这里虽然赞钱少阳可为帝王师，但也透露了他自己对为帝王师的歆羡。李白希望帝王能够赏识敬重自己，以师礼相待，这比一般朋友间的平交是更进一步了。

李白对管仲、诸葛亮也很钦仰，并以他们两人自况。他的《驾去温泉宫后赠杨山人》诗说："自言管葛竟谁许，长吁莫错还闭关。"《留别王司马嵩》诗说："余亦南阳子，时为《梁甫吟》。"南阳子指躬耕南阳的诸葛亮。李白《读诸葛武侯传书怀赠长安崔少府叔封昆季》诗对诸葛亮出处、功业更有较为具体的叙述："当其南阳时，陇亩躬自耕。鱼水三顾合，风云四海生。武侯立岷蜀，壮志吞咸京。"接下去有云："余亦草间人，颇怀拯物情。"自比诸葛之意甚明。管仲、诸葛亮均位登宰辅，而且深得君主尊重，情况与吕尚相似。史载："（齐）桓公厚礼以（管仲）为大夫，任政。"（《史记·齐太公世家》）刘备的尊重诸葛亮，更为大家所熟悉。李白在《代寿山答孟少府移文书》中自述其最高生活理想是：

申管、晏之谈，谋帝王之术，奋其智能，愿为辅弼，使寰区大定，海县清一。事君之道成，荣亲之义毕，然后与陶朱、留侯，浮五湖，戏沧州，不足为难矣。

这段话概括起来，就是所谓功成身退。李白把建立赫赫功业看得非常重要，把它作为引退的前提条件。而在建功立业的过程中，他对自己的才能十分自负，要位居辅弼，要君主对自己尊重礼遇，以师友相待，显示出平交王侯的豪迈气概。也正因为如此，他对战国时以礼贤下士著名的燕昭王非常赞美，在诗中不止一次地提到。如《古风》其十五云："燕昭延郭隗，遂筑黄金台。剧辛方赵至，邹衍复齐来。"那些能够礼贤下士的君王，对于具有兀傲不屈作风的士人，只要他们真正怀抱经国之才，还是竭诚欢迎的。（李白只是具有宏大的政治抱负，实际并没有杰出的政治才能。）

隐士和隐逸文人对李白的思想作风也发生深刻影响。这方面首先要提到庄周。庄周对一般人所艳羡的爵禄富贵，非常鄙夷不屑。他拒绝楚威王的征聘，认为做大官如被屠宰后供祭祀用的牺牛，是一种灾难（见《史记·老子韩非列传》）。他到梁国看朋友惠施，惠施担心庄周抢夺其相位。庄周讲了一个寓言，自比鹓雏（凤鸟一类），认为梁国的相位犹如一只腐臭的死鼠，鹓雏是不屑一顾的（见《庄子·秋水》）。李白虽然企望位登宰辅建立赫赫功业，但并不贪恋爵禄富贵，而要求功成身退。他吸收了庄周这种思想，增长了他平交王侯的气概，他不愿为了获得政治出路而向权贵们卑躬屈膝。李白非常喜爱《庄子·逍遥游》中所描绘的大鹏鸟的形象。在他的《大鹏赋》、《上李邕》、《临终歌》等作品中，都以大鹏鸟自比，抒写其壮阔的胸怀和宏伟抱负。他从《庄子》书中汲取了精神力量，他正是在以大鹏自比，把那些权贵和庸俗之徒视同渺小的学鸠、斥鷃的思想状态中，产生了非凡的睥睨王侯、不肯摧眉折腰的气概。

上文提到过的东汉隐士严光（子陵），是李白很钦仰的隐士。《后汉书·逸民传》载，严光与东汉光武是老同学。光武即位，严光改变名姓，"隐身不见"。后"遣使聘之，三反而后至"。司徒侯霸是严光的老相识，严光对他也很兀傲，劝他对皇帝要"怀仁辅义"，不要"阿谀顺旨"。后光武帝亲自到宾馆看严光,劝他帮助自己管理国事。他高卧不起,拒绝做官。一次,光武和他一起偃卧,他毫无顾忌,睡中竟"以足加帝腹上"。平交王侯以至帝王的风概,在严光身上表现得非常充分,无怪李白为之倾倒。李白《箜篌谣》云:"贵贱结交心不移,唯有严陵及光武。"又《答王十二寒夜独酌有怀》云:"严陵高揖汉天子,何必长剑拄颐事玉阶。"《古风》其十二云:"清风洒六合,邈然不可攀。"都表达了他钦仰严光和重道义、轻爵禄富贵的胸怀。

西晋诗人左思,仕宦不得志,晚年退隐,作《招隐诗》赞美隐士生活,可说也是隐逸诗人一类。其《咏史》诗八首对李白有明显影响。《咏史》其一主张"功成不受爵,长揖归田庐",其三赞美鲁仲连"功成不受赏",为李白的生活理想所继承。其六赞美荆轲云:"高眄邈四海,豪右何足陈。贵者虽自贵,视之若埃尘;贱者虽自贱,重之若千钧。"流露出睥睨权豪势要的豪迈气概,更是直接对李白的平交王侯思想给予启发。

著名隐逸诗人陶渊明对李白也很有影响。陶渊明不愿为五斗米向郡督邮折腰的事迹,为大家所熟悉。李白在这方面显然受其启发,他的《经乱后将避地剡中留赠崔宣城》诗末尾云:"华发长折腰,将贻陶公诮。"就是明证。陶渊明不愿向乡里小儿折腰,李白则进一步推向权贵。据《晋书·隐逸传》记载,王弘做江州刺史时,很钦慕渊明,亲去拜望,渊明托病不见。后来王弘探知渊明将往庐山,派渊明老朋友庞通之在半路邀他喝酒,才得相见。"潜无履,弘顾左右为之造履。左右请履度,潜便于坐申脚令度焉",充分表现了平交地方大吏的作风。李白"手持一枝菊,调笑二千石"的行径和渊明是颇为相像的。

再说傲世不恭的文人。在这方面,要算东方朔对李白影响最大。上文已有介绍,这里不赘。又上文提到的郦食其,史称被人呼为狂生,也可归入这类人物。竹林名士阮籍、嵇康等对李白也有影响。《世说新语·简傲》载:"晋文王(司马昭)功德盛大,坐席严敬,拟于王者。唯阮籍在坐,箕踞啸歌,酣放自若。"李白对唐玄宗"自称臣是酒中仙"的狂放行为,与阮籍颇为接近。《世说新语·简傲》又载,钟会先时不认识嵇康,约了一些贤俊之士一起去看嵇康。嵇康在大树下锻铁,"扬槌不辍,傍若无人,移时不交一言。钟起去,康曰:何所闻而来,何所见而去。钟曰:闻所闻而来,见所见而去。"嵇康对权臣钟会简傲无礼的作风,当亦受到李白的欣赏。竹林名士纵酒任诞、简傲不顾礼节的特点,对李白生活和思想作风的影响是明显的。其中嵇康对他影响尤大。李白曾自称"攀嵇是当年"(《赠饶阳张司户燧》),又自比"叔夜潦倒"(《上安州李长史书》),魏颢也说李白"有叔夜之短"(《李翰林集序》)。

最后说侠义之士。这方面鲁仲连最为彰明显著。据《史记·鲁仲连传》记载,鲁仲连"好奇伟俶傥之画策,而不肯仕宦任职,好持高节"。秦军围赵,魏将辛垣衍游说赵国尊秦为帝,鲁仲连折服辛垣衍,却秦军。平原君欲封鲁仲连,后以千金为寿,鲁仲连均不受而辞去。后有功于齐,齐将田单等拟封他爵位,他不受,逃隐于海滨。对于鲁仲连那种功成不受赏的侠义作风,李白最为钦仰,李白功成身退的主张,在很大程度上受到鲁仲连的启发。《古风》其十专咏鲁仲连,称他如"明月出海底,一朝开光曜";结尾表示要学习鲁仲连,"吾亦澹荡人,拂衣可同调"。正是这种不爱爵禄富贵的思想作风,助长了他平交王侯的气概。侠士重视义气,主张扶贫济困,不畏权势,其思想中包含着打破贵贱界限的朴素平等观念。李白年轻时爱好任侠,其思想也颇受侠士精神的影响。其歌咏侠义的诗有云:"府县尽为门下客,王侯皆是平交人。"(《少年行》)"归来使酒气,未肯拜萧曹。"(《白马篇》)都见出侠义精神与平交王侯观念间的联系。

从上面的介绍分析,可以看出李白的平交王侯观念,其思想渊源是多方面的。他从小养成了酷爱自由、不愿受拘束的个性。他在广泛阅读古代各种典籍的过程中,从宰辅大臣、隐士、文人、侠客等各种历史人物身上，吸取了他们高自位置、傲视权贵的思想作风。这种思想作风，培养和促进了他平交王侯的观念；为了表达他的这种观念，他在作品中常常引用这类历史人物的事例。李白的平交王侯观念，其复杂性在于既与入世思想有联系，也与出世思想有联系。从表面看，他要求与王侯平等交往，是入世思想和活动中的一部分；但它又与隐士的出世思想有着密切的联系。隐士和隐逸文人们不爱爵禄富贵，不愿为此而向权贵们卑躬屈膝，而是兀傲不驯，以长揖不拜的平交行动对待权贵以至君王。尽管李白渴望建功立业，但又主张功成身退。正是隐士们的这种思想作风，支持和促进了他的平交王侯观念。《易经·蛊卦》赞美隐士云："不事王侯，高尚其事。"李白正因为有不事王侯的隐士旨趣作后盾，所以他不怕因平交王侯以致得罪权贵而找不到生活出路。

李白一生思想，从政治、社会到人生各方面，从学派讲，主要是受儒家、道家和侠士的影响，其平交王侯观念也是如此。关于道家和侠士的影响，上文在分析庄周、侠义之士时已经指出。大抵隐士、隐逸文人以及阮籍、嵇康等狂放文人，往往受道家影响为深。至于儒家的影响，则主要表现在要求君主尊重贤能之士、以礼相待方面。在这方面，孟子的言论表现得最为鲜明突出。《孟子·公孙丑上》云："尊贤使能，俊杰在位，则天下之士，皆悦而愿立于其朝矣。"强调了君主尊重贤能之士的重要性。《公孙丑下》更载：某次，齐宣王托病召见孟子，孟子因齐王不能礼遇自己，也托病不赴，并对齐大夫景子发表了下列见解：

> 天下有达尊三：爵一，齿一，德一。朝廷莫如爵，乡党莫如齿，辅世长民莫如德。恶得有其一以慢其二哉！故将大有为之君，必有所不召之臣，欲有谋焉则就之。其尊德乐道，不如是不足与有为也。故汤之于伊尹，学焉而后臣之，故不劳而王；桓公之于管仲，学焉而后臣之，故不劳而霸。

孟子认为自己有贤德又年长，齐宣王不应以位尊而骄，而要虚心向自己学习请教，像过去商汤尊事伊尹、齐桓公礼遇管仲那样。这就是为帝王师的意思。李白倾慕吕尚、管仲、诸葛亮等著名大臣，就是因为他们能为帝王师，建立赫赫功业。孟子在发表上述言论时还引用了曾参的话："晋楚之富，不可及也。彼以其富，我以吾仁；彼以其爵，我以吾义，吾何慊乎哉？"曾子意谓自己具有仁义，并不羡慕晋楚大国的富贵爵禄。孟子发展了曾子的见解，其所谓德，即曾子之所谓仁义；他更提出君主应向贤能之士学习请教。其后荀子也说："志意修则骄富贵，道义重则轻王公，内省而外物轻矣。"（《荀子·修身》）由此可见，自负自身的仁义道德，不企羡甚至轻视爵禄富贵，在先秦儒家思想中具有传统性。李白自以为具有管仲、晏婴那样的安邦定国之术，要求帝王赏识并加礼遇，在这方面显然深受儒家思想的启发和影响。当然，李白所自负的与儒家所自负的有所不同。儒家以仁义道德自负，李白则以文学才能与政治才能自负；他的所谓政治才能，泛指治国安民之术，不受儒家思想的限制。孟子小看管仲，李白则推崇管仲，就是因为他不以仁义道德为衡量标准的缘故。

三　时　代　背　景

李白平交王侯思想的形成与发展，除掉如上文所述，接受各种历史人物的思想启迪外，还由于当时（主要是唐玄宗开元年间）政治措施的影响。为了加强和巩固统治，唐代在太宗、高宗、武后各朝，都颇注意选拔人才。至玄宗开元年间，对此尤加致力。除每年设置进士、明经科外，还随时设置一些特殊科目，以便广泛地搜罗人才。李白虽然不应科举考试，但其思想则显然受其影响。这里举两个例子。

开元二年，特设哲人奇士隐沦屠钓科，中此科者有孙逖、李玄成、沈谅等人（见徐松《登科记考》卷五）。又《旧唐书·玄宗本纪》载："开元十九年夏四月丙申,令两京及天下诸州各置太公尚父庙,以张良配飨,春秋二时仲月上戊日祭之。"上文提到,李白对吕尚十分钦慕,诗篇中屡屡提及,当即与当时两京、诸州设置太公尚父庙、李白亲身目睹有关。又李白《梁甫吟》诗头上有"朝歌屠叟辞棘津"句,结尾又有"风云感会起屠钓,大人嵲屼当安之"句,歌咏吕尚起自屠钓、辅助周文王故事以寓其政治抱负,当亦受开元年间特设哲人奇士隐沦屠钓科有关。

唐玄宗求贤诏书,很注意搜罗沉沦草泽间的中下层知识分子。开元三年十月,诏曰:"有怀才抱器、沉沦草泽、不能自达者,具以名闻。"(《登科记考》卷五引《册府元龟》)开元十一年正月,幸并州,敕曰:"其有沉沦草泽、抱德栖迟,及武德功臣子孙并元从子孙才堪文武,未有官者,并委府县搜扬,具以名荐。"(《登科记考》卷七引《旧唐书·玄宗本纪》《册府元龟》)开元十五年,又特设高才沉沦草泽自举科,中举者有邓景山、樊咏、王缙等人(见《登科记考》卷七)。李白诗中往往以草间人自称,如云:"余亦草间人,颇怀拯物情。"(《读诸葛武侯传书怀赠长安崔少府叔封昆季》)"宁知草间人,腰下有龙泉。"(《在水军宴赠幕府诸侍御》)这种自称当受到沉沦草泽自举科等政治措施影响。又李白《南陵别儿童入京》诗末尾云:"仰天大笑出门去,我辈岂是蓬蒿人。"蓬蒿人意即草间人,作诗时李白将应征入京,心中喜悦,故称自己不会长期作蓬蒿人。

由此可见,唐玄宗殷殷求贤的一系列政治措施,滋长了李白对自己才能的自负和待价而沽的心情;而太公尚父庙的设置,则更启发了他为帝王师的志愿。这些都构成了他产生平交王侯思想的客观条件。

唐玄宗对于隐居岩穴之士的重视和勤加征聘,也是颇为突出的。《旧唐书·隐逸传》所记隐士二十人中,即有卢鸿一、王希夷、白履忠、司马承祯、吴筠等五人为玄宗所征召、礼遇。卢鸿一隐居嵩山,开元初,备礼再征不至。六年,鸿一应征至东都洛阳,谒见不拜,继承了前代隐士严光等的长揖不拜的作风。玄宗不以为忤,于内殿接见,赐之酒食。下诏曰:"卢鸿一应辟而至,访之至道,有会淳风。爰举逸人,用劝天下。特宜授谏议大夫。"鸿一固辞不受,乃"以谏议大夫放还山,岁给米百石,绢五十匹,充其药物"(《旧唐书·隐逸传》)。另一位隐士王希夷,开元十三年召见时年已九十馀,拜"朝散大夫,守国子博士,听致仕还山。州县春秋致束帛酒肉,仍赐衣一副,绢一百匹"。隐士白履忠,开元十七年征至京师,拜朝散大夫。司马承祯、吴筠都是道士,更受玄宗礼遇。司马承祯先是隐居天台山,"开元九年,玄宗又遣使迎入京,亲受法箓,前后赏赐甚厚。十年,驾还西都,承祯又请还天台山,玄宗赋诗以遣之。十五年,又召至都。玄宗令承祯于王屋山自选形胜,置坛室以居焉。……以承祯王屋所居为阳台观,上自题额,遣使送之。赐绢三百匹,以充药饵之用。俄又令玉真公主及光禄卿韦绹至其所居修金箓斋,复加以锡赉"。不久,承祯卒,玄宗深为叹息,追赠银青光禄大夫,号贞一先生。道士吴筠,擅长诗赋文章。"玄宗闻其名,遣使征之。既至,与语甚悦,命待诏翰林","特承恩顾"。帝王(包括唐玄宗)礼遇隐士,表彰他们的廉洁退让,不慕富贵,用以激励风俗,收买人心,所谓"举逸民,天下之民归心焉"(《论语·尧曰》)。至于唐玄宗礼遇司马承祯、吴筠,则更与唐代帝王提倡道教、追求神仙有关。

　　李白喜欢隐居,又信仰道教,以上这些发生在开元年间的事迹,当然会受到他的注意并在思想作风上获得启发。李白和司马承祯、吴筠还都相识。他曾于江陵遇司马承祯,承祯赞赏李白"有仙风道骨,可与神游八极之表"(李白《大鹏赋序》)。他与吴筠更为熟悉。天宝元年,李白曾与吴筠一同隐居剡中。后来他被征入京,一说与吴筠向玄宗推荐有关。李白与吴筠情况十分相像:既是具有突出辞章才能的文人,又是喜爱隐居、信仰道教的方外之士。这双重身份显然都为玄宗所重视。据记载,玄宗初时对李白也是十分礼遇。李阳冰《草堂集序》载:"天宝中,皇祖下诏,征就金马,降辇步迎,如见绮、皓。以七宝床赐食,御手调羹以饭之。谓曰:卿是布衣,名为朕知,非素蓄道义,何以及此?置于金銮殿,出入翰林中,问以国政,潜草诏诰,人无知者。"唐玄宗对李白的礼遇和对卢鸿一、吴筠等颇为相像。在待诏翰林这段短时间内,李白的平交王侯思想,在他的实际活动中得到了较为充分的体现。

隐遁的儒生、文人和道士,往往以方外之士自居,不愿为官,受爵禄的羁绊。为了表现他们的这种高尚节操,常常对大官僚以至帝王长揖不拜。唐玄宗对隐逸之士的重视和礼遇,对于李白的平交王侯思想的形成发展,也是一个重要的客观条件。总之,唐玄宗一系列选拔、征聘人才的措施和礼贤下士的行动,的确使当时许多有才能之士获得显身扬名的机会,也为李白的平交王侯思想的发展提供了良好的土壤。

四 思 想 意 义

宋代戴埴《鼠璞》载:"唐人言李白不能屈身,以腰间有傲骨。"(王琦《李太白文集辑注》卷三六引)这个传说反映李白平交王侯的思想、不愿卑躬屈膝事奉权贵的性格和作风,的确非常突出。自视清高,对统治阶层人士直至帝王保持一定的兀傲态度,是我国古代少数知识分子所具有的一种传统,这在隐逸之士身上表现得尤为突出。如上文所述,庄周、严光、阮籍、嵇康、陶渊明的兀傲精神与态度都相当鲜明突出。但其中如严光只是隐士,不写诗文,这样影响就要缩小一些。庄周、嵇康,这种精神表现于散文,数量也不多。阮籍、陶渊明曾写了不少诗,但这种精神态度,主要表现在实际活动中,在诗歌中很少表现。李白则在实际活动和诗篇中都有鲜明和较为广泛的表现,他既有令高力士脱靴的那样生动的故事，又有"安能摧眉折腰事权贵"的那样扣人心弦的诗句，因此他的兀傲精神与态度，给许多人留下了更为鲜明的突出印象。

宋代苏轼在《李太白碑阴记》一文中，对于李白的这种精神、态度作过很高的赞美：

> 士以气为主。方高力士用事，公卿大夫争事之，而太白使脱靴殿上，固已气盖天下矣。使之得志，必不肯附权幸以取容，其肯从君于昏乎？夏侯湛赞东方生（东方朔）云："开济明豁，包含弘大。陵轹卿相，嘲哂豪杰。笼罩靡前，踦籍贵势。出不休显，贱不忧戚。戏万乘若僚友，视俦列如草芥。雄节迈伦，高气盖世。可谓拔乎其萃，游方之外者也。"吾于太白亦云。

苏轼所谓气，指气节，是一个人的道德、思想修养的体现。苏轼引用西晋夏侯湛赞美东方朔的话，指出李白具有傲视权贵、不贪富贵的高尚豪迈的气节，这是很确切的。

李白这种平交王侯、兀傲不驯的精神，表现在作品中，大大丰富和加强了他作品的思想内容。首先，它使读者体会到诗人高尚的情操和人格美。如众所知，在中国长期封建社会中，绝大多数士人（知识分子）所追求的是个人和家族的富贵、权势和地位。他们常常尽心竭力通过各种途径和方式企图达到这一目标。为了达到目标，他们常常向权贵们阿谀逢迎，以期得到赏识和提拔。李白不是这样，他怀有强烈的爱国热情，渴望建功立业，但又不贪爵禄富贵。如果君王、权贵能够礼遇、重用他，他愿意奋其智能，为国效劳，然后功成身退；他不能为了获得政治出路而向君王、权贵们卑躬屈膝。他不怕得罪高力士，他不会"从君于昏"。这就是苏轼所赞美的雄节和高气，它充分体现了诗人耿介正直的品性、高尚的志趣情操和自尊自重的人格力量。

其次，它对于封建等级秩序起了一定的冲击作用。在封建社会中，封建制度规定了森严的秩序，使人们不得逾越也不敢逾越。那些王公大人、权豪势要，位尊官高，不但主宰和拥有大量物质财富，而且控制着政治权力和社会舆论。大多数士人为了谋求自己的出路，总是迎合依附他们，甚至表现出龌龊可怜的面目和行径。李白不是这样。他宣称不愿向权贵摧眉折腰。在行动上，他"陵轹卿相"，"跆籍贵势"，"戏万乘若僚友，视俦列如草芥"，简直不把森严的封建等级秩序放在眼里。当然，如上所述，李白不可能从根本上反对封建制度和封建秩序，但他这种思想作风，对于封建等级秩序确实起了一定的冲击作用。

一方面是不贪爵禄富贵，志趣高尚，自尊自重；另一方面是傲视权贵，不向他们逢迎谄媚，而是像朋友一样平交，杂以戏弄。这是中国古代少数士人所具有的优良品性和作风，在李白身上和作品中表现得尤为鲜明突出。其思想渊源，如上文所述，主要来自儒、道两家，另外，还受到侠义精神的影响。重视侠义的人们，往往同情弱小，扶危济困，反抗强暴；讲究江湖义气，要求人与人间平等相待。侠义精神和下层人民的思想情绪有着紧密的联系。李白醉令高力士脱靴的故事，被编成通俗的戏曲、小说在民间广泛流传，受到广大群众的爱好，表明李白的这种作风和人民群众的思想感情是相通的。脱靴故事有些像长工嘲弄地主的民间故事那样，它告诉人们：那些统治阶级中貌似强大可畏的人物，实际乃是愚蠢可笑，不是不可亵渎和侵犯的。

清代龚自珍在评论李白诗歌时曾说："庄、屈实二，不可以并；并之以为心，自白始。"（《最录李白集》）按照我的理解，龚自珍所谓李白诗歌把屈原和庄周的精神并合在一块，是指李白作品的思想内容，既有屈原般的热爱祖国，至死不移的炽热执著的感情，又有庄周般的追求自由、蔑视爵禄富贵、傲视权豪势要的旷达超脱的精神。这两者很难统一在一个人身上，而李白却是奇迹般地把它们结合起来了。李白藐视权贵、兀傲不屈的精神，的确可与庄周后先辉映。当然，他这种思想的渊源，来自多方面，不仅是庄周和道家。

对于李白平交王侯、傲视权贵、不贪爵禄富贵的思想和精神，在充分肯定其积极意义之后，也应当指出，它毕竟存在着一定的局限。李白是一位从政的愿望极强的人，他打算在政治方面建功立业之后，才甘心退隐。为了实现从政愿望，他不能单方面地要求君王、权贵尊重、礼遇自己，他自己也得在某些方面向对方奉承一下，以取得他们的好感。他在供奉翰林时，除了写作《和蕃书》、《宣唐鸿猷》等政治文件外，还写了《清平调词》、《宫中行乐词》等赞美唐玄宗享乐生活的诗篇，表现出宫廷文人奉制咏歌的风貌。在《上安州李长史书》中，他对于握有安州地方实权的李长史，表现得有些诚惶诚恐："何图叔夜潦倒，不切于事情；正平狷狂，自贻于耻辱。一忤容色，终身厚颜。敢昧负荆，请罪门下。傥免以训责，恤其愚蒙。"这些现象都说明李白不可能做到时时处处都平交王侯，傲视权贵，不屈己，不干人。另外他固然不贪恋爵禄富贵，但有时也不免流露出政治上得意时沾沾自喜的心情，如《驾去温泉宫后赠杨山人》诗有云："忽蒙白日回景光，直上青云生羽翼。幸陪鸾辇出鸿都，身骑飞龙天马驹。王公大人借颜色，金章紫绶来相趋。"表现出陶醉于富贵的庸俗气息。上文所引"昔在长安醉花柳，五侯七贵同杯酒"、"仰天大笑出门去，我辈岂是蓬蒿人"等诗句，也在不同程度上散发着庸俗气息。当然，这类局限，在李白作品中毕竟是次要的。唐代士人热衷仕进，干谒成风，不少著名文人都不能免此。如果把李白的这些局限放在当时的历史背景下去认识，就比较容易理解，而不去苛求于他了。

1989 年作

（原载《中国李白研究》1990 年集上册，江苏古籍出版社 1990 年出版）

读李白《梦游天姥吟留别》小记

《梦游天姥吟留别》是李白的一个名篇。李白于天宝元年(742年)奉诏进入京城长安,满怀实现建功立业的理想,可惜不久即受权贵的谗毁,于天宝三载受斥逐离开长安。之后游历于汴州(今河南开封市)、东鲁兖州(今山东兖州市)一带。约在天宝四、五载,他准备南下吴越,离开东鲁,本篇即为准备离开东鲁时所作。本篇题名一作《梦游天姥山别东鲁诸公》,表明此诗是李白准备南下吴越、畅游名山时向东鲁诸友人留别的篇章。

一

本篇典型地表现了李白一生深刻的思想矛盾。如众所知,李白一生存在着出与处、建功立业与隐遁求仙的一对思想矛盾。他一方面具有宏伟政治抱负,希冀建立赫赫功业,成为唐王朝的辅弼大臣;另一方面又爱好游览名山胜境,求仙访道,度逍遥自在的生活。为了处理好这对矛盾,他提出了功成身退的主张,即先是建立赫赫的功业,足以垂名青史,然后摆脱富贵爵禄的羁绊,逍遥于山林江湖。他的诗句云:"待吾尽节报明主,然后相携卧白云。"(《驾去温泉宫后赠杨山人》)"铭鼎倪云遂,扁舟方渺然。"(《金门答苏秀才》)都鲜明地表达了这一主张。

长安从政失败,李白建功立业的理想受到挫折。他在流落东鲁时期内,仍然念念不忘长安,希望能有重回朝廷的机会。他的诗句有云:"遥望长安日,不见长安人。长安宫阙九天上,此地曾经为近臣。一朝复一朝,发白心不改。屈原憔悴滞江潭,亭伯流离放辽海。"(《单父东楼秋夜送族弟沈之秦》)他以遭谗被放的屈原自比,表现出他报效唐王朝的理想是多么执着!他在东鲁等了一段时间,唐玄宗没有召他再去长安,他十分失望苦闷,就打算在未能建功的情况下,先遨游名山了。他后来在吴越、皖南宣城一带游历时期,仍然希望有从政立功的机会。他的《宣州谢朓楼饯别校书叔云》有云:"今日之日多烦忧","举杯销愁愁更愁",这忧愁即是因为未能实现建功立业的理想。该篇结尾云:"人生在世不称意,明朝散发弄扁舟。"表明在不称意(未能建功立业)的情况下,只能暂时退隐江湖。这种无可奈何的情绪,正与《梦游天姥吟》篇息息相通。安史之乱爆发后,永王李璘一度节制长江中卜游地区,征聘李白。李白欣然前往,表明诗人暮年仍然不愿放弃建功立业的机会。应李璘征聘入其幕府,可以说是李白一贯坚持的功成身退理想的必然表现。

通过对李白一生思想、行为的考察,可见李白对于建功立业是非常执著的,入长安供奉翰林,参加永王李璘幕府,是其鲜明表现。当功业未建时,他是不甘心退隐的。《梦游天姥吟》诗有云:"世间行乐亦如此,古来万事东流水。"把万事(包括建功立业)均视作东流之水,不值得重视、留恋。这只是他一时愤激之言,一种在找不到美好政治出路条件下自我慰藉、排遣苦闷心情的说法,并不代表他指导一生行为的主导思想。这种排遣苦闷的片面夸张的话,在李白其他诗篇中也时有出现。如其《将进酒》云:"古来圣贤皆寂寞,惟有饮者留其名。"认为圣贤还不如酒徒,是在强调饮酒之乐时的一时狂言,也是长安从政失败后苦闷心情的流露。实际上正如《古风》其一所说,"希圣如有立,绝笔于获麟",李白的主导思想是希望追纵孔子,以著述垂名不朽。李白在长安从政失败,一个重要原因是因他行为傲诞,不能获取权贵们的欢心。对此,他表示不能改变初衷,采取逢迎阿谀的态度,他在本篇结尾宣称:"安能摧眉折腰事权贵,使我不得开心颜!"这是他诗篇中蔑视权贵、表现兀傲不驯品格的最强音,赢得了后来无数读者的瞩目与喜爱。李白渴望建功立业,但他又不愿为达到政治目的而逢迎权贵,在一时找不到政治出路的情况下,他只能暂时退隐山林,"须行即骑访名山",以至精神恍惚地梦游天姥山了。所以我认为本篇典型地表现了李白一生深刻的思想矛盾。

二

《梦游天姥吟留别》一诗在艺术上具有杰出的成就。李白擅长七言、杂言的歌行,本篇是他歌行中的一篇杰构。宋代严羽《沧浪诗话·诗评》曰:"子美不能为太白之飘逸,太白不能为子美之沉郁。太白《梦游天姥吟》、《远别离》等,子美不能道。"即举此篇为体现李白风格的代表作品。以后明清评论者在论列李白歌行时,也常提及此诗。李白的许多诗篇,往往想象丰富,多用夸张手法,笔势豪放纵逸,其歌行在这方面尤为突出,本篇更是如此。现代学人对此已多有分析,这里只简单地谈两点。

一是本篇中间写梦游天姥山一段,写得具体详赡,形象鲜明。李白的许多诗篇,往往以纵放概括的笔调,着重倾吐豪情,不重视作具体的描绘。本篇中间一段则不然,描写较为详赡。先是写自己着屐登山,一路上所见所闻景象,见出境界开阔。继写山势幽深,猛兽深林,青云淡水,物象变化多姿。忽然石扇打开,仙境展现,显示出璀璨艳丽的仙人及其车驾下降的情景。这一段较为具体详赡的描写,形象鲜明,给人以笔酣墨饱、淋漓尽致的感觉。这种描写,只有《蜀道难》可与之相比。只是《蜀道难》着重写蜀道的高峻险阻与蜀地不可久留,气氛显得凄怆危苦;本篇着重写美丽的山中景色与仙境,其中虽有"熊咆龙吟殷岩泉"等二句惊险景象,大体上显得气氛舒坦愉悦。

二是句式长短错综,变化多端。这也以中间梦游天姥一段为突出。短句有四言的、五言的,长句有六言、七言、九言的,交互穿插,配合了景物的变换与情绪的起伏,打破了较平板的统一七言句式,显得富有变化,成功地表现了跌宕起伏的情景。这种长短句式变换的格局,也与《蜀道难》篇接近。值得注意的,是此篇中运用了"列缺霹雳"四个四言句,文辞短促而铿锵有力,以下即从描写山景转移到展示仙境,变换了境界;而《蜀道难》后面则以"一夫当关,万夫莫开"等短促强劲的四言句,把描写对象从剑北引渡到剑阁和剑南区域,变换了境界。《梦游天姥吟》、《蜀道难》两篇都是李白歌行中的杰构,读来使人感到特别淋漓酣畅,跌宕多姿,它们在艺术描写方面的相似相通之处,是值得我们注意的。

(原载《中国李白研究》1998—1999 年集,安徽文艺出版社 2000 年出版)

讽谕诗与新乐府的
关系和区别

我们读中唐时期的诗歌，特别是白居易、元稹诗歌的时候，常常接触讽谕诗、新乐府这两个名称。现在不少文学史著作和单篇论文，往往把白居易他们提倡写作讽谕诗的活动称为"新乐府运动"，在某些同志心目中，这两个名称的内涵几乎是等同了。实际上，讽谕诗是就思想内容而言，新乐府是就样式而言，这两个名称的内涵既有联系又有区别，不能把它们等同起来。本文拟在这方面略作辨析。

一

讽谕一词用于文学，是指通过作品反映某些政治社会现象，向当权者进行规讽劝告。班固《两都赋序》："或以抒下情而通讽谕。"李善注引《毛诗序》曰："吟咏情性，以讽其上。"按《诗经》风、雅两部分诗篇，有不少诗人对在上者规讽的作品，故《毛诗序》对此颇为重视，除上面李善引文外，还说："上以风化下，下以风刺上。主文而谲谏。"也是强调讽刺、讽谏。后来郑玄《诗谱序》说："论功颂德，所以将顺其美；刺过讥失，所以匡救其恶。"把美刺讽谕的作用说得更明显了。《毛诗序》、郑玄虽然没有直接使用讽谕这一名称，但其所强调的美刺讽谏原则，和后来文人所谓讽谕，其精神实质是一致的。白居易提倡讽谕诗，他在《与元九书》中强调《诗经》的"六义"和风雅比兴，宗旨即在提倡继承风雅的美刺原则。锺嵘《诗品》评左思诗有曰:"文典以怨,颇为精切,得讽谕之致。"赞美左思《咏史诗》抨击当时不合理的门阀制度,抒发了寒士不得志的愤慨。这是现存古代文献中较早用讽谕一词称道诗歌的例子。《诗品》评应璩诗有曰:"指事殷勤,雅意深笃,得诗人激刺之旨。"赞美应璩写作《百一诗》,向曹魏当权者进行规讽。这里激刺与讽谕意思基本相同。讽谕固然兼包美、刺二者,但重点则更在乎刺。《诗经》以后,历代都有一部分文人写作诗赋进行讽谏或讽谕。战国时期的屈原、宋玉,汉魏六朝时期的应璩、左思,都是显例。到唐代,像陈子昂的《感遇》组诗、李白的《古风》组诗,其中都有一部分篇章包含讽谕。杜甫在这方面写得更多,而且注意运用新题乐府样式来写,对后来产生深远的影响。

讽谕诗是指以讽谕为思想内容的诗歌,它可以有各种样式。在《白氏长庆集》中,讽谕诗共有四卷,其中前二卷标为古调诗,是五言古体;后二卷标为新乐府,共五十首,是组诗,它们采用七言歌行体。唐人往往把语言风格比较质朴古雅的五言古诗称为古调诗;七言诗则因流行晚于五言,文辞趋于通俗流转,被认为与五言古调有别。古调中的《秦中吟》十首,实际也是新题乐府。这样,白居易的讽谕诗,主要是非乐府体的五言古诗和新题乐府两种,新题乐府中又分五言、七言两种样式。元稹在《叙诗寄乐天书》中,说起他在元和七年曾把所作的诗歌分为十体,其中属于讽谕诗范围的有古讽、乐讽、律讽三体,录其有关说明如下:

其中有旨意可观,而词近古往者,为古讽。意亦可观,而流在乐府者,为乐讽。……声势沿顺、属对稳切者,为律诗,仍以七言、五言为两体。其中有稍存寄兴、与讽为流者为律讽。

结合白居易、元稹两家的分类,讽谕诗采用的样式,可以列表如下:

$$\text{讽谕诗}\begin{cases}\text{古体诗（大致为五古）}\\[1ex]\text{乐府体}\begin{cases}\text{古题乐府}\\[0.5ex]\text{新题乐府}\end{cases}\\[1ex]\text{律体（即近体）}\end{cases}$$

下面说明几个问题。

1. 古体诗与乐府体的区别。讽谕诗中的乐府体，一般都用五古或七古样式来写，那么，古体与乐府体的区别何在呢？（1）从题目看。乐府体题目下面往往有歌、曲、词、行、吟、引等名目，表明它们属于乐府歌词（尽管这类作品并不都入乐）。一部分新乐府诗没有这种名目，其题目一般用字都较简短、整齐。如白居易《秦中吟》十首，总题有"吟"字，下面十个分题，除《不致仕》一篇为三字外，其他《议婚》、《重赋》等九篇均为两字。《新乐府》五十篇，绝大多数为三字，如《七德舞》、《法曲歌》，少数用两字或五字，如《捕蝗》、《新丰折臂翁》。古体则题目有长有短，不像乐府题那样简短整齐。（2）从内容看。乐府体承袭汉魏古乐府的传统，多叙事，多反映各种社会情状和民生疾苦。古体则内容更为广泛，叙事、抒情、议论均有，不以叙事为主。元、白的讽谕诗，题材较之过去更有所拓展，其内容不一定明显地向在上者进行讽谕，而是可以广泛地表现作者的感兴和寄托，如元稹所谓"稍存寄兴"者即可。这可说是从左思《咏史诗》、陈子昂《感遇》等发展而来的。（3）从表现叙述角度来看。乐府大抵通过第三人称叙述，作者自己不露面。古体则多用第一人称，作者往往直接进行倾诉。如白居易的《观刈麦》、《宿紫阁山北村》两篇古体，着重反映民生疾苦，内容近似乐府，但都用第一人称来表述。以上三点区别，只就大致而言，不能绝对化。如白居易的《采地黄者》一篇古体，写贫富对立，内容与《秦中吟·买花》很近似，但也用第三人称，作者不露面。

2. 古题乐府和讽谕诗的关系。古题乐府是指运用古乐府题目的乐府诗。汉魏六朝的乐府诗，因其时代在唐代之前，唐人称为古乐府,其题目为乐府古题。唐代吴兢撰有《乐府古题要解》,即对汉魏六朝古乐府各曲题进行解释。元、白以前文人写古题乐府诗,大抵沿袭旧题内容,在题材上较少创新。元稹则主张利用乐府古题来反映现实,他的《乐府古题序》有云:

> 　　自风雅至于乐流,莫非讽兴当时之事,以贻后代之人。沿袭古题,唱和重复,于文或有短长,于义咸为赘剩。尚不如寓意古题,刺美见事,犹有诗人引古以讽之义焉。……昨梁州见进士刘猛、李馀各赋古乐府诗数十首,其中一二十章,咸有新意,予因选而和之。其有虽用古题、全无古义者,若《出门行》不言离别、《将进酒》特书列女之类是也。其或颇同古义、全创新词者,则《田家》止述军输、《捉捕》词先蝼蚁之类是也。

寓意古题,刺美见事,旧瓶装新酒,把古题乐府作为讽谕诗的一种样式,这是元稹写古题乐府诗意图所在。元稹所写古题乐府十九首今存①,可惜刘猛、李馀的古乐府诗已亡佚。白居易虽然没有用古题乐府来写讽谕诗(他的《秦中吟》、《新乐府》都是新题乐府),但他对运用古题乐府来反映现实,进行讽谕,也颇赞同。当时张籍善于以乐府古题来表现时事,白居易甚为钦佩。其《读张籍古乐府》一诗有云:"为诗意如何,六义互铺陈。风雅比兴外,未尝著空文。"认为张籍的古题乐府诗内容和他提倡的讽谕诗原则一致,可谓推崇之极。不过,白诗所举张籍的《学仙》诗、《董公》诗,实际不是乐府体,而是五古,题目也是新的;白居易把它们作为古乐府来举例,大约只是说它们在反映时

----

　　① 　这十九首中,实际有少数不是古题。其中《梦上天》、《君莫非》、《田头狐兔行》、《人道短》、《苦乐相倚曲》、《捉捕歌》、《采珠行》等十馀篇,《乐府诗集》(卷九三、九五)均列入新乐府辞。

事、着重叙事等方面与汉魏古乐府体制相近罢了。关于新题乐府,下面再详论。

3. 关于律讽。律讽是指用律体写作的讽谕诗。上文提到,元稹把自己诗歌分为七类,曾有律讽一类。今存《元氏长庆集》后来经改编,又有亡佚,已经没有律讽一类。元稹现存律诗,内容讽意明显者殊少,卷十六有《奉诚园》一诗,题下注曰:"马司徒旧宅。"诗云:

> 萧相深诚奉至尊,旧居求作奉诚园。秋来古巷无人扫,树满空墙闭戟门。

按白居易《秦中吟·伤宅》结句云:"不见马家宅,今作奉诚园。"两诗意思互相沟通,是《奉诚园》一诗可能即为一首律讽。承《元稹年谱》著者卞孝萱先生见告,除《奉诚园》外,《元稹集》中卷十五之《辋川》、《指巡胡》、《香毬》,卷十九之《和乐天高相宅》,卷二一之《杏花》等篇,皆可视为"稍存寄兴,与讽为流"之律讽。朱金城先生也认为从"稍存寄兴"的标准看,《元稹集》卷二十之《和乐天题王家亭子》、卷二一之《酬乐天见寄》等,亦可称为律讽。我认为卞、朱两先生这样的推论是合理的。白居易的讽谕诗四卷,均为五言古体和乐府歌行体,无律体。但他的律诗中也有少数内容属讽谕者。如《放言》(七言八句律体)五首,多讽世语,其第三首后四句云:

> 周公恐惧流言日,王莽谦恭未篡时。向使当时身便死,一生真伪复谁知。

其内容与讽谕诗中的《读汉书》颇为接近,是其《放言》诗也不妨视作律讽一类。晚唐时代,诗人用律体(包括八句律诗和绝句)写讽谕内容的更不属稀见。杜荀鹤是其中突出的一位。他的《山中寡妇》、《乱后逢村叟》等七律,《田翁》、《再经胡城县》等七绝,描写人民痛苦,揭露官吏残暴,内容可与白居易的《秦中吟》、《新乐府》媲美。秦韬玉的七律《贫女》("蓬门未识绮罗香"篇),也可以说是一首律讽。尽管用律体写讽谕诗的作品,数量不及古体、乐府体多,但毕竟不失为一种样式。

由上可见,讽谕诗在表达上具有诸种样式,新乐府只是其中的一种样式。

二

新乐府即新题乐府,它相对于古题乐府(有时也称古乐府)而言。它在体制上接近古题乐府,但另创新题。古题系汉魏六朝人所创,新题则由唐人创制。唐代的新乐府辞和拟古乐府一样,均不入乐。郭茂倩《乐府诗集》列有新乐府辞一类,共十一卷,数量颇多。《乐府诗集》新乐府辞序有曰:"新乐府者,皆唐世之新歌也。"指出其歌曲为唐人所新创。

新乐府辞的内容也颇繁富。最足注意者,即其中有不少篇章反映了国事民生,具有讽谕内容,表现了诗人强烈的社会责任感。最早写作这类篇章的是杜甫。《乐府诗集》著录的有《悲陈陶》、《悲青坂》、《哀江头》、《哀王孙》、《兵车行》等篇,还有未被著录的"三吏"、"三别"等。元稹、白居易对杜甫的这些篇章极为推崇,作为创作的楷模。元稹《乐府古题序》有云:

> 近代唯诗人杜甫《悲陈陶》、《哀江头》、《兵车》、《丽人》等,凡所歌行,率皆即事名篇,无复倚傍。予少时与友人乐天、李公垂辈,谓是为当,遂不复拟赋古题。

白居易在《与元九书》中,特别举出杜甫《新安吏》、《石壕吏》、《潼关吏》、《塞芦子》、《留花门》诸篇加以称道,大抵均属新乐府辞。元稹所谓"即事名篇,无复倚傍",即根据诗的内容来取新的题目,不再依傍古乐府的曲名和题材,概括地道出了新题乐府区别于古题乐府的特点。

中唐时,元结也注意以新乐府反映国事民生,写有《系乐府》十二首、《舂陵行》。还有戴叔伦、戎昱、顾况等,也有少数篇章。到白居易、元稹、李绅等,更是自觉地写了较多篇章。白居易有《秦中吟》十首,《新乐府》五十首;元稹有《和李校书新题乐府十二首》;李绅的《新题乐府二十首》惜已不传。这些都是形成系列的组诗,引人注意。同时还有张籍、王建,虽不与元、白互相唱和,但同声相应,也各写有着重反映民生疾苦的多首新题乐府。新题乐府的创作,这时形成高潮,成为讽谕诗的一种主要样式。到了晚唐,还有皮日休的《正乐府》十首组诗作为后劲。唐以后各个朝代,也常有文人写作新题乐府来反映当时政治社会情况,注意表现民生疾苦,自宋至清,陆续出现,其影响相当深远。

但是,唐人新乐府除这类表现讽谕内容的歌辞外,还有许多表现其他题材、与讽谕无涉的作品。这类作品,初、盛、中、晚各个时期都有,《乐府诗集》著录的也不少。如初唐长孙无忌的《新曲》、刘希夷的《公子行》,都着重写男女之情。盛唐王维《桃源行》写桃花源故事;李白《横江词》六首写长江风浪险恶,其《静夜思》则写思乡之情。中唐刘禹锡的《淮阴行》、《堤上行》、《竞渡曲》、《沓潮歌》等,都着意写各地的民情风俗。白居易有《小曲新辞》二首,写宫中行乐景象。此外,元稹的《琵琶歌》、《小胡笳引》都着重描写音乐技艺。元稹《叙诗寄乐天书》中把自己诗歌分为十体,其中新题乐府具有讽谕内容者,与古题乐府合为"乐讽"一体;他另立"新题乐府"一体,专收"词实乐流而止于模象物色者"(即与讽谕无关者),可见他写的这类作品有相当数量。同时诗人李贺写了大量乐府诗,古题、新题均不少,其内容或写人世，或写神仙，或歌咏历史人物，以艳丽的色彩、迷离的笔调，着重抒发诗人内心的苦闷与悲哀；除少数篇章外，大抵不是讽谕诗一类。之后李商隐、温庭筠在李贺影响下也写了不少新题乐府，内容较多地表现妇女生活，风格与李贺比较接近。《乐府诗集》著录了李贺的《春怀引》、《静女春曙曲》、《白虎行》等篇，李商隐的《烧香曲》、《房中曲》、《楼上曲》等篇，温庭筠的《汉皇迎春辞》、《夜宴谣》、《莲浦谣》等篇，合计有四十来篇，还有《乐府诗集》没有著录的。这类诗篇，与元、白等人所写的新题乐府，在题材、语言方面都大异其趣。李贺、温庭筠等的新题乐府，其社会意义当然远逊于元、白等人的讽谕诗，但在唐人乐府诗中另辟蹊径，自成流派，也是不容忽视的事实。

由此可见，唐代新乐府诗的题材内容，大致上可分为两大类，一类是讽谕性的，另一类是非讽谕性的。从《乐府诗集》收录的作品看，这两类篇章数量大体相当。

综上所述，可见讽谕诗具有诸种样式，新乐府只是其中的一种重要样式；新乐府作为一种样式，既可表现讽谕性内容，也可表现非讽谕性内容。所以说，讽谕诗与新乐府二者，既有关联又有区别，不能混为一谈。白居易写有《新乐府》五十首，不但数量多，其中又有不少佳篇，这可能是使读者把新乐府、讽谕诗混同起来的一个重要原因。但从数量看，白居易的讽谕诗，除《秦中吟》、《新乐府》六十首为新乐府体外，此外尚有五古体一百十二首，数量更多些，其中也不乏佳篇。白居易《与元九书》中列举了他的若干讽谕诗在当时为权贵所恼怒，除《秦中吟》外，其他《哭孔戡》、《乐游园》、《宿紫阁诗》诸篇，都属五言古体。可见，非新乐府体的讽谕诗不容忽视。

现在的一些文学史和论文有所谓中唐时期的"新乐府运动"之说，严格说来，这提法是不妥当的。从样式看，当时向在上者进行讽谕的诗篇，新乐府只是其中的一种重要样式，何况唐人还有不少非讽谕内容的新乐府，因此不能用它来指代讽谕诗。白居易的情况已如上述。元稹的讽谕诗,古题乐府、新题乐府各有十多首,还有若干古体以至律体诗(李绅的新题乐府已亡佚)。张籍、王建也有不少具有讽谕内容的乐府诗,其中古题、新题均有,新题较多,还有少数古体诗。从参加的人员看,只是白居易、元稹、李绅三人自觉地互相唱和,写了若干题目相同的新题乐府。张籍、王建尽管写了不少讽谕性的乐府诗,但只是遥相呼应,并没有投入元、白、李三人所倡导的活动。从影响看,尽管晚唐以来,各时期都有文人写作反映国事民生的乐府体诗,但毕竟都是零碎的、陆续的,始终没有形成一个人数众多、声势强大的创作流派,像古文运动那样。基于以上情况,我认为,在论述唐代诗歌时,不宜使用"新乐府运动"这一名称;如果勉强运用"运动"的话,那采用"讽谕诗运动"这一名称更为贴切一些。

1991 年作

(原载《复旦学报》1991 年第 6 期)

唐代诗歌与小说的关系

唐代小说创作相当繁荣,而诗歌的发展与这种现象有一定的关系。在本文拟对有关诗歌加以介绍。

一

有些诗歌直接与传奇互相配合。其配合方式大致有以下三种。

第一种方式:一篇小说与一篇诗歌叙述同一故事。例如《莺莺传》末尾说:"贞元岁九月,执事李公垂宿于予靖安里第,语及于是,公垂卓然称异,遂为《莺莺歌》以传之。"《长恨歌传》末尾也说明元和元年冬十二月,陈鸿与白居易、王质夫同游,"话及此事,相与感叹","乐天因为《长恨歌》。……歌既成,使鸿传焉"。可知元稹《莺莺传》与李绅《莺莺歌》(今佚,仅有佚句留存)、陈鸿《长恨歌传》与白居易《长恨歌》是同时所作。李娃故事有白行简《李娃传》,又有元稹《李娃行》(今存佚句)。不过传中只说李公佐鼓励作者写传,未言及元稹作歌事,因此传与歌行不会是同时所作。大约行简先作传,后来元稹在白氏新昌里宅听到这个"一枝花"的故事后,又作了《李娃行》(事见元稹《酬翰林白学士代书一百韵》自注)。传与歌行虽非同时作,但亦相去不远。而沈亚之的《冯燕传》与司空图的《冯燕歌》则不是同时人所作了(一说《冯燕歌》也是沈亚之作)。除上述四组传与歌行外,复述同一故事的情形还有一些。例如在沈亚之作《湘中怨解》之前,已有韦敖写作乐府体歌诗讲述同一故事（见《湘中怨解》序，韦敖诗已不传）。此外，《任氏传》、《霍小玉传》、《无双传》的故事也都曾有歌行加以歌咏，可惜其诗今日都已不传，仅在宋人所撰类书及诗注中存有佚句，连作者名字也已不知道了，其时代亦不详①。总之，传奇与歌行复述同一故事的情形是比较多的，今日我们所知道的这几例大约只不过是其中一部分而已。配合传奇作歌行的情形无疑对于长篇叙事诗的发展起了相当大的作用。

　　这种传文与歌诗复述同一故事的形式前代已有，如陶潜《桃花源记》并诗就是。而中晚唐时传奇与歌行并行，应是更多地受到当时盛行于城市中的讲唱文学变文的影响。变文以韵文与散文相结合，其中一种结合方式就是以散文讲述故事，而以韵文复述其内容。中晚唐文人对变文是很熟悉的。《本事诗》载张祜曾嘲白居易《长恨歌》"上穷碧落下黄泉，两处茫茫皆不见"诗句为"目连变"，就是一个例证。因此，他们的创作受变文的影响，是很自然的事情。

　　第二种方式：传文中穿插诗歌。此种方式最为常见。所穿插的诗歌多少不等。最多的如初唐时的《游仙窟》，有数十首之多。其他如《东阳夜怪录》有十四首，《嵩岳嫁女》十二首，《蒋琛》十一首，《步飞烟》十一首（其中二首仅各录一联），《李章武传》八首，《周秦行纪》七首，《莺莺传》五首，《郑德璘传》五首，《薛昭》五首。上举大多是脍炙人口的名篇。这些诗歌往往是七绝或五绝，也有《会真诗》三十韵那样的长篇，还有骚体诗。

　　传奇中穿插的诗歌，有许多是男女相赠答之词，往往是情人间吐露爱慕之情或抒发别离的愁怨，抒情气息颇为浓郁。后世戏曲中的角色出于抒发感情的需要而歌唱，正与传奇中此种情形相类似，戏曲

---

　　①　参考程毅中《唐宋传奇本事歌行拾零》（载《文学评论》1978年第3期）、《〈丽情集〉考》（载《文史》第十一辑）。

或许正是继承了传奇的这一传统。穿插诗歌的又一种较常见的类型是借聚会宴饮的描写，使与会者各各作诗。与会者多是精怪神仙或历史人物的精魂，而所作诗歌常常关合其特征、身份或经历。如《元无有》中捣衣杵、灯台、水桶、破铛化为人形，于月夜谈谐吟咏，"以展平生之事"。一衣冠长人云："齐纨鲁缟如霜雪，寥亮高声予所发。"即暗合捣衣杵的特征。其他三人亦复如此。无名氏《东阳夜怪录》、裴铏《宁茵》也是这一类，不过篇中精怪并非用具而是马、驴、牛、虎等动物而已。如《宁茵》中斑特处士吟曰："无非悲宁戚，终是怯庖丁。若遇龚为守，蹄涔向北溟。"句句包含关于"牛"的典故，处士即老牛所化。这一类纯系游戏笔墨。又如《嵩岳嫁女》（出《纂异记》）中王母、穆天子、汉武帝、丁令威、唐玄宗、叶静能等仙人都吟诗歌咏。又《周秦行记》、《颜濬》（出《传奇》）、《薛昭》（出《传奇》）、《独孤穆》（出《异闻录》）均述及人鬼情爱之事，其中出场吟咏者有薄后、王昭君、绿珠、潘玉儿、张丽华、孔贵嫔、杨玉环、隋齐王女等历史上的后妃、姬妾、贵胄，她们所作诗多切合自身经历，并且常常具有吊古伤今的意味。如《周秦行纪》中王嫱诗云：

> 雪里穹庐不见春，汉衣虽旧泪垂新。如今最恨毛延寿，爱把丹青错画人。

《颜濬》中张丽华诗云：

> 秋草荒台响夜蛩，白杨声尽减悲风。彩笺曾擘欺江总，绮阁尘清玉树空。

都可作为咏史、吊古诗看待。《蒋琛》（出《集异记》）写太湖、雪溪、松江诸水神聚会，而徐衍、申徒狄、伍子胥、范蠡、屈原、曹娥等有关历史人物也都出场，所咏诗歌也都与其自身经历有关。如屈原作歌云：

> 凤骞骞以降瑞兮，患山鸡之杂飞。……矜子子于空阔兮，靡
> 群援之可依。血淋淋而滂流兮，顾江鱼之腹而将归。西风萧萧
> 兮湘水悠悠，白芷芳歇兮江篱秋。日晼晼兮川云收，棹四起兮悲
> 风幽。羁魂汨没兮我名永浮，碧波虽涸兮厥誉长流。……

这种小说穿插诗歌的情况，在唐以前早已存在。先秦时小说《穆
天子传》已载周穆王与西王母所唱歌词。六朝小说中此类情形颇为
不少，例如《搜神记》所载吴王小女、卢充幽婚（此则一云出《搜神后
记》）二则、《艺文类聚》所引《杜兰香别传》、《续齐谐记》所载赵文韶与
青溪小姑宴寝一则，都是穿插诗歌的有名故事。《拾遗记》故事中诗
句很多，如汉武帝所赋《落叶哀蝉曲》、汉昭帝使宫人所唱《淋池歌》，
尤为著名。但唐人小说中此种情形尤其众多。这当然与唐代诗歌的
发达与普及密切相关。唐代有不少妇女能作诗。《纂异记》中《张生》
故事说到"生之妻，文学之家，幼学诗书，甚有篇咏"，并载她所作诗六
首，正是这一现实情况的反映。不但"文学之家"的妇女如此，即使社
会地位低下的女子，包括娼妓之流，也多有能作诗的。著名的如薛
涛，被李肇称为"文之妖"（《国史补》卷下）。孙棨《北里志》即记录了
不少长安平康里妓女所作歌诗。其中《王团儿》一则记妓女福娘企图
从良，用诗歌与孙棨相赠答以表露心迹；《颜令宾》一则记令宾"好尚
甚雅"，病笃时还作诗邀文士来会，并求诸人各制挽词以相哀送，都是
富有小说意味而颇为动人的事实。叙述爱情故事的小说中多穿插男
女赠答的诗作，不正可以看作是这种情况的反映吗？而《元无有》、
《东阳夜怪录》一类精怪聚会作诗的故事，也不过是人世间文人聚会
吟咏唱和的投影而已。至于小说中穿插怀古、咏史之作，也与唐代此
类题材的诗歌大量涌现有关。此外，变文中散文和韵文交错，尤其是

以诗歌形式写人物对话的方式,必然也对文人写作小说发生影响。还有,《云麓漫钞》所说举人以文备众体的传奇文作行卷之用,借以表现作者"史才、诗笔、议论"的风气,或也是促使穿插诗歌的传奇产生较多的原因之一。

第三种方式:以小说记载诗人及其创作的传闻和故事。如许尧佐《柳氏传》所记大历十才子之一韩翃与柳氏相恋故事(又见《本事诗》),沈亚之《秦梦记》所述亚之与弄玉婚配故事,薛用弱《集异记》"王之涣"一则所记旗亭唱诗事,都为人们所熟知。到了晚唐五代时,更出现了一些主要或专门记载诗人诗作故事的专书,如范摅《云溪友议》、孟棨《本事诗》等。此二书中所载乐昌分镜、韩翃柳氏、红叶题诗、崔护求浆、韦皋玉箫等则都成为脍炙人口的故事,为后世的讲唱文学、歌舞剧、小说、戏曲所取材。又《新唐书・艺文志》总集类有卢瓌《抒情集》二卷,著录于孟棨《本事诗》之前。其书久佚,《诗话总龟》中曾屡见引用。明人胡应麟认为"亦《本事诗》类也"(《诗薮》杂编卷二),虽"例以诗话文评,附见集类,究其体制,实小说者流也"(《少室山房笔丛》卷二九)。胡震亨《唐音癸签》卷三二"唐人诗话"亦将它与《本事诗》、《续本事诗》并列。《续本事诗》更是模仿《本事诗》之作。晁公武云:"伪吴处常子撰,未详其人。自有序云:比览孟初中《本事诗》,辄搜箧中所有,依前题七章(按:孟棨《本事诗》分"情感"、"事感"等七类),类而编之。然皆唐人诗也。"(《郡斋读书志》总集类)此书今亦不传。正如魏晋人崇尚清谈放诞,因而产生《语林》、《世说新语》等笔记一样,唐代诗歌创作极盛,人们爱好和崇尚诗歌,因而产生《云溪友议》、《本事诗》、《抒情集》、《续本事诗》等故事集:从中可窥见一个时代的特殊风气。

二

除了上述直接与传奇相配合的诗作之外,还有一部分诗歌,虽不直接与小说相配合,或述爱情经历,或写神仙生活,或歌咏历史故事,大多偏重于故事性。它们的题材和写作旨趣都是与传奇小说相通的。

这部分诗歌若从体制上观察,大致可分为两类:一类是叙事诗,篇幅较长;另一类篇幅短小(大多是七言绝句),虽不可能展开故事,但往往许多首合成一组,包含着丰富的细节描写,或从六朝小说、唐人传奇及历史故事中取材,因而也具有某种故事性。这些诗歌的语言通俗而华丽,也与传奇文辞的风格相近。

讲述故事的叙事诗,主要有白居易《琵琶行》,元稹《连昌宫词》、《崔徽歌》①,刘禹锡《泰娘歌》、《伤秦姝行》,李涉《寄荆娘写真》,郑嵎《津阳门诗》,韦庄《秦妇吟》等。这些诗作都是七言歌行;除了《秦妇吟》外,均以乐伎生活或开元、天宝故事为题材。它们有的也寄寓着人生感慨,如《琵琶行》的天涯沦落之叹;有的还表示了对政治的看法,如《连昌宫词》、《津阳门诗》都对天宝间政治的阴暗面感到痛心,并分别对元和、大中间政治加以称赞,《秦妇吟》更直接以黄巢起义军入长安这一政治大变动为题材。但是这些诗篇都不是以抒情或议论为主,而是叙事委曲周详,描写细致,语言浅近流畅而富于文采,具有浓厚的讲述故事的色彩。它们与杜甫"三吏"、"三别"、白居易《观刈麦》、《宿紫阁山村》、《轻肥》、《歌舞》,王建《田家词》、《水夫谣》,张籍《筑城词》、《董逃行》一类叙事作品很不相同:"三吏"、"三别"等诗旨在反映民生疾苦或对达官贵人进行讽刺,叙事较简单,语言较质朴,无论是题材、主题还是艺术风格,都主要是继承汉魏乐府中短篇叙事诗的传统。而从《琵琶行》等篇中,却可以较多地看到传奇和变文、俗曲的影响。《琵琶行》等与中晚唐时某些同样写歌妓生涯或开天故事

---

① 元稹作《崔徽歌》,前有序。或谓元稹曾作《崔徽传》,但恐即《崔徽歌序》,非别有传。

的长篇叙事诗,如杜牧《杜秋娘诗》、《张好好诗》、《华清宫三十韵》,李商隐《行次西郊作一百韵》(此篇中有一部分写开天时事),虽然内容上有相近之处,但风格仍然迥异。《杜秋娘诗》等篇的文辞较为古雅,多用概括性语句而少细致描绘。例如,杜牧《华清宫三十韵》曾写到关于《霓裳羽衣曲》的传说,仅"月闻仙曲调,霓作舞衣裳"两句而已。《津阳门诗》则铺展成为一个小小的故事:

> 蓬莱池上望秋月,无云万里悬清晖。上皇夜半月中去,三十六宫愁不归。月中秘乐天半闻,丁珰玉石和埙篪。宸聪听览未终曲,却到人间迷是非。

前人称赞《长恨歌》、《琵琶行》、《连昌宫词》诸作,说它们"皆是直陈时事,而铺写详密,宛如画出"(何良俊《四友斋丛说》卷二五),"使读之者情性摇荡,如身生其时,亲见其事"(洪迈《容斋随笔》卷一五)。这些话说出了这些名作叙事真切、描写细致的特点。

应该再次指出,中晚唐长篇叙事诗的长足发展与通俗文学的影响分不开。我国古代文人创作中叙事诗是不发达的,民间的情况却相反。汉魏六朝最出色的叙事诗《孔雀东南飞》、《木兰诗》都出自民间。在唐代,通俗文学中以七言韵文讲述故事是很普遍的现象。敦煌卷子中的《季布骂阵词文》、《董永传》(拟题)、《悉达太子赞》都是规模宏大的七言诗。许多变文,尤其是讲经文,虽然韵文、散文相间,但往往散少韵多。这种情形,不可能不影响及于文人创作。

中晚唐叙事诗的发达又与文人聚会时喜欢讲说故事以为消遣的风气有关。元稹《酬白学士代书一百韵》云:"光阴听话移。"其自注云曾与白居易在新昌里宅"说'一枝花话',自寅及巳,犹未毕词也"。说话时间如此之长,可见讲来非常细致。《李娃传》、《莺莺传》、《长恨歌传》等不少传奇中都述及写作因由与友朋间说故事有关。有的小说集的序言也明说写作目的是供宾朋聚会时作为谈助。如谷神子《博异志序》说:"既悟英彦之讨论,亦是宾朋之节奏。若纂集克备,即应对如流。"温庭筠《乾馔子序》说:"语怪以悦宾,无异膬味之适口。"(《郡斋读书志》引)这种喜欢讲故事的普遍风气,既促使文人们大量写作小说,也在一定程度上推动了以讲述故事为目的的叙事诗得到发展。影响所及,连元、白意在讽谏的《新乐府》中的一些篇章,如元稹《缚戎人》,白居易《缚戎人》、《井底引银瓶》、《古冢狐》等,也都具有故事性了。《井底引银瓶》的故事在宋、金时的杂剧、院本和诸宫调中都有演出。

除上述七言歌行体的叙事诗外,元稹、白居易还有一些体裁为五言古诗和五言排律的叙事诗,也具有叙述宛转、文辞华艳的特色。它们主要是以男女艳情为题材的,将在下文予以介绍。元、白是以诗歌形式述说故事的能手。甚至在纪游诗如白居易《游悟真寺》中,也结合游踪穿插讲述佛家的灵异奇闻。此诗长达一百三十韵,虽然体裁是五古,但绘声绘色,铺叙极为周详,文辞也很通俗,与某些传奇中的写景文字风格颇为接近。赵翼曾将它与韩愈《南山》诗相比较,说《南山》虽极力刻画,但写景笼统,用以移写他山,亦可通用。而《游悟真寺》"层次既极清楚,且一处写一处景物,不可移易他处"(《瓯北诗话》卷四)。这种写实的手法也正是一些传奇中常用的手法。

篇幅短小而包含丰富细节的诗章,可以元稹《桐花落》、《杂忆》、《友封体》、《襄阳为卢窦纪事》之二、三和崔珏《美人尝茶行》、韩偓《偶见》、《复偶见三绝》、《厌花落》以及王建《宫词》为例。元稹、崔珏、韩偓之作都是艳诗,或追忆值得留连回味的生活场景,或细致地描绘人物的动作形貌,都具有小说意味。王建《宫词》则是写宫廷中的琐事轶闻。取材于六朝和唐人小说以及历史故事的作品,有曹唐《游仙》诗、王涣《惆怅诗》、罗虬《比红儿诗》、胡曾《咏史》诗等。上举作品都将在下文谈到。

　　上述这些叙事诗或带有故事性的诗歌,其题材主要是男女艳情、神仙和历史三类。这也正是唐人小说中的几种主要题材。现在对它们进行一些分析。

　　1. 艳情类　唐代商业经济繁荣,城市发达。城市中娼妓聚集的里巷,便是文士游冶之所。州郡的官妓、军中的营妓,常常在宴会上歌舞演奏,佐酒侑欢,也是官僚和文人寻欢的对象。还有一些女冠、女尼,也与文士有密切交往。唐代封建礼教的束缚相对而言较为松弛,与南宋以后情况不同。明人何良俊见白居易诗中多处写到与妓女游宴,便惊诧古人"虽刺史亦与妓女列坐","当时法网疏阔","今之守郡者,一有于此,则论者交至矣"(《四友斋丛说》卷三三、卷一八)。正反映了古今风气和道德观念的不同。在那样的社会条件之下,既产生了不少叙述文人与妓女或其他地位卑微女子的爱情故事的小说,也涌现出许多相同题材的诗歌。而这种题材的诗歌,虽然初盛唐时也有,但大量出现则始于中唐时期。

　　元稹的五古《梦游春七十韵》、《桐花落》、七绝《杂忆》五首、白居易五古《和梦游春一百韵》都是直接与传奇《莺莺传》有关的诗作。《梦游春》、《和梦游春》二诗的开头一段叙述元稹与少年时代情人幽会的过程。《梦游春》云:

　　　　昔岁梦游春,梦游何所遇。梦入深洞中,果遂平生趣。清泠浅慢流,画舫兰篙渡。过尽万株桃,盘旋竹林路。长廊抱小楼,门牗相回互。……未敢上阶行,频移曲池步。……渐到帘幕间,徘徊意犹惧。……帘开侍儿起,见我遥相谕。……潜褰翡翠帷,瞥见珊瑚树。不辨花貌人,空惊香若雾。……

这样一步步写来,展开对于景物、人物行动和心理的描绘和叙述,颇为引人入胜,具有小说意味。《桐花落》写自己与情人赏花,对方绣成美丽的花样,而自己作了《绣桐诗》,乘情人睡着时系在她裙带之上;具体细致地描绘了少年男女恋爱生活中的一个细节。《杂忆》共五首,都是回忆当年情人的生活情景的,例如:

> 花笼微月竹笼烟,百尺丝绳拂地悬。记得双文人静后,潜教桃叶送秋千。

> 寒轻夜浅绕回廊,不辨花丛暗辨香。忆得双文胧月下,小楼前后捉迷藏。

五首合在一起,通过细节描绘,将"双文"的形象和她的生活环境,写得真切鲜明。

上述元、白诗中的少女,据考证就是《莺莺传》中的崔莺莺。此外,元稹、白居易还有一些写爱情和游冶生活的诗作也具有故事性。元稹的七言歌行《崔徽歌》,叙述蒲中娼女崔徽热恋裴敬中为之发狂而死的故事。此诗在唐宋流传很广。唐末罗虬《比红儿诗》称它"一首长歌万恨来",宋代秦观、毛滂都曾将其故事写成说唱文学"转踏"的形式。可惜今日只存若干佚句。又元稹五排《代九九》,述说九九迫于母兄之命嫁给一个性行邪僻的冶游儿终于离异的事实。此外元稹七律《友封体》、七绝《襄阳为卢窦纪事》五首之二、三,都有细节描写。白居易《江南喜逢萧九彻因话长安旧游戏赠五十韵》(见《才调集》)开头一大段描述狭邪之游的经过,非常周密详尽,与元稹《会真诗》、《梦游春》的风格一致。

元稹、白居易的艳诗,在当时流被甚广,影响很大。杜牧在《唐故平庐军节度巡官陇西李府君墓志铭》中曾述李戡之言云:"尝痛自元和已来,有元、白诗者,纤艳不逞,非庄士雅人,多为其所破坏。流于人间,疏于屏壁,子父女母,交口教授,淫言媟语,冬寒夏热,人人肌骨，不可除去。"杜牧对这些话是表示赞同的。后人对杜牧或加以讥评，如刘克庄《后村诗话》一七六云："（杜）牧风情不浅，如《杜秋娘》、《张好好》诸篇，'青楼薄幸'之句，街吏平安之报，未知去元、白几何？以燕伐燕，元、白岂肯心服！"杨慎《升庵诗话》九亦云："（杜）牧之诗淫媟者，与元、白等尔，岂所谓'睫在眼前犹不见'乎？"其实杜牧《张好好》一类涉及娼妓的诗虽然题材与元、白艳诗相同，但写法颇有差别。五古《张好好》、《杜秋娘》文辞较为古雅，七绝《遣怀》（结句为"占得青楼薄幸名"）、《赠别》等则大多蕴藉风流，都不像元、白艳诗那样叙述详尽，刻画尽致，甚至如王夫之所形容的"将身化为妖冶女子，备述衾裯中丑态"（《夕堂永日绪论内编》）。杜牧艳诗大多写得仍比较雅，而元、白诗却俗。据《云溪友议》卷中"钱塘论"载，杜牧曾与白居易较量诗文，"具言元、白诗体舛杂，而为清苦者见嗤，因兹有恨也"。说明了他们之间艺术趣味的差异。元、白诗铺写详密、刻画显露的特点，正与变文一类通俗文学相通。赵璘《因话录》四云："有文淑僧者，公为聚众谈说，假托经论。所言无非淫秽鄙亵之事。不逞之徒，转相鼓扇扶树，愚夫冶妇，乐闻其说，听者填咽寺舍，瞻礼崇拜，呼为和尚教坊。"赵璘指斥文淑俗讲"淫秽鄙亵"，正与李戡攻击元、白诗"淫言媟语"相似。杜牧借李戡的话攻击元、白，或者夹缠着个人意气，但却也帮助我们进一步体会到元、白艳诗是比较地近乎市民趣味的。

风格接近于元、白艳诗的作品，中晚唐时产生了不少。皮日休《论白居易荐徐凝屈张祜》云："祜元和中作宫体诗，词曲艳发，当时轻薄之流重其才，合噪得誉。"所谓宫体诗，当是近合元白、远绍梁陈的艳体诗。《才调集》中收录了不少与娼妓有关的作品。其中李涉《寄荆娘写真》叙述荆娘与一少年才子的离合故事，是一篇完整的叙事诗。黄滔《答陈磻隐论诗书》说，咸通、乾符之际，"郑卫之声鼎沸，号之曰'今体才调歌诗'。援雅音而听者懵，语正道而对者睡"。所谓"郑卫之声"，即指艳诗而言。从黄滔的话中可以见出唐末的创作风气。韩偓《香奁集》即是其中代表作品,集中不少诗描写妓人的服饰容态、生活细节,也是以刻露详尽为其特点的。

晚唐时王涣的《惆怅诗》七绝十二首,绝大多数是写爱情的。罗虬《比红儿诗》七绝一百首也都写艳情。它们多取材于六朝小说、唐人传奇和富于故事性的史传、诗文。《惆怅诗》中大部分是描写爱情生活中令人惆怅低徊的场面。例如:

> 梦里分明入汉宫,觉来灯背锦屏空。紫台月落关山晓,肠断君恩信画工。

咏王昭君故事。唐代昭君故事广泛流传于民间,吉师老有《看蜀女转昭君变》诗,今存敦煌卷子中还有《王昭君变文》。此外写李夫人、绿珠、刘晨、阮肇、张丽华的诸首,均取材于六朝小说或具有小说意味的史实。还有几首是直接取材于唐人创作的。例如:

> 夜寒春病不胜怀,玉瘦花啼万事乖。薄幸檀郎断芳信,惊嗟犹梦合欢鞋。

即据蒋防《霍小玉传》写成。其他如所咏乐昌公主、崔莺莺、唐明皇等故事,也都是唐代小说的题材。《比红儿诗》系为雕阴官妓杜红儿而作。诗中将古今著名女子与红儿相比,以示红儿才貌绝伦、古今无比。例如:

> 魏帝休夸薛夜来,雾绡云縠称身裁。红儿秀发君知否,倚槛繁花带露开。

即取材于《拾遗记》所载魏文帝宠爱薛灵芸的故事。又如:

倚槛还应有所思,半开东阁见娇姿。可中得似红儿貌,若遇
韩朋好杀伊。

韩凭妻事早在六朝人著作《列异传》、《搜神记》中即有记载,唐讲唱文
学《韩朋赋》作"韩朋",其赋今日尚存。《比红儿诗》中取材于唐朝故
事的也不少,其中杨贵妃、窈娘(初唐诗人乔知之宠婢)、崔徽、崔莺
莺、真娘(吴中名妓)等都是唐人小说或诗歌中的著名人物。总之,
《惆怅诗》、《比红儿诗》这两组诗虽然没有叙述完整的故事,但所写的
涉及故事中的某些人物或情节,并常常直接从唐传奇中取材;因此可
以说,它们也是与唐小说相通的。《唐摭言》卷十"海叙不遇"称《比红
儿诗》"大行于时",这与它将大量爱情故事中的主角写入诗中,因而
迎合了人们爱听此类故事的趣味,是有关系的。宋人有《调笑转踏》
之作,系将吟咏不相连贯但性质相同故事的诗词连缀而成,以供席间
歌唱侑欢之用。其中秦观、晁无咎、毛滂、郑仅等人所作均以女子的
爱情故事为题材,不少取材于唐人小说和诗歌。这些创作可说是《惆
怅诗》的一个发展。

2. 神仙类 唐代道教得到统治者的尊崇提倡,非常流行,因而神
仙故事也大量涌现。从流传下来的唐人小说中可以看到,甚至许多
当代的帝王、妃嫔、名臣、文士,例如玄宗、宪宗、杨妃、李靖、马周、李
林甫、颜真卿、李绅、白乐天、李贺等都被附会成神仙。文人们在讲说
故事时征奇好异,神仙故事也是他们喜爱的题材。《太平广记》六十
七《崔少玄》云:"至景申年中,九疑道士王方古⋯⋯道次于陕郊。时
(卢)陲亦客于其郡。因诗酒夜话,论及神仙之事。时会中皆贵道尚
德,各征其异。"就是一个例证。此篇意在宣扬神仙事可信,而对于仙
人行动容貌的叙述和描绘很有小说意味,语言也较有文采。唐代不
少皇族、官僚、文人都好道,有的并出家受符箓为道士。以写作《大游
仙诗》、《小游仙诗》著名的曹唐,就曾经是一名道士。

《大游仙诗》现存十七首,均是七律,叙周穆王宴王母、萧史携弄玉上升、汉武帝宴西王母、汉武帝思李夫人、刘晨、阮肇入天台以及织女牵牛、麻姑、萼绿华、杜兰香、皇初平等仙人故事,大多取材于六朝小说,有的是以两首以上咏同一事。咏刘、阮事更以《刘晨阮肇游天台》、《刘阮洞中遇仙子》、《仙子送刘阮出洞》、《仙子洞中有怀刘阮》、《刘阮再到天台不复见仙子》五首合成首尾完具的一组故事。后来鼓子词如宋代赵令畤《商调蝶恋花》那样,以一组相同词牌的歌曲叙述完整故事,其体制与曹唐这一组咏刘、阮故事的七律有类似之处。元杂剧《刘晨阮肇误入天台》(王子一撰)曾引用《刘阮洞中遇仙子》、《仙子送刘阮出洞》、《刘阮再到天台不复见仙子》三首,又《楔子》中有七绝一首:

> 人间无路水茫茫,玉洞桃花空自香。只恐韶光易零落,何时重得会刘郎?

系隐括《仙子洞中有怀刘阮》一首而成。

《小游仙诗》凡九十八首,都是七绝,也大多取材于六朝小说。也有将唐朝事实写进去的。如:

> 武皇含笑把金觥,更请霓裳一两声。护帐宫人最年少,舞腰时挣绣裙轻。

曹唐以前的游仙诗,大多抒发作者企慕长生之情,或寄托不满现实的忧生之嗟。而曹唐所作纯粹是从客观描写的角度出发,以叙述神仙故事、表现神仙生活场景为主旨,有的还和许多小说一样,描写了神仙的恋爱故事;它们注重细节描写,着意摹绘人物的神态、心理活动。例如:

> 风动闲天清桂阴,水精帘箔冷沉沉。西妃少女多春思,斜倚

彤云尽日吟。

　　芝蕙芸花烂漫春，瑞香烟露湿衣巾。玉童私地夸书札，偷写云谣暗赠人。

其实是涂抹着仙境色彩的人间生活，而想象丰富，语言浅俗华美。《大游仙诗》、《小游仙诗》都流播广泛。《北梦琐言》卷五称它们"才情缥缈"，为京城人所传诵。《大游仙诗》还被附会成颇为谲异的故事（见《类说》卷二九引《灵怪集》、《唐诗纪事》卷五八）。这与它们本身富于故事性而文辞美丽是有关系的。

　　3. 历史类　唐代民间文学中有不少是以历史故事为题材的。敦煌卷子中就有关于舜、伍子胥、晏子、孟姜女、王陵、季布、张良、李陵、苏武、王昭君和韩擒虎的变文或话本。李商隐《骄儿诗》云："或谑张飞胡，或笑邓艾吃。"可见当时还有讲三国故事的。唐代文人对于历史事件、历史人物也表现出浓厚的兴趣，这既反映于以史事为题材或根据史事加以想象生发来写作传奇（前者如《东城老父传》，后者如《虬髯客传》），也反映于咏史、怀古诗作的大量涌现。至晚唐时，更出现了胡曾《咏史》那样规模宏大的有系统的组诗。

　　胡曾《咏史》载于《全唐诗》者凡一百六十首，都是七言绝句，所歌咏的事件都具有故事性。胡氏自序曾说写作目的是："虽则讥讽古人，实欲裨补当代，庶几与大雅相近者也。"但这只是大体而言，有不少首只是一般地感叹吊古而已，未必都有讽谏之意。有的则着眼于奇异有趣的传说和故事，如《延平津》咏张华、雷焕所佩神剑化龙故事，《牛渚》咏温峤燃犀下照故事，《黄河》咏溯黄河寻牵牛故事，《凤凰台》咏弄玉吹箫成仙，《葛陂》咏费长房得道等等。今举两首以示例。《不周山》云：

　　共工争帝力穷秋，因此捐生触不周。遂使世间多感客，至今哀怨水东流。

又《黄河》云：

> 博望沉埋不复旋，黄河依旧水依然。沿流欲共牛郎语，只待
> 灵槎送上天。

系取材于《博物志》、《荆楚岁时记》。这组《咏史诗》对于史事的见识
并无过人之处，文辞亦浅俗，故《四库提要》讥其"兴寄颇浅，格调亦
卑"。然而正因为它语言通俗，而且集中了大量历史故事和传说，所
以流传非常之广，唐末时还被用作儿童读物，直至明代仍用作训蒙之
书，宋元以后的平话、演义中也屡见称引。拟作者也不乏其人，晚唐
五代时作者辈出，成为风气。①

　在中晚唐以历史故事为题材的诗作中，有一类是专咏开元、天宝
故事的。开天时期是唐朝由盛而衰的转折时期，人们抚今追昔，最易
发生感慨。何况当时的许多宫廷轶事，尤其是李隆基、杨贵妃的爱情
故事，都是上好的小说材料。因此中晚唐时关于开天遗事的小说、笔
记和诗歌相当地多。不惟文人如此，就是民间也流传着一些关于玄
宗事迹的传说。

　歌咏开天故事的诗歌，除配合传奇的《长恨歌》外，以元稹《连昌
宫词》和郑嵎《津阳门诗》最为著名。这两首长篇叙事诗都通过一位
老翁之口，把开天年间的许多琐事贯穿起来，例如念奴唱歌、邠王吹
管、李謩偷曲、明皇入月、禄山跋扈以至马嵬赐死、贵妃香囊等等，都
是很富于故事性的。《津阳门诗》中更有许多详尽的注文，不少注文

---

① 参考张政烺《讲史与咏史诗》，载《中央研究院历史语言研究所集刊》第
十本。

本身就像是一则短小的故事。除这几篇著名的叙事诗外,如张祜的《连昌宫》、《元日仗》、《邠王小管》、《太真香囊子》等三十多首,以绝句形式写玄宗时宫中杂事及马嵬悲剧,也是有代表性的作品。如《集灵台》云:

> 日光斜照集灵台,红树花迎晓露开。昨夜上皇新授篆,太真含笑入帘来。

又《邠王小管》云:

> 虢国潜行韩国随,宜春深院映花枝。金舆远幸无人见,偷把邠(一作宁)王小管吹。

都具体地写当年宫中轶事,表现作者某种猎奇的心理。《邠王小管》一首,乐史《杨太真外传》曾经引录。

以宫闱生活为题材的诗作,以王建《宫词》一百首最为规模宏大,也最为著名。这一百首绝句不是写开天遗事,而是写中唐时事,附带于此加以叙述。它们写了上朝、放朝、召对外国使者、南郊、谒陵等重大典礼,也写了宫中打毬、射猎、歌舞、竞渡等娱乐活动,而写得最多的是宫女们的生活细节。例如:

> 红灯睡里唤春云,月上三更直宿分。金砌雨来行步滑,两人抬起隐花裙。

写半夜时分宫人冒雨上直的情景,对于环境、尤其是人物动作的描绘颇为细腻生动。又如:

避暑昭阳不掷卢，井边含水喷鸦雏。内中数日无呼唤，搨得
滕王蛱蝶图。

写宫人夏日无事搨画消遣。张彦远《历代名画记》载嗣滕王湛然善画
花鸟蜂蝶；段成式《酉阳杂俎·支诺皋中》亦云："滕王图……秀才刘
鲁封云，尝见滕王蛱蝶图，有名江夏斑、大海眼、小海眼、村里来、菜花
子。"可见王建所写确是事实，并非凿空之语。再如：

青楼小妇研裙长，总被抄名入教坊。春设殿前多队舞，棚头
各自请衣裳。

写外间歌舞伎被召入宫表演之事。《封氏闻见记》卷三"贡举"条曾说：
"玄宗时士子殷盛，每岁进士到省者常不减千馀人，在馆诸生更相造诣，
互结朋党以相渔夺，号之为棚，推声望者为棚头。"《国史补》下也有"刘
长卿、袁成用分为朋头"的话。从王建诗中可知，不但进士群，歌舞伎中
也有所谓"棚"与"棚头"。总之，王建《宫词》以叙述宫禁生活细节为主，
与一般宫怨诗以抒情为主很不相同。即使写及宫女愁怨或无聊的心
境，也往往与真实的细节结合在一起，显得尤为具体细腻。例如：

未承恩泽一家愁，乍到宫中忆外头。求守管弦声款逐，侧商
调里唱伊州。

御厨不食索时新，每见花开即苦春。白日卧多娇似病，隔帘
教唤女医人。

据《云溪友议》载，宦官王守澄曾诘责王建道："吾弟所有宫词，天下
皆诵于口。禁掖深邃，何以知之？"同条又说："故元稹以尝有宫词，诏令隐

其文。朝廷以为孔光不言温树者，慎之至也。"（据《太平广记》卷一九八引）范摅所说是否确实，姑置勿论；但从中确可见出王建《宫词》当日流传之广，也反映出它们之所以受人欢迎与其描写了宫闱内幕、迎合了人们的好奇心理有关。这与作者着意叙述宫中生活细节的写法是分不开的。

从范摅话中可知，元稹也作过宫词。元氏《酬乐天馀思不尽加为六韵之作》自注云："后辈好伪作予诗，传流诸处。自到会稽，已有人写宫词百篇及杂诗两卷，皆云是予所撰。及手勘验，无一篇是者。"可见他所作宫词数量大约很多，不然的话，他不必勘验就可断定那"宫词百篇"大多是膺作了。后来五代、北宋人效王建大作宫词者颇有其人，和凝、花蕊夫人是其中最著名的。

从以上的叙述中可以看到，中晚唐时期的文人创作中，讲述故事的叙事诗和带有故事性的诗歌有很大发展。上文提到的配合或不配合传奇的叙事诗就有二十篇之多，完整地留存至今的名篇也还有《长恨歌》、《琵琶行》、《连昌宫词》、《会真诗》、《冯燕歌》、《津阳门诗》、《秦妇吟》等好几首。这与长期以来文人创作中叙事诗歌（特别是讲述故事的长篇叙事诗）不发达的情况形成鲜明的对照。而中晚唐这些叙事诗的产生正与传奇的发达同时，叙事诗的作者有的也就是说话或写传奇的能手，叙事诗与传奇在题材、风格上又都表现出密切的关系。这些都不是偶然的现象。中晚唐这些叙事诗和带有故事性的诗歌，显然受到小说的影响，而二者又都受到当时民间通俗文学的影响。这些诗歌给予后世一些比较通俗的、叙事性强的歌曲和讲唱文学，如宋金时代的转踏、鼓子词、大曲（如董颖《薄媚·西子词》、曾布《水调歌头·冯燕传》等）、诸宫调等等，以一定的影响。因此，中晚唐时这类诗歌的发展，是文学史上值得注意而加以探究的一种重要现象。

1982 年，与杨明合作

（原载《文学遗产》1983 年第 1 期）

简论唐传奇和
汉魏六朝杂传的关系

　　唐人传奇,多数写人物的离奇故事,并以某某传为题名,如《柳氏传》、《柳毅传》等等。鲁迅《唐宋传奇集》共辑唐传奇三十八篇,其中以传命名者共十九篇,占总数的一半。有的虽不以传名,实际也是人物以及神灵鬼怪的传记,性质也是传。如《离魂记》写王宙和倩娘的爱情故事,《太平广记》卷三五八题作"王宙",实际即是《王宙传》;《东阳夜怪录》写东阳夜怪故事,也可称《东阳夜怪传》;《隋遗录》、《隋炀帝海山记》、《迷楼记》、《开河记》诸篇,均写隋炀帝故事,可称《隋炀帝外传》。因此,唐传奇的绝大多数可说是人物或神灵鬼怪的传记。《太平广记》卷四八四至四九二,卷下署称"杂传记",收了《李娃传》、《东城老父传》等传记共十四篇,多数是唐传奇的重要篇章,其中除十一篇题名为"传"者外,还有《周秦行纪》、《冥音录》、《东阳夜怪录》等三篇。

　　唐传奇中的这类作品,在体制上显然受到汉魏六朝杂传作品的影响。汉魏六朝正史中的少量篇章,如《史记》的《项羽本纪》、《魏公子列传》,《汉书》的《东方朔传》等,情节曲折,故事性颇强,对唐传奇的写作当产生启迪。至于属于野史范围的杂传,其内容、手法,不像正史那样受限制,因而体制上更接近小说,而且有一部分本身即是小说,因而对唐传奇就更有影响。考《隋书·经籍志》史部有"杂传"一类,收书达两百多部,一千馀卷,其记录对象,大致有地方贤士、高士逸民、孝子、忠臣良吏、名士、文士、家传、童子、列女、道人、僧人、神仙等(按《隋志》原文先后次序排列)。还有个人的传,如《东方朔传》、《管辂传》。个人传在神仙部分较多,有《汉武内传》、《茅君内传》等十一部。《隋志》杂传类最后部分叙录了记载鬼怪的传记,如《宣验记》、《冥祥记》、《列异传》、《感应传》、《搜神记》、《灵鬼志》、《幽明录》等三十多种,这便是后人所谓志怪小说。鲁迅《中国小说史略》第五篇论六朝之鬼神志怪书有曰:"盖当时以为幽明虽殊途,而人鬼乃皆实有,故其叙述异事,与记载人间常事,自视固无诚妄之别矣。"因此编书目者也把志怪书编入杂传类。《隋志》于个人的杂传,列目殊少,实际当时此类作品数量颇多。据《太平御览》卷首《经史图书纲目》(即引用书目)所载,有《东方朔别传》、《陆绩别传》、《陆机别传》等,共达一百十种。唐初修《隋书》时,这类个人传可能大部分已告亡佚(《旧唐书·经籍志》仅著录《东方朔传》、《曹瞒传》等十一种)。《太平御览》承袭北朝《修文殿御鉴》修撰而成,当时个人传存者尚众,故著录颇多。《御览》编者恐未必见到这类别传原书,只是转抄而已。

唐传奇和六朝志怪小说的关系至为密切,此点研究者多有论述,此处不赘。唐传奇和志怪小说以外的杂传的关系,也很值得探索。本文不能详论,仅就管见所及,举其大端言之。

首先,从题材和内容看。唐传奇除有不少记述神灵鬼怪的内容外,尚有不少记载与神怪无关的社会现象,这类题材看来和杂传关系较多。这里举若干例子。例如《谢小娥传》写谢小娥为父报仇,设计杀死仇人申兰、申春,是一位孝女,其事迹可入列女传一类。按小娥事迹,颇与汉末烈女庞娥亲为父报仇事相近。娥亲为父报仇,杀死仇人李寿,名扬远近。西晋皇甫谧《列女传》曾详述其事(见《三国志》裴松之注引),当时傅玄又为作《庞氏有烈妇》乐府诗颂扬之。陈寿《三国志·魏志·庞淯传》、《后汉书·列女传·庞淯母传》均载其事。这是一个著名的孝女为父复仇的故事。李公佐写《谢小娥传》,当受其启发。又《上清传》记述上清在皇帝(唐德宗)面前为窦参辩白冤屈,其事迹亦属列女范围。《隋志》杂传类记载列女传一类著作,自刘向以下包括皇甫谧的著作,共有十种,它们对后代一定颇有影响。又《杨娼传》记述杨娼为岭南帅甲所厚爱,帅得病死,娼自杀身亡,也是一位义烈的妇女。唐传奇中还有一部分写爱情故事的篇章,如《柳氏传》、《莺莺传》、《李娃传》、《霍小玉传》、《无双传》、《飞烟传》等,其女主角都是姿色艳丽的女子,是美妇人。按《隋志》杂传类载有《美妇人传》六卷(今佚),唐传奇中的此类篇章,当受其启发和影响。《太平广记》卷二七二有“美妇人”一类,记载了赵飞燕、石崇婢翾风等八人,《广记》引书不及《美妇人传》,是该书宋初已不传。又如《长恨传》,以唐明皇为中心,描写他和杨妃的恋爱故事,末尾描写明皇派道士至东海仙山寻访杨妃,其事迹本之当时民间传说,但在写作方面则系受《汉武内传》的影响,《内传》内容以描写汉武帝和西王母会见的故事为中心。在写帝王和美女(指女仙)关系这一点上,《长恨传》内容与《汉武内传》相通。此外,唐传奇中的《隋遗录》、《隋炀帝海山记》、《迷楼记》、《开河记》等篇,均以隋炀帝为中心,写隋末故事,体制上恐也受《汉武内传》和《汉武故事》的影响(《汉武故事》因记实事较多,《隋志》归入史部杂事类)。

　　其次,从篇幅和叙述看。杂传中有一部分作品,不像《高士传》、《列女传》那样,许多人的传合为一书,而是个人的传独立成书,自成卷帙,篇幅明显加长。据《隋志》杂传类载,这类作品有:《东方朔传》八卷、《毋丘俭记》三卷、《管辂传》三卷、《法显传》二卷、《法显行传》一卷、《梁武皇帝大舍》三卷、《汉武内传》三卷、《太元真人东乡司命茅君内传》一卷、《清虚真人王君内传》一卷等等。这类作品,少则一卷,多至三卷、八卷。又据《旧唐书·经籍志》所载,则有:《东方朔传》八卷、《李固别传》七卷、《梁冀传》二卷、《何颙传》一卷、《曹瞒传》一卷、《毋丘俭记》三卷、《管辂传》二卷、《诸葛亮隐没五事》一卷、《玄晏春秋》二卷、《薛常侍传》二卷、《桓玄传》二卷。又上文提到,《太平御览》图书纲目中,有《东方朔别传》等百来种,惜均不记卷数,估计当以一卷者为多。李祥年同志说:"《法显传》已近万言,《高僧传》中的《慧远传》、《鸠摩罗什传》、《佛图澄传》、《道安传》等亦都是洋洋数千言的长篇。"(见所著《汉魏六朝传记文学史稿》第九章第 196 页)。又说:"《管辂别传》从《三国志·魏志·管辂传》注可辑得共 19 条,约 7 000字。"(同上书页 197)可见除独立自成卷帙的个人传记外,像《高僧传》中的某些僧人传记,篇幅也是颇长的。以上这些杂传中篇幅颇长的传记,在规模体制上为唐传奇长篇提供了榜样。

　　杂传中的个人传记篇幅之所以颇长或较长,原因大致有两个。一是传主的事迹繁多,如东方朔、管辂、法显等均是。东方朔、管辂所遭遇、解答的诡异之事甚多,两人的别传已佚,但《汉书·东方朔传》、《三国志·魏志·管辂传》还保存着不少材料。两人的传记,即是由许多诡异之事连缀而成的。唐传奇《古镜记》以王度所持古镜为线索,记述了不少诡异之事,因而篇幅颇长,在体制上当即是受到《东方朔别传》、《管辂别传》的影响。二是叙写比较细致,不但叙事件发展较为详细,而且还注意描写人物的神态口吻、心理活动及其环境等等。这方面不妨略举几个例子。如《法显传》载法显等过小雪山时情景曰:

　　　　法显等三人南度小雪山。雪山冬夏积雪,山北阴中遇寒风暴起,人皆噤战。慧景一人不堪复进,口出白沫,语法显曰:"我亦不复活,便可时去,勿得俱死。"于是遂终。法显抚之悲号:"本图不果,命也奈何!"复自力前,得过岭。

这里对小雪山的险恶环境和慧景、法显两人的活动、感情,都写得比较具体生动。又如《太平广记》卷六一引《集仙录》的"成公智琼"条,记载女仙成公智琼下降人间,为魏济北郡从事弦超之妻,经历多年,

后为官吏追究,遂与弦超别去,该条写分手时情况曰:

> 玉女已求去曰:"我神仙人也。虽与君交,不愿人知。而君
> 性疏漏,我今本末已露,不复与君通接。积年交结,恩义不轻,一
> 旦分别,岂不怆恨。势不得不尔,各自努力矣。"呼侍御下酒啗。
> 发簏,取织成裙衫两裆遗超,又赠诗一首,把臂告辞,涕零溜漓。
> 肃然升车,去若飞流。超忧感积日,殆至委顿。

这里对智琼的神态口吻和悲怆心情,刻画相当委曲细致,和后来唐传
奇的描写已较为接近了。《集仙录》当即是《集仙传》,《隋书·经籍
志》杂传类记为十卷,《广记》引用书目亦载其名。①

又《晋书·隐逸·夏统传》载女巫作法祠神情景有曰:

> 会母疾,统侍医药。……其从父敬宁祠先人,迎女巫章丹、
> 陈珠二人,并有国色,庄服甚丽,善歌舞,又能隐形匿影。甲夜之
> 初,撞钟击鼓,间以丝竹。丹、珠乃拔刀破舌,吞刀吐火,云雾杳
> 冥,流光电发。统诸从兄弟欲往观之,难统,于是共绐云曰:"从
> 父间疾病得瘳,大小以为喜庆,欲因其祭祀,并往贺之,卿可俱行
> 乎?"统从之。入门,忽见丹、珠在中庭,轻步佪舞,灵谈鬼笑,飞
> 触挑拌,酬酢翩翻。统惊愕而走,不出门,破藩直出。

此处的描写,也相当具体生动,富有小说意味。按《御览》卷七三四

---

① 《集仙录》也可能是《墉城集仙录》的简称。《通志·艺文略》子部道家传
记项曰:"《墉城集仙录》十卷,杜光庭集古今女子成仙者百九人。"按杜光庭,五
代后蜀人。他的《墉城集仙录》、《王氏神仙传》、《神仙感遇传》等书,大抵掇拾删
录前人传记成书,因此,"成公智琼"条即使出自《墉城集仙录》,仍在相当程度上
保存着汉魏六朝传记的面貌。

"方术部"也引用了《晋书》此段文字。而《御览》卷首《经史图书纲目》中则有《夏统别传》。颇疑《晋书》此段文字,本之《夏统别传》(《后汉书》、《晋书》多采用野史和小说家记载),《御览》的《图书纲目》承袭先唐《修文殿御览》列有《夏统别传》书名,实际编者并未见到该别传,故仍引《晋书》。

以上举了三个例子,说明汉魏六朝杂传作品中描写比较具体细致的片段。这种片段,在当时一部分志怪小说中也是存在的(《搜神记》这种片段较多),它们都为唐传奇的铺张描写开了先路。

再次,从语言和句式看。唐代散文,沿袭魏晋南北朝的长期传统,骈文占据主导地位,政治界、社会上流行的文体,多用骈体,即使不用骈体的散文,也是句式大多整齐,多四言句,在句式和气格上接近骈文。一些古文家特别是韩愈,提倡写句式长短参差的古文体,但在唐代影响不很大,不能取代骈文的地位。唐传奇的文体,大致上是当时流行的文体,只是更加通俗化一些。唐传奇中也出现若干骈体,如:

> 由是冶其容,敏其词,婉娈万态,以中上意,上益嬖焉。时省风九州,泥金五岳,骊山雪夜,上阳春朝,与上行同辇,居同室,宴专席,寝专房。(《长恨传》)

> 红线曰:"……扬威玉帐,但期心豁于生前;同梦兰堂,不觉命悬于手下。宁劳擒纵,只益伤嗟。时则蜡炬光凝,炉香烬煨,侍人四布,兵器森罗。……既出魏城西门,将二百里,见铜台高揭,而漳水东注,晨飚动野,斜月在林。忧往喜还,顿忘于行役;感知酬德,聊副于心期。……冀减主忧,敢言其苦。"(《甘泽谣·红线》)

这类片段,在唐传奇中毕竟比较少,因为对偶工整的语句不便于叙述

事件。绝大部分的唐传奇文章,和当时的散文一样,大抵是句子较为整齐、多四言句的文体。例如:

> 又旬馀,远所舍约二百里,南望一山,葱秀迥出。至其下,有深溪环之,乃编木以渡。绝岩翠竹之间,时见红采,闻笑语音。扪萝引縆,而陟其上,则嘉树列植,间以名花,其下绿芜,丰软如毯。清迥岑寂,杳然殊境。(《白猿传》)

> 媪逐食于舒,途经牧犊墅。暝值风雨,止于桑下。忽见路隅一室,灯烛莹莹。媪因诣求宿。见一女子,年二十馀,容服美丽,携三岁儿,倚门悲泣。前,又见老叟与媪,据床而坐,神气惨戚,言语咕嗫,有若征索财物,追逐之状。见冯媪至,叟媪默然舍去。(《庐江冯媪传》)

这类文字,在唐传奇中是很多的,不胜枚举。其句式、气格接近骈文,表现出骈文占主导地位时期散文骈化的倾向和特色。唐传奇中的某些篇章,像《柳氏传》、《莺莺传》、《飞烟传》,中间穿插若干诗歌、书信,诗用近体,音调和谐,书信用骈体,属对工整,辞采艳丽。穿插的诗文和传奇本身的叙述文字,在骈化倾向这方面是互相协调的。

唐传奇的这种文体,也渊源于魏晋南北朝。该时期的杂传作品,文体也是常具这种特色。上举《法显传》、《成公智琼传》、《夏统别传》都是如此。还有许多志怪小说以至其他散文像《水经注》、《洛阳伽蓝记》等,文体也是如此。它们表明了魏晋南北朝时期散文骈化的共同特色。唐代古文家韩愈等反对这种文体,着力创作句式参差不齐的文章,当时裴度即表示不满,曾批评李翱的古文"磔裂章句,隳废声韵"(《寄李翱书》),意思是古文破坏了骈文和骈化了的散文句子整齐、声韵和谐的传统。韩愈以后,古文家对这种骈化的散文往往加以反对和指责。北宋古文家欧阳修、宋祁纂成《新唐书》，曾公亮在《进〈唐书〉表》中批评《旧唐书》的文体说："衰世之士，气力卑弱，言浅意陋，不足以起其文。"按《旧唐书》编成于五代后晋，当时还是盛行骈体。《旧唐书》各传末尾的史臣评语，为工整的骈文，其他叙述性文字，则大抵为句式比较工整、多四言句的散文，即唐五代流行的散文文体。编纂《新唐书》的古文家对《旧唐书》文体很鄙薄，认为"气力卑弱，言浅意陋"（《旧唐书》撰成于后晋，其文字又多采录唐史臣吴兢等的旧文，故《进〈唐书〉表》对《旧唐书》文体的指责，实际也是对唐代通行散文和骈文的批评）。

为了说明唐代流行的散文文体与古文文体的不同，这里举一例子作比较。《旧唐书》卷一八七下《忠义传·张巡传》记张巡固守睢阳城，遣南霁云向贺兰进明求援时曰：

> 时贺兰进明以重兵守临淮，巡遣帐下之士南霁云夜缒出城，求援于进明。进明日与诸将张乐高会，无出师意。霁云泣告之曰："本州强寇凌逼，重围半年，食尽兵穷，计无从出。初围城之日，城中数万口，今妇人老幼，相食殆尽，张中丞杀爱妾以啖军人。今见存之数，不过数千，城中之人，分当饵贼。但睢阳既拔，即及临淮，皮毛相依，理须援助。霁云所以冒贼锋刃，匍匐乞师，谓大夫深念危亡，言发响应，何谓宴安自处，殊无救恤之心？夫忠臣义士之所为，岂宜如此！霁云既不能达主将之意，请啮一指，留于大夫，示之以信，归报本州。"

此段文字叙述比较繁详，多四言句，即唐五代流行之散文文体。韩愈《张中丞传后叙》记此事则曰：

> 南霁云之乞救于贺兰也，贺兰嫉巡、远之声威功绩出己上，

不肯出师救，爱霁云之勇且壮，不听其语，强留之，具食与乐，延霁云坐。霁云慷慨语曰："云来时，睢阳之人，不食月馀日矣！云虽欲独食，义不忍；虽食，且不下咽。"因拔所佩刀断一指，血淋漓，以示贺兰。一座大惊，皆感激为云泣下。

文字比较简练，句子长短错综，显示出所谓古文的特色。以后《新唐书》卷一九二《忠义传中·张巡传》记此事曰：

> 巡复遣（霁云）如临淮告急，引精骑三十冒围出，贼万众遮之，霁云左右射，皆披靡。既见进明，进明曰："睢阳存亡已决，兵出何益？"霁云曰："城或未下。如已亡，请以死谢大夫。"……进明惧师出且见袭，又忌巡声威，恐成功，初无出师意。又爱霁云壮士，欲留之，为大飨，乐作。霁云泣曰："昨出睢阳时，将士不粒食已弥月。今大夫兵不出，而广设声乐，义不忍独享，虽食，弗下咽。今主将之命不达，霁云请置一指以示信，归报中丞也。"因拔佩刀断指，一座大惊，为出涕。

句子也参差不齐，和韩文风格接近。总之，自魏晋以下至唐五代的流行散文（包括唐传奇），句式多整齐，多四言句，气格接近骈文；而古文家之散文，句式多参差不齐，与骈文风格相径庭。过去研究者有一种看法，认为唐传奇和古文运动关系密切；从语言的运用和风格看，可知其不然。

1995 年 10 月

（原载《中西学术》第 2 集，复旦大学出版社 1996 年 11 月出版）

读《虬髯客传》札记

一 作者和产生年代

《虬髯客传》是唐传奇中的一个名篇。关于它的作者，过去有三种说法。一是不署作者名。《太平广记》卷一九三采录此篇，文末注云："出《虬髯传》。"不言作者。《崇文总目》、《通志·艺文略》均作"《虬须客传》一卷"，不言作者。二是杜光庭作，见《容斋随笔》、《宋史·艺文志》、《顾氏文房小说》等。三是张说作，见《说郛》（涵芬楼影印本、陶珽本同）、《虞初志》、《五朝小说》等。现代学者多数采用杜光庭作这一说。

汪辟疆先生《唐人小说》关于《虬髯客传》有一段说明，比较能代表主张作者为杜光庭的理由，今录于下：

> 按《虬髯客传》，《唐志》不载。宋洪迈《容斋随笔》卷十二"王珪李靖"条，称有杜光庭《虬髯客传》云云。《宋史·艺文志》子部小说类，有杜光庭《虬须客传》一卷。清陶珽刊本《说郛》卷一百十二，载《虬髯客传》，下题唐张说撰。明清间通行《五朝小说》及《说荟》并同，不知何据。今仍题杜光庭者，从容斋洪氏之说也。惟《道藏》恭八，收杜光庭《神仙感遇传》，有《虬须客》一条，叙述与今所传本不同。且简略朴僿，文采殊逊。而虬髯作虬须，标题

与《宋史》正同。颇疑《道藏》为今传之祖本,流传宋初,又经文士之润饰(《太平广记》一百九十三所载之《虬髯客传》,已属改本),故详略互异如此。

汪先生的看法,迄今仍为人们所采取。例如前年人民文学出版社出版了一本《唐传奇鉴赏集》,内有一篇《〈虬髯客传〉赏析》,该文的艺术分析颇细致,对读者有帮助,但在作者问题上则云:"《虬髯客传》最初见于唐末人杜光庭《神仙感遇传》卷四,篇名'虬须客'。它的故事梗概,人物安排,均与今传本同。……但是,它的文字比较简朴。……杜光庭之后,有人给予加工润饰,并于宋初收入《太平广记》里,这就是今传本《虬髯客传》。它比杜氏的'虬髯客',艺术上有很大的提高。"

我在二十年前曾写过一篇《〈虬髯客传〉的作者问题》(以下简称《作者问题》),论证《虬髯客传》的作者不可能是杜光庭①。现在概括旧文,并作补充,再申鄙见。《虬髯客传》不是杜光庭的作品,理由如下:

一、杜光庭同时人苏鹗称此篇为近代学者所作。苏鹗《苏氏演义》卷下云:"近代学者著《张虬须传》,颇行于世。乃云隋末丧乱,李靖与张虬须同诣太原寻天子气。及谒见太宗,知是真主。"苏鹗与杜光庭是同时人。苏鹗于唐僖宗光启年间中进士。杜光庭,僖宗奔蜀时曾召见,赐紫衣,充麟德殿文章应制。后仕前蜀主王建。按照唐人一般的行文习惯,"近代"常指时间上比较接近的前代,而不是当代。如杜甫诗"近代惜卢王(指卢照邻、王勃)"(《寄高适岑参三十韵》)即是。苏鹗说小说是近代学者所著,近代学者不可能指和他同时的杜光庭其人,而以唐代中期人的可能性为大。

二、繁本不可能比简本晚出。《苏氏演义》说《张虬须传》"颇行

---

① 该文原载 1958 年 3 月 2 日《光明日报》的《文学遗产》副刊第 198 期,后收入拙著《汉魏六朝唐代文学论丛》。

于世",说明该篇在晚唐时代已颇流行,受到人们欢迎。如果它是叙述简朴、缺少文采的《神仙感遇传》的简本,怎么可能获得"颇行于世"的社会效果呢? 我们知道,唐代中期传奇最为发展,名篇叠出,文采斐然,晚唐传奇成就已逊中唐,宋传奇更是质朴少文,"飞动之致,眇不可期"(鲁迅《唐宋传奇集序例》)。从传奇发展过程看,说简本先出,繁本经宋人润色而成,也是不大合理的。

三、杜光庭作一说比较晚出。说《虬髯客传》作者为杜光庭,始见于南宋洪迈的《容斋随笔》。北宋前期编纂的《太平广记》、《崇文总目》,对此篇均不署撰人。杜光庭生平撰述很多,他的不少神仙传记一类作品,往往纂辑旧文,不是自己的创作。如其《墉城集仙录》十卷,《通志·艺文略》说是"杜光庭集古今女子成仙者百九人"。《神仙感遇传》也是这类著作。他的《仙传拾遗》有一则《弥明传》,系摘录韩愈《石鼎联句诗序》而成,正与他处理《虬髯客传》的情况相类似。《崇文总目》称"《虬须客传》一卷"(《通志·艺文略》同),这正是苏鹗所说的颇行于世的繁本;因为篇幅较长,因此能独立成为一卷。杜光庭因其内容符合于《神仙感遇传》的编书宗旨,因此加以删削而收入其书。洪迈博览群书,见《神仙感遇传》辑入此篇,遂误以为杜光庭所作了。

《虬髯客传》末尾有一段议论,强调李世民是真命天子,斥责叛乱之徒。文云:

> 乃知真人之兴也,非英雄所冀,况非英雄乎! 人臣之谬思乱者,乃螳臂之拒走轮耳。我皇家垂福万叶,岂虚然哉!

持小说为杜光庭作的同志,认为这种议论针对唐末藩镇割据称雄、农民起义声势壮大、唐皇朝岌岌可危的局面,有感而发。的确,"人臣之谬思乱者"云云,并不是一般地宣传真命天子理论,而当是针对动摇唐皇朝的敌人而发。但是动摇唐皇朝统治的人,并不只是唐末才有。

新、旧《唐书》均于最后一篇(《新唐书》标题为"逆臣")叙述了一批人物,其中突出的是安禄山、史思明、朱泚、黄巢等人。在黄巢以前,安禄山、朱泚都曾攻占长安,建立皇朝,对唐朝形成很大的威胁。故《旧唐书》卷二百《安禄山等传赞》云:"天地否闭,反逆乱常。禄山犯阙,朱泚称皇。贼巢陵突,群竖披攘。"如果说小说末尾是有所指的话,那也完全可以指安禄山、朱泚等,而不一定指唐末的"逆臣"。

《虬髯客传》的作者,尚有张说作一说。这说也晚出,大多见于明清人编纂的说部丛书,如《五朝小说》、《唐人说荟》等。这类丛书,如鲁迅先生所说,"往往妄制篇目,改题撰人",使人难以置信,因此张说作一说也遂不为人所重视。我在《作者问题》一文中曾指出张说作一说始见于元末明初陶宗仪所编的《说郛》(见涵芬楼印明抄原本《说郛》卷三四《豪异秘纂》中的"扶馀国主"则),同时据五代王仁裕《开元天宝遗事》的记载,说明张说还写过两篇小说,其文被摘要保存在该书的"鹦鹉告事"、"传书燕"两则中。因此,张说作一说也自有其一定的存在理由。但考虑到《虬髯客传》的艺术相当成熟,张说又死在安史乱前,因此作此篇的可能性不大。此篇作者当生活在唐代中期传奇繁兴、技巧成熟的年代,写作时间大约在安禄山、朱泚叛乱之后,其姓名已不可考。

二　小说人物和历史及传说

《虬髯客传》里面的杨素、李靖、刘文静、唐太宗等都是历史上的真实人物;红拂妓和虬髯客,则是小说作者创造出来的。小说中的故事情节,大抵出自虚构,所记事情,往往与史实不相符合,但又有一部分的史实根据。它是在一定的历史事实基础上进行虚构创造的作品,真假相参,主要情节大抵是虚构的。洪迈《容斋随笔》曾指出其记事与史实不合:

> 按史载唐公(指唐高祖)击突厥,靖察其有非常志,自囚上急
> 变。后高祖定京师,将斩之而止,必无先识太宗之事。且炀帝在
> 江都时,杨素死已十馀年矣。此一传大抵皆妄云。

但这只是一个方面,另一方面,小说对几个历史人物的描写,在某些地方毕竟以历史事实为基础,具有一定的真实性。下面对杨素、李靖、唐太宗三个人物,就浏览所及,提供一些历史和传说资料,供研究这篇小说的同志作参考。

小说说杨素生活奢华,这在《隋书》卷四八《杨素传》有记载:"素贵宠日隆。家僮数千,后庭妓妾曳绮罗者以千数。第宅华侈,制拟宫禁。"

李靖为杨素所器重,正史亦有记载。《旧唐书》卷六七《李靖传》云:"左仆射杨素、吏部尚书牛弘皆善之。素尝拊其床谓靖曰:'卿终当坐此。'"刘𫗧《隋唐嘉话》中有一则值得注意的故事:

> 李德林为内史令,与杨素共执隋政。素功臣豪侈,后房妇女锦衣玉食千人。德林子百药夜入其室,则其宠妾所召也。素俱执于庭,将斩之。百药年未二十,仪神儁秀。素意惜之,曰:"闻汝善为文,可作诗自叙。称吾意,当免汝死。"后解缚,授以纸笔,立就。素览之欣然,以妾与之,并资以数十万。

杨素宠妾夜召李百药入内室,与红拂妓夜奔李靖的情节颇为接近。案《旧唐书·李靖传》说李靖原名药师(《新唐书·李靖传》作"字药师"),李药师与李百药仅一字之差。小说中红拂妓夜奔李靖的情节,很可能受到李百药夜入杨素内室故事的影响。《隋唐嘉话》的作者刘𫗧,系著名史学家刘知幾之子,盛唐时人。《虬髯客传》的作者,看中了这个故事,移花接木,把它改造成为小说中的一个重要情节。

在唐初开国功臣中,李靖善于用兵,功业非常显赫。唐人小说和笔记中关于他的传说不一而足。《隋唐嘉话》有这样一则故事:

> 卫公始困于贫贱,因过华山庙,诉于神,且请告以位宦所至。辞色抗厉,观者异之。伫立良久乃去。出庙门百许步,闻后有大声曰:"李仆射好去!"顾不见人。后竟至端揆。

世传伪作李靖《上西岳书》(见《全唐文》卷一五三),大约就是根据这个传说造作出来的。李复言《续玄怪录》有《李卫公靖行雨》故事一篇,情节离奇。故事叙述李靖微时尝射猎晚归,误入龙宫,为龙子行雨。告别时主人出两奴奉赠,一奴从东廊出,仪貌和悦;一奴从西廊出,愤气勃然。靖仅取其怒者。作者在篇末发议论云:

> 其后竟以兵权静寇难,功盖天下,而终不及于相,岂非悦奴之不得乎?世言关东出相,关西出将,岂东、西二喻耶?所以言奴者,亦臣之下之象。向使二奴皆取,位极将相矣。

以上两则故事有一个共同点,就是均以神秘的宿命论观点来解释李靖的功业。其故事情节当然是荒诞无稽的,但反映了人们对于用兵如神、功盖天下的李靖的崇敬心情。《虬髯客传》虽以虬髯名篇,但全文的故事情节是以李靖为主体而展开的;从这个角度讲,这篇小说也不妨看作是卫公故事之一。小说末尾说虬髯资助李靖以后,"公(李靖)据其宅,乃为豪家,得以助文皇缔构之资,遂匡天下。……或曰:卫公之兵法,半乃虬髯所传耳"。认为李靖所以能成就大功业,就依赖了异人虬髯的帮助。这种传说与《隋唐嘉话》、《续玄怪录》的两则故事,在把李靖成功原因神秘化方面,具有着共同的思想倾向。

小说对唐太宗的描写,某些情节也与史实相合。《新唐书》卷二

《太宗纪》载：

> 太宗为人，聪明英武有大志，而能屈节下士。时天下已乱，盗贼起，知隋必亡，乃推财养士，结纳豪杰。长孙顺德、刘弘基等皆因事亡命，匿之。又与晋阳令刘文静尤善。文静坐李密事系狱，太宗夜就狱中见之，与图大事。

又《旧唐书》卷三《太宗纪》载：

> 贞观十五年五月，上于武成殿赐宴，因从容谓侍臣曰："朕在太原，喜群聚博戏。暑往寒逝，将三十年矣。"时会中有旧识上者，相与道旧，以为笑乐。

这里所载的唐太宗与刘文静关系密切，喜欢博戏游艺，均与小说的描绘符合或接近。

历代的开国君主，为了巩固其既得权力和地位，常常授意臣下制造一套真命天子的理论和故事来神化自己。唐太宗也不缺少这种事例。如《旧唐书》卷二《太宗纪》载：

> 太宗时年四岁，有书生自言善相，谒高祖曰："公，贵人也，且有贵子。"见太宗曰："龙凤之姿，天日之表，年将二十，必能济世安民矣。"高祖惧其言泄，将杀之，忽失所在，因采"济世安民"之义以为名焉。

同书卷一九二《王远知传》载：

> 太宗平王世充，与房玄龄微服以谒之。远知迎谓曰："此中

有圣人,得非秦王乎?"太宗因以实告。远知曰:"方作太平天子,
愿自惜也。"

　　《虬髯客传》对于唐太宗的描写和作者在小说末尾赞美唐太宗为真人
的议论,同上面两段记载的思想倾向是一致的。这种歌颂唐太宗为
真命天子的观点在《虬髯客传》中占有突出地位,实际上可说是它的
主题思想。因此,这篇小说的思想意义较低,其主要成就在于艺术描
绘方面。

　　虬髯客这个人物虽出自虚构,但扶馀国却又有一点历史根据。
《唐人小说》说:"按新、旧《唐书》,并无扶馀国。惟高丽、百济,并云扶
馀之别种。高丽国有扶馀城。……扶馀位中国之东北,更不得云东
南。"可见小说作者根据这种史实把它点化为扶馀国。

　　以一定的史实和传说为依据,又不遵守这些史实、传说,驰骋想
象加以点染变化,这是我国古代历史题材小说的一个特色。《虬髯客
传》也是如此。

1984 年 2 月

（原载《学林漫录》第 11 集,中华书局 1985 年出版）

伟大的诗人屈原及其作品

屈原是出现在中国文学史上的第一个伟大诗人。在他以前的《诗三百篇》都是篇幅短小的诗歌,它们的作者几乎全部没有传下名字。屈原,他第一个以规模宏伟的创作献给中国诗坛,他以整个身心献给他的艺术。二千多年来,屈原的崇高的爱国主义思想结合着生动的艺术形式的辉煌著作,灌溉了封建社会中无数世代的文学家,成为他们创作时候的用之不尽、取之不竭的泉源。今天,在解放了的新中国,它们更真正地成为全体人民的宝贵的财富。

屈原名平,"原"是他的字。约在公元前 340 年(楚宣王二十八年),他出生在楚国的一个贵族家庭。楚国王室的本家有三个大姓(昭、屈、景),屈姓是其中之一。屈原在家庭中接受相当深厚的贵族阶级的文化教养,因此当他出任楚怀王朝左徒的时候,不但善于处理政治、法律等国家事务,而且擅长外交辞令。不幸不久便招致了他的政治敌人的嫉妒,他们在怀王面前进谗言,结果怀王疏远了他。这时他只有二十多岁。

屈原虽然出身贵族,却能够洞明当时的国际形势。当时战国七雄之中,秦、楚、齐三国最强。屈原主张任用有才德的人,严明法纪,来搞好国家的内政,对外与齐国联合,对抗强秦。这是那个时候唯一的对楚国有利的政治路线和外交路线。然而,以令尹子兰、上官大夫靳尚为首的短视的贵族政治集团,却把他当作眼中钉。他们昏庸无能,却不愿放弃贵族的特殊的政治权益;屈原的人材、政治和法治的主张假如实现,贵族的特权就失掉保障,因此他们痛恨屈原。他们只图苟安一时,甘心破坏齐、楚的友好关系,向秦国讨好,甚至屈服。

怀王在政治上是一个患得患失没有远大眼光的人,忽与齐好,忽与秦好,举棋不定,结果不但被秦国打死无数战士,夺去许多土地,而且无法和齐国保持经常的友好关系。公元前299年(楚怀王三十年),怀王又受秦的欺骗,入秦与秦昭王相会,结果被扣留,客死于秦。屈原一直主张亲齐,在怀王与齐和好时候,他曾出使于齐;他劝怀王不要听信欺骗楚国的秦国策士张仪,劝怀王不要到秦国去会秦王,但怀王却听从了他的反对者子兰和靳尚的话。约在公元前305年以后的四五年内,屈原因为不得怀王的欢心,被放逐出楚国的京城郢都(今湖北江陵县),流浪在汉水上游有不少时候。

怀王入秦不返,他的儿子顷襄王继位。楚国人民都恨子兰劝怀王入秦,屈原也恨他。子兰知道了,叫靳尚在顷襄王面前说屈原的坏话。屈原被放逐到离郢都更远的江南,他实现他的政治主张的希望更渺茫了。漫长的岁月过去了,他没有被召回的可能;楚国的国势一天衰弱一天,公元前278年(顷襄王二十一年),连郢都也被秦国侵占了。屈原不能忍受眼看着祖国走向灭亡,就在这一年投身洞庭湖南的汨罗江自杀。自杀的日子是夏历五月五日,江南民间在这天有龙舟竞渡的风俗,相传就是为了拯救屈原的生命。这个传说真实地反映了广大人民对诗人的同情和敬爱。

屈原的作品大概都是在流放中写成的。在漫长的流放期间,屈原经历了不少地方,获得了接近下层民众的机会,扩大了视野,丰富了认识,熟悉了民间的艺术形式和大众的语言。这种在政治上失败以后的新收获,和文学才华相结合,使他写出了不朽的诗篇:《离骚》、《九章》、《九歌》、《天问》和《招魂》。这些作品加上屈原学生的作品以及汉代文人的仿作,被西汉刘向编成一个名叫"楚辞"的集子。

《离骚》是屈原的代表作,体制宏伟(全篇长达二千四百多字),结构严密,完整地反映了诗人的高尚的思想和人格。《离骚》全文可以分做三大段。第一段叙述自己的品格以及从出生到遭遇放逐的身世。他借着描绘古代贤君的行为,发表了自己的政治主张是:

> 举贤而授能兮,循绳墨而不颇。

但是他反被楚王所放斥,得到信任的是他的反对党。对这些争权夺利、破坏法纪、苟安偷生的党人,他寄以无比的憎恨和讽刺:

> 惟党人之偷乐兮,路幽昧以险隘。
>
> 众皆竞进以贪婪兮,凭不厌乎求索,羌内恕己以量人兮,各兴心而嫉妒。
>
> 固时俗之工巧兮,偭规矩而改错,背绳墨以追曲兮,竞周容以为度。

子兰、靳尚等把持着政权,只有同流合污,巴结他们,才能够在楚国宫廷中生活下去。这种违背自己所深信的合理主张的行为,是屈原所坚决不能干的:

> 亦余心之所善兮,虽九死其犹未悔!
>
> 宁溘死以流亡兮,余不忍为此态也。
>
> 虽体解吾犹未变兮,岂余心之可惩?

一个封建社会中的知识分子,纵然抱有热爱祖国的宏誓大愿,但由于历史条件的限制,这种宏誓大愿只能通过君王的信用方能实现。屈原希冀着楚王能够憬然醒悟,希冀着自己能够重新获得信任。这种期望是落空了。《离骚》的第二大段以自己上天下地各处追求情侣失败的故事诗的形式来刻划这一期望和失望的过程,在这一段中,屈原采用了民族神话和历史传说的丰富形象来表达自己的思想情感,使文字显得非常陆离璀璨。第三大段叙述屈原向灵氛和巫咸请教自己的出路问题,他们劝他到外国去做官,这是战国时代知识分子的寻常行径,即使王室的本家也不例外,例如卫国的商鞅就到秦国做官。听了他们的话,屈原的心里很犹豫,驾车跑了一阵,然而,

> 陟升皇之赫戏兮,忽临睨夫旧乡;仆夫悲,余马怀兮,蜷局顾而不行。

他热爱祖国,他不能离开祖国!《离骚》就在这样庄严的誓言中结束。

和《离骚》的风格、情调最接近的是《九章》,它包括屈原在不同时间做的九篇短篇诗作(其中有三四篇辞气不像屈原的亲笔,大约是后人的拟作)。因为性质相近,后人把它编集在一起,唤做"九章"。跟《离骚》一样,《九章》深刻地表现了屈原热爱祖国的思想情感,以及不向卑鄙龌龊的权贵妥协的坚毅性格。它不同于《离骚》的,是篇幅短,内容比较片段,而且侧重于实际的思想情感的表白,不像《离骚》在神话传说的资料中驰骋丰富的想象。《哀郢》(《九章》之一)中屈原记录了人民的痛苦生涯:

> 皇天之不纯命兮,何百姓之震愆? 民离散而相失兮,方仲春而东迁。

一种国破家亡的情感溢于字里行间。屈原的诗作只有这一处描写人民的苦难,但是我们说他的全部诗作是人民的,他的整个精神是紧密地和人民联系着的。为什么呢? 因为屈原主张举贤任能,严肃法纪,

主张联齐抗秦,他无情地暴露了贵族统治阶层的荒淫和腐朽,严正地宣判了他们的罪状,这些,不但代表了不愿做被征服者的进步的贵族阶层的意见,而且反映了陷于水深火热中的广大的下层民众的要求。战国七雄长时期的国际战争,给各国人民带来了深重的苦难:生产力的破坏和生命财产的损失。楚国在对外战争方面,虽然屡次遭遇严重的失败,但昏庸的贵族统治阶层仍然过着荒淫无耻的生活,仍然不放松对人民的诛求。屈原主张任贤用能,结果必然能够减轻统治阶层的残酷剥削;主张联齐抗秦,结果必然能够减轻战争的威胁和破坏。这样,他的主张就符合于人民的利益,而他的对贵族政治的尖锐的批评,在客观上就不能不和人民的观点取得了一致。屈原深信自己主张的正确和合理,不向短视的贵族统治集团屈服,"虽九死其犹未悔",这种坚毅不屈的人格美,是深深地为爱国主义思想光照着的,这里不是个人的生死得失的问题,而是整个国家存亡兴衰的问题。理解了这点,才能够理解屈原宁愿自沉而不肯离开楚国的悲剧。

屈原的其他作品有《九歌》、《天问》和《招魂》。实际包含十一篇短篇诗作的《九歌》,相传原是楚国沅湘流域民间祭祀神道的歌曲,经过屈原予以改写的。《九歌》所祀的,神道有日神(东君)、云神(云中君)、水神(湘君、湘夫人、河伯)、星神(大司命、少司命)等等。古代人民不了解自然的法则,假想每一种自然力量都有它的主宰者,并且根据丰富的想象赋予他们以美丽的形象,于是便有了神话。记录了楚国人民的美丽的神话的《九歌》,经过了屈原的提炼和加工,语言更臻洗炼精粹,成为具有高度艺术价值的作品。《楚辞》中,《离骚》外最使人爱悦的便是《九歌》,它正像马克思所赞美的以神话为材料的古希腊史诗一样,迄今"继续供给我们以艺术的享乐,而且在某种意义上还保存着一种规范和一种不可企及的标本的意义"(《政治经济学批判》)。《国殇》是《九歌》中比较特殊的一篇,它礼赞为国捐躯的战士,通过战斗景象的描绘,礼赞了他们宁死不屈的精神,这种礼赞显然是从屈原的爱国主义思想喷发出来的。

　　《天问》相传也是屈原流放期间的作品,他在道途间经历了不少楚国王室和公卿的庙堂,看见壁上画着天地山川的神灵、古代传说和历史中的人物故事。在苦闷的心情下,他对这么许多希奇古怪的自然现象和社会现象发出一连串的疑问,连续提出了一百几十个问题。屈原还有一篇作品是《招魂》。楚国民间有招魂的风俗,人死了,或者远行不返,其亲人就要通过某种仪式呼唤他回来,这种呼唤形成招魂辞。利用这种民间艺术形式的《招魂》,是规模比较宏大的中篇诗作。有人说《招魂》是屈原招自己的魂,有人说是屈原招怀王的魂,从内容、语气上看,后一说似更为合理些。屈原热切盼望着怀王能够重新信用自己,不幸怀王竟受秦的愚弄而不能回到祖国,这对屈原是一种沉重的打击。在《招魂》中,就渗透着一种遭受打击以后而仍然念念不忘君国的沉痛情绪。《招魂》上半篇陈说上下四方都有害人的灾祸,叫魂不要到那里去。这种灾祸被以惊心动魄的险恶形象描绘着,它里面也包含了不少古代的神话、传说,同时掺杂了一部分反映统治阶级利益的宗教迷信,例如天堂地狱的刻划。从《天问》,我们知道屈原对古代的许多宗教信仰抱怀疑的态度,他的描写天堂地狱等等,主要还是利用这些形象作为艺术手段来增强文字的感染力量。《招魂》下半篇很细腻地描绘了楚国宫廷陈设的豪华和宴饮声色的盛大,叫魂回到故居来,它为我们展示了楚国最高统治者荒淫生活的一面,展示了促使楚国衰亡的一个重要因素。

　　屈原的作品不但具有丰富的思想内容,而且在艺术形式和技巧上也有崭新的建树。这种建树表现在艺术的形象能力方面是描写细腻真切、想象丰富生动。他不论写自己的思想、情感、行动,写外界的景色,都非常细腻真切,在读者面前展开生动的画面。刘勰赞美他"叙情怨则郁伊而易感;述离居则怆怏而难怀;论山水则循声而得貌;言节候则披文而见时"(《文心雕龙·辨骚篇》),并非溢美之辞。至于想象的丰富和生动则更是屈赋的特色。即以《离骚》而论，中间一大段固不必说，前面用莳养、佩带芬芳的花草来比拟自己的品格，后面用占卜、驾车西向中途折返来比拟中心的徬徨和苦闷，都充分显示出他的想象能力。这种写实能力和想象能力，比之《三百篇》的赋比兴，显然有了极大的进展。细腻的描写和丰富的想象二者互相结合，结果就产生了模范宏大的篇章。在语言方面，屈赋的特征是自然生动，接近口语。据郭沫若先生的研究，周代南方国家的贵族文字接近《周书》的诰命、周《诗》的《雅》《颂》，跟人民语言距离很远，屈原却大胆地采纳了许多生动的民间口语，例如"兮"、"些"、"也"、"羌"等等。他采用的楚国方言，现在可以考知的即有二十餘种之多。同时他更把语言的节奏拉长了，除掉《天问》，屈赋的句子都是宛转舒徐，错落多变化，打破了《诗三百篇》四字一句的经常格式，而这种格式是经过删《诗》者的整齐划一，跟语言的自然节奏往往不能符合的。语言方面的这些革新不但使屈赋本身显得非常活泼生动，而且给中国整个诗歌语言带来了新鲜的血液。

什么条件使得屈原能够完成这样巨大的艺术上的革新呢？首先是由于他熟悉人民的艺术和语言，从那里获得充沛的滋养。在文化发展比较北方落后的南方民间，流传着大量的神话和传说，它们是广大人民智慧和情感的结晶，在那里有无比丰富的想象，异常细腻的描写。这些神话和传说，一方面被屈原大量地采用为创作材料来表现自己的思想情感；一方面提示屈原以新鲜的创作方式，使他的全部作品洋溢着这种特色。屈原不但采取了许多民间词汇，更学习了民间歌谣的节奏。从战国时代的《越人歌》、《孺子歌》，以及后来项羽的《垓下歌》、刘邦的《大风歌》，我们认识古代南方民间歌谣的句调是参差不齐的，舒缓流转的，这种灵活生动的优点完全被屈原所汲取了。其次是时代的影响，屈原所处的时代是辩士食客蜂起的时代，是诸子百家争鸣的时代。由于生活环境的要求，这些新兴的知识分子都善于运用巧妙的辞令来游说君主。他们的政治学术思想,往往通过比较接近口语的文字和篇幅宏伟的散文形式表现出来。从纵横家的游说,从庄子的著作,可以看出他们具有巨大的描写能力与想象能力。屈原也善于言辞,曾经接待外宾,出使齐国,庄子又是他邻国的人物;得风气之先的屈原,显然不会不受他们的影响。

《诗三百篇》是群众性的歌谣,它们的作者还没有把文学当作重大的专门事业看待,他们并没有想到要把自己的整个身心倾注进去。到了春秋战国时代,先秦诸子的政论,以很鲜明的个人姿态出现了,于是学术上便有了许多专家。屈原生活在这样一个百家蜂起的时代潮流中,他怀抱巨大的政治兴趣和热情,但他的才能不向理智方面而向情感方面更多地发展。这种情感由于政治上的失意而扩大、加深,由于接受了广大人民、时代天才的滋养和影响而获得了空前的艺术表现形式。这样,屈原遂以第一个伟大诗人出现于中国历史。

屈原的影响是巨大而深远的:汉魏六朝贵族阶级文学创作的主要形式——辞赋,直接继承了《楚辞》的传统;《招魂》为汉以后的七言诗开导了先路。

屈原的崇高的爱祖国、爱人民的思想,感动了二千多年来每一个有良心的文人,成为他们精神上的依傍。屈原掌握了人民的艺术形式和语言,反映了人民的要求和愿望,因此创造出辉煌的诗篇,这种经验在今天对我们还是伟大的教训。

（原载 1953 年 6 月 15 日《解放日报》）

谢庄作品简论

　　谢庄(421—466)是南朝刘宋时期谢氏家族中的一位著名人物，主要活动于刘宋文帝、孝武帝时，历任高官，官至中书令、金紫光禄大夫。他擅长文学，其文学成就和声望在谢氏家族中仅次于谢灵运和谢惠连。《宋书》卷八五、《南史》卷二十《谢庄传》均称他所著文章有四百馀篇，后世大多亡佚，今仅存赋四篇，诗二十多篇，文约二十篇。《文选》选录他的《月赋》、《宋孝武宣贵妃诔》两文，实际尚有一些其他作品也值得重视。今按赋、诗、文三部分略作评述。

　　先说他的赋。《月赋》是历代传诵的名篇，抒情写景，凄婉生动，与鲍照《芜城赋》、谢惠连《雪赋》、江淹《恨赋》《别赋》等作品标志着南朝抒情小赋的造诣达到了顶峰。该赋假托陈思王曹植遭遇文友应场、刘桢丧亡后，在幽静的月夜兴起"怨遥"、"伤远"之情，于是命王粲写作《月赋》。本文重点写秋夜月色，中间一段最见精彩：

　　　　若夫气霁地表，云敛天末。洞庭始波，木叶微脱。菊散芳于山椒，雁流哀于江濑。升清质之悠悠，降澄辉之蔼蔼。列宿掩缛，长河韬映。柔祇雪凝，圆灵水镜。连观霜缟，周除冰净。

"升清质"以下八句描绘秋夜月光的明亮、洁白和清冷，用列宿、长河黯然无色作陪衬，以雪、水、霜、冰来比拟，已觉颇为生动；前面"若夫气霁"六句，用白描手法写秋夜凄清的景色，起到了烘云托月的作用，语言自然秀丽，更是脍炙人口的佳句。尾部以两歌收束，歌曰：

> 美人迈兮音尘阙，隔千里兮共明月。临风叹兮将焉歇？川路长兮不可越。

> 月既没兮露欲晞，岁方晏兮无与归。佳期可以还，微霜霑人衣。

思念远隔千里的佳人，希望他能回来，洋溢着怅惘凄婉的抒情气氛。许梿《六朝文絜》评曰："以二歌总结全局，与'怨遥'、'伤远'相应，深情婉致，有味外味。"

《南史·谢庄传》有一段关于《月赋》的轶事，曰：

> 庄有口辩，孝武尝问颜延之曰："谢希逸《月赋》何如？"答曰："美则美矣，但庄始知'隔千里兮共明月'。"帝召庄以延之答语语之，庄应声曰："延之作《秋胡诗》，始知'生为久离别，没为长不归'[①]。"帝抚掌竟日。

"隔千里兮共明月"是人们与亲朋交往间常常会遭逢的境遇。颜延之用戏谑口吻嘲笑《月赋》此句只是写出了人们常常遭逢的生活情景，实际颜延之《秋胡行》的"生为"二句性质亦复如此，故谢庄以此作答，并受到孝武帝的称赏。文学家大抵不是思想家，他的长处不在发表新颖独到的见解，而在于能够以优美的文笔和境界表现人们所常有的境遇和情怀并引起广泛的共鸣。《月赋》此句的感染力正在于此。颜延之对此恐怕也不会不知道，只是跟谢庄开开玩笑而已。谢庄以颜的同性质的诗句作为回应，因而受到孝武帝的称赏。《月赋》被选

---

① 颜延之有《秋胡行》，共九章，此二句见第二章。

入《文选》，在后代广泛流传，影响深远。后来张九龄诗句曰："海上生明月，天涯共此时。"（《望月怀远》）白居易诗曰："共看明月应垂泪，一夜乡心五处同。"（《自河南经乱……兼示符离及下邽弟妹》）苏轼词曰："但愿人长久，千里共婵娟。"（《水调歌头》）均脱胎于此，情与词句各有翻新，并都成为流传人口的名句。

　　假托古人古事以展开情节，是古代辞赋写作的常用手法。《月赋》则假托曹植、王粲两人。建安时代，曹操父子崇尚文学，招集了一批才彦之士聚居邺都，后人称为邺下文人集团。曹丕、曹植兄弟与王粲、徐幹等文士互相唱和，创作了不少诗赋，文人五言诗此时趋于繁盛，锺嵘《诗品序》誉为"彬彬之盛，大备于时矣"；小赋创作也颇为活跃。后代注重诗赋写作的文人，对建安时代往往十分向往。谢灵运有《拟魏太子邺中集诗》八首，分别规仿曹丕、王粲等八人作品，《月赋》亦假托曹、王两人。《文心雕龙·才略》篇末指出："宋来美谈，亦以建安为口实。何也？岂非崇文之盛世，招才之嘉会哉！"谢灵运、谢庄的诗赋，即可作为刘勰这段话的印证。又曹丕《与吴质书》曰："昔年疾疫，亲故多离其灾，徐、陈、应、刘，一时俱逝，痛可言耶？"则为《月赋》"陈王初丧应、刘，端忧多暇"二句所本。除《月赋》外，谢庄还有《舞马赋》，系应孝武帝诏命所作，《宋书》本传录其全文，内容多歌功颂德，堆砌辞藻典故，价值不大。又有《赤鹦鹉赋》，亦应诏之作，为当时著名文人袁淑所激赏，今仅残存一小段，也未见精彩。又有《曲池赋》，今仅残存十句，中有"步东池兮夜未久，卧西窗兮月向山"等句，写景较为清丽。

　　《月赋》的艺术特色，在工于写景抒情，情景交融。谢庄作品擅长写景，不但《月赋》、《曲池赋》为然，在其诗歌中表现也较为突出（参见下文），这有个人和社会两方面的原因。从个人讲，谢庄喜爱山水风景，喜欢闲逸的庄园生活，他对物色风景经常接触，细心体验，因而在这方面具有敏锐细致的感受。江淹《杂体诗》三十首中有一首是效谢庄的，题下有"郊游"二字，说明谢庄诗喜以郊游观赏风景为题材。谢庄字希逸,表示希慕闲逸的生活。他有"五子:飏、朏、颢、㮚、瀹,世谓庄名子以风、月、景、山、水"(《南史》本传),亦是说明谢庄酷爱山水风景的一证。从社会原因讲,如众所知,刘宋前期,在谢灵运的倡导下,山水诗趋于鼎盛,作者颇多,故《文心雕龙·明诗》篇有"宋初文咏""山水方滋"之语。不但诗歌,当时辞赋、骈散文领域也崇尚写景,谢惠连《雪赋》、谢庄《月赋》、鲍照《芜城赋》《登大雷岸与妹书》等均是这方面的代表作品。《文心雕龙·物色》篇评论近代文风(近代指宋、齐两代)时有曰:"窥情风景之上,钻貌草木之中。"所指对象即兼包诗赋。

次说谢庄的诗歌。他的诗现存二十多首,半数以上均属应诏而作的庙堂歌辞,如《宋明堂歌》九首、《宋世祖庙歌》二首、《烝斋应诏》等均是,内容歌颂帝王功德,文辞板重枯燥,无大价值。其馀十来首抒写日常生活的诗篇,则较有情致。他的五言诗写得最好的是《北宅秘园》,诗云:

> 夕天霁晚气,轻霞澄暮阴。微风清幽幌,馀日照青林。收光渐窗歇,穷园自荒深。绿池翻素景,秋槐响寒音。伊人傥同爱,弦酒共栖寻。

写庄园景色颇为闲雅明净。清王士禛《古诗选》、沈德潜《古诗源》各录谢庄诗一首,即此篇。王夫之对此诗极为称赏,认为它能以朴素的白描手法,不假雕饰,写出自然界的美景。有曰:"物无遁情,字无虚设。两间之固有者,自然之华,因流动生变,而成其绮丽。心目之所及,文情赴之,貌其本荣,如所存而显之,即以华奕照耀动人无际矣。古人以此被之吟咏,而神采即绝。"①此外如《游豫章西观洪崖井》诗有云:

> 幽愿平生积,野好岁月弥。……林远炎天隔,山深白日

---

①　王夫之《古诗评选》卷五。

亏。……隐暧松霞被,容与涧烟移。将遂丘中性,结驾终在斯。

中间写景颇为细致生动。从起结数句,更可看出他对自然景色和隐居生活的喜爱。

谢庄尚有杂言诗《山夜忧吟》、《怀园引》、《瑞雪咏》三篇,其中《怀园引》写得最好,诗云:

> 鸿飞从万里,飞飞河岱起。辛勤越霜雾,联翩溯江汜。去旧国,违旧乡,旧海悠且长。回首瞻东路,延翩向秋方。登楚都,入楚关,楚地萧瑟楚山寒。岁去冰未已,春来雁不还。风肃幌兮露濡庭,汉水初绿柳叶青。朱光蔼蔼云英英,离禽喈喈又晨鸣。菊有秀兮松有蕤,忧来年去容发衰。流阴逝景不可追,临堂危坐怅欲悲。轩兔池鹤恋阶墀,岂忘河渚捐江湄。试托意兮向芳荪,心绵绵兮属荒樊。想绿蘋兮既冒沼,念幽兰兮已盈园。夭桃晨暮发,春莺旦夕喧。青苔芜石路,宿草尘蓬门。……

按宋文帝元嘉年间,谢庄随从随王刘诞去襄阳,从诗中“登楚都”、“汉水初绿”等语看,此诗当为在襄阳时怀念建康故园之作。诗写得明白流转,情意绵绵,不愧为抒情诗的佳作。前此晋代石崇有《思归引》、《思归叹》,湛方生有《怀归谣》,均为怀念故园的杂言诗;谢庄此篇受前人影响,但篇幅加长,句式更复杂,抒情更婉转曲折。以后沈约的《八咏》亦用此体,铺叙更为详尽①。此外《山夜忧吟》、《瑞雪咏》两篇,艺术表现力不及《怀园引》。此种体制,句式长短参差,多用“兮”字,体式与楚辞相近,亦可认为“辞”之变体,故严可均《全宋文》(卷三四)亦加编入。这三首诗过去冯惟讷《古诗纪》、张溥《汉魏六朝百三

---

① 参考余冠英《汉魏六朝诗选》谢庄《怀园引》题解。

名家集》、严可均《全宋文》据《艺文类聚》所录，均不全；逯钦立《先秦汉魏南北朝诗》据《戏鸿堂帖》、《续古文苑》所录，始为全篇。

在南朝时代，诗歌创作以五言诗最为昌盛，七言诗尚在完成过程中。批评界的主要倾向，也大抵重五言轻七言。锺嵘《诗品》专评五言诗，《文心雕龙·明诗》评诗，也以五言、四言为主。又当时评诗风，往往崇尚典雅、雅正，七言诗比较通俗流转，亦为多数文人所不喜（晋傅玄《拟张衡〈四愁诗〉序》已有七言"体小而俗"之语）。上述谢庄的杂言《怀园引》，因中间多七言句，诗风与七言诗相同，因此也不受时人重视。我们看萧统《文选》，七言诗只选了张衡的《四愁诗》、曹丕的《燕歌行》，连鲍照的《拟行路难》都没有选，故而谢庄的《怀园引》就不可能入选了。

锺嵘《诗品》置谢庄于下品，评曰："希逸诗，气候清雅，不逮于王（微）、袁（淑），然兴属闲长，良无鄙促也。"《诗品》专评五言诗，谢庄此体成就的确不高。《诗品序》有一段话强调诗歌词语贵在自然，反对用事，中间亦涉及谢庄。文曰：

> 观古今胜语，多非补假，皆由直寻。颜延、谢庄，尤为繁密，于时化之。泰始中，文章殆同书钞。近任昉、王元长等，词不贵奇，竞须新事，尔来作者，寖以成俗。……

这段话以谢庄与颜延之并举，批评两人诗用事过多，在当时诗坛形成"文章殆同书钞"的不良风气。但反观上引《诗品》评谢庄诗，说它们"气候清雅"，"兴属闲长"，再从上引谢庄的《北宅秘园》、《游豫章西观洪崖井》等诗看，风格确较清雅，词语明白，并无用事繁密之累。韩国车柱环《锺嵘诗品校证》解释这一矛盾现象，认为此处"谢庄疑本作谢客（谢灵运）。……客之作庄，盖草书形似之误"①。此说乍看似颇有

---

① 引自曹旭《诗品集注》。

理,细审则恐不然。无论"庄"、"客"二字并不形似,《诗品》下文明云颜延之、谢庄诗当时即起影响,即在宋孝武帝大明、宋明帝泰始年间,影响显著。考谢庄仕履,主要活动在孝武帝时代,颜延之则卒于孝武帝初期,而谢灵运则在此前的文帝时代已被杀。从《诗品》"于时化之"等语看,"庄"字应不误。曹道衡、沈玉成两先生的《南北朝文学史》认为锺嵘指责的是谢庄一部分随侍应诏的作品,甚是。从谢庄诗作看,也确有一部分应诏之作用典颇多,显得晦涩,如《宋明堂歌·登歌》:

> 雍台辨朔,泽宫练辰。洁火夕照,明水朝陈。六瑚贲室,八羽华庭。昭事先圣,怀濡上灵。

《宋明堂歌·歌太祖文皇帝》:

> ……辰居万宇,缀旒下国。内灵八辅,外光四瀛。蒿宫仰盖,日馆希旌。复殿留景,重檐结风。刮楹接纬,达响承虹。……

《烝斋应诏》:

> 霜露凝宸感,肃傪动天引。西郊灭湮捔,东溟起昭晋。舞风泛龙常,轮霞浮玉轫。紫阶协笙镛,金途展应辣。方见六诗和,永闻九德润。观生识幸渥,睇服惭辖客。

《和元日雪花应诏》:

> 从候昭神世,息燧应颂道。玄化尽天秘,凝功华地宝。笙镛流七始,玉帛承三造。委霰下璇葐,叠雪翻琼藻。……

按《诗品》虽专评五言诗，但《诗品序》泛论当时诗风，自不必限于五言。值得注意的是，颜延之诗也有这种现象，即他应诏所作的诗歌如《宋南郊登歌》三首（四言、三言）、《应诏宴曲水作诗》八章（四言）、《应诏观北湖田收》（五言）等篇章均用典较多，语句艰深，而其他作品如《从军行》、《秋胡行》、《五君咏》（均五言）等篇章则写得明白晓畅，很少用典。这说明崇尚典雅和用典，是当时应诏而作的宫廷文学的流行风气。

这里有必要说一下谢庄与颜延之两人的关系。两人都是刘宋前期的重要作家，颜延之年辈较早，东晋末年即已出仕，主要活动在宋武帝、文帝两朝，孝武帝初年卒。谢庄主要活动在文帝、孝武帝两朝，两人官职均颇高，颜官至金紫光禄大夫，谢官至中书令、金紫光禄大夫①。两人文才俱受帝王青睐，应诏写作的作品颇多。除诗歌外，还有赋和文。颜延之作有《赭白马赋》、《三月三日曲水诗序》等，俱收入《文选》。谢庄则有《赤鹦鹉赋》、《舞马赋》、《宋孝武帝宣贵妃诔》、《孝武帝哀策文》等，这类作品大抵都文辞渊雅，用事甚多。这类应诏作品，是当时宫廷文学的代表，因而影响甚大。《诗品序》中提到的任昉、王元长（王融）两人，又是齐梁时代宫廷文学的代表作家，其地位正与颜延之、谢庄在刘宋相似。王、任两人应诏之作颇多，即以《文选》所选者为例，王融有《永明九年策秀才文》、《三月三日曲水诗序》等，任昉有《为宣德皇后劝梁公令》、《天监三年策秀才文》等，《诗品序》中的"文章殆同书钞"一语中的"文章"，当兼指诗、赋、文各体而言。据上所述，颜、谢并称，我认为可以有两种理解：一是就作品（主要指诗歌）的文学成就而言，颜、谢指颜延之与谢灵运；二是就作为刘宋前期宫廷文学的代表而言，那颜、谢应指颜延之与谢庄。

再次说谢庄的骈散文。谢庄最著名的文章《宋孝武帝宣贵妃诔》被选入《文选》，《南齐书·文学传论》称道谢庄的诔文有曰："谢庄之

---

① 据《宋书》卷四十《百官志》（下）记载，光禄大夫、中书令均属第三品。

诔,起安仁之尘。"但该文亦为应诏之作,用典甚多,典雅而缺少文学
情趣,不及潘岳的哀诔文悱恻明朗,哀感动人。谢庄历任要职,议政
之文较多,《宋书》本传录其《上搜才表》、《奏改定刑狱》等文,可以看
出他的政治识见,但均缺少文学价值。他的《与江夏王义恭笺》一文,
陈述自己身体多病,拟辞去政务烦剧的吏部尚书一职,叙述楚楚有情
致,文辞也从容安雅,全文较长,今录其小部分:

> 下官凡人,非有达概异识,俗外之志,实因赢疾,常恐奄忽,
> 故少来无意于人间,岂当有心于崇达耶!……眼患五月来便不
> 复得夜坐,恒闭帷避风日,昼夜悁悁,为此不复得朝谒诸王,庆吊
> 亲旧,唯被敕见,不容停耳。此段不堪见宾,已数十日。持此苦
> 生,而使铨综九流,应对无方之诉,实由圣慈罔已,然当之信自苦
> 剧。若才堪事任,而体气休健,承宠异之遇,处自效之途,岂苟欲
> 思闲辞事耶?家素贫弊,宅舍未立,儿息不免粗粝,而安之若命,
> 宁复是能忘微禄,正以复有切于此处,故无复他愿耳。今之所
> 希,唯在小闲。下官微命,于天下至轻,在己不能不重。

读起来颇有一点李密《陈情表》的味道。自曹丕《与吴质书》以后,魏
晋南北朝时代,在与亲朋的书札中,这类抒情委婉、具有文学情趣的
作品相当多,谢庄此文是其一例,值得我们注意。

　　谢庄颇能理会语言声韵之美。范晔《狱中与诸甥书》中自诩自己
能辨别宫商、清浊,认为古今文人能识此者甚少,独称赏"年少中谢庄
最有其分"。钟嵘《诗品序》亦曰:"齐有王元长者,尝谓余云:'宫商与
二仪俱生,自古词人不知用之。……唯见范晔、谢庄,颇识之耳。'"又
《南史》谢庄本传载:"王玄谟问庄何者为双声,何者为叠韵。答曰:
'玄护为双声,磝碻为叠韵。'其捷速若此。"按玄护指王玄谟、垣护之
二人,俱为当时战将。磝碻为地名(在今山东省境内)。两人《宋书》、

《南史》均有传。据史载，宋文帝元嘉二十七年，王玄谟与北魏军队战于碻磝，大败。在当时一般文人尚不能分辨双声叠韵的情况下，谢庄回答王玄谟的请问，即以与之有关的人、地答之，故史书赞誉其捷速。

谢庄的某些赋、文，一部分词句往往写得声韵调谐，一句之中双数字停顿处、一联中上下句间，能注意到平声与上去入声的间隔变换，今举其尤为突出者两例：

《赤鹦鹉赋应诏》：

徒观其柔仪所践，颌藻所挺，华景夕映，容光晦鲜，慧性昭和，天机自晓。审国音于寰中，达方声于遐表。及其云移霞峙，霞委雪翻，陆离翚渐，容裔鸿轩。跃林飞岫，焕若轻电溢烟门；集场栖圃，晔若夭桃被玉园。至于气淳体净，雾下崖沉，月图光于绿水，云写影于青林，溯还风而耸翮，霭清露而调音。（按此赋见《艺文类聚》卷九一，已非全篇。）

《为朝臣与雍州刺史袁颛书》：

夫夷陂相因，兴革递数。或多难而固其国，或殷忧而启圣明。此既著于前史，亦彰于闻见。王室不造，昏凶肆虐，神鼎将沦，宗稷几泯。幸天未亡宋，乾历有归。主上体自圣文，继明作睿，而辱均牖里，屯逾夏台。既天地俱愤，义勇同奋，刿殄鲸鲵，三灵更造，应天顺民，爰集宝命。四海属息肩之欢，华戎见来苏之泰。吾等获免刀锯，仅全首领，复身奉惟新，命承亨运。……相与或群从舅甥，或姻娅周款，一旦胡越，能无怅恨？若疑诳所至，邪诐无穷，汝当誓众奋戈，翦此朝食；若自延过听，迷途未远。圣上临物以仁，接下以爱，岂直雍齿先封，乃当射钩见相矣。当由力窘迹屈，丹诚未亮耶？跂予南服，寤寐延首。若反棹沿流，归诚凤阙，锡珪开宇，非尔而

谁? 吾等并过荷曲慈,俱叨非服,纡金拖玉,改观蓬门,入奉舜、禹
之渥,出见羲、唐之化,雍容揄扬,信白驹空谷之时也。

上举两例,虽尚未做到句句合律,但多数合律,体制实与后来的律赋、
律体四六文相近,其协律程度,即使自称能分别宫商清浊的范晔的作
品也未能及,这是值得重视的现象。从文辞看,两文也均有特色。前
者艳丽工致;后者娓娓说理,剀切安详,其后梁代丘迟《与陈伯之书》,
风味相似,当受此篇启发。

谢庄诗歌中也有不少合律的句子,如:

委霰下璇蕤,叠雪翻琼藻。(《和元日雪花应诏》)

璇居照汉右,芝驾肃河阴。容裔泛星道,逶迤济烟浔。⋯⋯
俱倾环气怨,共歌浃年心。⋯⋯夕清岂掩拂,弦辉无久临。(《七
夕夜咏牛女应制》)

烟竟山郊远,雾罢江天分。(《侍宴蒜山》)

林远炎天隔,山深白日亏。游阴腾鹊岭,飞清起凤池。隐暧
松霞被,容与涧烟移。(《游豫章西观洪崖井》)

观道雷池侧,访德茅堂阴。(《自浔阳至都集道里名为诗》)

燕起知风舞,础润识云流。冽泉承夜湛,零雨望晨浮。(《喜雨》)

肃旗简庙律,笮铖畅乾灵。⋯⋯击辕歌至世,抚壤颂惟馨。
(《江都平解严》)

冀马依风踥,边箫当夜闻。(《从驾顿上》)

以上例句中,除一句中平声与上去入声交替变换外,还有一部分注意
到一联中上下句的平声与上去入的变换,做到沈约所谓“两句之中,

轻重悉异",如"璇居"二句、"俱倾"二句、"林远"二句、"冽泉"二句、"肃旗"二句、"击辕"二句、"冀马"二句,均是其例。上引《赤鹦鹉赋》、《与袁颢书》两文中也有不少这类例子。因此可以说,在诗文的声律谐和方面,谢庄是具有自觉意识的。他可以说是倡导声律论并创作新体诗文的王融、沈约、谢朓等人的先驱者。

最后,想就今后研究《文选》所选的作家作品谈两点感想。一是应当扩大研究范围。最近我翻阅了郑州大学古籍所编的《中外学者文选学论著索引》一书,看到"宋齐梁"三代的作家作品索引,大量的是关于谢灵运、鲍照的,其次是颜延之、江淹、谢朓等,而谢庄却是一篇也没有。对于像谢庄这样比较重要的作家,也值得研究。据我所看到的,只有曹道衡、沈玉成两先生的《南北朝文学史》有一专节谈谢庄,论述还较具体中肯。惜限于全书的体例、篇幅,有些问题还不可能展开。本文可说是对曹、沈文的一些补充。我想,今后研究《文选》所选的有关作家范围应当扩大,就刘宋时代而论,除谢灵运、鲍照等最著名的作家外,其馀次要的作家也宜注意,谢庄就是一例。二是在文体方面,除诗赋外,还应注意骈散文。二十年前,学术界对魏晋南北朝文学,仅侧重于诗歌、文学批评,近十多年来,对辞赋的研究有所开展,但对骈散文则注意者仍少。《文选》所选作品,大致可分辞赋、诗、文三个部分,骈散文作品占据很大比重,有不少作品具有不同程度的文学性,值得珍视。骈散文中的不少作品,不像诗赋那样以抒情性、形象性见胜,其文学特色主要表现在语言之美方面,表现在语言的色彩、声韵之美,我们宜着重从这方面考察其文学特色与价值。再说,魏晋南北朝时期的不少著名作家(也是《文选》选录的重点对象),如曹植、王粲、陆机、潘岳、陶潜、谢灵运、颜延之、鲍照、江淹、谢朓、沈约等,大抵兼长诗、赋、文各体,要全面了解他们的文学特色和成就,也应注意到他们的文章。

(原载《南阳师范学院学报》2002 年第 3 期)

从《文选》所选碑传文看
骈文的叙事方式

　　《文选》卷五八至卷六十,有碑文、墓志、行状三体,选录蔡邕、王俭、王中、沈约、任昉的作品共七篇,大体属传记性质,其中碑文五篇,居主要地位。碑文、墓志体制相同,前有篇幅较长的序,叙述人的事迹,后有篇幅简短的四言韵语铭文。故《文心雕龙·诔碑》称碑文曰:"其序则传,其文则铭。"行状则只有传而无铭。综观这些篇章的传记部分,都以骈体写作,注意骈体文所崇尚的文采或修辞之美,即对偶工整、辞藻华美、声韵和谐、用典精切等要素,它们对传主的德行、功业等,只作概括的叙述,而以典雅华美的文采来代替具体的叙述,因而与散体文传记(如《史记》、《汉书》)着重通过话语、行动、具体事件来显示人物的性格、作风等特色的写法迥异。骈文要求表现文采或修辞美,不便于径直叙事;如果径直叙事,就很难发挥骈文的特长。就作品的文学性、艺术感染力而言,《史记》等散体传记展示了栩栩如生的人物形象和流利写实的语言美,而蔡邕等的骈体传记展示的则是骈体文章的修辞美。后者碑文内容对传主以颂扬赞美为主,运用富有文采的骈体行文,也自有其优长之处。

　　下面先以《文选》所选蔡邕的《郭有道碑文》、《陈太丘碑文》两文与《后汉书》郭、陈两传比较分析。蔡邕擅长写碑文,前人对他评价极高,《文心雕龙·诔碑》篇有曰:"自后汉以来,碑碣云起,才锋所断,莫高蔡邕。观《杨赐》之碑,骨鲠训典;《陈》、《郭》二文,词无择言;《周》

《胡》众碑，莫非精允。其叙事也该而要，其缀采也雅而泽；清词转而不穷，巧义出而卓立。察其为才，自然而至矣。"在汉晋碑文中，刘勰对蔡邕评价最高。蔡邕《郭有道碑》叙述郭泰的学问、影响曰：

　　遂考览六经，探综图纬，周流华夏，随集帝学，收文武之将坠，拯微言之未绝。于时缨绥之徒，绅佩之士，望形表而影附，聆嘉声而响和者，犹百川之归巨海，鳞介之宗龟龙也。

其叙事相当概括笼统，而在对偶、辞藻、声韵、用典等方面则锤炼功夫甚深，具见骈体文章的优美。反观《后汉书》卷六八《郭太传》记郭太事迹则曰：

　　就成皋屈伯彦学，三年业毕，博通坟籍。善谈论，美音制。乃游于洛阳。始见河南尹李膺，膺大奇之，遂相友善，于是名震京师。后归乡里，衣冠诸儒送至河上，车数千辆。林宗唯与李膺同舟而济，众宾望之，以为神仙焉。……尝于陈梁间行遇雨，巾一角垫，时人乃故折巾一角，以为"林宗巾"。

同样是写郭太的学问与对时人的影响，却是通过若干具体事件来表述，人物的形象比较鲜明，文辞运用质朴的散体，比较自然，但不具有骈体文所崇尚的文采。

再看《陈太丘碑文》。碑文叙述陈寔的德行、政绩有曰：

　　于乡党间则恂恂焉、彬彬焉，善诱善导，仁而爱人，使夫少长咸安怀之。其为道也，用行舍藏，进退可度，不徼讦以干时，不迁贰以临下。四为郡功曹，五辟豫州，六辟三府，再辟大将军，宰闻喜半岁，太丘一年。德务中庸，教敦不肃，政以礼成，化行有谧。

其叙事也是颇为概括,文辞多对偶或接近对偶的匀称句式。《后汉书》卷六二《陈寔传》的记载则曰:

> 司空黄琼辟选理剧,补闻喜长。旬月,以期丧去官。复再迁除太丘长。修德清静,百姓以安。邻县人户归附者,寔辄训导譬解,发遣各令还本。司官行部,吏虑有讼者,白欲禁之。寔曰:"讼以求直,禁之理将何申? 其勿有所拘。"司官闻而叹息曰:"陈君所言若是,岂有怨于人乎?"亦竟无讼者。以沛相赋敛违法,乃解印绶去。吏人追思之。……
>
> 寔在乡闾,平心率物。其有争讼,辄求判正,晓譬曲直,退无怨者。至乃叹曰:"宁为刑罚所加,不为陈君所短。"时岁荒民俭,有盗夜入其室,止于梁上。寔阴见,乃起自整拂,呼命子孙,正色训之曰:"夫人不可不自勉。不善之人未必本恶,习以性成,遂至于此。梁上君子者是矣!"盗大惊,自投于地,稽颡归罪。寔徐譬之曰:"视君状貌,不似恶人,宜深剋己反善。然此当由贫困。"令遗绢二匹。自是一县无复盗窃。

同样写陈寔在乡里、为地方官时的德行教化,其特点是以朴素的散体文笔,着重通过具体事件,通过话语、行动来显示传主的特点。蔡邕所撰碑文颇多,其中一部分富于文采的篇章,叙事方式大体与上述郭、陈二碑文相似。

《文选》所选碑传文,除上述蔡邕两篇外,尚有五篇。其中王中《头陀寺碑文》叙述对象为佛寺而非人物,任昉《刘先生夫人墓志》仅有四言韵语铭文而无前序;此外王俭《褚渊碑文》、沈约《齐故安陆昭王碑文》、任昉《齐竟陵文宣王行状》三篇,体制大致同于蔡邕二文。这三篇作品序文篇幅加长,文辞趋于繁富,但是叙事方式着重以骈体词句叙述传主的德行事迹这一特点与蔡邕二文仍然一致。以任昉

《齐竟陵文宣王行状》为例，它叙萧子良为会稽太守时的事迹曰：

> 越人之巫，睹正风而化俗；篁竹之茵，感义让而失险。邪叟
> 忘其西戾，龙丘狭其东皋。

邪叟、龙丘，用后汉会稽太守、会稽都尉的典实，可参看《文选》李善注。而《南齐书》卷四十《竟陵文宣王子良传》叙子良为会稽太守时的事迹则曰：

> 子良敦义爱古。郡民朱百年有至行，先卒，赐其妻米百斛，
> 蠲一民给其薪苏。……夏禹庙盛有祷祀，子良曰："禹泣辜表仁，
> 菲食旌，约服玩，果粽足以致诚。"使岁献扇簟而已。

同样写萧子良注意规范风俗，提倡德行与节俭，乃是以散体文字通过具体事例来表述。

沈约的《齐故安陆昭王碑文》一文，叙述南齐宗室萧缅一生行状，文辞特为繁富，华艳的骈体词语络绎不绝。萧缅除在朝廷任要职外，先后在吴郡、郢州、会稽、雍州等地出任地方高级长官，碑文于各处均有文采斐然的描绘。如叙述他在任会稽太守时情况曰：

> 禹穴神皋，地坼分陕。江左以来，常递斯任。东渚巨海，南
> 望秦稽，渊薮胥萃，藋蒲攸在。货殖之民，千金比屋；郭鄽之内，
> 云屋万家。刑政繁舛，旧难详一。南山群盗，未足云多；渤海乱
> 绳，方斯易理。公下车敷化，风动神行，诚恕既孚，钩距靡用。不
> 待赭污之权，而奸渠必翦；无假里端之籍，而恶子咸诛。被以哀
> 矜，孚以信顺。南阳苇杖，未足比其仁；颍川时雨，无以丰其泽。
> 公揽辔升车，牧州典郡，感达民祇，非待期月。老安少怀，途歌里

咏。莫不欢若亲戚,芬若椒兰。麾旆每反,行悲道泣。攀车卧辙
之恋,争途忘远;去思一借之情,愈久弥结。

这段文字历叙会稽的地理形势、民情风俗,萧缅在会稽的政绩与民众
对他的爱戴,运用了许多典故,文辞华美典雅,充分显示出骈文文辞
富丽的特色。碑文其他各段风格也是如此。

　　唐宋时代,古文运动开展,古文逐渐取代了骈文的主导地位,古
文家所写的碑传文,文辞以散体为主,其叙事方式,与《史记》《汉书》
等的史传文风格相近,改变了汉魏六朝碑传文以骈体行文的方式。
这里举韩愈的作品为例:

　　　禄山之乱,公年几二十,进言于其父曰:"大人守官,义不得
去。王室在难,某其行矣!"其父为之请于戎帅,遂率诸将校之子
弟各一人间道赴阙,变服诡行,日倍百里。天子嘉之,特拜左金
吾卫大将军员外置,赐勋上柱国。(《清边郡王杨燕奇碑文》)

　　　元和中,尝例召至京师,又偕出为刺史,而子厚得柳州。既
至,叹曰:"是岂不足为政邪!"因其土俗,为设教禁,州人顺赖。其
俗以男女质钱,约不时赎,子本相侔,则没为奴婢。子厚与设方计,
悉令赎归;其尤贫力不能者,令书其佣,足相当,则使归其质。观察
使下其法于他州,比一岁,免而归者且千人。(《柳子厚墓志铭》)

　　其后宋元明清时代,古文家所写的碑文、墓志铭、行状一类碑传文,均
以散体写作,以较朴实的文辞叙事,其风貌大抵与史书中的传记
相似。

　　在汉魏六朝骈体盛行时代,文士们认为那些讲求对偶、辞藻、音
韵、用典等修辞美的作品才具有优美的文学性,而那些散体写实的传

记则缺乏文学性。因此他们写作碑传文,大抵以骈体行文,以华美的词句代替写实的叙事,传主的事迹往往显得笼统而不具体。这一特点,在《文选》所选碑传文的篇章中表现得颇为鲜明,从上面的介绍分析可以获得证明。萧统认为史书中的绝大部分篇章,因为不具有骈体文的修辞美,不是具有文学美的篇翰,故一般不予选录。但其一部分赞论序述,则富有辞采、文华、翰藻,即具有骈体文的修辞美,故选录若干篇章。试看所选录的《后汉书·宦者传论》叙述后汉宦官逐步得意擅权的过程曰:

　　邓后以女主临政,而万机殷远。朝臣图议,无由参断帷幄;称制下令,不出房闱之间。不得不委用刑人,寄之国命。手握王爵,口含天宪,非复披庭永巷之职,闺牍房闱之任也。其后孙程定立顺之功,曹腾参建桓之策,续以五侯合谋,梁冀受钺,迹因公正,恩固主心,故中外服从,上下屏气。或称伊、霍之勋,无谢于往载;或谓良、平之划,复兴于当今。虽时有忠公,而竟见排斥。举动回山海,呼吸变霜露。阿旨曲求,则宠光三族;直情忤意,则参夷五宗。汉之纲纪大乱矣!

东汉到南朝各代史论往往采取夹叙夹议手法,此篇亦然。此篇骈句络绎不绝,文采缤纷,与上述碑传文中的叙事方式,颇为类似。《文选》卷四九、五十中所选干宝《晋纪》、范晔《后汉书》、沈约《宋书》三史的八篇史论,其叙事方式大抵相同。《文选》不选史书中的散体传记部分而选录一部分史论和四言韵文体的史述赞,即因它们具有骈体文章的文采美。通过上面的比较分析,可以帮助我们进一步认识骈文的叙事方式和《文选》的选文标准。

（原载《上海大学学报》2007 年第 3 期）

李白七言歌行的体式渊源

李白的七言歌行(其中一部分是以七言为主体的杂言歌行)是他各体诗歌中最光彩焕发的部分。人们谈到李白的诗歌,古体总是首推七古(特别是七言歌行),近体则推七绝。李白的七言歌行,有的是乐府体(如《远别离》),有的非乐府体(如《襄阳歌》),二者往往都具有感情热烈、想象丰富、语言奔放、声调排宕的特点,具有强烈的感染性和艺术魅力。历来批评者对李白七言歌行大抵给以很高评价。如明胡应麟《诗薮》(《内编》卷三)曰:"太白《蜀道难》、《远别离》、《天姥吟》、《尧祠歌》等,无首无尾,变幻错综,窈冥昏默,非其才力,学之立见颠踣。"清沈德潜《说诗晬语》评其七古曰:"太白想落天外,局自变生,大江无风,涛浪自涌,白云卷舒,从风变灭。此殆天授,非人力也。"均指出李白七古具有笔势纵放、变化多端的特色。

李白七言歌行的此种特色,从文学体式渊源看,前人首先指出它来自楚辞。唐殷璠《河岳英灵集》评李白诗曰:"其为文章,率皆纵逸。至如《蜀道难》等篇,可谓奇之又奇。然自骚人以还,鲜有此体调也。"其后评论者大抵同意李诗源自楚辞的看法。《诗经》、楚辞为中国诗歌的两大祖宗,李白对屈原作品也极为推崇,有"屈平词赋悬日月"(《江上吟》)之句。其诗多受屈赋影响,当属自然之事。

下面举李白七言歌行受屈赋影响较明显的两个片段作些分析:

《梁甫吟》：我欲攀龙见明主，雷公砰訇震天鼓。帝旁投壶多玉女。三时大笑开电光，倏烁晦冥起风雨。阊阖九门不可通，以额叩关阍者怒。

《鸣皋歌送岑征君》：若有人兮思鸣皋，阻积雪兮心烦劳。洪河凌兢不可以径度，冰龙鳞兮难容舠。……霜崖缟皓以合沓兮，若长风扇海，涌沧溟之波涛。玄猿绿熊，舔谈崟岌，危柯振石，骇胆栗魄，群呼而相号。峰峥嵘以路绝，挂星辰于岩嶅。……君不行兮何待？若返顾之黄鹤。……鸡聚族以争食，凤孤飞而无邻。蝘蜓嘲龙，鱼目混珍。……若使巢由桎梏于轩冕兮，亦奚异乎夔龙蹩躠于风尘。

上面《梁甫吟》一段，明显受到《离骚》中登天求上帝、叩帝关而遭阍者拒绝情节的影响。《鸣皋歌》引文，前边写岑征君渴望还山与山景，情调与楚辞《山鬼》篇为近，后边写贤愚倒置、黑白不分现象，则《离骚》、《九章》诸篇均有涉及，而与《九章·涉江》尤为近似。

《离骚》：驷玉虬以乘鹥兮，溘埃风余上征。朝发轫于苍梧兮，夕余至乎县圃。……路曼曼其修远兮，吾将上下而求索。……吾令帝阍开关兮，倚阊阖而望予。

《九歌·山鬼》：若有人兮山之阿，被薜荔兮带女萝。既含睇兮又宜笑，子慕予兮善窈窕。……表独立兮山之上，云容容兮而在下。杳冥冥兮羌昼晦，东风飘兮神灵雨。……雷填填兮雨冥冥，猨啾啾兮又夜鸣。风飒飒兮木萧萧，思公子兮徒离忧。

《九章·涉江》：接舆髡首兮，桑扈裸行。忠不必用兮，贤不必以。伍子逢殃兮，比干菹醢。与前世而皆然兮，吾又何怨乎今之人？余将董道而不豫兮，固将重昏而终身！乱曰：鸾鸟凤皇，日以

远兮。燕雀乌鹊,巢堂坛兮。霜申辛夷,死林薄兮。腥臊并御,芳
不得薄兮。阴阳易位,时不当兮。怀信侘傺,忽乎吾将行兮!

在句式上,值得注意的是,楚辞多数为六字、七字句(有部分加上
"兮"字),少数为四字、五字句,而像上文所引《涉江》"吾又何怨乎今
之人"、"余将董道而不豫兮"这种七字以上的长句则是比较少见的。

而在李白的七言歌行中,此种长句却比较多见,并成为李白歌行
语言纵逸奔放的一个重要特色,请看:

《远别离》:皇穹窃恐不照余之忠诚。

《蜀道难》:蜀道之难难于上青天……然后天梯石栈相钩
连。上有六龙回日之高标,下有冲波逆折之回川。黄鹤之飞尚
不得过……

《战城南》:匈奴以杀戮为耕作,古来惟见白骨黄沙
田。……乃知兵者是凶器,圣人不得已而用之。

《飞龙引》:紫皇乃赐白兔所捣之药方。

《上云乐》:天子九九八十一万岁。

《夷则格上白鸠拂舞辞》:胡为啄我葭下之紫鳞?

《日出入行》:汝奚汨没于荒淫之波?

《北风行》:惟有北风号怒天上来。……念君长城苦寒良可哀。

《幽涧泉》:中见愁猿吊影而危处兮……客有哀时失职而听
者……吾但写声发情于妙指,殊不知此曲之古今。

《古有所思》:我思仙人乃在碧海之东隅。

《君道曲》:轩后爪牙常先太山稽。

《襄阳歌》：清风朗月不用一钱买。

《同族弟金城尉叔卿烛照山水壁画歌》：皎若丹丘隔海望赤城。……又如秦人月下窥花源。

《酬殷明佐见赠五云裘歌》：应是素娥玉女之所为。

《江夏赠韦南陵冰》：不然鸣笳按鼓戏沧流，呼取江南女儿歌棹讴。我且为君捶碎黄鹤楼，君亦为吾倒却鹦鹉洲。

《梦游天姥吟留别》：云之君兮纷纷而来下。……安能摧眉折腰事权贵，使我不得开心颜？

《灞陵行送别》：云是王粲南登之古道。

《宣州谢朓楼饯别校书叔云》：弃我去者昨日之日不可留，乱我心者今日之日多烦忧。

与楚辞相比，我们看到李白歌行中存在为数不少的长句，不但多七字以上的八字句，而且还有九字、十字甚至十字以上的句子；且句中较多虚字，散文化的倾向比较明显，与楚辞句式呈现出颇不相同的特色。

我认为此类句式，更多地受到汉魏乐府之启迪，由此脱胎而出。今存汉乐府相和、杂曲歌辞中的若干无名氏古辞，已有此种句式，例如：

《乌生》：我秦氏家有游遨荡子，工用睢阳强、苏合弹……乌死魂魄飞扬上天。……白鹿乃在上林西苑中，射工尚复得白鹿脯。……后宫尚复得烹煮之，鲤鱼乃在洛水深渊中。……我人民生各各有寿命，死生何须复道前后。

《董逃行》：但见芝草叶落纷纷。……欲从圣道求一得命延。……白兔长跪捣药虾蟆丸。……陛下长与天相保守。

《妇病行》：不知泪下一何翩翩。……我欲不伤悲不能已。……见孤儿啼索其母抱。

《蚨蝶行》：奈何卒逢三月养子燕……持之我入紫深宫中。

而在今存曹魏文人的乐府诗中，也有少数这种句式：

曹丕《大墙上蒿行》：何不恣君口腹所尝？……何不恣意遨游从君所喜。

曹丕《艳歌何尝行》：吾中道与卿共别离。……奈何复老心皇皇独悲。

两相比较，不难看出，上举李白歌行的长句，其句式与上述汉魏乐府诗十分相似，显然受到它们的影响。李白擅长乐府诗，写得数量很多，他的集子中有四卷全是乐府诗，还有不少歌行绝句，虽不用乐府题目，实际也深受汉魏六朝乐府诗的沾溉。李白精通汉魏六朝乐府诗，曾向少年诗人韦渠牟传授"古乐府之学"（见《唐诗纪事》卷四八）。因而他的歌行长句，从古乐府学习取法，推陈出新，是完全可以理解的。胡应麟《诗薮》（内编卷三）有曰："凡诸诗体皆有绳墨，惟歌行出自《离骚》、乐府，故极散漫纵横。"其言虽泛指唐人七古，但对李白歌行句式来说，也是十分贴切的。

除楚辞、汉魏乐府外，李白歌行长句，还受到两晋南朝一部分文人歌行的启迪沾溉。晋代诗人傅玄、夏侯湛、石崇诸人歌行中均有长句：

傅玄《昔思君》：昔君与我兮形影潜结，今君与我兮云飞雨

绝。昔君与我兮音响相和,今君与我兮落叶去柯。昔君与我兮
金石无亏,今君与我兮星灭光离。

　　夏侯湛《江上泛歌》:望江之南兮遨目桂林,桂枝翳郁兮鹍
鸡扬音。……舟楫不具兮江水深沉。

　　石崇《思归叹》:极望无涯兮思填胸。……泽雉游兔兮戏中
园。……蟋蟀嘈嘈兮晨夜鸣。……百草零落兮覆畦垅。……感
彼岁暮兮怅自愍。……愿御北风兮忽归徂。……阁馆萧寥兮荫
丛柳。……高歌凌云兮乐馀年。……释冕投绂兮希彭聃。……
福亦不至兮祸亦不来。

　　这些篇章句式多数比较整齐,且多用"兮"字,主要还是渊源于楚辞,
也兼受汉魏乐府的一些影响。

　　南朝文人写作七言歌行者亦不少。其中鲍照的《拟行路难》十八
首颇为著名。鲍照的七言歌行对李白影响颇大,该组诗大抵用七言
句,间以少数五言句,部分篇章中杂有个别七言以上长句,如"洛阳名
工铸为金博山"、"念此死生变化非常理"、"闺中婵居独宿有贞名"、
"男儿生世辗轲欲何道"等,虽为数不多,但语气与李诗长句相近,对
之当亦有一定影响。值得注意的是,宋代谢庄、梁代沈约作品中均有
一二篇中三、四、五、六、七言前后错杂的片段:

　　谢庄《瑞雪咏》:玄管洽,龠诗平。火洲灭,日壑清。龙关沙
蒸,河徽云惊。晷未沉而井闿,宇方霾而海溟。山飞白雪,叶中
符而掩皇州,降千□而瑞神世。

　　沈约《八咏·会圃临春风》:氛氲桃李花,青柟含素萼。既
为风所开,复为风所落。摇绿带,抗紫茎。舞春雪,杂流莺。曲
房开兮金铺响,金铺响兮妾思惊。梧桐未阴,淇川如碧。迎行雨

于高唐,送归鸿于碣石。

这种在短短一段中错用多种句式的例子,在当时实不多见,大约是赋体影响下的一种创新尝试。沈约追随梁武帝写《江南弄》,杂用三、七句式,可见他对体式创新是颇有兴趣的。

李白歌行中也有少数篇章在短短一段中错用多种句式的例子,除上引《鸣皋歌送岑征君》外,尚有:

《蜀道难》:飞湍瀑流争喧豗,砯崖转石万壑雷。其险也若此,嗟尔远道之人胡为乎来哉! 剑阁峥嵘而崔嵬。一夫当关,万夫莫开。所守或匪亲,化为狼与豺。朝避猛虎,夕避长蛇,磨牙吮血,杀人如麻。锦城虽云乐,不如早还家。蜀道之难难于上青天,侧身西望长咨嗟!

《梦游天姥吟留别》:云青青兮欲雨,水澹澹兮生烟。列缺霹雳,丘峦崩摧。洞天石扉,訇然中开。青冥浩荡不见底,日月照耀金银台。霓为衣兮风为马,云之君兮纷纷而来下。虎鼓瑟兮鸾回车,仙之人兮列如麻。忽魂悸以魄动,恍惊起而长嗟。惟觉时之枕席,失向来之烟霞。

两相比较,在一小段中错杂运用各种不同句式,李白歌行在这方面显然受到谢庄、沈约等诗作的启发和影响。当然,李白歌行能推陈出新,更加丰富多彩,因而更具有艺术魅力。

此外,附带提一下,南朝文人歌行中的某些词句,成为李白歌行的遣词造句的渊源。例如:

庾信《杨柳歌》:不如饮酒高阳池,日暮归时倒接䍠。(李白

《襄阳歌》：落日欲没岘山西，倒著接䍦花下迷。）

　　江总《姬人怨服散篇》：自悲行处绿苔生，何悟啼多红粉落。（李白《长干行》：门前迟行迹，一一生绿苔。）

上述两例虽不是七字以上长句，但也可以说明李白歌行多受南朝文人的影响；而且可以看出，李白除熟读萧统《文选》外，对其外的其他南朝文人作品，也是广泛阅读并接受其滋养。

　　由上可见，李白歌行颇多七字、八字以上的散文化倾向较明显的长句，而且自三字、四字以至九字、十字等各种句式，在一小段中错综运用，成为其歌行体式特别豪迈奔放、变化多姿的显著特色，成为其歌行具有震撼人心的艺术魅力的重要因素。在盛唐诗人中，高适、岑参、李颀、杜甫等均擅长七言歌行，但他们的作品绝大多数运用整齐的七字句，只有杜甫诗作中有少数长句，见于《茅屋为秋风所破歌》、《桃竹杖引赠章留后》、《短歌行赠王郎司直》诸篇中，风貌与李白歌行近似，这些篇章均为杜甫后期作品，很可能是受到李白的启迪。而李白歌行体式（主要为句式）的这种特色，如上所述，则来自楚辞、汉魏乐府、南朝文人诗作的启发沾溉。由此也可以看出，李白七言歌行善于从文学遗产中多方面吸收营养，加以创造性地变化，推陈出新，因而形成具有强大艺术魅力的创作特色。

（原载《中华文史论丛》第七十九辑，
上海古籍出版社 2005 年出版）

关于唐代骈文、古文的
几个问题

　　魏晋南北朝是骈文昌盛的时期,当时绝大多数文章,崇尚对偶、辞藻、典故、声韵等语言之美,并在社会上占据主导地位。唐代承魏晋南北朝之后,骈文仍然流行。唐代中叶,一部分文人厌恶华靡的骈文,提倡朴实的散文,以先秦西汉的古代文章为宗法对象,故被称为古文。古文家先驱有萧颖士、李华、元结等。其后韩愈、柳宗元出来,成就特出,与骈文形成对峙局面。本文拟就唐代骈文、古文几个易致误解的问题,略申自己的看法。

一　唐代骈文仍占优势地位

　　《新唐书》卷二〇一《文艺传序》纵论唐代文风变化大势时有曰:

　　　　唐有天下三百年,文章无虑三变。高祖、太宗,大难始夷,沿江左馀风,缔句绘章,揣合低卬,故王、杨为之伯。玄宗好经术,群臣稍厌雕瑑,索理致,崇雅黜浮,气益雄浑,则燕、许擅其宗。……大历、贞元间,美才辈出,擩哜道真,涵泳圣涯,于是韩愈倡之,柳宗元、李翱、皇甫湜等和之,排逐百家,法度森严,抵轹晋、魏,上轧汉、周,唐之文完然为一王法,此其极地。

《新唐书·文艺传》虽统述诗文,但这段文字以论文章为主(在封建社会中,散文内容更多地与政治、教化有关,不像诗歌以抒情为主,因此许多关心政教者把文章看得比诗歌还重要)。史臣认为:唐代文章大体可分为三个阶段,第一阶段以初唐王勃、杨炯为代表,仍沿袭六朝骈体绮丽之风;第二阶段以玄宗时张说(燕国公)、苏颋(许国公)为代表,文风趋向雅正雄浑;第三阶段以中唐韩愈、柳宗元等为代表,提倡儒道,法度森严,唐文成就趋于顶峰。

韩愈、柳宗元的古文创作,取得了卓越成就,名篇叠出。其后北宋欧阳修、苏轼等人出来,进一步发展了古文的成绩。于是唐宋古文、唐宋八大家等的名声、业绩,备受后人赞美。正是由于此种情况,人们往往认为唐文自中唐韩愈等出来后,古文在社会上已代替骈文占主导地位。可是实际情况并非如此,唐代骈文一直处于优势。初唐王勃、杨炯等的文章是华美的骈文,自不消说。张说、苏颋的文章,文风稍趋朴实,对偶也不似前时严整,但仍是骈文。韩愈大力提倡古文,附和者不少,一时颇有声势,但未能取得代替骈文的优势。整个中晚唐时代,骈文仍占主导地位。韩愈等多写句式长短错落的文章,破坏骈文句式整齐、多四六句的传统,当时即招致不满。裴度《寄李翱书》即批评他们的古文为"磔裂章句,隳废声韵",即破坏骈文句式匀称、声韵和谐之美。韩愈的门徒皇甫湜、孙樵等作文崇尚奇险生僻,把古文创作引入邪途,附从者更少。晚唐五代,骈文仍然盛行,古文不振。当时士人重视学习韩、柳文章者也不多。直至北宋初期,经过柳开、穆修等搜求、刊刻韩、柳集子,韩、柳文才得到许多士人的重视①。清代古文家姜宸英《唐贤三昧集序》有曰:"古文自韩、柳始变而未尽,其徒从之者亦寡。历五代之乱,几没不传。宋初柳(开)、穆(修)阐明之于前,尹(洙)、欧(阳修)诸人继之于后,然后其学大行。"其言甚确。

---

① 　参见罗根泽《中国文学批评史》,中华书局,1961年。

　　编纂于五代后晋时期的《旧唐书》,对韩愈评价不高。《旧唐书》卷一六〇《韩愈传》在指出韩文"务反近体(指骈体),抒意立言,自成一家新语"的特点与成就后,接着就批评韩文"时有恃才肆意,亦有蹔孔孟之旨",并举《柳州罗池庙碑》、《讳辩》、《毛颖传》等为证,并指斥《毛颖传》"讥戏不近人情,此文章之甚纰缪者";又批评韩愈所纂史书《顺宗实录》"繁简不当,叙事拙于取舍,颇为当代所非"。对韩文,总的情况是肯定语轻而简,批评语重而多。《旧唐书》卷一九〇《文苑传序》纵论文学,大力赞美沈约提倡声律论和沈约《宋书·谢灵运传论》的文学见解,认为"是古非今,未为通论",表明编者崇尚骈偶、声律,肯定今体、反对复古的鲜明立场。《旧唐书》编者对韩愈评价不高,正是反映了后晋骈文盛行、古文不振的时代许多文人对古文与古文家的看法。后来《新唐书》给予韩愈以极高的评价,则是反映北宋中期占义运动取得胜利、古文代替骈文占主要地位时文人对古文与古文家的看法(《新唐书》编者欧阳修、宋祁均为古文名家)。

　　从实际情况看,唐代中后期的文章代表乃是擅长骈文的白居易、元稹而非韩愈。《旧唐书》于唐代文学家,最推重元稹、白居易两人。该书卷一六六元、白合传,传末论、赞规仿沈约《宋书·谢灵运传论》,纵论历代文学,对唐代文人评价最高者为元、白,认为两人是元和时代的文坛盟主,除盛赞其诗歌外,对其文章也大力称誉,有曰:"臣观元之制策、白之奏议,极文章之壶奥,尽治乱之根荄。"这虽是从内容上加以肯定,实际《旧唐书》编者十分赞赏元、白的骈体诗文。元、白是擅长骈体诗文的大家,两人均擅长近体诗,当时风靡社会,号称"元和体"。其中有短篇(包括绝句)和十韵以上以至百韵的长律,它们内容长于抒情,形式上大抵对偶工致,格律精整和谐。《旧唐书》给予极高评价。元、白又擅长骈文。据元稹《白氏长庆集序》载,白居易用骈体写作的一部分应试赋和百节判(即百道判)十分著名,被新进士竞相传写。白居易《与元九书》也说:"又闻亲友间说,礼、吏部举选人,多以仆私试赋判传为准的。"《旧唐书》认为元、白的诗文标志着唐代文学的最高成就,可与建安时代的曹植和刘桢、永明时代的沈约和谢朓相比美,正是从崇尚骈体文学的立场发出的议论。《新唐书》以韩愈代表唐代文学的最高成就,《旧唐书》则把这顶桂冠赠与元稹、白居易两人,这一分歧现象是值得唐代文学研究者深长思之的①。这里还要说明一下。白居易写作骈文,也重视儒雅,他的骈文比起靡丽的骈文显得较为古雅一些。白集中还有一部分碑、墓志铭、记、序等文章,奇句较多,那是因为以记叙为主的文章不便多用骈句,当时习惯如此,但这些篇章气格仍近骈文。白居易提倡讽谕诗,韩愈提倡古文,在企图通过文学创作对政治、教化产生积极作用这点上,两人有共通之处,但文风却不相同。总之,白居易是骈文的改良者,与韩愈反对骈文,走的是不同的路子。

　　唐代骈体诗文一直昌盛,并占据优势地位,除掉魏晋南北朝长期发达的骈文传统影响巨大外,还有其深刻的政治、社会原因。唐代实行科举考试,考试科目中最热门的是进士科。考进士科的,规定要考讲究对偶、声律的律诗、律赋。登科后要做官,还得经吏部考试写作判文(政府机构的判决书)的能力,通过后才授官职(见《旧唐书》卷四三《职官志》)。判文也要求用骈体写作。这种考试选举制度促使广大士人努力学习并掌握骈体诗文的写作技能,以谋求政治出路。上面提到白居易文集中的百道判,即以工整明白的骈体写作的一〇一道判文,当时风行遐迩,被许多士人奉为学习写作判文的范本,即因它们适应士人应试的需要。除考试外,唐代朝廷应用的公文,如皇帝发布的制诰、臣僚上奏的章奏等,也多用骈体。擅长制诰的张说、苏颋,擅长奏议的陆贽,都是骈文名家。上行下效,朝廷的公文文体,对社会影响也大。宋代中叶,进士科考试不再考律诗、律赋,改用散体的经义、策、论,这一政治措施

---

　　① 　参见拙作《唐代诗文古今体之争和〈旧唐书〉的文学观》,载《文学遗产》1993 年第 5 期。编者按: 此文后收入《中国古代文论管窥》下编。

对广大士人起了有力的导向作用。当时欧阳修、苏轼等古文家,彻底纠正了唐中叶以来部分古文家的艰涩文风,以明白流畅的语言写作了大量优美的古文。政治措施和古文创作业绩,终于使第二次古文运动取得空前胜利,从此改变了骈文长期占优势的局面。

二 唐代骈文的通俗化特征

一提到骈文,人们很容易想到萧统《文选》所选的许多篇章,辞藻富艳,多用典故,显得深奥难懂。可是唐代骈文的实际情况并非如此。唐代骈文,除少数作家(如初唐四杰、李商隐)的较多篇章深奥外,大多数作品是平易的,有的还相当通俗。如白居易的骈文:

> 盖自谓理且安者,则自骄自满,虽安必危;自谓乱且危者,则自戒自强,虽乱必理。(《策林》第四道《美谦让》)

> 立己徇名,则由进取;修身俟命,宁在躁求? 智乎虽不失时,仁者岂宜弃本?(《百节判》第三道)

> 下自人,上达君,德以慎立,而性由习分。习则生常,将俾夫善恶区别;慎之在始,必辩乎是非纠纷。(《省试性习相远近赋》)

上文提到,白居易应试时所写的《百节判》与若干律赋(包括《省试性习相远近赋》),当时被新进士竞相传抄,流行广泛。其行文明白晓畅,实是一重要原因。

德宗时的名相陆贽,长于制诰、奏议,其骈文语言也是十分平易畅达:

> 长于深宫之中,暗于经国之务。积习易溺,居安忘危。不知稼穑之艰难,不恤征戍之劳苦。……天谴于上而朕不悟,人怨于

下而朕不知。(《奉天改元大赦制》)

　　臣昨奉使军营,出经行殿,忽睹右廊之下,牓列二库之名,慢然若惊,不识所以。何则?天衢尚梗,师旅方殷。痛心呻吟之声,噢咻未息;忠勤战守之效,赏赉未行。(《奉天请罢琼林大盈二库状》)

据《旧唐书》陆贽本传载:"奉天所下书诏,虽武夫悍卒,无不挥涕感激,多贽所为也。"《资治通鉴》卷二二九也载:"李抱真入朝为上言,山东宣布赦书(指《奉天改元大赦制》),士卒皆感泣。"可见陆贽所写书诏,连当时缺少文化的士卒也为之感泣。究其原因,除内容的诚挚外,语言的明白平易也是一重要因素。

　　当时又如大诗人李白,所作骈文亦明朗清逸,《春夜宴桃花园序》即是其例。他的《与韩荆州书》则是骈散相兼的作品。魏晋南北朝时代,实际已有一部分骈文写得较为明白清朗,《六朝文絜》中即选有不少此类篇章。唐代许多骈文承此传统,又进一步通俗化。这种文风到晚唐五代仍然如此。如五代徐寅、黄滔的律赋:

　　时时而翡翠随波,飞穿禁柳;往往而鸳鸯逐浪,衔出宫花。(徐寅《御沟水赋》)

　　日惨风悲,到玉颜之死处;花愁雾泣,认朱脸之啼痕。(黄滔《明皇回驾经马嵬赋》)

清代吴任臣《十国春秋》载:"(徐)寅赋脍炙人口。渤海高元固来言,本国得《斩蛇剑赋》、《御沟水赋》及《人生几何赋》,家家皆以金书列为屏障。其珍重如此。"(《全唐文纪事》卷五九引)这使人想起白居易名篇《长恨歌》、《琵琶行》流传遐迩的情况。白氏两诗也写得明白流美,而且多通俗化的骈句。

对于唐代众多的这类通俗化的骈文,北宋文人与《新唐书》编者时有不满之辞。董逌(北宋末叶人)《广川书跋》卷八有曰:

> 尝闻八代文敝,至唐极矣。以文皇之英睿,房、杜之才贤,不能革此。岂习俗已久,非改心易虑,尽去旧染,不能扶而正也? 其流于今者,碑刻书疏,读之令人羞汗,浮浅如俳优诨语,鄙俗如村野讼谍,无所校者也。(《跋樊绍述绛守居园池记别本》)

董逌这里明确指出众多唐文浮浅鄙俗,下文又慨叹韩愈竭力提倡儒学古文,为许多人所非笑。董氏的言论,典型地代表了古文盛行时北宋文人对唐文明白通俗文风的批评。又《新唐书》卷一三二刘子玄、吴兢、韦述、蒋乂、柳芳、沈既济等史家合传《赞》有曰:"又旧史之文,猥酿不纲,浅则入俚,简则及漏,宁当时儒者有所讳而不得骋耶? 或因浅仍俗不足于文也?"批评唐诸家旧史之文浅俚、浅俗,这里一方面指诸史中所录之文章浅俗,同时亦指史家的行文浅俗。又当时曾公亮《进〈(新)唐书〉表》认为《旧唐书》编者是"衰世(指后晋)之士,气力卑弱,言浅意陋,不足以起其文"。案《旧唐书》史文大抵袭用唐史旧文,故这里对《旧唐书》文风的不满,实际也是对唐代史文的批评。指责它们"言浅",与上述对刘子玄等史家的批评一致。《新唐书·白居易传赞》批评白居易写了大量律体诗,"及其多,更下偶俗好,当时士人争传",说明当时大量文章与白居易浅切的律体诗一样,都具有俚俗的特征,这是为宋代崇尚古文的文人所鄙薄的。这里需要说明的是,《旧唐书》与当时唐代旧史文章,论赞多用骈体,传记中叙述文字则多用散体(叙述性文字不便用骈文),但这种散体文字,句式一般整齐,多用四字句,气格实与骈体相似,故也为提倡古文者所鄙夷。由上可见,唐宋古文家抨击唐代骈文与气格接近骈文的散体文,除掉骈散之争,还包括着雅俗之争在内。在中国文学史上,提倡古雅、古风的作者,总是把时俗、流俗文风作为抨击对象。

为了矫正当时的骈文浅俗化倾向,一些古文家刻意写古奥的散文。元结是一个特出的例子,杜甫的散文也偏于奥峭,樊宗师的散文更令人难以卒读。韩愈的散文,虽然大多数是流畅的(像艰涩的《曹成王碑》那样毕竟是个别的),但韩文承先秦《孟子》、《庄子》及《史记》等的馀绪,句式参差错落,造语不凡,驰骋跳脱,实际并不易懂,如:

> 尝试语于众曰:“某良士,某良士。”/其应者,必其人之与也。/不然,则其所疏远,不与同其利者也。/不然,则其畏也。/不若是,强者必怒于言,懦者必怒于色矣。(《原毁》)

> 当二公之初守也,宁能知人之卒不救,弃城而逆遁?/苟此不能守,虽避之他处何益?/及其无救而且穷也,将其创残饿羸之馀,虽欲去,必不达。(《张中丞传后叙》)

这类文句在韩文中是大量存在的,它们比起语句明白甚至通俗化、句式整齐的骈文,不是反而不好懂吗? 上述两例不但句式参差错落,而且文意转折也多,几乎二、三句即一转(以/号标出),这也增加了理解的难度。柳宗元也有一部分文章比较深奥。宋代朱弁《曲洧纪闻》卷四记载一则很有趣的故事:“穆修伯长,在本朝为初好学古文者。始得韩、柳善本,为大喜。……欲二家文集行于世,乃自镂板,鬻于相国寺。性抗直不容物。有士人来,酬价不相当,辄语之曰:‘但读得成句,便以一部相赠。’或怪之,即正色曰:‘诚如此,修岂欺人者!’”(《全唐文纪事》卷七六引)这说明句式参差错落的古文,比起骈四俪六、句式整齐的骈文来,反而不容易断句①。北宋欧阳修大力批评唐代以

---

① 参见拙作《韩愈散文的风格特征和他的文学好尚》,收入拙著《汉魏六朝唐代文学论丛》。

至宋初刻意追求古奥的古文文风,并大力倡导写作平易流畅的文章。在他的倡导下,宋文趋向平易,这成为北宋古文运动取得胜利的一个重要因素。

三 唐代小说文体与骈文古文的关系

唐代小说,绝大多数用散体文写作,用骈句颇多的《游仙窟》、《红线》等篇,只是很少数。有的篇章(如《柳毅传》、《南柯太守传》)中有若干工整的骈句,但在全篇中只占很小比重。按照当时行文习惯,小说是记叙性文字,大抵运用散体,不须也不便用骈体写作。这种习惯在魏晋南北朝时已经如此。例如干宝的《晋纪总论》是议论文,按习惯用骈体;其《搜神记》是小说,则用散体。陶渊明的《归去来辞》是抒情辞赋,用骈体;其《桃花源记》是记叙文,则用散体。自范晔《后汉书》以下,南朝、唐代史书以至《旧唐书》,其纪传多用散体,纪传后的论赞则多用骈体。骈体文除讲究对偶外,还重辞藻、声韵之美,故上举《晋纪总论》、《归去来辞》以及《后汉书》的若干序论,均被《文选》采录。刘勰《文心雕龙》、刘知幾《史通》两书,全部运用骈体,因为二者是论说文。当时论文多用骈体,形成风气(当然也有不用骈体的)。《文选》收史论二卷,收论文四卷多,即是当时论文多用骈体之证。除论说体外,抒情、描述性文字(写景状物)亦多用骈体。如元稹《莺莺传》用散体,但中间莺莺数说张生的一段言语,属论说体,则多骈句;又莺莺致张生的一篇书札,属抒情体,亦多用骈句。然而唐代小说的散体文字,正如上面提到的南朝唐五代史书一样,大抵句式也较整齐,多四字句,气格与骈文相近,它们实是骈文昌盛时期的散体文特点。

唐代小说,论其渊源,包括内容、体制、句式,大致出于魏晋南北朝的"杂传"体作品,其中一部分是志怪类传记,如曹丕《列异传》、干宝《搜神记》等；一部分是记人的传记，如《东方朔传》、《法显传》等。当时人视鬼神为实有，故不论志怪、记人，《隋书·经籍志》都把它们归入史部"杂传"类。唐代小说的句式，虽大抵属散体，但句式比较整齐，多四字句，表现了骈文占主导地位时期散文骈化的倾向①。唐代小说体式虽基本承袭汉魏六朝的小说（"杂传"）传统，但描写往往更加细致，鲁迅《中国小说史略》第八篇称为："叙述宛转，文辞华艳，与六朝之粗陈梗概者较，演进之迹甚明。"这在一部分篇幅较长的作品中表现尤为显著。另一特点则为文字更趋通俗，有的已接近口语。张文成的《游仙窟》，语言特别俚俗，自不消说，此外如：

> 郑子指宿所以问之曰："自此东转，有门者，谁氏之宅？"主人曰："此隙壖弃地，无第宅也。"郑子曰："适过之，曷以云无？"与之固争。（沈既济《任氏传》）

> 申未间，忽闻扣门甚急，云是鲍十一娘至。摄衣从之，迎问曰："鲍卿今日何故忽然而来？"鲍笑曰："苏姑子作好梦也未？有一仙人，谪在下界，不邀财货，但慕风流。如此色目，共十郎相当矣。"（蒋防《霍小玉传》）

这种通俗化语句，当是受到当时通俗文学说话、转变等繁荣发展的影响。

现代有些文学史研究者看到唐代小说多用散体写作，唐中期趋于繁荣，唐代古文运动也在中期开展，认为二者间当有着紧密关系。这实是一种误会。因为唐代小说语言的华美与通俗化倾向，与崇尚古雅的古文文风是格格不入的。

---

　①　参见拙作《简论唐传奇和汉魏六朝杂传的关系》，收入拙著《汉魏六朝唐代文学论丛》。

郑振铎《插图本中国文学史》的《传奇文的兴起》一章,声称唐传奇是"古文的一个别支","由附庸而蔚成大国"。并指出传奇在中唐大历、元和年间发达,是由于当时"古文运动开始打倒不便于叙事状物的骈俪文,同时更使朴质无华的古文增加了一种文学的姿态,俾得尽量的向美的标的走去"。实际如上所述,唐代小说的文体,基本上用散体,是在继承汉魏六朝的传记作品与志怪小说的基础上发展起来的。先秦西汉的古文不能笼统说朴质无华,像《左传》、《战国策》、《史记》等均富有文采。唐代少数古文先驱者如元结等文章的确质朴无华,后来韩愈、柳宗元的散文改变了这种情况,使古文富有艺术性,但其文风仍与小说不同。韩愈的《毛颖传》一类作品,文辞仍较古雅简练,且内容以寓意寄托为主,与小说的着重讲故事也有区别。上面指出,韩、柳古文成就虽突出,但在当时并没有打倒骈文。郑氏并认为写传奇的一些作家沈既济、沈亚之、元稹、陈鸿、白行简、李公佐诸人,"皆是与古文运动有直接间接之关系",但并没有提出确切的证据。只有沈亚之一人"尝游韩愈门"(见《郡斋读书志》),但史籍并不认为他是古文家。沈亚之的《湘中怨》、《异梦录》、《秦梦记》三篇作品,文字比较简约而少铺叙,或许受到古文风格的影响,但它们在唐传奇中属别调,并不代表唐传奇文风的主流。郑振铎的看法在这方面具有代表性,在其他作者所撰的中国文学史中也有类似言论。

陈寅恪氏也认为唐代古文与小说有重要关系。他认为"古文之兴起,乃其时古文家以古文试作小说而能成功之所致"(《元白诗笺证稿·〈长恨歌〉笺证》)。并认为这方面的代表人物是韩愈。韩愈作有小说《毛颖传》、《石鼎联句诗并叙》。他认为韩愈之古文,"乃用先秦两汉之文体,改作唐代当时民间流传之小说,欲借之一扫腐化僵化不适用于人生之骈体文,作此尝试而能成功者"(《论韩愈》,收入《金明馆丛稿初编》)。这种看法纯属推论,并没有确切的根据。姑不论古文并非自韩愈兴起,韩愈之前已有一部分先驱者提倡并写作古文,韩愈写作的许多思想、艺术俱佳的作品,成就远超过先驱者,其中最有代表性、影响莫大的乃是《原道》、《谏迎佛骨表》、《与孟尚书书》、《答李翊书》等一类议论文。故《新唐书》卷一七六《韩愈传》曰:"愈深探本原,卓然树立,成一家言。其《原道》、《原性》、《师说》等数十篇,皆奥衍闳深,与孟轲、扬雄相表里,而佐佑六经云。"这类文章突出地表现了韩愈尊孔孟、排佛老的中心思想,文笔也好,使他成为提倡古道、古文的领袖。至于《毛颖传》,乃是他一时游戏之作,不是韩集中的重要篇章。小说一类作品,在封建社会中长期被高等文人轻视,认为它们不登大雅之堂。想用小说来改造、推动古文,以常理言也很难令人置信。从写作年代看,《石鼎联句诗序》作于元和七年,其时韩愈已有四十多岁,已是一位古文大师。《毛颖传》约作于元和元年至四年中①,时间也不早了。因此,说韩愈以试作小说而兴起古文也是不可靠的。陈氏还认为,当时与韩愈共同尝试以古文体作小说者,尚有元稹、白居易等:"元稹、李绅撰《莺莺传》及《歌》于贞元时,白居易与陈鸿撰《长恨歌》及《传》于元和时。"(《元白诗笺证稿·〈长恨歌〉笺证》)实则《莺莺传》、《长恨传》运用骈文气格的文字写作,乃属当时流行的传奇格调,与以古文写作的《毛颖传》不能相提并论。辨别唐代小说、古文二者文体雅俗之歧异,乃是研讨二者关系的关键问题,陈氏于此亦未能深察。

郑振铎、陈寅恪两位是研究中国古代文史的名家,陈氏更是一位大师。他们的《插图本中国文学史》、《元白诗笺证稿》等都是高水平的著作,长期沾溉学术界。但其个别论点有失误,我们应本着实事求是的精神予以辨正。

(原载《南阳师范学院学报》2004 年第 1 期)

---

① 参见拙作《试论唐传奇与古文运动的关系》,收入拙著《汉魏六朝唐代文学论丛》。

初 版 后 记

　　收在这本集子中的三十篇论文,是我从五十年代初期到最近期间陆续写成的。多数写于 1966 年前,少数是近两三年写的。现在把它们辑集起来,作为自己学习、探索过程中的一个小结,并就正于同道们。

　　方今春回大地,文艺学术界呈现出建国以来前所未有的活跃景象;私愿以这些浅陋之作,迎接鲜花盛开的繁荣局面的到来。

　　《寒山子诗歌的创作年代》一文,是杨明同志帮我写成的,他还帮助校阅本书全稿,在此特致谢意。

王运熙于上海复旦大学

1980 年 12 月